Stéphane Desroches

I0631803

Les Enfants de Moloch

La Grande Destinée de l'Ultime Roi Blanc

Éditions Dédicaces

LES ENFANTS DE MOLOCH, par STÉPHANE DESROCHES

ÉDITIONS DÉDICACES LLC

www.dedicaces.ca | www.dedicaces.info
Courriel : info@dedicaces.ca

Stéphane Desroches

Les Enfants de Moloch

La Grande Destinée de l'Ultime Roi Blanc

4

Je dédicace cet ouvrage à mon filleul Simon,
qui m'a démontré une belle leçon de vie et d'espoir.
À mon amour et le Soleil de ma vie,
qui illumine mon existence.
À ma famille et mes amis, qui m'auront encouragé jusqu'à la fin.
Spécialement à Robert G., Isabelle M. et Frédéric G.
qui m'ont grandement aidé à la correction littéraire.
À une ultime disquette qui fit en sorte que cette ouvrage
survive à la rapine des mécréants.
À mes nombreux détracteurs.
Aux découragements qui prirent des allures de motivations.
À tous ceux qui le liront sans prétention.
Aux uns qui comprendront mon œuvre au-delà des mots
et aux autres qui le détesteront pour ce qu'il est.
À la mort qui nous guette tous les jours au détour d'un hasard
et au salut qui est là pour tous ceux qui le cherchent...

On ne peut plaire qu'à ceux qui nous ressemblent...
Je suis une preuve que l'on peut écrire pour le plaisir,
même si les épreuves ne me facilitaient pas les choses.
Oui, nous pouvons tous créer, même dans l'ignorance la plus crasse...

Au-delà des romances,
Il y a des fictions qui se vivent tous les jours...

Prologue

Depuis la nuit des temps, aussi loin que la mémoire collective puisse nous emporter, l'être humain s'est mis à rêver passionnément. Lors de ces longues nuits de songes à regarder les étoiles scintillantes dans le néant céleste, depuis qu'il est, l'homme s'est questionné sur le sens véritable de sa vie. Qui était-il ? D'où venait-il ? Avait-il un ultime but à ces dures journées de labeurs afin de survivre à l'hostile quotidien ? Dès ses premières heures, le mortel prit conscience de ses forces et de ses faiblesses.

Superstitieux face au monde des ombres et de l'incompréhension, il commença à saisir des parcelles du schéma de l'Univers. Il s'efforça d'implorer la foudre puis domestiqua le feu. À peine fût-il sorti de sa sauvagerie qu'il comprit, bien malgré lui, que la nature implacable ne lui ferait point de cadeau et pourtant, grâce à l'immense sagesse de l'innocence, l'homo sapiens se voulut plus que de chair, plus que de sang. Qui peut prétendre connaître le jour où l'homme, dépeçant son gibier, prit conscience de la mort, non pas dans son sens instinctif, mais dans son essence abstraite ? Que pouvait bien communiquer à ses enfants le regard de ce vieillard mourant ? Jusqu'où ce regard, miroir de l'être, pouvait-il se plonger ? Était-ce pour se satisfaire ou se complaire face à cette inévitable et coercitive obligation du trépas que le genre humain en vint à admettre sa désolation intérieure ? Qu'il s'estima bon de remplir ce désert d'insipides fantasmes d'espoir, d'un futile « Au-delà » ? Tout au début de cette prise de conscience, ce ne devait être que d'inconsistantes chimères qu'il se raconta à lui-même pour éviter de s'égarer dans une profonde folie. Et ces chimères, qui le rassuraient face à l'inconnu et l'inexplicable, poussèrent son raisonnement jusqu'à l'absurdité de croire en l'existence d'un être suprême. Un Être qui lui imposa le concept du Bien et du Mal.

Tant de philosophes se sont suicidés à vouloir percer le secret de la vie avec des questions aussi primordiales que : « Que vient en premier, la poule ou l'œuf ? Adam et Ève avaient-ils un nombril ? » Pour la poule, il fallut qu'il y ait préalablement un œuf et pour l'œuf il fallut qu'il y ait au départ une poule. Pour Adam et Ève, l'absence de géniteurs faisait-elle en sorte qu'il y ait omission d'ombilic ? Tant de questions ingénieuses qui ont poussé à la folie bien des philosophes de ce monde. Combien de savants sont tombés du haut de leur chaise dans la frivole idée de

7

s'imaginer la fin de l'Univers ? Combien de sages furent pris d'un soudain vertige en concevant l'infini du cosmos ?

Et la Foi dans tout ça ? La clé d'un bonheur passager ? Une réelle promesse de vie éternelle ? Les sots comme les ignares relativisent tout, d'autres, plus sages ou plus fous, ne voient le salut que dans l'absolu.

Le verre est plein, ne fût-ce que d'une goutte ? Voilà que Dieu existe ! Du moins, une supra conscience qui dicte nos gestes et juge de nos actes. Nous lui devons notre existence, nous lui devons tout. Le Bien et le Mal sont des valeurs et le fait de servir l'une ou l'autre aura une incidence sur l'Au-delà. Risqueriez-vous de déplaire à votre Créateur, sachant que vous auriez à expier dans la mort vos entreprises présentes ? Les sentiments sont pourtant bien là... Palpables et réels ? Ils ont aussi été créés par Dieu. L'amour qu'une mère donne à son enfant devient perceptible pour l'Œil du Maître et est, par essence apparent, clair, et concret. Les émotions font ainsi partie de nos vies à part entière. Elles ne sont pas le fruit de nos pensées ou le fruit d'une erreur de l'évolution pour pallier nos détresses physiologiques et psychologiques... Qu'une utopie ?

Alors le verre est vide ? Nous ne serions que des animaux sans âme, mus par un puissant instinct de survie qui pousserait l'humanité à reconsidérer sa condition pour optimiser son efficacité. Tous sentiments d'appartenances, d'affections, tout ce qui nous distingueraient des amibes, des crustacés ne seraient que les combinaisons électriques ou biochimiques de nos métabolismes cérébraux. L'abnégation et l'esprit de sacrifice deviendraient alors des freins à l'évolution individuelle. Le développement instinctif n'a-t-il pas prescrit cette avenue pour assurer celui de la multitude ? Sommes-nous faits pour vivre en essaims, en troupeaux ou en hordes comme certaines espèces animales pour garantir une certaine forme de protection ? Bien sûr, devant ces prédateurs de tous acabits, on laisse les faiblards, les plus âgées et les tout-petits en pâture pour permettre aux plus forts de survivre et de s'imposer à l'égard des menaces de l'existence...

Devant cette pensée tranchée au couteau, l'homme de la rue, celui de tous les jours avec son gros bon sens, opterait pour le verre vide. Il se rationaliserait en affirmant des inepties humanistes. Sottises qui, il faudra bien se l'avouer, restent farfelues et dénudées de sens. À quoi bon s'illusionner, se bercer dans une morale qui renonce à Dieu, mais qui mange volontiers de ses fruits. Hypocrisie ? Non. Plutôt une tragique comédie dont les acteurs ignorent tous des auteurs. Grâce à l'oisiveté de la jeunesse ? Éloignez de vous l'idée de croire à une telle mascarade, car nous naviguons au gré des vagues infinies du temps vaquant à des tâches qui n'ont d'importance que pour le moment présent. Cette humanité se complaît dans un périple temporel, séculier. Un « entre-deux chaises » qui ne sert qu'à garder un semblant d'équilibre entre l'absolue vérité et la relative véracité de notre égarement. Un relent d'une arrière-pensée collective qui désirait, autrefois, le bien et le bon, le doux et le beau. N'est-ce pas là des pensées axiomatiques d'une simple erreur de la nature que vît, un jour, l'espèce humaine prendre conscience du Bien et du Mal ? N'est-ce pas un paradoxe que de voir l'athée rejeter avec force l'idée de Dieu et continuer cependant de vouloir composer avec sa morale ?

Et pour celui qui s'affranchirait de ces chaînes ? Deviendrait-il un homme libre dans son for intérieur « par-delà le Bien et le Mal » comme le dit avec arrogance celui qui se complaît en lui-même ? Seulement ici, il ne peut appliquer la terrible révélation de ses dires, car il n'y a aucune sagesse, aucune pensée. Les sentiments ne sont alors que des barrières inconscientes. S'en débarrasser transforme inévitablement celui qui adopte toute la doctrine de l'athéisme intégral : le nihilisme. Rien ne peut arrêter celui qui renie son essence divine pour embrasser la folie du matérialisme. Au début, la pure logique de la jeunesse apporte une relative idée d'immortalité à petite échelle et vient ensuite la vieillesse avec son lot d'angoisses et de tourments. Ne vous bercez pas d'illusions, on y passera tous…

La vraie résultante de cette libération de la conscience est celle-ci : aucune limite dans cette existence, car elle sera sans issue ! Pourquoi attendre pour un héritage ? Une concupiscence quelconque ? Si l'on se soustrait à la loi des hommes, à qui rendrons-nous des comptes au-delà du tombeau ? Attendrons-nous pour le plaisir du moment ? La mort demain peut-être viendra !

Une vie d'excès et de débauches où l'emporte inéluctablement le plus fort. Aucune justice, aucune foi, rien que celle de prendre par la force ce que l'on convoite. Celui qui va au bout de son examen des valeurs ne pourra occulter l'horreur de celui qui se libère de ses remords. L'homme est un loup pour l'homme s'il ne peut embrasser l'espérance dans une croyance quelconque d'une droiture céleste infinie. De même qu''un châtiment spirituel sans lendemain. Telles des machines insensibles, ils rôdent en ce monde. Sans conscience et cruels, ils deviennent les affranchis de Dieu, car la seule limite de leur être…

C'est leur mort !

La genèse d'un songe

San Francisco, ville reconnue pour ses libres-penseurs et ses excès de « libertinisme » et de « démocrature », s'endormait dans les vapeurs d'une nuit humide et bouillante. Cette année-là, toute la région se dorait d'un chaud et torride été qui n'en finissait pas, empiétant sans vergogne sur un automne timide qui ne réussissait pas à prendre sa place. Les gens astucieux clamaient les conséquences du réchauffement planétaire. Pour les plus positifs, ils bénissaient d'une saison inespérée pour les surfeurs ou les adeptes de la plage tandis que les ânons, de natures pessimistes, voyaient poindre à l'horizon de destructives tempêtes tropicales. Tourmentes qui frapperaient sous peu si la situation ne se replaçait pas.

Donc, par cette moite et chaude nuit, presque identique à celles des régions équatoriales, une jeune femme, à peine plus vieille que les autres universitaires de son campus, se tenait bien droite sur le rebord de l'enceinte qui interdisait l'accès à la baie de San Francisco, près de la cité d'Oakland. De cette palissade, elle pouvait, à sa guise, observer ces bateaux qui allaient et venaient aux quais de la ville dans un mouvement éternel de houle incessante.

— Partir, allez au-delà de mes rêves ?

Cette dame, dans la fleur de l'âge, avait un tempérament instable qui lui imposait une sorte de solitude forcée. D'une nature triste et mélancolique, cette étudiante de première année en médecine, n'avait plus aucune volonté de combattre cette profonde souffrance, cette solitude intérieure ainsi que des remords claustraux qui la hantaient perpétuellement.

Toute sa jeune vie durant, cette jolie déesse svelte à la chevelure souple et foncée avait côtoyé un idéal préfabriqué par la société dans laquelle elle vivait. Écoutant sa voix intérieure, elle se fiait à son instinct, comme d'autres succomberaient à leurs caprices, à ces valeurs prêtes-à-porter que tous devraient adopter sans contredire, ni même réfléchir. Pour cette revêche amazone de l'exactitude intellectuelle, le simple fait de voir au-delà des apparences la rendait triste. En l'apercevant, l'on aurait pensé qu'elle survivait à contre-courant dans un monde qui se mourrait déjà bien avant sa naissance.

Alberta Prescott n'était pas ce genre de fille moderne qui se devait d'être ouverte à toutes sortes d'expériences nouvelles pour le simple principe élémentaire d'être égalitaire. Pour elle, beaucoup de femmes semblaient faire des choses pour se conformer à une volonté d'être anticonformiste. Un cercle vicieux qui, en quelques années, avait changé la mentalité de toute une génération qui s'était tournée vers une forme d'individualisme qui n'était rien d'autre que de l'égoïsme.

Alberta avait un tempérament solitaire, mais sa nature profonde faisait d'elle une battante solidaire devant la souffrance des gens. Elle était juste envers elle-même et elle jugeait bien les individus. Cette forme d'empathie, elle ne la détenait sûrement pas de son père, Edward Prescott. Celui-ci était un magnat du pétrole de la ville d'Edmonton. Il avait fait fortune peu après la naissance de sa fille unique. De là, la signification étrange de son prénom un peu délirant d'Alberta. Son père avait vu cela comme un signe : Ed pour Edmonton et Al pour Alberta, sa région chérie, le nom de la province de sa fortune.

Durant sa jeunesse, vers 7 ou 8 ans, Alberta subissait les railleries de ses amies du fait qu'elle portait le nom de la province où elle vivait. Son père la rassurait en lui disant qu'Alberta était le féminin d'Alberto, une marque de produits à la mode bien en vue à cette époque.

Pour ce qui était de sa mère, Correlia, Alberta n'en avait que de vagues souvenirs. Ces réminiscences floues diluées par le passé, lui laissant des mémoires troubles, étaient les témoins secrets de lacérations profondes ornées des cicatrices du temps sur son cœur et son âme de fillette refoulée. Son père, fort généreux de ses biens, démontrait moins d'affection que ne demande habituellement une enfant et encore plus une jeune fille intelligente et sensible. À chaque fois qu'Alberta lui posait des questions sur sa mère, il devenait évasif à un tel point qu'avant chaque demande ou petit caprice à formuler, elle lui parlait de sa mère pour arriver à ses fins.

Alberta restait profondément troublée. Elle qui avait toujours eu un besoin incessant d'être active intellectuellement, devait en venir à la conclusion que son enfoncement dans les hautes études avait atrophié sa féminité. Elle était devenue un bourreau de travail et sa dernière matière, sur l'avortement, l'avait au fond désarçonné. Ses rapides constats entre ses analyses d'histoires antiques de l'art et son précédent cours de médecine générale l'avaient sidérée; ils avaient morcelé en pièces tout son être.

Elle réfléchissait sans arrêt aux Cananéens, peuple sémite de la Palestine au cœur de l'Antiquité, peuple qui vénérait le culte de Moloch, divinité relevant plus de l'ogre que d'une réelle essence divine. Le Royaume de Canaan regroupait les territoires de Phénicie et de Palestine, ils étaient les prédécesseurs d'Israël. La religion cananéenne était censée être un dérivé de la vénération babylonienne, elle-même, provenant de la théologie sumérienne. La célébration de Moloch était plus vieille que le monde !

Moloch, Nergal, Tammuz… Quel que fût le nom que porta le grand dévoreur, la base de son culte était invariablement le même; pour obtenir prospérité, richesse et gloire, les gens lui sacrifiaient leurs nouveau-nés. Ils les jetaient dans la gueule béante et mortelle de la divinité ou du moins sa représentation en granite. Cette entité avait un corps embrasé de tisons ardents.

Qui, de nos jours, ne serait pas incrédule ou indigné ? Ou ne s'éprendrait pas d'une colère hypocrite jusqu'à en rompre ses cordes vocales, devant une gravure représentant un monstre au cœur de pierre, dévorant le fruit de l'innocence ? Qui ne crierait pas : « Ces gens-là n'étaient que de stupides barbares sans culture ! »

Oui, des sanguinaires ! Des fielleux ! De perfides sadiques qui en toute impunité voulaient s'assurer, par la souffrance imposée à un être innocent, une bonne récolte, une affaire menée à bien, un peu de santé ou un brin de chance.

— Où est la logique ? pensait alors Alberta, emplie d'un sentiment de terreur de croire que les prêtres de Moloch se furent gênés pour tuer la chair de l'innocence quand les parents, eux-mêmes, apportaient le fruit de leurs propres entrailles au seuil du gouffre dans l'antre du monstre.

Quel syllogisme permet d'affirmer que ces procréateurs cruels, Cananéens malveillants et lâches, n'étaient que des ignares sans civilité pour pratiquer un tel culte ? Alors qu'en tout état de choses et en toute liberté de conscience, ils ont opté pour le Mal en suivant une doctrine fondée sur des calamités. Ils avaient toujours le choix de suivre leur conscience, pensait-elle.

Aujourd'hui, un autre terme vient enrichir la liste des noms que l'on donnait, de par le monde, au grand dévoreur Moloch : « Le libéralisme ! » Ce mot, synonyme de libertés individuelles, résonnait maintenant dans la tête de la jeune Alberta comme une cloche qui n'avait de cesse de faire entendre ses carillons. Le monde moderne avait beau désavouer sa cruauté vénéneuse, elle trahissait sa propre chair, celle qu'elle devait chérir. Au nom de l'amour-propre, nous sacrifions, sous le sceau de la liberté, la Vie elle-même. Jetant l'espoir à bout de bras pour les futilités de ce monde, nous sommes également les pantins de Moloch ou du Diable. Marqués au fer dans la chair de notre histoire, ces gestes qui baignent dans le sang restaient indélébiles aux frasques du temps. Encore aujourd'hui, Moloch est le dieu des égoïstes. Il serait toujours célébré par le sacrifice de l'innocence, sous un autre masque, mais le même visage : l'avortement ? Elle prit une grande bouffée d'air et se ravisa intérieurement :

— Ha, non ! Au fond, le monde moderne et la médecine doivent forcément imposer une morale éthique, car nous évoluons toujours pour le mieux… Change le mal de place Albie… Tu délires carrément là… Le problème de cette pauvre fille réside dans un fait divers et bien isolé. Qu'est-ce que la chaleur et l'humidité me font penser là ?!! Je dois dormir sinon je vais devenir folle !!!

Toutes ces sombres pensées avaient pris naissance, plus tôt, dans la journée, alors qu'elle était assise sur une chaise d'un cours dans un local universitaire. Elle était en première année de médecine à l'une des meilleures universités du monde : UC Berkeley. La surface totale de ce campus avait près de 500 hectares, mais le campus principal comprenant les bâtiments du complexe universitaire ne couvrait que 72 hectares. Ce campus avait la forme d'un rectangle, dont la longueur était orientée d'est en ouest. Toute la surface des différentes zones universitaires se trouvait au-dessus de l'académie supérieure où l'on y avait implanté plusieurs unités de recherche. L'essentiel de la haute partie du campus enveloppait des collines accidentées et n'était pas encore développée. Les résidences étudiantes et les bâtiments administratifs débordaient sur la ville, tout particulièrement au sud du campus, où était logée une foule d'étudiants dont la plupart étaient des Asiatiques et des Américains fortunés ou bien des étudiants doués ayant eu une généreuse bourse par de magnanimes donateurs.

L'université Berkeley, en Californie, était reconnue comme l'une des cinq meilleures universités dans le monde aux côtés de Harvard, Cambridge, Oxford et Stanford.

Les terrains, occupés à présent par le campus de Berkeley, avaient été achetés en 1866 par l'université privée de Californie. En 1873, les bâtiments Nord et Sud furent achevés et l'université déménagea sur le campus actuel de Berkeley. Elle comprenait alors 167 étudiants et 222 étudiantes, contrairement aux quelques dizaines de milliers aujourd'hui. C'est au milieu du XXe siècle que le campus de Berkeley connu son apogée grâce à la physique, la chimie et la biologie.

Presque un siècle après sa fondation, l'université devint mondialement reconnue à l'occasion des manifestations étudiantes contre l'engagement des forces armées américaines au Viêtnam. Cette période d'agitation sociale sur le campus remontait au « *Free Speech Movement* », qui débuta à Berkeley en 1964 et inspira l'attitude politique et morale de toute une génération. Joan Baez avait alors pris la parole pour réclamer : « la liberté de parole et l'abolition de la censure ».

UC Berkeley était surtout reconnue pour certaines de ses disciplines et facultés. La liste était longue, mais il fallait reconnaître que sa faculté de médecine générale et, surtout, d'obstétrique devenait de moins en moins reconnue avec les années.

Le rectorat de l'université et les associations des anciens avaient octroyés plusieurs bourses pour y enrôler de nouveau « *bleus* » en gynécologie. Geste généreux qui avait malheureusement attiré une clientèle moins luxueuse et opulente. Qu'à cela ne tienne, plusieurs étudiants de milieux modestes avaient maintenant la chance de mériter un diplôme de doctorat et sautaient sur celle-ci. En échange, l'université pouvait peaufiner son projet afin de l'optimiser au maximum. Ainsi fignolé pour les prochaines années, la faculté pouvait offrir un programme académique très compétitif.

Le groupe, dont faisait partie Alberta, semblait issu des pires lycées de campagne ou des « moins pires » collèges de banlieues défavorisés. La nouvelle classe eut le privilège d'un maladroit exposé du Dr. Pol Martinstein. Il était très reconnu à San Francisco pour son courage d'avoir fait face à la menace d'extrémistes qui l'intimidaient constamment. Ils lui reprochaient d'avoir ouvert sa clinique d'avortement en face de leur église par défiance. Les scandales des tribunaux passés, Martinstein eut le capital de sympathie de la population libérale de San Francisco. La société finit par penser et voir en ce geste, un acte pur, noble et salvateur pour leur civilisation. Un genre de génocide inversé permettant aux gens, ne désirant plus les complications que nécessitent les enfants, de s'en débarrasser avec une certaine aisance. Alberta n'avait jamais eu ce genre de réflexion, croyant que ce devait être un choix découlant seulement de la mère. Avec la froide rectitude du conférencier, elle ressentit un apparent doute.

Des éclats de rires vinrent d'étudiants assis derrière Alberta Prescott. Elle les entendit chuchoter quelques ragots sur la qualité des charcutiers qui se spécialisaient dans ce domaine à Berkeley; le dernier tamis des laissés pour compte. Il était vrai qu'aucun étudiant, qui arrivait à une faculté de médecine, ne rêvait de se transformer en un grand chirurgien qui avorterait à longueur de journée. L'on croirait plutôt que ces jeunes gens ne soient que des rêveurs et des idéalistes qui ne désirent que sauver des vies afin de devenir des héros. L'on n'entre pas avec ce choix de carrière en tête, on le devient car, souvent, les notes plus ou moins bonnes font en sorte que l'on doit se recycler dans un domaine, disons-le... moins reluisant.

Quel médecin se confesserait à voix haute dans une soirée mondaine ? À un cinq à sept ? : « Je suis comblé d'avoir pratiqué une demi-douzaine d'avortements aujourd'hui ! » Nous nous attendrions plutôt à entendre un médecin avouer : « J'ai passé huit heures très éprouvantes afin de sauver une fillette accidentée qui a échoué sur ma table d'opération, mais maintenant, Dieu merci, elle est hors de danger ! » Les praticiens qui, pour ces raisons, choisissaient la pratique de l'avortement avaient cette très mauvaise réputation au sein de l'ordre des « caducéens ».

Le Dr. Martinstein, dans le but évident d'inciter ou du moins influencer les étudiants à se tourner vers ce domaine, espérait être choisi par le rectorat pour diriger cette nouvelle division de la Faculté à UC Berkeley. Il n'y avait pas, à proprement parler, de spécialisation dans cette branche et les chirurgiens qui voulaient se diriger dans cette récente ramification devaient apprendre assez vite à appliquer ce genre d'opération par mimétisme d'un collègue plus expérimenté. Martinstein percevait un réel manque en ce sens car, actuellement, la demande était plus importante que l'offre. Seulement en Californie, l'on pouvait recenser plus de cent vingt cliniques de planification familiale. Le besoin de spécialistes était criant, car la plupart des avortements pratiqués l'étaient par des généralistes recyclés.

Martinstein resta de marbre aux railleries des novices qui reliaient le mot avortement à échec ou insuccès. Un étudiant se cachant la bouche dans le creux de sa main bourdonna : « Avorter la mission ! Un gros caillot bloque le tuyau ! » Puis il fit en contractant ses lèvres l'imitation du son d'une balayeuse.

Une jeune dame exaspérée des âneries des fanfarons de dernière rangée soupira vainement : « Continuez et vous échouerez vos cours ! »

Le pauvre docteur, débouté par le manque de civisme de certains et l'immaturité de plusieurs, présenta sans préambule de multiples bocaux pour démontrer différents stades de croissance embryonnaire et fœtale. Ce manque de délicatesse fit sursauter de nouveau un plaisantin qui hurla en se couvrant derrière un congénère obèse et bourru : « Voici le célèbre cirque Barnum & Martinstein ! »

Martinstein, exaspéré de tant de cabrioles de jeunes adultes, accéléra sa prestation sans charisme pour se rendre âprement à un rétroprojecteur moderne.

Un court-métrage en 8 mm, d'une autre époque modifiée en format numérique, fut montré aux étudiants en médecine par le Dr. Martinstein. La technologie désuète augmentait grandement le côté grotesque et loufoque de cette formation. Le film crépitant n'était qu'une preuve de plus de l'improvisation de ce conférencier. Ils virent ainsi sa célèbre clinique à ses débuts. La place où celui-ci pratiquait, pourtant de manière très professionnelle, des avortements. L'image sautait et le son archaïque de la machine produisait un ronronnement infernal. Avec une grande fierté, le Dr. Martinstein montra une séquence plus récente filmée par une caméra de fibre optique. Elle montrait clairement aux recrues la vérité sur les arrêts de grossesse spontanée.

Les lumières s'éteignirent et les universitaires virent, sur le grand écran blanc numérique, une séquence d'images couleur d'une interruption volontaire de grossesse. Un gentil docteur qui encourage par des paroles suaves une jeune femme anxieuse sur un étrier. L'on vit un gros plan d'une sonde puis d'une seringue rétractable. Elle contenait une forte solution saline, qui servait à rendre les tissus plus tendres et à tuer, sec, l'embryon. L'aiguille s'approchait lentement. Au bout d'un long tube très flexible, sortit un aiguillon perçant. Il piqua alors le fœtus avec véhémence. Quand l'éperon transperça la neurula à forme humaine, l'on aurait présumé qu'il se tortilla de douleur et qu'il avait eu pleinement conscience de l'intrusion; ce qui fit sursauter d'effroi plusieurs des personnes présentes, surtout de jeunes dames à l'âme sensible. Le Dr. Martinstein cru bon d'intervenir en expliquant qu'il ne s'agissait que de réactions nerveuses, d'un genre « d'automatisme préprogrammé ». Il prit un air sérieux et circonspect en clamant avec un petit trémolo dans la gorge, d'un air songeur :

— Un peu à la manière des poulets qui sont étêtés rapidement dans les abattoirs, ils meurent sur le coup, mais leurs terminaisons nerveuses envoient encore des informations disparates. Que des réflexes involontaires, machinaux, instinctifs et spontanés; des riens, de tout petits riens !

Ensuite, un sécateur de chirurgie vint démembrer le fœtus. En fait, les plus sensibles devinaient une ressemblance avec un bébé. Une distinction assez nette pour entrevoir en ce fœtus beaucoup plus qu'un amas de chair inerte comme le voudrait la version officielle qui relativise le phénomène. D'autres, plus malins, piaillaient que cela ressemblait à un poussin dans un œuf ! Des rires nerveux jusqu'aux grincements de désaccord; tous eurent une réaction plutôt négative.

Martinstein tira bien son épingle du jeu en théorisant et axiomatisant sur les débats sociaux de l'heure ainsi que sur les risques entourant cette « spécialité ». C'était ça, au fond, sa grande force et il réussit à faire entendre clairement son point de vue humaniste. Peu de jeunes étudiants étaient enclins à choisir délibérément cette « spécialité » dès la première année. Le discours et l'expérience de Martinstein, aussi charismatiques que vendeurs, ne parvinrent quand même pas à séduire nombre d'étudiants à cause de sa froideur mécanique, mais il appelait à la réflexion et plusieurs restèrent songeurs. Son film grésillant aux couleurs fades et ses bocaux contenant des restes de fœtus désarticulés n'aidaient pas vraiment sa cause. Mais le savait-il ?

Sur le moment, les plus futés débattaient sur une espèce d'introduction de fraternité; à l'une de ces initiations tordues comme il est de coutume en médecine. À la blague, les plus insensibles s'amusèrent à taquiner les filles présentes et à demander, du tac au tac, comme des collégiens tarés, si elles avaient fait disséquer de cette manière leurs petits.

Mylène Gilmore, la belle petite blonde de service et toujours si enjouée d'habitude, avait la mine déconfite et semblait, à coup sûr, au bord des larmes. Alberta, dotée d'une grandeur d'âme, appréhenda par un seul coup d'œil sa détresse et sa vulnérabilité du moment. Elle lui tendit discrètement sa main et de manière très maternelle, la prenant par la taille, elle l'escorta avec subtilité vers la salle de bain des dames.

En gardant le silence, Alberta espérait qu'elle comprendrait ainsi sa solidarité féminine et son ouverture à l'écouter. Elle déchiffra, par ricochet, qu'elle avait déjà dû subir ce genre d'opération et qu'à la vue de ce court-métrage et des spécimens dans le formol, qu'elle devait avoir ressentie beaucoup de culpabilité. Qui sait ? De la honte, des remords ?

Mylène pleura sans dire mot, mais ne se cacha pas du regard d'Alberta, au contraire, elle lui fit connaître, par un petit sourire candide mais noyé de chagrin, son approbation pour qu'elle restât avec elle. Les lèvres tremblotantes de Mylène ne dirent mot. Alberta eut les yeux humectés par des larmes naissantes mais, comme mues par une force de caractère indéfectible digne d'un illustre général d'expérience, elle se retint de lui montrer sa faiblesse. Elle prit de grandes bouffées d'air et cette respiration profonde calma assez tôt Mylène qui s'ajusta au souffle calme d'aspiration et d'expiration d'Alberta.

Après une dizaine de minutes à pleurnicher silencieusement dans le cabinet d'aisances elle se ressaisit calmement. Mylène resta accoudée au comptoir de marbre, face à un miroir insensible qui lui réfractait sans cesse son pénible regard d'opprobre. L'âme de Mylène, emplie de turpitude, ne pouvait trouver seule un fragment d'estime. Alberta, tendrement, la maintint dans ses bras et ce beau geste donna l'impression à Mylène d'être soulagée d'un poids énorme. En fait, Alberta prit sur elle une part de cette douleur. Et cela, on ne pouvait l'expliquer scientifiquement. Certaines personnes bonnes, par essence, peuvent dans certaines épreuves, même sans le savoir, absorber une partie ou l'intégralité des fardeaux et des peines. Pour apporter à autrui un genre de rémission, une rédemption bénéfique, une libération de la conscience, comme une thérapie accélérée.

Très jeune, Alberta procurait le bonheur autour d'elle, par de petits câlins, de doux sourires, de menus vocables tendres et gentils. Elle semblait prendre sur elle la tristesse des siens. Ce mystérieux partage émotif se passait toujours mieux pour celui qui se déchargeait de ses émotions malsaines que celui qui les récoltait à la charge. La réalité était qu'Alberta ne faisait jamais disparaître les peines et les souffrances des autres sans conséquence, comme par magie, mais c'est elle, plutôt, qui portait ensuite une part tangible de ce fardeau...

Mylène, sans même comprendre que ce qui lui dénouait l'estomac fut ressenti profondément et assimilée par Alberta Prescott. La jeune blonde sentit le soudain besoin de se confier à elle :

— Alberta, je t'ai pourtant toujours considéré comme une fille étrange et trop solitaire, mais je tenais à t'offrir toute mon amitié, tu es très bonne avec moi... Merci. Tu n'étais pas obligée de me supporter de la sorte !

Alberta ne lui donna pas le temps de terminer sa phrase. Sa peau du visage, blanche comme le lait, commençait à rougir légèrement et d'un simple mouvement de la main, elle lui fit comprendre que toute forme de gratitude, en cet instant, la mettrait dans l'embarras et enlèverait la spontanéité et la noblesse à son geste.

Mylène ressentit une amitié profonde et sincère venant de la part d'Alberta. Elle éprouvait une gêne soudaine de s'être comportée de la sorte devant une inconnue. Prenant son courage à deux mains, l'espiègle

Mylène demanda de ne dire aucun mot de sa situation, puis elle s'exclama, à voix haute :

— Je suis une sotte ! Écoute Alberta, peut-on faire une marche dans le jardin du campus ? J'ai peut-être un peu mal réagi tout à l'heure, mais je te dois au moins des explications. En parler me ferait le plus grand bien maintenant... Tu voudrais devenir ma confidente ? Ici, je n'ai personne à qui ouvrir mon cœur... Elles s'empressèrent d'aller tout raconter sur le Net ou à la cafétéria.

Confession d'un cauchemar éveillé

Le *smog* de fin d'été enlevait la beauté du décor environnant. Des haies magnifiquement taillées, jaunies par le soleil, donnaient au parc du pavillon *Bowles Hall* des airs de jardin de Versailles. Une large allée menait à une petite mare artificielle. Cette paisible fontaine exposait fièrement ses œuvres d'art moderne : d'élémentaires sculptures géométriques qui ornaient çà et là des bassins d'eau. Quelques étudiants, abusés par tant de chaleur, outrepassaient les simples règles d'hygiène ou de bienséance en transformant ces lieux délectables de repos en de vulgaires pataugeoires. Les autorités du campus le permettaient, tant l'agressante canicule était mordante en cet après-midi sans vent.

La belle Mylène, refermée sur elle-même, choisit machinalement un endroit à l'ombre et isolé des passants. Elle voulait rester seule avec Alberta. La blonde éplorée se laissa choir sur un banc public. De ce siège, on pouvait avoir une avantageuse vue sur le *California Memorial Stadium* et ses magnifiques cèdres. Alberta, après un long soupir, préféra s'asseoir à califourchon sur le massif dossier de bois teint de la banquette.

Comme si le bon moment était enfin arrivé, Mylène, les yeux larmoyants de tant de peine, se confia d'un ton grave et solennel. Alberta se doutait bien que la pauvre Mylène eût vécu un avortement difficile sur le plan émotionnel ou psychologique, comme tant de témoignages qui foisonnent dans les courriers du cœur ou les revues pour femmes. Mais pour une fois, l'intuition féminine d'Alberta n'aurait jamais pu oser imaginer tel scénario; une de ces chroniques morbides qui devient un récit incroyable ou une légende urbaine.

— Tu sais Alberta, ce n'était pas la première fois que je voyais ce docteur Martinstein... Je l'ai tout de suite reconnu, mais heureusement, il n'a pas semblé me percevoir, enfin, je le crois, je l'espère... Je l'avais rencontré il y a près de trois ans... Il faut t'avouer qu'à cette époque, mes parents vivaient un divorce difficile. Je résidais dans l'Arkansas et, durant cette période tumultueuse, je fis une fugue à Los Angeles... Tout commença par le rêve fou d'une jeune fille : faire une carrière d'actrice de cinéma ! J'étais dans une passe de révolte contre moi-même et ma colère me poussa aux pires excès. Je m'adonnai à la drogue et je dus, pour un court laps de temps, m'abandonner à la prostitution. Pour payer mon premier vice, j'en embrassais un nouveau... C'est alors que je fis la rencontre de ce Martinstein. Il était différent, je le crus, des autres brutes qui ne faisaient que se défouler sur un substitut de leur femme... Non, Martinstein fut doux et gentil avec moi, du moins au début. Il m'offrit un gîte et de la nourriture pour subsister. Il parraina ma désintoxication et me sortit définitivement de la rue en me trouvant un coquet petit appartement. J'étais jeune et naïvement amoureuse de lui. Il se disait marié, mais cela ne l'a pas empêché de me prendre physiquement... Il me convainquit, avec moult artifices, de devenir une mère porteuse, pour 50,000$. La seule chose que je devais faire, après la naissance du bambin, était de disparaître et de ne jamais chercher à revoir mon enfant qui vivrait dans une nouvelle famille anonyme. Il me donna des garanties que l'enfant serait élevé dans une riche famille d'Hollywood. Des acteurs me dit-il, et moi, la sotte, je croyais apporter le bonheur à des gens incapables d'avoir des petits bébés ! J'acceptai, sans réfléchir à cette offre. De la façon dont me parlait Martinstein, j'imaginais plutôt qu'on me retirerait un genre de kyste, sans aucune complication et que je n'aurais qu'à attendre un certain temps, à ses frais, dans une villa de Sacramento. Je dus couvrir mes yeux, disait-il, pour protéger l'identité des gens, des vedettes hollywoodiennes et le lieu de l'accouchement... L'enfant naîtrait multimillionnaire... Je me souviens très bien, encore de sa réponse fétiche à mes questions : « un rien, un tout petit rien ! ». Après des tests médicaux, je me fis froidement inséminer, à la manière des vaches et des juments des fermes de l'Arkansas. On me cacha l'identité du donneur, mais on me laissa sous-entendre qu'il était quart-arrière d'une équipe de football universitaire, fort intelligent et très beau garçon ! J'étais quasiment déçue de ne pas avoir fait la rencontre de ce bel étalon ! En fait, je crois qu'on me disait ça pour me faire plaisir ! J'étais loin de penser qu'en neuf mois, je m'attacherais à cet enfant qui grandissait dans mon ventre. Je le sentais bouger, vivre...

Depuis le début de son récit, Mylène tenait ses deux mains sur son abdomen, mais après cet aveu, elle s'enveloppa le visage de ses deux paumes. Elle se voûta sur elle-même et, attirée vers le sol par une attraction impalpable, elle s'appuya lentement sur ses jambes. Elle s'affaissa de tout le haut de son corps, comme pris d'un inextricable affaiblissement, un vertige soudain.

Alberta, sentant son amie fléchir sous le poids de la culpabilité, murmurait quelques formules dérisoires de réconfort puis, réalisant le ridicule de ses paroles fades, se dit que ce qu'elle pouvait faire de mieux, c'était encore de l'écouter.

Mylène, dans son for intérieur, trouva une force nouvelle et la haine, enfouie sous les remords, refit surface. Elle se redressa net, essuyant ses larmes teintées de mascara, et reprit sur sa lancée, sans broncher, sa tragique histoire :

— Dans cette petite chambre spacieuse, bien décorée avec un agencement de bon goût, je devais vivre vingt-quatre heures sur vingt-quatre. Le Dr. Martinstein se voulait rassurant. Quand je prétextais, avec ironie, ne même pas avoir le téléphone pour les urgences, il me disait que je n'étais pas la seule dans cette situation... Au cours des sept premiers mois de grossesse, je reçus régulièrement la visite de Martinstein qui me bourrait de médicaments en affirmant que c'était pour le bien de l'enfant. Il s'efforça de me faire comprendre que ce bébé serait bien plus heureux dans sa nouvelle famille, qu'avec moi. En fait, son discours à mon égard commença radicalement à changer quand je lui fis savoir qu'il pouvait garder l'argent, que je ne souhaitais plus remettre mon nouveau-né à des inconnus. Il tenta de m'intimider en affirmant que je devrais rembourser tous les frais encourus dans cette opération. Je prétextai que j'avais des droits, en tant que mère, et que j'appellerais papa à Springdale pour qu'il vienne nous chercher, l'enfant et moi. Il devint alors fou de rage. Il me fit très peur et ses menaces étaient effrayantes. Il savait maints détails sur ma famille et sur ma petite sœur Sue. J'en frissonne encore... Ses yeux injectés de sang, sa boîte crânienne fuyant vers sa couronne ébouriffée et crépue, les veines de ses tempes gonflées à bloc, les rides déformées par une totale expression de discorde morale... Pour la première fois, je compris toute la portée de mon geste. Je vis enfin le vrai visage de ce monstre, sans son masque ! Prenant en considération mes nouveaux états d'âme, il me menaça; me susurrant que toutes mes tentatives de fuites seraient vouées au malheur. Je fus, dès ce moment, sa captive... C'est là qu'il fit apparaître son comparse : un de ses assistants, un colosse muet du style bloqueur au football. Il veilla à ce qu'il ne me manque de rien, sans plus. Son inquiétant et sinistre regard rendit son mutisme encore plus oppressant, m'asservissant dans le silence et la crainte. Je sus que tôt ou tard, si je ne collaborais pas entièrement, ils me feraient du mal...

Mylène prit une pause et sa voix tremblante et sèche sembla chercher, dans un profond gloussement, le peu de salive qu'il lui restait. Alberta, coite, faisait des efforts pour demeurer tempérée. Cette jeune idéaliste avait peine à croire tout ceci et pourtant, elle se tenait là à l'écouter. Mylène, du coin de l'œil, regarda timidement sa seule auditrice. Elle l'avait mal jugée a priori, cette Canadienne à la peau sans fond de teint, sans bronzage... Elle était loin de se douter qu'elle en ferait sa plus grande confidente.

D'un geste approbateur de la tête, Alberta lui fit comprendre qu'elle avait assimilé toute l'information et était fin prête à entendre la suite. Mylène, détournant son regard vers le vide, reprit de plus belle son récit :

— Je compris, dès lors, que je faisais affaire avec des genres de trafiquants d'enfants. Innocemment, je me convainquis, tant bien que mal, qu'ils n'auraient aucune raison de faire du mal à mon bébé, à cause de tous les soins et attentions qu'ils me prodiguaient. Qui aurait cru que ma personnalité joyeuse et enjouée, qui ne m'avait servie jusqu'ici qu'à me faire enjôler par les mécréants, aurait pu me servir en ce moment si fatidique ! Je changeai mon approche avec une nouvelle diplomatie et je devins très coopérative et docile. Le calme et placide géant, d'une laideur suspecte et certaine, fut assez facile à impressionner. Malgré ses airs de bourreau, il sembla avoir plus de cœur et de compassion qu'il tentait de le faire paraître. Il ne fut pas aussi sadique que ses associés. Martinstein, ainsi que son infirmière, me forçait à prendre toutes sortes de pilules. Mais, pour le géant, après une semaine de compliments et de gentillesses de ma part, il créa, envers moi, des liens assez tangibles. Nous commençâmes à partager une forme de complicité silencieuse, une connivence au niveau du regard… Cela émut beaucoup la brute. Lorsque nous étions seuls, il me souriait et semblait redoubler d'ardeur à tenter de me gâter du mieux qu'il le pouvait, tant dans les gestes simples que dans les caprices de table. Le geôlier devint sympathique à ma cause et je pus, à ma guise, explorer ma chambrette. Par une trappe d'aération de la salle de bain, on pouvait entendre des bribes de conversation. Les paroles étaient difficilement audibles pour me faire une parfaite idée de ma co-chambreuse, mais il m'a semblé entendre la grosse voix du Dr. Martinstein qui félicitait une femme pour son bébé... Son troisième enfant ! Cela me rassura quelque peu. J'avais lu des trucs de propagande sur des pouponnières des S.S. dans l'Allemagne nazie où les gens y laissaient leurs bébés pour faire la guerre ou quelque chose du genre, élevés dans les principes du régime et tout le tralala ! Cela me semblait être un genre d'industrie qui se spécialisait à faire des bébés à la pelle, pour alimenter un certain circuit d'adoption illégale pour beaucoup de fric. Mon ventre n'était qu'une matrice et mon bébé de la marchandise ! Considérant leur investissement, je craignais plus pour moi que pour mon enfant maintenant… Le jour de l'accouchement vint, mon stress, nourri par de violentes contractions, fut à son paroxysme en voyant la clinique improvisée. Une des chambres de l'hôtel servait de pont vers la salle d'opération. On pouvait y accéder à l'aide d'un petit monte-charge chromé et très mat, mais un détail me dégoûta, il y avait partout des traces de doigts gras, comme si ce n'était jamais désinfecté... Berk ! Le cœur me lève encore à la mémoire de cette vision et à la senteur de cigare moisi qui régnait dans ce sombre endroit. Il y avait le Dr. Martinstein, avec son nez aquilin, à demi camouflé par un masque de chirurgien. Il y avait aussi son infirmière avec son énorme décolleté qui faisait office de piètre assistante. Elle était petite et obèse. Au côté du maigrichon et voûté docteur, elle produisait un étrange contraste. Sans aucune délicatesse, la femme aux immenses seins flasques de vergetures me piqua dans le dos avec... c'était une péridurale je pense... pendant que le docteur semblait mettre un puissant calmant dans le soluté planté sur le dessus de ma main. Je ne garde que des fragments épars de l'accouchement. Le docteur ainsi que l'infirmière, d'une voix rauque de grande fumeuse, parlait un genre de dialecte tenant à la fois de l'allemand, de l'arabe ou du russe. Je n'avais jamais entendu tel langage, et le regard perdu dans les vapeurs de brume m'empêcha de discerner les visages ombrés sous les puissants projecteurs opératoires. Je me sentais comme dans ces témoignages d'abductions ou d'enlèvements par les extra-terrestres... Je savais bien moi que ces gens étaient très réels ! Je gardais toutefois de sévères effets secondaires des puissants anesthésiques. J'avais déjà connu cette sensation, cette impression suave que laissent pour un temps la morphine et l'héroïne. Je détenais toutefois la perception de certaines choses, après l'opération. Peut-être que mon accoutumance passée amenuisa quelque peu l'effet de la drogue sur mon système... Bref, à cet instant précis, je m'éveillais et ressentais une douleur atroce au ventre. Ces salauds m'avaient éventrée ! Je me rendais compte que j'avais été accouchée par césarienne ! J'étais alitée sur une civière roulante, le front brûlant de fièvre. Cependant, j'eus la satisfaction d'entendre les pleurs d'un bébé. Ah ! Ses doléances furent pour moi comme une berceuse salutaire et, ainsi calmée, je m'évanouis de fatigue et de douleurs refoulées.

Mylène regarda tout autour s'il n'y avait âme qui vive et leva le bas de son chemisier, ce qui permit à Alberta de contempler une vilaine cicatrice. Alberta sursauta à la vue de cette opération bâclée, mais pour l'heure, elle se garda de commenter pour laisser à Mylène la chance de relater le plus fidèlement possible le dernier acte.

— Ma convalescence fut ardue, et l'on ne me fit pas trop prier pour prendre mes antibiotiques. Seul le gentil géant semblait prendre réellement soin de moi. Quant au Dr. Martinstein, l'unique fois que je le vis, ce fut quand l'infirmière à l'odeur de tabac m'apporta mes médicaments. Il passait en trombe dans le corridor. Me levant péniblement, je me mettais à sa poursuite en m'écriant : « Docteur, quand verrais-je mon enfant, pour lui dire adieu ? » Il se retourna brusquement en me lançant un regard glacé et me dit en criant : « Il n'a jamais été votre enfant, petite abrutie ! Dès que vous irez mieux, foutez le camp avec votre salaire, sale petite putain ! ». Il ajouta ensuite fermement : « Je ne vous le dirai qu'une seule fois : si, par hasard ou sciemment, vous seriez tentée ou pire, vous oseriez parler à qui que ce soit de votre petite aventure avec nous, nous vous enverrions les boyaux de votre larbin par la poste ! N'oubliez pas que nous pouvons vous atteindre par votre famille et votre petite sœur adorée. Pigé ! ». Le message, pour moi, fut on ne peut plus clair. Mais, heureusement, mon escapade me fit comprendre que ma toilette donnait sur un bureau improvisé. Il m'est clairement apparu que les conversations entendues devaient être celles que le praticien faisait avec d'autres filles comme moi qui servaient de matrice. Comme l'héroïne dans le roman du « bébé de Rosemary », je fis semblant de prendre mes médicaments. J'allais mieux et j'essayais de faire saisir à l'affreuse « nurse » que je voulais enfin quitter cet endroit. N'étant pas affectée la nuit, par les somnolences causées par les pilules, je pouvais à ma guise, espionner dans le noir les causeries du docteur Martinstein. D'une trappe de ventilation, je pouvais apercevoir des lueurs… Des bruits de pas venant du corridor se dirigeaient vers le cabinet. Une clé dans une serrure… La porte s'ouvrit et j'entendis clairement la voix de Martinstein qui semblait se parler à lui-même. Il me prit un certain moment avant de comprendre qu'il s'entretenait au téléphone avec quelqu'un qui répondait au nom de Monsieur Manlow… La déclamation du docteur était sobre et solennelle, on aurait dit un gérant de pompes funèbres tellement il tentait d'être soigné et respectueux ! Soudain, l'horreur me frappa de plein fouet; j'avais la certitude qu'ils parlaient de moi, complotant je ne sais quoi à mon sujet : « La nouvelle candidate a très mal pris sa grossesse, elle a une fibre maternelle très prononcée... Pourtant, mon évaluation me disait le contraire... Oui, nous avons eu des complications à l'accouchement et l'on a été obligé de le faire par césarienne... Pour elle, c'est foutu... Elle ne pourra plus avoir d'enfants... Les candidates sont si rares... Je sais… Elle est si parfaite… Oui, c'est celle qui m'avait accompagné à votre soirée de bienfaisance… Vous serez content de voir la ressemblance ! On dirait presque des jumelles ! Oui, oui... Pour la mère, c'est dommage… Vous vous plaisiez tant à la prendre pour un ange… Elle ne nous sera plus d'aucune utilité. D'autant plus que Golda m'affirme qu'elle ne prend plus ses médicaments, elle les jette dans sa corbeille... Oui, oui, elle est au bord de l'hystérie… Oui, j'estime qu'elle pourrait nous occasionner certains problèmes... Ce ne serait pas trop dur... un rien, un tout petit rien... Elle a déjà eu une thérapie de méthadone pour de la morphine... J'estime qu'une rechute serait envisageable et plausible... Pourriez-vous vous assurer, M. Manlow, du soutien de vos puissantes amitiés ? Du moins pour empêcher qu'on ne creuse pas trop à l'autopsie, sa récente césarienne pourrait porter ombrage à notre grande œuvre... Oui, cela se fera dès cette nuit... Le Hollandais, oui, votre laquais va s'en charger... Oui, oui... bien sûr, une *overdose*... Bien... Au revoir et merci de votre compréhension M. Manlow... » J'étais pétrifiée par la peur, Martinstein chuchotait maintenant à quelqu'un d'autre. Des pas sourds et pesants s'approchaient de ma porte, on ouvrit... Ce fut le géant qui s'avança avec lenteur et comme un rien, il me leva brusquement et n'eut aucune misère à me maîtriser. Martinstein, en contre-jour, accoudé sur le cadrage du seuil, parlait avec sa charmante voix délicate du début : « Merci profondément pour votre dévouement à une cause qui m'est chère. Adieu, douce petite ! Prenez beaucoup de repos ! Ackerman va vous reconduire, il vous remettra l'argent comme convenu à la gare. Je vous conseille fortement de retourner dans votre bled perdu... ». Le géant, qui vraisemblablement s'appelait Ackerman, me transporta avec une force minimale vers la sortie. Il faisait une nuit d'encre à l'extérieur. Ça ressemblait à un vieux motel dans un coin perdu. Il n'y avait aucune lumière d'allumée. J'aperçus une affiche indiquant « Motel Colonial », mais je ne pouvais en avoir la certitude. Il faisait très noir et la brute d'Ackerman, surprenant mon regard furtif, me fit un signe très menaçant. Avec dépit, je n'ai plus que fixé le sol. À cet instant, j'étais déjà résignée à la mort... Il me fit monter sur la banquette arrière d'une énorme bagnole noire datant d'une autre époque. Avec un câble électrique, il m'attacha singulièrement les mains de manière à m'empêcher de me libérer. J'aurais pu, si j'avais été détendue, mémoriser une partie du chemin emprunté de façon à m'orienter de nouveau pour retrouver l'endroit, mais la peur me fit fermer les yeux et je me souviens d'avoir implorée le petit Jésus en jérémiades incessantes et lamentations. Lui, il conduisait calmement en sifflotant des airs démodés de *crooners* oubliés. Il semblait totalement détaché de tout, de mes pleurs, larmes et sanglots, même mes supplications semblaient se perdre dans le vide. Après une longue route de plusieurs heures, nous commençâmes à virevolter d'un bord à l'autre. Tanguant dans les rues sombre de ce qui m'a semblé sur le coup être un des plus pauvres quartiers de Los Angeles : la *San Fernando Valley*, le royaume des pornographes et des dépravés où se côtoient autant les millionnaires que des excentriques de Beverly Hills. Toutes les victimes du vice et des laissés pour compte de la société s'y aventurent dans l'espoir de se faire du fric facile ou d'assouvir ses bas instincts. Le genre d'endroit où il n'est pas rare de retrouver une prostituée morte d'une surdose. Les rues étaient étrangement désertes. Il devait être près de quatre heures du matin quand la bagnole, dans un sourd vrombissement, ronronnait tranquillement à travers les ruelles sombres. La voiture ralentissait pour se garer en arrière d'usines délabrées ou tout simplement désaffectées. Dans un secteur abandonné de tout, j'étais prête au pire ! Ackerman, qui restait calmement écrasé sur son banc, se retourna lourdement vers moi en appuyant son démesuré et interminable bras sur le siège passager. Il me souriait d'un air sadique, du moins, je le crus sur le coup. Le peu d'éclairage lui donnait l'apparence d'un affreux et grotesque vampire d'opéra, pire d'un vulgaire croquemort ! Tendrement... oui, je peux dire qu'avec une certaine touche de tendresse... il défit mes liens. J'étais traumatisée qu'il s'adressât à moi avec une articulation rauque, mais dans un anglais presque impeccable, comme s'il avait eu un léger accent allemand ou néerlandais. Chaque mot et chaque phrase s'imprégnèrent dans ma tête comme les inscriptions d'une pierre tombale, il me dit : « Écoute bien petite, j'ai eu une fille de ton âge et elle était la seule, avant toi, à m'avoir souri comme ça. Tu es très perspicace, bonne et douce. Je ne sais pas comment tu as su ton destin à propos de ce voyage, mais tu n'as pas prié ton Dieu en vaines lamentations cette nuit. Je me mets la tête sur un sacré bûché ! Ce soir, tu devais mourir ! Il faut que tu obtempères à toutes mes directives si tu veux vivre. Je ne puis rien dire sur ton enfant, sauf que c'est une très belle petite fille. Voilà, c'est tout ce que tu dois savoir d'elle. Oublie-la, oublie tout et surtout, fais en sorte que l'on t'oublie. Pour le reste, je tiens à te dire que, pour garder certains secrets, mes employeurs sont prêts à tout, même au pire... Avec un peu de chance, une pauvre pute ou une *junkie* de toxicomane claquera cette nuit ou demain. S'il n'y a pas de remous, Martinstein va vite oublier ton cas. Ils ont d'autres chats à fouetter ! Sache que tu n'es pas la première à avoir fait cette erreur. Ne crache pas deux fois sur la divine providence. Cette fois, tu t'en sors, car tu as été bien aimable avec moi. Je m'en fous que tu l'aies fait pour m'attendrir ou me manipuler. Ce que je m'apprête à faire, cette nuit, je le fais avant tout pour moi-même, ma fille et ma conscience. Je ne demande pas de rémission et je n'en ai rien à cuire de ta gratitude ! Vie et reste dans le bon droit. Sors de la voiture et ne me fais pas regretter mon geste ! ».

Mylène, sans perdre le fil de son histoire, regardait une mère qui promenait un beau carrosse de bébé d'un bleu pastel. La maman s'amusait à faire découvrir à son bambin une fontaine inversée. Après un grand soupir, elle reprit :

Titubant, affaiblie par cette horrible ballade, j'oubliai de le remercier, mais je sentis qu'il ne m'aurait pas écoutée, car il avait recommencé à fredonner ses vieux airs nostalgiques. Sans demander mon reste, je retournai en Arkansas et, pour moi seule, je gardai ce secret. Jamais je ne porte de bikini ou de deux pièces, prétextant maints complexes. Je conserve ma condition secrète. Ma mère, voyant ma mine déconfite et mes agissements bizarres, crut avec raison que je fus victime d'un viol. Je dus aller finir mes études à l'extérieur tellement elle voulait que je consulte un quelconque thérapeute. Enfin, à la vue de ce Martinstein, tant de mauvais souvenirs refoulés sont revenus à la surface comme un cauchemar éveillé, comme ce drame qui m'empêchera d'avoir des enfants un jour... Ils ont irrémédiablement endommagé mes ovaires et mon utérus. Je n'ose même pas en parler à un docteur de peur qu'il soit un ami de Martinstein. On le considère comme une sommité et un membre très en vue dans la société. Ma raison pour étudier la médecine était de devenir une personne-ressource pour les victimes du genre. Voilà ! Alberta, merci pour ton écoute, ta compréhension, je ne t'en demandais pas autant... Tu dois me prendre pour une folle ! Mais de me confier à toi m'a grandement réconfortée ! Ma mère avait grandement raison; en parler, fait le plus grand bien. Le temps file... Je suis désolée d'avoir abusée de ta patience. On pourrait se voir après l'évaluation ? Question de s'entretenir d'autres choses que de mes malheurs ! Peut-être prendre un verre et socialiser !

— Zut ! — s'écria-t-elle tout de *go*, — c'est vrai, le maudit contrôle ! Il me fera plaisir Mylène de devenir ta plus grande amie... Tu es si douce, simple et authentique ! Vraiment pas l'image que je m'imaginais de toi en te voyant aller !!!

— À qui le dis-tu ! Je pensais que tu n'étais qu'une gosse de riche insipide et ronflante qui nous vole tous les mecs avec sa décapotable sport !

— Ah bon ! Alors tu as du flair Mylène, c'est la meilleure description que l'on m'ait faite en 21 ans d'existence ! On se revoit après et peut-être même prendre une bière avec d'autres gens... Ça nous changera les idées !

Elle lui sourit tendrement et lui soutira un léger sourire. Mylène accepta le mouchoir de papier qu'elle lui offrit et sécha ses larmes du mieux qu'elle put. Alberta était tellement absorbée par les mésaventures de Mylène, qu'elle en avait complètement oublié qu'elle devait réviser pour un examen préparatif. Elle la remercia de ce judicieux rappel et elles partirent chacun de leur côté.

Le syndrome de la page blanche

La période du concours fut une éprouvante expérience pour Alberta. De son banc d'école, elle pouvait voir Mylène qui, totalement accaparée sur ses notes, travaillait d'arrache-pied à faire de sa vie une chose bien. Alberta fut tellement décontenancée par le récit qu'elle venait d'entendre qu'elle eut le syndrome de la page blanche. En fait, elle faisait des diagrammes et des arbres où elle s'efforçait de placer chaque nom et chaque lieu que Mylène lui avait donné. Elle observa longuement cette jeune blonde et elle n'eut aucune difficulté à croire ses péripéties car, au fond d'elle-même, elle savait fort bien qu'elle disait vrai. À la fin du concours, Alberta reconduisit Mylène à sa chambre, en voiture, puis, après lui avoir donné congé, elle tenta en vain, une fois chez elle, de se reposer sur le lit de son appartement.

Après plusieurs heures de tournis, elle se leva et décida de prendre le combiné du téléphone. Elle eut l'envie soudaine d'appeler son père, son « gentil Papy » par un coûteux interurbain. Ça l'amusait toujours de devoir faire affaire avec une opératrice aussi bête que désabusée. Pourtant, son paternel dépensait des fortunes pour des cartes prépayées. Elle avait toutefois un faible pour la bonne vieille méthode. C'était sa façon, à elle, de maintenir une industrie sur le déclin :

— Allo ! Standardiste ? Un appel en PCV pour Edmonton svp, oui, monsieur Ed Prescott…

Après une longue séquence de « bip », une voix délurée répondit à l'autre bout de l'appareil téléphonique :

— Ça va Albie ? Pour appeler à cette heure tu dois encore avoir des problèmes de liquidité ! Ta voiture ne démarre plus ? Tu as perdu ta carte de crédit ? Faudrait penser à t'abonner à Skype ou quelque chose du genre pour faciliter nos communications… Je ne suis pas doué pour l'informatique, mais il me semble qu'une webcam me permettrait de voir ma fille chérie de temps en temps !

Alberta fut emplie d'une chaleur à l'écoute de l'articulation de son paternel et elle s'enquit de ses nouvelles par courtoisie. Pour Ed, parler de lui se résumait à un court exposé de ses chiffres à la bourse, de ses multiples transactions financières ou du nombre de ses gains et pertes. D'un trait, Ed coupa net ses tergiversations et, en essayant de ne pas avoir l'air trop sarcastique, lui demanda d'un ton sérieux :

— Ça ne va pas bien Alberta ? Une peine d'amour ?

Alberta enchaîna avec une certaine touche d'ironie :

— Mais non Papy, une peine d'amour, comme tu as fait avec ma mystérieuse mère, je crois que ça se vit dans la solitude, les cachotteries et l'ignorance des siens pour se refermer sur soi. Tu le sais trop bien !

Alberta, poussant un peu loin la réplique, sentit bien que son père fut touché par cette pointe d'humour mal placé. Elle tenta de ramener le tir vers la raison réelle de son appel :

— Papa, reprit-elle, j'ai une copine qui lui est arrivée un drôle de machin, un truc plutôt dingue… Je ne peux te donner trop de détail par respect pour elle, mais cela m'a assez troublé pour que je prenne la peine de t'appeler.

Ed, considérant avant tout sa demoiselle comme une égale, une amie ou une confidente en quelque sorte, lui décochait à la blague :

— Allez ! Dégaine-la ta question qui tue !
— Que sais-tu des réseaux qui se spécialisent dans, admettons… des rapts d'enfants pour répondre à une demande d'adoption illégale ?
— Franchement ma fille, tu as de bizarres et très vilaines requêtes existentielles à me formuler ce soir. Quelle est cette colle ?
— Sérieusement Papy, as-tu déjà entendu parler d'une telle histoire ?
— En Amérique du Nord ? Jamais ! Dis-moi ton amie, est-ce une Brésilienne, un genre de Mexicaine ou une Colombienne ?
— Non ! C'est une jeune femme de l'Arkansas ! Pourquoi as-tu énuméré des pays de l'Amérique latine? Sais-tu quelque chose à ce sujet ?
— Toi qui me reproches de toujours écouter la merde de CNN. Il y a eu un bon reportage, il y a deux semaines, sur les escadrons de la mort qui chassent et tuent des enfants; il paraît qu'ils en ont trop.
— Quel est le rapport entre l'adoption et cette horreur Papy ?
— Bien justement, dans l'un des sujets, une des personnes interrogées affirmait que de riches Américains, pour un peu d'argent, pouvaient se procurer des organes bon marché. Tu sais ? Genre, ton ado a besoin d'un rein, d'un cœur ou de n'importe quoi d'autre comme pièce de rechange, là-bas des bouchers de la mort rôdent dans les rues à la recherche d'un jeune de son âge... Même que le reporter laissait supposer qu'avec la complicité de certains médecins, ils pouvaient avoir accès à

des dossiers et cibler du premier coup le bon candidat ! Sûrement que le commentateur a taxé cette fable de légende urbaine par la suite !

— Mon Dieu Papy, c'est terrible ton histoire ! Oublie ça ! C'est trop affreux ! Tu ne sembles même pas effrayé par ces annales ?

— Que veux-tu ! C'est comme ça dans les pays du tiers-monde : chacun-pour-soi. C'est sûr que tu ne verras jamais ça en Amérique !

— Justement Papy, justement, une de mes amies m'a raconté une tranche de sa vie et j'en ai eu des frissons dans le dos. Ils l'ont enrôlée pour être une mère porteuse pour un couple de riches et quand elle a voulu revenir sur sa décision, ils l'ont menacée de mort ! Écoute papa, j'ai vu son ventre, ils l'ont charcutée... Elle ne pourra plus jamais avoir de bébés ! Un travail bâclé et le plus odieux, c'est que ce serait supposément un docteur Californien réputé ! Il œuvre maintenant ici même, à San Francisco. Il a pratiqué une césarienne comme un débutant, pire, comme un néophyte de la médecine et il l'a coupée dans le mauvais sens. Un bleu n'aurait pas fait pire !

Ed, bouche bée, gratta sa tête frisottée. Perplexe, il se frotta subséquemment le menton en pensant à chacun de ses mots, les pesants pour ne pas dire d'ânerie et, tenant toujours le combiné fermement dans sa main, demanda ensuite à sa fille dans une complainte inachevée :

—Écoute-moi Alberta chérie, j'ai tout le temps encouragé tes initiatives personnelles. Je voulais faire de toi une super comptable dans ma compagnie et te préparer pour la présidence à ma retraite, mais tu désirais faire tes études en journalisme à Paris. Là-bas, tu changes subitement d'avis pour faire ton droit à New York et encore tu changes d'idée pour faire ta médecine à Berkeley. Voire pour un peu et tu vas faire un cours de *cooking* à Tahiti ! — Ed se mordit la langue de lui avoir offert une telle suggestion ! — Je n'ai jamais voulu te dicter ta vie Alberta, mais tu ne finis jamais ce que tu commences. Je suis habituellement très flexible à tes caprices mais là, tu me fais vraiment peur. Avec qui étudies-tu ? Quels sont vos choix d'études au juste ? Tu as toujours fait passer les autres avant toi. Cela te perdra ! T'es-tu mise dans le pétrin ?

—Papy, n'ait aucune crainte, c'est juste que cette fille m'a impressionnée avec son anecdote. Je te laisse, bye !

Alberta raccrocha le téléphone et s'étira pour voir l'heure sur son cadran. Non, se dit-elle, il fait trop chaud pour dormir.

Elle s'en alla plutôt se promener sur les paisibles berges de la baie de San Francisco. En silence, elle méditait en admirant les brumes

32

matinales. Elle scrutait également les navires et les goélands qui planaient sur les vagues invisibles des vents ardents.

C'est là que sa profonde réflexion l'avait portée sur les bordures de la grande anse du *Golden Gate*. Elle ne pouvait sortir de sa tête le triste sort d'une femme qui ne pourrait plus avoir d'enfants sachant que, quelque part à l'ombre d'un secret, sa fille grandissait sous un voile de mensonge. Dans l'esprit d'Alberta naissait lentement le sentiment qu'elle devait agir. Mais pour en faire quoi ?

L'agneau, la chouette et le serpent

La soirée était déjà très avancée pour celui qui se couche quand le soleil achève sa course. Partant en hâte de l'aéroport de Los Angeles, une longue limousine blanche prit lentement le tournant conduisant à l'arrière-boutique d'une boîte de nuit huppé de *Long Beach*, le *Blue Velvet Night Club* de la Marina de *Seal Beach*. Le véhicule silencieux, à la mécanique capricieuse, contourna quelques automobiles de luxes et se gara près de la porte principale. Un jeune placier s'approcha et l'homme qui pilotait la voiture lui fit grossièrement un geste brusque de la main lui signifiant de faire du balai. L'alerte garçon du stationnement, à la vue du conducteur, devint blême de terreur et tourna les talons sans demander son reste.

Le chauffeur, un colosse portant l'uniforme gris d'un autre âge, tout moite de sueurs, se leva péniblement de l'habitacle et se dirigea vers la porte arrière. Dans une nigaude tentative d'élégance boiteuse, il ouvrit la portière de ses minces gants de cuir d'agneau noirs. Il plia lentement et respectueusement l'échine envers celui qu'il devait protéger de sa vie. Celui-ci s'apprêtait justement à sortir posément du véhicule. C'était un homme d'un certain âge, aux cheveux blancs et au regard déformé à travers des verres teintés de rouges. Il mit candidement le nez hors de la spacieuse cabine de la limousine. Il s'aidait d'une canne avec un énorme pommeau d'or stylisant une tête de chouette. Il se détourna de son chauffeur, aucunement impressionné par la tentative maladroite du géant à faire des courbettes, et vociféra avec une touche de dédain :

— M. Ackerman, je n'en aurai pas pour bien longtemps, veillez, je vous prie, à laisser fonctionner la ventilation de la voiture. Avec une telle chaleur, je ne voudrais pas vous perdre suite à une insolation.

— Trop clément, M. Manlow, vous êtes trop généreux.

— En fait, je pensais plutôt à moi-même, j'ai horreur de cette température ardente et je désire que l'ambiance soit parfaite à mon retour.

L'atmosphère du *Blue Velvet* était en effervescence. Ce *night-club* privé semblait être bondé d'un monde de frivolités profanes et futiles. Les lieux étaient enfiévrés par une chaleur surnaturelle. Des danseurs se faisaient aller sans ambages dans une foule compacte sur des airs de musiques exotiques, à mi-chemin entre le *baladi* oriental, les rythmes africains et tangos latins. On s'amusait rondement, nonobstant la température hautement humide de ce chaud début du mois de septembre. Manlow s'approcha d'une longue file d'attente à l'entrée. Il fixa avec dégoût et arrogance les clients qui espéraient encore de tout cœur entrer. Dès que la sécurité des lieux vit cet octogénaire à la luxueuse trique, on lui fit un pont d'or. Un infortuné eut le malheur de faire savoir son mécontentement. Manlow le désigna à l'aide de l'extrémité de sa canne. Aussitôt, les surveillants du club, des culturistes en *smoking,* délivrèrent au jeune homme et à ses trois amis, de façon vindicative, un message très intimidant comme quoi ils devaient quitter la file d'attente sur-le-champ.

À l'intérieur, Manlow fut reçu comme un roi par de jolies hôtesses qui l'installèrent à une table de banqueteur. Les meilleures bouteilles de champagne lui furent ouvertement offertes, il ne s'en humecta que le bout des lèvres, grimaçant et maugréant le fait qu'il avait horreur du vin mousseux car incapable d'en faire la différence. Il exhibait tous les signes d'impatience en jouant fervemment avec son pommeau de canne, qu'il faisait tourner, frénétiquement, en la frictionnant entre les paumes de ses mains moites et crochues. Quatre femmes se gambillaient, flattant et massant énergiquement le vieux grincheux. Son air hautain qu'il tenait haut perché rendait mal à l'aise les jeunes péripatéticiennes.

Manlow était un milliardaire de New Haven, au Connecticut. Ses amis, les bonzes du pouvoir centralisé fédéral, lui donnaient sans réserve, les clés de la vraie puissance. Manlow avait une bonne place de choix au banquet des grands dominants. Vieillard de petite taille, raide de caractère, mais de constitution assez frêle. Il faisait, partout où il y laissait sa bave, la pluie et le beau temps telle une limace gluante. Il dégageait toujours une très désagréable impression pour ces interlocuteurs. Un despote miniature, antisyndical avéré, qui avait la solide réputation d'abandonner sur la paille ses ennemis comme ses concurrents.

Un individu, très basané, de l'archétype méditerranéen et dans la cinquantaine, s'approcha, sans trop de complexes, du vieux Manlow. D'un signe bref de la main, il congédia les commensales danseuses. Un long échange de regards, sans aucun clin d'œil, s'installa entre les deux hommes. Leurs œillades terminées, ils semblèrent s'être confrontés à un quelconque duel d'ego. Mais il n'en était rien, car Manlow vouait un respect réciproque à son interlocuteur, et cela demeurait un fait très rare. Le type bronzé s'avança et dit :

— Frère, comme cela fait longtemps. Des saisons se sont consumées depuis notre scission. Que me vaut ta visite au royaume du Soleil couchant ? Comment vont les affaires à New Haven ?
— Trêve de nébuleuses fadaises, Merzgin, hyène et chacal, tu le sais bien, mangent de la même carcasse la famine venue !

— À l'unisson frère, à l'unisson, L'année qui arrivera sera-t-elle fertile en richesses matérielles ?

Manlow regarda alors de chaque côté de ses épaules, comme mû par une méfiance instinctive au monde qui l'entoure, et il se rapprocha ensuite du basané Merzgin. Malgré une musique à tue-tête et des fêtards écervelés qui gesticulaient dans tous les sens comme des pantins du Diable, Manlow lui chuchota :

— Frère du Serpent-Rampant, l'Ordre du vieux Hibou te salut. Nous avons créé, grâce à l'acharnement de certains de mes acolytes, une puissance dans ce pays et sur le reste de la planète. Les politiciens les plus influents et les hommes de loi nous mangent dans les mains. Le groupe Bilderberg vote selon nos désirs... Les complexes militaro-industriels tournent rondement. Il y a beaucoup plus de conflits en ce monde et mes associés se réjouissent de tant de malheurs. L'argent vient à nous comme un fleuve va à la mer, un flot, un torrent sans fin de richesses. Les mœurs légères servent bien nos intérêts. La « divine raison » règne et nous sommes ses sages. Tout cela commença par un rêve, une vision folle qui est devenue réalité. Il est certain que l'attentat d'il y a deux ans en était une que nous avions très mal digéré. Lorsque nous avions appris qu'il fut commandité par feu votre aïeul, nous avions été excessifs dans nos représailles, tuant beaucoup des vôtres dans un duel stupide et stérile. Je suis navré que mes hommes s'en soient pris de telle manière à votre père. Mais il était borné et, je suis certain Sultan Merzgin, que vous le remplacerez à merveille. Au fond, avec le recul, ce fut une bonne chose pour nos clans respectifs. Vous avez fait les premiers pas vers la paix et pour cela, je crois que nous avons une dette à votre égard Merzgin, un gros crédit à découvert. Demandez, vous serez exaucé... Ainsi, nous effacerons les peines passées et les douleurs de perdre des siens !

Merzgin fit semblant de réfléchir, un sourire en coin le trahissait aisément. Une lueur de convoitise se lisait dans ses sombres prunelles. Il savait très bien ce qu'il voulait. C'était sa façon, à lui, de faire durer son plaisir :

— Mon cher Manlow, mon père a péri de la même manière qu'il vous porta préjudice. C'est-à-dire, par les flammes salvatrices.
— C'est le dur prix à payer pour m'avoir trahi! Mais vous ne ferez pas la même erreur que votre paternel, n'est-ce pas, Merzgin?
— Certes, que du passé... Nous devons regarder vers demain, vers le futur glorieux qui nous attend. Il est temps de réunir à nouveau les deux sphères. Les querelles intestines ne doivent plus nous diviser, nous sommes trop de gens de bon goût pour être des orphelins ou des

veufs. L'attentat de votre ferme de bébés ne fut qu'un sordide incident. Un geste fou, une jalousie mal placée... J'imagine que vous avez, avec l'aide du généreux docteur Martinstein, repris le prolifique projet au cœur de San Francisco, sans difficulté d'ailleurs.

— Hum ! Disons que pour l'heure, nous en sommes encore au stade empirique, expérimental... Bientôt, ce ne sera plus que de la routine.

— Comme je vous l'ai précédemment fait savoir, votre approche et vos méthodes sont géniales. Vous êtes le patriarche de ce nouveau millénaire ! Vous répondez à toutes les attentes par cette brillante déviation. Le meilleur des deux mondes pour nos familles !

— Ne voyez pas en ceci un vulgaire subterfuge Merzgin ! Tout est légal à celui qui écrit la loi !

— Serpent et Hibou ne feront qu'un si vous pouvez nous combler, mon épouse et moi. Vous savez ce que nous désirons ? Je viens du Liban où la fécondité est mère de prospérité. Je voudrais un fils en santé ! Ma femme ne peut plus engendrer, et nous avons tellement à attendre de la vie !

En signe d'approbation, Manlow tendit une main tordue par l'arthrite et une énorme bague sertie de diamants configurait l'aspect d'une chouette avec de grands yeux ouverts en rubis. Merzgin, arborant un large sourire, prit la patte et embrassa l'imposant bijou comme un fidèle qui baisoterait la chevalière d'un évêque ou d'un cardinal. Merzgin reconnaissait ainsi sa vassalité.

— Merzgin, Merzgin ! Un jour prochain, je vous ferai visiter notre prolifique industrie de San Francisco et bientôt, il y en aura aussi à New York. Vous serez grandement impressionné par la manière dont nous avons optimisé le rendement de notre firme. Avant la moisson suivante, vous aurez un fils digne d'un roi. Soyez assuré que vos adjurations s'imposeront avec respect par celui qui écoute et jamais ne parle.

— Une dernière petite requête que même vos associés de la côte Ouest doivent vous formuler par les temps qui courent. Depuis ce printemps, nous avons sur les bras un gouverneur réfractaire à nos méthodes. Nous espérions tous voir notre frère, Bill Gateway, briguer ce mandat. Or, l'on ne sait comment, mais Rutherford a été élu et l'on est depuis pris avec. Est-ce véridique cette rumeur sur sa probable « déqualification » ?

— Merzgin, je vous le répète : ne faites pas la même erreur que feu votre père. Ici, avec vos demi-mesures, plus personne ne se comprend. Parlez franchement ! Que voulez-vous dire au juste : déqualification ou sa disqualification ?

— Non, j'entendais plutôt, par « déqualification », sa suppression.

Manlow lui jeta un regard dur et menaçant :

— Gateway était mon étalon et il n'a été digne que d'être une pouliche de foire ! Juste bon pour la parade ! Vous contemplerez comment doit agir un chef ! Pour le moment, ce Rutherford ne sert pas ma cause, mais quand je le jugerai, j'en ferai mon affaire, vous verrez. J'aime mieux l'observer, le manipuler à distance, comme une longue laisse qui donne au chien un sentiment de liberté. Vaut-il la peine d'en faire une sorte de souffre-douleur, un martyr, en lui faisant sauter la cervelle ? De toute façon, ce Rutherford est isolé et l'on m'a affirmé qu'il était brillant et éclairé. Serait-il aussi ambitieux que rusé ? Je pourrais le rallier à notre cause ! Je suis fatigué de tout ce tintamarre ! J'irai me présenter à lui si la situation l'exige. En attendant, qu'il dorme tranquille...

— Et pour votre égal, Denahue ? Il semblerait trop se faire l'écho de vos invectives ! J'ai entr'aperçu son ange gardien rôder près de ma demeure... Je crains qu'il fasse fi de notre trêve et me porte un grave préjudice ! On dit que ses traqueurs sont implacables lorsqu'ils sont en chasse et je vous assure que j'ai vu l'ombre d'un de ses démons de corbeaux de malheurs !

— Vous rêvassez éveillé Merzgin... Ce mythe fut encouragé jadis pour influencer les faibles et les enfants désobéissants ! Denahue a un certain pouvoir, mais il est totalement sous notre contrôle... Le *Coven* a une emprise totale sur ce vieux sénateur...

Merzgin ne sembla guère rassuré des encouragements du vieux sénile et il caqueta des dents en silence. Son défunt père faisait déjà des affaires d'or avec ce dément de Denahue et son paternel n'était qu'un adolescent en ce temps-là. Merzgin ne pouvait oublier tant d'allusions sur cette vile âme. Manlow se courba légèrement vers lui et lui chuchota complaisamment au-dessus de son épaule :

— Ne soyez pas si superstitieux ! Cet *Athénua* de folklore n'aura aucune emprise sur vous si vous vous mettez sous ma protection... Denahue n'est qu'un bellâtre illusionniste de fête foraine ! De ces charmeurs de serpents qui quémandent une obole à l'ombre d'une ruelle sombre ! Ma fille vous procurera ce qu'il faut pour le tenir à l'écart, cette légende vivante... En plus, on m'affirme qu'il lui en coûte trop cher pour faire affaire avec ce genre d'horreur ! Il doit bien avoir quatre-vingt-dix ans ce bougre et ses forces s'amenuisent considérablement ! Il ne sort pratiquement plus de son manoir de Clearlake... Qu'un spectre emprisonné dans une carcasse pourrissante... Sur ce, je dois y aller sur le champ...

Manlow se leva péniblement et refusa promptement l'aide de Merzgin et de ses hôtesses. D'un pas lent, mais cadencé, il s'extirpa du club, accablé de nouveau par le poids de la chaleur et de l'humidité.

Toujours assis dans la limousine blanche, Ackerman, soulagé par la climatisation qui fonctionnait à fond, sifflotait à tout rompre en lisant assidûment de vieilles bandes dessinées fripées qu'il semblait connaître par cœur. Par hasard, un regard mécanique dans son rétroviseur lui fit apparaître un petit homme de la côte Est, en complet trois-pièces, impeccablement lilial et ivoirin, qui quittait l'établissement. Au fond de lui, Ackerman s'entendit dire : « Voilà le p'tit *Colonel Saunder White !* », en référence à la mascotte d'une chaîne de restauration spécialisée dans le poulet pané. Heureux de ne pas être pris sur le fait par Manlow, dont c'était un plaisir malsain de sournoisement le surprendre pour le rabrouer de plus belle par la suite, il lança en vitesse sa littérature malséante dans la boîte à gants, et sortit en trombe pour ouvrir la portière.

— Cette fois, pensait-il, la synchronicité est bonne, il sera ravi de voir que j'ai amélioré ma prestance et mon temps de réaction.

Manlow, fidèle à lui-même, trouvait toujours des commentaires désobligeants à redire sur la tenue légèrement froissée de son chauffeur domestique. Hypocritement et en écrasant son dos sur le siège du conducteur, Ackerman haussa les yeux, sous les invectives de son patron, blasé par tant de remontrances qu'il considérait comme injustifiées. Heureusement, cette fois-ci, les réprimandes de Manlow ne durèrent que l'instant de quelques répliques. Ackerman tendit l'oreille et entendit Manlow prendre le téléphone de la limousine. Du bout de sa canne, le vieil homme fit comprendre au Hollandais de montée la cloison, tout en lui crachant de brèves directives :

— À l'hôtel, Dowsey... à l'hôtel.
— Hé ! pensait-il, là j'en suis quitte pour une admirable balade. C'est rare que Manlow m'appelle par mon prénom ! Quelle pute dans cette boîte de nuit a pu le rendre de si belle humeur ce soir ?

Manlow, dans son îlot, isolé de tout, négocia jusqu'aux petites heures du matin dans les entrailles de la limousine jusqu'à sa destination définitive. Dans le stationnement souterrain du luxueux hôtel Keeplington, Ackerman grillait cigarette après cigarette tout en restant longuement silencieux. Il comprenait trop bien que Manlow ne s'égosillait pas sur un combiné pour rien. Il brassait de grosses affaires. De ce genre d'occupation qui finissent toujours par la souffrance d'innocents... Ackerman aimait divinement son boulot de superviser la pouponnière de San Francisco, qui était peu demandant et très lucratif, mais avec la venue de Manlow et de la visite du scélérat Merzgin, il se pourrait que ça cogne dur. Il était las des petites guerres occultes et de la discorde. Dormir, juste une nuit de sommeil sans tracas, c'est ce qu'il souhaitait le plus à cet instant.

Il souffrait légèrement d'insomnie. Il veillait, nonchalant, confortablement installé sur le siège inclinable de la limousine. Il n'avait pas l'habitude de s'imposer de l'introspection, encore moins à ce moment... Ses yeux fixaient un point entre deux séries de néons. Il reluquait un vieux gicleur. Ce dispositif d'asperseur, vissé à une conduite d'eau, semblait obsolète et tout rouillé. Il balaya du regard les divers extincteurs automatiques et dût bien convenir que celui-ci était le seul vestige d'un autre âge, d'un autre temps. Il marmonna dans sa solitude comme s'il parlait à un antique copain :

— Héhé ! Sacré Sprinkler ! Vieille branche ! Comme moi, tu résistes à l'appel de la retraite ! Comme moi... solitaire et sans amis, sans famille...

Son esprit divaguait, enivré par des fantasmes de plages ensoleillées, de hauts palmiers, de danseuses hawaïennes, d'un air d'ukulélé et d'un grand *piña colada*. Il souriait bêtement comme s'il était intoxiqué par un puissant alcool. Il riait, niaisement, en se remémorant des clips de vieilles animations de sa prime enfance... Une colère insoupçonnée, dissimulée et occultée par le poids des années, refit surface... Il se dressa comme une brute de film d'horreur et il fondit vers une grosse poubelle de métal... Il la défonça de violents coups de poing. Il émit un sourd grognement de haine et étouffa la complainte de ses jointures meurtries...

*
* *

Alberta Prescott stationna son éblouissant cabriolet et marcha, sous la chaleur suffocante, jusqu'à sa chambre d'appartement. Son père était peu enclin à la laisser sans encadrement. Malgré le fait qu'elle fut légalement une adulte selon les lois du Canada, il désirait qu'elle vive sur le campus. Mais après quelques arguments marteaux de sa fille, Ed consenti à lui louer un adorable logement dans la splendide région balnéaire de Sharp Park dans le riche quartier Pacifica. Avec sa bagnole de l'année et ses lunettes fumées « *glam* » sur les yeux, Alberta faisait beaucoup d'envieuses à UC Berkeley.

Elle se considérait, elle-même, comme ayant peu de succès avec les hommes. En fait, il y avait un réel troupeau de mâles en chaleurs qui désirait, secrètement, fréquenter la belle et mystérieuse Alberta. Mais celle-ci, insouciante ou condescendante, semblait ignorer les avances de ces charmants garçons. Cela lui donnait une aura de supériorité qui intimidait les courtisans les plus téméraires et faisait d'elle, sans le vouloir, une princesse inaccessible.

Alberta avait, avec son père, une relation assez étrange. Déjà à 16 ans, elle quitta le Canada pour parcourir le monde. Son paternel tenta, par tous les moyens qu'il avait, de la faire changer d'idée. Mais son amour pour elle étant sans bornes et par crainte qu'elle le rejetât comme sa femme le fit jadis, il succombait à tous ses caprices.

Arrivée à son appartement, elle prit une longue douche froide et prépara ses affaires pour aller à ses cours. Elle se maudit d'être restée debout jusqu'à l'aube à jongler sur des idées malsaines. Elle aperçut son lit et, à bout de force, décida de s'étendre un peu. Elle mit le réveil matin au plus près de son départ. Elle rationalisa son choix, la tête alourdie par le tracas et la fatigue, par cette pensée frugalement cotonneuse :

— À mon réveil, je prendrai un muffin avec un ou deux *espressos.*

Les puissants rayons de l'astre du jour la réveillèrent subitement et elle ne savait que trop bien ce que cela signifiait. Le soleil n'éblouissait sa chambre, située au nord-ouest, qu'en après-midi. Elle avait raté l'heure de son départ. Elle se leva péniblement. Elle était ébouriffée, en sueur et encore désorientée d'un sommeil tourmenteur. Elle griffonna une note sur un calepin : « Faire penser à Papy d'acheter un air conditionné ! ».

Le simple fait de se soulever lui fit rappeler qu'elle avait sauté le dîner de la veille et la faim, maintenant, la tenaillait. Défiant les recommandations municipales de ne pas gaspiller l'eau, Alberta, habituée au faste des réserves fauniques canadiennes, prit une autre douche glacée et elle se brossa les dents longuement. Elle n'eut de frissons que durant quelques minutes. Elle enfila le minimum de vêtements, question de se couvrir de façon acceptable, et se rendit au café du coin pour ingérer un bon *café viennois.* Elle eut également un faible pour les danoises au fromage et framboises… Ensuite, elle fit, au hasard de ses envies, ses emplettes car son frigo ne contenait que quelques bières belges. Elle acheta un plein panier de choses convenables dans une petite épicerie spécialisée dans les produits importés.

À son retour, elle se fit des pâtes à la sauce *Alfredo* avec une recette en sachet et elle savoura un vin blanc fruité allemand en révisant ses notes de cours.

— Aye ! Aye ! Aye ! Je devrais mettre les bouchées doubles pour rattraper mon retard !

La rançon de la gloire

Le ciel de San Francisco était tellement grisâtre et teinté d'un épais smog qu'on priait pour l'arrivée d'un prodigieux orage très bientôt. Le vent plat n'aidait en rien la situation. Le gouverneur de la Californie déclara l'état d'urgence et intima que les lieux ayant de la climatisation devaient être ouvert plus longtemps afin de permettre au grand public de se rafraîchir un peu.

Le Dr. Martinstein ne pouvait plus endurer cette chaleur. Il avait en horreur les bains de soleil et ses traits étaient toujours plus blafards et anémiés que la moyenne des gens. Avec sa cinquantaine d'années avancées et camouflées par des produits de beauté et du cache-cernes, il ressemblait de plus en plus à un birbe à mesure que les années ratatinaient sa peau. Il transpirait présentement à grosse goutte sous le brillant éclairage du complexe hôtelier, ce qui lui donnait cette allure grotesque de graisses dégoulinantes sur son faciès. L'anxiété faisait resurgir des petites manières de vieux philosophes grecs en manque de vins succulents du Péloponnèse.

Il faisait les cent pas dans le hall de l'hôtel Keeplington. Sa nervosité était fort palpable. Il y avait une bonne affluence et toutes les locations climatisées étaient louées. Des passants, mettant de côté leurs gênes, flânaient autour des kiosques à souvenirs afin de profiter d'un peu d'air frais. Mais Pol ne patientait pas pour une réservation, bien au contraire, il poireautait fébrilement à l'arrivée d'un « vieil » ami. Il passa une nuit blanche à compter les clous de la porte capitonnée, en vain, dans le hall même de la personne qui aspirait à le voir. Il devint très inquiet car, à la chambre de son interlocuteur, il n'y avait aucune réponse et le garçon de la réception ne discourait pas sur le fait qu'il était attendu. Aux petites heures, le malheureux docteur s'installa sur une des causeuses Louis XIV du palace, les yeux bouffis par la fatigue. Il se demandait bien ce que lui voulait Manlow et les raisons de sa visite soudaine. Celui-ci le contacta, deux jours plus tôt pour qu'il soit à son hôtel, à une date et à une heure précise. Manlow, de par sa nature dictatoriale, foutait les jetons à tous ceux qui le connaissaient, enfin, ceux qui étaient au courant de sa véritable personnalité et de son réel pouvoir.

Ce cher Manlow était un des plus puissants bonzes des États-Unis. Martinstein se souvint du jour où, pour la première fois, il fit la rencontre de ce vieillard étrange. Martinstein était un jeune médecin urgentologue qui avait commis des bourdes médicales irréparables à la suite de complications. Quelques-uns de ses patients décédèrent. Il fut complètement ruiné. Face à des poursuites au civil et au criminel, il était au bord du suicide. D'une vile apparence, d'une allure despote, le vénérable Fulher Manlow se présenta pour lui offrir une chance en or de recommencer à zéro, lavé de tout soupçon. Comme le Diable qui se faisait voir aux désemparés, aux désenchantés et aux Faust de ce monde pour acheter au rabais leur âme, Manlow exigea qu'il travaillât avec lui pour parachever son « œuvre ».

C'est sans surprise que Martinstein remarqua l'activité dans le corridor car le vieil homme arrivait avec sa suite. Le visage de Manlow devint alors crispé à la vue du juif aux allures amorties. Le docteur ténu ne savait que trop bien que ce petit roitelet, de blanc vêtu, n'aurait aucunement envie de s'excuser pour son retard. Martinstein vint pour courber l'échine devant sa magnificence, que celui-ci lâcha sèchement :

— Pas ici, abrutis ! Pénétrons dans mon *bunker*, je dois vous parler d'extrême urgence !

Ils empruntèrent un spacieux ascenseur et se retrouvèrent à un palace privé à l'utilisation explicite du bonze blanc. La sécurité y était discrète mais bien présente. Dans la salle princière de l'hôtel, un majordome anglais, d'une prestance impeccable dans sa mouvance, recevait les deux hommes et leur offrit poliment à boire. Manlow lui beugla sans considération :

— Jarvis ! Allez-vous promener quelques heures, je vous donne la matinée !

Avec ses gants blancs, le domestique ajusta la position de quelques menus objets pour s'assurer que la suite de son maître soit irréprochable et quitta l'appartement sans créer de remous.

Manlow, avec l'air arrogant qu'on lui connaissait bien, se mit un cigare cubain à la bouche. Il accomplit par le fait même une désobligeante mimique afin de rappeler à Martinstein qu'il devait se rabaisser révérencieusement à l'allumer d'un briquet qui trouvait place sur le bureau de Manlow. C'était une de ses façons de démontrer son réel pouvoir.

Après avoir tiré longuement sur ce bon cigare, il souffla à la tête du médecin son inhalation, puis il lui dit en appuyant longuement sur chaque syllabe pour attester de l'importance de la signification de ses mots.

— Vous savez, petit docteur... La fumée tue !

Martinstein, croyant avoir décelé de sombres menaces à son égard et connaissant le verbe incisif du vieillard, devint encore plus blême. Manlow plissa légèrement ses yeux au travers de ses lentilles rondes et rougeâtres. Il examina son vis-à-vis, comme un pugiliste qui observait son adversaire avant le *knock-out* final. C'était cela la quintessence pour Manlow, sentir la peur chez les autres.

— Voyons, Martinstein, m'avez-vous caché quelque chose ?

Martinstein avait toujours été un tiède suivant de Fulher Manlow. Pour des raisons purement pécuniaires et pour d'autres à côté, il endurait ce genre de frasque, mais il avait en horreur ses courtes insinuations et ses menaces perpétuelles à peine voilées. Il aurait aimé remettre à sa place ce gâteux grincheux, mais il appréhendait trop les conséquences d'un tel geste. Martinstein se ressaisit et avala d'un trait son verre de cognac. Reprenant ses esprits avec un peu de dignité, il garda le silence jusqu'à ce que Manlow commence à débiter son discours :

— Je suis déçu de vous, Martinstein, la coupe tarde à s'emplir et mes associés désirent plus de nouveau-nés. Que se passe-t-il ? Cinquante mille dollars n'est plus assez ?
— C'est certain qu'une augmentation du montant, disons à soixante-quinze mille dollars nous aiderait à dénicher de bonnes et sublimes candidates plus efficacement. Le contrôle de la qualité exclut trop de postulantes pour leurs apparences, la beauté se paye maintenant à prix d'or !

Manlow pensif extériorisa alors :

— Pour l'année qui vient, nous aurons une plus forte demande Doc et, personnellement, je trouve que vous en avez perdu beaucoup. Dégotez-nous de nouvelles filières de mères porteuses et non pas de ces maudites arriérées débiles des asiles. Des fuites, des informations qui se retrouvèrent, Dieu sait comment, dans les familles, nous firent presque tous couler ! Et c'est sans parler de vos femelles mexicaines que votre réseau de *cucarachas* de merde violait et égorgeait ensuite pour faire de violents films pornographiques de marché noir !!! Je ne veux plus de ce genre de bourdes. Des femmes propres et racées seulement. Tout s'achète, Martinstein, tout !!!

— Il est certain, dit le médecin avec prudence, que la plupart de nos mères porteuses reviennent, deux, trois et même quatre fois, mais elles ne peuvent guère en pondre plus qu'une portée par an. Dans le cas de la technique *in vitro*, ça nous donnerait plus de naissances à la fois, mais les poupons seraient moins adorables : des prématurés petits et chétifs ! De plus, ça ne serait pas très apprécié par nos matrices. Actuellement, je peux vous garantir un minimum de soixante-quinze enfants pour la date prévue...

Manlow, devenant rouge de colère, cracha son bourbon à la figure de son interlocuteur et il l'agrippa férocement par le collet de sa chemise en lui hurlant :

— Vous n'avez pas idée de la peine que vous me faites Martinstein ! J'en exige le double, les demandes sont très fortes. Les parents veulent absolument adopter des enfants pour l'année qui vient. Est-ce assez clair pour un sodomite comme vous Martinstein ?!!

Le nœud de la cravate étouffait le pauvre docteur et celui-ci lui montra patte blanche en obtempérant et acquiesçant de la tête à toutes les volontés de Manlow. Reprenant son souffle, les joues rouges vin, Martinstein devant tant d'insistance se sentit malgré tout dans l'obligation d'émettre une dernière réserve :

— M. Manlow, il faut que vous sachiez une chose : je suis au bout de la corde. Golda et moi faisons notre possible, mais nous ne pouvons pas remplir le vase sacré de la géhenne et, en plus, vous alimenter à ce rythme. Nous n'y arriverons pas seuls... Faites reprendre du service à la faction spéciale. J'imagine que cela fut très risqué à l'époque, mais le rapt de marmots légaux avec le truchement de mon organisme fera en sorte que nous atteindrons nos quotas ! De toute façon, à cause du bouche-à-oreille pour nous aider à trouver des mères porteuses, afin de ravitailler nos réseaux en gosses et mioches de tout genre, nous avons le même facteur de risque que si nous les prenions par enlèvement chez des particuliers. Vous n'aurez qu'à diriger vos cordes pour noyer le poisson le temps venu. Cela a bien fonctionné il y a vingt ans, quand je vous ai démarré la ferme avec leur soi-disant libération sexuelle. Les femmes vendaient leurs corps. Maintenant, elles sont de nouveau pudiques à ce qui a trait à leurs mômes. Usez de vos influences pour pousser à la ruine des milliers de familles. La moisson fertile n'est bonne que si l'ensemencement est fécond !

Manlow était redevenu sage, bien plus par la fatigue des ans que par une mansuétude à l'égard du médecin. Le docteur savait quels termes utilisés pour, ainsi dire, l'amadouer. Il avait emprunté un verbiage de groupe d'initiés universitaires et ce genre de discours enjôlait énormément le vieillard. Manlow écoutait attentivement les offres de Martinstein, puis lui lança lentement avec une pointe de douceur qu'il ne lui était pas familier :

— Nous n'en sommes pas là. Par votre précieuse entremise, à vous et à votre collègue, nous proposons de mignons nourrissons et certes, cette façade fonctionne à merveille. Mais je désire offrir personnellement, comme tant d'autres de mes associés le veulent aussi, de beaux enfants pour nos affiliés. Combien de couples attendent pour un bébé à l'heure actuelle ? Martinstein, espèce de crapule démocrate, vous négociez au nom de petites traînées et de prostituées sur de la drogue. Proposez-leur cent vingt-cinq mille dollars par couvée aux porteuses. De toute façon, nous reprendrons une partie de ce montant par nos « services spécialisés ! » Elles retourneront à la rue et seront bien obligées de s'approvisionner à nos vendeurs. Et puis merde, Martinstein, tentez de les inséminer avec plusieurs embryons à la fois : des triplés… quintuplés… Je m'en contrefous ! Je m'en balance de la mère et de sa santé ! Qu'elles crèvent, qu'elles crèvent toutes…

Le misogyne se mit à toussoter de colère. La voix rauque et la gorge enrouée par la toux donnaient à son élocution une teinte de vile consomption :

— Pour le mois de juillet, nous avions une attente d'au minimum trente-cinq ! Il est vrai qu'il n'y avait pas d'élections ou de grandes nominations cinématographiques en vue. Pas de besoins médiatiques. Ce creux de vague nous permit d'honorer fièrement notre parole ! Mais n'oubliez pas que cette année, nous aurons exigence du triple de la production pour les vendanges d'arrière-saison qui viennent ! Cent quatre bambins pour cet automne. Beaucoup de nos clients rêvent d'idolâtrer encore la jeunesse et l'innocence ! Les commandes sont déjà passées et je dois réfréner les ardeurs et les attentes tellement vos mioches sont en demande ! Il y a beaucoup de requêtes, de revendications et de souhaits de toutes sortes. Des petites blondinettes ou un coquin rouquin, des teints sémitiques, des slaves qui n'ont pas trop de traits judaïques, des ritals qui n'auront pas l'air de mangeur de macaronis et des asiatiques sans trop d'amandes dans leur regard. J'ai même des exigences pour des putains de bébés « *blacks* » aux profils de grands joueurs de basket ! Je veux honorer tous mes contrats ! Pour le reste, j'ai vu un contact fort important cette nuit et, avant longtemps, nous formerons une organisation qui sera vraiment internationale.

— Il y a des pays bien plus sûrs et plus coopératifs qu'ici lorsque nous faisons titiller la petite monnaie. Fini alors les problèmes de ravitaillement. L'on pourra aisément effectuer des adoptions des bébés sans devoir passer par les voies normales de la bureaucratie. Notre avenir, au sein de l'ordre, sera par conséquent assuré !

Comme il n'en avait rarement l'habitude, pour ainsi dire jamais, Manlow remplit le verre de Martinstein et s'en prit à même la bouteille. Après avoir régurgité la moitié de sa gorgée par le goulot, il frotta les lèvres de sa bouche humectée d'alcool d'un bout à l'autre de la manche de son veston d'un blanc immaculé, à la façon des despérados du désert. Sans se soucier d'un tel détail, il leva sa main en direction de Martinstein et le pointa soudainement du doigt de la menace.

— Plus que jamais, le secret se doit de rester entier, sale petit « youpin ». Demeurons dans l'ombre et tout se passera bien. J'ai assez de richesse pour faire plier les autorités corrompues et les médias centralisés. Ils nous sont redevables de beaucoup de bienfaits. Mais il y a une sorte de journaliste virtuel du Web qui m'énerve et qui cause un peu trop au sujet de nos agissements. Ils y vont de questions étranges à certains de mes confrères du gouvernement. Des interpellations qui laissent transparaître qu'il en sait plus sur nous, que l'humanité entière !

Manlow devint livide et aussi incolore que son complet. En ravalant sa salive, la bouche étrangement sèche, il se retourna et fixa le soleil qui se levait à l'est, venant percuter de plein fouet les persiennes entrouvertes de la grande fenêtre de sa suite. Les faisceaux en angles donnaient à la pièce une luminosité floue qui sembla déranger amèrement Manlow. Ces yeux se plissèrent de douleur malgré ses lunettes teintées. Du revers de la main, il frappa machinalement les stores verticaux sans réussir à faire dévier la trajectoire des rayons du flambeau du monde. Encore outré des manières brutales de ce vieux singe blanc de la côte Est, Pol, d'un simple geste, referma les tentures puis tira les splendides rideaux de velours noir. Un profond soupir de condescendance se lut sur son visage, mais Manlow semblait trop absorbé par sa dernière allocution pour en prendre note. Martinstein fut alors agréablement surpris de constater qu'un être vivant sur la terre pouvait faire front à ce « puissant seigneur » républicain au point de le faire taire et même l'amener à réfléchir !

— Qui ? Qui est cet avorton qui pose des questions sur notre ordre ? se risqua à demander Martinstein.

— C'est une sorte de journaliste indépendant, Allan Sexton. En fait, il harcèle actuellement le sénateur William Thorrenz pour une tout autre raison que nos affaires ici présentes. Il a dégoté, par hasard, un des mignons de Thorrenz et celui-ci s'est mis à trop parler de nos fêtes arrosées en alcool et en drogues, de nos prostitués mâles et femelles, et voire, du penchant de quelques-uns des nôtres pour les jeunes gens. Comme une mouche qui se colle au pot de miel, Sexton fouine et est en train de remonter une de nos filières.

— Il serait aisé pour vous de le faire tomber. Ça englue, le miel ! Franchement M. Manlow, avec vos ressources et vos contacts, en moins de deux, il ne serait que de l'histoire ancienne.

Manlow, le visage compulsé par la haine, fit taire le présomptueux docteur en dressant un poing querelleur.

— Rien n'est si sûr, sémite ! Sexton est venu à mon bureau pour me parler des grands feux du solstice d'été. Je lui ai dit, en grand acteur, que je ne comprenais rien à son histoire et il m'a, en me fixant d'un regard arrogant, tranquillement formulé : « les flammes ont brûlé toute la nuit, j'ai tout vu, j'y étais... ».

Le souffle coupé, Martinstein se laissa choir sur un canapé et ses yeux se fermèrent quelques secondes. Pliant ses bras vers sa bouche, les coudes appuyés sur ses frêles jambes, ses index se joignirent à ses lèvres qu'il tripotait nerveusement. Pensif, il réfléchissait à la situation. Soudain, il balbutia, en chuchotant plus pour lui que pour Manlow : « le Hollandais ? ».

— Impossible de le prendre de front, il a assuré ses arrières. Une mort problématique ne ferait que renforcer ses dires. Il m'a affirmé qu'il avait filmé, à l'aide d'une caméra, nos petites cérémonies. Autrement dit, comme je connais ce genre de rusé journaliste, il a dû en faire des copies et les a certainement distribuées à des contacts sûrs avec la classique mention « À n'ouvrir qu'à ma mort ! ».

— Faites-le tout simplement disparaître !

— Pas si sûr Pol. Je vous l'affirme, ce filou à plus de tours dans son sac qu'il n'y paraît. Il ne s'agit pas ici d'une tentative d'extorsion quelconque ou de vil chantage.

Manlow, toujours debout près de la fenêtre, frappa sa phalange lourdement sur le mur en tenant encore sa bouteille de bourbon qui se fracassa aisément. Elle lui lacéra la main en inondant d'alcool la nouvelle blessure. Au lieu de partager sa douleur, il vociféra, entre ses dents :

— Ce porc tente de nous mettre à jour !!!

Martinstein se précipita pour offrir les premiers soins d'usage, en marmonnant confusément des conseils d'application de petit clinicien de premier traitement pour les urgences :

— Voyons Manlow, il faut vous soigner. Il y a un risque d'infection. Oh ! La vilaine plaie est profonde ! Nous devons aller à l'hôpital de...

Le docteur chétif n'eut pas le loisir de terminer sa phrase. Il fut repoussé violemment par l'homme au complet de couleur d'albâtre. Il défit, avec lenteur, sa lavallière et s'en servit comme pansement de fortune. Le saignement teintait le chiffon d'un rouge sang. Manlow, nullement affecté par ce spectacle, serrait, entre ses doigts, sa cravate blanche pour faire une pression. Le liquide écarlate coulait ainsi de plus belle. Après quelques secondes, il étreignait son bandage improvisé de manière à arrêter la saignée.

Braquant les yeux sur Martinstein, il eut un réel mépris pour le frêle et délicat médecin qui se relevait. Avec crainte, celui-ci regardait le tapis de la suite s'imbiber complètement de l'hémoglobine du rustre vieillard. Manlow lui dit, en reprenant son énigmatique flegme de supériorité :

— Martinstein, espèce de vieux ramoneur de vagins ! Tu me dégoûtes, toi et ta petite personne malingre et impotente. Tu n'es qu'un insipide fluet et tout ton être me rebute. Tu es un infirme qui faiblit à la vue du sang. N'est-ce pas pour cette raison, Martinstein, le grand docteur Martinstein, que tu as si lamentablement failli à la tâche, hein ? Sur la table ? Dans le bloc opératoire ?!!

Dans le silence et la honte, la tête fixant le sol, Martinstein sortit de la pièce. Il ne pouvait plus entendre le cruel Manlow le torturer ainsi avec ses rires gras et généreux. Manlow lui envoyait une dernière avanie comme une outrageuse offense avant que Martinstein ne quitte les lieux. Comme s'il avait besoin de se ragaillardir le moral en rabaissant le grotesque toubib. Il lui lançait avec insolence :

— Allez, petit Pol, avouez que vous n'êtes bénéfique qu'à évider de négligeables sottes ! Vous les vidangez comme on fait une vidange d'huile ! Comme un bouchon que l'on fait sauter pour engloutir une bonne bouteille de vin. Vous lui ouvrez l'entrejambe et hop ! On perfore et vide de son contenu !!!

Martinstein fermait ses yeux en penchant la tête vers le sol. Il fixait les marqueteries du plancher comme si ce geste pouvait l'aider à atténuer les sarcasmes de Manlow. Il suivit du regard un des motifs jusqu'à la sortie, comme pour se concentrer à marcher droit. La solide porte capitonnée du bureau se referma en étouffant un esclaffement inquiétant, angoissant, et même sinistre. Le genre de rire gras et tapageur que l'on affuble aux striges de carnaval ou aux vampires du cinéma !

Le vœu pieux de l'innocente

Alberta n'avait plus la tête aux études, elle ne pensait qu'à sa nouvelle amie, Mylène Gilmore et à sa tragique histoire. Elle fit une mise en scène grandiose pour la croiser, soi-disant par hasard. Une question, une seule interrogation trottait dans la caboche d'Alberta et, comme pour s'en libérer, elle décida de jouer de franchise avec Mylène :

— Salut Mylène. J'ai, depuis notre dernière conversation, eu des pensées assez sombres, je pourrais...

— N'en ajoute pas plus Alberta, je m'en veux de m'être ainsi déchargée sur toi avec mes problèmes personnels. Pardonne-moi !

— Ne dis pas de sottises Mylène, au contraire, il fallait que tu en parles. Ne fut-il pas salutaire pour toi d'en exprimer la souffrance ? Tu sembles, par ce fait même, être plus sereine de mieux accepter ton passé. Il est important d'être soutenu sans être jugé !

— Certainement, mais cela a ouvert en moi un étrange sentiment. Avant c'était, je le croyais, des remords, maintenant je ressens de la solitude... Je me pose toujours cette question : qu'est devenue Pam ?

Avec un sourire en coin, Alberta feignit la surprise. En fait, elle le fut vraiment :

— Pam ?

— Oui Pam, Pamela... J'ai appelé ma fille ainsi, comme l'actrice... Je sais, c'est grotesque, mais je m'accroche à un fol espoir... Je prie chaque jour pour son retour !

— Au contraire, cela est tout à ton honneur... Écoute, je tiens à t'aider, je pense que le destin des hommes... ainsi que des femmes, bien sûr, est tracé, écrit d'avance... Je ne comprenais pas pourquoi je voulais étudier ici, mon père croyait que c'était pour la plage et les beaux garçons. Mais ma venue à cette université, j'en suis sûr, avait une cause réelle et c'était toi...

Solennellement, Alberta fit face à sa nouvelle amie, ses yeux se braquèrent sur ceux de Mylène et en silence, elle scruta l'âme de celle-ci. Quand Mylène tenta de murmurer un mot, Alberta la prit de vitesse et lui formula :

— Mylène, douce Mylène, dis le moi, une seule fois suffira... Tu voudrais la retrouver ?

Les yeux de Mylène devinrent humides. Elle pencha inconsciemment la tête à droite. Ses mains se connectèrent, se combinèrent à la hauteur du cœur comme pour supplier on ne savait quel saint. Elle balbutia :

— Certes... oui ! Bien sûr... Mais je me suis résignée depuis longtemps !

— J'ai des qualités journalistiques et un flair sans égal... Laisse-moi creuser, faire les recherches de fonds... Je ne te demande pas de t'impliquer personnellement, je n'ai point besoin de ton support... Reste en dehors de cette histoire, les évènements que tu as vécus prouvent qu'ils sont dangereux... Quoique le scénario trop parfait de l'ultime chance servait à te tenir loin de leurs agissements ! Une sorte de bluff ! La seule chose que je recherche, c'est ton consentement à découvrir la vérité. Tu veux savoir où est ta fille ? Souhaites-tu réellement retrouver ton enfant ? Mon père est riche comme Crésus et nous te fournirons tous les avocats qu'il faudra pour recouvrer ta petite et mettre ces monstres en prison... Le désires-tu, Mylène ? Le veux-tu vraiment ???

— Oui ! Je ne m'entendais pas à tant Alberta, je... Je ne sais quoi dire !

— Ne dis rien, fais-moi un beau sourire et file à l'étude. Ta fille sera fière de toi, de sa mère médecin... Va, je ferai tout mon possible pour la retrouver... Tout mon possible pour vous réunir à nouveau !!!

— Alberta, ne me fais pas de fausses joies, es-tu certaine de pouvoir faire tout ce que tu affirmes ?

— Certainement ! Avec un petit peu de flair, beaucoup de chance et de la détermination... C'est possible ! Il y a plus de détails dans ce que tu as dit hier que tu ne pourrais le penser, j'ai une mémoire photographique assez saisissante, tu verras !!!

Mylène embrassa chaleureusement Alberta et, en vitesse, inscrit ses coordonnés. Elle insista pour qu'elles sortent entre filles un de ces quatre quand toute cette histoire serait réglée. Elle courut en hâte à la salle d'apprentissage déjà bondée d'étudiants concentrés aux prochaines heures de cours à venir...

Alberta appuya fémininement ses deux poings à ses hanches, penchant légèrement son bassin d'un côté, comme une déesse de marbre de l'antique Grèce. Elle fixait la pauvre Mylène qui s'éloignait. Alberta leva les yeux aux cieux, espérant qu'effectivement elle retrouverait les parents adoptifs de Pamela. Sûrement qu'il y aurait un immense drame, mais devant de si horribles faits, la vérité triompherait... Étant déjà à deux pas de la bibliothèque de l'université et du pavillon Powell, Alberta décida, pour commencer ses recherches, de naviguer sur Internet. Elle entreprenait son tâtonnement virtuel, le plus naturellement du monde, à trouver une liste potentielle d'adoption de bébé, remontant à environ deux ans... Cela semblait facile, mais ce fut plus ardu qu'elle ne le supposait. Il était très rare que des légitimations se fissent avec des nouveau-nés directement. Même les adoptions internationales étaient régies par des règles très strictes et qui apparaissaient aisées à vérifier :

— Sûrement, pensa-t-elle, qu'une organisation, qui se donne tant de peine à aller jusqu'à menacer d'assassiner une fille récalcitrante, ne s'encombrerait pas de telles formalités et ne laisserait pas d'énormes traces d'encre derrière eux...

Après avoir navigué de site en site à la recherche de parents compatibles, elle se tourna vers les rumeurs et potinages artistiques. Des commérages, médisances et ragots du genre : « Elle a réussi à cacher sa grossesse à tout le monde ! » ou du style : « Un mois après sa grossesse, elle fait le tournage d'un film et a retrouvé sa taille de guêpe avec la méthode révolutionnaire *Pilates* ! On n'y voit plus rien de sa gestation ! ». Elle ne trouva rien qui puisse la mettre sur une piste sérieuse.

Elle scruta la presse internationale et dénicha de macabres rubriques virtuelles ayant trait à ce que son père lui conta la veille à propos des pays latins. Une série d'articles de différents correspondants fut mise en corrélation par un enquêteur en particulier. Il démontrait, hors de tout doute, un enchaînement logique de différentes vagues d'assassinats de femmes dans la petite ville de Ciudad Juárez, sur la frontière mexicano-américaine. Cette séquence semblait débuter dans les années 50 et se perpétuait encore de nos jours. De jeunes ouvrières disparaissaient étrangement et on retrouvait parfois leurs cadavres en bordure des routes désertes, dans des caniveaux ou enterrés dans des charniers humains. Le décompte en était mirobolant et les médias n'en parlaient que très peu. C'était, proprement dit, l'équivalence, en faisant une énumération nominale, d'une population d'une localité moyenne.

Ciudad Juárez était une ville frontière, située face à sa jumelle américaine, El Paso, dont les usines de montage, les « *maquiladoras* », employaient jusqu'à 250 000 travailleuses mexicaines en même temps. Celles-ci constituaient son unique activité. Les industries étaient des filiales des entreprises les plus puissantes du monde capitaliste. Il y avait pas moins de 400 coentreprises, dans le début des années 2000, qui abusaient ainsi d'une classe très pauvre qui acceptait des conditions exécrables, sinon serviles, pour survivre à une époque que trop laborieuse...

Les cadavres des jeunes filles retrouvés étaient communément énormément mutilés, quand il ne restait plus que des os. Les autorités mexicaines semblaient bâcler les enquêtes et on en occultait les faits d'indifférences. Le temps faisant trop souvent son œuvre d'oubli.

Les différents textes étaient signés de la main de dissemblables reporters et, au travers de l'histoire, les cas les plus anciens remontaient dans les années 50. Sans lien direct entre eux, un dénommé « Vervecarius » les avait reliés en accolant tous ces articles l'un à l'autre pour y faire ressortir une bien étrange cohérence. Ce surnom d'avatar de *Vervecarius*, « le berger » — elle fit une recherche via un traducteur universel, car son latin académique n'était que très fragmentaire — ne disait pas grand-chose. Le plus surprenant de cette mystérieuse annotation laissée par lui, était qu'il affirmait qu'il avait la preuve que les victimes retrouvées avaient toutes, étrangement, une profonde lacération dans le bas du corps entrevoyant des césariennes aussi violentes qu'improvisées. Ce fait troublant était volontairement occulté par les médias et même par les autorités. *Vervecarius* termina son intervention par une pensée :

« À ceux qui cherchent la vérité, à un cauchemar seront confrontés ! Celui qui a des yeux et ne peut voir est un aveugle, celui qui ne veut voir devient un complice !!! »

— Terrible ce qu'elles peuvent endurer au Mexique ! Mais ça semble être trop gros pour notre histoire... Revenons à nos moutons et laissons le berger à son troupeau !

Elle délaissa ce fait horrifiant pour se tourner vers quelque chose de plus concret. Le Mexique restait, somme toute, assez loin de San Francisco ! Elle se concentra donc sur le Dr. Pol Martinstein. Avec un peu de temps et de chance, elle découvrirait des faiblesses à exploiter. Subséquemment, elle chercherait l'emplacement exact du motel Colonial à Sacramento.

Des centaines de rubriques journalistiques vantaient les mérites du Docteur Pol Martinstein. Des entrefilets et articles douceureux qui donnaient une vague impression à Alberta que le tout était orchestré par une agence publicitaire qui œuvrait à la parfaite image de politiciens ou d'artistes connues. Des 5 à 7 biens arrosés, des petits cocktails de vedettes, des événements de charité, etc. Toutes les photographies de Martinstein étaient prises du même angle, comme si on s'organisait toujours pour capter son bon profil. Son sourire, invariablement le même, démontrait une pause plastique recherchée du faciès, nous laissant apercevoir de belles dents blanches plastifiées, tout aussi artificielles que le reste.

Il y avait bien des articles négatifs à son égard, qui faisaient mention de ses derniers démêlés avec la justice, de poursuites ayant trait à sa clinique d'avortement et de menaces d'extrémistes religieux. Rien de nouveau, que des faits divers accordés par la masse et toujours véhiculés par les médias. Pourtant, Alberta poussa plus à fond ses recherches et découvrit, par chance mais aussi par sa ténacité, un fait troublant datant d'il y a une vingtaine d'années; alors encore dans la force de l'âge. Le Docteur Pol Martinstein se retrouva l'artisan d'une grave erreur d'inattention qui aurait causé la mort d'un patient. Mais le pire, à l'époque, fut la tentative du Dr. Martinstein de déverser toute la responsabilité de l'accident sur une jeune infirmière, Marianne Leonard. L'affaire se termina en instance juridique et le praticien, devant les fâcheuses évidences, fut poursuivi au civil, par la garde-malade qui voulait réparation. Il fut ensuite attaqué au criminel par l'État de la Californie. Tous étaient dégoûtés par la lâcheté de ce scélérat médecin. Les procureurs l'avaient dans les câbles...

Alberta fut alors troublée de voir, sur les microfilms de la bibliothèque, que Martinstein fut en tous points décrassé en cour d'appel. Même les flagrantes preuves, si indéniables et incontestables au premier procès, tombèrent une à une. Martinstein ressortit complètement laver de tout soupçon. Pire, Marianne Leonard fut à nouveau inculpée et l'on fit la « preuve », basée sur les exactions de Martinstein, qu'elle prémédita l'accident qui devint un meurtre au premier degré. Elle fut sauvée *in extremis* de la peine capitale du fait qu'elle fut une jeune créature. Malgré cette clémence fortuite, elle fut incarcérée à vie au dur établissement pénitentiaire pour femme de Pasadena. Alberta ne trouvant rien d'intéressant sur Marianne Leonard via Internet, dut pousser assez loin ses fouilles pour avoir accès aux registres officiels de la prison de Pasadena. Marianne n'y resta que deux mois, victime d'un vicieux coup mortel par une codétenue.

Après coup, les médias se détournèrent de l'affaire, au point de passer sous silence la mort de Mlle Leonard. Cela sentait la mise en scène à grande échelle. Elle se doutait bien, une fois la jeune infirmière décédée, que plus rien ne reliait Pol Martinstein à son passé. Le reste était de l'histoire connue... Blanchit deux fois plutôt qu'une seule, Martinstein put se faire oublier pour ressortir, quelques années plus tard, sous les traits du brillant et riche chirurgien.

Il n'y avait aucun motel Colonial à Sacramento, rien... Mis à part un *Colonial Lounge* qui se trouvait au centre-ville... Qu'est-ce que cela pouvait-il bien vouloir dire ? Elle ne doutait aucunement de la bonne foi de Mylène. Elle avait, on ne peut mieux, spécifié qu'il faisait très noir et que les lumières étaient fermées. Elle élargit ses recherches au-delà des inventaires touristiques. Bien sûr, pensa-t-elle, qu'un tel lieu devait être forcément gommé, biffé en quelque sorte des registres normaux. Sinon, le flot de visiteurs deviendrait problématique avant longtemps. Elle éplucha, comme les pelures d'un oignon, toutes les listes inimaginables... Néant, rien du nom de Colonial à Sacramento. Par élimination, elle vérifia tous les *Colonial Lounge* de Californie et tous semblaient être en fonction, il faut avouer qu'il y avait une chaîne de ces établissements disséminés à la grandeur du territoire américain. Alberta s'étira à son maximum, le dos endolori par de si longues recherches...

— Réfléchissons de façon plus éclectique !

Elle recommença au grand complet son exploration virtuelle. Elle comprit quelque peu qu'elle fixait trop sur le vocable « *Colonial* ». Dans l'énervement et les ténèbres environnantes, Mylène put aisément confondre ce mot avec un autre, semblable. Il y a beaucoup de motels de la chaîne *Colonial Lounge* en Arkansas. Se libérant de ce terme stérile qui faussait ses recherches, Alberta tomba net sur ce qu'elle cherchait. Le Motel *Colonel Inn*, splendide établissement construit en 1930. Cette auberge dut fermer définitivement ses portes après la Seconde Guerre mondiale. Les lieux, isolés, dans un coin perdu, sur la défunte route secondaire 16 *Eastway*, connut un amoindrissement funeste de ses affaires. Depuis, aucun propriétaire de la place ne fut connu. Mais elle dénicha un article datant d'il y a moins de deux ans faisant mention d'un incendie meurtrier qui fit plusieurs victimes, soit cinq femmes, toutes décidément enceintes. Preuve que l'auberge *Colonel Inn* était, d'une façon comme d'une autre, encore en activité lors des évènements supposés de Mylène. Par son infaillible instinct, elle s'assura que sa merveilleuse trouvaille rencontrait tous les paramètres possibles pour être bien certaine que ce motel fut bien celui qu'elle cherchait. Sans l'ombre d'un doute, tout collait à merveille.

Elle se souvint de deux différentes appellations dans le récit de Mylène. Elle les nota à nouveau sur son bloc note; une infirmière nommée Golda et un géant à la mansuétude facile... Hollandais, Ackerman...

La recherche sur une anesthésiste portant le prénom de Golda ne fut pas sans surprise... Une garde-malade à la désignation de Golda Shalow fut arrêtée, il y avait une vingtaine d'années, pour avoir subtilisé trois enfants dans une pouponnière de Tel-Aviv, en Israël. Après une courte enquête, on retrouva les bébés sains et saufs dans le coffre de sa voiture. Elle fut internée cinq ans dans un asile puis fut libérée. Elle devait être sous le coup d'une période probatoire, mais les autorités israéliennes perdirent sa trace dès sa libération. Elle disparut de la carte depuis...

Pour la recherche sur « Hollandais, Ackerman », elle eut des centaines de pages et liens sur un célèbre gangster des années folles, Arthur Flegenheimer alias Dutch Schultz qui était affublé d'un tel surnom de « *Dutchman* ». Elle dut faire avec toutes les annotations envisageables. Elle ne trouva, à la fin, qu'une description possible d'un criminel. Fiché à l'Interpol, et par toutes les polices d'Europe, ça ne pouvait être que lui. Grâce aux signalisations morphologiques, tout cadrait. Mais le hic, c'est qu'il était signalé mort depuis maintenant onze ans. Le suspect était connu comme étant un citoyen hollandais. Baptisé Dowsey Jackson Ackerman, alias le *Jackall*, alias le Hollandais... Début soixantaine, caucasien, les yeux noirs, crâne complètement chauve, dans les deux mètres, avoisinant les 195 kilos. Il fut arrêté à maintes reprises dans sa jeunesse pour plusieurs méfaits. Premier meurtre à 14 ans, il tua son père parce qu'il battait sa mère sans cesse. Il fut chef d'un gang dangereux à dix-sept ans. Un bagarreur de rues qui gagnait de fortes sommes en participant à des combats illégaux. Il fut incarcéré pour l'assassinat d'un policier d'Amsterdam. Il réussit, avec trois autres complices à s'évader pour ne plus jamais être retrouvé. Il parcourut l'Europe en proscrit, laissant dans son sillage des actes de barbarismes et de violences gratuites, allant de voient de faits, menus larcins à tentatives de meurtre.

Il était devenu, selon différents corps de police, un assassin prisé par différentes pègres du monde interlope. Il était reconnu pour son sang-froid, sa force herculéenne et sa cruauté légendaire. Il avait eu, effectivement, comme il le fit savoir à Mylène, une fille illégitime, morte à dix-neuf ans de leucémie. Il n'avait presque jamais vu sa fille à cause de ses nombreuses cavales. Alberta fut estomaquée par la ressemblance de Mylène, avec la seule image disponible de cette fille dans le dossier d'Ackerman : une photo mortuaire. Elle se prénommait Elsbet et portait le nom maternel de Van Soest.

Selon un simple communiqué émis par le FBI, Ackerman serait décédé durant un vol de banque sur le territoire américain. Épiphénomène bizarre que nota, au feutre fluorescent, Alberta sur sa copie imprimée. L'annonce ne donnait aucun détail, lieu, date ou heure... De plus, aucun autre corps policier n'avait demandé de certificats légaux de décès ou d'évènement. Conformément à ses recherches, Alberta conclut que les autorités devaient avoir une preuve formelle d'un trépas pour le comptabiliser. Sur un cas où il n'y a que la parole d'un département étranger, le fait n'est considéré que comme une rumeur, qu'un ouï-dire. Se retrouvant devant une évidence indirecte avec soupçons, les dossiers restent ouverts pour fins d'enquêtes ultérieures ou jusqu'à la certitude solide d'une confirmation de la mort du suspect. Ici, dès que l'on-dit fut transféré à Interpol, toutes les instances policières fermèrent définitivement les livres... D'ailleurs, Alberta ne récupéra nullement d'archive ou de rapport nécrologique à ce sujet... Il n'était pas mort, il avait disparu ! Elle réussit à trouver une photographie carcérale lorsqu'il avait dix-sept ans... — « Mon Dieu, il est plus affreux et moche que le géant à dents d'argent dans les films de James Bond ! ».

Alberta, ne voulant pas brûler les étapes, décida, après cette première journée de documentation, de se changer les idées pour chasser toutes les conjonctions d'anticipations disparates qui lui trottaient dans la tête. Elle se leva, engourdie, en fixant sa montre :

— Zut, pensa-t-elle, déjà seize heures ! Je crève de faim et je n'ai même pas dîné... On reprendra cela demain...

Machinalement, Alberta se rassit, comme si sa volonté propre était passée en second. Comme un robot, elle commença à écrire, en épelant en sourdine, une à une, les lettres M-A-N-L-O-W. Ce nom, par les outils de recherche informatique, donnait autant de résultats que le surnom de la chanteuse Madonna !

— Ouf, lança-t-elle, on repassera pour le copieux repas... Contentons-nous d'une collation. Des croustilles et une boisson gazeuse feront l'affaire !

Elle se dirigea vers des machines distributrices dans le hall de l'édifice. Elle frissonnait inconsciemment, plus par la réminiscence des traits grossiers du Hollandais que par la fraîcheur exagérée de la climatisation...

*
* *

Le Dr. Pol Martinstein somnola une partie de la matinée et bien au-delà du midi. Mais aucun homme, avec son vécu et ses agissements, ne pouvait dormir d'un léger sommeil réparateur. À ce stade, il fallait maints calmants et Valium pour accéder au repos de l'âme. Le téléphone sonnait depuis longtemps quand il se sentit la force nécessaire pour l'atteindre :

— A... A... Allô ! Qui est à l'appareil ?

— Bonjour Dr. Martinstein, ici le directeur du département de médecine de l'université Berkeley, Stuart Jameson. J'ai tenté de vous joindre toute la journée... J'ai reçu, à votre égard, de très bons appuis de la part de gens forts haut-placés, pour votre candidature. C'est accepté, vous serez responsable de la nouvelle discipline d'étude de grossesses non désirées et de ses effets sur les personnes, ainsi que de la chirurgie pour y mettre un terme. Vous serez, bien sûr, épaulé par la psychiatre Maureen Dempster, la réputée gynécologue Margaretha Newman, vous la connaissez bien je crois, elle chapeaute l'important projet *Neo-Aurora*, et la renommée psychothérapeute Laura Standfield pour la formation de chirurgiens spécialisés avec tout le bagage nécessaire pour cette profession.

— Vous m'en direz tant ! Il faudra sabrer le champagne en mon honneur !

— Pourriez-vous venir, disons, demain à 14h ? Je vous présenterai vos éminentes collègues et nous pourrons discuter plus à fond des modalités entourant votre entreprise...

— C'est cela oui, demain 14h, sans faute. J'y serai...

Avec peine, Pol raccrocha la ligne de manière à faire un mauvais contact :

— Ainsi, je ne serai plus dérangé...

Il se recoucha et roupilla comme un poupon. Son sommeil fut profond et sans rêve… Du moins, il ne s'en souviendrait pas à sa résurrection en ce monde, mais ces songes y étaient pourtant bien présents et ils avaient des allures de cauchemars. Tant d'illusions d'une vie rangée, cachée sous un tas de faussetés.

Avec un énorme mal de tête, il se releva péniblement. Il avait une légère fièvre et avait passablement sué durant son sommeil. Il enfila à grand-peine un peignoir de douche et se mouva comme le ferait une momie décharnée en trainant les talons au plancher.

Il pénétra dans la salle de bain et se regarda dans la glace de l'armoire de toilette. Il reluqua ses cernes et tira la langue comme pour s'auto-ausculter lui-même. Il grimaça à la vue de ce qu'il était vraiment. Il passa ses mains dans sa tignasse ébouriffée sans réussir à revamper son apparence d'homme efflanqué.

Dans un geste brusque, il ouvrit sa pharmacie et saisit un pot de cachet sans ordonnance. Il enfila deux capsules contre la migraine dans son gosier et les avala sans prendre une seule gorgée d'eau.

— Mon petit Pol, pensa-t-il en étirant son épiderme tout ridé, vraiment, tu te fais vieux ! Je devrais vraiment reconsidérer la possibilité de me faire un bon déridage !

La quête du savoir

Alberta dévorait insatiablement ses croustilles avec la frénésie d'un fauve affamé, éberluée de ce qu'elle trouvait sous la recherche « M-A-N-L-O-W ». Elle engloutissait sa pitance comme une jeune adolescente le ferait, seule, devant un écran de télévision montrant un film d'épouvante de fin de soirée.

« Fulher Abraham Manlow »... Dès qu'elle vit sa photographie, elle ressentit, au fond d'elle-même, que ce ne pouvait être que le mystérieux homologue téléphonique... Pourtant, rien de ce qu'elle découvrit ne permettait de faire cette déduction, mais elle le sut à l'instant où elle fixa son dur regard... Riche partisan de la machine républicaine et de ses nombreux leviers, il avait œuvré, dans sa jeunesse, comme pion très important des services secrets américains. Il était l'un des fondateurs de la NSA et avait jeté les assises de la CIA et de la police fédérale moderne avec les John Edgar Hoover de ce monde...

Un homme d'affaires aisé de fortune qui investissait dans plusieurs complexes militaro-industriels. Des cas troublants, aussi disparates que voies de fait, assauts, agressions et tentatives de viols, parsemaient son long parcours... Aucune accusation contre lui ne fut retenue longtemps et il pouvait, à sa guise, démolir tout détracteur en justice pour diffamation. Il faut spécifier qu'Alberta n'eut aucun mal à relier, à ce puissant individu, la moitié des hauts magistrats de la côte Est.

Pour la presse, en général, il était le parfait « *self-made man* ». Ne partant de rien, il aurait fait sa fortune avec la guerre froide et ses besoins incessants d'armements technologiques. Il fut marié trois fois. Il n'eut jamais d'enfant, quoiqu'une vague clameur affirme qu'il avait adopté une fillette au tournant des années 2000. Alberta ne poussa pas plus loin cette avenue, déconcentrée par le bagage brutal du sénile patriarche. Il y traînassait, çà et là, des rapports accablants de brutalités faites à ses ex-épouses qu'il accusait ouvertement d'être stériles et de ne pas lui avoir donné de fils... Bien sûr, aucun lien direct ne reliait Martinstein à ce grossier personnage. Mais il devenait certain que ce violent croquemitaine souffrait quelque peu de difficultés érectiles... Et s'il avait adopté un enfant de Martinstein ? Rien ne parlait qu'il eut un enfant légitime, un genre d'héritier, et Alberta ne dénicha aucune autre information outre la rumeur de la fillette ramenée d'Iran.

Alberta fit une pause, elle réfléchit l'espace d'un moment, puis s'écria subitement :

— Sauf ! Peut-être ? Je l'ai déjà vu avant lui !

Alberta avait imprimé tout ce qu'elle avait trouvé sur le sinistre Martinstein et, en vitesse, elle regarda les photographies de presse sur ses impressions... Elle prit une de ses pages et la juxtaposa à l'écran de l'ordinateur :

— Ouais ! C'est bien lui... À l'arrière du Dr. Martinstein, à cette soirée mondaine, il y a ce vieillard vêtu de blanc... Affirmatif, c'est bien lui, c'est bien le même! Comme ça, M. Manlow, vous êtes bien le complice indirect, voire le mentor, de ce Dr. Martinstein...

Fière de ce puissant lien, Alberta, avec un enthousiasme débordant, se remit en selle et tapota sans cesse sur le clavier, tout en faisant danser la souris avec détermination, visitant site après site :

— Soit... Voyons voir si, parmi toutes ces fausses humilités et ses irrévérencieuses flatteries, il n'y a pas, dans les diffamations que vous vomissez sur tous et chacun, une personne qui aurait quelque chose d'intéressant à dire sur vous...

Lassée, les yeux accablés de plusieurs heures de recherche sur un petit écran, Alberta déclara forfait. Elle décida d'imprimer le maximum d'informations, tirant jusqu'aux plus anodins, qu'elle pourrait éplucher, à sa guise, chez elle. Étant réduits à l'impuissance, ses globes oculaires s'imprégnaient de minuscules taches blanches clignotantes.

— Apportons donc un peu de lecture pour cette nuit...

Alberta ne possédait même pas un simple ordinateur personnel. Elle préférait aller au café Internet du coin pour ses menus travaux, question de changer d'air puis de voir de ses yeux les gens « branchés » de la côte Ouest. Elle fit des copies de tout ce qui touchait de près ou de loin à ce qui l'intéressait.

Dès qu'elle sortit de l'édifice frigorifié, elle perçut la bouffée de chaleur l'accabler ! Elle traversa le stationnement sous ce soleil de plomb en évitant prudemment les chauffards, exaspérés par la canicule et l'humidité, voulant rentrer à la maison avant même de l'avoir quittée. Elle démarra sa voiture en trombe, jetant pêle-mêle la chemise, contenant une bonne quantité de dossiers qu'elle s'était procurés sur les différents sites Internet, sur le siège côté passager. Pour combattre la fatigue, elle alluma la radio à son plein volume, faisant trembler la carrosserie de son cabriolet par un sourd vrombissement rythmique de basses fréquences.

Bien assise sur son siège, elle tambourinait de plus belle sur son volant en écoutant les tubes de l'heure. Dès qu'une pause publicitaire ou un bloc d'informations entrecoupait les partitions musicales, elle changeait frénétiquement de station. Cette surexcitation l'a tenait en alerte. Le vent bouillant soufflait, en frémissement, dans sa chevelure foncée. Sa coupe, délicatement amincie au carré, lui donnait des allures de princesse égyptienne. Elle bouclait légèrement, mais engloutissait des fortunes chez un styliste pour les faire défriser. Elle avait placé ses lunettes de soleil comme un serre-tête pour retenir quelque peu ses cheveux. Une légère brise chaude se levait. À la radio, avec parcimonie, on annonçait toujours la durée de cette vague de canicule pour quelques jours encore.

— Pourvu qu'il pleuve avant Noël, ironisa candidement Alberta, en coupant le sifflet de l'annonceur, pour mettre une musique plus enivrante.

À son appartement, elle trouva une note sur sa porte. La propriétaire de l'édifice lui communiquait qu'on était venu lui porter, de la part de son père, un climatiseur tout neuf. La propriétaire avait pris la décision de superviser l'installation, espérant que cela ne froisserait pas trop Alberta qu'elle ait est saisi cette initiative.

— Vu le degré d'urgence de cette vague de chaleur, raisonna Alberta, elle a très bien fait !

Dès qu'elle ouvrit la porte, du seuil même, elle sentit un courant d'air froid. Elle réfléchit intérieurement :

— Merci, mon petit Papy, tu penses vraiment à tout !

Dans son appartement, déjà climatisé depuis l'après-midi, Alberta frissonnait de bonheur. Après une bonne douche et un copieux repas, elle put, à loisir, s'installer sous une douillette et enfin relaxer...

Elle s'endormit, le temps d'une sieste. Vers 3h du matin, elle se réveilla en sursaut, comme prise, à cet instant, d'une componction à l'égard de Mylène Gilmore. Elle s'admonesta de blâmes intérieurs. Comme une contrition de repentir, elle sentit le besoin de se plonger à nouveau dans les documents imprimés plus tôt. Elle s'en voulait de s'être prélassée à l'abri de ce frais bonheur, lorsqu'elle eut fait serment de régler, ou de réparer plutôt, les malheurs du passé...

Arc-boutée au mur qui borde son lit, accoudée sur une pile d'oreillers soyeux placés sur sa couche, Alberta, méthodiquement, ânonnait, épelait même, à demi-voix, les lectures qu'elle marmonnait comme pour mieux ingérer les informations qu'elles contenaient. Comme une récitation sans fin, elle faisait une communion malsaine avec le grossier personnage de Manlow.

Ce monstre n'était qu'une ombre de méchanceté. Une légion de tourtereaux honoraient, adoraient ou vénéraient cet homme d'affaires prolifique en avoirs et richesses de toutes sortes. Domicilié au Connecticut, plus précisément en banlieue de New Haven, il avait des dizaines de résidences secondaires où les convives semblaient être reçus par Bacchus, lui-même, tellement il y avait des réceptions, des bals et des banquets de luxe... Dès que l'on prenait le temps de comparer les raisons de cette adulation avec les faits réels, on remarquait vite que cet « amour » de l'élite journalistique, politique ou artistique ne relevait que de l'acharnement à plaire à un ogre de malveillances.

Malgré toute cette couverture médiatique, cet individu était un régnant de l'ombre... Comme il en était pour Alberta, les personnes qui faisaient partie des gens communs de la rue ne semblaient pas connaître réellement cet homme... À la lumière d'une série d'articles écrits par une agence de presse anonyme et indépendante, il y était démontré que Manlow et ses sbires avaient un total contrôle des firmes pharmaceutiques. Ils posséderaient des brevets de vaccins efficaces qui éradiqueraient beaucoup de maladies infectieuses, mais ils se bornaient que de breveter, sous licence, des traitements temporaires qui annuleraient ou ralentiraient les effets de ces infections, à condition de prendre ce médicament à vie... Ainsi, les profits engrangés étaient faramineux. Seulement avec les bénéfices accumulés sur le dos des pays du tiers-monde, les firmes étaient déjà fortunées. Un autre article relatait des tentatives de renversements politiques es nations instables, en vue de créer des tensions qui conduiraient à des génocides et à des guerres civiles. Son cartel d'industries, des firmes militaro-scientifiques de pointe, pouvait à sa guise vendre des armes, les tester sur des cibles réelles et les perfectionner.

Ils s'affairaient à explorer et étudier des avenues aussi étranges que les contrôles des masses et des populations en état de crises, par des techniques d'ultrason ou de l'expérimentation des températures contrôlées. Dans un des articles, il était démontré que le capitalisme et le communisme ne furent que des créations d'un même pouvoir suprême pour asservir les peuples à une logique de guerre froide, qui ferait disparaître graduellement le principe des libertés individuelles et la possession de richesses personnelles...

Manlow avait de solides assises au sein du Fonds Monétaire International, et son penchant, la Banque Mondiale. Il avait des actifs dans plusieurs départements, dont le monde des usuriers de crédit à long et moyen terme et autres multinationales. Il contrôlait, occultement, selon les rubriques, des organismes comme l'OCDE, le « *World Economic Forum* », de puissants lobbies à l'ONU ainsi que des groupes de pression sur le continent nord-américain, le *Bilderberg group*, etc.

Manlow était un redoutable républicain d'apparat qui faisait office de bon et généreux chrétien. Le genre d'homme de la rue qui s'était élevé en travaillant fort de ses mains, à l'icône, à l'image du rêve américain. Mais les faits étaient autres, et ce qui se dégageait des articles, sans véritables signatures de cette agence de presse anonyme, représentait plutôt Manlow comme un tyran. Il avait hérité, de lui-même, d'une énorme fortune créée de toutes pièces par une prohibition profitable et une course aux matériels de guerre sans fin. Un individu qui contrôlait à la fois les sphères du pouvoir militaire et policier, de la puissance économique, politique et financier et celui des complexes industriels majeurs comme les technologies nouvelles, pharmaceutiques et d'armements. Manlow avait le bras si long qu'il touchait, de façon vicieuse, les arts et le monde des artistes et du « *jet-set* ». Au-delà de la climatisation, Alberta Prescott eut froid dans le dos. Un frisson d'effroi et de consternation lui parvint, lorsqu'elle pensa, très songeuse :

— Aucun homme, ici-bas, ne devrait détenir autant de pouvoir...

Malgré toutes ces divulgations aux allures de vérité, malheureusement, aucune ne faisait allusion à la traite illégale de bébés. Elle devait absolument prendre contact avec le ou les auteurs de cette longue recherche. Du moins, analyser, filtrer et collationner des faits parallèles qui corroboreraient les dires de ces articles.

— Il y a tellement de conneries sur le réseau Internet... C'est bien beau les potins, mais il est très ardu de vérifier de telles sources sans les références de bases ! Et si facile de monter un bateau... Le seul lien que j'ai est une adresse électronique secondaire... Je ne perds rien à essayer !

Au petit matin, Alberta sortit en trombe, sans se coiffer, et se dirigea au bistro du coin. L'endroit où il y avait un petit café Internet ouvert 24/24. Elle ne laissa qu'un court courriel et ne donna qu'une vague demande de renseignement sur Manlow et le Dr. Martinstein et, si possible, de la documentation plus étoffée sur le circuit d'adoptions illégales que les deux opéraient en catimini... Elle signa A.P. et transmit son adresse électronique usuelle qu'elle avait l'habitude d'utiliser pour ses multiples tâches universitaires...

Le pacte d'une hyène et d'un chacal

Un soleil de plomb laissait miroiter ses rayons dans un filtre de pollution grisâtre. Le Dr. Martinstein gara sa voiture au stationnement de l'université Berkeley, il était bien plus tôt que l'heure prévu de son rendez-vous. Il désirait, comme un paon arrogant, de se faire reconnaître par tout un chacun. Il errait dans les corridors, au gré de sa fantaisie. Il avait enfilé un très beau costume mode trois-pièces, vêtements de coloris gris lignés et de petites broderies blanches aux lignes très prononcées. Il poussait le ridicule du vedettariat à draguer, de manière désinvolte, de jeunes universitaires en émettant de roucoulants compliments. À l'improviste, une porte de salle de cours s'ouvrit et une soixantaine d'étudiants de première année sortirent en célérité. La vélocité de ces jeunes, obligeait Martinstein à longer le corridor adjacent. Le pervers docteur faisait un incessant va-et-vient de la tête, reluquant, par des coups d'œil errants, fugaces et à peine dissimulés, les parties intimes, les courbes et les décolletés des naïves demoiselles.

Soudainement, Martinstein eut un cognement au cœur, une frappe cinglante, comme un glaive perçant. Il ressentait comme un début d'infarctus, la chair de sa peau devint plissée, moite de sueur et lactescente, ses pulsations cardiaques battaient la chamade. Blafard et pétrifié, comme s'il avait aperçu un fantôme, il tourna brusquement sur lui-même et se colla au mur… Il avait effectivement vu un revenant du passé… Il osait à peine jeter un furtif regard par-dessus son épaule. Craintif et au bord de l'affolement, il regardait une silhouette qui était en tout point le sosie d'une jeune dame qu'il croyait décédée, qu'il savait morte... Pourtant, elle vivait, respirait et débordait d'énergie... C'était bien elle, c'était Mylène Gilmore !

Avec méfiance, il la suivait comme un chaton qui prendrait la suite d'une petite proie sans jamais avoir la réelle résolution de bondir dessus. Ses yeux globuleux de vautour visualisaient chaque mouvement de ce corps à la chevelure blonde... Il dialogua avec lui-même comme un fou le fait avec son ombre :

— Oh oui ! C'est bien la jeune Mylène, sans aucun doute... Que Diable son spectre fait-il en ce lieu ?!! Comment peut-elle être ici et bien portante ???

Plein de scénarios trottaient dans la tête de Martinstein. Mais, bien sûr, jamais il ne douta du professionnalisme et de la barbarie d'Ackerman. Sûrement qu'elle fut une de ses miraculées *in extremis* des salles d'urgence et de traumatologie. Il commença à craindre d'en informer directement Manlow. Une telle bourde de sa part pourrait être identifiée comme un signe de défaillance, de lui et du Hollandais... Le *Jackall*, il s'en foutait bien mais lui, il se voyait déjà mort. Il fallait qu'elle disparaisse... Qu'elle trépasse de nouveau et pour de bon !

Louvoyant dans les corridors, Martinstein, comme un chien pisteur, traquait Mylène jusqu'à l'extérieur de pavillon. Elle empruntait le « *Bellow Powell Park* » jusqu'aux campus des résidences permanentes. Martinstein nota l'adresse et un plan simplifié sur le revers de son paquet de cigarettes.

La réunion, prévue pour 14h, ne dura que quelques minutes à peine... Il était d'une inexplicable froideur pour ses nouveaux collègues et assistantes. Il répondait mécaniquement par de timides et incertains :

— Oui... Oui...

Il signait les documents d'usage avec une résignation palpable et acceptait toutes les conditions de son contrat, sans défendre ou négocier une singulière clause, une simple virgule. Certainement que Martinstein semblait être au bord d'une profonde dépression. Il déclina le champagne de grande qualité et les victuailles de bon goût. Il quitta, en vitesse, le bureau du directeur pour dégobiller ses entrailles dans le fond d'une cuve. Il sentait la fin proche... sa fin !

*
* *

Avec une impatience hors du commun, Alberta tournait en rond dans son appartement. Elle considérait, sous un angle nouveau, le problème.

Mylène avait eu la chance de s'en sortir à si bon compte. Si elle était pour parler de son histoire à qui que ce soit, il serait raisonnable d'avoir son plein consentement avant d'agir. Les risques et les inconvénients étaient multiples. Comme le passé était souvent garant de l'avenir, le duo Manlow et Martinstein semblait, surtout par les contacts du riche vieillard, contrôler de façon évidente les rouages juridiques nécessaires pour briser n'importe quelle accusation...

Avant toutes démarches sérieuses, Alberta devait devenir plus prudente au sujet de Manlow. Les seuls liens directs furent que Mylène eut entendu Martinstein prononcer son nom, lors de son incarcération, et une photographie floue découverte par hasard sur Internet. Le maillon faible, qu'elle devait exploiter, était donc le volubile monsieur sourire, le Dr. Pol Martinstein.

Elle savait, aisément où le trouver et le confronter. C'est avec facilité qu'elle repéra l'adresse de sa clinique, par le biais du bon vieil annuaire téléphonique. Elle jugea opportun d'agir avec rigueur et âpreté. Elle pourrait toujours lui filer le train mais, s'il s'en apercevait un tant soit peu, elle perdrait l'initiative de la surprise ! Sous le coup du moment, Martinstein craquerait sûrement et donnerait moult informations sous une pression inopinée et la crainte d'un scandale au cœur de son château fort.

Elle agrippa le téléphone et appela à la clinique d'avortement. Elle baratina, fort habilement, un scénario catastrophe et évidemment, seule la notoriété du Dr. Martinstein pouvait réussir à régler ce problème impérieux. Alberta, en fine psychologue, singea à merveille le bord de la crise d'hystérie... La secrétaire, gardant son calme, prit soin de spécifier l'importance d'avoir le montant exact en liquide ou une limite assez grande de sa créance. Ayant reçu la confirmation que la carte de crédit d'Alberta avait assez de marge pour couvrir les frais d'exploitation de l'opération, elle fixa le rendez-vous pour l'avortement au surlendemain.

Alberta resta pantoise lorsqu'elle raccrocha le combiné. Si son baratin avait fonctionné comme elle l'avait cru, Martinstein serait dans les câbles. Elle se questionnait sur le *modus operandi* de cette clinique. Aucune supervision médicale, aucun suivi préparatoire, de contre-avis préventifs, rien... *Nada !* Encore émue de l'histoire de Mylène, Alberta se laissa à une haine instantanée et inhabituelle pour elle. Elle invectiva entre ses dents :

— Bien mon petit salopard de charcutier ! J'espère que tu finiras en taule !!!

*
* *

Une petite sonnerie retentissait de plus belle, c'était celle d'un téléavertisseur et les gros doigts puissants et sinueux d'Ackerman avaient peine à localiser le bouton d'arrêt :

— Que peut bien me vouloir ce *casher* de Martinstein ?!!

Après avoir retourné le minuscule objet dans tous les sens, la grande brute trouva plus simple de retirer la pile... Allonger de tout son corps pour une sieste sur les sièges conducteur et passager de l'impeccable limousine blanche de son maître, il se demandait à quels saints se vouer pour se reposer. Aussi, il devait en venir à la conclusion qu'il n'en connaissait aucun, en fait. Une immense charpente se déplia de la petite carlingue. S'étirant de tout son long, il entendit les coutures de son pantalon craquer au niveau du fessier.

— Et merde ! Encore une autre paire !!!

Dans le stationnement souterrain du luxueux Hôtel Keeplington, il y avait une douce fraîcheur d'air vicié, renfermé, mais rien à voir avec le souffle brûlant de la surface. Sauf pour son maître, il ne sortirait pour rien au monde ! Heureusement pour lui, le sous-sol était équipé de cabines téléphoniques. Il prit de sa petite monnaie, remit la pile dans le téléavertisseur et composa le numéro qui y était affiché. Il articula avec une voix bouillonnante :

— Vous me cherchez Martinstein ?
— Ah ! Le Hollandais, il faut que l'on se parle... Tu te souviens de la jeune Mylène G. ? Il y a deux ans ?
— ...

Ackerman figea nette et garda un long silence, s'attendant au pire. Martinstein, trop énervé pour faire quelques liens que se soient à ce sujet, s'enfonçait à faire une tirade répétitive de « Allô, allô ! ». Puis, il continua à débiter son texte sans prendre de pose :

— Je l'ai revu à université de Berkeley, je l'ai suivi jusqu'à son dortoir. Il y a même quelqu'un, sur la route, qu'il l'a apostrophé en hurlant « Mylène » et elle lui a envoyé la main...

Ackerman, le choc passé, ou plutôt d'une reprise rapide de son sang-froid, remit l'énervé docteur à l'ordre :

— Taisez-vous, je vous appelle d'un endroit public, ma ligne n'est pas protégée... Venez me rejoindre, disons, au sous-sol de l'hôtel... Dès que vous le pourrez !

Ackerman raccrocha avant que Martinstein n'eût le temps de prétexter quoi que ce soit...

— Qu'il le bouge, son cul !

Il s'assit sur le capot d'une voiture et se mit à réfléchir en se frottant le menton...

— Ouais... Il faudra assurer pour ce coup-là !

En moins d'un quart d'heure, un Petit Pol déboussolé venait en toute humilité, implorant une sorte de clémence, les doigts croisés et le visage humidifié d'une sueur d'inquiétude. Il demandait l'aide du géant pour régler ce litige. Le suppliant d'agir dans la plus grande discrétion et sans en informer Manlow...

— Vous êtes bien certain, Dr. Martinstein, que c'était elle ?
— Absolument certain ! D'une parfaite certitude, comme le sera notre mort si Manlow apprend que nous avons failli, que... que vous avez failli à cette simple tâche !
— Si simple que cela Martinstein ? Allez-y, je vous la laisse. Allez lui briser la nuque !!!

Martinstein, la bouche béante, avait peine à croire ce qu'il entendait de la luette d'Ackerman. Celui-ci, avec seulement un côté de sa gueule qui souriait dans un faciès arrogant, lâcha un insipide :
— Pour... 100 000 $ tomates !!!

Martinstein sursauta et s'écria :

— Quoi ?!!
— Vous espérez jouer aux offensés ?!! 100 000 $ pour la fille et un autre 100 000 $ pour mon silence...
— Vous voulez me faire du chantage Ackerman ? Vous aviez eu ordre de la tuer, vous avez déjà touché la prime pour elle !

Ackerman lui crachouilla son baratin les deux poings fermés :

— Hé ! Docteur, je vous ai couvert, il y a deux ans... Les seringues que vous m'aviez données ne contenaient pas de la morphine ou la quantité était insuffisante pour faire claquer cette petite junkie de toxicomane... De toute façon, c'est vous et votre sale infirmière à moustache et aux grosses boules ! C'est vous qui aviez préparé les « piqûres »... Vrai ??? Vous n'avez pas su faire la différence entre de l'opium et un suppositoire !!!
— Je ne comprends pas ? C'était une forte dose !!! Ce dosage aurait achevé un cheval...
— Vraiment « Martinstine » ?!!

Ackerman prit ses grands airs fendants et manqua irrévérencieusement de respect envers son supérieur, en ridiculisant son nom. Le Hollandais ne s'arrêta pas à ce petit détail. Martinstein devait croire, à tort, à son incompétence propre et, ainsi, le colosse se couvrait outrageusement du désespoir de son interlocuteur... Il ironisait à voix haute :

— Je ne sais pas combien j'obtiendrais de Manlow pour t'éclater la tronche ? Peut-être le double ! Qu'en penses-tu ?
— OK, OK Ackerman, tu les auras tes 200 000 $!

Martinstein se tut, pantois, lorsque Ackerman tendit sa lourde main d'assassin. Ce signe très distinctif et persuasif voulait tout simplement dire : « Payable d'avance ! »

Sourdes confidences

Alberta rongeait ses sens à attendre une réponse à son courriel. Toutes les quatre heures, approximativement, elle faisait escale au café des internautes, dans l'espoir qu'on lui ferait un signe, en vain. Marco Santoro, le serveur amical du bistro, en vint à lui exposer son inquiétude, car elle lui semblait perplexe et distante. Elle qui apparaissait, habituellement, de nature très sociable et enjouée. Tout à coup, elle donnait aux habitués du bistroquet et autres réguliers de l'endroit, un vague sentiment d'abandon... Alberta était ce genre de fille à se maquiller et se vêtir de ses plus beaux atours pour aller faire des courses, même les plus anodines. Et voilà qu'elle venait devant l'un des écrans, pour quelques minutes, pour repartir sans dire quoi que ce ne soit à personne. Pour sûr, Alberta resta discrète mais présumait de bon aloi de faire croire, à sa bonne connaissance, qu'elle attendait le courriel d'un ami. Elle rougit quelque peu lorsqu'on la taquina sur la nature de cette amitié. Les galéjades et autres hâbleries émanèrent de partout dans le bistro. Alberta, tout sourire aux plaisanteries de ses comparses railleurs, prétexta que ce ne fut qu'un copain, sans plus. De plus belle, on badina amicalement sur son compte...

De retour bredouille à son appartement, elle croqua quelques craquelins et elle se coucha en hâte sous ses couvertures, puis, elle se ravisa... Alberta étira son bras et attrapa son appareil téléphonique. Elle appela son père pour le remercier de l'initiative pour le climatiseur. Un bref, mais chaleureux échange eut lieu. Son « bon papa » se retint de raccrocher trop rapidement. En reprenant une allure de courage, il lui dit :

— Tu sais Alberta, l'autre jour, ta question sur les réseaux d'adoptions clandestins... As-tu des nouvelles ?
— À vrai dire, je n'ai rien trouvé de concluant… Et de ton côté ?
— Bof ! J'en ai glissé un mot à mon responsable de la sécurité, Troy Russell, tu le replaces ? Le baraqué à la forme de poire, un ancien de la GRC...
— Oui, oui... Et très bel homme en plus !

Alberta sourit à l'idée de gêner son père. Ce Troy Russell, balourd mais costaud, avait le physique d'une barrique de bière, était partiellement chauve et portait une petite moustache en brosse, outil indispensable pour se donner des allures de dictateur, autrement dit, de policier fédéral sévère et incorruptible...

— Allons fillette, ce n'est pas pour la beauté, comme tu le dis, que je le paie, mais pour son expertise... Comme ça, tu ne veux pas savoir ce qu'il m'a appris, le beau Troy ?!!

— Allez, cause toujours...

Ed prit une pause dramatique, ce genre d'arrêt, un intervalle qui crée une attente chez ceux qui écoutent, une mi-temps en suspension que l'on fait pour attiser la curiosité. Mais avec les nerfs à fleur de peau, Alberta lui darda un irrévérencieux :

— Allons ! Accouche Papy !!!

Cet écart de langage fit perdre, au malheureux Ed, toute sa confiance. Il se rattrapa somme toute assez bien, en tournant en dérision les complaintes de sa fille :

— Justement, c'est bien d'une histoire d'accouchements dont on parle ici, d'enfantements et d'adoptions illégales... Troy m'a conté, qu'il y a une vingtaine d'années, à l'époque de son entrée dans la Gendarmerie royale du Canada, il y aurait eu un large réseau de kidnappeurs d'enfants, des tout-petits, moins de six mois, que des bébés quoi... Ceux-ci disparaissaient pour n'être jamais retrouvés... Ils n'ont jamais reçu de demandes de rançons, aucun corps ne fut découvert et ces rapts de bambins se produisaient à la grandeur de l'Amérique du Nord, mais seulement sur les deux extrémités des côtes... Il s'en souvient très bien, il avait été affecté à une enquête à Vancouver. Toutes les polices étaient en alerte et tu sais quoi ? Il y avait une vaste série de vols d'enfants dans les pouponnières même... Le plus drôle, selon Troy, c'est que ces cas n'ont jamais fait les grandes manchettes. Ils ne sont sortis que par des entrefilets isolés les uns des autres. Jamais de rapprochements n'ont été officiellement faits, supposément pour ne pas alerter la population et créer une panique. Ils ont parlé d'une hausse de morts infantiles et même accusé des fabricants de jouets pour négligence... Du coup, selon Troy, après de longues enquêtes infructueuses, on a fermé les dossiers et tout s'est arrêté...

Alberta écoutait cela avec une crainte grandissante. Elle se borna à poser des questions :

— Est-ce qu'il t'a émis ses hypothèses ?

— Il croit que les enlèvements d'enfants, plus précisément de bébés, faisaient partie d'un réseau international d'adoption. Par exemple, des émirats super riches qui veulent des poupons blonds, des trucs du genre. En tout cas, il est convaincu d'une chose, on lui avait mis des bâtons dans les roues et les ravisseurs formaient un gang, très organisé, de types *navy seals*, delta force, paramilitaire avec des bidules ultramodernes à l'époque, du style vision de nuit, brouilleurs d'ondes, des gadgets style espions de la CIA... Enfin, il m'a affirmé qu'une fois, dans un hôpital de Vancouver qu'il n'a pas eu l'intention de me nommer, ils ont été surpris, tous de noir vêtus, comme des policiers des forces tactiques avec des armes, des équipements et des cagoules casqués... Ils ont disparu par le toit... Écoute ! Ils avaient un hélicoptère très furtif... En outre, les radars de l'aéroport de Vancouver ne purent les retracer... Comme des soucoupes volantes et autres conneries du genre...

— Qu'avait-il voulu dire par : fermer les dossiers et tout s'est arrêté ?

Ed réfléchit quelques secondes puis lança gratuitement :

— Bah ! Ça, il n'a pas voulu m'en dire trop, même qu'il trouvait que je parlais de choses relevant du secret d'État !

— Qu'est-ce tu me chantes là Papy ! Peux-tu rester sérieux ?!! Mon amie a vécu une éprouvante aventure et toi tu me mènes en bateau... Avec toi, le Titanic n'a jamais coulé !!!

— Je te le jure, ma fille ! C'est ce qu'il m'a laissé sous-entendre... Écoute, ce qu'il m'a conté vaut ce que ça vaut... Mais il m'a admis qu'à cette époque, des hauts placés des autorités, canadiennes et américaines, avaient relevé de bons policiers, des pères de famille soucieux des lois et de l'ordre comme Troy Russell, pour donner l'enquête à des organismes secrets, non réglementés, du style : renseignement et contre-espionnage, le SCRS et cie... Du coup, tous les dossiers ayant trait à cette affaire ont été classés « secret d'État »... Ça voulait dire, selon Troy, qu'on avait étouffé l'histoire en échange de laquelle, pensait-il, qu'il n'y eut plus d'activité de ce genre en sol canadien ! C'est de là que seraient partis des rumeurs de martiens et d'enlèvements loufoques pour expliquer, par l'absurde, ses disparitions... Ça impose : Dossier classé, affaire réglée, quand, en fait, rien n'est résolu... La preuve, ton amie qui te lâche que des ovnis ont enlevé son bébé !!! J'espère que tu ne vas pas te mettre dans de beaux draps en t'embarquant dans des histoires sordides, je t'aime trop pour cela !!!

Alberta prit un ton irrité pour corriger les inepties de son père :

— Ce n'est pas tout à fait ça, Papy. Elle avait été mère porteuse pour des gens riches et célèbres et on lui refuse de dire qui a adopté sa fille. Du coup, on doit la considérer comme disparue...

— Sais-tu qui sont les parents adoptifs ? Cela ne devrait pas être trop difficile à trouver, il y a tellement de cancans à Hollywood !

— Oui, mais pour chaque artiste ici, il y a des milliers de potins... Comme les vedettes foisonnent... J'ai préalablement cherché cette avenue et n'ai rien déniché... Je suis épuisé, on se rappelle bientôt ?

— Assurément ! Bonne nuit... Ne te laisse pas entraîner dans des affaires dégoûtantes, sinon, je vais te faire transférer à notre petite, mais très honorable, université d'Edmonton où tes seules distractions seront le pétrole, le hockey, les beaux garagistes et les chevaux...

Ed raccrocha la ligne en croyant, cette fois, avec ironie, avoir eu le dernier mot. Alberta pressa l'interrupteur de son téléphone. Elle tint, sur son épaule, le combiné, réfléchissant à sa conversation antérieure, ses ultimes trouvailles... Puis, elle chercha de l'autre main un bout de papier contenant le numéro de Mylène. Elle tapota les chiffres de ses doigts libres en prenant soin d'en vérifier l'exactitude. Ils avaient été écrits par une paluche tremblotante. Alberta avait un étrange pressentiment, obsédant et accablant, elle ne pouvait s'enlever de la tête l'image de l'obséquieux et servile Ackerman, assassin privé d'un obscur complot visant à rendre des familles heureuses... Si jamais les parents adoptifs apprenaient avec quelles horreurs étaient matricés leurs tout-petits... Non, aucun ne parlerait de peur de perdre leur bébé, même s'ils étaient les leurs depuis un certain temps... Après plusieurs signaux électroniques en « bip », Mylène décrocha. Dans sa voix, on pouvait lire l'étonnement d'un intérêt subit :

— Allo !

— C'est Alberta...

— Allo, je sais, tu demeures la seule à avoir ce numéro. Habituellement, je donne mon numéro de portable... On te voit de moins en moins sur le campus... J'étais en train d'étudier pour le prochain contrôle. Toi, ça va ? As-tu trouvé quelque chose sur Pam ?

— Ouais... Bien... Écoute, j'ai commencé ma petite enquête. Cela va être assez ardu, mais possible. J'ai déjà compilé des informations intéressantes... Je vais bientôt entreprendre une tentative de contact avec Martinstein et le faire parler. J'aimerais que tu changes d'endroits. Au dortoir du campus, ce n'est pas la meilleure place. Qui plus est, ce docteur est venu et rien ne prouve qu'il ne t'ait pas reconnu dans le cours... Je ne tiens pas à te faire prendre ce risque, ni te faire peur... Martinstein n'est pas seul dans cette affaire... Au début, je présumais qu'ils ne t'avaient fait qu'une bonne frousse pour que tu ne parles pas... Écoute, tout porte à croire qu'Ackerman, ton géant appelé le Hollandais, soit effectivement très dangereux, tu ressemblais étrangement à sa fille, énormément même, elle est morte et elle avait à peu près ton âge. Pour le reste, c'est, selon mes recherches, une sale brute... Tu me rassurerais, pour un temps, si tu pouvais aller chez des gens sûrs, loin d'ici... Tu connais un endroit fiable ?

— Chez mes parents, en Arkansas ??? Tu m'inquiètes Alberta !!!

— Non Mylène, c'est le dernier coin où tu devrais te montrer... Tu aimes le Sud ?

— Tu veux dire le Nouveau-Mexique, la Louisiane, le Texas... Quelque chose du genre ?

— Non ! Je parle d'un endroit paradisiaque, de villégiature, de vacances...

— Mais nous venons à peine de commencer notre première session, j'y ai mis toutes mes économies et mon énergie pour être acceptée dans l'un des meilleurs établissements... Une telle chance ne se représentera pas !

— Que dirais-tu, en attendant que cette tragique histoire trouve un bon dénouement, d'aller étudier à Edmonton ?

— Edmonton ?!!

— Pour un temps seulement, aux frais de mon père. Il te dégotera un logement coquet et il a beaucoup de contacts d'affaires et autres. Ça ne devrait être qu'une formalité de papiers, vite réglé, avec lui... Avec sa carte de crédit qu'il m'a laissée, je te paye l'avion dès demain, je m'occupe de tout avec lui, il ne me refuse jamais rien...

— Tu es certaine, le Canada ? C'est loin tout ça !

— N'ait aucune crainte. De plus, cette nuit, si tu le veux, tu pourrais venir à mon appartement, j'ai la climatisation. On fera éclater du maïs et l'on dénichera un bon film de fin de soirée... Apporte-le nécessaire, appelle un taxi et rends-toi chez moi ! Je serai sur le parvis et réglerai personnellement la note... Fais-moi plaisir, il le faut...

— Écoute Alberta, j'ai un examen demain... Je ne pense pas...

Alberta prit la peine de lui répéter son adresse. Mylène l'écrivit par politesse, ou plutôt sous la pression d'Alberta. Celle-ci, par précaution, demanda, comme elle l'avait lue dans un roman policier, qu'elle s'assure de ne pas laisser ses coordonnées derrière elle. D'être certaine d'apporter le papier ou de le détruire...

*
* *

La soirée était très avancée sur le campus. Le début des cours se faisant graduellement. Il n'y avait qu'une partie des dortoirs qui était occupée. Une petite brise chaude apportait un sulfureux malaise, même aux plus résistants. La plupart des universitaires se prélassaient devant des ventilateurs de petite taille, en écoutant, sur d'insignifiantes radios transistors ou des baladeurs, la fin d'un interminable match de baseball de l'équipe locale, les *Giants* de San Francisco. Un des pensionnaires, nouvellement arrivé, ne semblait pas très coutumier des règles élémentaires de civisme et faisait un boucan à chaque appel de jeu du commentateur.

Une silhouette gigantesque déambulait. Elle tenait une vieille trousse de médecin, d'un cuir brunâtre, tout tanné et racorni par le temps. Elle rasait de longs murs dans la pénombre, telle une ombre silencieuse et furtive, portant un chapeau feutré lui donnant des allures mafieuses ou de cambrioleur d'une autre époque. Le visage de l'étranger, par les ombrages opaques, procurait l'apparence de trimarder un masque à la *Zorro*. Son complet d'été, en coton léger, était déjà tout imbibé de sa sueur, mais ne laissait tomber aucune goutte tellement il était absorbant. Il s'accroupit brusquement lorsqu'il entendit des cris :

— Ouais pour les *Giants* !!!

Ce ne fut qu'une fausse alerte. Des étudiants fêtant la dure victoire d'une partie serrée, se terminant à la suite d'une longue prolongation conduisant au cœur de la nuit... Les veines du géant se gonflèrent, démontrant d'énormes canaux et vaisseaux qui apparaissaient sur son visage, aux tempes et au cou nervurés de cet afflux sanguin soudain. Le massif rôdeur avait une forte montée d'adrénaline. Le dortoir en question était baigné d'une noirceur d'encre. À cause de la chaleur caniculaire, la fenêtre de Mylène était grande ouverte. Ackerman s'approchait calmement et silencieusement de la fenestration. Il devait admettre que l'oisiveté de ces dernières années n'avait en rien aidé son tour de taille, qui plus est, ses os démesurés faisaient en sorte qu'il était incapable de se glisser par l'ouverture de la lucarne. À pas feutrés, comme celui d'un loup, il contourna le bâtiment. La baie vitrée de l'entrée, massive, était verrouillée de l'intérieur, par un système de porte-panique. Jetant de rapides, discrets et fugaces coups d'œil, il s'assura d'être seul.

Sans peine, par une force herculéenne certes, mais aussi par la faiblesse de ce genre de barrure à ressort, il enfonça le taquet, qui céda, à l'aide d'un petit pied de biche, par la contraction de ses muscles et le contrepoids de son corps. Le tout fut fait étonnamment sans bruit. Le corridor était baigné par la lumière unique des sorties d'urgence, qui donnait à l'endroit, et surtout au Hollandais, des allures surréelles et diaboliques. Comme un ogre silencieux, Ackerman compta mentalement les portes. Il s'accroupit devant la septième et, avec une délicatesse que l'on ne lui connaissait pas, força la serrure avec de petits outils spécialisés pour le cambriolage qu'il prit, avec soin, dans sa trousse, héritage d'un passé de brigand malfamé d'Amsterdam... Malgré le degré de difficulté de la noirceur, il lui fut aisé de déclencher le mécanisme. Un simple « clic » se fit entendre, ce qui ne réveilla personne.

Il se glissa dans la chambre. Il était abaissé, courbé comme un fauve aux aguets. Il referma doucement la porte derrière lui... Dans l'obscurité d'une nuit sans lune, une tache plus sombre s'approcha d'un lit, à tâtons dans le noir et gardant une démarche lente et rythmée comme celle d'un mime. De ses minces gants de cuir foncé, il saisit un oreiller et l'enfonça de toutes ses forces sur le visage de celle qui roupillait calmement dans la couche. Sous la pression cyclopéenne d'Ackerman, elle ne se débattrait que quelques secondes. Comme un insecte prit dans une toile d'araignée, elle se contorsionna pour la forme, mais les doigts puissants du géant, tels dix boas constrictor, l'encerclaient fatalement. Plus que quelques soubresauts désespérés de sa victime. Ackerman sentait, savait que la fin était toute proche pour elle. D'une voix douce, ne collant nullement avec les actions qu'il entreprenait, Ackerman chuchota, avec un ton apaisant :

— Dors, dors petite... Ne t'avais-je pas averti, lors de notre dernière rencontre, de ne pas cracher sur la providence qui n'épargne qu'une fois... Ce que je donne, je le reprends... Je suis désolé, mais ton heure a sonné !

Le corps de la jeune fille se raidit encore une fois puis devint, à la fin, flasque et mou. Son œuvre étant accomplie, Ackerman se paya le luxe de s'allumer une cigarette. Le temps d'une faible lueur, il remarqua un détail surprenant... Il prit soin de fermer fenêtre et rideau, puis de sa petite torche électrique, il éclaira la dépouille de sa victime... Une vétille lui semblait étrange... Les bras de la jeune femme étaient foncés... Ses cheveux crépus... Il ne s'était pas trompé de chambre... Un rapide coup d'œil lui fit apercevoir qu'il y avait deux lits, dans la chambrette... La seconde couchette était vide et bien configurée, sans un pli et les oreillers aux bons endroits. Ackerman lâcha un juron :

— Merde, le fils de pute d'enfoiré de Doc ne m'a jamais parlé d'une double occupation... En plus, elle ne ressemble en rien à Mylène... Elle doit être l'autre fille de cette chambre !

Méthodiquement, il prit la jeune femme de race noire et fit son plan comme il l'avait prévu. Il la coucha de travers et simula une strangulation par asphyxie, à l'aide d'un sac plastique. Pour ce qui est de la fausse lettre de suicide qu'il avait concocté, elle était devenue superflue, car signée d'une certaine Mylène...

— Ils feront sans ça !

Il garda son sang-froid, malgré le fait qu'il n'aimait pas tuer une innocente et que ce *modus vivendi*, hors-norme, ne lui procurerait pas la couverture et l'absolution habituellement offerte par les puissances qu'il servait... Maintenant, il se transformait en paria et toutes les évidences, qu'il laisserait derrière lui, pourraient lui être fatales.

— Pour un contrat, se répétait-il comme pour se justifier, pour un contrat soumissionné par Martinstein, elle n'est qu'une victime, qu'une perte collatérale ! Martinstein va me le payer. Je vais affirmer qu'il m'a fait croire que c'était sous la volonté de Manlow !!!

Reprenant complètement ses esprits, il fit une rapide fouille des lieux, question de ne rien laisser, aux experts coroners, à se mettre sous la dent. Des preuves qui relieraient ce meurtre à Martinstein et à ses opérations illicites ou à lui-même. Ackerman délaissa l'idée du suicide, qui devenait trop gênante et lourde...

Il ne lui suffit que de quelques va-et-vient dans ce dortoir pour voir qu'elle avait déserté en hâte. Sa garde-robe et ses tiroirs étaient vides de tout contenu et il semblait évident, grâce à l'expérience d'Ackerman, que la petite Mylène avait quitté peu avant lui par la disposition de la poussière qui retombait encore sur ses tablettes...

Un bottin de quartier, mince et ténu, était près du téléphone, la couverture vers le haut. Il prit le livret de ses mains gantées. Le retournant dans son bon sens, regardant sur quelle page ouverte il avait été déposé !

— T.. T comme... Taxis !

Il le glissa dans une de ses poches et porta plus attention au très humble et famélique mobilier. Il eut un spasme lorsque le faisceau de la petite torche électrique parcourut, de sa lumière, une brève note sur la modique table de salon :

> *Salut Latricia, je quitte pour un temps pour raison personnelle. Bonne chance dans tes études. Bye XX*
> *Mylène.*

Il chiffonna la feuille entre ses doigts puissants et marmonna quelques jurons à peine audibles. Il grilla les dernières bouffées de sa clope puis, avec force peines, mues comme par la rage, il éteignit sa cigarette presque toute consumée sur sa langue, sans démontrer aucune douleur, il avala la cendre mouillée. Il aplatit la note broyée et sortit, du fond de sa poche de chemise, son paquet de Gauloises. Il se garantit de tout ramasser les vestiges et enroula le mégot dans le papier qu'il plaça, dans son gousset de veston, avec la méthodologie et la minutie d'un joaillier ou d'un orfèvre.

Il avait le goût de tout flamber, simplement, mais il se ravisa assez vite… les détecteurs de fumée auraient tôt fait d'activer les extincteurs automatiques. Comme il fut assuré de n'avoir laissé qu'une infime partie de matière corporelle, il ouvrit de nouveau sa mallette en cuir et, délicatement, prit un mince étui en plastique hermétique, tenu sous vide, qui contenait un condom utilisé. Il fourra le contenu de la pochette dans la corbeille juxtaposée au lit de sa victime. Dans un autre de ses sachets « magiques », il aspergea, de minuscules brins de cheveux et de textiles, la morte et son pieu.

— Héhéhé ! Toujours pratique de collectionner ces petites choses ! Les pauvres abrutis qui se payent des putes devraient invariablement se donner l'assurance de bien faire disparaître leurs merdes ! Pendant que la police va courir de fausses pistes, on va se faire oublier un peu...

Il referma correctement la porte, espérant que son absence ne serait signalée que dans quelques jours, le temps étant crucial pour la disparition ou l'altération de preuves. Il monta le chauffage de la pièce à son maximum.

— Dû à cette chaleur effroyable, pensa Ackerman, soit elle sera cuite à point, soit elle sentira la charogne d'ici deux jours ! Il sera difficile, pour les enquêteurs, de trouver l'heure exacte du crime.

Sans demander son reste, Ackerman, tel un félin filou, déguerpit sans faire de bruit. Il s'assura de la tranquillité des lieux et resta prudent jusqu'à une voiture compacte qu'il avait, au préalable, volée. À une trentaine de coins de rue de l'université, il se transféra dans sa rutilante GM Impala 1966. Il était fier de sa caisse et de son moteur de 400 chevaux et à deux carburateurs. Il partit au cœur de la nuit...

— Ha ! Qu'il va en déféquer par la gueule, notre cher docteur, quand il apprendra ça !!!

*
* *

Alberta entendait fébrilement Mylène sur le porche de sa porte. Elle commençait à être très inquiète car la durée d'un voyage, selon elle, de son appartement au campus, n'était guère que de quinze à vingt minutes. Calculant le temps à Mylène d'arranger ses choses, elle se calma en estimant une plus grande période d'attente... Voilà enfin le taxi, qui ne roulait guère qu'à plus de 30 km heure. L'important, c'est qu'elle était bien là... Le conducteur du bahut, démodé et tout rouillé, était un petit pakistanais à la longue barbe qui arborait d'énormes lunettes de presbytie, sous un imposant turban enroulant sa calotte crânienne. Soit il s'était perdu, soit il tournait en rond sciemment, comme ils avaient l'habitude de le faire avec les gens qui ne connaissaient pas ou peu la ville. Qu'à cela ne tienne, Mylène était bel et bien arrivée et son étrange malaise de malheur disparut lorsque son amie sortit la main de la fenêtre pour la saluer. La course coûta trois fois son prix, mais Alberta n'avait pas la tête à gronder ou à négocier, bien au contraire. Elle fit sourire de plus belle le chauffeur en lui laissant un généreux pourboire.

Le taxi parti, elles montèrent les marches quatre par quatre. Mylène transportait un sac de style matelot et Alberta l'aida avec une grosse valise en cuir bon marché, d'un rouge écarlate, ornée de fleurs en tissus surannées. Dès que la moiteur de l'expectation et du trajet fut supprimée par la brise douce de la ventilation, elles s'appliquèrent à rire de tout et de rien, comme deux petites collégiennes en vacances.

Puis, plongeant dans une profonde mélancolie, Mylène commença à parler de sa fille Pamela. De ses rêves, ses attentes et son nouvel espoir.

Alberta lui offrit sa couche par politesse, mais Mylène conclut qu'elle serait plus à l'aise de dormir sur le canapé. Elles discutèrent jusqu'en matinée. Alberta, en bonne tacticienne, avait décidé de mettre son père devant le fait accompli, question de couper court aux tergiversations. Avant que l'aube ne se lève, elles quittèrent l'appartement dans la décapotable d'Alberta. Elles achetèrent de quoi grignoter en route, au coquet petit bistro européen 24 heures. À cet instant, elle ne reconnut personne. Elle en profita pour prendre ses courriels. Elle n'avait pas eu encore de réponse... Voulant être certaines de ne pas rater leur vol, elles partirent tôt le matin pour précéder la canicule et les bouchons afin de ne pas gâcher la sauce...

*
* *

Une bagnole sombre se gara tout près d'une cabine téléphonique, en bordure d'un secteur défavorisé et calme, ce genre d'isoloir dont on n'ose aller téléphoner la nuit. Ackerman, ne voulant pas être dérangé, sortit de sa poche le petit annuaire de quartier et commença à feuilleter les pages, une à une, jusqu'à la rubrique concernant les radios taxis. De sa main gauche, il vida ses poches-revolver dans l'espoir d'avoir assez de monnaie. Monnaie qu'il déposa sur le court comptoir de téléphonie. Un à un, il appela les agences de *cabs* pour vérifier si une Mylène avait commandé un nuiteux pour le campus de Berkeley ce soir... Les répartiteurs, plus ou moins méfiants, se laissaient berner aisément par le baratin du Hollandais mais, malheureusement, aucun n'avait eu un tel appel cette nuit en rapport à ses descriptions...

Il ne lui restait qu'une seule pièce de monnaie. Une dernière tentative pour retrouver sa trace. Avait-elle remarqué que Martinstein la suivait ? Une chose était certaine, quelque chose l'avait encore sauvée d'une mort assurée et le géant commençait à regretter amèrement cette commisération soudaine d'il y a deux ans :

— Ouais ! Mansuétude est une vertu plus grande chez les plus grands ! Mon œil !!!

Il se décida à enfoncer sa dernière piécette. Une voix, au fort accent des Indes, répondit : « *Heallow* ! »

Ackerman, par une surprenante habilitée à changer son élocution et camoufler son inflexion malveillante, se donna des allures fort respectables :

— Oui, bonsoir, pardonnez mon dérangement mais ma fille, qui habite le campus de Berkeley, est partie faire une course en taxi ce soir et elle a omis d'apporter d'importants médicaments. Elle a oublié de me dire ou elle allait, auriez-vous eut un appel de la part de Mylène G. ?

La voix du répartiteur répondait dans une hésitation causée par le survol de ses notes :

— *Oune istant, mousseux... Mylène Gilmowe ?*
— Ouais, exactement cela, G... Gilmore... Pourriez-vous me donner l'adresse d'arrivée ? Cela est très urgent, elle doit avoir son remède...
— *J'y dois appoulé pâle CB le cabb #17, oune issant mousseux...*

Pendant que le répartiteur crachait, à l'un de ses taxis, des directives en dialecte sikh, Ackerman maugréait, en colère :

— Elle va en avoir tout un traitement définitif la salope !!!

Oubliant qu'il est encore en ligne...

— *Pawrdon mousseux? vou dit-siez ?*

— Rien... Je disais juste qu'elle devait avoir son traitement d'urgence... Et qu'elle en aura tout un ! Soyez-en assuré ! Vous avez l'adresse ?

— *Cetternement mousseùx, avic plisir !*

*

*   *

L'aéroport de San Francisco n'avait pas la foule habituelle en cette saison. Le terrain d'aviation international de San Francisco était l'une des plus grandes aires d'atterrissage américaines et le deuxième en Californie après celui de Los Angeles. Il était situé à 21 km au sud de San Francisco, dans le comté de San Mateo, tout près des villes de Millbrae et de San Bruno. C'était l'un des trois principaux aéroports dans la région de la baie de la métropole californienne, avec ceux d'Oakland et de San Jose. En raison des caprices de la météo, on s'attendait bien, tôt ou tard, à de furieux orages. Pourtant, les satellites de surveillance météorologique n'indiquaient aucun changement atmosphérique à l'horizon, pour l'instant. Graduellement, les vacanciers venus pour la belle saison repartaient. Il y avait des arrivées sporadiques de gens d'affaires, mais dues aux nouvelles incessantes de chaleur extrême et de vagues de records caniculaires, plusieurs clients et voyageurs, qui avaient ce luxe, reportaient leur vol du retour d'une semaine. Sur les pistes asphaltées, on pouvait constater les effets de la touffeur par les reflets miroitants et une vague odeur de goudron échauffé. Comble de malheur, la climatisation avait lâché durant la nuit. Tout cela mis ensemble, il n'y avait pas foule à l'aéroport.

Mylène s'installa sur un banc, le dos collant de sueur moite. Elle se tenait face à son embarcadère, le billet d'une main et de l'autre elle maintenait fébrilement ses bagages, comme si elle avait peur de les oublier. Alberta s'éloigna quelque peu et appela son père, à frais virés, pour lui annoncer la « bonne nouvelle ». Elle prit sa voix mielleuse et espiègle pour prescrire sa résolution :

— Allo Papy, comme je suis contente de tomber sur le répondeur, cela facilitera les choses... Tu dois être couché... Bon... Mon amie Mylène, celle qui a de gros problèmes, part pour Edmonton pendant, au minimum, un trimestre... Vas la chercher discrètement pour 13h à l'aérogare d'Edmonton, installes-la à tes frais et utilises ton talent d'orateurs pour la faire entrer en

Médecine à l'université d'Edmonton... Sans faute, merci ! Je t'en devrai une, mon bon gentil Papy !!! Bye !!! Comme cela, pensa petitement Alberta, il n'aura pas le choix d'accepter !

Une voix à l'interphone annonçait déjà, aux passagers du vol vers Edmonton, avec escale à Seattle, de se présenter à l'embarcadère. Une longue accolade se fit entre les deux copines. Mylène risqua une dernière question :

— Alberta, je sais que tu me caches des choses, est-ce à propos de ma fille ?
— N'aie aucune crainte Mylène, j'ai un peu paniqué à cause du manque de sommeil... Et une assiduité trop grande a étudié les malfrats de ton histoire... Au fond, tout cela, c'est pour me rassurer, je ne voudrais pas que, par ma faute, il te fasse du mal...

Les yeux perplexes, Mylène continua :

— Oui, mais s'ils sont dangereux pour moi, ils peuvent l'être pour toi !
— N'aie aucun doute, dans mon sac à main, je traîne une bombette en aérosol qui sert à chasser les ours des bois près du chalet familial ! Je ne me gênerai pas pour en asperger ses lâches malabars ! Avant longtemps, ils seront démasqués et finiront leur vie en prison...
— Viens avec moi Alberta, je n'aime pas ça ! Ça va trop loin, il y a une raison bien plus grave pour que tu me forces à tout quitter d'un coup ?!!
— En fait, je n'ai agi que sur une intuition... Je me rends compte que j'ai été un peu trop extrémiste... Il est vrai que je vais brasser de la merde séchée depuis deux ans. Il se pourrait qu'ils paniquent un peu et que des odeurs méphitiques ressortent... Mais de la façon donc je vais m'y prendre, ils n'auront pas le choix d'abdiquer !
— J'ai toujours peur pour ma famille... Pourraient-ils mettre leurs menaces à exécution ?
— Bof ! Je ne crois pas, Mylène. Ils ne fondent leurs pouvoirs que sur l'intimidation. Agir impunément serait une grande condamnation pour eux, une forme d'aveux extrême ! Ils vont se dégonfler !!! De toute façon, tant qu'ils ne sauront pas où tu es, il me sera plus aisé d'en faire plus et de retrouver ta petite Pamela...
— Tu auras à faire beaucoup de démarches juridiques pour parvenir à ma fille. Je ne pourrai pas payer un avocat et ils s'en tireront à bon compte !
— Non, mon père m'a promis qu'il défraierait tous les coûts de l'opération !

Alberta glissa sa main dans son dos pour se croiser les doigts. Elle avait en horreur le mensonge, mais elle estimait que la richesse de son paternel était un peu la sienne et, par ce fait, elle se gardait bonne conscience. Elle continua :

— De plus, le scandale pourrait être tellement gros ! Les parents adoptifs feront tout pour ne pas abandonner leur enfant. Mais pour ne pas tout perdre, c'est certain qu'ils te feront un honnête arrangement... Le seul risque, en ce qui concerne ces malfrats, c'est que dès qu'ils auront lâché le morceau, ils disparaîtront de crainte de faire face à la justice... Les coparents n'auront pas d'autres choix que de négocier, surtout que les tests génétiques prouveront tes droits sur les leurs !

Alberta suivait toujours Mylène, au plus loin qui lui fut possible par la logistique des lieux... Les signes de la main prenaient des allures d'adieux. Les deux filles ne purent contenir leurs pleurs... Probablement pour des raisons fortes différentes. Mylène se désespérait de revoir sa fillette et s'éloignait plein de chagrin et d'amertume. Alberta, elle, ne le sut pourquoi, versa aussi des larmes et cela n'augurait rien de bien bon.

Elle resta là quelques minutes, debout et seule. Elle regardait l'appareil, dans lequel Mylène prenait place, s'envoler vers le nord. Mais ses yeux brumeux reprirent des reflets de ceux d'un épervier lorsqu'elle remarqua, du coin de l'œil, un commerce d'accès libre à Internet :

— Voyons si j'ai enfin reçu des messages !

Le réveil du faucon, l'éveil de l'épervier

Le nouveau gouverneur de la Californie, le républicain James Rutherford, était ce genre d'homme à croire toujours au rêve américain. Il était de forme idéalisée et athlétique. Sa peau, légèrement bronzée, était sans imperfection. Dans la force de l'âge, une chevelure brunâtre rituellement bien peignée et des complets agréablement ajustés venaient terminer le portrait. On aurait présumé, à le voir aller, un célèbre acteur hollywoodien des belles années. Étant un sportif dans l'âme, il pouvait piloter de petits avions et hélicoptères lui-même, même s'il n'avait pas encore complété son brevet de pilote. Il fut, dans sa jeunesse, un habile pilote de course automobile et casse-cou à ses heures. Mais, comme il avait la gueule d'un premier de classe et qu'il avait des projets de grandes envergures, il se concentra sur de prolifiques études juridiques, ainsi qu'en architecture, qui le hissèrent très haut dans la société américaine. James Rutherford avait tout pour réussir une carrière d'acteur : un sourire magique, un très beau profil et une femme en or, Suzanna Sheridan-Rutherford, qui sut charmer, à elle seule, l'électorat féminin par ses positions clairvoyantes sur des politiques sociales et sa façon de les communiquer. Même les électeurs masculins furent agréablement émus par sa beauté intérieure mais aussi, il faut l'avouer, par ses attributs et ses courbes fatales. Ce couple, moderne et traditionnel à la fois, pouvait séduire toutes les classes et toutes les générations. L'union de ces deux êtres était parfaite et ils s'épaulaient sincèrement et mutuellement. Ce vent de fraîcheur découpait dans cette période caniculaire.

L'apparence soignée de James Rutherford n'était que la résultante de sa vive intelligence. Doué pour le droit, mais aussi pour le verbe oratoire, il avait fracassé toutes les prévisions pour se faire élire aux dernières élections partielles, lors de la démission de l'ancien gouverneur Turner pour cause de santé. Ce politicien dynamique, par rapport aux autres politicards de carrière, avait su se positionner rapidement face aux bonzes habituels et asservi à des tyrans comme Manlow. Il avait pris de court tous les républicains de l'état en briguant l'investiture en un éclair. Dans un contexte hautement laxiste, le vote contestataire de la gauche universitaire et artistique n'était pas sorti pour le représentant démocrate Bill Gateway, l'homme de paille de Manlow, qui s'était prononcé en faveur d'un maintien militaire quelconque et impopulaire. Une pelure de banane qui aida grandement à faire élire Rutherford. Son parcours, très concis par contre, était sans bavure. Il était un mari fidèle, père de cinq enfants, deux garçons et trois filles, tous aussi brillants les uns que les autres autant dans les sports, la mode, les sciences que les arts. Son fils ainé, Dean, 19 ans, était le quart arrière d'une équipe universitaire de football bien en vue. L'une de ses trois filles, Cathy âgée de 18 ans, étudiait le droit comme son paternel tandis qu'une autre de 17 ans, Sidonie, explorait avec brio et talent la flûte traversière à un célèbre conservatoire de musique de Sacramento. Tous étant doués dans des compétences tout aussi variées que colorées. Brian, 15 ans et Cindy, la benjamine de 13 ans, fréquentaient le *high school* et promettaient à leur façon.

La famille Rutherford transpirait de parfait bonheur. L'image publique qu'ils projetaient n'était pas différente de ce qu'ils étaient vraiment. C'est de cette façon que James Rutherford s'était élevé. D'une apparence impeccable, inaltérable par ses valeurs, inattaquable par ses principes, accessible aux gens du peuple et aux pauvres, donc une sorte d'homme incorruptible aux yeux des contrôleurs des ombres. Des détracteurs avaient bien tenté quelques offensives contre lui, mais la pression des médias n'y fit rien. Le soutien populaire l'avait toujours épargné de la vindicte et du lynchage de masse. Comme une flèche projetée bien haut dans le firmament de la politique, Rutherford régnait comme devait le faire un Roi, mais combien de temps encore pouvait-il gouverner son état d'une main ferme ?

Dès les premiers jours de son règne, le nouveau gouverneur s'aperçut de la mauvaise foi de ses hauts fonctionnaires sous son autorité directe. À part quelques collaborateurs de la première heure et tous aussi petits que lui, il semblait prédominer, au sein de sa machine, des forces invisibles qui manigançaient, en secret, des entourloupettes pour le faire mal paraître. Il avait réussi, en déjouant certains pièges et astuces, à placer dans des postes clés de son administration des hommes plutôt sympathiques sinon neutres à sa cause. Toujours à l'affût d'informations disparates que son génie savait décortiquer, il commença à comprendre la machination qui l'entourait. Près de 80% de ses hauts fonctionnaires et de ses administrateurs faisaient partie d'une association sois disant caritative et inoffensive : « les mandataires du Buisson-Ardant ». Ces « élitistes » s'octroyaient, entre eux, des promotions avantageuses et de multiples avancements. Rutherford garda pour lui cette découverte. Il apprit à les reconnaître par une chevalière commune, une bague en or ornant la tête d'un hibou tribal ou d'une chouette stylisée. S'organisant pour rester plus tard à son bureau, à chaque fois que l'occasion le permettait, il épluchait une multitude de dossiers pour découvrir que cet ordre de bienfaisance, de style franc-maçonnique, n'était en fait qu'une machine dans la machine, qu'un état dans l'état... Elle avait des ramifications autant dans le monde des affaires que de la politique. De même, certains journalistes, commentateurs de télévision, comédiens célèbres ou simples notables de la collectivité qu'il croisait, par sa fonction ou non, portaient cette chevalière à la tête d'effraie. Son élection n'était qu'un accident de parcours et tout s'assemblait pour le faire trébucher au plus tôt. Étant prudent de nature, il garda ses informations pour lui seul et fit, en secret, une liste de tous ceux qu'il reconnaissait comme étant des « mandataires du Buisson-Ardant ». Cette prudence lui permit de distinguer ses réels ennemis et à mieux court-circuiter leurs viles et hypocrites actions. Il réalisa que cette coalition de l'ombre était orchestrée occultement par Bill Gateway et ses comparses. Il apprit même que les membres du parti républicain l'avaient laissé briguer le siège parce que, secrètement, ils avaient tous déterminé, démocrates et républicains réunis, que Gateway serait l'heureux délégataire... Un genre d'émissaire, leur représentant...

Rutherford compris assez rapidement que « mandataire » était synonyme « d'élu » dans le sens de l'Ancien Testament. C'est-à-dire, des gens prédestinés, par une essence divine, à régner en despotes sur un univers n'appartenant qu'à eux parce qu'ils seraient désignés par une cause supérieure, surnaturelle !

Il réussit à reconnaître subtilement leurs signes d'identification et leurs codes secrets, de les distinguer, de les démasquer à leur insu... Poussant plus loin ses recherches, il découvrit que certains procureurs falsifiaient délibérément des rapports de coroners pour couvrir des faits, changer des conjectures. C'est accidentellement que James Rutherford dévoila, entre autres, qu'un de ses plus farouches détracteurs, avec qui il eut quelques prises de bec pour des insignifiances, manigançait grandement dans plusieurs dossiers chauds. Voilà que le *district attorney* A. A. Cunningham modifiait, lui-même, des évidences, des occurrences et des preuves pour noyer le poisson... Mais pour le compte de qui ? Qui avait intérêt à changer des véracités de meurtres en accidents, morts naturelles ou en suicides ? Mis à part le fait de se soutenir mutuellement, qu'elle était le but réel de ces « mandataires du Buisson-Ardant » ?

*
* *

Le bureau d'Allan Sexton était toujours en désordre. Ce perpétuel bordel autour de son ordinateur était nécessaire, selon lui, pour garder le fil de ses idées. De bonne carrure et de forme athlétique, Allan avait plus les allures d'un *rancher* texan que d'un petit journaliste banlieusard bostonien. Ses yeux d'un bleu perçant, sa peau légèrement bronzée et sa brosse militaire trahissaient quelque peu un passé de marines. Ce qu'il appelait, avec arrogance, son bureau n'était en fait qu'un coin du sous-sol de sa maisonnette de banlieue. Cette pièce croulait sous des montagnes de livres de références et de piles éparses de vieux journaux. Les murs étaient tapissés de feuillets, d'organigrammes, de photos de toutes catégories, mais aussi d'oriflammes, de banderoles, de bannières, de fanions et autres drapeaux à saveur patriotique ou soldatesque. La décoration de son local de recherches et d'études était carrément à cheval entre les cinglés de conspirations de toutes sortes et des tenants de propagandes des milices d'extrême droite qui chantaient tant les mérites des libertés individuelles à coup de flingues.

Le cas de Sexton était assez pathétique, sortant de l'armée après un âpre service à faire la guerre en Irak et en Afghanistan, et d'un difficile divorce avant son retour, ou il perdit la trace de sa femme et de ses deux jeunes filles. Il regagnait un certain équilibre à voir, dans les problèmes majeurs de notre monde, une cause artificiellement conçue par de puissants personnages qui restaient dans l'ombre, tels des vampires qui s'abreuvaient de nos richesses, au lieu de notre sang...

Au début, Sexton ne suivait que le cortège de rumeurs. Tumultes, comme ils en fourmillaient par millions sur Internet. Créé par des internautes à l'esprit foisonnant d'imagination. Mais à force de persévérance, l'ex-marine, désabusé de la vie, devint, par ses connaissances en génie de l'armée et par sa faculté à apprendre rapidement pour survivre dans n'importe quelles situations, un professionnel reconnu de l'univers virtuel de l'informatique. Il était connu sous le nom d'emprunt de *Black Crow*.

Par ses nombreuses recherches, il démasqua un groupe très influent qui contrôlait à la fois les médias et l'information et, d'un autre côté, « cultivaient » littéralement les vices d'hommes politiques dont ils moussaient alors leur élection pour mieux les tenir en laisse par un savant dosage de chantage, de compromettants services et d'extorsions de toutes sortes.

La réelle aventure d'Allan Sexton débuta lorsqu'il reçut, l'année d'avant, durant ses enquêtes de fond pour son cyberjournal indépendant le « *Crow-Nicle* », les confidences d'un jeune prostitué homosexuel qui avait pour but de séduire de vieux politiciens et les conduire à avoir des relations explicites dans un endroit isolé, qui fut au préalable, coiffé d'appareils photographiques. Toute cette mise en scène servait à compromettre les politicards et à les contrôler par la sédition et la malversation. Mais l'histoire allait bien plus loin. Ce même garçon, Garth Ashelby, était invité à participer à d'orgiaques rencontres d'échangismes entre gens très fortunés et puissants lors de réunions à saveurs secrètes, sodomitiques et sacramentaires. Le véloce homosexuel fournit alors des détails précis, malgré le fait qu'il était censé être tenu au silence par un lourd serment. Allan avait réussi à capter sa voix sur bande magnétique, et à plusieurs reprises, le réécoutait. Il étudiait chaque syllabe du témoignage de l'infortuné gai new-yorkais qui articulait avec panégyrique et éloge une brève description de cette étrange cérémonie :

— Ainsi, ils m'ont conduit, yeux bandés, à l'intérieur d'un spacieux édifice de Manhattan, à New York. J'étais euphorique et prenais le tout pour une sorte de jeu ! J'eus la surprise de reconnaître le vrombissement d'un immense climatiseur... Je savais où j'étais en fait, car, plus jeune, j'étais garçon de café pour un célèbre hôtel et l'arrière-boutique du commerce donnait sur une esplanade ceinturée avec différents bâtiments. C'était une vaste cour intérieure où il y avait maintes bennes à ordures et de l'autre côté du terrain enclavé, un splendide édifice ou des gens de la haute brassaient de grosses affaires, l'International quelque chose... À chaque fois que j'allais fumer à ma pause, j'étais embarrassé par ce long bourdonnement des énormes ventilateurs de cet imposant building... J'estime qu'on nous avait fait passer par la cour arrière de par l'odeur des immondices... Le genre de réduit dont on ne peut y avoir accès que par de sombres ruelles... À l'intérieur, ils m'ont retiré le foulard, j'étais très excité, car j'imaginais subir une sorte de jeu sexuel initiatique. Ils me fournirent en poudre et d'une autre drogue en pilule, je pense que c'était de nature à être très excitant ! Du Viagra, il me semble... Tout ce que je croyais devoir faire, pour 10,000$, c'était de servir les convives en les approvisionnant en mignonnes coupes de champagne. À ce moment, nous descendîmes par un ascenseur encastré dans du granite, comme une grotte... Je trouvais ça bizarre, car seule une clé spéciale permettait l'accès au sous-sol. Mes escorteurs réagirent très mal lorsque je blaguais : « Hé ! On fait la bringue dans la chambre à fournaise ??? », en me menaçant de me taire à ce sujet ! J'ai retenu mon souffle quand j'ai vu l'immense endroit... Tout en marbre... Les gens vêtus comme à l'époque de la renaissance ou de la Rome antique... Il y avait même des jeunes qui dansaient des farandoles en cantonnant des chants incompréhensibles... C'était un festival mondain et pédant ! Tu sais, le mystérieux film de Stanley Kubrick, avec le beau Tom Cruise là, qui va dans une place étrange... Bien c'était la même chose... C'est comme si *Kubrick* avait voulu nous montrer quelque chose d'initiatique avant sa mort hihihi ! C'était comme à la cour de Marie-Antoinette et du Roi Louis quelque chose... Des draperies royales en velours, des lustres en cristal, avec des chandelles qui donnaient à l'endroit un côté féerique... Il y avait, aux extrémités de la grande salle souterraine, des tables drapées de satin, emplies de fines victuailles, de chic bouteilles d'alcool de toutes sortes et des drogues de tout acabit... Les gens, tous silencieux, se frottaient d'affections comme dans un « *rave* », mais sans la musique techno. C'était comme une cacophonie *new age*, des espèces de chants grégoriens mélangés à des affaires bouddhistes. Au fond de la pièce, il y avait une sculpture moderne, immense. Elle devait faire environ 30 à 35 mètres, peut-être plus, peut-être moins, je ne suis pas doué pour ce genre d'estimation... Ce truc était recouvert de fleurs et de plantes, ils l'appelaient affectueusement le « grand hibou des buissons-ardents ». Des personnes vinrent avec des torches et l'on alluma des braseros qui donnèrent au décor un relent de frémissement. Les lueurs des flammes se répercutaient sur les gens qui se mouvaient dans des convulsions inhumaines, des contorsions béotiennes. Je ne savais pas trop quel rôle jouer dans tout cela, malgré l'inhibition apportée par tant de psychotropes, je me sentais un peu ridicule, avec mon plateau de flûtes de champagne, et une érection douloureuse à cause des médicaments... On ne cessait de me pincer les fesses et les organes génitaux... Même intoxiqué, j'ai vu un vieillard tripoter un enfant et j'ai crié « lâchez-le sale pervers », mais j'étais tellement abasourdi par les drogues, l'alcool et ces chants de dingues que j'en perdis partiellement la mémoire ! La frénésie du moment, les lumières sinistres, la démence des lieux et je me pliai à ce jeu malsain et sexuel comme si j'en oubliais toute inhibition de ma personne. Une fillette, vêtue en vampire, me griffa le dos... Enfin, je le crois... Je délirais, tellement mes sens étaient exacerbés ! Je remarquais une grande femme en tenue de domination qui fouettait ceux qui voulaient sortir de cet amas de chairs, de peau, de sueurs en perpétuel mouvement... Tout ça semblait un rêve éveillé, une hallucination... Un homme s'approcha de moi et se présenta comme étant le « puissant » Sénateur Thorrenz. Puissant lapin en fait !!! Il me prit affectueusement et il m'incorpora dans ce qu'ils appelaient le rituel de l'amour véritable. Tout le monde baisait avec tout le monde... Sans distinction d'âge et de sexe... Je sais seulement que je devais être très populaire, car j'étais assailli de toute part. Après de tumultueux échanges corporels, les lumières devinrent faibles et un homme âgé, tout de blanc vêtu, entouré par la sécurité de la place qui nous avait, moi et d'autres prostitués mâles ou femelles, tous plus ou moins de luxe, amenez là... C'était bizarre, il ne s'était pas déshabillé et était resté à l'écart. Tous semblaient... Non ! Tous le vénéraient comme s'il était un genre de pacha de la veillée festive. Après une bonne heure de débauche orgiaque, ce vieillard, aux inquiétants verres fumés rouges, nous invita, moi et divers jeunes gens des deux sexes, à aller nous restaurer dans une salle étriquée, car le reste de la soirée était privée... Soudainement, la sécurité, qui nous avait escortés à des pièces moites et gluantes, nous balança violemment nos vêtements, pêle-mêle, et l'on nous intima de ne jamais rien dire de tout cela. On nous remit nos enveloppes et j'avais droit à un généreux pourboire de 500$ par le fougueux M. Thorrenz, en plus des 10 000$ prévus et un petit mot, qui me donnait rendez-vous à un hôtel pour

92

le *week-end* suivant, de la part du Sénateur ! Imagine ! Pour une rencontre occasionnelle, on offre habituellement 500$ à 800$ tout au plus. Là, je sortais avec 10 500$ pour une soirée de travail et un mal de couilles atroce ! Ils nous ont dit que si l'on se la fermait, chaque année, pour le solstice d'été et pour d'autres fêtes, comme à la Noël et celle d'Halloween, on serait de nouveau engagé pour des bals masqués, mais avec une plus grosse paie !!! Nous repartîmes, comme nous étions venus, discrètement par camionnettes... Ils nous larguaient un peu partout dans le grand Manhattan... Je sais qu'une gonzesse faisait une overdose, je la reconnaissais de vue. Ils l'ont gardée avec eux... Quand je suis débarqué, il ne restait que la pétasse et eux. La pauvre petite, j'appris le lendemain, par une des filles qui la connaissait bien, qu'elle s'était suicidée dans sa baignoire, elle s'était ouverte les veines, m'avait-on dit, en laissant une lettre de suicide... Wousch ! Ça m'a profondément troublé !!!

Au début, Allan prit avec un grain de sel ce qu'il considérait n'être que des fabulations manipulatrices pour toucher plus d'argent. Il ne posa pas plus de questions sur ce lieu étrange ou sur l'hôtel où il travaillait jadis. Ce prostitué, au verbiage coulant, semblait tricoter autour de ce que voulait entendre Allan. Mais, peu après ces torrides confidences, le corps de ce jeune pédéraste fut retrouvé dans la rivière Hudson. La police ferma le dossier avec la thèse facile du suicide amoureux. Mais des éléments non retenus laissaient supposer à un meurtre. Une lettre de suicidaire, racontant la rupture difficile avec une petite copine anonyme, démontra un imaginaire assez élémentaire et ingénu... Cet homme étant gai !

Devant la chambre du Sénat fédéral, Allan Sexton traquait, avec l'aide de son microphone, le Sénateur William Thorrenz. Les discussions amicales et cordiales du début, tournèrent vite autour du l'affaire du « culte du Hibou » et de Garth Ashelby. Thorrenz devint soudainement blême et effrayé. Certes, il aurait aimé garder un sage silence, mais il perdait rapidement son sang-froid dans une dispute qui finissait en engueulade à sens unique, sans queue ni tête, sur la liberté de culte puis, il niait tout en bloc ! Sexton était certain que le Sénateur Thorrenz avait quelque chose à voir, de près ou de loin, avec l'assassinat du jeune pédéraste, juste par la façon dont il avait réagi aux provocations du soldat sans cause... Dès lors, Thorrenz, à la vue de Sexton, s'enfuyait en cachant son visage du mieux qu'il le pouvait en ignorant son interlocuteur et en conservant un mutisme aussi chétif que coupable…

Sexton poussa plus loin l'audace, en faisant une filature constante de Thorrenz. C'est là qu'il parvint, à distance, à photographier à sa guise le vieux mortel de blanc vêtu. Grâce à ses clichés, il réussit à le démasquer : Fulher Abraham Manlow. Selon ses sources, le Führer d'Amérique, était l'un des plus puissants hommes d'affaires des États-Unis d'Amérique... La description donnée par Garth, du vénérable vieillard aux frocs ivoiriens, lui collait merveilleusement bien !

Allan monta, comme il le pouvait, un volumineux dossier sur cet individu. Mais il n'avait que des soupçons, des conjectures et le témoignage indirect d'un mort. Aucune autre personne, œuvrant dans le monde du proxénétisme, ne désira témoigner de quoi que ce soit. Admettant que l'incident du jeune prostitué eût clos bien des bouches chez ses contacts, il constata qu'il n'avait pas les ressources nécessaires pour délier des langues, malgré un large réseau de proximités et d'amis sûrs.

Devant le syndrome de la page blanche, Allan Sexton s'invita au bureau personnel du richissime Manlow. Il poussa sa chance, ce qui le sauva précisément, en jouant la carte de celui qui sait tout. Il lui chuchotait, avec une pompeuse assurance :

— J'étais à New York au solstice d'été. J'y étais incognito. J'ai tout vu, tout filmé de la cérémonie, comment vous maltraitez la petite jeunesse... Les flammes, les bacchanales, la débauche, la drogue ! Ce que vous avez fait subir à Garth Asheby... Je sais tout !!! J'ai la version intégrale sur l'audionumérique !!! Le gros hibou de pierre et vos orgies !!!

Utilisant des détails que son juvénile, et infortuné contact, lui avaient mentionné, mais sans trop en dire, Sexton gagna son pari. Il ne connaissait pas grand-chose, mais maintenant, avec les menaces d'une vidéo pirate qui circulerait partout, Manlow blanchit encore plus et eut presque un arrêt cardiaque... Toutefois, le vieillard têtu le fit chasser de chez lui par sa suite, puis par son service de sécurité. Le patriarche ne lâcha pas le morceau et demeura relativement impavide et impassible. Il ordonna à ses hommes de le reconduire et de bien le bichonner, sans plus. Les agents du maintien de l'ordre restèrent courtois, mais ils gardèrent néanmoins un ton provocant en lui intimant de foutre le camp.

Depuis, Allan est sur la paille. Son réseau d'informateurs lui refilait toujours les mêmes conneries et il faisait du « sur-place » dangereux... Mais Allan était à présent convaincu, pour sa part, que son pays était sous la coupe de puissants vautours qu'il fallait abattre, coûte que coûte, pour la sainte démocratie ! Il croyait, à tort ou à raison, que ses enquêtes, propagées via Internet, seraient le coup final contre la dictature décadente de ses hideux hiboux ! En fait, toute sa recherche se noya dans un amer silence avec le sentiment qu'il pouvait être le prochain, et que personne ne chercherait à savoir les vraies raisons de sa mort !

Voilà qu'un courriel inusité fit surface... Il lui fût envoyé à l'une de ses adresses factices, qui lui servaient de boite postale virtuelle indétectable.

Je suis très impressionné, *Black Crow*, de votre enquête de fond, mais il manque des détails importants sur leurs circuits d'adoptions illégales que Manlow contrôle avec l'aide du Dr. Pol Martinstein... Auriez-vous des documents ayant trait à ces faits ? De nouvelles pistes que je pourrais parcourir ?

Merci à l'avance,
A. P. ;)

Sexton restait méfiant. Il n'avait aucune correspondance qui correspondait à « A. P. » Cela sentait la taupe pour le démasquer. Il n'avait jamais rien entendu de tel par le passé. Il voyait mal Manlow s'occuper de mômes à la couche... D'un autre côté, son interlocuteur avait laissé trop de signatures incriminantes, pour un informaticien dégourdi comme lui, pour être un traquenard quelconque. À moins que ce ne fût que dans le dessein de l'attirer hors de sa tanière et de sa couverture virtuelle. Il utilisa une adresse bidon, desservie par un faux serveur, indétectable ou très difficile à retracer, pour lui répondre, au cas où ce serait des hommes de Manlow qui voudraient le faire parler. Il décida de servir un autre hors-d'œuvre de son cru :

Je sais beaucoup de choses, dont des preuves vidéo. Mais attention, il y en a plusieurs copies et vous ne pourrez tous les retrouver à temps...

Ciao !

*
* *

Alberta haussa les épaules, devant l'écran plat du café Internet de l'aéroport. Elle ne comprenait guère le sens de l'humour de son interlocuteur...

— Des vidéos... Sensas... Mais il parle comme si nous étions en train de nous amuser à une charade... Donc, soit il se fout de ma gueule, soit il ne saisit pas la gravité... Jouons franc-jeu, cet audiovisuel pourrait devenir une évidence accablante...

Elle répondit aussitôt, mais un système de messagerie automatique lui indiqua que les coordonnées actuelles n'existaient pas et, par conséquent, elle ne pouvait pas y répliquer... Embarrassée et ignorante de la perplexité du réseau virtuel, elle envoya un nouveau message à la première adresse :

> Écoutez, si vous possédez des preuves à conviction que Manlow et Martinstein forcent des mères à se départir de leurs enfants, pour les vendre illégalement à de riches familles, il faut m'en procurer une copie sur le champ. Cela est très urgent, mon amie a perdu son petit bébé et ils l'ont menacée de la tuer si elle tentait de le retrouver. J'ai vu, grâce à vos recherches, la puissance de Manlow et son organisation. Vous êtes dans l'obligation de m'aider, sinon les maigres corroborations que nous aurons amassées tomberont à l'eau face à ces deux dégénérés. Je suis de San Francisco, Californie, je payerai les frais postaux. C'est important et crucial... S'il vous faut de l'argent, tout est négociable...
> A. P. ;)

Quelques instants après qu'Allan eut envoyé sa réponse, un autre message de « A. P. » vint à nouveau à l'adresse factice laissée sur son carnet Web. Celui-ci, au début, le fit sourire. Il croyait que les agents de Manlow voulaient une preuve tangible de son « vidéo-baratin », mais des éléments ressortaient étrangement de ce court texte. Il avait l'impression que la dame, car il s'agissait bien d'une personne de sexe féminin lorsqu'il analysait les structures de phrases, était assez sincère et en disait trop sur Manlow pour être une taupe. La psychologie était de mise dans le genre de boulot que Sexton faisait. Il avait l'habitude de raisonner :

— Même si vous déguisez un policier en canaille, il sera détecté par les autres brigands à cause de ses agissements, sa manière d'être, la spontanéité de sa nature dans sa façon de réagir à certaines situations...

Quoiqu'il ne comprît pas les réelles implications de Manlow dans ce contexte d'enlèvement d'enfants, il décida de répondre immédiatement à ce courriel personnel à l'enseigne d'un serveur commercial de base. L'adresse, peu subtile, de « albertaprescott@xmail.com », semblait trop simple pour sortir du cerveau d'un crack informatique. Sa réponse fut toutefois encore évasive :

> Vous n'avez pas idée du risque auquel vous vous exposez à taquiner ce genre de truite... Je ne suis même pas certain que vous êtes sérieuse... Si vous l'êtes, la dernière personne à aller voir

serait les policiers, les avocats et les juges... Surtout ceux de la Californie !

Dès que la réponse vint à Alberta, elle fut soulagée de constater qu'elle n'avait pas perdu définitivement le lien avec son contact. Elle se remit à clavarder par courriel interposé :

Je m'appelle Alberta, je sais que mon prénom n'est pas commun mais mon père fut, depuis toujours, un excentrique. Disons que c'est le féminin d'Alberto ! S'il vous faut de l'argent, je suis prête à vous payer très cher pour cette cassette... Ma vraie raison d'agir ici, est la promesse que j'ai faite à mon amie. Je lui ai promis de tout faire pour retracer sa petite Pamela... J'ai pris un rendez-vous à la clinique du Dr. Martinstein et, plus j'aurai de faits compromettants contre lui, plus j'aurai de chance qu'il me donne les informations primordiales pour retrouver, dans un premier temps, la famille d'adoption et de composer avec le reste après... Soyez chic !!! Vous pouvez me rejoindre à mon appartement, au 475 *Westborough Road* à *Sharp Park*, San Francisco, disons dans une heure ? Si vous êtes à l'extérieur de la Californie, vous pouvez entrer en contact avec moi à l'indicatif 1-415-224-6748. Si vous devez prendre l'avion, je suis prêt à débourser les frais dans sa totalité...
Alberta Prescott

Allan Sexton s'imaginait à croire que ce fut, soit le plus beau piège à cons de tous les temps, soit que son interlocutrice, s'elle en était une, ne connaissait pas les risques les plus élémentaires de l'Internet... Elle devait être sacrément désespérée pour offrir ses coordonnées. Il opta, un peu comme par le jet du hasard, de lui donner suite par téléphone, pour vérifier si la source resterait aussi claire qu'à cet instant... Ensuite, il verrait à lui expliquer de vive voix que sa casette n'était qu'un bouclier fictif. Il prit la peine d'entamer des recherches avec toutes les informations disponibles et son doigté informatique. Il fut agréablement surpris du visage sur le permis de conduire et tous les renseignements qu'elle avait donné s'avérèrent tous exacts. Il collecta le maximum de données sur elle, ses études et ses origines, entre autres via des réseaux sociaux tels que Facebook, Twitter et MySpace... Elle était une fille de riche qui jouait joliment avec le feu et Allan commençait à peine à réaliser que ce beau brin de fille risquait de perdre la tête à cause de sa méfiance d'en dire le moins possible. Il se leva et prit le téléphone, il voulut réserver le prochain vol pour San Francisco et s'assurer d'avoir, à son arrivée, une voiture de location mais il se ravisa, appelant plutôt son compère Phil. Il comptait sur l'aide de son vieil ami Phil Armstrong, chef de la sécurité de l'Aéroport de Boston. Celui-ci avait une dette envers lui, le genre de dette de vie qui tend à espérer un profond engagement pour se laver de cet emprunt funeste. Pour Allan, le temps était venu de demander son dû. Phil s'organiserait pour le faire embarquer incognito sur un vol commercial. Le combiné accoté sur l'épaule, il n'eut aucune difficulté à convaincre son camarade de sa plus totale collaboration... Tout en restant prudent sur la nature de son voyage, Allan s'assura de la coopération entière et du soutien de Phil. Il s'étira, à bout de bras, tout en continuant ses vagues propos. Sa main se rendit jusqu'à un petit secrétaire, il prit une arme de poing avec de précieuses caractéristiques et spécificités aux propriétés aptes à faire le dur boulot d'espions. Ce semi-automatique 9mm, non réglementaire, des forces spéciales, avait la frappante particularité d'être fait avec du plastique et de la céramique, très résistant, et quasi indétectable. Il vérifia que le cran de sûreté fut bien mis et ramassa son fourreau ainsi que deux autres chargeurs faits en matériaux plastiques luisants comme de la fine porcelaine lustrée... Depuis trop longtemps, Allan Sexton avait oublié qu'il était un père et, à la simple idée qu'il puisse arriver quelque chose à un être innocent, il se sentit interpellé. Il eut aussi une pensée pour le prostitué mort, Garth, sorti des eaux... Avec plus de prévoyance, il aurait empêché ce meurtre ! Les visages de ses deux filles s'imposèrent à son esprit, brouillant ainsi tous différents raisonnements...

Sur la route de l'aéroport de Boston, Allan, songeur, se perdit dans des divagations intérieures :

— Se pourrait-il que cette jeune dame ait réellement trouvé l'autre bout de la chandelle et que nous la consumions chacun à notre extrémité ? Elle détient peut-être l'élément qu'il me manque pour terrasser Manlow et sa clique de sodomites !

Alberta lut la réponse de son étrange correspondant. Sa réponse était évasive mais, au moins, il l'appellerait de vive voix et elle pourrait, de cette manière, amasser des indices. Cela est reconnu que, dans ce genre d'enquête, des faits indéniables pour d'autres ne sont pas contrôlés sur le coup parce que l'intérêt n'est pas focalisé sur ce point. En échangeant et recoupant les informations, de nouvelles avenues viendraient forcément...

*
* *

Une petite voiture décapotable s'éloignait déjà vers l'aéroport de San Francisco quand le tapecul noir d'Ackerman tourna le coin. Il comptait sur sa chance légendaire pour retrouver la trace de Mylène et la faire quitter ce monde sans souffrance... Il gara sa guimbarde directement devant l'adresse municipale qu'avait donnée le chauffeur... Il grimpa avec agilité et calme, comme un énorme gorille silencieux, sur une corniche de cet édifice à plusieurs étages, de forme légèrement ovale et de style moderne et coûteux. Il n'eut aucune difficulté, de ses grands bras, à retirer un panneau d'air conditionné correspondant à l'endroit où il voulait pénétrer... Il devait agir vite, car le soleil se levait et il perdrait alors son élément de surprise. Il prit donc la peine de replacer la machine, plus pour son confort que par souci d'être repéré. Cette fenêtre donnait sur une façade tranquille du bâtiment.

C'était un coquet domicile. Un logement assez richement meublé et de style moderne. En fait, tout était neuf à se douter de la senteur des lieux et des choses. L'emplacement était, malheureusement pour Ackerman, vide de toute présence humaine. Le Hollandais fit une inspection sommaire, cherchant des indices où elle aurait bien pu aller. Le téléphone tinta à plusieurs reprises mais, sagement, Ackerman laissa bourdonner la sonnerie électronique. La draperie du matelas était défaite... Compte tenu de l'ordre ambiant, du sérieux de classement dans les garde-robes et de la propreté générale de l'endroit, il devenait évidant, pour ce chacal en chasse, qu'elle n'avait pas pris la peine de faire le lit ce matin par précipitation...

— Cette petite a peut-être vu de loin le docteur Pol « Frankenstein » Martinstein et a pris panique... Ne me dites-moi pas que je vais devoir courir !

Ackerman cessa net sa complainte. Son attention fut attirée par des chemises de papier cartonné. Les dossiers étaient bien à la vue avec d'autres énormes bouquins d'études médicales et d'autres en journalisme, dont certains étaient écrits en français. Ses yeux furetèrent des documents d'archives qui portaient des titres assez révélateurs. Quelqu'un avait monté de la documentation sur lui-même et sur tous les actes ayant trait à l'affaire de la petite Mylène G.; le motel *Colonel Inn*, le docteur Martinstein, son assistante Golda Shalow... Et sur son patron Manlow...

— Aïe ! Aïe ! Aïe !!! On est en train de se faire couler comme le Bismarck !

Avec plus ou moins de précautions, le Hollandais fit une fouille. Son idée étant de simuler un vol, il prit quelques bijoux de valeur selon son évaluation de voleur. En renversant les tiroirs un à un, il découvrit le passeport canadien d'Alberta Prescott et des photographies personnelles... Non, décidément ce visage ne lui disait rien, mais il souleva ses deux sourcils clairsemés comme pour concéder qu'il la considéra fort jolie... Il farfouilla, comme un furet, à la recherche de contact. Il dénicha seulement l'adresse et le téléphone de son père à Edmonton, les coordonnés de plusieurs universités, comme celles de New York, Berkeley, Paris, Londres et celle de Montréal. Elle ne semblait pas avoir un grand cercle d'amis. Mais il découvrit effectivement ce qu'il cherchait; le papier contenant le numéro de l'appareil téléphonique du campus de Mylène. Il ramassa le tout et s'installa dans le fauteuil de style capitaine, sa valise de médecin ouverte sur ses jambes... Les chevilles du siège se disjoignaient, ployaient sous le poids du matamore. En sortant un revolver démodé et un embout de silencieux, il se justifia à lui-même :

— Que de la merde, ces mobiliers de fabrication moderne...

Face à la porte d'entrée qui donnait sur le salon d'Alberta, Ackerman attendait sa proie. Il avait la ferme intention, sous la menace de son arme, de la séquestrer dans une planque sûre où il aurait tout le loisir de faire jasette...

— Elle va devoir s'expliquer avec tonton Ackerman ! Elle doit être ce genre de chienne qui se démène pour gagner un prix *Pulitzer*... Elle doit en savoir suffisamment pour nous nuire si la petite Mylène a vidé son sac... D'un autre côté... Comment a-t-elle pu remonter la filière jusqu'à Manlow ? Le seul que Mylène connaissait, par son nom, était Martinstein... Y aurait-il eu, de sa part, une insouciance ou se serait-il mis à trop commérer à ses porteuses... Ça commence à vraiment sentir le roussi, tout ça !!!

À bout de nerfs, il se retourna et tira, de son flingue, le téléphone qui ne cessait de sonner. L'appareil reçut un sévère impact et ne resta en un morceau que par une incroyable chance... Cette marque d'impatience, à interrompre la sonnerie incessante, lui fit réaliser qu'il perdait son sang-froid. Il se leva lourdement et s'installa à une des fenêtres qui donnait sur la rue de *Westborough Road*. À ce moment, pensif, il fixait le flot ininterrompu de véhicules qui louvoyaient dans les deux sens sans ne jamais s'arrêter... Il attendrait ainsi, durant de longues heures...

*
* *

Alberta retourna sur le campus pour vérifier quelques trucs sur les microfilms de la bibliothèque. Elle ne porta pas attention à une ambulance, au loin, ni aux voitures de police. Elle fut trop absorbée par ses recherches virtuelles pour capter des informations indirectes du monde réel !

Après quelques heures passées à étudier, elle repartit en trombe sans se soucier de la solitude des lieux. Pour son retour, elle roulait à vive allure dans

100

les chauds quartiers de San Francisco. Sa voiture, rapide et légère, s'élevait presque du sol lorsqu'elle dévalait les escarpements de la ville vers son exigu nid réfrigéré. Elle n'avait pas la tête à écouter de la musique. Cette fois, elle prêtait attention avec intérêt aux divers bulletins de nouvelles... Avec effroi, elle tendait l'oreille aux communiqués, fragmentaires et vagues, qui expliquaient qu'un universitaire du campus de Berkeley avait fait la macabre découverte de sa petite amie. Ce matin même, une jeune étudiante, Latricia Brown, fut retrouvée morte. Selon les différentes sources, on faisait mention d'un meurtre par strangulation, sans plus. Les autorités compétentes faisant encore une enquête pour élucider cette mort, qui restait hautement suspecte... Alberta ne connaissait pas personnellement Latricia. Peut-être s'étaient-elles croisées dans un des corridors de l'université... Elle ne pouvait s'enlever de l'idée que cet accident concordait étrangement, vu les circonstances, avec son angoissante impression de malheur de la dernière nuit. Son estomac se noua et elle ressentit une vive nausée et une imperceptible envie de dégobiller ses entrailles...

Elle vint pour se garer à sa place habituelle, mais un hurluberlu avait pris son espace...

— Zut ! Je devrai me stationner de l'autre côté !

En regardant dans son rétroviseur, elle prit conscience que cette voiture, d'un noir très mât et de style vieillot, cadrait bien avec la description que lui avait faite Mylène de la bagnole du géant dans son compte rendu. Elle raisonna, la tête pleine de suspicions :

— Cette grosse coquerelle ne correspond pas avec les automobiles économiques du coin... Elle doit carburer au diesel !!!

Elle ne pouvait plus quitter du regard ce tas de ferraille de *mafiosi* dans le rétro de son véhicule... Elle était complètement absorbée dans ses pensées, ses incertitudes. Elle avait un certain flair pour ce genre de chose et elle ressentait, en elle, un état d'âme pire que le tract dont on pouvait éprouver les effets avant une importante dissertation ou un exposé oral... Écoutant sa crainte monter en elle, elle continua lentement sa route jusqu'à une autre intersection. Elle fit demi-tour, de manière à être capable de lire la plaque d'immatriculation de ce sombre « *tank* de fer »... Tenant son volant d'une main nerveuse, elle prit sa plume et écrivit à la hâte le numéro matricule du véhicule sur une vieille enveloppe qui traînait dans le coffre à gants...

— Oh ! Elle est originaire de l'état de New York ! Comme à s'y méprendre avec la voiture décrite par Mylène dans son récit... Mon Dieu !!! Ils sont là, chez moi ! Impossible !!!

Se sentant maintenant menacée par une ombre invisible, elle se réfugia au petit bistro du coin et exprima ses craintes au sujet d'un criminel, chez elle, à son ami homosexuel Mario Santoro, le tenancier de la place. Celui-ci ne se fit pas prier pour ajouter foi au désarroi de la jeune dame, tant ses yeux devenaient communicateurs. Il l'invita à prendre le téléphone de son bureau et à contacter la police. Alberta, la voix engorgée par la peur, débita à la standardiste des urgences :

— Allô, je crois qu'il y a un assassin chez moi, il est venu pour me tuer, sa voiture noire aux vitres teintées de gangsters des années soixante est toujours là, devant la pelouse de mon terrain ! Il est probablement encore à l'intérieur !!! Oui... Oui... J'attends...

Après de longues minutes d'attente interminables et l'obligation de reformuler la même histoire à plusieurs corps de police, sans donner trop de détails, elle eut l'amère déception de réaliser que les autorités ne semblaient pas être disposées à la prendre au sérieux. Elle se ravisa, comprenant que de tels appels pouvaient être acheminés chaque jour par des cinglés de tout acabit. Elle changea son fusil d'épaule et elle prétexta qu'elle s'était calmée, qui s'agissait d'un cambrioleur et qu'il était toujours chez elle... Lorsqu'on lui demanda des détails sur la caisse, elle feinta ne rien savoir d'elle, qu'elle était noire et fort ancienne. On lui garantit qu'une auto-patrouille irait inspecter les lieux, sous peu, de ne prendre aucun risque et d'attendre les policiers...

Ackerman, de la corniche, voyait une voiture de police qui s'approchait à côté de son automobile. Déjà, les constables faisaient un relevé de sa plaque minéralogique... Par expérience, il savait qu'était arrivé le temps de déguerpir à la sauvette. Il venait de griller sa tire adorée, par manque de prudence. Il pensait en ravalant sa rogne :

— Mieux vaut se faire fourvoyer son fou que de tout perdre en perdant son Roi !

Ackerman dévala l'allée contraire de celle advenant aux agents de la paix et s'éloigna, assez loin, pour pouvoir dérober une voiture sans prendre de risque inutile.

— Merde ! On est cordé comme des sardines dans ces putains de petites machines étrangères !!!

Les forces de l'ordre ne trouvèrent aucun antécédent, sur ce bahut de l'État de New York, dans leur terminal informatique. Il n'y avait aucun propriétaire d'enregistré à ce véhicule. Un fait qui restait fortement étrange, elle était immatriculée comme étant un bolide appartenant au FBI, le bureau fédéral d'investigation...

Alberta, voyant la présence policière de la vitrine du Bistro de bord de mer, se donna le courage nécessaire pour aller les confronter. Avec la précaution et la prudence d'usage, ils investirent les lieux... Tout semblait être, selon la disposition des pièces, l'œuvre d'un cambrioleur. Alberta comprit assez vite qui lui manquait quelques babioles, donc un bijou qui appartenait à sa grand-mère du côté paternel, mais surtout ses dossiers ayant trait aux affaires de Mylène. On avait aussi endommagé et déplacé sa chaise capitonnée pour avoir une belle vue de sa fenêtre sur la rue. Pourtant, elle n'en dit mot aux agents... Les policiers découvrirent rapidement le lieu d'intrusion, Ackerman n'ayant pas pris la peine de remettre le climatiseur en sortant...

— Il a forcé la fenestration et il est entré par là...
— Très perspicace, lança avec ironie Alberta, je suppose qu'il ne reste qu'à appeler mes assurances et qu'on va oublier l'affaire pour ne pas gonfler vos statistiques...

L'un des gardiens de la paix se pencha sur l'appareil téléphonique, perplexe...

— Pas si sûr, faisant un signe de la tête à son collègue, Hey ! Larry... Regardes, un projectile a été tiré sur ce téléphone.., Habituellement quand il y a coup de feu, il faut aviser le labo ?

Le policier plus expérimenté répondit par l'affirmative d'un bref mouvement émotif. Il fixait toujours l'appareil téléphonique dans un mutisme qui reflétait sa vive intelligence à réfléchir. Le second se retourna vers Alberta en affichant un sourire arrogant. Il marmonna, à la John Wayne :

— Bah ! Sauf votre respect, m'dame, pourrait-on prendre de votre temps ? Une nouvelle consigne, ayant trait aux armes à feu... Ce n'est pas vous, par hasard, qui auriez tiré à bout portant sur votre téléphone ?
— Assurément non ! De toute façon, je n'ai aucun objet de la sorte ! Faites votre enquête, si cela peut aider à épingler ce salaud !
— Connaissez-vous des gens qui auraient des griefs contre vous ? Quelqu'un qui vous aurait-il fait des menaces ?

— D'aucune façon, personne ! Je ne suis ici que depuis peu... Je suis résidente canadienne et ne suis là que pour mes études... Je ne suis qu'une simple étudiante de Berkeley...

Le policier, se croyant aussi séduisant qu'irrésistible, continua son interrogatoire stérile avec un large sourire d'enjôleur, plus par curiosité que par professionnalisme :

— Un petit ami éconduit depuis peu ? Seriez-vous célibataire de cœur par hasard ? En passant, je me nomme Lesly Pierce...

Alberta, les yeux fixant le ciel, haussa les épaules d'exaspération. Elle n'avait nullement envie de répondre aux mesquineries ironiques de cet avorton. Le chef de patrouille, Larry Walsh, plus expérimenté que son novice et ardent partenaire, cassa net la conversation entre son chaud coéquipier et la jeune dame de glace en demandant, sur un ton plus froid et tempéré :

— Vous avez dit au répartiteur que vous redoutiez que l'intrus eût forcé votre demeure pour vous faire du mal... Le fait qu'il ait tiré sur votre téléphone doit être pris très au sérieux et être perçu comme une forme de menace... Il faudrait procéder à des analyses balistiques afin de pouvoir faire des recoupements avec d'autres crimes, via nos registres informatiques. Cela prendra un certain temps, mais ce sont les procédures normales... Avez-vous remarqué si on vous a dérobé quelque objet que ce soit ?

Se retenant de démontrer quelques signes de méfiance, Alberta haussa les épaules et balbutia un artifice digne des films hollywoodiens :

— On m'a volé ma dignité, sans plus monsieur l'agent... Je me sens un peu sotte de m'être emportée de la sorte... Je suis d'une nature assez craintive et avec tous ces bulletins de nouvelles affreux que l'on voit à la télévision... Je me suis stupidement affolée ! Je crois que ce voleur fut très déçu... Je n'ai aucun bijou de valeur, que de la camelote ou des colifichets médiocres !
— Avez-vous eu, par hasard, des antécédents avec la justice américaine ? De la parenté liée au crime organisé en Californie ou ailleurs ? Au Canada ?

Alberta fit comprendre par un non catégorique, appuyé par un signe de tête de négation totale, que l'agent faisait fausse route en creusant cette avenue.

Les policiers se rendirent à leur véhicule pour contacter leur centrale avec leur radio. Ils en profitèrent pour demander d'autres informations sur la bagnole noire et réclamèrent l'assistance pour une analyse balistique complète...

Alberta regarda l'impact du plomb sur son téléphone. Du bout de son index, elle caressa doucement le pourtour du trou. Elle frémit en s'imaginant la périphérie de la cavité et le périmètre de la perforation du projectile. Le plastique rigide du combiné avait fendu, au heurt de la balle fragmentée, pour laisser place à une explosion interne. La base du téléphone n'était plus retenue que par une moulure vissée. Elle se tenait à genoux, accroupie et voûtée, sur ce petit engin qui avait la dimension d'une fugace tête. Elle fut prise d'un vertige passager, le tireur semblait précisément viser l'appareil tant la percussion était nette. Elle transpirait de frayeur froide à l'idée que l'assassin pourrait, en tout temps, lui réserver le même sort.

Elle réfléchit, accolée au mur de sa salle de séjour. Ses yeux fixaient toujours le téléphone déglingué. Était-ce un avertissement contre elle parce qu'elle avait appelé la clinique du Dr. Martinstein ? Une sombre menace envers elle venant du monstre à la voiture noire ? Elle se dirigea vers son réfrigérateur et en sortie un glaçon. Elle le fit passer sur son cou et sa nuque. L'officier Walsh cogna gentiment à la porte et informa la jeune dame qu'elle devait laisser place à ses collègues, pour la prise d'empreintes obligatoires et l'extraction du projectile de l'appareil téléphonique.

Les autres résidents portaient une attention curieuse à toute cette agitation. Plusieurs se risquèrent à défier la chaleur étouffante pour écornifler quelque peu de leur balcon. Alberta s'installa timidement à l'ombre, sur le parvis de l'édifice de son appartement. Elle était accroupie sur les quelques marches extérieures qui donnaient accès à son immeuble. Elle restait étrangement calme et silencieuse. Elle se sentait maintenant à l'abri derrière ses verres fumés qu'elle plaça sur son joli museau, comme le ferait une grande actrice d'Hollywood face à une armée de paparazzis. Son mental semblait se couper du reste du monde. Son regard, à l'allure désintéressée lorsque passèrent les hommes du département des enquêtes criminelles, cachait, sans mesure, son désarroi. Elle ne s'attendait guère à voir accoster une demi-douzaine d'officiers, du laboratoire d'expertise, pour prendre des dizaines de photographies des lieux et de relevé un nombre considérable d'empreintes. Elle avait le vague sentiment qu'elle fut morte et que l'on faisait le repérage de la scène de son meurtre. Une brise chaude lui inspira une pensée morbide du frottement de la craie autour de sa carcasse. Elle comprit amplement que ce cirque ne l'aiderait en rien... Son interlocuteur d'Internet lui avait pourtant intimé de se méfier des forces de l'ordre...

Un petit homme, partiellement chauve, tentait de cacher sa calvitie par de longues mèches adipeuses émanant de sa couronne capillaire. Il portait d'énormes lunettes de correction à la monture démodée. Elle le vit s'approcher comme s'il l'étudiait à distance, en se dandinant vers l'avant, d'après elle, pour mieux ajuster sa mise au point visuelle en fronçant ses sourcils et déformant exagérément les traits de son visage. Froidement, sans même se présenter, il lui demanda un échantillon de ses cheveux et la prise de ses propres empreintes pour faciliter leurs recherches. Sans crier gare, celui-ci s'avança vers elle avec la ferme intention de toucher sa belle crinière. Elle bondit de la marche sur laquelle elle était assise et sortit de son sac à main, sans prononcer un mot, sa brosse et, avec un geste brusque, elle tira sur un épais amas de brins et lui tendit les fibres de chevelures avec audace. Le pauvre myope éconduit prit un semblant de revanche lorsque vint le temps de teindre les doigts d'Alberta pour la prise de ses empreintes. Il semblait manquer de tact dans ses mouvements secs et bourrus. Avec un léger sourire de filament baveux qui lui donnait des allures de trisomique, la petite tronche se permit d'échapper, avec un air mi- arrogant mi-gêné, un « merci » à peine audible. Alberta ne pouvait s'empêcher de légèrement grimacer à la vue de la peau de l'expert de la police. Il avait, sous cet angle d'éclairage solaire, un tissu cutané anormalement sec. Des verrues et des lésions dermiques, tels de profonds cratères, laissaient présager une difficile enfance à combattre de sévères crises d'acné. Çà et là, il y avait encore des têtes blanches suintantes de pestilence et d'infection qui parsemaient une repousse de barbe clairsemée. Une vague odeur d'encens indien et d'après-rasage se mélangeait à un effluve de sueur maintes fois séchée et réactivée. Elle crut même percevoir, avec grand malaise, un léger relent d'urine. Ses petits yeux, d'un gris cendré et fade, ne cessaient de la dévisager d'envie, sans vraiment cligner des paupières. Enfin, c'est l'impression qu'avait Alberta mais, en vérité, c'était elle qui devait toiser le plus. L'étriqué lourdaud dut bien s'en apercevoir, car il rougit comme s'il était complimenté de tant d'attention. Le laideron au crâne calé fut comme captivé par le regard noisette, avec des reflets azurés, d'Alberta. Celle-ci, habituellement, avait une forte empathie pour les mal-aimés de ce monde mais elle ne pouvait tout simplement pas pactiser avec ce minable personnage décadent. Tout son être était répulsif. Certes, il était laid mais sa laideur ne s'arrêtait pas à sa peau repoussante ou à ses petits yeux pervers. Elle aurait aisément accepté ce fait en relativisant, par commisération, la souffrance et l'historique de l'individu et passerait par-dessus ces considérations purement dédaigneuses. Elle cogitait, dans son esprit, une lecture tout autre que carrément physique... Non, c'était comme une tare héréditaire qui se logeait dans les replis de sa chair. Quoique d'apparence décrépie, cet être ne pût avoir que la jeune trentaine. Pourtant, son aspect de caducité lui faisait paraître un vécu d'une sénescence sans lustre.

Le portable du grotesque personnage exiguïté se mit à sonner sur un air sinistre d'enterrement en sons de cloche. Il fredonnait « Tam-dam-tadam » sur le refrain de cette mélopée morbide. Sans émotion, il colla le menu appareil à son oreille rabougri et ténu. D'une voix chétive et précaire, il bégayait, tel un dindon de l'Action de Grâce devant le couperet, un ridicule :

— Oui, oui... Oui maman ! Je, je, je sais maman... Je vais finir un peu plus tard petite maman chérie, rien d'important... Oui, je vais passer à la clinique... Sans faute, promis !

Alberta se concentrait, en braquant les yeux sur le sol pour ne pas rire de ce servile garçon. N'en pouvant plus, elle tenta de trouver un autre point de repère et elle fixa sa chemise parsemée de taches graisseuses. Une petite plaquette d'identification, que revêtait ce troglodyte, fit amplement sourciller Alberta... Ce vulgaire énergumène portait comme patronyme « Shalow », son prénom étant Golan... Golan Shalow... Shalow, ce nom sonnait avec une certaine familiarité pour elle. Elle raisonnait quand un des collègues de Golan Shalow demanda son aide. Cela coupa court à cette dérangeante expérience. D'une démarche de manchot empereur obèse, Golan Shalow se dirigea vers les appartements de la demoiselle. Les jambes affaissées, les genoux vers l'extérieur, il se mouvait avec l'aisance d'une limace. De ses fines oreilles, Alberta entendit des railleries à l'encontre du mystérieux enquêteur, des boutades du genre :

— Ne m'dis pas qu'il farfouille le frigo de ses doigts sales, il va encore se retrouver comme premier suspect !!!
— Hey Gol ! Interdiction de fureter dans les sous-vêtements de la demoiselle et encore moins de les sentir !!!

Alberta fut horrifiée à l'idée qu'il pouvait oser faire une pareille chose mais elle le cru capable, seulement à la façon qu'il avait de tenter de percer, de la vue, le peu de décolleté qu'elle avait.

Une simple scrutation lui fit voir que personne ne portait attention à elle et encore moins à la voiture noire du présumé cambrioleur à la gâchette facile. Elle s'approcha discrètement de celle-ci. À son grand malheur, les portières étaient toutes verrouillées. Elle jeta un regard furtif au travers des vitres teintées. Elle contrôla, du mieux qu'elle le pouvait, la douleur relative que lui transmettait la sombre bagnole sous un soleil bouillant. Le soleil était à son zénith et, déjà, l'heure du déjeuner approchait. Elle n'avait aucune envie de se restaurer à son appartement, encore moins d'y dormir. En fait, une chose était certaine, Alberta n'y retournerait plus seule... Elle sentit se poser sur elle le clin d'œil d'un rapace. Elle renversa discrètement la tête pour profiter des reflets du véhicule et s'aperçut que Golan Shalow, du balcon, l'observait avec voracité, tel un épervier qui fixerait une proie facile, une petite gerbille. Elle se contenta de hausser ses belles épaules et simula la fillette, curieuse et cachottière à la fois, qui explore tout et rien. Alberta, à intervalle régulier, lançait de mouvants et variables coups d'œil vers l'impertinent Shalow. Celui-ci se tenait droit comme une barre de fer. Pourtant, son dos courbait vers l'arrière par son énorme bedon de crapaud qui émergeait par la pression de ses tripes et de ses boyaux.

Son portable à l'oreille, il la dévisageait... Non, plutôt, il semblait maintenant fixer, avec âpreté, la voiture noire. Avec une astucieuse mise en scène, Alberta s'éloigna pour gagner une position plus favorable à l'espionnage. Elle épia, pendant de longues minutes, Shalow... Pensive, elle tenta de se remémorer l'endroit où elle avait entendu, pour la première fois, ce nom :

— Shalow... Manlow... Ouais ! Golda Shalow !!! Serait-ce possible qu'il s'agisse d'un fils de l'infirmière du Dr. Martinstein ?!! En plus, il parlait de clinique ! Vivement de me situer de meilleure façon sur cet échiquier pour être moins précaire !!!

Une remorqueuse grise, sans aucun insigne distinctif, vint prendre promptement la voiture d'Ackerman. Elle repartit aussitôt, sans demander son reste. Un officier avança pour s'opposer, mais l'inspecteur Shalow lui fit comprendre, d'un geste étrangement vindicatif, de laisser faire et de ne plus rien dire... Une clochette d'alarme retentit dans la tête d'Alberta, se souvenant encore une fois des conseils de son contact anonyme, de ne point faire confiance aux autorités locales. Heureusement pour elle, car elle ne désirait en aucun cas rencontrer de nouveau le suintant Golan, ce fut le sympathique chef de patrouille, Larry Walsh, qui vint à sa rencontre, au déhanchement nonchalant. Il devait savoir où elle pourrait loger en attendant que la poussière retombe :

— J'ai eu le fin mot de l'investigation... Il y a vraiment très peu de chance que le voleur revienne sur les lieux du crime, après une telle démonstration des forces de l'ordre... Vous pouvez réintégrer vos quartiers mam'zelle ! Selon les enquêteurs Shalow et McFerlane, il n'y a pas matière à continuer l'enquête. Ils veulent toutefois savoir où ils pourraient vous rejoindre s'ils avaient d'autres questions... J'imagine que pour l'heure, vous désirez récupérer de vos émotions...

Sans conviction, elle lançait du tac au tac :

— À l'Hôtel Excelsior, dans le centre-ville de San Francisco, j'y serais jusqu'à ce que j'aie la certitude que ce bandit soit hors d'état de nuire !

— Selon les statistiques, il y a très peu de récidives, mais... je vous conseille, Walsh finit sa phrase en sourdine, vous feriez mieux de retourner chez vous, au Canada, avant que vous ne soyez mêlée dans une sale histoire... Écoutez, l'inspecteur Shalow a récupéré la cassette de la vidéo de la sécurité de l'édifice et ne l'a pas mentionné dans les pièces perquisitionnées... Ce n'est peut-être qu'un oubli de sa part ou bien cela cache une anecdote salée... La voiture noire, que vous avez identifiée comme étant celle du cambrioleur, est immatriculée comme étant opérationnelle et utilisée par le FBI. Ça devient fort étrange. L'inspecteur Shalow n'a pas voulu que l'on procède aux fouilles d'usage et aux prises d'empreintes habituelles... Ce minus à une mauvaise réputation à l'interne et il semble qu'il tente d'effacer des choses ou, du moins, de les couvrir... Bien sûr, je ne vous ai rien dit de tel, mais prenez compte que votre histoire ira aux oubliettes !

Alberta sentit la sincérité et la bonne foi de ce policier. D'un signe de la tête, elle lui fit comprendre qu'elle avait très bien saisi le message...

À une certaine distance, l'inspecteur Shalow étudiait d'un coup d'œil, sans émotion, la belle Alberta. Il s'approcha et, à cet instant même, Larry laissa sa place. Au regard glacial d'un psychopathe ou d'un obsédé tourmenté par la beauté incarnée, Shalow fixait la jeune dame de la pointe du crâne jusqu'au bout des pieds. Sa bouche filamenteuse, pleine de mucosité épaisse, faisait saliver sa langue sur ses lèvres. Il tendit sa main vers Alberta et dit, d'une voix suave comme celle d'une grenouille :

— Au revoir, Madame Prescott, au plaisir de nous revoir très prochainement...

Avec une soudaine nausée, elle crispa machinalement, à son tour, la pince, comme un signe instinctif de politesse courtoise. Voyant qu'il s'apprêtait à lui faire un genre de baisemain démodé, elle retira avec vigueur son organe du toucher au contact de cette chair moite et rugueuse, ayant deviné la paume de sa dextre droite parsemée de verrues sèches et dures. Sentant fortement et assurément le mépris que lui souligna Alberta, il répondit par un petit sourire timide et perdit, tout d'un coup, son assurance que lui avait donnée, pour le moment, la détresse d'une femme esseulée. Alberta tourna les talons et, en hâte, se déplaça pour récupérer ses effets personnels. Elle fut estomaquée de frayeur lorsqu'elle s'aperçut que son passeport n'était plus à sa place... Volatilisé ! Elle ne se laissa pas aller à maintes obsessions. Pour elle, il était certain que l'étrange et sinistre « cambrioleur-assassin » lui avait dérobé son visa de voyage et autres documents légaux. À moins que ce ne fût ce bourru de flic prenant, de cette façon, une foule d'informations pertinentes et personnelles à son sujet et lui coupant ainsi toute retraite possible... Avec la rage au cœur, elle décida qu'elle ferait, dès le matin suivant, flèche de tout bois en attaquant de front Martinstein et sa clique de cinglés. Ainsi, face au scandale, pensait-elle, ils seront plus enclins à fléchir à mes arguments...

Elle quitta son logis, avec un grand sac à main de produits intimes et le strict nécessaire. Elle avertit le concierge de garder un œil sur son appartement, car elle devait partir pour un temps. À son retour, elle se renseignerait sur la marche à suivre pour changer ses serrures et faire poser de solides barreaux aux fenêtres. Le pipelet du troisième âge, avec un air songeur, lui demanda si elle avait été cambriolée. Oskar Winslett était ce genre de vieux garçon qui ne connaissait personne. Il avait, depuis sa prime jeunesse, dévoué sa vie à s'occuper de sa vénérable mère. À la mort de celle-ci, le travail devint sa seule passion. Depuis ces dix dernières années, ses patrons attendent qu'il passe l'arme à gauche pour le remplacer par un jeune, plus vaillant. Faisant littéralement partie des meubles, ils n'osaient le licencier malgré son âge avancé. Winslett, pour qui l'heure de la retraite était venue, refusait tout simplement le repos du guerrier mérité, de peur de mourir d'ennuis au grand dam de ses employeurs. Il mâchouillait, comme un vieux ruminant, son cigare périmé et éteint. Cet éternel mégot humecté et complètement épongé par tant de salive écœurait habituellement Alberta mais, à cet instant, la vue de ce bon vieux et cher M. Winslett, qui s'inquiétait pour elle, était un réconfort pour la jeune dame qui se sentait bien seule et en péril à cette heure même. Se tenant sur une archaïque serpillière défraîchie, le vieux Winslett se fit plus insistant, comme le ferait un grand-père soucieux pour sa petite-fille. Il fronça les sourcils et lui demanda, avec toute la sagesse de ses soixante-treize ans, si elle avait des problèmes :

— Voyez-vous, ma petite, j'étais sur le toit pour décrotter la merde de mouettes et d'pigeons quand j'ai entendu les sirènes de police... Intrigué, j'ai « zyeuté » partout et j'ai aperçu un gaillard de colosse sortir en hâte par votre fenêtre... Un géant à la peau très pâlotte, comme un mélange de jaunisses et d'un gris de cadavre... Il paraissait avoir les traits tirés et fatigués, comme ceux d'un croque-mort... Enfin, son épiderme faisait contraste avec le noir de son habit... Son chapeau de feutre était renfoncé à la manière des gangsters, de sorte à le rendre méconnaissable... Il portait une sacoche ou une valise de médecin du temps de mes vingt ans ! Le bougre, il s'est faufilé et je l'ai perdu de vue. Je l'ai revu quelques instants plus tard, alors qu'il a volé une bagnole, je ne suis pas certain de la marque mais il m'semblait être une *Cutless Ciera* bleue cendrée ou grise bleutée... J'en suis plus certain... J'ai parlé de son signalement avec les flics et ils ont reçus ma déposition, sans plus. Ils n'avaient pas l'air d'être vraiment intéressé de vouloir le retrouver, ils paraissaient ne pas me prendre au sérieux quand je leurs ai dit qu'il ressemblait à un croisement entre Boris Karloff en Frankenstein, Kojak et Lucky Luciano ! Je vous l'assure, je l'ai remarqué comme j'vous vois... J'ai de bons yeux à mon âge, bon Dieu de bon Dieu, et il n'a pris que dix secondes à faire démarrer c'te bagnole là...

— Avez-vous, Alberta réfléchit un instant puis reprit à son début sa phrase avec plus de conviction, avez-vous avisé la police que le cambrioleur était parti avec une autre voiture ?

— Ouais ma p'tite dame !

— Et que vous pourriez identifier ce malfrat à l'aide d'une photo ?

— Certainement, y'a pas deux types laids comme lui...

— Pouvez-vous m'accompagner au petit bistro du coin ? J'aimerais que vous regardiez une photographie pour me dire si vous reconnaissez l'homme. Cela ne prendra que quelques minutes de votre temps... Je vous invite pour un cappuccino ou un espresso ?

— J'n'suis pas du genre à boire ce sirop amer d'rital ! Mais si vous m'payez l'café, chère Dame, du bon vieux vrai café... Comment refuser !!!

Tous étaient bien inquiets au petit estaminet de style européen. Calmement, Alberta répondit poliment aux questions d'usage, comme pour s'en débarrasser sans froisser personne. En vitesse, elle fit sa recherche sur le Hollandais Ackerman... Elle emprunta une clé USB au tenancier et en profita pour faire une sauvegarde de toutes les informations qu'elle recouvrerait pour les imprimer ultérieurement. Connaissant les raccourcis du Web, elle retrouva le lien pour le portrait d'Ackerman en moins de trente secondes. Le vieux concierge se pencha vers l'écran, souleva ses épaisses lunettes pour mieux voir. Sa réaction fut sans hésitation :

— Bon Dieu de Bon Dieu !!! C'est bien c'te type là... Oh ! Sur la photo, il est bien plus jeune, mais aussi laid ! Mais j'en suis sûr, c'est c'te bonhomme là ! Il a de ces yeux froids qu'on ne peut pas oublier !!!

Il n'en fallut pas plus pour convaincre Alberta que ce dangereux Chacal était maintenant à ses trousses. Elle offrit, avec égaiement, à Winslett une boite de cigares, un grand récipient isotherme plein de café et une douzaine de beignets. Le vieil homme, usé par des décennies de labeur, eut un léger sursaut et ses paupières s'humectèrent de joie. Tant de solitude et d'isolement, pensa Alberta, pour que l'on s'émeuve de si peu... Elle s'en voulut alors d'avoir toujours ignoré cet individu, elle qui avait la chance, la beauté, la richesse et le destin de son côté depuis son berceau jusqu'à ce jour...

Elle grimpa, en trombe, dans sa voiture décapotable sport et fit grogner son moteur. Elle démarra, sans crier gare, laissant sur l'asphalte chaud des traces de caoutchouc noirâtres. Après ce départ canon, elle emprunta des avenues, au hasard, pour être incontestablement convaincue de ne pas être suivie. Elle calcula même le risque de griller un feu rouge, provoquant des beuglements et des rugissements de klaxons chez les autres chauffards, étonnés par cette manœuvre surprenante... Pourtant, une voiture de couleur sombre ne se fit en rien surprendre par ces cascatelles de débutante. Sans céder à la panique, ce mystérieux poursuivant se fit tout simplement plus discret. Après les quelques « virevoltes » inutiles d'Alberta, il la prit en chasse, comme un fauve qui traque inexorablement sa proie, lui laissant juste assez de distance pour qu'elle s'essouffle ou qu'elle se sente hors de portée. Comme une malheureuse et insouciante hase, Alberta et sa voiture étaient prises en filature par un rusé renard...

Le paon déplumé

Le sénateur William Thorrenz était un homme de belle prestance, tel un paon aussi pédant que cuistre. Le genre de pédagogue universitaire qui souriait en tout temps, de manière artificielle, et à tout vent. Ses tempes grisonnantes trahissaient son âge. Rien dans ses traits d'éternel Adonis ne laissait voir sa quarantaine avancée. Son corps filiforme et élancé était toujours vêtu de riches complets aux teintes sobres mais aux cravates colorées et criantes. Il était, tout souriant, assied devant le Capitole, à Washington D.C., tout près de la Bibliothèque du Congrès. Il faisait semblant de lire son journal mais il regardait, dans un balancement incessant de la tête, les dames qui se promenaient sur l'avenue Smithsonian. Il épiait les jeunes femmes et les moins jeunes avec un vif reflet d'avidité dans les yeux. Il fit tourner machinalement l'alliance à son doigt par un frottement involontaire de ses jointures sur sa cuisse. Avec une certaine répugnance, il la retira et la glissa dans l'une des poches de son veston. Comme si le fait de l'ôter faisait de lui un autre homme ou, pire, que le geste de respect envers son épouse, en enlevant l'anneau, l'affranchirait à l'avance de ce qu'il s'apprêtait à faire.

Il lécha, avec la sensualité d'un bovin, sa lèvre supérieure puis, dans un mouvement plus lent, plus calculé, il inonda sa bouche de salive pour aussitôt tout avaler. Ce gargarisme improvisé rétablirait, croyait-il, sa voix dorée et ses cordes vocales, endormit depuis peu. Malgré ces petites précautions, c'est d'une voix rauque et enrouée qu'il adressa ses paroles à une jeune dame qui promenait son petit, émerveillé de sa première visite au mémorial verdoyant de Lincoln avec sa maman. Thorrenz sentit un feu brûlant, monter au creux de son ventre, à la vue de cette belle brunette à l'iris d'un pers olivâtre. La femme recula d'un pas prudent, instinctivement, en dévisageant l'homme à la voix éraillée.

Thorrenz, au moyen de son expérience de politicien émérite, s'agenouilla pour être à la hauteur du bambin et commença son bourrage de crâne, dans le dessein évident de s'attirer obséquieusement les grâces de la mère, en se servant de son fils. Le garçonnet, devant les hâbleries du sénateur, se blottit sur sa génitrice, tout comme si une peur ancestrale, profondément incrustée dans ses gènes, appelait à une méfiance impulsive face à l'étranger. Cette appétence soudaine du garçon lui fit gémir quelques complaintes qui irritèrent Thorrenz mais il se gardait bien de le démontrer.

Les yeux du machiavélique démagogue se détournèrent du bambin pour se concentrer sur sa réelle victime, la maman. Il tenta une séduction déplacée et, comme si l'argent pouvait tout acheter, fit l'étalage de sa futile gloire temporelle. Il se montra assez insistant mais resta courtois. Comme à maintes reprises, par le passé, il avait consommé de ses charmes usés à la corde, il connaissait ses limites et la frontière de la légalité. Il cachait bien son amère déception dans le refus timide, mais ferme, de ses avances. Néanmoins, sitôt la dame et son enfant partis, qu'il se remettait en mode de conquête sauvage auprès d'une autre. Après trois tentatives bâclées, il commença à se sentir amoindri. Il tournoyait de plus belle à la recherche d'une belle à cueillir, en vain. Il regarda soudainement sa montre et dû abdiquer à ferrer une proie à prix modique. Pour aujourd'hui, il se contenterait d'une servile putain de coin de rue...

Beaucoup de ses collègues connaissaient les frasques sexuelles de Thorrenz et n'en proféraient mot, gardant un mutisme secret. Pourtant, Thorrenz se faisait casser du sucre sur le dos par des commérages anonymes et autres bavardages sans visage. Des spéculations malsaines, chuchotées dans les ombres environnant le sénateur, faisaient de lui un pédéraste avec un fort « penchant » pour les jeunets, pas très virils, pour ne pas dire préadolescents. Mais comme un chat qui a plusieurs vies, il savait, à merveille, retourner à son avantage un gros scandale de nature sexuelle avec de jeunes débauchés survenu quelques années plus tôt. Comme par un tour de prestidigitation d'un habile illusionniste, des vents plus que favorables firent tourner l'opinion publique à sa faveur après des aveux quasi poétiques. Il devint le petit politicien chéri d'une Amérique moderne et plus ouverte. Sa compagne et riche épouse Gina Gallore, d'une origine sicilienne certaine, composait amèrement avec les vices de son mari. Elle était plus ou moins croyante, religieusement parlant, et voulait moins sauver son mariage que garder, pour le bien de ses enfants, l'apparence d'une cellule familiale unie. En fait, c'était ses fortes racines italiennes et son bagage culturel qui lui imposaient cette façon de voir les choses. Pour la relative ascendance politique que lui fournissait Thorrenz, elle était prête à endurer les honteuses affectations de son conjoint. Ces épousailles, qui étaient plus une affaire de gros sous qu'une réelle histoire d'amour entre deux tourtereaux, ne tenaient que pour l'image. Toute leur association était axée sur la quête d'un pouvoir temporel et elle gardait justement à l'esprit les bienfaits que lui procureraient, à long terme, les relations professionnelles de son mari.

Démocrate et bambocheur de nature, le libertaire sénateur Thorrenz ne voyait, en ses pulsions, rien de bien grave. Que de tout petits péchés véniels sans conséquence. Il faut avouer que cet homme, au sourire aisé, avait plusieurs squelettes dans son placard. Il fut l'objet de plusieurs tentatives d'extorsion et de chantage de jeunes mères enceintes, amantes trop facilement éconduites, femmes faciles, etc. Allant de la simple demande de pension alimentaire salée jusqu'à des menaces ouvertes de tout raconter aux médias. À chaque fois, un poing invisible, la main de Dieu ou celle du diable, venait à sa rescousse et effectuait le nécessaire, l'essentiel même, pour imposer l'indispensable silence... une période de pudicité pour laisser retomber la poussière de l'oubli.

Presque personne ne se préoccupait des incartades de Thorrenz. Il avait cette faculté de se fondre à une masse aphone et placide. Mais, ces derniers temps, il avait de fortes pressions de la part d'un énergumène sans nom, qui incarnait un journaliste de la presse libre. La nature de ses questions lui fit naître de solides appréhensions, sur des choses tellement secrètes, que le Sénateur eut des frissons d'angoisse. Son interlocuteur, à la voix profonde, connaissait trop de détails sur sa vie intime et bien au-delà de celle-ci; son existence parallèle...

Il se souvint, comme si c'était hier, de ce mâle, à l'apparence charmante, lui faisant un élégant signe de tête et lui, le mirifique paon, qui répliqua par un sourire aussi généreux qu'improvisé. À l'instant où il fut à portée de voix, l'individu sortit un micro et, lui, fit un semblant d'entrevue comme ces politiciens habitués à répondre par des paraphrases toutes faites. De plus, c'était un bel homme viril, avec un regard envoûteur et perçant, qui charma Thorrenz, ce qui ne paraissait, au fond, pas très compliqué. Quelle ne fut pas sa surprise lorsque le reporteur devint arrogant et mesquin, posant des questions cibles que seul un initié pouvait connaître ! Initié à la luxure et aux vices de ce monde, adorateurs du Grand Hibou ancestral. Thorrenz ne partageait, avec eux, que le goût suave de la jeunesse et l'amour des plaisirs charnels. Le journaliste, avec ferveur, lui fit savoir qu'il avait tout filmé d'une cérémonie occulte à New York et qu'il désirait ses impressions sur ces festives orgies.

C'est un homme abattu, blême et confus qui répondit avec l'aisance d'un poisson qui séchait hors de l'eau. Thorrenz était de cette catégorie d'imbéciles heureux qui laissait une trace spumescente et indissoluble telle que le faisaient les gastéropodes en rampant. Il eut la folie de dévoiler son nom, lors d'une célébration, à un jeune qui lui plaisait et qu'il voulait impressionner, enfreignant une loi fondamentale de son organisation secrète. Pour Thorrenz, l'ordre du Grand Hibou n'était qu'un club intimiste du genre francs-maçons, où l'on pouvait, sous le couvert d'une mascarade de somptueuses cérémonies, créer des liens affectifs et affairistes qui transcendaient les origines politiques, idéologiques et sentimentales des membres. Tous semblaient égalitaires et égaux au sein de cette société secrète où les seuls véritables buts étaient le pouvoir et l'argent. Thorrenz n'avait qu'à déclarer qu'une certaine personne lui faisait des misères pour que cela se règle presque aussitôt. L'unique chose qu'il devait faire en retour, c'était de maintenir les directives qu'il recevait, de la part de cette confrérie, et de ne jamais divulguer quoi que ce soit sur ses adhérents à ceux extérieurs à ce cercle particulier.

Lorsqu'il fut confronté, le soir même, pour son initiative indiscrète lors de leur cérémonie, il récolta de sévères réprimandes et de lourdes menaces de la part de ses pairs. On lui apprit, avec mépris, que, par sa faute, le jeune homosexuel fut condamné à mort et mourrait sans pardon. La seule raison pour laquelle Thorrenz fut épargné, leur dirent-ils, était qu'il pouvait encore servir.

Ce journaliste frondeur, grâce à ses questions houleuses, semblait en connaître beaucoup sur les faits et gestes de son ordre hermétique, dérapant sur les droits civiques fondamentaux. Il se souvint alors avoir passé une sorte de test, à l'interne, pour éprouver sa loyauté... Il se choqua et nia tout en bloc, menaçant même l'impudent *interviewer* qu'il porterait plainte pour harcèlement, à la police... Devant le sourire victorieux du fouineur, Thorrenz sentit ses membres faiblir et briser comme un esquif sur des récifs acérés. Il s'enfuit lâchement, comme un chien qui aurait la queue entre les deux jambes, et voilà que le fougueux journaliste se met à le suivre en continuant ses indiscrètes questions...Au-delà de l'humiliation et la honte, le sénateur subissait une crainte qui allait bien en deçà de ce que pouvait imaginer le commun des mortels. Qu'on apprît, dans le cercle de ses intimes, que de simples hommes puissent être au courant de leurs agissements, pourrait faire de William Thorrenz un traître et sceller à jamais son destin ici-bas...

Thorrenz, après mûres réflexions, avisa le tout-puissant et saillant Fuller Manlow, le maître et seigneur de la vie du politicien, son débiteur à qui il devait tant de services. Bien sûr, Thorrenz feignait ne rien savoir des manigances de l'influent et omnipotent souverain de l'économie. Riche et prépondérant, le redoutable octogénaire contrôlait son existence toute entière tellement l'efflanqué de Thorrenz était compromis par des vices de nature sexuelle.

Par un heureux hasard, Thorrenz apprit, de la bouche même de Manlow, qu'il avait reçu la visite inopportune du même journaliste. L'enquêteur, intempestif, l'avait nargué de détenir la preuve de leurs activités occultes de la haute classe des riches, sans pousser plus loin un potentiel chantage. Ce qui faisait penser à Manlow que ce mystérieux individu jouait à faire l'appât pour une puissance extérieur à son contrôle. Thorrenz, ainsi, se sentit à l'abri, tapi dans l'ombre de la chouette ténébreuse. Il garda le silence et cela lui servit jusqu'au moment, qu'il jugea propice, de conter son histoire, donnant l'impression à Manlow que le fouineur remontait à l'inverse la pyramide...

Après un après-midi de luxure redondante à chercher le fruit défendu, Thorrenz rentra chez lui, exténué. Reprenant hypocritement son rôle de bon père, il embrassa, dans une tendresse simulée, sa femme et amusa ses trois enfants en les faisant fébrilement virevolter dans son salon. Il étreignit doucement la plus jeune de ses deux filles et caressa avec vigueur la chevelure ébouriffée de son garçon. Le téléphone sonna, il eut un certain sursaut en distinguant la sonnerie électronique. Elle était striée et différente du bruit habituel. L'appareil était programmé de manière à filtrer les communications téléphoniques. De cette façon, la petite famille de Thorrenz savait reconnaître les sons spécifiques et qu'il ne fallait jamais décrocher, lorsque les appels du travail du paternel résonnaient de la sorte et qu'il n'était pas là pour les prendre. Quand papa recevait ses sonneries importantes, ils se devaient de quitter la pièce. Cette simple directive devait être tenue à la lettre. Pour le reste, les Thorrenz étaient très permissifs avec leurs progénitures qui ne manquaient de rien, côté matériel.

Le filiforme politicien laissa sonner quelques secondes. La gorge sèche, il chercha les mots justes, lorsqu'il répondit, s'efforçant de cacher une vague crainte...

— Résidence Thorrenz, que puis-je faire pour vous ?
— C'est l'inspecteur Golan Shalow... Êtes-vous au courant d'une opération spéciale en cours à San Francisco ?

Thorrenz se souvenait plus ou moins de ce petit policier grassouillet de la côte Ouest. Il avait croisé sa mère, mais cela faisait si longtemps déjà... 2 ans, peut-être plus... Il eut toutefois la surprise d'être appelé pour ce genre d'affaire interne et encore plus par lui !

— Inspecteur Shalow... J'ai... On m'avait affirmé que je n'aurais jamais à faire avec des gens comme vous... De plus, je ne suis malheureusement pas au courant des opérations des agents de Manlow... Ce n'est, habituellement, pas de mon ressort... Vous comprenez ce que je veux dire ? Je ne veux rien savoir de vos méthodes ! Le moins possible... Je tiens à ma vie privée !
— Je vois...

Thorrenz eut l'impression que le petit policier poursuivait sa respiration. Il haletait bruyamment comme un asthmatique. Cette pause permit à Thorrenz de reprendre l'initiative verbale par une judicieuse question de fond :

— Ne serait-ce pas à Manlow, ou à son agent fédéral, He... Hartland, du FBI, de tout régler ces interrogations de régie interne ?

— Justement si, mais son secrétaire et avoué particulier m'a affirmé qu'il était en voyage d'affaires et qu'il ne voulait en rien être dérangé... C'est alors que votre nom est revenu sur le tapis. Son avocat m'a dit qu'il serait possible que vous soyez au courant d'une opération en cours à San Francisco...

— Ma foi, non... Je ne vois aucune raison pour laquelle je serais intimement lié... L'avoué m'a probablement confondu avec le sénateur Goldsmith, qui s'occupe actuellement des négoces gouvernementaux de Manlow. Je lui ai donné un petit coup de pouce et on nous associe trop facilement. Thorrenz avait ce fâcheux défaut d'être trop bavard, son autre tare majeure était d'être excessivement curieux ! En additionnant les deux, la tentation devint trop forte. Il se laissa aller à ses penchants d'indiscrétion en engageant plus à fond la conversation avec le policier. Avez-vous des informations particulières pour m'aiguiller afin que je puisse mieux vous aider ?

— Comme je vous l'expliquais, le Chacal, l'homme de main de Manlow, a fait une tentative qui a lamentablement échouée, à San Francisco, aujourd'hui. On ne comprend pas son réel objectif, une jeune richarde d'universitaire, une dénommée Alberta Prescott, inconnue de nos fichiers et ressortissante canadienne... Elle ne semble fichée nulle part... Ça vous dit-il quelque chose ?

— Le Hollandais de Manlow a manqué sa cible ?!! À ma connaissance, il n'a jamais raté une opération ! Il fonce sur sa proie, sans laisser de chance, comme le ferait un chacal sur une insouciante bestiole !!!

— Bien, ça c'est la façon poétique de voir les choses sénateur... Votre gus a abandonné sa voiture là. Elle était garée devant la demeure de sa supposée victime et j'ai dû faire des pieds et des mains pour la faire remorquer *in extremis* ! J'ai les coordonnées actuelles de la fille en question, dois-je m'en charger moi-même ?

— Probablement, pensait Thorrenz en pesant lourdement ses mots, puis se ravisant dans une inquiétude qu'il lui était reconnu depuis toujours, il renchérit sans courage, mais tout cela soulèverait trop de questionnements pour l'instant... N'est-ce pas ?

— J'ai personnellement écouté les bandes sonores de la répartition de la police après m'être entretenu avec elle, en personne... Elle a, dans un premier temps, déclaré de vive voix les intentions du Chacal d'attenter à sa vie. De plus, elle avait très bien décrit sa voiture... Par la suite, elle se ravisa sagement et affirma que ce n'était qu'un simple cambrioleur... En changeant constamment de répartiteur, ils n'y ont vu que du feu... Des agents étaient à deux doigts de tomber sur lui et de subir une sanglante fusillade, difficile à masquer...

— Manlow a ses raisons. Je crois que le Hollandais est son protégé et qu'il n'agit que sur ses ordres... N'est-il pas sur la côte Ouest pour régler des choses ? Cette garce fait probablement partie des babioles à régler... À l'heure actuelle, il doit être à la veille de finir son contrat... Ça doit forcément avoir affaire avec sa filière d'adoption de San Francisco... Peut-être est-il lui-même en Californie pour voir à ce que ce soit bien fait... Vous savez, son « petit voyage d'affaires » pourrait très bien être relié, encore une fois, à ses putains de mères porteuses problématiques qui le menacent de tout dire aux médias... Il en a plus qu'on le pense !

— Nah ! Elle serait fichée dans nos services, comme tel. Pour l'heure, j'ai calmé le jeu. La jeune dame se trouvera, pour les prochains jours, à l'Hôtel Excelsior dans le centre-ville de San Francisco.

— Peut-être qu'ils font affaire avec des contractuels pour pallier à la demande... Comment est-elle ? Jolie ?

— Cette fille sublime me retourne l'âme, elle est comme un tendre fruit prêt à être cueilli... J'ai l'intention de farfouiller quelque peu son corps et sa poitrine voluptueuse !

— Voyez-vous ça ! Manlow a le flair pour dégotter les plus belles matrices ! Malheureusement, on ne peut pas faire le *job* nous-mêmes ! Yeark yeark yeark !

Thorrenz ricanait comme une gargouille de chair ! Golan se retenait pour ne pas tomber dans la familiarité. Il avait eu affaire avec ce sénateur, par l'entremise de sa mère, pour certains arrangements pour l'accommoder outrancièrement lors d'un protocole très spécial, quelques années plus tôt. Shalow le connaissait à peine, que de visage, et ce politicien et sa femme l'avaient complètement ignoré. Il se contenta de répondre au rire de Thorrenz par un sarcastique :

— Je crois que je vais y aller de ce pas !

— Chanceux ! Faites-lui le coup du suspect à identifier au commissariat !!!

— Vous lisez dans mes pensées, mon cher ! Hum..., Shalow fit attention à ne pas se gourer dans ses mensonges, vous m'avez toutefois dit qu'un certain Hartland, du FBI, s'occupe de ce genre de cas. Hartland vous dites ? Je ferais mieux de l'aviser, pour ne pas me faire taper sur les doigts, Shalow se laissa séduire à lui divulguer ses plus horribles pensées qui avaient toutes les apparences de souhaits malsains Croyez-vous qu'ils m'autoriseraient à la violer avant de la trucider de balle de mon calibre 38 ?!! Qu'en pensez-vous ? Dites, je peux la violenter et la buter pour le bien de vos membres ?

Il aurait bien souhaité que Thorrenz le chapeaute, le cautionne indirectement. Loin de confirmer ou d'attester, Thorrenz divaguait sur des commentaires dignes du Marquis de Sade :

— Soyez, mon cher, plus raffiné dans l'art des supplices. Faites-la appeler, sous la menace d'une lame tranchante, son petit ami pour lui avouer, confidence en escarpin, qu'elle vient de connaître le meilleur des amants et qu'elle n'en revient pas de ses prouesses au pieu ! Vous démolirez le mec de jalousie et vous la ferez trépasser dans une odieuse expectative que son fiancé la reniera et quelle mourra seule et mal aimée... Ha Ha Ha !!! Mourant ! Que je suis méchant ! Le sentiment de partir en ayant blessé son amoureux ! Terrible !!!

— Vous me donnez donc l'aval ???

— Non ! Mais on peut toujours se laisser divaguer à des fantasmes !!! Ne faites pas réellement ce que je dis voyons ! Si j'étais vous, je m'organiserais pour avoir le cautionnement explicite de Hartland, c'est son territoire après tout et il est responsable de la sécurité !

Golan Shalow mentait sans borne pour ce qui avait trait à Hartland. Il le connaissait que trop bien et savait pertinemment qu'il ne lui laisserait aucune marge de manœuvre avec la petite Prescott. De là son étrange raison de baratiner maladroitement pour obtenir l'autorisation d'une tierce personne, quelle qu'elle soit, question de se couvrir... Pour le reste, le nom de Thorrenz sortit accidentellement d'une longue liste de contacts de sa mère ! Shalow était visiblement déçu par le vague de son supérieur improvisé. Mais à peine se connaissaient-ils, qu'à tour de rôle, les deux comparses gloussèrent comme de vicieux dindons sur une récente et similaire longueur d'onde.

— Cher sénateur, pourriez-vous être le commissionnaire à l'endroit de Manlow en ce qui a trait à cette fille ? Je m'en chargerai personnellement avant que le Chacal ne l'abîme trop ! Je vais m'amuser un peu avant de la faire taire... Elle a été légèrement condescendante à mon égard... Je vais faire cela avec vitesse et discrétion... Elle va payer cher cet affront ! Peut-être recevrais-je une prime ! Mais il serait préférable de ne pas passer par ce Hartland...

— Si je puis me permettre inspecteur, soyez prudents, car le Hollandais est chèrement rétribué. J'ai entendu dire que, pour ce genre de boulot, il a horreur de la compétition !

— Bah ! Je le connais bien par l'entremise de ma mère et ce n'est qu'un crétin ! J'aimerais mieux m'en charger moi-même !

— Je ferai de mon mieux pour rallier qui de droit de votre côté... Mais, avec une touche de sagesse, je vous conseillerais pourtant de garder une constante surveillance sur cette fille et d'attendre, avant de faire quoi que ce soit, les directives de Russ Hartland... C'est un pro de cette sorte de pépin. Il est, ma foi, branché un peu partout. Si vous ne le connaissez pas, c'est sûr que lui vous connaît... Où puis-je vous rejoindre déjà, inspecteur ? Au cas où le gars du FBI voudrait vous contacter... Je pense ne pas avoir vos coordonnées... Attendez le feu vert de Manlow ou Hartland... Ils sont susceptibles sur ce genre de sujet... Je dois mettre un terme à la discussion, ma petite poupée chérie de deux ans, Karrie, approche !!!

Le crapaud de Shalow, craignant maintenant les questionnements et les représailles du chef de la sécurité de l'organisation de Manlow, demanda à son interlocuteur d'oublier cette conversation. Qu'il s'organiserait tout seul ! En ce moment, il patinait verbalement pour obliger le sénateur Thorrenz à laisser tomber. Ce verbiage le courrouça et il perdit patience envers le petit inspecteur sans classe. Le voilà maintenant qu'il l'invectivait de l'avoir appelé pour dire de telles âneries. Leur jacasserie devenait maintenant un dialogue de sourds. Le crapaud demandant à la grue de tout enterrer et l'autre de claironner dans une ire quasi féminine :

— Inspecteur qui déjà ??? Je vous ai dit que je ne voulais rien savoir de cette histoire !
— Oubliez ça, sénateur... Passons l'éponge...
— Non, je ne veux pas de problèmes, je ne veux pas de troubles !

Golan ne savait plus quoi faire, Thorrenz récidivait en boucle sa rengaine. Shalow réalisait sa bourde et souhaita que l'élu n'en glisse mot à Hartland. De son côté, le politicien se perdit dans ses sombres pensées et raccrocha, machinalement, le combiné... Il réfléchit plus qu'il n'en fallut lorsqu'il décrocha de nouveau son téléphone tout en cherchant un numéro à pianoter sur le clavier de l'appareil. On dit souvent que les rats se couvrent toujours deux fois...

La fuite

Alberta n'avait nullement l'idée d'aller à l'Hôtel Excelsior, comme elle l'avait spécifié aux autorités. Elle sortit même de la ville pour se réfugier dans une auberge de jeunesse qu'elle avait, au préalable, visitée. Le genre d'endroit discret et coquet où on ne pose aucune question. La multitude de voyageurs étrangers, pour la plupart de jeunes étudiants aux allures festifs, rendaient plus facile, pour Alberta, l'identification de personnes suspectes et hors cadre. Malgré sa grande prudence, elle ne s'aperçut guère de la présence d'une ombre qui l'épiait en silence.

Elle ne sommeilla que quelques heures sur sa couche, non pas parce qu'elle était inconfortable mais à cause de son assoupissement qui était entrecoupé de cauchemars où elle voyait la photographie d'Ackerman qui la fixait d'un dur regard, comme s'il prenait littéralement vie pour la tuer ou de l'affreux jojo d'inspecteur lui léchant la main de ses caresses odieuses ! Elle ne pouvait se résoudre à choisir quelle image l'effrayait le plus... Dès l'aube, l'estomac dans les talons, elle sortit son agenda pour longuement regarder son rendez-vous du jour... Pour 14h à la clinique du Dr. Martinstein... Elle avait beaucoup de temps devant elle et se dirigea vers l'un des nombreux cafés Internet en banlieue de San Francisco. Elle évita les endroits qu'elle fréquentait habituellement pour aller dans des lieux où elle serait incognito.

Elle prit le loisir de réimprimer les informations qu'elle avait, localisées plus tôt sur le Web et sauvegardées sur une clé USB. Ce fut plus facile que la première fois pour découvrir les complémentaires, car elle connaissait maintenant les mots-clés pour accéder aux connaissances et accélérer ses recherches. Elle passa toutefois une bonne partie de la matinée à refaire ses précédentes investigations. De plus, elle tenta de dénicher l'architecture interne de la clinique sur différents sites Internet, question de se familiariser avec le terrain, mais elle ne releva qu'un plan flou du trajet, un croquis grossier levé à la main sans réelle indication. Sur « *Google Map* », elle trouva le parcours et le fit imprimer. Elle préféra toutefois se référer ultérieurement à la carte routière dans sa voiture...

Avec ses dossiers ainsi renouvelés, elle se sentait plus d'attaque pour confronter le boucher de Martinstein. Elle surveilla rapidement ses courriers électroniques, sans nouvelle de son mystérieux correspondant. Celui-ci devait

122

l'appeler à son appartement mais, comme elle n'était plus chez elle et que son appareil téléphonique était vraiment hors d'usage, elle crut de bon aloi de l'informer de ce contretemps et de continuer de lui écrire via la correspondance... Elle récolta ses différents messages, qui ne se résumaient qu'à un seul finalement. En fait, les autres courriels n'étaient que des publicités et autres astuces « d'hameçonnages » informatiques... C'était son père, Ed, qui lui avait envoyé une courte réponse, sans laisser entrevoir une quelconque appréhension de sa part. Pourtant, le simple fait qu'Ed prit la peine de composer un courriel, même une missive courtoise et brève, escamotait un certain degré d'inquiétude, sinon de sombres pressentiments :

> Mylène va très bien... Très charmante, mais un peu engoncée et discrète sur les bords... On est inquiet à ton sujet... Ta ligne téléphonique sonne toujours occupée! Appelle-moi, j'ai à te parler et, sans faute, le plus tôt possible... Assez Urgent… URGENT
> Bye, à plus !
> Ed

Alberta, anxieuse, sauta sur le premier téléphone public qu'elle vit et appela son père à la hâte. Dès que le combiné se décrocha, elle criailla :

— Papa, ça va pour toi et Mylène ?
— On ne peut pas en dire autant pour toi !!!

Ed était perpétuellement d'un apparent calme naturel, mais à cet instant même, il ne pouvait cacher son désarroi et son angoisse grandissants :

— Alberta, tu es une petite cachottière... J'essaie de te rejoindre depuis hier et ça sonne tout le temps occupé !!! C'est quoi cette histoire de m'envoyer des collégiennes sans papier et pleines de problèmes et de m'imposer cela de cette manière... Je suis enclin à plier sous tes caprices parce que tu es mon enfant, mais...

Ed coupa net ses reproches. Soudainement, il se sentit affreusement égoïste en écoutant les sanglots de sa fille. Elle avait toujours su camoufler ses émotions et encore plus ses sentiments...

— Papy... Une étudiante est morte sur le Campus, le tueur visait Mylène mais je pense qu'ils ont tué sa co-chambreuse par erreur... Je crois qu'ils en voulaient à Mylène et maintenant ils m'en veulent de l'avoir aidé ! Ils sont à mes trousses !!!

Ed, bondissant sur son siège, poussa un incroyable :

— Bon sang de bon sens !!! Reviens sur-le-champ ici... Non ! Laisse faire, j'arrive dans le prochain vol ! Si tu as des problèmes, va immédiatement au Consulat !!!

— Non, papa ! Je suis désolée de t'avoir mêlé à cette histoire de cette façon... Je serai bientôt fixée sur le fond et ils ne pourront plus rien contre moi... Il y a un gars qui possède une cassette compromettante... De toute façon, ils savent qui je suis et où me trouver... Je crois qu'ils ont dérobé mon passeport... Fais-moi une fleur Papy... Plies bagage avec Mylène pour un voyage à l'étranger... Partez vite et je m'occupe du reste...

Les yeux sortant de ses orbites, Ed gesticulait de panique en débitant d'affolement :

— Merde Alberta !!! J'ai perdu ta mère, je ne veux pas te perdre !!! J'vais franchement te le dire : j'ai toujours flanché à tes fantaisies parce que tu es ma Princesse chérie ! Mais là, tu vas vraiment trop loin !!! J'ai fait la même erreur avec Correlia et elle est à jamais perdue! C'est quoi le problème ! Tu ne manques de rien... Pourquoi avez-vous cet attrait pour le risque et le danger, toi et ta mère ? Dis-moi où tu es et je viens te chercher tout de suite !

— Explique-moi pourquoi tu ne m'as jamais rien exprimé à propos de sa disparition... D'elle ?

— Cela me faisait trop mal, tu lui ressembles tant... Tout ton être transpire sa mémoire... Elle voulait faire carrière comme reporter-choc et, à jamais, elle disparut… avec son équipe dans la jungle amazonienne lors d'un documentaire sur les révolutionnaires... Quelque chose du genre... Je croyais que si je t'en parlais, tu aurais la piqûre pour cette espèce de vie ! J'étais heureux de voir que tu délaissais ton plan de journalisme pour te lancer en médecine... Je comprends que ta nature profonde refait surface... Je t'en prie, je t'en supplie, laisse tes sombres projets... Ne me brise pas le cœur encore une fois...

Alberta eut conscience que son père était abattu et que ses jérémiades étaient sincères. Elle se ressaisit et, avec une voix toute en confiance, lui démontra sa force de caractère en lui affirmant ce qu'il considérait être la vérité même. Mais au fond de son âme, Alberta fut consciente qu'elle mentait, pour le bien commun certes, elle mystifiait la seule personne qu'elle eut assurément aimée :

— Papy, je serai brève, mais jamais je n'ai été aussi sérieuse de toute ma vie... Écoute bien... Il ne pourra rien m'arriver, la police est au courant de tout et ils avancent très vite dans leurs enquêtes. De plus, ils m'offrent une protection exceptionnelle, comme pour les témoins, je ne pourrais te dire exactement où ils vont me cacher... Enfin... Si je me sauvais à cet instant, tous les risques que j'ai pris pour y parvenir... Tout aurait été fait en vain... Les ignobles laisseront retomber la poussière et ils pourront, à leur guise, m'entraver... Et nous nuire... Ils sont actuellement affaiblis, si je leur donne le temps de tout remettre en clandestinité, d'autres mourreront ! Je fais ce que je crois être mon devoir et connais les risques... Il faut battre le fer pendant qu'il est chaud... C'est ce que tu m'as toujours appris, Papy chéri... Je te fais cette promesse solennelle... Je vais te revenir...

La voix douce et apaisante d'Alberta calma Ed. Celui-ci était comme en transe en écoutant les élucubrations de sa fille. Plus qu'un simple baratin, le débit mielleux d'Alberta l'avait, comme bon nombre de gens, charmé. Il était envoûté comme par une hypnose surnaturelle... Était-ce un talent particulier d'Alberta? Nul ne saurait le dire, mais la résultante fut que son père s'accrocha à l'idée qu'elle était en plein contrôle et sous la sécurité policière. Comme un être sans colonne, il abdiqua avec une aisance déconcertante. Mais le fait d'écouter les dires de sa fille, comme un virtuose qui s'abreuve d'un récital, n'augurait rien de bien bon pour elle. Maintenant, plus que jamais, elle était isolée et seule... Qu'à cela ne tienne, son coup de maître se ferait comme prévu, à la clinique du sinistre Martinstein !

*
* *

Ed raccrocha le combiné avec des milliers de questions dans la tête. Un questionnement incessant qui tourna vite en profonde frayeur. Il se tenait bien droit, devant l'énorme baie vitrée de son appartement-terrasse. Il logeait, perché comme un geai bleu, au sommet d'un luxueux édifice, une tour à bureau au centre d'Edmonton. Sa décoration intérieure, artificielle mais de bon goût, était l'œuvre d'un quelconque stylicien d'intérieur qui n'avait en rien perçu la double personnalité d'Ed, austère et excentrique à la fois, pour ne voir qu'un autre parvenu du pétrole. Tout était agencé, fanfaronnait-on, pour rendre l'atmosphère zen. Tous ces embellissements et ces artifices ne faisaient aucun effet sur M. Prescott. Il ne contemplait, piteusement, qu'un petit cadre de bureau avec une photographie de sa fille bien-aimée. Il la prit, avec une infime délicatesse, entre ses mains cornées de vieil aventurier du Grand Nord. Ses yeux s'attristèrent et une chaude larme roula sur sa joue. Pourtant, cette personne en avait vu d'autres. Ne partant avec presque rien en tant que prospecteur, il réussit, en vingt ans, à bâtir un empire financier. Tout petit, à l'échelle du monde, mais énorme pour l'homme seul qu'il était. Il avait bravé les bêtes féroces, les moustiques, les intempéries de toutes sortes et la nature sauvage dans son ensemble. Mais, toutes ses richesses et l'amour inconditionnel pour sa poupée unique, l'avaient ramolli, avaient affaibli ses réflexes de battant qu'il avait jadis, poussé vers les plus hauts sommets. Ed était, en quelque sorte, un lion resté trop longtemps en cage auquel on avait limé dents et griffes...

Jonglant avec ses craintes, il décida de demeurer près de son téléphone, dans l'attente de futures nouvelles de sa midinette chérie, sa secrétaire personnelle étant en congé estival. Il ne voulait aucunement prendre le risque de manquer les prochains appels. Il ne pouvait cacher son désarroi à Mylène lorsqu'elle vint lui rendre visite, apportant avec elle une bouffé de désespoir lorsqu'elle accepta de raconter, avec la même exactitude qu'elle fit à Alberta, son triste récit entourant la perte de Pamela...

À la fin de ce tragique conte, Ed ressentit de vifs brûlements d'estomac. Se tenant la main sur sa poitrine, il ne pouvait calmer la douleur avec ses sucreries médicamentées habituelles. Décidément, il commençait à se trouver idiot de ne pas avoir insisté plus longuement pour localiser sa fille, ce qui augmentait considérablement son agonisante angoisse...

Le téléphone retentit, au grand plaisir de Mylène et d'Ed. Mais ce ne fut pas Alberta. C'était un courtois inspecteur, Dave Baxter, de la police de San Francisco. Ed se redressa et, l'appareil à la main, collabora du mieux qu'il le pouvait pour le meilleur des mondes :

— Je me demandais, dit doucereusement l'agent, si par hasard votre femme ? Non... Votre fille Alberta Prescott aurait tenté de communiquer avec vous dernièrement ?
— Certes, quel est le sujet de votre appel ?
— Ho ! Pour être franc, M. Prescott, nous avons des doutes au sujet de votre fille et de son emploi du temps ses dernières 24 heures... Pourriez-vous nous accorder quelques secondes de votre temps ?
— Certainement ! Que voulez-vous savoir, au juste ?
— Nous ne tenons en rien à vous inquiéter M. Prescott, mais votre fille a eu, dernièrement, des fréquentations douteuses et nous ne voudrions pas qu'elle ait des problèmes avec la justice... Vous voyez ce que je veux dire... Vous a-t-elle raconté des faits abracadabrants ou rocambolesques ? Est-ce que le nom de Mylène G. vous rappelle quelque chose ?
— Vous faites allusion à cette inquiétante odyssée de la petite Mylène Gilmore, histoire dont ma fille a hérité... Tout va-t-il pour le mieux ? Elle m'a affirmé que tout est sous contrôle chez les policiers !
— Que voulez-vous dire par : « *Sous contrôle chez les policiers* » ?

— Bien, n'êtes-vous pas supposé l'avoir mise en surveillance rapprochée, ou quelque chose du genre, pour assurer sa personne jusqu'au procès ?

— Ho ! Cela doit être les fédéraux peut-être... Nous ne sommes pas au courant de tous les faits... Hé…

Baxter, songeur, semblait chercher le fil de ses idées comme une vieille araignée qui réparerait sa toile sans savoir vraiment par où commencer. Il reprit toutefois :

— Savez-vous où nous pourrions contacter cette Mylène Gilmore ? Il y a un mandat d'arrêt émis contre elle... J'ai bien peur que votre fille ne fasse l'objet d'une vile tentative d'extorsion... Vous comprenez, les étudiantes étrangères sont souvent sujettes à ce genre d'attrape...

Ed regarda alors Mylène en fronçant ses sourcils drus et grisonnants. Sur son visage se lut une méfiance nouvelle. Il s'excusa auprès d'elle et, traînant l'appareil téléphonique sans fil, justement fabriqué pour cette commodité, s'isola dans sa chambre à coucher pour continuer ce tête-à-tête. Ce troublant entretien, à l'abri de Mylène, la rendit tout à coup très songeuse et elle voulut le suivre. Il lui fit un sourire muet en lui indiquant, de sa main libre, de rester dans son bureau. Ed, s'assurant que Mylène ne pouvait rien entendre, reprit là où Baxter fit une pause :

— Que voulez-vous dire par tentative d'extorquer ? De prendre l'argent des honnêtes citoyens en faisant croire à des âneries ?

— Exactement ! Tout n'est qu'un habile stratagème pour jouer sur les sentiments des âmes sensibles... Savez-vous où l'on peut la retrouver ?

— Certainement, elle m'a conté personnellement ses fadaises, tout semblait si réel... Elle est ici, sous mon propre toit... Que dois-je faire ? La remettre aux autorités canadiennes pour son extradition vers les États-Unis ?

— Non... Non ! Ne vous faites pas cette peine... Évitons à Mlle. Prescott ainsi qu'à vous-même tous les désagréments de cette histoire et la mauvaise presse. Si votre fille communique avec vous, ne lui dites rien, dans son intérêt. Demandez où elle se trouve et ne l'informez de rien de notre entretien, vous devez comprendre que Mylène Gilmore a de dangereux complices. Ne risquez pas sa vie inutilement... Pour ce qui est de Mylène Gilmore, nous irons la chercher chez vous... Faites-nous savoir si votre fille prend contact avec vous... Ne vous référez qu'à moi !

— Bien sûr, à quel numéro ?

127

— Hé... Nous sommes sur la route, donc très difficile à rejoindre, nous communiquerons avec vous ultérieurement ! Ne vous dérangez pas... Laissez-nous opérer avec toute la latitude nécessaire...

— Bien...

Après qu'il eût donné ses coordonnées personnelles, Ed commença à avoir un léger doute sur les manières étranges du policier. Il devait réfléchir très vite. Pour les affaires extérieures aux frontières américaines, les forces de police locales devraient, en théorie, s'en rapporter à un organisme spécialisé dans ce genre d'enquête extraterritorial. On ne laisserait pas cela à un simple détective d'un département civique. Pour Ed, il en était persuadé, quelque chose clochait et cela lui prit toute sa petite monnaie pour cacher ses appréhensions face à cet Inspecteur Baxter... Où avait-il trouvé ce numéro ? Il ne savait même pas quel lien affectif il avait avec Alberta... Femme, fille ? Ce détective avait le téléphone personnel de la résidence familiale d'Alberta et non celui de sa compagnie. Où l'avait-il dégoté puisqu'il n'était, en outre, pas au courant de sa position exacte ? Retrouvant son aplomb d'autodidacte homme d'affaires, Ed tenta une simple expérience à ce soi-disant policier. Il fit intentionnellement et délibérément une erreur dans le grade d'agent de police, pour vérifier sa réaction. Habituellement, les constables fonctionnaires réagissent plutôt mal à ce genre de faute et corrigent, par principe, le fautif :

— Donnez-moi de vos nouvelles prochainement, nargua-t-il sur un ton expressif, cher sergent Baxter !

Sans même appréhender que le père d'Alberta venait de lui en « passer » une, celui-ci, comme du beurre qui fond dans une casserole à feu, ne vit rien d'anormal à être rétrogradé de la sorte :

— Certainement, dis le soi-disant Baxter, attendez-nous à votre domicile...

Aussitôt le combiné raccroché, Ed compris qu'il y avait anguille sous roche... Les forces de l'ordre américaines, même les policiers fédéraux, doivent forcément agir de concert avec les autorités locales et faire mille et une démarches simplement pour avoir un mandat... Or, cet agent Baxter semblait faire fit du simple droit international. Il fit demander son spécialiste en sécurité et lui sollicita conseil. Il ne fallut qu'un seul appel à l'un de ses contacts pour que Troy Russell prouve que le sois disant détective Dave Baxter n'était pas celui qu'il affirmait être. Selon l'intermédiaire de Russell, l'Inspecteur Baxter fut décédé cinq ans plus tôt, un meurtre non encore élucidé...

Ed Prescott, sous les conseils et suggestions de son chef de la sécurité, prenait fait et geste de toute l'histoire depuis le début et opta pour la simplicité. Il vérifia, toujours à l'aide de ses contacts, la véracité de la situation d'Alberta et il ne découvrit que le constat d'infraction. Bien sûr, la version avec tous les détails sordides occultés. Pour le reste, Troy ne trouva rien. Il conseilla fortement à Ed d'aller à son ranch privé avec la fille. Il resterait à l'appartement pour cueillir, par surprise, « l'hurluberlu » qui se faisait passer pour un policier mort depuis cinq ans...

*
* *

Ackerman raccrocha, avec violence et rage, le combiné du téléphone public. L'engin se fracassa, non sans blesser quelque peu la main du géant. Celui-ci avait trop de vécu et d'expérience pour comprendre qu'il avait lamentablement échoué son baratin et sa mission en rogue solitaire. Ce guignol-là soutenait trop de questions précises ou pas assez... Le vieil Ackerman commençait à réaliser que ses meilleurs jours, comme professionnel, tiraient à sa fin...

— Tripot de Bordel du Maudit cornu !!! Je n'ai plus ma touche ! Mylène Gilmore réfugiée au Canada ! Des fédéraux qui protègent la petite pute canadienne qui montait des dossiers sur un peu tout le monde !!! L'étau se resserre ! Décidément, la pantoufle de Martinstein nous a mis dans de beaux draps !!!

Il rangea fermement les documents, passeport et attestation de naissance de la jeune dame, dans sa sacoche de cuir. Maintenant, ce trophée ne lui serait plus d'aucun secours, cette plaque de flic ayant appartenu à feu le vrai Dave Baxter... Ackerman l'avait froidement abattu, jadis, parce qu'il fouinait un peu trop au goût de son précepteur, Manlow, dans des affaires que l'on tenait à garder secrètes...

Il réfléchit. Comme le ferait un animal blessé qui lèche ses plaies, il adopta un mouvement similaire pour calmer la douleur à sa main. Il devait réagir vite en se compromettant le moins possible... Devait-il encore agir en solitaire ou le temps était-il venu de donner un grand coup dans le nid de frelons ?

*
* *

Alberta finit assez rapidement ses corvées et courses d'usage en avant-midi. Elle s'était procurée un petit magnétocassette de poche, fort discret et de haute gamme. Ce genre de modèle dont se servent les gens pour pratiquer un exposé ou, pour les plus paresseux, enregistrer les cours d'enseignements pour écoutes ultérieures. Elle loua, après une matinée forte chargée, une chambre dans un miteux motel de banlieue, non loin de la clinique d'avortement du Dr. Martinstein, pour une microscopique sieste, sans succès d'ailleurs. Elle se retourna maintes fois avec cette angoisse persistante qu'on l'épiait toujours. Elle se doucha en vitesse, mais prit un moment de bien se maquiller, question de se servir de toutes les armes qu'elle possédait pour son action d'éclat. Elle ressassait cette idée à son esprit :

— Improviser, se disait-elle, improviser le moins possible !

Comme un mauvais présage, le vent chaud du Pacifique apporta un sinistre et sombre nuage. Il n'était plus qu'une question de temps avant que ne tombe un puissant orage. La nature voulait, probablement dans une balance aveugle ou une divine providence, contrebalancer en son extrême contraire la vague cruelle de chaleur interminable. Par précaution, Alberta mit la capote de toile sur sa voiture pour éviter maints désagréments. Elle dut se fier à sa carte routière et au plan imprimé de « Google Map » pour trouver l'emplacement exact de la clinique. Elle resta pantoise lorsqu'elle vit les lieux environnants. Aussi surprenant que cela puisse paraître, il n'y avait rien de prodigieusement rassurant pour se garer là, même de jour. Des clubs qui n'étaient ouverts que la nuit, de miteuses boîtes à gogos de basse classe et des boutiques louches de prêts sur gage. Alberta eut de légers doutes sur le sérieux d'un tel endroit. Les ordures, rangées et empilées tant au coin des boulevards que dans les ruelles, empestaient comme dans un dépotoir tant l'humidité et la chaleur étaient accablantes. Quelques clochards, sans raison ni maison, quêtaient désespérément… De petits revendeurs de stupéfiants ou d'autres narcotiques faisaient jasette avec les souteneurs du proxénétisme local. Plusieurs prostituées, des dames en fin de parcours, traînassaient ici et là dans l'espoir de repérer un client, une espèce de prince charmant moderne, les abordant poliment, comme par magie, avec une liasse de billets verts et qui, pour une fois, ne serait pas trop violent. Elles avaient toutes des accès de folie, à cause de cette température, en même temps que dissemblables excès dus aux vices de toutes sortes. Elles beuglaient, à tout un chacun, des insanités dans une inéluctable mendicité. Les raccrocheuses criaient à Alberta d'horripilantes insultes au sujet de « soi-disant » coins de rue… Comme s'il s'agissait de territoires à protéger de leur vie… Ces vénus de carrefour se prélassaient vulgairement dans le fol espoir d'attirer de potentiels récidivistes, aux multiples dérèglements, que leurs services offraient.

Elle n'avait eu aucune difficulté à garer sa voiture dans le stationnement de l'édifice de la clinique de Martinstein. Cet endroit, pour Alberta, était déphasé en comparaison du quartier et ne cadrait pas vraiment aux réalités locales. Mais elle se ravisa, tout hébétée :

— Combien de ces prostituées doivent se prévaloir des soins du « bon » Dr. Martinstein ? Il devrait y en avoir un sacré nombre vu l'exercice de leurs fonctions !!!

Des voitures klaxonnaient la jolie Alberta qui longeait le mur de la clinique, après avoir garé son automobile dans le carré d'asphalte. Les automobilistes la hélaient comme si le seul fait d'être là faisait d'elle une femme de joie à vendre... Autant de misères qui témoignaient d'une extrême pauvreté dans cette région. Ce dénuement était le fruit d'une évidente pénurie d'amour ou bien la résultante logique d'une accoutumance à la drogue, d'une propension à l'alcool ou à la simple oisiveté de l'esprit.

— Pourtant, pensa Alberta en tournant le coin qui donnait sur l'entrée de la clinique d'avortement, cet endroit recèle de bien jolis bâtiments qui feraient de magnifiques appartements s'ils étaient retapés un peu. J'ai l'impression que, il n'y a pas si longtemps, ce quartier devait être grouillant de bonnes familles de la classe ouvrière... C'est bizarre, quoiqu'heureux au fond, qu'il n'y ait aucun enfant dans ce voisinage malfamé !

La bâtisse grise, entourée de lampadaires à long cou, faisait face à une très vieille église méthodiste qui était laissée à l'abandon, depuis peu. La clinique, de facture moderne, était spacieuse par une commodité d'accès, mais très froide de l'extérieur, juxtaposée à un établissement, peu accueillant, de collecte de sang d'une insalubrité sans borne. Pour les gens qui prenaient un soin hasardeux de lire l'écriteau du commerce, cela semblait plus à une maison de financement de prêt universitaire :

Mesdames, libérez-vous de tant de tracas... Faites-nous confiance pour vous assurer un brillant avenir !

Sur la devanture, des néons lumineux, de formes grossières, représentaient, en coupe transversale, le logo stylisé d'un fœtus dans le ventre de sa mère avec une ligne rouge de travers. Alberta trouvait l'ensemble de très mauvais goût, mais se garda, à cet instant précis, de commentaires intérieurs, tant ses pensées étaient concentrées sur son but. Elle se remémorait ses notes de cours en journalisme pour faire un ménage mental, pour optimiser ses capacités intellectuelles. Elle conservait à l'esprit la raison de sa venue dans ce sordide endroit, retrouver la trace de la petite Pamela... Avec une certaine dose de courage, elle s'engouffra dans l'édifice, entra à reculons dans la gueule d'une créature de pierres. Un fort courant d'air climatisé lui donna un long frissonnement, à moins que ce ne fût l'atmosphère environnante qui lui glaça le sang et lui fit claquer des dents...

Il y avait une logique implacable dans les superficielles courbes de ce palais des horreurs. Les baies vitrées, teintées comme du noir de jais, étaient striées par des stores verticaux d'une couleur vague d'ivoire. Le tout contrastait affreusement avec la peinture grise et flegmatique du briquetage. Alberta eut un profond ressentiment lorsqu'elle vit, assise sur l'une des causeuses de la salle d'attente, une jeune adolescente, apparemment mortifiée par des pénitences silencieuses. Elle était affalée dans les bras de sa mère incrédule. La fille, vêtue à la mode du jour, pleurnichait des gémissements de regrets sous les lamentations sourdes de la dame aux yeux humectés de larmes huileuses... Çà et là, des masques funéraires primitifs, des cadres grotesques et autres tableaux d'art abstrait dont personne n'osait dire, même poliment, qu'elles étaient tout simplement laides, ces choses ! Tant de délicatesse pour ne pas froisser l'éventuel créateur tordu de ces affreuses toiles de peur d'être traité d'ignare sans goût ou de « fermé à l'art ». Ces œuvres décadentes avaient assurément été acquises à fort prix ou obtenues lors d'un voyage, dans des contrés sauvages de dégénérés qui pratiquent encore des rituels vaudous, pour des touristes en mal d'expérience. Ils étaient tous de tons cendrés et neutres. On ne pouvait dire ce qu'ils représentaient au juste. Le seul résultat, c'était qu'il rendait ce lieu, sans vie, davantage plus écrasant. De plus, ils ornaient abominablement les divisions internes et offraient un affreux spectacle tant les lumières tamisées renforçaient certains traits de ses inesthétiques décorations. Ils prenaient des allures de cercueils ombrageux sous les angles luminescents des lampes appliquées de ces murs blêmes.

Ce fut sans émotion qu'on l'accueillit, à la réception. Une femme de blanc vêtu, d'un certain âge et d'un physique difforme sans aucune féminité, fixa la jeune héroïne sans sourire. Son vulgaire décolleté montrait une énorme paire de seins, à la peau gondolée de vergeture et criblée de taches de rousseur et d'éphélides. Cette imposante poitrine flasque était retenue par une solide armature pour compenser les effets de la gravité. Les traits grossiers de cette secrétaire faisaient un affreux contraste avec la beauté harmonieuse d'Alberta. Elle n'avait aucunement le physique pour recevoir les gens et encore moins pour travailler avec le public.

Elle mâchouillait un petit cigare égyptien, avec une saveur douteuse de girofle et ce, en opposition directe aux lois de la clinique et de cet

État. Sans ouvrir la bouche, elle débita à Alberta, en fronçant ses sourcils peints au crayon, et avec un accent très prononcé, sans grâce :

— Cé sérac pas longue, le soucrétaire partir prendre son pause !!!

Alberta se dirigea vers le canapé juxtaposé à celui de la jeune dame et de sa mère. Du coin de l'œil, elle observa cette étrange infirmière. Selon la description de Mylène et ses recherches ultérieures sur le réseau Internet, elle se convint assez aisément que cette sordide femme ne pouvait, ne devait être que Golda Shalow, l'éternelle assistante du Dr. Martinstein. On pouvait même lui attribuer un air de famille à Golan Shalow. Elle portait une blouse blanche d'infirmière, mal ajustée au corps, trop étroite pour elle, ce qui surlignait ses bourrelets potelés de façon assez discordante. Sa crinière épaisse, frisottée par une permanente, d'un blond platine, donnait un jaune doré artificiel où l'on voyait une sombre repousse grisonnante, faisait une étrange chimie avec sa forte pilosité faciale foncée et épilée douteusement à la cire. Les traits tirés et les yeux pochés de cette femme ne pouvaient pas, et ce, d'aucune façon, être camouflés par le fond de teint et pourtant, dans des convulsions effrénées, à l'aide d'un minuscule miroir, elle talochait sans retenue son visage de son applicateur éponge en essayant en vain de cacher ses énormes rides. Elle avait même abusé de rouge à lèvres d'une amarante écarlate. Elle en avait tellement mis, qu'il débordait de la ligne naturelle de sa lippe décharnée, ce qui lui conférait des allures de clown dément. Le col de son uniforme en était imprégné, comme si elle s'était adonnée à une séance sulfureuse de « bécotage ».

Cette matrone, à l'épiderme d'un blanc cramoisi par tant de maquillage, était vêtue d'un vêtement d'infirmière datant d'une mode des années 50, c'est-à-dire inspirée des *pin-ups* de la Deuxième Guerre mondiale selon Alberta. Un costume de cinéma qui surlignait en évidence les courbes d'une diva... Mais maintenant, cette greluche n'avait plus le corps ou l'âge de porter un tel accoutrement. Le tout mis ensemble, cela frisait le mauvais goût et il apparaissait très inconvenant qu'elle se montre même en public. Voilà qu'elle s'occupait de la réception...

Elle semblait dévisager de jalousie les jeunes femmes présentes mais, en fait, elle lançait des regards foudroyants à la fille et à sa mère. Son caractère en disait long sur la manière dont on traitait les patientes après leur opération. On pouvait aisément lire sur les lèvres mouvantes de Golda :

— Quand partiront-elles brailler ailleurs ces maudites emmerdeuses ?!!

Dans le corridor, qui avait l'air, en toute logique, de donner sur le bureau, les commodités et le bloc opératoire, marchait avec nonchalance une grande dame à la longue chevelure rousse, d'une bonne trentaine d'années. Peut-être légèrement trop vieille pour porter la mode du jour mais elle avait, sommes toutes, une sensualité qui était loin d'être sur sa fin. On reconnaissait aisément que cette éternelle adolescente était la réceptionniste de service. D'un rapide et furtif jet de tête, elle regarda, avec une réelle mélancolie, la petite qui pleurait sans cesse. Elle força diplomatiquement sa bouche d'un sourire courtois lorsqu'elle arriva à la hauteur d'Alberta. Celle-ci ne pouvait se résoudre à renvoyer la pareille et, en signe d'un vague dégoût, fixa le sol.

Golda pointa sa montre du doigt en attachant son regard sur la secrétaire, elle paraissait la réprimander pour avoir étiré quelque peu sa pause. Alberta ne pouvait tout entendre des élucubrations de l'infirmière mais elle semblait se plaindre royalement de la petite geignarde, tout comme s'il était anormal de démontrer sa peine. Pire, comme si l'on ne devait jamais laisser, par faiblesse, transparaître nos émotions. Ensuite, la revêche garde-malade, sautant sur ses sabots, ne se priva en rien pour faire savoir à Alberta de s'approcher rapidement du comptoir de la réception :

— Allez Petita ! On n'ya pas touti la journée !!!

Sortant de sa maladive torpeur, la jeune fille, toujours en sanglotant, interloqua Alberta de manière fortement acerbe :

— Madame ! Pensez-y bien... Après c'est trop tard ! Trop tard pour mon bébé !!!

La mère de l'adolescente la reconduit d'une main ferme, mais douce, vers la sortie. Jusqu'à la porte, elle fixait Alberta avec un regard comme le ferait un petit mammifère, piteux et effrayé sous la pression d'un boa constrictor étouffant...

Après les vérifications d'usage ayant trait à l'inscription, Alberta demanda à la secrétaire s'il était possible de rencontrer maintenant le médecin Martinstein afin d'avoir un avis médical. La grande rousse sembla surprise par cette demande. Elle prit sur elle de répondre calmement mais avec un air un tantinet condescendant :

— Mais madame, quel praticien vous réfère ? Le Dr. Martinstein n'accepte que des gens qui ont déjà eu un suivi général et iatrique... On ne fait que la chirurgie ici...

Alberta devait, avec une vive agilité mentale, tendre sa toile avant que le vent ne balaie tout. Connaissant l'historique tordu du médecin, elle fit le pari, sans rien savoir de l'orientation morale de la secrétaire, qu'elle devait être au courant du lucratif passe-temps de Martinstein... Elle fit une rapide déduction qu'elle devait, en surface, maîtriser certains faits. Du moins, elle ne perdait rien à essayer de dire les mots magiques :

— C'est que, voyez-vous, je suis une jeune étudiante et ce... enfin, cette grossesse n'est qu'un terrible accident ! Je ne veux en rien nuire à mes études et à ma carrière... On m'a refusée une bourse et j'ai été forcée de prendre une année sabbatique... Plus grand poisse encore, j'ai perdu mon petit boulot... Je dois m'en débarrasser au plus tôt... Je n'ai pas nécessairement la fibre maternelle... Je n'en veux pas, moi, des rejetons ! Ceux de ma sœur me suffisent !!! Bien sûr, dans un monde idéal, si j'avais quelqu'un qui pourrait s'en occuper, je le donnerais volontiers ! Tant qu'on ne pourrait pas ultérieurement m'identifier... Mais je ne tiens pas à en élever moi-même !!! Je suis tellement en manque d'argent ! Je n'ai pas envie de traîner des couches en plus !!!

Plus Alberta en rajoutait, plus les yeux de la rousse réceptionniste s'illuminaient... Alberta prit un plaisir malsain à acter la carriériste égoïste. Elle pouvait être considérée âprement à mériter un Oscar pour la meilleure actrice, car la grande rouquine interpella, avec une joie enfantine, le docteur via la ligne interne. Elle utilisa un étrange code :

— Dr. Martinstein, il y a un *Under-Born* pour vous à la réception...

Quelques secondes suffirent à Martinstein pour se présenter en hâte à l'accueil, tel un habile vendeur de voitures d'occasions. Alberta le trouva plus rapace, plus dégourdi qu'à son exposé à l'université. Il se tenait debout, stoïque, mains jointes comme le Nosferatu de Murnau. Son sourire en coin donnait à son regard un air de malveillance à peine dissimulé. Les veines de ses tempes se gonflaient de sang. Il écarquilla les sourcils, ridant son front, en deux coups distincts dans une tentative de mimique pour se rendre sympathique. Elle se souvint du cours universitaire et du témoignage de Mylène. Elle s'amusa à imaginer qu'il prononcerait sa petite phrase fétiche :

— Vous savez... Un rien, un tout petit rien...

Il était là et il la fixait comme de la vulgaire marchandise, de la tête aux pieds. Dans son vicieux visage, que l'éclairage tamisé rendait décharné et gris, il se lisait dans toutes les rides amplifiées par les ombres, une satisfaction silencieuse. Alberta, discrètement, tendit l'oreille et écouta le Dr. Martinstein qui chuchotait à l'oreille de sa secrétaire :

— Attendez-vous à un boni généreux si elle accepte !

Alberta, portée par sa réussite foudroyante, eut l'intention de pousser l'audace jusqu'à infiltrer l'organisation pour amasser des preuves solides, afin de démolir à jamais cette clique de voleurs d'enfants mais elle se ravisa rapidement, sachant que le temps jouerait, tôt ou tard, contre elle. De plus, Martinstein pouvait bien être le plus abruti des médecins, il en restait, tout de même, un. Son baratin ne résisterait pas longtemps à un examen. Elle garda sa première idée; celle de faire, coûte que coûte, une formidable omelette en un tour de main !

Elle n'eut aucune difficulté, et ce, même si la situation la révulsait, à jouer la faible innocente, coquette et insouciante... D'adorables et gracieux sourires attirèrent l'attention de Pol. Les yeux délicats de la fille firent le reste. Alberta employa à merveille les cartes de la séduction, elle le mit dans sa petite poche... Après de rapides convenances stériles, Martinstein l'invita à passer dans son bureau.

Un cabinet aseptisé et aussi fade que l'être, malgré le choix des meubles et les dizaines de diplômes qui tapissaient le mur du fond. Le mobilier, en bois de chêne verni, semblait de riche confection. Un vieux secrétaire était ouvert, mais il s'empressa de le fermer avant qu'Alberta ne puisse voir son contenu. Sur des tablettes, il y avait, disposé sans goût, des bocaux de formol contenant des restes qu'elle n'osa point identifier, un minuscule crâne qu'elle crût être celui d'un petit singe et une grossière statuette noire d'un homme avec une pause indécente et toute tortillée, d'art typiquement africain, chamarré de poils et de crins animaliers, dru et sombre. Le membre viril de cette icône sacrilège indisposa, d'un embarras passager, Alberta. Ses joues rougeoyantes ne faisaient que rajouter à son charme naturel et juvénile. Par un obscur geste de politesse exaspérée, comme si elle n'était pas la première, Martinstein, ayant perçu quelque peu la gêne naissante d'Alberta, prit la figurine idole et la glissa dans l'un des tiroirs de son imposant bureau. Profitant du fait qu'il lui tourna, pour un court instant, le dos, Alberta, dans une hâtive discrétion, pressa sur le bouton d'enregistrement de son mini magnétocassette dissimulé dans son sac à main... Elle s'en voulait de ne pas avoir trafiqué sa sacoche pour recevoir un caméscope.

Elle savait, autant par son instinct que par le récit de Mylène, quoi dire à ce Docteur pour qu'il mordît solidement, et à belles dents, à l'hameçon qu'elle lui tendait. Elle fignola sur les mêmes balivernes

136

qu'elle avait exécrées à la secrétaire, pour le forcer à lui proposer la fatidique attrape d'adoption. Tout portait à croire que le poisson était ferré…

Il était pensif et à l'écoute. Il la laissait parler comme pour mieux la cerner, mais il était anxieux de prendre la parole. Quand il fut assez sûr de lui pour concocter sa proposition, il croisa ses doigts, à la manière des intellectuels universitaires, tout en s'enfonçant vers l'arrière et au maximum de l'angle que lui permettait son imposante chaise à bascule. Ainsi couché sur le dos, étirant tous les muscles de son corps, il fit subitement le grand saut et bondit en position assise :

— Écoutez, Mlle. Prescott... Je suis personnellement affligé par votre histoire... Vous savez que ce genre d'opération, un avortement, ne se fait pas en criant « ciseau »... Je veux dire que, dans l'état actuel des choses, vous débourseriez de gros sous pour vous débarrasser de ce lourd fardeau... J'aurais peut-être une solution de rechange spécialement pour vous... Juste pour vous... Voyez-vous, vous êtes fortement jolie et somme toute, très intelligente... J'ai un couple d'amis, en fait des connaissances, qui voudraient un enfant... Ils sont très connus et très riches... Le hic, c'est qu'ils sont tous les deux stériles... Que voulez-vous, les aléas de la vie... Ils... Ils seraient très tentés par l'adoption internationale, mais ils n'ont aucune garantie sur la santé du nourrisson. De plus... Ils espéreraient que l'on pense que l'enfant soit d'eux... Vous savez, les paperasseries de fonctionnaires... Ils seront obligés de tout déclarer... Écoutez ! Ils sont prêts à payer 50,000$ américains comptant pour cet enfant ! Il n'y aura pas de risque de retour contre vous ou envers eux. Vous serez tous protégés par l'anonymat !

Alberta retint son souffle, sentant que la dinde manquait encore un peu de cuisson. Elle tenta de diriger la conversation à son avantage en s'assurant qu'il serait bien identifié sur son enregistrement :

— Il est certain, Docteur... Pol Martinstein, c'est bien cela votre nom ?

Ne se doutant de rien, le médecin ricana de fierté. Il passa une main nerveuse dans sa chevelure tout ébouriffée, qui laissait percevoir des manières pédantes et prétentieuses. Il sourit à belles dents en répondant :

— C'est bien cela, Apollonius Martinstein, Polo ou Petit-Pol pour les intimes !

Alberta reprit sa phrase rapidement comme pour empêcher Martinstein de réfléchir :

— Dr. Martinstein, est-ce légal ce genre de tractation ? Je veux dire prendre de l'argent en échange d'un bébé... Au Canada, mon pays natal, c'est interdit... Ce n'est pas que j'ai des remords, mais je tiens à avoir l'heure juste...

— Écoutez, Mme Prescott, ce n'est pas très légal côté législation, ni délictuel d'un point de vue humanitaire... Mais il y a parfois des lois morales contraignantes... On ne parle pas d'importer de la cocaïne ou quelque chose du genre... Ici, on discute de rendre des gens heureux, eux avec un bébé et vous avec la fin de vos problèmes financiers... Que voulez-vous de plus ?

— Des garanties !!!

— Allons donc ! Quelles garanties voudriez-vous avoir ? Je vous jure que vous serez pleinement payé !!!

— Si, en cours de route, je désirais garder mon enfant et rompre cette alliance, aurais-je pleine latitude pour conserver le môme ?

Martinstein, malgré tout pensif, analysa froidement la situation. Il aimait le fait qu'elle s'exclame : « conserver LE môme » plutôt qu'une ritournelle comme « mon petit ». Rassuré, il prit un ton de concessionnaire de voitures usagées et largua, en gesticulant ses mains nerveusement :

— Mais qui vous parle de vous contraindre à quoi que ce soit... Je n'en informerai les parents adoptifs qu'après la naissance. Ainsi, vous aurez tout le loisir d'accepter notre offre...

Martinstein articulait à merveille ses boniments et apparaissait si sincère. Ses yeux brillaient d'une lueur si bienveillante. Il était pourtant décontenancé par l'intellect de cette femme. Mais plus encore, il n'appréciait pas la façon dont elle le fixa pendant quelques secondes. Une étrange nictation froide et inquisitrice. Ce genre de regard vindicatif sembla soudainement déconcerter le bon docteur. Il devait se ressaisir par un réflexe subit pour ne pas tomber de sa chaise. Il avait reçu des directives précises de la part de Manlow. Bien entendu, il pensait, avec son esprit retors, à continuer de payer les mères porteuses à la baisse et facturer à son débiteur le plein montant. Mais il fallait absolument qu'il se procure, de cette ravissante fille aux parfaites formes et aux traits divinement gracieux, l'enfant. Il savait que lui et ses complices pourraient toucher, au minimum, un demi-million s'ils pouvaient fournir un bébé d'une telle génitrice. L'appât du gain n'était plus sa seule préoccupation, sa bourde avec Mylène Gilmore, si elle venait à l'oreille de Manlow, pourrait lui coûter cher... Il joua donc cartes sur table et tenta d'impressionner la jeune dame par un habile calcul mental. En fait, il ne faisait que majorer aux chiffres avancés par Manlow :

— Écoutez Mme Prescott, je ne fais cela que par pur altruisme... Que diriez-vous si j'augmentais la cagnotte à 75,000$, non ?   100,000$?

— Ouais ! C'est effectivement une augmentation qui frise les 100% avec l'ancien taux... Ça m'intéresse de plus en plus... Pour 100,000$... Wow !!!

Alberta fit une courte pause, simulant la gonzesse qui vient de gagner un montant substantiel à une loterie, mais qui veut se ressaisir pour ne pas trop montrer d'énervement. Elle prit une grande respiration et, ayant donné à Martinstein sa longue seconde de gloire, trouva le moment opportun pour lui crever l'abcès. Elle se leva, pour paraître plus menaçante et elle l'interpella d'une façon donc il n'attendait guère :

— Est-ce qu'il y a eu d'autres filles et d'autres adoptions du genre avant moi ? Je veux dire des antécédents précis, des points de référence pour être au courant si les autres eurent entière satisfaction...

— Vous êtes la première, je vous le jure !

— Docteur Pol Martinstein... Ne me faites pas avaler des couleuvres... Je sais pertinemment que vous me mentez, et ce, effrontément... Soyez francs sur les agissements du Motel *Colonel Inn* !!!

Martinstein, ayant soudainement perdu toute foi à son charismatique pouvoir de charme, talent qu'il croyait inné par orgueil, se contenta de répéter en sourdine :

— Vous... Vous êtes la... la... première, je... Je vous le... le promets, je vous le jure !

Le docteur n'avait même pas encore compris la lourde portée des affirmations d'Alberta. Elle se surprit elle-même de voir avec quelle aisance elle l'avait intimidé et de quelle façon il s'était effondré. Elle osa lui crier un tissu de baratins fallacieux et mensongers, comme un boxeur qui martèlerait et pilonnerait son adversaire pris dans les câbles :

— Allons donc ! Je ne suis même pas enceinte ! Je suis une amie personnelle de Mylène Gilmore, celle-là même que vous avez insidieusement charmée pour abuser de son corps... De son âme... Je suis sur cette enquête, et je travaille conjointement avec la police fédérale et plusieurs journalistes des États-Unis. Espèce de vieux pervers ! Vous faites actuellement l'objet d'une investigation ! Toute une équipe te file le train, à toi et tes complices depuis l'incendie du Motel *Colonel Inn* !!!

Le Dr Pol Martinstein eut un incompréhensible regard d'effroi envers cet ange qui, trente secondes auparavant, semblait si pur et innocent. Que se passait-il dans sa tête en cet instant, nul ne le savait, mais Alberta espérait encore qu'il parlerait davantage si elle le manipulait adroitement plutôt que de le brasser de vulgaire insulte... Elle décida d'utiliser les maigres choses qu'elle connaissait pour paraître, en outre, plus au courant des faits. Elle extrapola sur le supposé film du journaliste virtuel *Black Crow* en souhaitant qu'elle ne lui donnerait pas d'indices qui prouveraient son manque d'évidences :

— Martinstein... On a une cassette vidéo où l'on voit tout... On a assez de preuves pour vous envoyer en prison... Toi et tes complices... L'infirmière Golda Shalow qui vous aide à faire des naissances clandestines, votre homme de main et assassin de service Dowsey Ackerman alias le Hollandais et votre homme de tête et mécène, Fuller Manlow...

Devant tant de conviction de la part de la jeune dame, Martinstein balbutiait, bafouillait sans commune mesure, versa des larmes comme le ferait un enfant repentant, cherchant une absolution dans la pitié plus que dans la piété. Il enfonça son crâne, à la chevelure hirsute, complément entre ses paumes grandes ouvertes. Il se sentait terriblement piégé. De nature faible et craintive, il n'avait rien pour résister longtemps à des assauts physiques et encore moins psychologiques. Alberta voulait gagner sa course contre le temps, avant que le médecin se ressaisisse assez pour tout repousser et nier en bloc, sa mission première était de retracer Pamela...

— Docteur ! Écoutez-moi ! Pour l'heure, vous ne pourrez pas vous en sortir, car vos complices témoignent déjà contre vous pour sauver leurs peaux... Nous vous blanchirons de toutes accusations si vous nous aider à retrouver la petite fille de Mylène Gilmore... À qui avez-vous confié son bébé ? Répondez !!! Nous voulons la restituer à sa mère...

Martinstein eut une réaction bizarre, il continuait pourtant à pleurnicher de honte mais, comme le feraient certains déments, il ricanait en même temps comme si on venait de lui faire une désopilante plaisanterie. Il souleva sa tête vers Alberta, se ressaisissant, se leva et bondit sur elle sans crier gare. Elle fut surprise par sa raideur nerveuse et ne sut se défendre. D'une poigne solide, il immobilisa ses bras et elle comprit que toute résistance était futile. Avec une pompeuse arrogance, emplie de postillon, il lui cracha, les yeux encore bouffis de ses pleurs :

— Comme cela, vous venez me surenchérir jusqu'à ma clinique pour vociférer des âneries sans foi... Vous ne savez rien... Manlow vous fera regretter amèrement de vous être fourré le nez dans ses affaires, ma belle... FBI ? De vulgaires médias ? Une petite pute droguée qui veut retrouver sa fille ? Vous ? Vous êtes seule et résolument idiote de croire que vous pouvez nous relancer dans nos derniers retranchements... Pweuff ! Je ne sais pas qui vous êtes, mais si vous avez été assez sotte pour venir ici en sachant la vérité... Sans reconnaître qu'il y a un destin pour chacun de nous... Le vôtre s'achèvera ici d'ailleurs... Manlow est bien plus que tout cela... Il est lui-même le temps, il est sa propre destinée... À l'heure actuelle, le Chacal a probablement tué votre défoncée de Mylène... Il s'amusera un peu avec vous... Vous êtes tellement belle... Savez-vous quoi ? Je vais vous amener là où personne n'aura souvenir de vous et je vais t'engrosser personnellement... Au fond... Tu as toujours su que ta destinée serait d'enfanter des fils et des filles de rois... Le plus drôle, ma jolie poupée, c'est que je vais recevoir ta prime en supplément...

À ce moment précis, dans un ultime élan, Alberta leva de toutes ses forces son genou dans les parties intimes de l'infortuné Docteur. Le coup fut si brutal qu'il fut pris de convulsions douloureuses. Elle ramassa, avec la célérité que donne le désespoir, son sac à main contenant le précieux enregistrement des aveux, à peine masqués, du mégalomane Martinstein et ses menaces belliqueuses. La violente commotion de Martinstein ne put l'empêcher de tendre la patte au téléphone et de presser sur l'interphone interne pour demander d'urgence l'assistance de son alliée Golda Shalow. L'effet de surprise fut du côté d'Alberta. Ayant, en sa pleine possession, sa bombe lacrymogène au poivre de Cayenne, elle s'en servit goulûment, pour ne pas dire qu'elle le vida littéralement, sur la laideronne de service. Immédiatement, elle s'effondra au sol, paralysé par une vive douleur aux globes oculaires, au sinus et à la gorge. Devant une telle menace, la réceptionniste rousse, ne comprenant strictement rien à la situation, pensa probablement, comme il était coutume à la clinique, que le filou de docteur avait encore fait des avances insistances ou des attouchements de natures sexuelles. Elle leva lentement les mains en signe de complète soumission. Alberta ramassa en hâte le nouveau dossier qui portait son nom et les différents formulaires à peine remplis et agrippa ce qui pourrait facilement la retracer... Les factures de carte de crédit et la feuille d'agenda d'aujourd'hui. Les secondes s'égrainant trop rapidement, Martinstein dévalait maintenant en vitesse le corridor conduisant vers le hall d'entrée. Voyant beugler de rage et de douleur son infirmière favorite affalée au sol, le docteur fut saisi de panique... En remarquant le maquillage et l'épaisse mixture coulant de la sorte, il crut qu'on l'avait brûlé à l'acide ! Dans l'incompréhension la plus totale, il se rua lourdement en titubant du mieux qu'il le pouvait vers Alberta qui avait déjà pris la poudre d'escampette vers la sortie principale.

Dans une course effrénée, Alberta tenta de rejoindre sa voiture stationnée devant l'édifice. Avec une maladresse dont elle ne pouvait calculer, elle laissa tomber ses clés. Comme un mauvais film de suspense, il fallut que son petit trousseau chute justement dans une bouche d'égout. Cet incident redonnait forcément l'initiative au vil Docteur et à sa dépareillée d'infirmière au visage sanguinolent de mascara bon marché et de la substance hautement irritante...

C'est à ce moment précis qu'Alberta aperçut le scalpel affûté que tenait fermement le poing de Martinstein. Inexorablement, il s'approchait d'elle. L'horrifique Golda Shalow fit une jonction de manière à couper toute tentative de retraite à la pauvre et joliesse princesse. Dans ces mains menaçantes, elle maintenait deux seringues emplies d'un puissant sédatif. Martinstein intima, avec une déterminante hargne, de le suivre à l'intérieur. Alberta aurait voulu crier de toutes ses forces, mais elle ne voyait âme qui vive aux environs immédiats de la clinique...

Un vrombissement se fit entendre. Avec force, un véhicule sombre aux vitres teintées s'approchait à vive allure. D'un regard furtif, en tournant à peine la tête, Golda et Martinstein croyaient reconnaître, par la conduite sauvage et irrévérencieuse, le patibulaire Hollandais qui devait venir après sa basse besogne pour toucher son dû. Voilà que la voiture, sans freiner le moindrement, percuta sciemment et violemment Martinstein qui en perdit sa lame. On vit bien que celui-ci tenta d'éviter, même partiellement, le bolide. Rien à faire, Martinstein s'affaissa lourdement à plusieurs mètres du point d'impact après avoir volé sur le capot. Un léger râle laissait savoir qu'il était encore conscient mais gravement commotionné... La portière latérale, côté passager s'ouvrit toute grande et un bras armé d'un pistolet mit en joue la vieille démone blondinette ainsi qu'Alberta...

La voix ferme et autoritaire du conducteur se fit entendre :

— Embarquez ! Vite ! Toi la morue, face à terre !!!

Alberta ne pouvait placer un visage sur le chauffeur, qui était seul, car il restait à couvert dans la pénombre de son habitacle ténébreux. Avec une plus vive insistance, il récidiva ses incisives directives. Golda s'allongea de tout son long, mue par une peur bleue des armes à feu... Alberta eut le réflexe d'essayer de retirer le couvercle d'égout pour reprendre ses clés. Elle n'avait guère l'intention de monter avec ce belliqueux inconnu. En vain, elle s'époumona sur le grillage de métal. L'interlocuteur ne sachant pas ce qu'elle faisait au juste crut qu'elle tentait de s'évader par la canalisation des puisards d'aqueduc. Il prit un timbre de voix plus doux, comme s'il parlait à une fillette.

— N'ayez aucune crainte… Je suis votre ami et maintenant votre ange gardien... Venez, je suis votre seul allié, nous nous sommes entretenus hier matin via nos courriels !

Alberta, exténuée mentalement et moralement, sinon physiquement, fut comme attiré par la tendresse de cette élocution, elle perdit toute appréhension et éprouva une soudaine et aveugle confiance. Elle s'engloutit sur le siège côté passager et la voiture partit en tornade... La grande secrétaire rousse, sortie en trombe, n'eut même pas le réflexe d'appeler au secours ou de prendre en note la plaque minéralogique tellement elle fut choquée par la vitesse et la violence de l'action…

Golda rampa jusqu'au Dr. Martinstein. Au bord de l'inconscience, il ne trouva qu'une simple phrase chiche à marmonner :

— Elle en sait trop... Beaucoup trop !!!

Des badauds, timides ou curieux, venaient de toutes parts. L'un d'entre eux eut l'amabilité déplacée de contacter, en hâte, avec son portable, les urgences...

*
* *

Dans sa suite princière du luxueux Hôtel Keeplington, Manlow contemplait le vide devant lui, perdu dans des pensées qui allaient au-delà de ses souvenirs. Il rêvait, éveillé, à de merveilleux projets d'avenir.

Le goûter de Fuller Manlow était, à tous les coups, fastueux mais, comme toujours, il ne picorait que quelques miettes ici et là. C'était sa façon, bien à lui, de montrer son pouvoir. Les restes généreux étaient en tout temps balancés aux ordures. Comme un roi éclatant qui démontre, par de somptueux banquets, toute sa richesse... Mais Manlow mangeait presque éternellement seul à sa grande table. De toute manière, il n'aurait jamais toléré la présence d'un inférieur, qu'il serait ainsi obligé de considérer en égal, à sa tablée. En de rares circonstances, sa fille adoptive se joignait à lui mais c'était toujours pour une raison bien spécifique et formelle.

Le servile majordome Jarvis fit maintes courbettes protocolaires pour flatter l'ego de son maître. En vain, car Manlow n'envisageait même pas les individus de la classe sociale de son domestique comme des hommes à part entière, tout au plus, ils les considéraient comme des bêtes de somme dressées à servir les intérêts supérieurs des gens comme lui.

Après avoir grignoté, du bout des lèvres, quelques minuscules bouchées, Manlow, comme à son habitude, inhala à plein poumon la fumée de l'un de ses cigares coûteux. Il lança un regard hargneux à M. Jeeves Jarvis lorsque celui-ci vint lui faire savoir qu'on demandait une audience privée...

Pour Manlow, le terme d'audience privée prenait un caractère quasi sacré. C'était une façon spéciale, tel un code secret, de communiquer d'importantes nouvelles au sein de son organisation occulte, et ce, de vive voix.

— Faites-le entrer Jeeves, et foutez-moi le camp où bon vous semble, tant que j'ai la paix !!!

C'était un être en complet impeccable, sobrement vêtu, à la manière des policiers fédéraux. Il faisait fière allure comme les fameux hommes en noir du cinéma, ces mystérieux agents gouvernementaux qui paraissent travailler pour des puissances parallèles ou des œuvres démoniaques. Reste que cette personne approchait l'âge de la retraite, pour un flicard, et arborait un petit tour de taille camouflé par la coupe ample de son costume. Un visage rond somme toute sympathique par sa couronne partielle de cheveux et sa moustache bien trimée. Des yeux bleutés balayèrent discrètement la somptueuse pièce pour s'assurer qu'ils y seraient seuls.

Ils se connaissaient bien et n'avaient pas besoin de se présenter. Ne montrant aucune émotivité dans sa prestance, Manlow, par un léger signe facial, lui fit comprendre qu'il avait toute son attention. Le gaillard aux allures d'agent secret, sans trop de courbettes, le salua d'un faible geste de tête et, sans perdre une seconde, commença à dresser un sombre rapport empli de sous-entendu et de remontrances fades :

— Monsieur Manlow, la grande toile tissée a soudainement trémoussé de remous et vous n'avez rien dit à vos proches responsables... Pourtant, vous savez que vous devez toujours nous informer à l'avance avant de tenter une opération spéciale pour nous donner la chance d'avancer les bons pions...
— Petit insolent ! Vous venez ici me relancer sur une façon d'agir donc j'ai la fierté, l'arrogance même d'en assumer la paternité ! J'ai tissé moi-même la toile dont vous faites allusion et rien, je dis bien « RIEN » ne se fait sans mon accord... Je suis le maître absolu !!!
— Alors, en admettant que vous soyez le commanditaire intégral de toutes opérations relevant de vos effectifs qui sont sous votre contrôle, et qu'il n'y ait pas eu de telles directives, il est donc impossible qu'il ait eu une action expéditive sans votre consentement ?

Russ Hartland était une copie-carbone des agents spéciaux du FBI, à la seule différence qu'il n'en avait que les traits extérieurs. Le coupé classique de son tailleur fade lui donnait le style du parfait détective droit, intègre et chevaleresque. Pourtant, cet individu, avarié de l'intérieur par un passé douteux officiellement au service du FBI, mais aussi de la CIA et de la NSA, avait perdu toute trace palpable d'humanité. Il était ce genre de contact rêvé pour être un pont entre l'organisation de Manlow et les différentes institutions légales, gouvernementales, semi-gouvernementales, mercantiles, oligarchiques telle que la cellule Bilderberg, groupes de pression de toutes sortes, milieux syndicaux et organismes plus ou moins légitimes, comme l'univers des bars, cabarets, bistros et autres clubs à gogo miteux. Les services de renseignements hors règles et habituellement sans respect des lois sur la vie privée. Il avait aussi des tentacules dans le monde occulte et parallèle de la pègre organisée et les réseaux interlopes internationaux comme la mafia sicilienne, la faction russe, le yakuza nippon ou les triades chinoises. Il gardait perpétuellement une oreille attentive qui rendait de menues contributions possibles. Un échange de bons procédés avec les gangs de rues criminalisées, tenanciers de casinos clandestins, receleurs, usuraires, fraudeurs et escrocs professionnels, contrebandiers et narcotrafiquants de tout acabit. Le tout procurant une puissante coterie sous l'égide de Manlow.

Ainsi, il pouvait toujours compter sur une foule de fréquentations, aux voisinages multiples, pour sa cueillette d'informations à rabais. Cette jonction névralgique, au cœur de ce monde mystérieux et souterrain, donnait à cet ex-espion une excellente cote envers ses supérieurs hypothétiques du FBI. En fait, Hartland était un point d'appui important dans la hiérarchie clandestine de l'ordre impénétrable et invisible de Fuller Manlow. Pour cet empire sibyllin, le discret détective Hartland devenait le rouage crucial pour cacher ou étouffer rapidement les fuites potentielles. Son emploi, à la police fédérale, n'était qu'une vile couverture pour fourrer son nez partout.

Hartland camouflait son empressement à donner le fin mot de son intervention. Avec le sourire en coin, comme un guignol grimaçant, il eut une imperceptible jouissance de pourfendre triomphalement, dans une phonation sans détour, ce vieil entêté de Manlow qui articulait de lui-même :

— Je ne fais jamais d'erreur !

Hartland passa mollement, sur sa moustache en brosse, son index et son pouce. De manière à la caresser et s'assurer qu'elle soit encore là. Il claironna, avec une certaine fierté :

— Je serai bref M. Manlow... Des discordances semblent évidentes entre vous et votre équipe de couveuses de San Francisco... Sans parler des couleuvres qui refont surface !!!

— Qu'essayez-vous d'insinuer sur le Vizir Merzgin et ses vipères du soleil couchant ?

— Allons donc M. Manlow, ne faites pas l'innocent... Je vous parle de votre sodomite de sénateur, du Dr. Martinstein et de votre monstrueux fossile vivant de Hollande... Le chaînon manquant !

Manlow devint soudainement colérique, assez en rogne pour que Hartland cesse ses balivernes avant qu'elles ne se transforment, pour lui, en une monumentale bourde. L'exaspération de Manlow prouvait alors, hors de tout doute à l'esprit de l'agent du FBI, que Manlow n'était au fait de rien des derniers remous...

— Monsieur Manlow, j'ai reçu un appel du sénateur Thorrenz. Un policier sans envergure, Golan Shalow, qui travaille pour nous au sein de la SFPD, l'a contacté par erreur pour prendre des directives précises au sujet d'une opération bâclée par votre assassin de profession au 475 *Westborough Road* à *Sharp Park*, San Francisco. Depuis le temps que je vous disais de faire affaire par mon entremise pour ce genre de chose... Il a manqué sa cible. De plus, il était moins une pour que sa vieille bagnole soit passée au peigne fin... Si ce n'eut été de la vigilance de l'inspecteur Shalow qui avait reconnu la voiture d'Ackerman et qui l'a fit rapidement remorquer par mon service... Qui sait dans quel pétrin vous seriez !

— Je lis dans votre âme que vous ne me dites pas tout ?

— Effectivement, reprit Hartland, dès que Thorrenz a réussi à me joindre, j'ai repris le contrôle des opérations. Vous devez une fière chandelle au petit constable lépreux. Il a pris des risques. Il a fait disparaître les bobines de la caméra de sécurité de l'édifice... On y remarquait très bien votre singe en action !!!

— Ackerman est depuis longtemps mon fidèle gorille, Hartland, veuillez en venir au fait... Je ne l'ai pas vu depuis hier, non... Je crois depuis deux jours peut-être... J'ai tant à faire ici que je n'ai pas besoin de me déplacer... Dans ce temps-là, je lui donne congé et je ne lui ai rien demandé d'explicite à faire... Il n'aurait rien tenté, bien sûr, sans m'en dire mot...

— Autre chose, cet après-midi, vers 14h30, on m'a informé qu'on avait attenté à la vie du Dr. Pol Martinstein...

— Quoi ?!! rétorqua avec véhémence Manlow, qu'est-ce que vous me chantez là ?!!

— Il a fait une légère commotion et il a des côtes de fracturées. Rien de bien grave. Il a été conduit à l'Hôpital Civique de San Francisco, en ambulance. Étrangement, lors de ma visite, il a gardé un mystérieux silence, comme le ferait un mort ou pire, il réagit comme un membre d'un gang face à la police. Son infirmière, qui est bizarrement la mère de l'inspecteur Shalow, a balbutié qu'une jeune dame, pourtant fort aimable, était venue et qu'une vive dispute s'ensuivit jusqu'au stationnement de sa clinique. Elle reçut, en plein visage, du poivre de Cayenne. Pour le reste, elle croit, sans trop de conviction m'a-t-il semblé, que le petit copain de cette pétasse, arrivant à vive allure, aurait percuté de plein fouet, avec sa voiture, le pauvre docteur... Il a refusé de porter plainte pour délit de fuite ou voie de fait, Hartland fit une longue pause puis, devant la retenue de Manlow, il reprit, le nom d'Alberta Prescott vous dit quelque chose ?

*

* *

Une rutilante mais sobre voiture de location dévala à toute vitesse les rues houleuses et gibbeuses de San Francisco. Comme un manège de montagnes russes de mauvais goût, l'engin s'engouffra à vive allure vers l'autoroute conduisant vers Oakland. Bien avant que le signalement de l'automobile fautive ne soit transmis aux autos patrouilles, ils seraient en sûreté dans les artères populeuses et floues de la banlieue de San Francisco.

Alberta, les deux mains timidement entre ses cuisses, lançait de furtifs coups d'œil de côté à son étrange sauveur du moment. Qui était-il et quels étaient ses buts ? Elle commença à défaillir lorsqu'elle remarqua une bosse, sous l'aisselle du pilote, qui apparaissait être du gabarit d'une arme à feu... Elle réalisa qu'il tenait bien un pistolet militaire à la clinique et non pas le vulgaire leurre du manche d'une brosse à cheveux !

À plusieurs reprises, elle sursauta de peur, frissonnant au sujet de la conduite agressive et nerveuse de cet homme silencieux... Il semblait se concentré plus sur les voitures qui se trouvaient derrière que celles devant tellement il attachait son regard, à intervalle régulier, sur son rétroviseur...

Plus elle le fixait, plus elle se surprit de lui concéder des traits aimables et un air héroïque dans ce visage carré et déterminé. En fait, elle le trouva, bien malgré elle, assez joli garçon ! « Allons donc », se ressaisit-elle soudainement, continuant mentalement son monologue comme pour se prouver qu'elle avait encore le contrôle sur les événements, de sa vie.

— Que tu es sotte de t'arrêter à de telles balivernes ! S'il travaillait pour eux, il n'aurait pas mis K.O. le Dr. Martinstein de la sorte... Je dois créer un lien de confiance... Recevoir quelques confidences pour savoir qui il est... Lui faire cracher le morceau !!! Il est peut-être un sadique à la belle gueule, comme Ted Bundy... Mon Dieu ! Et je suis seule avec lui !!!

La voiture prenait une bretelle et s'engageait dans une direction contraire toutes les cinq minutes. Après ce virevoltant voyage et un dangereux louvoiement incessant, le chauffeur désigné se calma un peu, épousant soudainement une allure décontractée... Maintenant, il ne tenait le volant qu'à une seule main et syntonisa une chaîne de radio locale, jouant dans une boucle sans fin des tubes passagers, transitoires et éphémères pour le temps d'une mode.

Elle sentit ce relâchement comme bénéfique. Alberta sortit pompeusement sa poitrine, prenant une pause plastique et superficielle comme pour créer un appât digne de cet Apollon de la route. Elle se risqua à engager la conversation, ses sens tout allumés pour brosser un tableau psychologique de son étrange interlocuteur :

— J'imagine que vous savez où nous allons. C'est un luxe que je n'ai malheureusement pas !

Pour la première fois, les yeux aigres et pénétrants de ce mystérieux étranger plongèrent dans les siens. Un regard vif et assuré ébranla Alberta. Jamais elle ne s'était soupçonnée plus femme qu'à cet instant et elle combattait cette éprouvante envie, en détournant promptement sa vue vers la ligne d'horizon. Elle ne pouvait s'empêcher de lui lancer de petits coups d'œil impromptus. L'inconnu, de plus en plus relâché, lui affirma avec une pointe d'ironie :

— N'ayez crainte, Mlle. Prescott... Vous êtes d'ors et déjà en sûreté !

L'homme lui fit un rire moqueur avec un air cynique et elle se sentit légèrement étourdie, niaise de surcroit, face à la volonté suprême de cet être anonyme au tempérament dur. Elle ne percevait rien de cet homme, ni de ses plans. Lui, il connaissait son nom, mais que savait-il d'autre ?

Il lui sourit, montrant de belles dents blanches. Mais même ce sourire recelait un côté belliqueux et endurcit.

*
* *

Manlow leva ses lourdes paupières vers les cieux...

— Prescott... Alberta Prescott ! Cela ne me dit rien... C'est, j'imagine, la jeune dame avec qui Martinstein a eu maille à partir ?

— Perspicace, vous avez encore du discernement... Que croyez-vous qu'elle soit pour lui, une amante échaudée ? Une cliente insatisfaite ? Pire ?!!

— Hum... Ce cher Pol a un don pour les embrouilles... Du moins, à chaque fois qu'il a un problème de la sorte, il me le fait savoir en cachette et je m'organise pour régler le tout en sourdine... Je ne me sens pas obligé de répondre à votre singulière interrogation... Mais je m'y conformerai pour le bien de notre cause...

— Vous voulez dire votre cause...

Hartland, depuis toujours, ne travaillait que dans un seul but, celui des richesses matérielles acquises de façon aussi variées que tordues. Cette réponse, chuchoté dans une vaine tentative de faire passer son message, sans soulever l'ire de l'idéaliste vieillard, le fit, au contraire, sauter sur une trop belle occasion pour placer, dans une discussion, son éternel discours à sa gloire :

— Hé ! Hartland... Malin, vous vous croyez malin avec vos liasses de billets crasseux ! Laissez-moi vous dire, mon cher ami, les lois implacables de notre univers... Ce ne sera, selon vous, qu'une vulgaire figure de rhétorique de ma part que d'affirmer qu'un être est plus grand que son siècle; il n'est donné à personne d'avoir des yeux si perçants, qu'ils dépassent l'horizon. Le nec plus ultra du génie consiste à bien voir tout ce que ce panorama renferme. Les hommes d'exceptions ne peuvent acquérir et n'ont de notions que celles qui sont existantes autour d'eux. Il ne leur est pas possible de prêter, à leurs travaux, une originalité qui ne s'offre nulle part. Ils font merveille dans l'appropriation des matériaux dont ils disposent, dans l'art d'en tirer les conséquences pratiques que les plus subtils replis du monde peuvent comporter... Voilà ce qui les a faits grands, rien de plus, et c'est assez direz-vous ? Vous faites l'éloge de l'argent et vous devenez tous simplement son esclave, Hartland ! Mon œuvre, envers celui qui Est, est grandiose et le sera toujours, même après ma mort... J'ai foi en la pierre qui porte son nom, Hartland !

L'agent spécial faisait des signes d'approbations fictives, simulés par un haussement d'épaules. Sans trop de conviction, il adhérait aux fadaises du vieux Manlow pour l'amener à passer aux choses qui lui importaient. Soudainement, un léger frisson longea le dos d'Hartland. Il fut surpris par l'affliction soudaine de Manlow, cet homme qui faisait trembler les puissants de ce monde. Sur les traits tirés du vieux lascar, une petite larme descendit le long de ses joues :

— Espérons, Hartland, espérons que la voie du pouvoir éternel fut le salutaire chemin, car l'enfer n'est pas pavé que de bonnes intentions...

Manlow se ressaisit et, d'une poigne de fer, essuya dans le silence, du revers de sa main, comme un enfant froissé par une inéquitable fessée, ce qui lui avait humecté quelque peu ce visage pétri par le temps...

— Aurait-il soudainement peur d'un quelconque jugement divin, ce vieux fou ??? pensa en sourdine le détective sidéré par cette naïve scène...

Avec une touche de malaise déplacé, Hartland redéfinit cet entretien vers le but initial de sa visite :

— Tout cela est très bien, M. Manlow, mais nous devons tirer au clair les évènements entourant la déconfiture de l'avant-veille... Voici le topo... Ackerman, on ne sait trop pourquoi, tenta de trucider, dans son appartement, une dénommée Alberta Prescott, étudiante étrangère... une Canadienne, petite « richarde » parvenue qui pratique la médecine à l'université Berkeley, élève studieuse et réservée selon ses enseignants, et sans histoire... Quoique, dernièrement, elle ne fréquentât plus ses cours et ne donna aucune explication... Normal ? C'est la deuxième fille qui quitte complètement ses cours pour on ne sait quelle raison... Tout cela concorde, dans les dates, avec le viol et la mort sordide d'une gonzesse sur le campus, Latricia Brown... On pose beaucoup de questions sur son décès, car des éléments ne collent pas... Cela ne vous dit toujours rien ?
— Non... Continuez...
— Alberta Prescott loge un appel à la police du district de *Sharp Park Beach*, elle claironne qu'on veut la tuer puis elle se ravise et affirme qu'on cambriole chez elle... À l'heure même, des policiers investissent les lieux et trouvent bizarre qu'on n'ait trucidé qu'un appareil téléphonique haut de gamme... Vous savez, celui qui possède beaucoup de fonctions qui ne sert jamais ? Enfin, *in extremis*, Ackerman s'enfuit par une des fenêtres de l'appartement. Il n'a pas remarqué une caméra de surveillance pour capter l'image de présumés « graffiteurs ». De plus, la caméra d'entrée le cadre assez bien pour un recoupement visuel... Vous auriez dû le voir... Habillé en gangster en pleine canicule !

Hartland fit une pause. Il réalisa sottement qu'il portait, lui aussi, des complets à l'année mais qu'il restait bien pénard à l'air conditionné, à l'écart de ces fortins comme celui de l'hôtel Keeplington. Il frotta ses yeux bouffis et pochés par une éreintante existence de magouilles. Il reprit, du tac au tac, là où il était rendu dans le récit des derniers évènements, en voyant un Manlow indifférent à son humour sarcastique :

— On fait venir le labo, pour relever des empreintes et la balistique sur le téléphone. Heureusement, l'inspecteur Shalow, très rapidement, reconnaît la voiture mortuaire d'Ackerman. Il compile la déposition de la fille, fort jolie, m'avoua-t-il, et s'assure de déloger l'encombrant projectile à fragmentation et les bandes vidéo. Il exigea de garder un contact avec Alberta Prescott, qui ne souhaitait plus demeurer à sa résidence. Elle prétexte à Shalow qu'elle logera à l'Hôtel Excelsior, le temps que retombe la poussière... Elle disparaît, prenant la clé des champs... Pouf !!! Volatilisée... Elle n'est toujours pas retrouvable à cette heure... On fait la traque classique, on tente de retrouver sa piste... Elle utilise sa carte de crédit pour un paiement électronique, devinez-vous ? Je vous le donne dans le mille ! Un billet d'avion pour le Canada, du jour même. Mais c'est une femme différente qui part à sa place. Elle réutilise son crédit le surlendemain, à la clinique privée de Martinstein... On ne sait pas ce qu'ils se disent dans le cabinet, mais cela fini au vinaigre. Une voiture arrive en trombe et percute le Docteur Martinstein de plein fouet ! Celui-ci semblait la poursuivre, selon des témoins oculaires de l'autre coin de *Flannigan boulevard*, avec un petit couteau, qui était en fait un bistouri qu'on retrouva par terre, non loin de là. Elle vint avec sa bagnole, un cabriolet sport décapotable, qu'elle laisse bien en vue dans le stationnement. Sur le plancher du côté passager, il y a un bout de papier... Une enveloppe toute chiffonnée… Hey ! Elle avait le numéro de la plaque minéralogique du véhicule d'Ackerman d'inscrit dessus !!!

Le vieil homme se dressa sur son siège de bureau :

— On n'a pas grand-chose pour l'heure, seulement qu'elle semble intéressée par nos affaires... Une policière sous couvert ?
— Affirmativement non ! lança Hartland, j'ai personnellement vérifié, par l'entremise de mes contacts, et elle n'est pas de la maison... Quoiqu'un évènement assez étrange ait attiré mon attention... Elle a étudié dans plusieurs villes, dans des matières sans trop de liens comme le droit et le journalisme...
— Elle serait un genre de reporter casse-couilles à *Pulitzer* ?
— Dans tous les cas, avant de faire quoi que ce soit, faites rappliquer votre monstrueux gorille en cavale pour avoir sa version des faits...

Manlow tendit le bras et pianota sur son clavier, de mémoire, le numéro du téléavertisseur de son chauffeur, garde du corps...

Après de longues minutes d'angoisse, la ligne privée de Manlow lança sa sonnerie caractéristique. C'était le son particulier qui indiquait que le demandeur était l'un des membres de la grande famille de Manlow :

— « Mossieu » m'appelle ?

— Ackerman... Veuillez rappliquez sur le champ !!!

— C'est que sir, répondit la brute avec une voix étrangement d'or, cela ne peut-il pas attendre ? C'est que je m'amuse drôlement avec une belle fille là !!!

— Justement ! C'est à ce sujet ! Tu devras me rendre des comptes !!!

Hartland savourait momentanément sa joie, car il avait en aversion les méthodes du siècle dernier d'Ackerman. Il prit une attitude songeuse pour produire un effet dramatique à sa pièce théâtrale. Il fixait Manlow et lui lançait, comme si cela fut l'exactitude d'un horloger, une vérité de La Palice :

— S'il n'accourt pas, j'aurai le feu vert pour le faire abattre comme un chien ?!!

— Non, répliqua sèchement Manlow, non... Il viendra... Il est un fidèle parmi tous... Il reviendra toujours...

*
* *

Le ton décontracté de son charmant ravisseur de fortune et ses sourires moqueurs qu'il lui envoyait ne la rassurait en rien. Il faisait, inlassablement, son petit manège et cela irritait Alberta. Mais elle était courageuse de nature et elle avait une facilité à lire dans le cœur des gens. Elle lui lança, dans un ton de bravade, pour annoncer ses couleurs :

— Écoutez mon cher, je suis profondément touchée de votre geste stupide de tout à l'heure... Vous auriez pu le blesser gravement, le tuer même ! Je parle de cet homme, le Dr. Pol Martinstein... En lui fonçant dessus de la sorte ! Espérons qu'il ne soit pas trop amoché... Maintenant, je veux retourner chez moi ! Séance tenante !!!

— Impossible Mlle. Prescott, votre demeure doit fourmiller de fouines dangereuses. Ils ont probablement caché des microphones et des mini-caméras espions dans tous les recoins ! Je suis le seul qui puisse vous aider dans les circonstances actuelles...

— Circonstances actuelles qui sont, je vous prie ???

— Manlow, votre docteur et compagnie... Je me présente, Allan Sexton... C'est moi, *Black Crow*, le gars de l'Internet... Je suis venu dès que j'ai pu...

Alberta sursauta de joie :

— Ça alors !!! J'aurais dû le deviner ! Vous avez l'audiovisuel avec vous ?!!

— C'est, que... voyez-vous... Ce n'est pas tout à fait vrai cette vidéo... Comprenez ! Je... Je bluffe de l'existence d'une telle cassette comme une police d'assurance... C'est moins lourd et plus certain qu'une armure !

— Et moi dans tout cela ? J'avais fondé tant d'espoir de faire connaître, au grand jour, l'histoire sordide des filles qui sont forcées de se séparer de leur petit bébé pour de l'argent...

Allan prit une grande respiration, comme pour s'aider à choisir les mots les plus justes :

— Ouais... Il y a un truc que je n'ai pas assimilé dans votre court texte, que vous m'avez fait parvenir par courriel... Je pourrais avoir plus de détails à ce sujet ?

— Avant de vous raconter mon histoire, celle de Mylène et de sa fille Pamela, creusons un peu votre partie des faits. Mais auparavant, j'ai terriblement faim... Nous pourrions faire une pause pour casser la croûte ? Je vous invite...

— Laissez ! Vous êtes le genre de personne à tout payer avec le crédit... C'est une façon que les forces de répressions gouvernementales ont de nous retracer, nous suivre à la trace et connaître nos moindres faits et gestes, faiblesses, vices et déviances... Vous avez une certaine somme en liquide sur vous ?

Alberta sonda son sac à main, en prenant grand soin de ne pas trop aggraver son fouillis collégial habituel. Elle fit un sommaire départi entre ses tubes de rouge à lèvres, sa trousse de mascara, sa brosse à cheveux, de vieilles factures d'épicerie, des friandises coupe-faim et d'autres objets usuels pour une jeune dame à la mode, pour y retrouver une poignée de petite monnaie :

— Assez de liquidité pour un repas et deux barres énergétiques, sans plus...

— J'en serais quitte pour une bonne disette ! Je suis cassé comme un clou rouillé ! Moi qui ai horreur de ces trucs bios ! Je vais vous demander une étrange faveur... Combien pouvez-vous retirer, comme avance de fond, avec cette carte ?

— Je n'ai pas ce service, enfin... Mon père est le débiteur légal, il fait les paiements intégraux et m'envoie du fric via *Western Union*... Mais il n'aime pas me voir trimbaler une forte somme sur moi alors, il m'a offert cette carte or, elle passe partout... C'est un homme inquiet de nature, mais très prévoyant... On pourrait faire un achat et partir loin de cet endroit juste après...

— J'aurais un plan... C'est nécessaire d'avoir votre accord, car votre père pourrait avoir un paiement salé. Mais je ne vous le répéterai pas assez... il est question ici d'une ultime nécessité de les semer... Me laisseriez-vous votre carte ?

— Pour en faire quoi ?

— Un crédit or avec une forte limite pourra nous fournir jusqu'à mille dollars sur le marché noir. Ensuite, dès que nous le pourrons, nous avertirons discrètement votre père pour qu'il déclare la carte volée ou fraudée lorsque nous serons en lieu sûr... Une chose est certaine pourtant, la personne qui l'utilisera lancera des fausses pistes et brouillera les nôtres...

Alberta fronça les sourcils, leur donnant des airs interrogateurs :

— Vous êtes sûr de votre coup ? Ce n'est pas un problème pour mon paternel de perdre un peu d'argent, mais ce n'est pas frauduleux que tout ceci ?

— Mlle. Prescott, vous êtes un ange ! Faites-moi confiance, il suffira de trouver une bande de criminels asiatiques via Internet, j'ai mon ordinateur portable sur le siège arrière. Il faut juste le brancher à un réseau wifi commercial avec ma clé mobile Internet... Mon portable est piraté de façon à être pratiquement indétectable... Mais avant tout, dites-moi tout de votre histoire. En commençant par le début...

En combinant leurs maigres connaissances, ils purent échanger leurs informations. Alberta fit, avec brio, un contre-rendu complet de ses trouvailles sur le Web. Allan eut toute une surprise en entendant la cassette audio de l'entrevue musclée avec Martinstein. Un interrogatoire serré où il pouvait comprendre aisément, on le serait pour moins, pourquoi Martinstein voulait la pourfendre avec son scalpel de chirurgien, en plein milieu de l'après-midi, sur le terrain même du stationnement de sa clinique. Il réussit à la dérider un peu et ils en plaisantèrent ! Une certaine chimie s'installa.

Allan conta son périple dans une soute à bagages et son voyage rapide, par l'entremise d'un contact. Un record, selon lui, de faire Boston-San Francisco en quatre heures seulement. Dès son arrivée, il se dégotta un véhicule. Il délimita les lieux jusqu'à ce qu'il retrouve la demeure de la jeune dame, plus tôt qu'il ne l'avait prévu. Il avait garé sa voiture en biais, apercevant une armée de flics s'affairant à l'adresse qu'elle lui avait remise, il eut peur d'être arrivé trop tard. Il fut soulagé de la voir, sur le pavé, à flâner autour d'une vieille bagnole noire. Il l'a reconnue aisément,

154

par les photographies qu'il dénicha d'elle en piratant certains organismes gouvernementaux ainsi que la page Web de la Régie routière de la province de l'Alberta. De plus, via les réseaux sociaux, il avait réussi à se faire un solide profil physiologique et psychologique d'elle. Il lui filait le train depuis. Elle ne le remarqua même pas à l'auberge de jeunesse, lorsqu'il l'a surveillait. Elle fut amèrement déçue d'elle-même. Pourtant, lui avoua-t-elle, elle croyait se prémunir de toutes les précautions pour éviter d'être suivie. Dans l'ombre, il veillait sur elle. Il l'a trouva fortement courageuse de la façon dont elle avait pris le taureau par les cornes, à la clinique, et le dossier qu'elle monta en si peu de temps. Ses recoupements logiques et les aboutissants qui lui permirent de relier Manlow à ce réseau d'adoptions illégales.

Mais pour elle, l'aventure devait-elle se terminer ici ? Malgré sa grande volonté et son obstination ? Elle n'était tout simplement pas de taille à en dépiquer avec eux... Et lui encore moins ! Il savait parfaitement que sa survie dépendait d'un vulgaire *bluff*, un baratin qui lui avait probablement sauvé la vie depuis...

Mais Alberta ne changea aucunement d'avis à l'égard des judicieux conseils d'Allan. Bien au contraire, les réprimandes d'Allan ne lui firent que monter l'envie d'en découdre avec ces vauriens... L'histoire, entourant la disparition de la petite Pamela, lui rappela amèrement l'absence de ses deux filles... Un retournement brusque, concédé dans cet instant de faiblesse, lui arracha une vaine promesse de continuer avec elle pour une ultime tentative. Allan Sexton était, malheureusement pour lui, l'homme d'une seule parole...

Ils se rendirent à la falaise de *Point Reyes*, une localité tranquille de l'autre côté de la baie de San Francisco. L'endroit surplombait l'embouchure de la rade et, de leur position, ils pouvaient admirer le soleil qui lentement s'affaissait dans l'océan Pacifique. Les bouées de signalisations tanguaient au gré des flots. Une brise poussait de sombres nuages, venant de l'Ouest. Ils annonçaient de fortes averses pour bientôt. Au loin, vers les lieux populeux et les multiples habitations, de petites veilleuses commençaient à poindre au travers du brouillard causé par la pollution des grands centres urbains.

Alberta, silencieuse et songeuse à la fois, appuya, vers l'arrière, sa nuque sur l'appui-tête et soupira profondément lorsque le soleil s'éteignit dans les houleuses vagues bleues. Le chant apaisant des goélands à bec cerclé produisait un effet dangereusement relaxant lorsqu'il se fondît dans la répercussion des marées montantes et fuyantes... Elle ferma les yeux, penchant le torse pour tenter d'être le plus confortablement installée afin de faire une sieste improvisée. Allan dirigea les miroirs de la voiture de façon à avoir les meilleurs angles possibles, afin d'exercer une surveillance accrue qu'il s'imposait par instinct. Dans ce déplacement de rétroviseurs, il perçut la silhouette d'Alberta, dans la réflexion de la glace. Il sentit son cœur battre violemment dans sa poitrine et avoir des papillons dans les tripes. Il l'a fixa discrètement quelques secondes puis continua le mouvement jusqu'à l'orientation désirée. À l'aide de petits écouteurs, il réécouta, avec intérêt, la piste audio de la mini-enregistreuse d'Alberta. Le son n'était pas de très bonne qualité, étant donné que l'appareil se trouvait dans son sac à main. Toutefois, on pouvait très clairement entendre la conversation entre Martinstein et Alberta. Allan était perplexe… sans son intervention, la demoiselle serait probablement dans de beaux draps blancs... de la morgue. Il souhaitait ardemment la protéger. Il avait encore, sur la conscience, le décès de son jeune contact homosexuel, la disparition de son ex-femme et de ses filles. Cette fois, il ne ferait pas la même erreur...

Alberta était visiblement incapable de trouver le sommeil, avec ce son ténu de bruit statique que faisaient les écouteurs mal ajustés aux oreilles d'Allan. Elle replaça, en position assise, sa personne raidit par l'inaction sur la banquette et s'étira de toute la longueur de son corps. Allan arrêta momentanément son écoute pour interagir avec elle :

— Alberta, votre amie Mylène a parlé du lieu de sa malheureuse incarcération... Elle vous avait dit qu'elle pensait que cette place devait être le Motel Colonial, d'après ce qu'elle avait remarqué cette nuit-là... Vous en avez déduit, lors de vos recherches, qu'il pourrait s'agir d'une vieille auberge, le *Colonel Inn* et que celle-ci aurait subi de lourds dommages durant un incendie... Avez-vous vérifié, de vos yeux, cette information ?
      — Non, je n'en voyais pas l'importance. L'article virtuel... Remarquez, je l'ai fait imprimer... Ça parle d'un sinistre par le feu, il y a moins de deux ans, à ce Motel et de la mort de cinq femmes enceintes... L'endroit était pourtant considéré comme désaffecté...
      — Alberta... Sacramento est à peine à une heure d'ici par la route *National 80*... Cela ne devrait pas être trop difficile de trouver ce chemin secondaire 16... Direction Est ! Allons-y !!!
      — Que pourrions-nous découvrir là-bas de si important ?
      — Laissons ce soin à la Divine Providence, ma chère !

Allan empoigna son ordinateur portable et y fit quelques recherches. Il ne fut guère surpris de constater que cette localisation, jadis habitée, était dorénavant biffée de toutes les cartes virtuelles touristiques et même des guides comme *Google Earth*, où l'emplacement exact ne contenait qu'un rectangle flou. Le genre d'acharnement que l'on fait pour les bases militaires ou les sites stratégiques. Il dut prendre conscience qu'au-delà de cette logique apparente, il y eut une réelle tentative de faire disparaître cet endroit de la surface de la Terre. On s'y était ingénié avec tant d'effort que ça frisait la paranoïa et ce, en employant des techniques de l'ordre des organismes gouvernementaux. Sexton fit la rapide déduction que cet emplacement cachait bien d'autres choses qu'un simple repaire de malfrats organisant des accouchements pour parrainer des adoptions illégales, mais il se garda d'émettre tout commentaire prématuré. Il se devait de repérer l'endroit et d'inspecter les lieux d'abord.

Le soir céda à la nuit qui tardait à venir. Alberta réussi à s'assoupir quelque peu et Allan retraça toutes les précédentes recherches de la jeune dame, pour voir si elle ne s'était pas trompé sur la réelle association entre Manlow et Martinstein, avant de partir vers ce mystérieux *Colonel Inn*...

La trahison du féal Judas

C'est un Ackerman déconfit, les épaules affaissées, qui prit lentement les escaliers de secours du luxueux hôtel jusqu'à l'attique conduisant aux dernières suites. C'est un condamné à mort, au corps suintant de sueur qui entra dans l'ascenseur privé vers les appartements de Manlow. Les agents de la sécurité exclusive de son maître n'avaient pas le sourire facile habituellement. Cette fois-ci ne fit pas exception... Il devait laisser ses armes en consignation. Il n'avait jamais été affecté par cette sorte de procédure, par le passé. Pour lui, cela voulait dire beaucoup de choses... Il prit certains documents du dossier dérobé d'Alberta et les glissât, grossièrement enroulés, dans la poche intérieure de son veston de toile cotonneux. Il avait toutefois à l'esprit de vendre chèrement sa peau en plaidant, à tout rompre, sa candide innocence...

Le splendide Hôtel Keeplington longeait la côte du Pacifique, à Los Angeles. Sa stature pyramidale, gigantesque et moderne, était aussi haute que la tour Eiffel. Elle imitait vaguement la forme trapézoïdale de la voile d'une caravelle émergeant de la mer, étant plus vaste à sa base qu'à son sommet. Elle possédait 250 suites au mobilier d'époque. L'hôtel offrait une dizaine de bars et restaurants qui étaient proposés aux simples clients ou certains *diners club* qui étaient limités qu'à des membres *V.I.P.* Il y avait aussi un resto-bar, perché très haut, d'où l'on pouvait admirer la ville d'un côté et contempler le bleu de l'océan de l'autre. Le hall d'entrée était paré d'un cachet princier et garni de meubles forts anciens... Il était si abondamment climatisé que le Hollandais en frissonnait. Enfin le pensait-il ? Son tressaillement allait bien au-delà de la froideur.

Jarvis le fit entrer sans attendre. Il était gravement détendu, comme résigné à son destin. Pourtant, il avait tous les sens en éveil... Ackerman, de l'avis général, était ce que l'on appelle dans le jargon du milieu, un rogue, un tueur solitaire. Beaucoup des associés fantasques de Manlow trouvaient les méthodes grossières, de son colosse, révolues. Ils s'accordaient tous pour dire qu'il était un assassin supérieur à la moyenne, à la belle époque, mais que ses meilleures années étaient bien derrière lui...

— Tôt ou tard, médisaient et calomniaient-ils allègrement sur le compte du géant, il nous fera sombrer par la gratuité de son approche disparate !

L'incessant clabaudage faisait son chemin, les intrigues et épisodes constants nuisaient à l'entreprise du Hollandais envers ses traditionnels sous-traitants qui le percevaient, après coup, comme un cruel artiste du meurtre théâtral. De l'avis de certains, il était fiable mais déphasé, de par son opposition aux nouvelles méthodologies froides, mais combien circonspectes des services spécialisés qui empruntaient les méthodes de la CIA, l'ex-KGB de l'Union Soviétique ou même du Mossad ! Ackerman était l'homme des messages forts ! On voulait maintenant avoir des messagers rapides, secrets et discrets comme des fantômes !

Le géant se moquait bien des médisances de coulisses. Il était un mec de terrain et tous ses détracteurs détournaient leurs regards, face à lui, quand venait le temps de le confronter de vive voix.

Cette fois-ci, le vieux Hollandais le sentait dans ses tripes, sa dernière heure approchait s'il ne faisait pas gaffe. Il était de la race des survivants, comme un chat qui a neuf vies, il s'était tiré de bourdes bien pires... Mais, dans cette présente circonstance, il serait un nageur exténué et à contre-courant. Il réfléchissait sans cesse à toutes les avenues... Une seule lui parvint... Laissez venir la vague, sans se compromettre, et surfer jusqu'au sain rivage...

En pénétrant dans le bureau, il remarqua Manlow qui était lourdement assis dans le fauteuil capitaine de son cabinet. Il tenait un énorme cigare à la main, les deux coudes fermement ancrés sur sa table de travail de noyer teint. Hartland, tendu, debout comme un militaire au garde-à-vous, sembla tout à coup nerveux en présence de cette force brute de la nature. Sa présence fit un froid impalpable mais assurément présent. De longs regards s'échangèrent de part et d'autre. Ce fut, bien sûr, Manlow qui parla le premier, qui d'autre aurait osé briser le silence et la hiérarchie de cette discrète organisation invisible et sans nom. Le ton de la voix de Manlow fut empreint d'une amabilité qu'on ne lui connaissait guère, comme les acteurs shakespeariens d'une illustre académie de théâtre. Avec gravité, Ackerman flaira, dans cet air mielleux, dans ce chant de sopraniste sans talent, une singulière accolade comme le fit Brutus à César, comme le fit Juda en embrassant Jésus :

— Dowsey, mais assied toi, je voudrais éclaircir quelques faits avec toi... Depuis le temps que tu bosses pour moi... Je n'ai jamais pris la peine de te remercier...
— J'en suis touché, Monsieur Manlow, lançait-il prudemment, mais avec une touche de méfiance pour briser la vague à son avantage. Il avait une façon enfantine d'articuler sa voix et de l'adoucir pour attendrir le vieux bonze blanc. Il continua, du tac au tac, c'est que je n'ai pas encore

fini la mission que vous m'aviez confiée par l'intermédiaire de Martinstein...

Hartland, qui avait adopté un air décontracté pour ne pas ajouter plus de méfiance, croisa de nouveau ses bras inconsciemment. Un petit sourire en coin se lut sur son visage en dévisageant sarcastiquement le Sieur Manlow. Évidemment, pour le fouineur de service, le fait de prendre Manlow les culottes baissées ne pouvait que lui ouvrir des portes ou les fermer à jamais. Il se garda de dire mot en attendant la suite des événements. Manlow devint rouge vin :

— Qu'est-ce que tu radotes là ?!! Quelle mission ?!!
— Martinstein m'a contacté, Monsieur Manlow. Il m'a affirmé que vous étiez fort occupé et que cette affaire devait être faite de toute urgence...

Manlow, qui tenait plus du bouc que du renard, ne pouvait même pas flairer l'arnaque que lui tendit Ackerman. Dans son esprit, tête première, il lui bouillait déjà l'envie d'expédier *ad patres* l'infâme praticien. Tout avait, dès lors, été dit pour lui... Il expliqua, de fil en aiguille à Hartland, sa façon de concevoir les choses : le docteur Martinstein s'était servi d'Ackerman, en lui faisant croire que cette besogne devait être faite en son nom. Ackerman, toujours soucieux que les dures corvées soient faites à temps, s'était alors exécuté sans poser de question... C'était sa marque de commerce ! Il devenait évident, pour Manlow, que le crétin de Martinstein lui avait joué dans le dos.

Hartland, plus pragmatique et intellectuel que Manlow, garda ses distances et sonda le masque cireux et blême d'Ackerman, comme il le pouvait. Pour ne pas courroucer, outre mesure, le vieillard, il mit des gants blancs pour questionner le Hollandais :

— Quel fut votre mandat exactement ?
— Dois-je répondre à cette fouine-merde, Monsieur ?

Manlow cracha, le postillon facile, qu'il devait commenter sans détour et avec sa bénédiction. Ackerman, sans trop de salive, reprit de plus bel son baratin :

— Martinstein m'a dit, et je l'ai supposé, selon ses allégations, que cela venait de vous... Il m'a transmis l'ordre urgent d'éliminer des filles. Martinstein m'a dit qu'elles l'avaient, au préalable, approché pour être des mères porteuses... Elles étaient, en réalité, des « agents doubles » qui se faisaient passer pour des étudiantes sans le sou...

160

— Grotesque ! Vous mentez, lança Hartland sûr de ses sources, le géant, forcément, baratinait, j'ai personnellement vérifié toutes ces avenues et il est quasi impossible qu'il y ait actuellement une telle opération !!!

Ackerman se tourna lentement vers Hartland :

— Peut-être, en théorie, mais dans les faits, c'est autre chose... Ce que m'a claironné la petite négresse, avant que je lui torde le cou, est assez compromettant...

Manlow ne pressentit pas l'arrogance d'Ackerman et il prit cela comme une marque de sincérité. Il était confiant de ce qu'il avançait. Hartland, du coup, commença à marcher sur des œufs, ayant trop tard compris qu'il avait sous-estimé l'intelligence et la ruse de ce grossier lourdaud. Il préféra donc, lâchement, suivre la parade... Voyant la brèche ainsi ouverte, Ackerman continua, de plus bel, son abattage de foires :

— Monsieur Manlow, la Mélanésienne crépue m'a avoué que votre organisation était infiltrée de l'intérieur et non pas par du menu fretin... Mais par des « grosses légumes ». J'ai quelque chose à vous montrer...

Il sortit judicieusement les feuilles imprimées par Alberta. De multiples articles surlignés de marqueur jaune ou rose, ayant trait à sa vie publique, sans plus... Ackerman, contrôlant maintenant la situation, lui fit, comme le truc de la bille et des trois coquilles de noix, virevolter des papiers portant sur les faits et gestes de la carrière du Dr. Martinstein... À l'arrière-plan d'une des images, Manlow vit son « iconographie » cerclée à l'encre rouge... Les gens, qui avaient monté ce dossier improvisé, semblaient chercher des rapprochements entre Manlow, Martinstein et Golda Shalow, son infirmière...

— Regardez Maître... Ils ont même des machins sur moi !

Avec subtilité, Hartland étira sa nuque pour reluquer les différentes feuilles... Il ne fut guère impressionné par cette recherche via les réseaux informatiques conventionnels. Il fut soulagé de voir que rien ne sortait de ses bureaux ou des départements étant sous son contrôle. Mais Manlow semblait affreusement troublé par cette histoire...

— Hartland, lançait-il, faites le nécessaire pour que tous, je dis bien tous ces documents soient épluchés par vos services. Toutes pistes, aussi minimes soient-elles, doivent être prises avec le plus grand sérieux. Ne lésinez pas sur les coûts et les coups, je couvrirai toutes vos dépenses et toutes vos actions... Œuvrez 24/24. Retrouvez-moi cette petite pouffiasse qui a investi de force la clinique de Martinstein... Toutes les traces, toutes les avenues... Vous avez « carte blanche » !

L'agent fédéral, quoique corrompu, connaissait à la perfection son boulot et il comprenait parfaitement la portée des paroles de Manlow. Il allait enclencher la plus fantastique chasse à l'homme de sa carrière pour traquer... une étourdie d'étudiante universitaire ! En réalité, pour l'ambitieux Hartland, cela était bien mieux... pour lui ! Imaginez la chance de se débarrasser, dans une prolifique purge à l'interne, des gêneurs. Le géant Ackerman, sans le savoir, venait d'ouvrir une dangereuse boîte de Pandore...

Ackerman, se tenant penaud, offrit timidement son aide pour pister la « miss fouine », question de s'assurer qu'elle serait réduite à jamais au silence, dans la mort. Il serait navrant, pour lui, que sa version soit trop disparate de ses menteries et autres jactances... Il affirma qu'il avait déjà soulevé une piste. Sans entrer dans les détails tortueux qui lui nuiraient, il fit savoir à Manlow que le père de la fille, au Canada, semblait être très au courant de l'existence de l'ordre et dirigeait des recherches ici. Manlow, buvant toutes les inepties du Hollandais sans réfléchir, griffonna quelques notes comme pense-bête sur le bout d'une feuille. Les rides grimaçantes du vieux se contractèrent dans un rictus démoniaque :

— Ackerman... Je n'ai pas bâti mon empire pour le voir s'engouffrer par la faute d'abrutis comme Martinstein... Depuis un certain temps, je me méfiais de cet avorton... J'avais pris la terrible décision de changer nos méthodes et surtout nos manières d'agir. À l'heure actuelle, nous sommes devenus les maîtres d'une industrie très lucrative. Plus que tu ne pourrais te l'imaginer, Dowsey... Précédemment, les nouveaux adhérents à la foi de mes ancêtres n'étaient qu'une poignée... Maintenant, grâce à l'argent, les gens accomplissent leurs aspirations les plus folles... Tout cela, je dois l'admettre, je le dois à Martinstein et à son génie... Qui aurait songé aux adoptions comme moyen d'accroissement pour nos membres ! Mais le jour de ma fin approche... Je veux avoir une succession dans le temps... La pierre et l'acier sont et seront... Mon œuvre survivra à ma mort et je serai éternellement déifié... Il est temps de penser aux jeunes... Ma fille Irsa... Plus dynamique et efficace ! Depuis ce terrible incendie, catastrophique au point de faire vaciller mon ordre éternel, j'ai préparé et cherché activement un remplaçant pour Martinstein... J'en ai trouvé un bon, un généticien qui fera parfaitement l'affaire ! Pol a, parfois, de bien étranges façons d'agir... Il a fait son temps... Va, il est à l'Hôpital Civique de San Francisco... Il a été renversé intentionnellement par des gens qui nous veulent du mal... Qui souhaite détruire mon rêve... Va... Sans remord et sans lui expliquer la raison... Il a fait sa mission ici-bas... Il serait navrant qu'il se confesse avant que la peur de mourir ne lui fasse débiter les choses qu'il ne faut jamais dire !

*
* *

Une pluie chaude et torrentielle tombait depuis une heure sur la côte Ouest de la Californie. La fin de l'été avait été fort éprouvante. Septembre semblait retenir les moiteurs de la belle saison. Une chaleur démentielle avait, sans délicatesse, imposé un presque état de crise à une population tenue en otage par cette affreuse canicule. Cette période ardente et incendiaire avait littéralement paralysé, avec une dose de véhémence, les autorités en place. Plus au sud, il y avait des feux de brousse qui menaçaient maintenant de riches quartiers cossus d'acteurs et de millionnaires. Un millier de pompiers combattaient des incendies d'origine indéterminée qui avaient déjà détruit quelques 400 hectares de broussailles au nord de Los Angeles. Plusieurs blessés avaient été signalés dans l'après-midi et les hôpitaux ne fournissaient plus. Les flammes, contenues en grande partie par les sapeurs-pompiers, touchaient le territoire de la Forêt nationale de Los Angeles et ne se propageaient, heureusement, que très lentement grâce à l'absence d'une grande brise.

Les autorités avaient ordonné l'évacuation de 650 habitations dans cette zone par le *Los Angeles County Fire Department*. Les soldats du feu s'efforçaient d'endiguer le sinistre avant le crépuscule, moment où les bourrasques se levaient dangereusement vers le Septentrion.

La Californie était fréquemment ravagée par des incendies d'étendues boisées et de broussailles en raison des vents de *Santa Ana,* ces rafales chaudes et sèches qui apparaissaient en Californie du Sud durant l'automne et le début de l'hiver et qui remontaient vers le nord du pays. Il y avait aussi l'urbanisation rapide des régions rurales et des zones fortement forestières qui augmentait considérablement le risque d'embrasements accidentels. Cette année-là, à cause de la grande sécheresse, tous les ingrédients étaient concentrés pour la recette d'un culminant désastre. Seulement en juin et juillet, quelque 1500 brasiers avaient frappé la Californie, détruisant 4700 km^2 de végétation. Selon les responsables de l'État, le pire était passé, mais le soleil persistait à punir les Californiens par son incroyable ardeur et son assèchement démentiel. Les hôpitaux étaient débordés par les coups de chaleur et la déshydratation de personnes fragiles à ce climat. Plus au sud, des feux de forêt avaient calciné de bonnes portions des boisés âgés et secs donnant un air chargé de carbone... Pour toutes ces raisons, tous acclamaient cette averse salvatrice en remerciant les cieux. Les incendies étaient pratiquement maîtrisés. L'épais smog de fumée noirâtre succombait devant cette pluie tropicale. Mais il restait un fait indéniable... l'humidité et la touffeur feraient, au prochain lever de l'astre solaire, une titanesque serre qui emprisonnerait encore plus la chaleur...

L'orage battait toujours son plein quand Allan et Alberta prirent la sortie de la route secondaire 16, en direction de l'Est. Ils comprirent aisément pourquoi on la surnommait « route secondaire ». Depuis longtemps, on y avait fait de multiples réfections. Le pavé était tapissé de crevasses et lézardé de fentes béantes telles les brèches de Jéricho. À chaque excavation naturelle, la voiture faisait d'énormes éclaboussures de boue en étant secouée, malgré ses amortisseurs. Les essuie-glaces avaient peine à repousser les assauts de ce déluge et encore plus ce flot de bourbe limoneuse. L'abat orageux faisant ses ravages, le chemin devint tout à coup plus tortueux et glissant. Des coups de tonnerre suivaient des éclats violacés. Un stroboscopique spectacle de sons et lumières s'opérait comme une composition céleste orchestrée avec une logique implacable...

De fortes bourrasques faisaient tanguer les arbres à se fendre. Ce décor cauchemardesque amenait Allan à regretter de ne pas avoir loué une camionnette tout terrain. La voiture arpentait les sinueuses courbes avec une énorme difficulté. Seuls l'habileté manuelle et les réflexes du pilote empêchaient le véhicule de tomber dans le fossé. Alberta devint inquiète de voir le trajet accidenté, ce qui ne le contrariait pas d'ironiser :

— Qu'est-ce que ce motel ? Un chalet de brousse ! Je rêve ou l'on est en plein safari ?!!

Sexton ne prit nullement la peine de calmer Alberta, il était trop concentré sur la conduite pour se laisser distraire par une discussion stérile.

— Elle a voulu me suivre, pensait-il, qu'elle en subisse les conséquences alors !

Allan avait reçu un entraînement particulier durant sa carrière militaire. Ses nerfs d'acier faisaient contraste avec la douceur féminine d'Alberta. Pourtant, celle-ci ne dédaignait pas conduire avec rapidité et vitesse, mais dans des situations climatiques excellentes et sur des lignes droites ou aux courbes légères.

Soudain, le déluge s'estompa quelque peu pour se transformer en une fine bruine nocturne. Comble de malheur pour Alberta et Allan, un brouillard dense s'éleva dans les boisés et les plaines environnantes. C'était un malencontreux résultat de la moite chaleur et de l'eau de pluie. Seul l'éclairage de la voiture illuminait vers l'avant. Alberta frissonnait d'un effarement craintif lorsqu'elle fixait le décor qui se dessinait sur son flanc, comme un explorateur de lointaines planètes qui se risquerait à lorgner un monde étrange, et gazeux, au travers de son hublot. Elle se laissa aller à des peurs irrationnelles et instinctives en s'imaginant des scénarios dignes de films d'épouvantes où les morts-vivants côtoyaient notre univers, tels des rôdeurs silencieux, à la recherche de belles petites collégiennes à dépecer...

Allan ralentit la voiture à la croisée du chemin. Il détacha sa ceinture de sécurité et sortit du véhicule, sans répondre aux interrogations énergiques de la belle dame qui s'évertuait maintenant à lui faire comprendre qu'ils étaient perdus. Il s'éloigna de quelques mètres de l'auto et prit une affiche qui traînait sur le sol, enseveli partiellement par un amas fongique de feuillages en décomposition : « *Motel Colonel Inn 2 miles* ».

— Voyez Alberta, nous ne nous sommes pas fourvoyés... C'est juste que l'on ait délibérément isolé ce lieu en laissant la nature reprendre son droit !
— Mais, rien dans le récit de Mylène ne faisait mention d'un trou sans plèbe, perdu de la sorte !
— C'est qu'il doit être ardu, selon la version que vous m'avez faite des péripéties de Mylène, de prendre conscience de son environnement les yeux bandés... Ainsi couvert, et j'en ai fait moi-même l'expérience par le passé, on dérègle tout sens d'orientation et l'on croit toujours tourner en rond. Après un court laps de temps, notre discernement en fait de direction n'est plus qu'une vague intuition mémorielle. C'est impossible, sans repaire fixe, de retrouver le chemin inverse dans de telles conditions... C'est la raison pour laquelle elle n'a pas eu de détails secondaires, comme l'air pur d'une brise de la nature ou la fraîcheur des forêts, le jour ou la nuit, une musique de la radio ou une émission de ligne ouverte qui donne des balises précises dans le temps, etc. Ils n'avaient qu'à faire marcher la climatisation à fond... Ce genre de son calme ressemble à un bruit blanc, qui affecte inconsciemment, après une durée plus ou moins longue, le cerveau qui est privé de la plupart de ses sens... Nous y allons ?

Les cinq supposés derniers kilomètres furent pénibles pour la suspension de la voiture. D'énormes troncs jonchaient la voie. Après le sordide sentier de cloaque vaseux et recouvert de fanges nauséabondes, ils se retrouvèrent à l'orée d'un boisé qui entourait, en grande partie, ce qui avait été, dans un passé incertain, un très beau domaine. Ils abordaient les structures, toujours solides, d'une villa de style espagnol. L'édifice, quoique noircit par une suie noire et envahit par une végétation sauvage, donnait signe qu'il trônait encore princièrement comme une *hacienda* du 19ième siècle. Une aile, sur deux étages, sortait de son flanc comme une extraordinaire lance plantée mortellement dans la hanche d'un brave chevalier. Ce complexe, en forme d'équerre, recelait, en son sein, une piscine asséchée et un court de tennis en terre battue tout rabougri par le temps. Devant le stationnement de l'établissement était toujours levée, comme un menhir, l'énorme enseigne de panneau-réclame, qui devait, à la belle époque de ce manoir, éblouir en grandes lettres lumineuses :

« *COLONEL INN'S HOUSE*
Welcome to the Colonel's Lounge »

Alberta braquait, sur cette affiche commerciale, un éclatant jet phosphorescent de la *mite-lite* que lui tendit Allan. Elle reproduisait machinalement chaque lettre à l'aide du faisceau lumineux, suivant les pourtours comme pour leur donner vie à nouveau. Allan prit, dans le coffre du véhicule, un performant appareil photo numérique et une minuscule, mais robuste, lampe de poche de type militaire. Il fit sursauter Alberta, qui était déjà craintive en ce lieu sombre et désertique. Il vérifia, dans un mouvement aussi hâtif que brusque, que son arme à feu fut bien chargée et prêt à tirer. Il incorpora la petite torche électrique à son pistolet grâce à une attache spécialement conçue à cet effet et dont se servent les policiers et les militaires pour insérer leur système d'éclairage et libérer ainsi une de leurs mains. Elle n'aimait pas qu'Allan se trimballe en pointant, braquant un Browning éblouissant balayant d'un jet lumineux au cœur de la nuit brumeuse... Pourquoi réagissait-il ainsi ?

Il lui fit un léger hochement de la tête en déformant paternellement la joue pour faire savoir que tout irait à la perfection... Ce qui ne la rassura en rien ! Elle émit une boutade sur la façon dont ils se mouvaient, tels Mulder et Scully dans X-Files.

Le bâtiment principal, ainsi que son annexe, qui ne semblait contenir que des chambres sur deux étages, desservis par un long corridor interne, avait toutes les fenêtres et les portes placardées. Comme si l'on avait imposé le silence à autant de bouches et clôt autant d'yeux... Le plus étrange, c'était que certaines condamnations des fenestrations dataient d'avant l'incendie. Transformant autant de salles en cellules carcérales. On pouvait accéder à la mezzanine du deuxième par un corridor extérieur, faisait le tour du complexe, jusqu'à l'emmarchement central qui se trouvait à l'intérieur, mais aussi par deux cages d'escaliers qui étaient tenues fermées par de solides chaînes cadenassées qui rouillaient sous l'effet du temps. L'étage supérieur de l'architecture madrilène, à la vue qu'ils avaient de l'extérieur, semblait être, en pure supposition, l'endroit où était détenue Mylène Gilmore. Alberta porta une attention particulière aux dizaines de paratonnerres qui ornaient le toit de la villa hispanique. Ce fait inhabituel frappa son imagination mais elle se remémora qu'elle avait lu, dans un manuel d'histoire ou de science, elle ne s'en souvenait plus très bien, que dans les lieux isolés et sujets à des orages fréquents, on devait garnir les édifices de telle manière à dévier la foudre par mesure de sécurité. Aussi par superstition, disait-on, l'éclair ne tombant jamais deux fois au même endroit, on devait se prémunir d'autant plus des punitions célestes de Zeus que des aléas de la nature...

Après une tournée extérieure pour trouver une entrée facile, Allan se résout à prendre, sans aucune délicatesse, un élan foudroyant et, de son pied, enfonça violemment la porte d'accès du bâtiment. Le bois pourri, par l'humidité, n'offrit aucune résistance. Allan, ayant surévalué la force nécessaire, manqua de perdre pied. Alberta, par un vif réflexe, retint le malheureux d'une vilaine chute. Il en était quitte et cacha son malaise car il n'était pas habitué à l'échec et dû ravalé sa fierté sinon son orgueil. Pour ce qui est de l'entrée principale, elle dévoila rapidement tous ses secrets. Tout le rez-de-chaussée avait brusquement flambé. Allan, après de rapides déductions d'ordre purement technique, informa Alberta qu'on avait sciemment mis le feu à l'endroit, à l'aide d'un accélérant, comme de l'essence... De plus, il reconnut les impacts particuliers faits par des grenades incendiaires et des cocktails Molotov.

La place, sans que l'on sache pourquoi, avait une aura morbide... Les plus pragmatiques affirmeraient, par psychologie appliquée, qu'un tel lieu, témoin de cinq êtres présumés brûlés, influençait forcément toute réaction arbitraire à concevoir, dans un site orné d'un pareil passé tragique, une localisation malsaine par défaut. Les gens, intellectuellement moins logiques, répondraient dans un élan de cœur qu'il n'y avait pas eu cinq victimes, mais bien dix... Elles étaient, selon l'article trouvé par Alberta, toutes enceintes. La mort d'une vie innocente est, pour les personnes sensibles et saines d'esprit, l'acte le plus atroce qui soit...

Par de lents cercles concentriques, les têtes d'Allan et d'Alberta sondaient, de leurs yeux, toutes les parcelles de l'endroit. Ils scrutaient avec un hébétement enfantin, mais de façon sérieuse, le ténébreux hall d'entrée. Tout y était calciné. À une évidence près, l'incendie, dévastateur, avait monté en vitesse les marches de l'escalier central et bloqué les gens qui se trouvaient au deuxième étage de la villa. La fumée avait investi rapidement le niveau supérieur, asphyxiant les malheureuses personnes assiégées par les flammes cruelles ainsi cloitrées dans leurs prisons dorées.

Alberta se tenait, stoïque, au centre de la pièce. Ses mains jointes, au bout de ses bras repliés, lui conféraient des allures de sainte nonne en prière... Priait-elle ? Sommes toutes, le silence de ses lèvres camouflait de bien redoutables et épouvantables pensées. Elle était trop bonne d'âme pour, gratuitement, oser imaginer d'effroyables visions d'horreurs et de souffrances. Mais en ce lieu, les yeux ouverts à contempler concrètement des images ne servant qu'à terroriser les plus endurcis et les plus coriaces, elle réalisait le mal qui rôdait... Prise dans ses torturantes pensées, elle n'entendit pas Allan qui l'interpellait, et ce, à plusieurs reprises. Avec un profond soupir, elle sortit de sa torpeur qu'elle s'était, elle-même, imposée.

Ils bondirent comme des chats, après qu'Allan eut sondé la solidité des marches, vers l'étage supérieur. Alberta eut une impression de déjà-vu, tant l'endroit concordait avec le récit de Mylène. Le second plancher avait été épargné par les flammes bien que les murs fussent assez roussis et que le tapis, imbibé jadis d'eau des gicleurs, eût une invasion prolifique de spores et de moisissures de toutes sortes. Ils eurent la dérangeante aperception de violer une scène restée vierge depuis le tragique évènement. Alberta, à chaque fois qu'Allan ouvrait, par une forte poussée, la porte d'une chambre vide, avait une incohérente et illogique phobie d'apercevoir, affalée depuis peu sur les matelas détériorés, les restes des victimes, corps inertes laissés là pour une postérité quelconque... Son imagination débordante lui faisait voir des ombres mortes, dans les moindres recoins des chambrettes.

Dans les cabinets d'aisance, il y avait, comme l'avait spécifié Mylène, des trappes d'aération permettant, à faible distance, d'écouter sans discrétion les autres pièces. Ils trouvèrent aussi une salle de rangement, qui devait servir d'aire de repos au personnel de l'époque. Il y traînait là une petite table et de vieux sièges rapiécés, de très bonne qualité, comme s'ils n'étaient plus convenables pour les clients mais faisaient encore l'affaire des employés paresseux. Le local contenait une série de casiers métalliques, au nombre de six, tous de couleurs gris mât et datant du début des années 60, les pentures grinçantes étaient toutes rouillées ainsi que l'intérieur de ceux-ci. La peinture, écaillée, laissait place à une rouille rugueuse. Les cases étant vides, ils continuèrent d'investir les autres portes du long corridor aux issues contiguës jusqu'à ce qu'ils reviennent à leur point de départ. Le couloir faisant la forme d'un rectangle parfait.

Devant cette massive et dernière barrière aux huisseries richement décorées et capitonnées, qui leur semblait être la salle centrale de la structure, Allan, sondant la dernière poignée, ne pouvait, dans les limites d'une force acceptable, venir à bout de la ferrure du solide huis en bois de chêne. Il gageait, misant à la blague :

— Ma belle ! Je suis prêt à parier ma chemise que nous nous trouvons devant le cabinet de Martinstein !
— Que vous êtes adorable, Allan... et des plus perspicace ! C'est la seule pièce que nous n'avons pas encore fouillée sur cet étage !!!

Alberta, soudainement prostrée, s'enfonçait dans la salle juste à côté du bureau. Elle se tenait là, debout, dans ce qui avait probablement été la chambre de Mylène pour un temps. Les murs étaient très écaillés, mais on pouvait toujours y voir les teintes d'un pastel rosé... Elle y fureta du regard et revit, imaginairement, toute la scène. La petite salle de bain, la trappe d'aération donnant sur la pièce de Martinstein... Tout y était exactement comme elle l'avait narré.

Sans trop de surprises, c'est au troisième coup d'épaule d'Allan que la porte céda, non sans laisser un léger malaise au soldat qui, se servant de son corps comme un bélier, avait sous-estimé la solidité de cet accès, tel un solide portail qui craqua sous les puissantes frappes. Ils furent, dans un ébahissement et un certain étonnement, stupéfiés de l'état de conservation des lieux. Alberta longea les murs et fut appâtée par la décoration similaire à celle de la clinique d'avortement. Les parois de briques d'un gris mât et des ornementations décadentes ou pédantes selon le point de vue exprimé.

Elle fut attirée par la cloison de gauche où il y avait une reproduction accrochée. C'était inspiré d'une gravure du 18è siècle, sur la nativité du Christ. Alberta avait déjà étudié l'histoire de l'art et l'œuvre original lui était bien connu. Quelques détails la différenciaient de l'original et captèrent, plus à fond, son attention. Les trois rois mages, trimballant les traditionnels présents, avaient de grotesques tiares sur la tête et étaient tous vêtus de la même façon, avec des bures sombres et violacées aux symboles astrologiques. Ils transportaient tous un nouveau-né dans leurs bras, la face devant. À la place des yeux, il n'y avait que des noircissures, comme s'ils n'avaient pas d'orbites oculaires. Le berceau du petit Jésus était vide; le bœuf et l'âne étaient remplacés par deux léopards au repos aux iris incandescents. L'œuvre, à l'huile, était griffée d'une main brusque et acariâtre de « Irsa ». L'énorme toile se tenait au centre d'autres pyrogravures, plus modestes et plus récentes, plus modernes et laminées.

Elle porta ensuite une considération particulière à ces gravures reproduites. Ces œuvrettes étaient le fait d'un obscur artiste géorgien, Gurgan Gregorisavicht, graveur méconnu de l'ère pré-communiste, à l'époque où le judéo-bolchevique ne faisait que comploter, en sourdine, une vague conspiration au cœur de l'empire tsariste. Les barbouillages de Gregorisavicht, étaient très recherchés par une élite artistique, gratin habitué à des « masturbations intellectuelles » pour taxer les choses les plus saugrenues, loufoques, inutiles et risibles d'un adjectif digne d'une parfaite perfection. Ces gravures stylistiques étaient, pour le commun des mortels, franchement horribles et grotesques. Ils regroupaient tout ce qui avait de primitifs dans l'art mélanésien, d'adeptes de cannibalisme ou purement préhistorique et sans goût. On ne savait trop quoi penser en voyant ces horreurs ! Des scènes caricaturées de l'existence campagnarde, à l'époque médiévale, où il y avait, sans logique, çà et là, de subtils dragons, griffons et différentes chimères, imbriquées dans les motifs de maisons, d'arbres ou dans les détails de nuages, brefs, un peu partout et de manière récurrente, dans toutes ses œuvres. Ces créatures dévoraient, à grandes et belles dents, les gens des tableaux qui semblaient en ignorer complètement leurs présences. Le tout à l'insu des autres personnages des planches, qui ne faisaient que vaquer à des tâches usuelles de la vie de tous les jours.

Alberta, ne pouvait s'empêcher de penser que seul un tordu de première espèce pût trouver, dans ses ouvrages à la méthodologie infantilisée ou purement arriérée, quelque chose de positif et avenant...

Allan, de nature plus concrète et utilitaire, sonda les tiroirs du bureau et celui des classeurs à la recherche d'archives pouvant directement relier les mères porteuses aux familles adoptives de manière à prouver, dans un premier temps et hors de tout doute, la maternité de Mylène et ses droits pour la garde légale de l'enfant. Avec une telle information, ce drame aurait connu un dénouement rapide et, somme toute, heureux. Le destin en voulait autrement. Aucun document n'était présent. Il était évident qu'on avait délibérément transporté ailleurs les dossiers et autres paperasses. Allan retrouva, à la lueur du faisceau de sa lampe, une clé ronde et courte qui était enserrée entre le caisson du meuble et le fond du compartiment. Cette clé était très semblable à celles qui verrouillaient les congélateurs domestiques, lorsque la mode était de tout verrouiller et de toujours perdre les précieux trousseaux.

Il découvrit aussi une vieille et banale carte postale d'un célèbre édifice boursier, l'*International Business Corporation*, du quartier des affaires de New York. Le genre d'objet avec un gros plan d'un gratte-ciel que l'on remet en souvenir et qui ne sert pas à grand-chose. Sa joie fut de courte durée en voyant que l'endos était vierge de toutes informations... Mais il dégotta quelque chose de plus intéressant. Il trouva une enveloppe à l'en-tête de la clinique de Martinstein avec, sur l'une des deux faces, un numéro de téléphone inscrit à l'encre ainsi que les initiales rapidement griffonnées de « G.S. » Le numéro était écrit avec l'indicatif régional de San Francisco... Machinalement, il glissa le tout dans l'une de ses poches et questionna Alberta sur la possibilité de l'existence du local d'opération :

— Selon les dires de Mylène, elle avait bien fait mention d'un bloc opératoire et d'une salle de réanimation ? Nous n'en avons pas trouvé à l'étage !

— J'avais oublié de vous dire un léger détail... Elle m'avait justement parlé d'un petit monte-charge métallique ou en acier inoxydable. Quelque chose de très mat avec beaucoup de traces de manipulations tactiles, je crois... Je n'avais pas pensé la questionner plus sur ce fait anodin. Tant j'étais déroutée d'entendre de sa bouche les horreurs et machinations de ces sadiques. Je me serais sentie mal à l'aise de lui demander de tels détails... On ne pourra pas trouver cet endroit à cause de ma pudicité chaste et mon manque de perspicacité !

— Je crois savoir où serait ladite place en question Alberta... Suis-moi !

Allan revint sur ses pas. D'une démarche assurée, il pénétra dans le local de rangement et, sans crier gare, poussa la série de casiers qui se renversa dans un vacarme fracassant, sans prendre garde de démontrer sa fureur à vaincre le temps. Comme il l'eut espéré, ils n'étaient pas vissés au mur. Derrière ceux-ci, il découvrit effectivement un ascenseur de service. Assez gros en hauteur et en profondeur pour contenir une large civière et deux personnes. Il était actionné par une clé de forme circulaire. En une fraction de seconde, Allan l'essaya et elle s'imbriqua à la perfection dans la serrure. Malheureusement, comme il n'y avait plus de courant électrique dans l'édifice, la porte du monte-charge resta close.

— Avec un peu de chance, nous trouverons une nouvelle issue !

Alberta haussa les épaules, presque heureuse de ne pas être obligée d'emprunter ce cercueil chromé. Non pas par souci de simples règles élémentaires de sécurité, mais bien pour ne pas vivre le même calvaire, l'angoisse identique qu'avait connue Mylène et, par extension, beaucoup d'autres femmes forcées de confier leurs petits chérubins, souvent à la suite d'un terrible accouchement ! Alberta, fiévreuse, laissait son imagination prendre le dessus sur la raison...

L'aile du bâtiment, contenant de modiques chambres, ne donna rien de nouveau comme information, sauf pour ce qu'elles recelaient, épars dans les décombres. Dans chacune d'elles se trouvaient des vêtements féminins, avec des pointures parfaites pour différents stades de la maternité. Ils se dirigèrent à quelques pas de l'entrée principale, déterminé à trouver un autre accès pour le sous-sol. Aucun soupirail ou ancienne trappe à charbon ne fut retrouvé ou tout avait été scellés sous d'épaisses couches de béton armé. Après tant de remue-ménage dans les débris calcinés ou tout simplement carbonisés, les deux comparses avaient des allures de mineurs tant leur personne était malpropre. Allan, avec un intérêt qu'il cachât mal, commença à taquiner Alberta sur la saleté maculée de ses vêtements et sur la manière dégoûtée qu'elle-même semblait dégager. Elle fut, avec une certaine gracilité dans ses gestes teintés de féminité, maladroite à souffler inlassablement la même mèche de cheveux, en espérant libérer assez sa vision sans avoir à manipuler sa belle tignasse de ses mains noircies et mâchurées de simili charbon. Il se tint silencieusement devant elle. Gentiment et avec une apparente dose de courage et d'impolitesse, il tenta, tendrement, à l'aide de son index, de débarrasser la vue de celle qu'il appelait, d'une parole tendre et affectueuse, « sa petite duchesse ». Alberta fut émue, sinon outrée de ce mouvement soudain et spontané de la part de son protecteur. Une gêne irrationnelle l'envahit et elle se détourna d'Allan. Il perçut ce comportement comme une forme de refus globale à ses subites avances. Face au malaise naissant, il fit, avec une galanterie innée chez lui, volte-face et sut, à son avantage, tourner la situation en plaisanterie collégiale. Sa désopilante hilarité étant contagieuse, ils se mirent à rire à gorge déployée... Lui d'un ricanement moqueur, tel un marsouin et elle d'une esclaffe fauve et toute féline. Ils sortirent pour sentir la froideur de la nuit...

Elle prit sa main et s'approcha de lui avec lenteur. Lui, se rapprocha d'elle avec l'assurance d'un conquérant. Elle se blottit chaleureusement dans ses bras musclés. Ils s'embrassèrent passionnément et goulûment, mais avec classe et respect, comme le ferait un prince charmant à sa princesse à la fin d'un récit. Avec une soudaineté infantile, telle de jeunes jouvenceaux à la découverte de l'amour, il lui prit la main dans un mouvement empli d'ardeur et de tendresse à la fois. Ils coururent ainsi, main dans la main, à quelques mètres de là. Assez pour ne plus sentir l'haleine fétide de ce lieu de mort... Ils se regardèrent le temps d'un instant, qui parut, pour lui, la durée d'une infime seconde et pour elle, une éternité...

Comme un vulgaire garçon de ferme, il lança une exclamation libératrice de victoire. Sans gêne il l'enlaça en la faisant virevolter tel un patineur de fantaisie le ferait à sa partenaire. Alberta, la surprise passée, craignait qu'il emploie son arme à feu pour tirer un peu partout dans les airs, comme le faisaient les cow-boys d'opéra du cinéma et de la télévision pour célébrer sans façon. Il se mit à la fixer passionnément, son regard de soulagement se communiqua à elle. Elle avait répondu à son amour. Elle perçut ses émotions d'apaisement et, étant seuls, tous les deux, au milieu de nulle part, elle fit de même et cria à son tour de toutes ses forces comme pour chasser d'elle le malaise persistant de son âme... Vaincre moralement les affres silencieuses du *Colonel Inn.*

— Heureusement, pensait-elle, qu'il n'y a personne en cet endroit.

Car les deux nouveaux tourtereaux feraient, à cet instant, figure de jeunes et éphèbes écervelés... Dans un profond silence, ils se regardèrent avec une véritable affection. Les yeux magiques d'Alberta brillaient sous les reflets miroitants de la lune... Le brouillard s'était estompé et la fraîcheur de la nuit procurait des frissons aux amoureux. Aucun mot n'eut à sortir de leurs gosiers... Elle perçut la tristesse d'Allan errer dans une mélancolique solitude et lui, saisit qu'elle ne se donnerait qu'à un seul homme... qu'elle s'était toujours réservée pour l'amour de sa vie. Leurs cœurs maintenant battaient en même temps à l'unisson... Allan venait, en l'espace d'une minute, de comprendre le sens profond de son existence...

Ce fut l'âme légère d'Alberta qui apporta à Allan la vigueur de continuer les fouilles malgré la fatigue... Alberta, elle, à bout de force, ne se fit pas plaindre longtemps lorsqu'il lui offrit la possibilité de se reposer un peu dans le confort de la voiture. Ils prirent place dans le véhicule et partagèrent leur dernière barre énergétique. L'amour aidant, ils furent, pour l'heure, assez rassasiés. Il l'embrassa avec emballement sur la nuque, au front puis sur les lèvres. Il la couvrit de la veste qu'il portait. La chaleur du vêtement calma instantanément Alberta qui s'assoupit dans les bras de Morphée sans demander son reste.

*
* *

Manlow grelottait d'angoisse, là dans le noir, seul. Il avait ordonné à Ackerman d'abattre froidement celui qui avait été son associé et qui avait apporté un semblant d'humanisme à sa divine œuvre. Il semblait paralysé par une peur sans nom. Son majordome, Jarvis, pénétra dans l'enceinte ceinturant son bureau et s'informa du bien-être de son maître. Devant son râlement peu convaincant, il lui offrit de préparer un bouillon apaisant. Jarvis connaissait bien son patron et savait quoi dire pour le réanimer. Manlow sentit plus que la moutarde lui monter au nez, c'était une sauce de wasabi sure et pure qui lui effleurait les sinus. Rouge de rage, il se mit à invectiver le dévot domestique :

— Espèce de chaussette anglaise ! Ne me prends pas pour un de ces satanés séniles d'hospice que l'on amadoue avec des consommés de poulet de merde !

— Que Monsieur me pardonne...

— Je n'ai rien à te pardonner, sale pédale !

Le valet resta de marbre devant les invectives de son *magister* pontife. Il avait pourtant l'intime conviction d'avoir redonné vie à cette momie croupissante, mais encore bien vivante quand elle était mue par la haine et la colère.

— Puis-je faire quelque chose pour combler monsieur ?

— Apportez-moi mon téléphone crypté Jarvis.

— Bien monsieur...

— Hé Jarvis, amenez-moi aussi un bouillon de poulet très chaud ! Et pas de chichis ni de pleurnicheries !

Manlow resta pensif le temps que son maître d'hôtel de grande maison lui tende l'appareil téléphonique. Jarvis se retira pour rapporter aussitôt le chaud breuvage. Manlow attendit qu'il s'éloigne pour composer, par cœur, les numéros sur le clavier numérique. Ce ne fut qu'un long silence à écouter les sifflements électroniques du dispositif. Une voix féminine, étrange et exotique, répondit au téléphone. Le vieillard prit sa vocalise la plus tendre pour s'entretenir avec elle :

— Shirin, ma douce, chère enfant, comme tu me manques !

— Vous me faites défaut pareillement, père. Mais que me vaut cet appel au cœur de la nuit ? Il est 7 heures à New York, il doit être à peu près 4 heures du matin à Los Angeles ! Avez-vous, à nouveau, des problèmes avec votre insomnie ?

— C'est bien plus grave que cela ma fille. On a encore attenté à la vie de Martinstein. Ce clown ne fait que des bourdes !

— Mêmement la queue du serpent qui frappe après qu'on ait cogné sa tête père ? Cette vipère de Merzgin n'a pas compris la leçon que vous aviez donnée à son paternel après sa révolte contre vous ?!!

— Ah non Shirin, non, non... Au contraire, Merzgin a même imploré notre protection, car il craint qu'un assassin de Denahue rôde autour de lui ! Nenni, il s'agit d'une toute autre histoire, un groupuscule inconnu, une cellule obscure qui cherche à me frapper par l'entremise de Martinstein... Je crois qu'ils ont tenté de le faire chanter. Il a demandé à Dowsey d'intervenir, soi-disant sous mon ordre... J'ai donné la prérogative, à mon mignon favori, d'en finir avec lui !

— N'est-ce pas prématuré de céder ainsi à la colère ? La ruche, ici, n'en est qu'à ses premiers balbutiements... Nous n'avons même pas terminé la phase 2 ! Mais heureusement, le scientifique Nàndor et son équipe de généticien ont enfin approuvé votre offre !

— Il est vrai que, Martinstein partit, plus rien ne fera obstruction à la création à partir d'éprouvette ! Fini le problème des mères porteuses !

— Ce chien de juif errant se plaisait à démoraliser et décourager les parents d'adopter des enfants issus du clonage génétique en précisant, affirmant même, qu'ils n'auraient pas d'âme !

— Shirin, fais en sorte d'accélérer le projet... Les matrices de notre pouponnière de San Francisco seront bientôt prêtes à nous donner de beaux bébés. Organise-toi pour collecter les fonds avant le processus d'adoption finale... J'ai peur qu'avec la mort de ce salop de Petit Pol, nous soyons obligés de bâcler la procédure définitive... Je pense que le sommeil m'atteint de nouveau maintenant, ça me réconforte d'avoir ton aval pour faire trucider Martinstein...

— Maître, vous avez toute la bénédiction de la grande déesse. Martinstein devait forcément périr pour que notre rêve se poursuive. Pour ce qui est de votre nouveau vassal, Merzgin, je lui enverrai de bonnes pensées positives et ferai même une cérémonie de protection... Rien de fâcheux ne lui arrivera Père !

Manlow avait très bien compris la formulation de la jeune dame lorsqu'elle parla déjà du docteur Pol Martinstein à l'imparfait... Mais, au fond de lui, il maugréa en fixant le téléphone à sa base

— Il faudra plus que des pensées positives pour contrecarrer les noirs desseins de ce sombre corbeau de malheur !

La clinique de la terreur

Au cœur de la nuit, Allan s'approcha à nouveau de la construction en ruine. Il avançait à reculons, moins par le dégoût de ce monument de la mort que de devoir s'éloigner d'elle, de son Alberta chérie. Dès qu'il vit son visage, sur la photographie de son permis de conduire, à partir du moment où elle apparut à son écran d'ordinateur, il fut attiré par son regard. Mais, en sa présence, il fut totalement magnétisé par son charme et son innocence :

— Aussi longtemps qu'elle voudra de moi...

Il se remémora les circonstances douloureuses de son défunt mariage... Un amour de jeunesse, trop jeune... Son entrée dans l'armée. Elle l'avait quitté sans lui donner la chance de dire adieu à ses filles pendant une de ses périlleuses missions... L'aurait-il alors laissez plier bagage ? Sûrement... Fin limier pour rattraper les gens, il avait pitoyablement échoué pour retrouver et récupérer sa propre famille... Il se refusa pourtant de traquer éternellement celle qu'il aimait... Pourquoi ? Par un futile respect à la liberté de l'autre ? Un manque de courage de sa part ? Mais toutes les traques du monde n'auraient pas forcé son ex-épouse à revenir vers lui par amour... Combien de temps l'attendit-il en se cabrant dans un fol espoir de retour ? Combien de jours l'avait-elle attendu avant de décider de s'éclipser et de refaire sa vie ?

Rien ne lui ferait perdre Alberta maintenant... Sinon qu'elle fuirait à son tour ! Et quand bien même, que pouvait-il rétorquer dans ce monde moderne des individualités égoïstes... Il n'était qu'un numéro et le système voulait faire de lui un animal sans âme...

Pris dans des tourments qu'il s'imposait bien malgré lui, il s'enfonça en sifflotant un de ses nombreux airs belliqueux. Une marche militaire à inspirer fougue et courage. Sans s'en rendre compte, il finit sa mélodie sur le refrain d'une sensuelle et romantique ballade de saxophone, seul dans l'immeuble, à écouter l'écho de sa voix chevrotante... Il n'était éclairé que par sa faible lumière et il n'était nullement impressionné de voir ses piles défaillir :

— Un *marine*, se murmurait-il en lui-même, pense toujours à tout !

176

À tâtons, il chercha, dans la poche avant de son pantalon, des piles de rechange. Malgré sa rationalité de soldat, Allan eut vraiment l'impression d'être observé par quelqu'un, tapit silencieusement dans les ténèbres. Des ombres amères semblaient témoigner d'un affreux et accablant passé en ces lieux de mort...

Par un heureux hasard, il repéra, dans ce qui avait été, jadis, la cuisine de l'endroit, une trappe donnant au sous-sol. Aucun accès, comme il le pensa momentanément, à la chambre des horreurs du Dr. Martinstein. Mais comme dans la suite d'une séquence chanceuse, il trouva dans un premier temps, dans cette cave d'assise, un cellier avec de bonnes bouteilles de vin et de champagne, dont certaines avaient résisté à l'étreinte du feu et aux impulsions du temps. Comme si cette trouvaille et l'envie de faire la fête avec Alberta lui avaient grisé quelque peu le cerveau, il lui prit un certain et inexplicable moment à percevoir une génératrice de secours dans l'un des coins du soubassement. Comble de bonheur pour lui, il n'eut qu'à rafistoler quelques éléments, par de simples gestes mécaniques d'entretiens généraux, pour qu'elle soit fonctionnelle. Il s'y trouvait probablement une quantité suffisante d'essence pour fonctionner jusqu'au matin.

Un grondement sourd éveilla en sursaut Alberta. La voiture était maintenant stationnée devant une immense affiche qui éclairait, avec plus de la moitié des globes de grillés, un message sordide de « Welcome – Bienvenue », et qui prenait plutôt des allures de « Hell come ». Au travers de fentes des fenêtres et lucarnes placardées, là où l'incendie épargna les néons et autres éclairages de secours, s'échappaient d'étranges lueurs. L'endroit, telle une demeure hantée depuis trop longtemps, semblait revenir à la vie un tant soit peu. Alberta eut l'impression de voir des ombres se mouvoir par les interstices des accès solidement couverts... Elle crut percevoir Allan qui montait au deuxième. Aurait-il trouvé un moyen de descendre dans la salle d'opération improvisée ? Elle se ressaisit en vitesse. Elle ne savait pas depuis quand elle s'était assoupie. Mais ce changement au programme lui donna une montée d'adrénaline qui la mit en état d'éveil. Son amoureux était seul à l'intérieur d'une bête sans forme et il affrontait, en solitaire, le danger. Prise de remords, elle prit place dans le siège du conducteur et serra fort le volant. Elle fut soulagée en remarquant qu'Allan avait sagement laissé les clés sur le contact... Saisie de frissons, elle enfila sa veste et se blottit comme si elle portait une armure magique.

Le panneau réclame, au lettrage vermeil et aux teintes d'un rouge écarlate offrait une luminosité rougeoyante à l'atmosphère environnante et au brouillard qui revint soudainement, comme interpellé par cette inquiétante et arrogante affiche routière orangée. Cette brillance soudaine donnait à l'endroit des effluves sinistres de l'Enfer, ce qui ne rassurait en rien Alberta. Elle fit contact avec le démarreur et alluma la radio de la voiture. Elle syntonisa une chaîne de nouvelles continues. La voix calme et flegmatique de l'annonceur la réconforta. Elle buvait les rhétoriques de l'animateur en s'imaginant qu'elle n'était pas seule... Sous les dispositions de la température ou les ascendances électriques des néons, la radio eut des interférences statiques, comme d'inquiétantes immixtions sonores. La diction du présentateur se mêlait un son d'une autre station de musique et grinçait de paroles disparates d'une diaphonie communautaire. Comme s'il y avait deux canaux qui s'entrecoupaient, s'entredéchiraient pour affirmer une suprématie finale. Sans vainqueur, elle se résolut assez vite à changer de chaîne pour une qui possédait de puissantes antennes. Une chaîne du genre commercial qui faisait jouer de vieux et redondants succès des années précédentes, pour les nostalgiques de la route... À l'extérieur, des corneilles émettaient des graillements exécrables et des chouettes rayées ululaient sinistrement dans les boisés environnants...

Allan se retrouva face à la porte du monte-charge. Comme il le préconisait, elle s'ouvrit et il prit place à l'intérieur. La sortie du rez-de-chaussée devait donner sur les cuisines, mais il ne pouvait y avoir accès directement. Localisant mentalement le portail, approximativement là où s'était affaissée une infime portion du toit et une partie du mur interne des briques ocre qui obstruait complètement la porte, il vérifia sa théorie et, effectivement, la bordée fut trop importante pour que les coulisses ouvrent normalement la porte du monte-charge. Il se résigna donc à se rendre au sous-sol... Il remarqua que l'interrupteur, pour la dénomination du soubassement, était anormalement usé, beaucoup plus que les autres. Comme si on avait, par le passé, trop abusé de cette fonction. Allan Sexton grimaça à la simple idée que cette usure, cette érosion, cet éraillement fut le seul fait du zèle de Martinstein à alimenter, de nouveaux poupons, son lucratif marché de « bébés à vendre ». À combien de reprise un doigt avait-il effleuré ce bouton pour créer une telle abrasion ?

— Mille, dix mille fois ?

Il n'eut pas le temps d'imaginer la fin de sa phrase que la porte s'ouvrit sur l'ancienne clinique clandestine du Dr. Martinstein...

Allan n'était pas un habitué des hôpitaux. Il avait bien sûr observé toutes sortes d'infirmeries, civiles, militaires, de fortunes... Mais ce qu'il aperçut lui fit subir un haussement de poitrine. Il avait été présent lors des deux accouchements de ses filles et cela lui donnait une vague idée de ce que devait être un bloc opératoire... Et ce qu'il voyait n'en devait pas en être une ! L'incendie et les ravages du temps ne pouvaient pas tout expliquer. En fait, la structure de béton et de carrelages avait très bien résisté au feu. Cette pièce circulaire, chaude et humide à la fois servait jadis de buanderie. Le sol, spongieux, était recouvert d'un limon visqueux. Signe de l'infiltration de l'eau en cet endroit lors de l'embrasement. Il y avait deux civières aux suaires jaunis par une sueur excessive suite à de multiples générations de violentes contractions. Au centre de la salle, trônait une table à étrier de gynécologue. La surface plane de ce litage, aux allures d'un appareil inquisitorial, était parcourue de bandes, de courroies et de sangles frétées pour immobiliser, et ce, contre la plus grande des volontés. Il avait vu de semblables accessoires lors de ses missions de pacification en Irak, dans les anciens bureaux de la police secrète du régime irakien baasiste, utilisés ensuite par des milices islamistes. Sur le plateau où étaient déposés les instruments chirurgicaux, traînaient, pêle-mêle, des mégots de cigares et des cigarettes consumés, mâchouillés ou écrasés dans des cendriers débordant de cendre. Ils semblaient avoir été fumés par une bouche nerveuse portant un rouge à lèvres gras et épais. Pour ce qui est des affronteurs, clamps, bistouris et autres scalpels, une rapide analyse permettait d'entrevoir, avec un peu d'imagination, et Allan n'en avait pas beaucoup, qu'ils n'étaient pas régulièrement stérilisés. Tout au plus, désinfectés sommairement avec du peroxyde, de l'alcool ou à l'eau bouillante dans un bac avec l'aide d'une grosse bouilloire, tantôt à cet effet, tantôt à faire du café moulu, comme le laissait présager deux tasses au fond encrassé de cette substance noirâtre et torréfiée. Un petit frigo, depuis longtemps tenu sans électricité, contenait des sacs plastifiés de sang et des bouteilles de médicaments, pour la plupart périmés. Sur le réfrigérateur de service se trouvait, tout souillé de saleté, une seringue en verre et en alliage métallique digne du siècle dernier. Des sarraus de cliniciens, ou plutôt de bouchers d'abattoir, étaient toujours suspendus à leur crochet. Ils étaient imbibés de taches grisâtres et brunâtres, dans une alternance de crasse et de sang séché qui avait, depuis longtemps, coagulé. Dans le coin de la salle reposait une énorme poubelle grise, recelant un très grand sac à ordure. Il contenait des restes d'enfants mort-nés, laissés là avec si peu d'attention et de délicatesse, comme le ferait un poissonnier qui apprêterait du poisson en l'étêtant et en dégageant complètement l'échine...

Allan sortit de sa torpeur et prit de judicieux clichés avec son appareil photo numérique. Il immortalisa les lieux et surtout le baril plein de petits corps morts, étrangement dépecés. A priori, probablement que le coupable de cette abomination avait pris la peine de retirer, des carcasses, la colonne vertébrale et la tête pour, pensait-il sans trop de conviction, en extraire des cellules-souches. Les minuscules restes étaient depuis longtemps pétrifiés et lapidifiés, mais il était très évident que les ossements inhumés, sans aucun respect ou dévotion, dans ce sac de plastique ne devaient pas se conformer aux exigences de l'infâme Docteur... Une pièce adjacente débouchait sur un petit local vide. Allan examina le plancher parsemé de taches assez difficiles à distinguer, tant l'insalubrité était grande. Ce devait être la salle d'attente postopératoire dont avait narrée Mylène à sa bien-aimée. Tout, dans le récit de cette jeune blonde, concordait avec l'horreur des lieux et encore plus, selon les yeux d'Allan. Si, pour lui, il était de mise d'émettre des doutes lorsqu'on lui racontait de sordides histoires et autres légendes urbaines de la sorte, nul besoin de spécifier qu'ici il n'avait plus une seule ambiguïté à propos du morbide tableau de Mylène et d'Alberta...

Le nid de frelons

Les quartiers généraux de Hartland, situés dans une aile secrète de l'hôtel Keeplington, dignes en tout point à ceux du FBI, possédaient un accès direct grâce à un ascenseur privé et une cage d'escalier complètement escamoté de l'achalandage, indifférent à ce détail. Les locaux de la sécurité étaient juxtaposés, en partie, directement sous la suite de Manlow. Pour y accéder, on devait invariablement passer par ce filtre imposant du service de sûreté. De là, on pouvait, en moins de cinq minutes, atteindre l'héliport du toit ou des abris souterrains dignes de la Guerre froide. Au cœur de ce haut lieu de villégiature se dérobait un immense complexe, occulté au commun des mortels.

Des unités disciplinées, aux costumes sombres et aux épaules droites, œuvraient fébrilement à l'épluchage des maigres informations à leur portée. Tous semblaient être des copies clonées des mystérieux hommes en noirs des témoignages relevant de la science-fiction ou de l'ufologie. Mais, il y avait aussi des éléments disparates, se trouvant là plus pour leur cerveau et leurs connaissances que leur apparence. On tolérait ces écarts de conduite pour mettre à profit leurs expertises. Ils étaient des sommités dans des domaines connexes à l'informatique et le monde virtuel du Web.

Hartland, soucieux, confiné dans ses derniers retranchements, faisait le renard ratoureux à une série de contacts, plus obscurs les uns que les autres, telle une pieuvre tentaculaire qui étendait ses appendices visqueux. Plusieurs paliers se mettaient en place à chaque fois qu'il clapotait sur le clavier de son téléphone. C'est ainsi que la demeure d'Alberta fut fouillée et épluchée de fond en comble, et qu'une équipe entière de filature prit la surveillance par la suite. Les aéroports furent tous occultement bouclés pour empêcher Alberta Prescott de s'éloigner par la voie des airs. Sa photo fut télécopiée à toutes les forces policières des États-Unis d'Amérique avec mention « terroriste dangereuse ». Son profilage complet, ainsi que celui de la jeune étudiante, assassinée par Ackerman, la supposée espionne Latricia Brown, furent passés aux ordinateurs des terminaux d'Interpol, de la NSA, de la CIA, du FBI et de la plupart des agences gouvernementales ou secrètes de l'Amérique du Nord, sans trouver quoi que ce soit de suspect... Il commençait à croire que le Hollandais avait bien monté son canular.

Avec un signe d'impatience, il fit geste, à l'un de ses subordonnés, d'attendre la fin de son appel pour l'interpeller. Ensuite, avec une autorité singulière et un dégoût instinctif pour ses sbires sans nom, il lança un incisif :

— Quoi ?!! Vous avez trouvé quelque chose ?!!

— Avez-vous remarqué cette série d'articles clandestins signés par le pirate informatique *Black Crow* ? Nos agents de la côte Est se sont efforcés de lui mettre le grappin dessus depuis un an... Il a déjà tenté d'infiltrer nos terminaux, sans avoir, Dieu merci, réussi à s'accaparer d'informations principales et capitales. Serait-il derrière toute cette dernière cohue ?

— Je le connais de réputation, un énergumène ! On est parvenu à le débusquer, mais sa tête a été épargnée à cause des lubies de Manlow... Mettez-vous en contact avec le groupe *East 21* et son responsable Stanford Halloway et demandez-leur tout ce qu'ils ont sur ce dénommé « *Black Crow* » alias Allan Sexton ! Tous les dossiers inimaginables et ses états de services lorsqu'il était dans l'armée...

Le subalterne, Yuri Sakarov, soucieux d'aller au fond des choses, rajouta, la voix calculatrice et froide teintée d'un léger accent russe :

— Il y a autre chose, Sir. Avez-vous remarqué cette étrange coupure imprimée sur l'incendie du Motel *Colonel Inn* ? Il y a deux ans, les serpentaires du vieux Merzgin avaient frappé la ruche de plein fouet... L'attaque-surprise nous déstabilisa, car ses sbires appelèrent les pompiers avant que l'on ne puisse tout occulter. Vous souvenez-vous de la traque sans merci que nous leur avions faite ?!!

— Quel rapport voulez-vous faire ? Pensez-vous qu'ils soient encore les commanditaires de toute cette merde ?

— Seulement que les derniers incidents semblent reliés aux circonstances entourant la fermeture de la ferme de Martinstein et de son transfert secret... La présence de Manlow sur la côte Ouest et son entretien privé avec le fils de Merzgin... Il n'a pas voulu de la protection habituelle. Il y est allé seul avec son gorille hollandais... Nul ne saurait dire quels furent leurs sujets de conversations... On nous a seulement affirmé qu'il y avait une trêve générale... On parle même d'une paix durable... Reste qu'une couverture furtive, par un super hélicoptère-espion, a suivi la limousine de M. Manlow...

Avec un intérêt soudain, Hartland déposa le récepteur du téléphone, qu'il appuyait fermement sur son épaule, et questionna son bras droit sur la rencontre secrète de Manlow et de Merzgin :

— Tout ce que je sais, c'est que Manlow a emprunté, sans sécurisation, le corridor de *Long Beach*. Il s'est arrêté au *Blue Velvet Night Club* de la Marina de *Seal Beach*, un des repaires du Serpent, et il y est resté moins d'une heure... Le relevé satellite GPS posé sur la limousine de Manlow vous le démontrera...

— Ce ne sera pas nécessaire de vérifier... De toute façon, Manlow a en horreur ce genre de chose Sakarov... Tenez-vous le pour dit... Pour le reste, quelles directives avez-vous reçues pour la vieille ferme ?

— Aucune, depuis l'incendie, la place est pratiquement déserte !

Hartland se redressa, comme fouetté par une inspiration soudaine :

— Sakarov, vous avez envoyé une équipe héliportée pour un repérage complet des lieux ? Non ??? Faites-le... Quelque chose me dit que ces fouineurs ont déjà visité cet endroit pour recouper leurs données... Trouverons-nous une empreinte d'eux pour les retracer ? Vous avez le feu vert pour utiliser un Code 22, Sakarov... Seulement pour la demoiselle et ses alliés avoués. Mais, il serait préférable de les questionner pour soutirer un maximum d'informations... On chuchote de terribles ragots sur la circulation de renseignements compromettants pour nos employeurs... Il faut tuer cet embryon de révolte dans son œuf... Prenez la tête d'un corps d'élite et foncez vers cette ruine... Fouillez chaque recoin avec une attention particulière... Cette place devait être complètement nettoyée... Encore un boulot d'amateurs contractuels qui ont sous-estimé la portée de leur paresse...

Le mercenaire russe tourna les talons, à la militaire, sans aucune pensée, comme le ferait une machine bien rodée et interpella rapidement ses subordonnés. Cet ancien commando, ex-*spetsnaz* tchétchène, assassin entraîné en cruel combattant pour endurer les horreurs de la guerre civile, était très loin des terrains de bataille montagneux de son enfance... Il s'était aguerri à combattre les intégristes musulmans qui avaient massacré sa famille... Mais, le reste n'avait plus rien à voir avec la justice qui l'habitait au début. Il était devenu un vengeur aveugle, ensuite, un robot à tuer sans conscience... L'organisation internationale de Manlow le rémunérait très bien pour si peu d'ouvrage. Sa loyauté était acquise à coup de dollars ! Mais lorsqu'elle était mise à l'épreuve, Yuri Sakarov ne pensait qu'à une chose... Pour rien au monde, il ne voulait revivre le calvaire de son enfance ! C'est pour cela qu'il se sentait en droit d'imposer sa vindicte aux autres...

*
* *

183

Manlow, tel un président dans son bureau ovale, donnait quelques coups de fil à des hommes aussi importants que lui... En tenant un bout de papier sur lequel il avait griffonné un nom, il ne reçut que de bons mots au sujet d'Ed Prescott... Qu'à cela ne tienne, il informa sa filière canadienne qu'il devait périr... Et le plus tôt serait le mieux... Probablement un audacieux rival, comme ces corbeaux et ces vautours qui voulaient bâtir un nouvel ordre, un nouvel empire sur la carcasse d'un vieil aigle que l'on jugeait malade ou sénile... Tels ces jeunes téméraires, qui deviennent fous à la vue de l'or ! Sa décision était prise et il la communiqua promptement et sans détour à qui de droit :

— Faites vite et brûlez tout... Il ne faut pas qu'on nous relie à lui d'aucune façon !!!

Pour la section rouge, ce genre de mission, l'assassinat d'un milliardaire dans son *penthouse*, comportait d'énormes risques, même pour les plus expérimentés... Ils demandèrent douze heures pour étudier le terrain et échafauder un solide plan. Manlow ne leur donna que quelques heures, tout au plus... avant l'aube !

Le dernier souffle

Ackerman, à l'étroit dans un taxi, se rendit à ses quartiers comme lui demanda Manlow. Quelle ne fut pas sa surprise de voir, garée devant son discret appartement d'une banlieue pauvre, sa voiture fétiche noire ! Avec suspicion, il vérifia, du mieux qu'il le pouvait, sous la bagnole pour y détecter un objet douteux... Il ne se risqua nullement à soulever le capot lorsqu'il croisa, au cœur de la nuit, une de ses lointaines connaissances de voisinage. Un jeune proxénète sans avenir qu'avait pris, instinctivement sous son aile, Ackerman pour mieux s'en servir. Il l'interpella grossièrement comme il avait l'habitude de le faire :

— Hey petit Négro ! Si ce n'est pas mon mini-noiraud de service ???
— Va chier Ackie ! J'n'aime pas quand tu m'manques de respect, Man !!!
— Hé ! Caïd ! En forme ce soir ??? Comment se portent tes putes sur le crack ? Tu veux te faire un beau 50$? Question de m'aider ! Ma bagnole m'a lâché... Tu peux essayer de la démarrer pour moi ?

Le jeune souteneur le fixa avec étonnement ! Il avait déjà ausculté des yeux cet emmerdeur de « *Giant Ackey* » qui avait donné toute une raclée à trois costauds de ses congénères, parce qu'ils avaient osé s'appuyer effrontément sur le coffre de sa voiture. Ackerman les avait expédiés tous les trois à l'hôpital... L'un d'eux était, depuis, dans le coma et baignait littéralement dans le sérum.

Ackerman, en signe de bonne foi, lui montra ses clés, les faisant tinter, carillonner, comme pour titiller le regard d'un enjoué félin... Le voyou figea de peur. Voyant l'insuccès de sa ruse, il empoigna fermement, par le collet, le jeune et lui fourra, avec véhémence, des billets verts crasseux dans la bouche. Les doigts puissants du Hollandais démontrèrent, de par leurs seules raideurs, la fermeté qu'il emploierait pour se faire obéir...

Avec la peur et des gouttelettes de sueurs perlant sur son visage, le jeune gangster enfonça la clé dans le contact. Ses mains se mirent à trembler de plus belle au fur et à mesure qu'il aperçut que le géant s'éloignait à la renverse de son automobile... Il présumait du pire, s'imaginant naturellement une triviale bombe artisanale. Pourtant, irrationnellement, il fit démarrer la tire du Chacal en refermant brusquement les paupières. La crainte que lui inspirait Ackerman semblait plus grande que celle d'une voiture qui pourrait être piégée d'une quelconque façon... Il fut soulagé d'entendre le monteur ronronner, comme à son habitude. Le géant s'approcha rapidement de son bahut et en extirpa, avec brusquerie, le jeune homme qui n'avait jamais pris soin de fermer la portière. Ackerman, avec le faciès artificiel d'un ange, opina avec ironie :

— Bon petit nègre... Je le savais bien que tu étais doué pour la mécanique ! Elle fonctionne à merveille... Ho ! Le « ronron » de ma caisse est même mieux qu'avant ! Comme une neuve !!! Eh bien ! La prochaine fois, je te laisserai cirer mes vieilles chaussures boueuses pour me retrouver avec de beaux godillots de parade ! Ha ha ha !!! À plus, petit singe !!!

Le jeune homme attendit, couché sur le pavé, qu'il soit hors de porter d'ouïr pour se soulever avec une soudaine hargne et s'époumoner, à tout rompre, à lancer des insultes et des menaces sans borne... Une fenêtre qui s'illumina fut suffisante pour que le juvénile bandit sans caractère s'enfuît dans l'ombre d'une ruelle...

Ackerman se rafraichit d'une longue douche et se rasa à l'ancienne à l'aide d'une lame excessivement affûtée de type rasoir à main à rabat et mousse à base de savon. Il se regarda dans la petite glace toute embuée. Ses traits tirés ne lui inspiraient rien qui vaille… Il aurait aimé se coucher, mais il n'en fit rien. Il n'aurait pas de repos avant d'avoir fini la tâche qui lui incombait…

Il reprit la route et, tenant le volant de sa bagnole à une seule main, sonda le coffre à gants de sa voiture... Tout semblait être à sa place, même une vieille BD fripée de Samson et Dalila... Il ne pouvait se raisonner que ce fut l'action heureuse de la part de ses puissants maîtres. Cette pensée le raffermit à tout faire pour plaire à son mentor. Il avait été si bon avec lui... Le remord d'un Juda Iscariote le chagrinait maintenant. Il était bien conscient que ses véniels mensonges conduiraient à la mort de tant d'innocents ! Il était une bête essoufflée et sans domicile fixe. Un nomade sans patrie ni terre. Un apatride qui n'avait autre choix que d'abandonner la seule chose qui lui importait... sa petite bâtarde malade... Aurait-elle survécu avec de meilleurs soins ?

Maintenant, toutes les portes, que son heureuse association lui avait ouvertes, ne pouvaient servir à rien de concret pour lui... Il se remémora la nuit où il avait donné la chance à cette pétasse de s'en sortir... Elle était comme sa gamine, non, comme sa propre fille ! Mais elle ne l'était pas... Sa faiblesse mettait l'organisation de son maître dans une fâcheuse situation... Et par le temps qui court, Martinstein devait périr avant qu'il ne jacasse, à tout vent, que tout ceci n'était la faute que d'un faible géant au cœur tendre... Au volant de sa voiture, il se persuada, avec une certaine forme de conviction, qu'il faisait ce qui était pour le mieux. Voilà qu'il se mettait à tanguer de rage, les paupières lourdes et larmoyantes... Étaient-ce tous ces visages d'imbéciles qui lui torturaient l'âme, de victimes qui expiraient grâce à ses mains ou son silence ?

— Allons donc ! Reprends-toi, ce n'est pas le moment de flancher ! Nous sommes tous des innocents aux yeux de Dieu !!! Des agneaux qui sont donnés en pâture aux loups du Diable !!!

Cette fois-ci, il redoubla de prudence et gara sa machine assez loin du centre hospitalier. Aimant mieux faire son approche habituelle, en voiture volée. Comme par magie, une magie décrétée par Manlow et ses sbires, aucun membre de la sécurité n'entrava son ascension. Avec une politesse courtoise, il demanda à la garde de faction, où se situait la chambre du Dr. Martinstein... Comme il l'avait prévu, la tête dans les dossiers, elle ne la releva nullement et lui répondit machinalement. Furtivement, il prit un élan et elle ne vit qu'une ombre passée. Il préféra l'escalier à l'ascenseur et il déboucha, en angle, sur un long corridor du quatrième étage...

— Chambre 407... Hum ! Voilà, c'est ici !

Martinstein, alité comme le serait un mourant, se plaignait sans cesse de ses terribles maux aux flancs. Les radiographies n'ayant révélées que de légères fêlures à deux côtes, et aucun dommage au cerveau. Il n'eut, pour ainsi dire, qu'un minime traitement et de passagères migraines. À l'entendre parler et gémir, il souffrait d'un cancer généralisé et s'apitoyait inlassablement pour ainsi obtenir de plus fortes médications ! Étant le célèbre Dr. Martinstein, il eut droit à une certaine sympathie de la part du corps doctoral. Mais, la façon éhontée dont il traitait les infirmières et autres préposés, à l'heure de la fin des visites des médecins, fit en sorte qu'on se passa rapidement le mot pour être, le moins possible, en contact avec ce geignant et dolant avorton...

Comme un chacal qui montrait ses canines, il portait bien ce nom, Ackerman longea en silence le long tunnel éclairé jusqu'à la chambre de Pol, avec un visage crispé de haine.

À l'affût, il pouvait à loisir entendre le plaintif docteur et les remontrances d'une vieille infirmière d'expérience. Elle lui démontrait les faits de sa blessure bénigne et de son traumatisme sans gravité. Martinstein semblait s'égosiller à prouver qu'il était victime d'un attentat meurtrier et qu'il souffrait un martyre d'enfer. Lorsqu'il se mit à l'injurier sur son inhumanité évidente, elle quitta la salle de repos, outrée de tant d'admonestations gratuites sans distinguer l'ombre qui se faufila dans son dos.

Martinstein, sans surprise, discerna la présence de la brute et fut même ravi d'une essence familière en ces lieux...

— Ha ! Ackerman ! Le *Jackal and Hide* de service ! Lorsque je sortirai d'ici, ils vont en entendre parler du mauvais traitement qu'ils m'ont offert ! J'ai les meilleures assurances et l'on me traite comme si je n'étais pas grand-chose ! Que savent-ils de ma situation ! Je souffre terriblement ! Chacun réagit différemment à la douleur ! Ce n'est pas de ma faute si j'ai une frêle constitution ! Vous l'avez dégommée cette garce de Mylène ? Il faudra éliminer l'autre aussi, sa complice Alberta Prescott... C'est le nom qu'elle avait donné à ma réceptionniste !

Sur le visage du géant se lut un grand sourire qui montrait toutes ses dents. Vraiment, Martinstein ne se doutait de rien sur sa présence... Avec une pernicieuse envie de défoulement, Ackerman décida de jouer à un jeu malsain. Il s'approcha de l'infortuné médecin et replaça, avec une étrange tendresse, les oreillers qui se trouvaient sous Martinstein :

— Ha ! Enfin ! Un peu de considération et d'affection, claironna le malheureux Pol, avez-vous de bonnes nouvelles... Ne me faites pas languir ! Avez-vous éliminé Mylène Gilmore comme prévu ou pas ?

Ackerman devant les incessantes jérémiades de Martinstein ne se forçait même pas pour cacher son accent d'ironie :

— Pour sûr, Ti-Pol ! Vos indications étaient tellement parfaites... Comme vous dites si souvent ! Des riens ! Hein ! Mon coquet et douillet « Martistine » !!!
— Malheureusement, je n'ai pas eu le temps d'aller à mon appartement de baise pour effacer tous les documents compromettants.., J'avais révisé, la veille, le dossier de Mylène G. et j'ai retrouvé la trace des parents adoptifs... Pas de danger, ils sont hors de tous soupçons et dans une autre ville, loin d'ici... Il faut demander à Golda de tout faire disparaître, elle devrait en parler à son fils, il sait où c'est... Il faut assurer sur ce coup ! Manlow ne doit pas découvrir qu'on n'a pas exécuté cette connasse... Comme convenu ! Elle a mis une autre fille dans l'histoire... Elle est venue à ma clinique en début d'après-midi... Elle m'a menacé de tout dire... Elle affirme avoir un film très compromettant de nos opérations de naissances clandestines ! Quelque chose du genre ! Enfin, c'est ce que j'ai cru entendre ! Ça sonnait faux son truc ! Les médias, les fédéraux... Tous contre nous ! Maudite garce ! Elle

semblait au courant de tout ! Mais en fin de compte, elle ne savait pas l'essentiel ! Elle ne connaissait rien, elle bluffait ! J'en suis certain, elle fabulait ! Elle ne sait rien… En dépit de ça, on m'a attaqué ! Qui plus Est, on a tenté de me tuer !!! Heureusement, l'Ordre m'a envoyé le meilleur pour assurer ma protection, merci Dowsey… Malgré tout, Ackerman, il faut que vous la supprimiez, elle aussi, avant qu'elle...

— Taisez-vous espèce de tante sans colonne ! Vous en avez assez fait ! Il est maintenant temps de vous reposer pour un sacré bon bout de temps !!!

— Que voulez-vous dire, Ackerman ?

Avec soudaineté, rapidité et une poigne herculéenne d'un pugiliste agile, Ackerman saisit un oreiller et la pressa fortement sur la mâchoire de Martinstein qui craqua sous la pression. Il se convulsa dans d'horribles et réelles souffrances qui lui firent aisément oublier ses côtes à peine fracturées. Ses yeux, grands ouverts, fixaient désespérément le plafond... Martinstein n'avait pas la force d'endurer les âneries de l'implacable géant qui se riait cruellement de lui :

— P'tite gazelle de « Martistine » ! T'as toujours répudié les femmes par jalousie de ne pas en être une toi-même... Y'a une petite Zouloue qui a un message pour toi « Martinstine » : « Je suis morte par ta faute, parce que tu n'as pas pris la peine de vérifier si ta Mylène G. avait une co-chambreuse... » Et tu as une notification de ma part « Martistine » : « un rien, un tout petit rien... De te tuer !!! »

Ackerman, ne sachant contenir son ire refoulée, enfonça trois coups de poing, très lourd, à la figure de l'impotent docteur ensaché dans son oreiller. Chaque coup qui le foudroyait lui occasionnait de solides et frénétiques spasmes nerveux et musculaires. Les phalanges du Hollandais frappaient, telle une massue qui s'effondrait sur le coussin sanguinolent qui recouvrait la tête du médecin. Martinstein était probablement mort ou mourant après le premier horion mais, pour s'en assurer, il lui brisa nettement la nuque, sans que le malheureux homme de science ne puisse offrir aucune résistance. De telle sorte que le visage de Martinstein se retrouva complètement renversé.

Il essuya ses gants sur le rebord du drap et quitta la chambre, comme il était venu... À la sauvette, comme un voleur...

Une menace venue des cieux

Allan, obnubilé et choqué, autant par le décor méphitique de mort et de torture que par cette petite odeur persistante de moisissure, décida qu'il en avait assez vu et qu'il était temps de retourner auprès de sa nouvelle bien-aimée... Quel fut ce coup de foudre brutal et inopiné qui lui perfora le cœur ? Avait-il été brusque, soudain ? Vraiment espéré ? Toutefois, il restait aussi subit qu'inattendu... Il était troublé d'effarements, à cet instant, tel un animal blessé. Allait-elle lui assombrir l'esprit au point de le rendre vulnérable dans les pires moments ? S'étaient-ils mis dans une galère qui n'appareillerait plus à aucun port ? Catapulté dans une folle escapade sans lendemain... Toutes ses phobies et ses craintes s'estompèrent à la vue des bonnes bouteilles qu'il crut boire en sa compagnie... Il rageait énigmatiquement en projetant les bordelaises sur les murs en signe de dégoût :

— Nous ne voulons rien de vous !!!

Il était seulement éclairé de son pistolet et par les luminaires clignotants et vacillants de la génératrice qui était sur le seuil de rendre l'âme et de restituer, à la noirceur et à ses ténèbres, ce lieu lugubre... Mais déjà les premières lueurs de l'aube pointaient à l'est. La quiétude matinale gardait encore une légère froideur lorsqu'il sortit de l'antre de ce lieu mortuaire d'enfants.

Les membres tous courbaturés d'Alberta se remirent soudainement à vivre de trémoussement lorsqu'elle remarqua la sortie triomphante d'Allan. Elle approcha la voiture plus près de lui comme pour lui éviter quelques pas. Elle était toute souriante quand elle lui ouvrit l'autre portière du bout de ses bras. Mais il ne contourna point l'automobile pour prendre place du côté passager. Il s'engouffra tel un sauvage barbare et sans donner de raison, il la poussa de toutes ses forces pour prendre le volant... Un pied pesant pressa la pédale d'accélération et le moteur gronda plus qu'il n'avança. Les pneus tournoyants faisaient éclabousser la tourbe et le bousin humides. Mais ce fut suffisant pour éviter de peu une gerbe de terre, de poussières, d'émanation d'une boucane dense et de feu qui percuta le sol derrière l'auto dans un fracas infernal.

Allan se cramponna au volant et manœuvra du mieux qu'il le pouvait pour atteindre une position boisée... La fumée de la déflagration ajouta une touche de chance juste assez grande pour permettre à la voiture d'être partiellement dissimulée et de filer à l'anglaise...

Alberta fut abasourdie, annihilée par une prostration d'étonnement. Traumatisme causé par le puissant tumulte de tonnerre. Elle fut soudainement saisie d'une panique criarde dont ne pouvaient qu'endurer les nerfs à vif d'Allan.

Une autre détonation frôla la bagnole dans un prodigieux fracas. La carrosserie prit tout le choc. Le forcené pilote ne pouvait aucunement voir le sombre hélicoptère à cause de sa vision trop restreinte par le capot du moteur qui vint percuter le pare-brise brutalement.

Dès qu'Allan l'aperçut, équipé d'un appareil de vol amoindrissant le bruit, nanti de roquettes tactiques et de mitrailleuses lourdes, il volait en position stationnaire, selon des tactiques utilisées pour cibler des objectifs lorsqu'ils ne sont pas munis, et heureusement pour eux, de systèmes de guidages infrarouges ou thermiques à tête chercheuse. Cette occasion fut comme une bénédiction pour lui... Il décida de prendre les choses en main promptement. C'était leur seule chance ! Il en avait vu d'autres en Irak, Afghanistan et autres lieux encore moins hospitaliers. Pour peu que sa « mauvaise guigne » ne le rattrape pas trop rapidement, il avait, pensait-il sur le moment, le mince atout que ses poursuivants devraient tirer à travers les bois denses pour l'atteindre. En aucun instant, cette tête brûlée ne désespéra en ses capacités. Malgré le fait qu'Alberta s'évanouit presque à la deuxième déflagration qui frôla de peu le côté gauche de la voiture, Allan avait le fol espoir de distancer assez l'hélicoptère pour y opérer une ruse de son cru. Il avait d'ores et déjà compris que les tirs avaient comme fonction de l'immobiliser plutôt que de le détruire directement. Ses mouvements brusques du volant furent suffisants pour éviter les lourdes décharges d'explosifs et prendre son air d'aller.

Le sombre appareil volant, d'un type des transports de troupes de l'armée et sans aucun signe distinctif, avançait lourdement dans le ciel. Dans l'habitacle de l'énorme autogire noir se tenaient, cordés comme des échalotes au marché, sept hommes en uniforme militaire, dont le mercenaire Sakarov qui se leva d'un bond et invectiva le pilote et son navigateur-artilleur :

— Holà ! Com'rad ! Mes ordres étaient pourtant clairs ! Le Code 22 pour la suspecte Alberta Prescott et ses acolytes ! Eux, ce sont peut-être que des baiseurs ! Si j'avais désiré faire ce genre de chasse, j'aurais emprunté un modèle sport, plus malléable et rapide que ce coucou !

— Ils tentaient de s'échapper ! Je n'avais pas le choix de les immobiliser ! J'étais certain qu'ils resteraient cloués sur place !

— Hum ! À voir la conduite de ce gars... Vous avez probablement raison... Mais si possible, je veux les avoir vivants ! On va tirer dans les pneus tovarichs !!! Approchez-vous en rase-motte pour permettre au « sniper » d'avoir un bon angle de tir !

En silence, l'engin se rapprocha dans l'espace limitrophe du petit et rapide bolide tanguant pour sa survie. Au ras du sol, il le coudoyait à la hauteur du véhicule. Grâce au flanc ouvert de l'hélico, un long tube de carabine de précision en sortit. Un canon orné d'une mire laser vint pourchasser la voiture de son point lumineux. Sakarov, sentant que le grossier et patibulaire tireur semblait hésiter entre la roue arrière ou le chauffeur, cogna fortement l'épaule du limier en lui criant à tout rompre :

— J'ai dit les PNEUS tovarichs !!!

Allan faisait l'impossible pour garder sa vitesse maximale, tout en zigzaguant pour ne pas fournir une cible trop facile. Alberta, prenant pleinement conscience qu'ils étaient pourchassés par un objet volant de type militaire, boucla innocemment sa ceinture de sécurité et ferma les yeux, laissant échapper un petit cri nerveux à chaque secousse suspecte de la carlingue...

Soudainement, Allan sentit par le tressaillement distinctif de son volant, qu'il donnait de sévères coups pour garder le cap, sa roue arrière venait d'éclater. Tout en faisant l'impossible pour s'enfoncer dans les boisés clairsemés environnants, il emprisonna, avec célérité, la boucle de sa sangle de sûreté et vérifia rapidement celle d'Alberta...

La pluie torrentielle de la nuit dernière avait beaucoup embourbé le sol et, avant de perdre tout contrôle qui aurait été fatal pour les deux, il fit exprès de choir un petit marécage de profonde boue. Par une chance inouïe, la percussion fut largement amoindrie par des buissons et différents amas visqueux du limon de la terre... Les coussins gonflables se déployèrent mais le choc fut amplement affaibli par le décor très spongieux. En toute hâte, Allan et Alberta, sans demander leur reste ni s'emparer d'autres effets personnels qu'ils avaient avec eux, s'enfuirent à l'abri des sombres bois, sans même se retourner pour voir l'hélicoptère chercher un point d'ancrage. Une petite trouée d'où ils pourraient amorcer une traque sans merci...

Sakarov ordonna au pilote de l'engin d'atterrir promptement. L'aviateur, aux allures sud-américaines, exécuta la manœuvre sans trop de difficultés, mais dû opérer un long détour en boucle pour trouver une clairière assez grande pour assurer un atterrissage sans risque. Dès qu'ils posèrent le pied sur le plancher des vaches, ils se dirigèrent vers le lieu de l'impact de la voiture. Ils se déployèrent, agissant d'un instinct commun, comme un logiciel installé dans leur cerveau qui les faisait se mouvoir sans prendre la peine de penser. Ils ne remarquèrent personne sur le site de l'accident. Forcément, ils ne devaient pas être très loin. Le mercenaire de tête, un éclaireur slovène, après avoir rapidement étudié le sol, s'enfonça dans les bois. Il suivait une piste et guidait, à sa suite les autres, armes en main.

L'hélicoptère, sous les signes discrets du rusé chef, s'envola pour faire un repérage aérien des environs... Un puissant faisceau de lumière s'alluma et balaya aléatoirement en espérant retrouver les fuyards. Sakarov resta à la voiture pour l'inspecter de plus près... L'ex-assassin n'eut pas à farfouiller longtemps pour tomber sur la caméra numérique d'Allan, culbuté sous la banquette lors de l'impact final... Il regarda les photographies une à une sur l'écran témoin... L'auteur des prises photographiques avait porté une attention particulière sur le « puits de fécondités » de ses patrons. Il avala sa salive de travers lorsqu'il vit les monceaux d'insignifiants cadavres. Comme pour laver sa conscience, il fit disparaître les photos de la mémoire du petit gadget avec la fonction « effacer dossiers ». Il retrouva le sac de voyage d'Alberta et y jeta un rapide coup d'œil... Des documents imprimés, pêle-mêle, ayant trait à Manlow, Martinstein et cie... Il prit un ordinateur portable étrangement endommagé... Il l'ouvrit et s'aperçut qu'un étrange bouillon sortait d'entre les touches du clavier. Il le largua fortement dans la flotte et retira en vitesse ses gants de cuir pour les jeter au loin. Il se rassura en regardant le creux de ses mains avec insistance pour s'assurer de ne pas avoir été brûlé. Tout portait à croire que le *laptop,* de type militaire, avait été trafiqué avec un petit détonateur à acide. Il cessa ses recherches, comme s'il avait voulu en savoir le moins possible sur les ennemis de ses employeurs. En fait, l'étrange dispositif de sabotage de l'ordinateur portatif éveilla, en sa personne, d'étonnants soupçons ! Sakarov humecta l'air frais de la fin de nuit, pensif... Une vieille envie, profondément enfouie en lui-même, lui revint :

— Une cigarette tovarichs ! Juste une seule... Bah ! Il ne faudrait pas recommencer !

Son cou musclé se tordit pour faire pivoter son crâne brachycéphale à un grand angle de 180° degrés. Il balayait les boisés environnants avec une soudaine appréhension. Tous ses sens étaient en émoi. Ses yeux perçants, gris bleu, sondaient, au cœur de la nuit, les obscurités ombreuses des alentours... Un vague sentiment lui revint, aperception qu'il n'avait pas ressentie depuis qu'il avait quitté les mortelles collines du Caucase oriental. Le mercenaire connaissait trop bien cette impression malsaine. Un ressentiment unique qui se flaire juste avant le trépas de la proie. Sakarov en était maintenant certain… Une présence embusquée, là, quelque part l'épiait !

*
* *

Alors que la voiture au pneu endommagé filait pleins gaz vers le marécage nauséabond, Allan Sexton, dans un mouvement désespéré, fit foncer son véhicule dans la ramure feuillue. Les sacs gonflables furent heureusement sans effet néfaste sur leur conscience. Le branchage verdoyant et très humide amortit tellement bien la collision qu'ils n'eurent aucune blessure sérieuse… Voyant l'hélicoptère faire une manœuvre d'atterrissage, cela lui donna une fenêtre de déplacement assez grande pour se mettre à l'abri des regards directs de ses mystérieux assaillants. Il défit sa boucle de sécurité et enleva la ceinture d'Alberta, incommodée plus par le choc des déflagrations que de l'amerrissage forcé dans la fiente infecte du marécageux étang. Jaillissant promptement de sa soumise condition, la jeune dame reprit ses sens et compris très bien que leurs vies étaient fortement en danger si elle n'écoutait pas à la lettre les recommandations d'Allan. Le blond martial qu'il était n'eut pas à répéter ses directives deux fois… Alberta roula à l'abri d'une énorme souche gâtée par la moisissure, abattue peu avant, par le providentiel et puissant orage de foudres… Ses vêtements étaient tellement souillés par la viscosité boueuse, qu'elle se fondit parfaitement à l'écorce humide de son nouveau refuge…

Il eut le réflexe de saboter son *laptop* en tirant une petite goupille qui chevillait l'armature du clavier et de l'écran. Il détruisit son précieux ordinateur portable pour protéger ses nombreux contacts et son réseau d'alliés de fortune. Il avait, au préalable, installé cet ingénieux dispositif qui avait pour base un puissant acide corrosif au cas où il serait dans l'obligation de subir une situation similaire à celle-ci…

Allan ne perdit aucune seconde et s'enfonça dans les bocages environnants. Son plan, plus basé sur son instinct de survie que sur une réelle stratégie, consistait à diviser les forces en leurrant ses poursuivants par des ruses simples, mais efficaces… Il pariait avec son destin pour que ses poursuiveurs les sous-estiment !

Il fit, en de rapides balayages, disparaître les traces d'Alberta et il accentua les siennes pour simuler une fuite dans les bois... Il voyait toujours, du coin de l'œil, l'hélico qui s'enfonçait dans les boisés au loin.

Dans le feu de l'action ou du fait de sa bonne étoile, les hommes habillés de noir mordirent à ce stratagème de *boy-scout*... Malheureusement, l'un d'eux était resté à l'arrière, pour fouiller la berline. Il était là, entre Alberta et lui... Combien de temps prendraient les mercenaires lancés à leur poursuite pour découvrir le subterfuge ? La réponse était un luxe que ne pouvait s'offrir Allan... Ses yeux se plissèrent lorsqu'il vit l'individu humecter l'air comme le ferait un prédateur reniflant de quoi se mettre sous la dent...

Le vif esprit du Slave paraissait numériser chaque parcelle d'information que lui transmettaient ses cinq sens et il semblait fixer vers l'endroit où se tenait Alberta...

Allan raidit tous ses muscles dans l'attente d'un ultime assaut.

Dans sa tanière improvisée, Alberta retint son souffle lorsqu'elle aperçut son nouvel amant et héros s'enfoncer courageusement dans les bois. Le plan n'était-il pas de les éloigner pour prendre une escapade dans l'axe contraire ? Voilà que ce dur, à la mâchoire patibulaire, s'approchait d'elle en retirant son revolver de son fourreau...

Sakarov eut semblé entr'apercevoir les reflets luisants d'une prunelle furtive. Doucement, il se rapprocha... La longue approche prudente pétrifia Alberta qui omettait maintenant de respirer, de crainte d'être débusqué !

Avec une adresse fugace, foudroyante et mortelle, Allan vint plaquer au sol le dangereux Russe... Par infortune pour lui, Sakarov échut le visage en pleine fange et ne put crier gare, à ses compagnons, à temps... Sexton mit toute sa hargne et sa force pour maintenir la tête aux nerfs d'acier sous la ligne de flottaison boueuse... Le massif cou de Sakarov résista au premier coup de son opposant, puis les bras fermes de l'ex-Soviétique soulevèrent son tronc et le poids d'Allan qui était dessus... Devant tant de résistances, Sexton superposa sa main sur la bouche de son ennemi pour l'empêcher de crier... Cette manœuvre risquée donna une opportunité, au soudoyé d'armes, de se déprendre de cette prise de lutte par une incroyable épreuve de force avec Allan.

Étrangement Sakarov ne tenta pas d'alerter ses hommes... Retournant à son avantage la situation, il semblait en faire une histoire personnelle, maintenant, hautement personnel. Du fond de son âme belliqueuse, il laissa Allan perdre son bras et sa paume à contenir son gosier. Il ne paniqua nullement, se gardant de respirer par l'une de ses narines, à grand-peine obstruées par l'avant-bras musclé de l'opposant... Ainsi, dans le chaos de la lutte, il pouvait, à sa guise et discrètement, mettre la main sur le poignard à sa ceinture... Sakarov était certain d'avoir son adversaire à sa merci... Par un vif mouvement de catch, voilà que Sakarov se retrouva sur Allan, qui dût déployer toute sa force et sa puissance pour freiner la lame à un centimètre de son œil ! Inexorablement, la pointe de fer semblait s'enfoncer dans son orbite crânienne...

Tout ce fatras n'avait duré que quelques secondes, une demi-minute tout au plus. Voyant la situation virer du neutre au critique, Alberta fonça sur les deux gladiateurs pour assainir un violent coup de poing au maxillaire du robuste mercenaire...

Allan resta surpris de la force d'impact, il reçut une légère giclée de sang à la figure. Sakarov devint soudainement mou et le coq désavantagé réussit à se déprendre aisément de la capture mortelle... Alberta tenait, dans sa main menue, le canon du pistolet du russophone et se servit de la crosse comme d'une massue !

— On ne s'en prend pas à ma famille ! lança Alberta, émue par le heurt de la collision de l'arme sur la malheureuse mandibule de Sakarov...

— Il a vu nos visages !!! Il est sévèrement commotionné, mais il reprendra vite ses esprits... Je dois l'achever...

Devant l'expectative d'un tel coup de grâce Alberta lâcha un pressant et impérieux :

— Non !!! Ne le tue pas !!! Ne deviens pas un assassin comme ils le sont devenus... Tu es différent d'eux Allan ?!! N'oublie pas la mansuétude passée du géant hideux pour Mylène... Se pourrait-il que cet exemple t'enseigne au moins l'indulgence ? Ne te transforme pas en un monstre... Allan je t'aime ! Il faut partir dès maintenant !

Allan, dubitatif, but les paroles douces de sa bien-aimée... Devenait-il mou, faible et insouciant ? Il se l'était pourtant très bien auguré... Mais Alberta, sur l'heure, lui rappela qu'il n'était en rien un lâche et encore moins un meurtrier... Il savait qu'il faisait probablement une grave erreur, mais il n'eut pas la force, ni l'envie, d'offenser ou d'offusquer celle qu'il aimait d'un nouvel amour... Partir, ils devaient mettre les voiles ! Allan n'empoigna que les armes du soldat inconscient après l'avoir sommairement fouillé sans trouver aucun papier d'identité...

— Tiens, tiens...

Il se souvint de la carte postale, et de l'enveloppe retrouvée plus tôt et les plia rapidement pour l'insérer de façon plus sécuritaire dans une autre de ses poches...

Ils n'eurent aucune envie de regagner la voiture, mais Allan prit les documents restants et supprima, en hâte, ce qui pourrait facilement les relier. Alberta se donna la peine de soigner brièvement, par premiers soins de base, mais efficaces, l'infortuné Sakarov. Elle se retourna vers Sexton pour lui faire voir un étrange objet que le malchanceux mercenaire portait sur lui :

— Regarde Allan, il a un bidule de sécurité sophistiqué à l'oreille.

Il happa l'écouteur et le boîtier noir complexe. Il garda le silence sur cet appareil de communication transcodé. Il savait trop bien que ces dispositifs de messageries, hautement cryptés, étaient les mêmes que les troupes d'élite américaines et même de la CIA. Il déracina un petit fil rouge et blanc pour neutraliser la puce de géolocalisation et rendit orphelin l'émetteur-récepteur, obscurcissant son positionnement à la machinerie de ses opposants et coupant nettement le cordon le reliant à la « mère centrale ».

Il s'en servit avec brio pour distancer ses adversaires en écoutant, en sourdine, leurs communications nerveuses. Plus d'une fois, l'hélicoptère frôla les bois près d'eux, mais le renard, à moins qu'il ne fût mulot, fut plus futé que le sombre strix en chasse ! Il avait toujours la seconde d'avance pour s'embusquer à temps !!!

À l'aurore de cette nouvelle journée, Alberta et Allan marchèrent, un tant soit peu, jusqu'à l'arrêt d'un bus régional. La jeune dame était exténuée, mais son moral restait bon malgré ses vêtements détrempés et souillés de fanges putrides. La fuite effrénée n'eut de répit que bien après le lever du soleil. Il demeurait qu'ils étaient encore vulnérables. Une autoroute bruyante coupait la plaine en deux. La chaleur suffocante des derniers jours s'était estompée pour laisser place à un temps maussade et terne... Au loin, les pourtours de Sacramento découpaient le ciel de ses hautes tours... Dans le mini-écouteur devenu moite de tant de stress et de tension, Allan entendait ses poursuivants agrandir le lieu des recherches après la découverte de celui qu'ils avaient neutralisé. Des codes complexes, dont Allan n'avait pas pour autant apprivoisés les subtilités et avec lesquels il ne s'était encore moins familiarisés, avaient l'air de sous-entendre que l'on envoyait des renforts dans toute la région...

Aux abords de cette route bruyante, Allan et Alberta trouvèrent une petite station-service isolée et rustique, juxtaposé à une maisonnette délabrée, dont l'unique employé, un jeune indolent bourré d'acné, paraissait somnoler sur le parvis de la devanture de son commerce croulant, sans trop avoir à cœur les tâches usuelles d'un tel commerce. Par malchance, le seul véhicule disponible, un vieux camion Ford de couleur rouge, était surélevé, sur ses cardans. Le maintien était assuré par un cabestan hydraulique artisanal au câble d'acier douteux et tout effiloché ainsi que de massives briques grises en guise d'assise. Il avait les jantes et pneus complètement séparés et semblait rouiller là sur ses quatre tables de freinages depuis un certain moment.

Allan n'eut aucune misère à infiltrer les lieux par-derrière. La clôture de planches et de poutres, jadis imposante et solide, était rongée par le temps. Elle possédait des brèches démesurées et béantes qui étaient plus que suffisantes pour qu'Allan puisse s'y introduire. Dans la cour emplie de ferraille et autres affaires ayant trait au dur métier de garagiste de région, on pouvait voir des pièces éparses et de bidons d'huile souillés, vides et secs depuis des mois, des lustres... Il s'y trouvait même la carcasse d'une vieille carrosserie rouillée et toute bosselée qui semblait servir de terrain de jeu à une marmaille laissée à elle-même. Près de la maison délabrée, plantés au travers de ce champ épique de ruine, de bataille contre les interruptions machinales et en état de délabrement amorphe, il y avait, équivalant à deux puissantes colonnes, deux poteaux qui ornaient ce décor lunaire. Ils étaient reliés l'un à l'autre par une cordelette de nylon, tel un long cordon ombilical. Il y tenait bon nombre de vêtements, accrochés depuis la matinée, sur cette corde à linge aux poulies toutes rouillées. Quoiqu'il fît extrêmement attention, Allan fit grincer les disques mécaniques. Mais, même le tonnerre ne pouvait briser la concentration du béotien rouquin dans l'accomplissement de sa sieste ! Allan crut entendre les pleurs d'un jeune bambin venant de la maison. Son ouïe fine ne l'avait pas trompé. Le temps de prendre les vêtements nécessaires, il repéra une présence qui se révélait à la fenêtre de l'accès arrière, donnant sur la cour... Dans l'embrasure de la moustiquaire défigurée, une femme, traînant un nourrisson dans ses bras, se mit à bramer de toutes ses forces lorsqu'elle vit qui lui manquait des nippes…

Allan était déjà bien loin à ce moment quand le jeune et négligé rouquin ainsi qu'un coriace dogue, trop âgé pour être normalement aux aguets durant cette chaleur humide, apparurent en trombe. Le molosse, à la gueule grisonnante, mais toujours écumeuse de la rage du Cerbère et son maître encore tout éméché firent les cent pas dans la cour, en vain, sous les invectives astringentes de la marâtre mégère qui était déjà en train d'accuser tout son voisinage dans un rayon de plus d'un kilomètre... L'homme, probablement habitué aux exhortations de sa femme, ne prit même pas la peine d'en informer le shérif adjoint et, suivant son chien croulant, se promena le long d'un sentier de motorisés. Avec une promptitude emportée, le clébard tira sur la laisse de son propriétaire, il avait bien reniflé quelque chose et son empressement les conduisit à une vieille brèche dans la clôture. Le genre de troué dont on reporte la réparation toujours à plus tard jusqu'au jour, comme aujourd'hui, où il constitue l'envie et la tentation de quelques fennecs futés...

Concentré à regarder ce que le cabot pistait, le consanguin rouquin fut éberlué d'un saut de panique lorsqu'il vit une ombre qui se dessinait sur le sol s'approcher de lui, tel un spectre. Une massive, mais furtive et insonore machine sombre lui passa rapidement sur la tête, soulevant violemment un amoncellement de poussière. L'escarbille charbonneuse d'une usine non loin et le gravillon sablonneux prirent à la gorge et aux narines le pauvre garagiste et son vénérable pisteur sur quatre pattes. Sans demander son reste, le miséreux, perplexe de cet étrange appareil silencieux revint à la hâte et tenta d'exprimer à sa nana, inconsolable de sa brassée perdue, qu'il avait aperçu, il le croyait, un engin extra-terrestre et que c'étaient eux qui avaient probablement volé ses vêtements ! Un regard indigné de sa femme lui fit comprendre qu'elle ne gobait en rien son histoire et qu'il subirait, tôt ou tard, sa colère de matrone indomptée...

Dans de larges bosquets, buissons et autres futaies sauvages, un peu à l'écart de la scène du vol, Allan et Alberta virent l'hélicoptère passer en trombe... Il était moins une pour que l'appareil flottant surpris l'intrépide soldat au pas de course, cherchant refuge dans le bocage environnant... Allan, en protecteur, se positionna comme pour protéger, de sa personne, celle dont il était follement tombé amoureux. L'hélico fila en vitesse et revint vers le vieux garage. Alberta, blottie dans les bras de son homme, ferma fortement les yeux, croyant que cette action ferait disparaître le dragon d'acier comme par magie.

Les lèvres d'Allan se serrèrent et il hocha la tête machinalement de haut en bas pour faire un signe de compréhension à sa douce... son regard fixe, perdu sur une flaque vaseuse. Il écoutait attentivement les échos environnants autant que les voix assourdissantes dans son petit casque d'écoute... Un long soupir que ressentit Alberta, pelotonnée sur son chevalier servant :

— Tiens, tiens... Ils retournent à la ruine de l'hôtel pour y reprendre de nouvelles fouilles aux sols... C'est gagné ! Ils croient que l'on s'est caché là et revenu aux alentours du *Colonel Inn* !!!

— Cela nous donnera-t-il assez de temps pour nous faufiler jusqu'à Sacramento ?

— Tenez-vous vraiment à le savoir ?

— Je vous ai posé la question Allan !

— Si l'on se rend à Sacramento vivant, ce sera le plus grand miracle depuis, hum, l'affaire... disons l'affaire de Fatima et de la Vierge à Lourdes !

— Tu es sérieux là ??? On est dans la merde jusqu'au cou...

— Commençons par nous changer avec des vêtements propres. Le mieux est d'agir, pas de tergiverser sur des possibilités abstraites. Je sais, Alberta, que la situation a pris des allures fantasques et grotesques... Un hélicoptère qui lance des roquettes à fragmentation pour éclater nos pneus aurait bien pu nous faire sauter en mille morceaux par ricochet ! C'est grandement dangereux, fou dingue même ! Je te jure que je te protégerai à mon corps défendant, mais franchement, cette meute de coyotes à nos trousses, c'est trop gros... On doit atteindre une position stable, sinon neutre...

— Mon Dieu Allan... Ils ont voulu nous tuer !

— N'y pense plus, pour l'instant, ma belle ! Tiens, Sexton lui passa une robe des plus démodée.

— Ouach ! Elle sent le chlorure à plein nez !!!

Allan tendit, avec une certaine honte, les vêtements récoltés par son larcin. À la vue des costumes mal lessivés, elle ne pouvait se retenir de quelques remarques dont on s'attendrait à entendre sortir de la bouche de filles de riches :

— Qu'avez-vous fait Allan ?!! Voler les hardes de ces pauvres campagnards ?!! Franchement ! En plus, ils sentent le javellisant à plein nez ! Ils ne connaissent pas l'assouplisseur liquide ? Je vais me faire remarquer à coup sûr avec cette toilette sur le dos !!!

Alberta prit une pause, comprenant la légèreté de ses blâmes et désapprobations dans cet instant de crise. Allan la regardait avec encore plus de convoitise, mais pas d'envie sournoise, un réel désir d'amour inconditionnel... La façon de se cacher pour se dénuder, se changer, tout en faisant des états d'âme sur des subtilités de tissus, montrait une personne chaste et une pureté intérieure qui réchauffait le cœur d'Allan. Elle rouspétait certes, mais devant les inconvénients de la vie, elle faisait toujours le bon choix ! Pour lui, Alberta symbolisait une sorte d'ange, un rayon de beauté et de bonté qui méritait que l'on combatte pour elle. Cette innocence, il ne l'avait plus revue, depuis le départ de ses filles... Il respecta la volonté d'Alberta de garder sa nudité et sa sexualité pour le moment qu'elle choisirait opportun... Dans l'intimité d'un nid douillet, à la fin d'une soirée nuptiale ! Il se souvint d'une gravure de son enfance, représentant Jeanne d'Arc en armure, soulevant l'oriflamme de Dieu... Il pensa en lui-même, mi-sérieux, mi-blagueur :

— Hé ! Hé ! Comme elle ferait une belle Pucelle au cinéma !!!

Elle se trouva, bien sûr, grotesque dans cette robe démodée, sans courbe, des années révolues, aux couleurs criardes mais très décolorées, flétries et délavées... Lui, portait une salopette de travail, tout aussi altéré par l'étendue de ses services passés, qui ne rendait pas justice à leurs apparences respectives. Mais ces vêtements avaient la propriété d'être secs, amples et souples pour le voyage. C'est Allan qui reprit le commentaire rêche et coupé d'Alberta, comme signe d'un appui inconditionnel et d'un soutien moins intellectuel que pratique :

— C'est vrai que ces haillons nous font plus remarquer que le contraire !
— Au moins, ils ont la qualité d'être secs et propres... Même si c'est trop propre !

Quand le nid de frelons devient nid d'aigle

À l'attique bétonné de l'hôtel Keeplington, centre de direction improvisé par le sieur de blanc vêtu, Manlow rageait comme un diable dans l'eau bénite. Avec une furie hors du commun, il projeta le combiné de son téléphone crypté à bout de bras... Courroucé de tant d'incompétence, il voulait à tout prix se venger... Mais de qui ? De quoi ?

Il n'avait pas encore reçu la confirmation, de son auxiliaire canadien, que l'élimination d'Ed Prescott était bel et bien accomplie, que l'infortuné Hartland l'informait que sa troupe de choc, formé de militaires aguerris, mercenaires de l'ex-Union Soviétique, de Cubains castristes, de rebelles somaliens, de révolutionnaire malais, de caïds des cartels d'Amérique latine, de la pègre, bref, des pires malandrins venant des coins les plus dangereux et périlleux du globe, s'étaient fait avoir comme des « bleus » par une universitaire... Sakarov, le chef de section, avait la mâchoire fracturée. Le prétendu hélicoptère de repérage, poursuivant des silhouettes fantomatiques, suivait les personnes de la traque en hauteur. Les hommes se perdirent dans une tourbière boueuse. Le pilote, devant le silence de son supérieur hiérarchique, ne prit pas la peine de demander son positionnement exact. Il planait, indifférent, au-dessus des unités au sol, repérant çà et là des ombres floues, induisant en erreur les pisteurs sur le terrain. Laissant, du coup, Sakarov seul à son sort...

Hartland avait beau utiliser toute sa diplomate amabilité, il dût se rendre compte que ses quelques courtes dépêches avaient poussé, à l'hystérie, son mentor ! La nuit avait été longue pour Hartland. Il avait épluché les documents de la jeune journaliste en herbe et n'y avait rien trouvé de bien incriminant; des faits troublants, certes, mais aucun élément de preuves accablantes au point de retourner, sens dessus dessous, la côte Ouest au grand complet... Aux réprimandes acerbes de Manlow, il répétait délicatement et sans cesse, comme pour calmer un enfant gâté en crise :

— Elle ne peut rien faire que la Toile ne pourrait aisément contrer. Même pallier à toutes ces calomnies... Nous pourrions annuler tout ce que pourraient déballer « les Alberta Prescott de ce monde » réunies !

Manlow l'écoutait sans mot dire, c'est ce que croyait Hartland... Le vieillard s'était perdu dans ses pensées les plus sombres. Dans son âme noire et tordue, déviée même, Manlow savait trop bien que viendrait le temps où il devrait payer l'ultime note, la dernière facture... Cette crainte, il l'eut toujours au fond de lui, ancré viscéralement dans les replis de sa conscience tortueuse... Il ne pouvait s'enlever de l'esprit la silhouette vague de son père biologique, un pasteur évangélique sévère qui lui faisait sans cesse des sermons sur Hadès, roi des enfers et des abysses sans fin ! Il fut le témoin muet de son suicide, lors d'une grande dépression et de sa révolte infantile contre le Dieu de son paternel... Rouge d'exacerbation envers ses contemporains, jamais homme n'eut d'ire aussi intense pour le genre humain. Par cette haine, Fulher Abraham Manlow avait escamoté bien des concurrents et éliminé bien des rivaux. Il montait les échelons du pouvoir jusqu'à tenir, sous sa coupe, les politiciens et autres puissants de ce monde... C'est dans une confrérie d'ordre initiatique universitaire que Manlow découvrit le vrai sens du mot « POUVOIR ». Sous des rites vaudevillesques et caricaturaux, il comprit pleinement que le genre humain, dans sa faiblesse éphémère et sa crainte du néant, avait en effroi le vide... Quel que fût le contenu, il devait y avoir quelque chose à laquelle s'accrocher, un contenant. Et si la vie finissait avec sa dernière seconde ? Les Romains de l'Antiquité ne parlaient-ils pas des secondes de l'existence en ces termes; *Vulnerant omnes, ultima necat,* tous blessent, la dernière tue !

Tel était le mensonge que Manlow propageait comme une peste, un poison aux allures de venin :

— Tu es seul dans le temps et tu mourras dans le néant... À toi de te fabriquer, ici-bas, un royaume qui te sera paradisiaque ou de subsister dans la servitude de la discipline céleste des chimères imposées...

Le message de Manlow semblait simple, trop élémentaire pour celui qui ne savait pas écouter les psalmodies de ses vendeurs de rêve, mais beaucoup de gens s'imaginent être élus ou mandataires d'un savoir qui les rendrait uniques face à leurs semblables. Nous sommes cependant tous similaires et différents à la fois. Pourtant, une certitude qu'il imposait apportait la différence à ceux qui cherchaient la voie... Celle d'être Seigneur ou Esclave dans un monde où l'homme n'est qu'un animal pour l'homme ! Ainsi se parachevait le songe de Manlow qui, en fait, était plus un cauchemar éveillé qu'un rêve...

Il n'y avait aucune continuité par-delà la mort. Pour lui, nous étions que de vulgaires créatures sans âme et le pouvoir de domination sur les troupeaux devaient ne être octroyé qu'à une élite de princes, affranchit des chaînes de la conscience… En l'occurrence, voici le magnifique royaume que Manlow offrait à ses suivants; tue ou meurt, prends ou perds, frappe ou subits !

Égaré dans son délire de candeurs artificielles, Manlow ressaisit le solide téléphone pour les communications cryptées et l'appuya à son lobe d'oreille… Reprenant à peine son souffle, il se plaqua sous la langue un petit cachet blanc au goût amer. En écoutant sa voix chevrotante, chancelante même, Hartland sourit à l'idée de le voir s'affaisser d'une crise cardiaque, d'assister à la fin du malingre, mais puissant vieillard. Il n'en fut rien… Manlow recouvra son haleine et se calma aussitôt :

— Hartland, je veux que vous ayez fait exécuter ce bâtard de Prescott avant l'aube… Je ne la sens pas cette histoire et je trouve que nos rouages sont trop lents à réagir… À quoi bon sert une toile sans araignée !!!

— Sir, par le passé, nous avons eu maille à partir avec des organisations réfractaires mille fois plus dangereuses que cet Edward Prescott… Rien n'indique qu'il soit une menace pour notre structure parallèle… Aucun rapport... Nos contacts canadiens parlent de lui comme d'un petit parvenu sans envergure ! Il n'a que son succès mitigé dans le monde pétrolifère et minier pour expliquer qu'il soit plus qu'un arpenteur de métier… Sa mort subite pourrait pousser des enquêteurs indépendants à farfouiller encore plus…

Manlow le coupa net :

— Abrutis ! Si vous n'avez rien, c'est peut-être que vous êtes trop con, lui trop rusé ou que vous êtes dans sa combine ! Je compte raccrocher ce satané téléphone Hartland et mettre un frein à cette discussion… Souviens-toi juste de qui tu es le serviteur, petit chien-chien, tu ne penses qu'à mordre la main qui te nourrit, la main de ton maître, quand il ne te suffit que de rapporter la balle ! Les prochaines heures pourraient bien être tes dernières… Obéis ! C'est déjà aller trop loin avec cette bourde de l'auberge *Colonel Inn* et de ce couple d'investigateurs qui réussit, comme par magie, à passer nos filets ! N'avons-nous pas accès aux satellites de télésurveillances ???

— C'est par eux que nous avons détecté les déplacements d'un véhicule à cet hôtel... Mais ce n'était pas un géostationnaire ! Nous avons ainsi perdu cette fenêtre et le recalibrage ne s'est fait que trop tard par le suivant… À cause de l'orage électrostatique, un phénomène très rare m'a-t-on affirmé !!!

— N'oublie pas que cette faiblesse, de la part de nos créatures, pourrait être perçue comme un geste perfide de déloyauté, un acte de trahison… N'oublie pas qu'on nous épie, attendant un signe d'essoufflement, un message d'impotence, un signal de détresse pour que nos rivaux donnent crédit à notre chute et foncent sur nous comme des corbeaux sur un gibet ! Tu es mon protégé Hartland et tu tomberas avec moi si tu ne fais gare !!!

Hartland allait s'exclure avec véhémence de toutes compromissions antagoniques qui pourraient laisser croire, un tant soit peu, de son implication dans le malencontreux échec de la rafle de l'hôtel *Colonel Inn*. Manlow avait vigoureusement raccroché la ligne, coupant toute communication. Il ne restait, à l'infortuné Hartland, qu'une singulière possibilité, une seule voie… Éliminer un prénommé Ed à Edmonton pour prouver sa loyauté, qui se devait d'être aveugle. Il fixait longuement le téléphone de son bureau, sachant que tout appel serait irréversible. Son maître jouait au Tout-Puissant, laissant des indices, comme un Petit Poucet perdu en forêt, qui le conduirait invariablement au bord d'un gouffre. Ils étaient puissants, car ils étaient pondérés et tapis dans les profondes ombres de l'indifférence ! Cette catégorie de démonstration ne servirait qu'à féconder une génération de libres-penseurs et de chercheurs de conspirations bon marché... Mais la menace d'être percée à jour était toujours présente. Ce sont des hommes comme lui qui devaient étouffer ce genre de risque, pas les provoquer !

— Manlow ! raisonnait-il en lui-même, Manlow ! Ta folie paranoïaque va tous nous faire perdre !

Malgré cet instant de lucidité, il décrocha le combiné et, après avoir regardé rapidement dans un petit calepin électronique, appela une personne-ressource anonyme. Un long lien d'intermédiaires et de contacts s'enchaîna comme un téléphone arabe qui serait impossible, pour quelqu'un de l'extérieur, de tous les identifier ou de remonter à la source, pourvu que le message final soit essentiellement le même à la fin de cette putride correspondance...

*
* *

Edmonton est une ville qui peut paraître terne par endroits, mais les gens, courtois et serviables, donnaient à cette localité une saveur très particulière, jeune et dynamique. C'était la seule agglomération de ce territoire à ne pas trop succomber à la culture « *country western* », encore là, certains citadins portaient fièrement des chapeaux de cow-boy et des vestes de denim de coupe classique ou franchement « garçon de ferme ». À une certaine époque, diverses récessions avaient légèrement appauvri le petit peuple, mais maintenant les opportunités d'emplois étaient plus grandes que la main-d'œuvre disponible. Son quartier des affaires était des plus florissants. Elle est la capitale de l'Alberta et pour cette raison, elle avait la réputation d'être une municipalité de fonctionnaires. Elle est située dans la région boréale du centre de la province, secteur dont la terre apparaît comme la plus fertile de l'Ouest. C'est la deuxième plus grande ville de l'Alberta, après Calgary. La recherche de l'or dans le nord du pays a également aidé l'agglomération à se développer au siècle dernier. Maintenant, dans cette contrée, le métal précieux avait perdu de sa teinte blondie pour se noircir considérablement sous les geysers de pétrole ! Quiconque pouvait, avec de la volonté, un petit budget et de bons contacts, aspirer à la richesse grâce aux nouvelles technologies d'extirpations des ressources naturelles et minérales. Mais le contrôle des méga pétrolières s'attelait à instaurer une forme sévère de monopole, surtout pour les sables bitumineux qui surclassaient les moyens d'extractions classiques. Ed avait su garder, relativement, son indépendance face à ces géants, mais il commençait à penser à vendre, avec un énorme profit, ses capitaux pour ne vivre qu'oisivement, sans les tracas que s'impose un homme qui brasse de grosses affaires, d'autant plus que l'empire qu'il tentait de construire n'intéressait en rien sa fille unique. C'était pour elle qu'il avait tout écarté d'une vie sentimentale pour se lancer dans le monde financier et réussir...

Le haut de la tour qu'occupait Ed Prescott surplombait la région de plusieurs mètres plus élevés que les autres bâtiments. Ainsi perché, comme un petit condor des Andes, on pouvait admirer l'horizon sans être trop aveuglé par des édifices vitrés adjacents reflétant les ondes ensoleillées du jour...

Cette nuit-là, il se fit un noir d'encre dans le quartier où résidait Ed. La lune étant couverte par de hauts nuages d'automne prématuré... Une panne électrique, aussi soudaine que rapide, plongea l'îlot de gratte-ciel, dont faisait partie le Penthouse Prescott, dans des ténèbres improvisés...

Plus tôt dans la semaine, Ed avait fait appeler Troy Russell à son bureau. Le rondouillard colosse à la moustache fraîchement trimée prenait son travail de chef de la sécurité au sérieux. Il remarqua aussitôt les rides perplexes de son patron. Cet homme, dans la jeune cinquantaine, était depuis peu retraité de la Gendarmerie Royale du Canada. Il devint inspecteur en seulement deux ans de service, mais plafonna par la suite. Il fut cordialement invité à sa retraite et se recycla comme expert pour de petites firmes. Ses expertises en matière de sécurité technologique lui faisaient défaut, trop pantouflard dans son approche, prosaïque dans ses méthodes, usuellement fonctionnaire dans sa vision rétrécie. Troy n'eut jamais la chance de suivre le « satané » progrès. Ed s'était beaucoup attaché à lui à cause de sa bonhomie, sa prévenance et sa fidélité... Quand Troy Russell donnait sa loyauté, il la tenait jusqu'au bout ! Malgré ses défaillances techniques, tout simplement comblé par une firme externe, l'ex-policier faisait un bon boulot à l'entreprise pétrolifère Prescott.

Dès les courtoisies d'usages terminées, Russell ouvrit lui-même la trouée pour faciliter la chose à Ed qui était très désorienté; l'histoire de Mylène, le meurtre de sa co-chambreuse puis l'appel « d'outre-tombe » de l'énigmatique inspecteur Baxter, tué cinq ans plus tôt alors qu'il n'était pas en service, convainquirent Ed Prescott de foutre le camp avec Mylène à son Ranch privé et isolé, au sud du Lac des Esclaves, près de Swan Hills. Son conseiller, gardant le flegme de la Gendarmerie Royale canadienne, calma le jeu et imposa aussitôt ses pondérées directives. Mais autant Russell qu'Ed Prescott savaient bien que cette fadaise de réseau d'adoption illégitime ne sentait pas les roses...

Dans un premier temps, Troy Russell fit une longue surveillance des appartements d'Ed. Son flair de flic ne le trompait que rarement et Troy prit les dispositions pour faire précautionneusement disparaître du système, l'existence de cette demeure secondaire. Au fur et à mesure que l'homme est appelé à travailler dans des domaines aussi ardu et hardi que combattre le mal, il développe un genre de sixième sens, une perception étrange, une impression qui noud les émotions ensemble et qui donne de faibles signaux, malingres, mais bien là ! Troy Russell avait les tripes et les entrailles en pagaille. Il savait qu'une trame de sa vie allait bientôt se jouer, comme une divine tragédie qui ne pouvait que mal finir... Pourtant, malgré son malaise, il resta au poste, vaillamment... Il croyait toujours à l'arrivée du « faux » feu Dave Baxter. Il préconisait encore une timide tentative de chantage et s'organisa pour aviser la guérite de ne pas faire d'esclandre à la venue de l'énigmatique inspecteur de l'au-delà, mais d'appeler la police dès qu'il franchirait l'enceinte du *Prescott Building*...

Les lumières se turent et l'édifice d'Ed Prescott tomba dans une étrange noirceur... Accoudé sur le grand bureau de son patron, Troy fléchit les genoux pour s'asseoir dans le siège confortable et pour s'allumer un bon cigare... Il marmonna en humectant le bout du havane de sa salive :

— Ed n'y verra pas objection ! Bien au contraire !

Il vint pour s'étirer et accrocher le splendide coupe-cigare lorsqu'il aperçut un point écarlate sur sa poitrine. Le trait transperçait l'interminable fenêtre du cabinet de travail, un étincelant jet lumineux de repère, presque imperceptible, ne laissant qu'un léger et vaporeux faisceau luminescent au cœur de la nuit, un genre de mire qu'il ne connaissait que trop bien. Saisissant qu'il était la cible d'un quelconque tireur embusqué, il n'eut pas le temps de mettre sa main sur son arme de service, ni de se placer efficacement à l'abri... Il s'affaissa lourdement sur le côté... Un projectile silencieux avait suivi la trajectoire de l'éthéré trait rougeoyant, passant directement à travers la fenêtre pourtant solide et supposée coriace aux balles. Elle pénétra tel un couteau brûlant dans du beurre chaud... La rayure illuminée, dans le temps et dans l'espace, vint s'apposer lentement à la tempe de l'infortuné Russell, mourant, se convulsivant dans un ultime, mais désespéré geste de survivance... Le deuxième coup fracassa le crâne de la victime dans une gerbe ocre de sang... C'en était fait de lui... Déjà les lumières du jour commençaient à pointer sur Edmonton quand des ombres spectrales, qui descendaient d'une massive antenne d'acier, s'engouffrèrent dans un sombre hélicoptère posé sur un toit en face des appartements Prescott... Qui étaient-ils ? D'où venaient-ils ? Nul ne le savait... Un fait, une évidence demeuraient... Sans un bruit, l'appareil furtif s'enfuit dans l'aube naissante pour ne jamais revenir...

*
* *

Manlow, exténué, mais toujours incapable de trouver le sommeil, sauta sur son téléphone spécifique qui émettait un son mécaniquement électronique, celui-là même avec lequel il brassait les affaires urgentes de son organisation... Ses yeux, bouffis par une incommensurable fatigue, s'illuminèrent soudainement de satisfaction à l'écoute de la voix de son chef de la sécurité de la côte Ouest... C'en était fait de son nouvel ennemi. De son inédit « rival ». La Némésis de ses angoisses, le casse-cul des casse-pieds, l'emmerdeur avait succombé pareillement à feu John F. Kennedy ! Il jubilait, comme un enfant le ferait devant une belle pointe de tarte. Il se grisa d'une si rapide exultation qu'il surenchérit immédiatement :

— Et la femelle, Alberta Prescott ?

— En son temps, monsieur Manlow, en son temps ! Nous menons rondement les recherches et ce n'est plus qu'une question d'heures maintenant !

— Hartland ! Incompétent ! Je veux qu'elle endure, qu'elle subisse le même sort que l'autre ! Que cette aurore soit rouge de sang et que le courroux de mes pairs frappe nos ennemis sans pitié ni pardon !!!

— Nous avons une sérieuse piste… Quelques heures encore et ce gibier sera enfin neutralisé…

Le vieillard se ressaisit à l'écoute des dernières nouvelles de son auxiliaire et il dicta ses directives comme son ultime volonté :

— Le docteur Martinstein aura succombé à la suite de son accident de voiture...

C'est ce qu'il décréta aux médiasphères sous sa coupe et c'est l'actualité qui retiendrait l'attention... Mais Hartland ne se contint pas pour manifester sa désapprobation pour la férocité aveugle opérée par le Chacal. Devant tant d'ardeur et de zèle, son équipe dut négocier de multiples pots-de-vin des plus salés pour s'en tenir à la thèse voulue. Ils réussirent à occulter les médias et aucun commentaire, ni allusion, sur l'assaut de sa clinique par un couple d'extrémistes, ne fit manchette ! Hartland termina sa séance d'information par une singulière constatation :

— Si l'on doit avoir recours aux forces auxiliaires et extérieures pour retrouver la présumée Alberta Prescott, nous simplifierons les recherches en lançant un mandat de délit de fuite mortel, le timbre de la voix d'Hartland démontrait une froideur professionnelle, nos services ont déjà remorqué sa voiture. Il sera facile de la maquiller pour un accident ultérieur ! Nous n'aurons qu'à trafiquer les dates pour faire coïncider le tout... Par contre, il faudrait mettre la pédale douce, à cause du décès brutal du père, il faut faire ça moins évident... Il y a maintenant trop de morts... Au fait, avez-vous rappelé votre gorille ? J'ai personnellement vérifié pour la jeune universitaire Latricia Brown, la supposée agente espionne qui enquêterait sur Martinstein et je n'ai rien trouvé... Niet ! Nada !
— Évidemment Hartland ! Elle devait travailler comme fouine pour des particuliers ou même directement pour cet Ed et cette Alberta Prescott... Pour ces chiens, aucune clémence !!!
— Reste que nous devrons rester sur nos gardes, ainsi nous serons à même de découvrir qui se cache derrière cette machination, Hartland fit une judicieuse pause, croyez-vous que Merzgin tente de nous doubler ?
— Ma foi, qu'aurait-il à gagner ? Nous lui offrons tant !
— Nous le surveillons activement depuis des lustres et son allégeance soudaine semble sincère... Mais je ferai en sorte de l'observer plus étroitement... On ne sait jamais avec ce genre de vipère ! Une autre volte-face est toujours possible !

Pour l'heure, l'idée effaroucha légèrement Manlow, mais donna toute latitude à son bras droit, probablement plus par la fatigue accumulée que par une profonde conviction... Merzgin, le fiston, était au fait d'où allaient ses intérêts et il n'était pas fou... Toute tentative de sa part conduirait inéluctablement sa branche au bord d'un sombre précipice... Ce gouffre, celui de la peur, Merzgin fils y avait déjà goûté. Il semblait, pour Manlow, assez intelligent pour garder en tête le terrible châtiment de son défunt père... La sanction, la pénitence que tous les adeptes du Serpent et de la Chouette doivent expier si la littéralité était brisée. Manlow les tenait de sa main ferme, sinon par la dextre de la crainte. Un peu comme les groupuscules criminels du genre : lorsque l'on y adhérait, on perdait toute notion de libre arbitre et la bonne conscience était proscrite. Ici, on devait écouter sans discourir, ni contredire... Oublier toute lucidité morale pour devenir efficace... Mais efficace pour qui ou pour quoi ?

Hartland gardait la cerise pour le *sundae* ! Il articula, avec un ton ferme et sans pause :

— Dernière petite chose M. Manlow, j'ai demandé à un de nos contacts de liquider les affaires de Martinstein qui le relierait à nous... Or, autant à sa clinique privée qu'à sa résidence personnelle, mon homme et son équipe n'ont retrouvé que des copies de vieux dossiers photocopiés ayant trait aux adoptions particulières... Pourtant, ce couillon ne devait conserver aucune trace de nos activités... Je crois qu'il devait vouloir se protéger subséquemment, en gardant des originaux dans une sorte de planque sûre. Avec ce qu'on a trouvé, un petit futé pourrait fouiner assez loin... Selon mon estimation, la filière pourrait ainsi remonter bien avant l'incendie du *Colonel Inn*... La plupart de vos membres y sont bien identifiés, avec les actes d'adoptions et toutes les références légales... C'est ahurissant les noms qu'on y retrouve ! C'est ce genre de fuite qui doit avoir attiré, sur votre organisation, les fouines-merde que nous traquons actuellement...

— Combien d'années dites-vous ? Ce bougre de Martinstein a conservé, de son initiative personnelle, la trace de toutes ces demandes, malgré mes strictes recommandations !!! Croyez-vous qu'ils aient effectivement, en leur possession, les originaux ?

— Peut-être, mais dans ce contexte particulier, il ne faut pas céder à la panique et regarder toutes les éventualités comme option... Mais je ne pense pas Martinstein assez stupide pour garder ce genre d'information dans un endroit aussi accessible que sa clinique ou sa résidence... Je suis en train d'obtenir tous les certificats pour perquisitionner tous ses avoirs... Voir s'il avait des coffrets de sécurité... Nos contacts de la finance s'en chargent !

— Ça m'apprendra à faire confiance à un clinicien souffrant d'hématophobie ! C'était le cordonnier le plus mal chaussé !!!

— Il faut croire que le savetier ne vous craignait pas tant que cela en fin de compte !

Hartland se mordit les lèvres de s'être échappé de la sorte. Cette crise, pour lui, n'était qu'une tempête dans un verre d'eau, sinon une situation passagère que les vents d'automne auraient bientôt balayée... Cette année-là, il y avait eu plus de 185 homicides, juste à Los Angeles, et les gangs de rues étaient relativement calmes... Qui se préoccupait d'un meurtre de plus ou de moins dans les tourmentes du monde moderne... À son grand regret, il découvrit que Manlow s'en souciait beaucoup, lui... Le vénérable homme, de blanc vêtu, lui fit savoir, par une série de phrases courtes mais très directes, qu'il tuerait Martinstein lui-même s'il n'était pas déjà mort... Hartland, commençant à connaître le vieux, laissa respectueusement passé l'ouragan en silence. Lorsque Manlow n'eut plus la force d'invectiver son interlocuteur, il se calma et demanda humblement les recommandations à suivre. Hartland fut flatté par ce revirement de circonstance. Il comprit que les portes de l'avancement s'ouvraient toutes grandes pour lui... L'homme de la situation, qui annihilerait cette menace, énorme pour Manlow, deviendrait le sauveur et se taillerait une part importante au sein de cette organisation. Enfin, c'est ainsi qu'Hartland se figurait la conjoncture. Placide et sûr de lui, il prit les rênes et manifesta quelques directives et recommandations d'usage, question de calmer et réconforter ce géronte qu'il visualisait centenaire.

— À ce que l'on m'a affirmé, Martinstein était un coureur de jupon... Il se peut qu'il eût, non loin de sa clinique, un endroit tranquille et discret... Je l'imagine facilement en train de séduire une de ses petites clientes !

— Ne dites pas d'âneries Hartland, je n'ai pas le moral à la plaisanterie !

— Pourtant, je suis sérieux... Souvenez-vous, il y a près de quatre ans, il m'avait appelé pour nettoyer un minuscule logement d'une droguée en surdose... Elle était mineure et il se faisait un sang d'encre pour ne pas qu'elle crève, car l'endroit était officiellement à son nom ! Il nommait ce lieu, sa garçonnière !!! C'est moi-même qui lui ai conseillé de mettre ça sous une fausse identité...

— Effectivement, il m'a déjà avoué posséder un tel endroit et je trouvais cela bizarre, il affirmait souvent avoir une femme, une épouse aux médias, etc. Il n'était même pas marié !!! Je comprends maintenant pourquoi cet adorateur du Marquis de Sade avait besoin d'une semblable cache !!! Localisez-moi ce lieu Hartland et je vous couvrirai d'or !!!

— Je vais mandater, pour faire cette recherche, l'inspecteur Golan Shalow. Sa mère travaillait avec Martinstein et il le connaît bien d'ailleurs... Peut-être sait-il déjà où se trouve la cachette de feu Docteur Martinstein ?!!

— C'est ça, renchérit Manlow qui avait repris son antique assurance, découvrez les dossiers et brûlez-les tous... Ne faites pas comme Martinstein, ne me sous-estimez pas... Restez flou avec cet avorton de crapaud, elle était très proche du docteur... Ne lui dites pas que nous avons été autant les juges que les bourreaux dans ce cas-là !

— N'ayez de crainte Monsieur, je ne vous décevrai point... Tout va rentrer dans l'ordre avant peu... Tous mes hommes arpentent...

Manlow coupa net cet appel en raccrochant sec le téléphone. Il aperçut son visage dans les reflets d'une glace. La réflexion dans ce miroir lui rappelait amèrement qu'il était un patriarche au bord du tombeau...

L'évasion vers demain

Dans leurs nouvelles fringues, Allan et Alberta marchaient à l'abri des regards intrigués des gens qu'ils croisaient sur leur chemin. D'un commun accord, ils décidèrent de ne pas emprunter les transports publics, Allan n'eut aucune peine à convaincre Alberta avec ses théories de filatures extrêmes... Si un hélicoptère leur avait filé le train de cette façon depuis la clinique d'avortement du docteur Martinstein, pensèrent-ils, ils étaient probablement capables de faire surveiller les aéroports et autres terminus de lignes. Jamais l'idée que cette rencontre puisse être reliée directement à l'Auberge *Colonel Inn* ne leur traversa l'esprit...

En dépit des imprécations et des dangers, il était surprenant de les voir s'échanger des regards furtifs, doux et complices, malgré la vigilance d'Allan qui était toujours aux aguets. Dès qu'Allan le pu, il fit main basse sur une bagnole, n'importe laquelle pourvu qu'elle fonctionnât jusqu'aux abords de Sacramento. Le trajet se passait sans problème. D'ailleurs, les deux restèrent silencieux, Allan scrutait constamment les alentours. Il était doublement méfiant depuis la dernière nuit et Alberta elle, songeuse, se laissa aller à une petite sieste, si salvatrice pour les nerfs. Ils se débarrassèrent de la voiture volée en banlieue de la cité en faisant le nécessaire pour faire disparaître toute trace les reliant à eux. Alberta, sous des apparences de prude fille de riche, démontra un certain sens de l'aventure et participa de son mieux aux différentes opérations. Elle comprit que son protecteur ne pouvait tout régler et décida de jouer le jeu jusqu'au bout, mettant sa bonne morale et ses valeurs profondes de côté. Elle revoyait l'image de Mylène avec la petite Pam dans ses bras... Cette représentation la galvanisait au plus haut point. Non, elle ne voulait pas être un fardeau pour Allan ou plutôt l'être encore plus, car elle était persuadée qu'elle l'avait mêlée dans une drôle d'histoire. Elle était déterminée à faire fléchir les salauds qui avaient trempé dans le malheur de Mylène Gilmore. Et de combien d'autres avant elle ? Pour réaliser ce projet, elle ne pouvait se fier qu'à Allan maintenant. Que deviendrait-elle sans lui ? Que serait-il advenu d'elle, face au méchant docteur sans son arrivée fortuite ? Elle se remémora l'article sur les mexicaines décédées et elle s'estima fort chanceuse de ne pas avoir terminé dans un fossé humide...

Dès qu'il le put, Allan visita, en solitaire, des bars et tavernes peu invitants en périphérie de la ville. Il jeta son dévolu sur un cabaret d'effeuilleuses qui semblait surtout fréquenté par des asiatiques... Le genre d'endroit où les après-midi sont encombrés, hantés même, par les ivrognes locaux et des gens qui ne semblent pas avoir grand besoin de travailler pour récolter leur pitance. Il fit un brillant repérage des lieux et s'organisa pour éviter les quelques caméras de surveillance du club de danseuses nues, espérant qu'il n'y en avait pas d'autres mieux dissimulées. Une stripteaseuse, aux allures de prostituées aux cheveux courts, teints grossièrement d'un obscur ébène mât dont on apercevait la repousse brune, s'approcha de lui. Sa peau, trop artificiellement bronzée par du soleil en boîte, semblait rugueuse et enflée. Son maquillage, asymétrique, dégoulinait sur un fond de teint trop épais. Bon prince, il accepta qu'elle fît la charmeuse de service mais dû la repousser tellement elle forçait la dose... Mal engueulée et dépassant la quarantaine, elle invectiva de bêtises le pauvre Allan. Il craignait que toute cette attention n'attire sur lui le mauvais œil mais, tout au contraire, il enthousiasma un jeune asiatique qui l'invitât à boire une bière. À ce qu'il comprit au-delà du fort accent de l'homme, il lui semblait avoir vécu une expérience similaire plus tôt. Il fraternisa presque une demi-heure avec le chinois. Allan avait, dès les premiers instants, remarqué des tatouages spéciaux que portent habituellement les nouveaux prospects de gangs asiatiques, de la côte Pacifique, sur leur avant-bras : un tigre chinois stylisé aux griffes menaçantes et en position élancée prêt à bondir. Il n'était pas disposé à identifier les autres idiomes chinois sans attirer une suspicion automatique mais il était assez certain de lui pour tenter le coup. Après les premières méfiances estompées, Allan réussit à l'amener sur sa réelle raison d'être là; marchander la carte or d'Alberta pour du liquide. Il eut beau sortir tous les arguments qu'il avait, jouant même les faux jetons sans le sou, il n'en soutira que la moitié de ce qu'il espérait... Les risques inhérents et les nouvelles technologies faisaient en sorte que, pour ce genre de fraude, le crédit plastifié n'était plus vraiment nécessaire... Mais le sourire d'Allan, son côté social et articulé, plaisait au chinois. Peut-être voulait-il montrer qu'il avait du pouvoir ? Qu'il était plus fin qu'Allan en négociations mercantiles. Qu'il avait l'habitude de transiger avec des trafiquants notoires ! Il sortit, avec un regard arrogant et dédaigneux, tels les yeux d'un majestueux et invincible Bruce Lee au meilleur de son art, plusieurs milliers de dollars en coupures de cent, de la poche avant de son pantalon. Il lui remit 500$ comme si c'était de la petite monnaie et refourra, dans sa poche, au vu et au su de tous, sa liasse qu'il replia, enroulé sur lui-même à la manière des caïds. Il ne voulait en rien céder à Allan et voilà qu'il lui offrait toutes les femmes de l'endroit et autant de drogue qu'il pourrait désirer, sur un plateau d'argent... Peut-être espérait-il qu'Allan tomberait dans le panneau en flambant ce que venait de lui confier l'asiatique. Allan quitta subitement l'estaminet de débauche qui empestait la cigarette, malgré les lois de l'État, et son sol poisseux et gommé de souillures d'alcool, de mégots et de vieux chewing-gums racornis.

Allan, retrouvant ses esprits, regarda vers le ciel, pensif. Il cherchait une bonne raison de ne pas reprendre son dû... Il en aurait fait qu'une bouchée de ce petit mandarin et aurait en sa possession assez de liquide sans mêler la famille Prescott dans la tourmente d'une carte piratée...

— C'est quand même plus facile que la pêche aux thons !!! Tout cet argent pourrait nous aider le temps que se calme cette histoire...

Il se ravisa, s'en tenant au plan initial... Manlow avait probablement une organisation des plus rodée et il était évident qu'ils passeraient, au peigne fin, les allées et venues d'Alberta Prescott et que la première chose qu'ils regarderaient, ce serait ses cartes bancaires et de crédits :

— Autant noyer le poisson, si c'est un thon ! Qu'ils courent après des reflets et des ombres !!!

Allan, s'éloignant de l'endroit, remarqua le jeune asiatique sortir en s'engouffrer dans une voiture sport compacte d'un jaune serin flamboyant. Il créa un grondement de son assourdissant moteur et se distança rapidement en faisant vibrer, résonner et trépider la carcasse de la bagnole par une musique trop bruyante. Allan savait très bien que son « nouvel ami » allait préparer une fraude de plusieurs dizaines de milliers de dollars en matériel pour le recel et le marché noir !

Alberta l'avait attendu, calmement assise sur un banc de parc public, face à une école élémentaire de quartier sur la berge de la rivière *South River* près de *Jefferson Boulevard*. Un foulard improvisé sur la tête et des verres fumés sur les yeux, elle fixait les remous de l'affluent en écoutant le calme son du torrent entrecoupé de chants d'oiseaux... Endroit si paisible qu'elle ne vit personne passer devant elle à part un bambin de trois ans avec, probablement, sa mère ou sa nourrice qui allait se promener dans ce jardin civique fort bien aménagé.

Allan lui avait demandé de l'attendre là, ayant fait son repérage avant de se débarrasser de la bagnole. Il craignait que le signalement de la voiture volée n'attire les ennuis s'il étirait trop sa chance à rouler avec elle. Alberta le regarda franchir un boulevard pour se retrouver dans un autre monde. Un univers de béton gris et d'ordures d'arrières boutiques dans des bennes rouillées.

Elle ne resta pas à procrastiner et trouva, dans une des corbeilles du parc, celle du recyclage de papiers, une gazette du matin. Il n'y avait qu'un minuscule entrefilet du meurtre sordide de la co-chambreuse de Mylène. On affirmait que la police enquêtait sur le petit ami de cette dernière et qu'ils avaient de forts doutes sur sa culpabilité... Elle se souvint des paroles d'Allan :

— Il contrôle justement les forces constabulaires, ils travaillent tous pour Manlow car il a des appuis très puissants...

Elle fut heureuse de voir Allan mais, à sa mine déconfite, elle comprit qu'il n'avait pas réussi à atteindre son objectif. Devant ce maigre 500$, elle cacha sa déception pour afficher un large sourire. Ils étaient exténués et fatigués, en plus leur estomac criait famine. Ils s'achetèrent des victuailles bon marché et des vêtements un peu moins criards et rigolos dans une boutique de l'Armée du Salut. Allan pouffa d'un rire gras, mais sincère, lorsqu'il se remémora puis conta à Alberta la scène du cabaret. Il avait même oublié la tenue burlesque qu'il portait, pour ne pas dire de l'attitude caricaturale du « gentleman farmer » à la salopette ! Il réalisa que le jeune truand dût le trouver assez insolite dans sa façon de se vêtir.

— C'est assurément pour cela que le caïd était intraitable envers moi, ha ha ha ! Il dut penser que je fus un transfuge d'un vidéoclip des Bee Gees !
— Encore heureux qu'il ne se soit pas sauvé en hurlant ! Pire, qu'il ait décidé de garder la carte sans te dédommager !!! Croyant avoir affaire à un grand dadais !

Allan se tue de sa démangeaison qu'il eut de le rosser pour gagner le gros lot, sachant qu'Alberta aurait décrié ces méthodes viriles et brutales. Elle déteignait graduellement sur lui, lui montrant la lumière, la droiture...

Ils louèrent une chambrette de fortune meublée, ce genre de pièce miteux qu'on réserve à la journée, située dans un quartier malfamé et peu sûr. Qu'à cela ne tienne, Alberta n'avait plus peur de rien avec Allan à ses côtés. L'alcôve, éclairée par une seule ampoule incandescente, clignotait désagréablement à intervalle, selon les intenses vibrations dues au trafic extérieur ou intérieur. Les murs de carton étaient mal isolés aux bruits et elle comprit que les clients de ces lieux louaient une chambre pour ensuite vendre leurs corps... Elle en ressentit un certain dégoût passager mais garda pour elle ses pensées afin de mettre le projecteur sur les choses importantes. Allan regarda le fourbi qu'ils avaient sauvé de l'épisode sombre de l'Auberge *Colonel Inn*. Il avait récupéré une partie des dossiers qui se trouvaient dans le profond sac à main d'Alberta. Ils en avaient perdu, malheureusement, un grand nombre dans la sacoche d'étude souillée de boue mais dans la clé USB d'Alberta, il y avait plus que l'essentiel. Heureusement, les deux petits magnétophones, le sien contenant les dires du jeune sodomite mort étrangement et celui d'Alberta où l'on pouvait entendre les semi-confidences du Docteur Martinstein, étaient inaltérées et miraculeusement indemnes. Il avait également le pistolet, celui de l'infortuné russe, ainsi que le poignard de combat soviétique. Il vérifia que le tout fut fonctionnel et parfaitement décrassé. Pour ce qui était de son ordinateur portable, il fut déçu d'avoir dût le saboter de la sorte. Il perdait un incontournable outil mais cela aurait été bien plus grave si les sbires de Manlow l'avaient retrouvé intact. De la façon dont Allan avait placé son amorce, rien ne restait dans la mémoire de la machine. Il regardait, perplexe, la console de visualisation de sa caméra d'appareil photo numérique, malheureusement entièrement vidé de son contenu. Il lâcha un frustrant :

— Merde ! Probablement qu'il a eu le temps d'effacer tous mes clichés de l'hôtel abandonné !!!

Pendant qu'il essayait de faire défiler les images sur son écran témoin, son visage se crispa. Le mercenaire russe avait eu tout le temps voulu pour vider la mémoire ! L'instrument était maculé de boue et il le désencrassa méticuleusement comme le ferait un fantassin après une dure bataille. Pour l'appareil de télécommunication, sa pile de lithium à ion était tombée à plat. Allan savait qu'ils utilisaient des chargeurs spéciaux et qu'il lui serait assez difficile de retrouver les pièces de rechange sur le marché. À son retour, il tenterait de pirater leurs signaux à basse fréquence...

Elle se concentrait sur le minuscule téléviseur noir et blanc de l'endroit, sans trop écouter les énumérations de son partenaire. Mais rien ne pouvait lui faire oublier les cris assourdissants des environs. Il n'y avait qu'une petite antenne parabolique domestique et la réception était franchement mauvaise. Allan tentait de trouver la trace, à l'aide d'un bottin téléphonique, d'une vieille connaissance de l'armée demeurant à Sacramento ou dans les environs. Un ami fiable pour faire parvenir un message codé, que le père d'Alberta pourrait comprendre et déchiffrer, sans compromettre le plan de la carte de crédit orpheline qui pondait de fausses pistes, ni donner une chance aux informaticiens de Manlow de retracer la source de l'appel. Allan estimait que même le courrier personnel et conventionnel pouvait être intercepté et lu sans que cela ne paraisse. Depuis des décennies déjà, les services secrets de tous les pays avaient développé des méthodes pour étudier illégalement, et à l'insu des dignitaires, les papiers consulaires lorsqu'ils passaient aux douanes ou à l'intérieur des soutes d'avion. Les méthodologies étaient devenues tellement perfectionnées qu'on pouvait tout recacheter, replacer des sceaux de cire, les bandes adhésives, etc. Enfin, c'est Allan qui épatait Alberta à lui parler de ses connaissances de parano ! Du coin de l'œil, Alberta remarqua vaguement, à la télé, des gratte-ciel qui lui rappelaient le quartier des affaires d'Edmonton, mais le changement d'image et une interférence majeure se fondit dans la « neige » statique. Était-ce vraiment ces édifices-là ? Après tout, la ressemblance restait, par la clarté des reflets, assez douteuse. Elle se préserva de faire des commentaires flous à Allan, gardant ses appréhensions pour elle. Cela semblait être un journal télévisé et voilà maintenant qu'on y parlait de sports.

— Probablement, pensa-t-elle, qu'ils repasseront le bulletin en fin de soirée !

Du tac au tac, elle laissa le petit téléviseur pour se concentrer à nouveau sur leur aventure. Ils firent le point, en reprenant tout depuis le début... Allan comprenait aisément le rôle de Martinstein dans cette épopée de pouponnière de luxe pour parents riches et stériles. Le hic, pour lui, venait de l'implication de son ennemi numéro un. Manlow ne cadrait vraiment pas dans une histoire d'adoptions d'enfants. Ce trafic pouvait être légèrement lucratif, mais il était au fait de la puissance du vieil homme de blanc vêtu. Alberta ne connaissait que les apparences sur Manlow...

Allan Sexton lui dressa un portrait qui lui donna des frisons dans le dos :

— Dès que j'ai perçu l'ombre de Manlow, j'ai su que j'avais ferré un très gros poisson... Il avait les allures de ces revanchards du sud profond, ce genre de Sudistes qui n'ont jamais digéré la défaite de Yosémite Sam sur le Yankee Elmer Fudd, cette allusion aux personnages animés de son enfance força un sourire à Alberta. Son apparence d'un colonel confédéré aux traits sévères m'avait complètement mystifié... Très jeune, j'ai cru le comprendre, il s'était retrouvé orphelin. Des aptitudes sportives très prononcées lui octroyèrent de bonnes bourses et ouvrirent les portes d'une des plus prestigieuses universités de la côte Est...
— Laisse-moi deviner, cela devrait être facile ! Harvard ?!!
— Exactement ! Harvard, était... et est toujours, un institut privé américain situé à Cambridge au Massachusetts. Fondée au 17ième siècle, elle était considérée comme l'établissement d'enseignement supérieur le plus vieux des États-Unis et l'une des plus fascinantes, avec Yale, pour

une organisation universitaire secrète des « *Skull and Bones* » qui ont fait couler beaucoup d'encre et inspiré des films populaires, mais insignifiants, au grand écran. À l'heure actuelle, Harvard est l'une des *alma mater* américaines des plus prestigieuses, non seulement aux États-Unis, mais de par le monde. Selon le classement de l'institut académique international, elle est classée première. Elle fait partie de la « *Ivy League* », association informelle regroupant les huit collèges les plus anciens et les plus célèbres des États-Unis. Harvard est également l'université la plus riche du monde. Ceux qui en ressortent, avec une chevalière et un diplôme, deviennent très importants, seulement avec les amitiés et les contacts dont on peut s'y faire...

— J'avais pensé y faire mon Droit, renchérit Alberta pour permettre une pause à l'endiablé Allan qui semblait débiter un texte qu'il avait appris par cœur tant il s'était tourmenté à ressasser ses maigres informations, mais j'ai plutôt choisi New York qui avait plus de vie urbaine ! Continue... C'est fascinant !

— Bon ! Toujours est-il que Manlow réussit à se faire de fermes assises et de solides contacts.

— Donc, ta relation de New York n'aurait assisté qu'à une cérémonie d'anciens universitaires délurés étant membres d'une confrérie et aurait tissé autour de ses souvenirs flous à cause des drogues et de l'alcool ?

— Non, j'ai confiance que son récit était assez exact. N'oublie pas que, lorsque j'avais confronté le sénateur Thorrenz puis Manlow lui-même, leurs réactions avaient été similaires, identiques ! Ils semblaient tellement effrayés que cela me convainquit qu'il y avait une énorme anguille sous une petite roche !

Allan chercha machinalement, dans les maigres dossiers d'Alberta, pour trouver un document qu'elle avait survolé avec rapidité jusque-là. Aidé par ce nouveau support, Allan reprit son envolée dialectique et méthodique, comme s'il se devait de convaincre Alberta de ses théories :

— Après la Seconde Guerre mondiale, Manlow commença sa prodigieuse progression. Il n'avait réellement aucune racine dans le Sud et après de phénoménales études, il réussit à amasser les capitaux nécessaires pour se lancer en affaire. Il installa ses pinacles en périphérie de New York... Pour une bouchée de pain, il fit l'acquisition de la firme industrielle d'armement Carlyle. Poussée à la faillite, cette industrie était très prospère dans les années 20 jusqu'à la fin de 39-45. Elle était au bord du gouffre financier au début des années 50 et la perte d'importants contrats gouvernementaux accéléra sa chute... Manufacture de type familial, elle fut liquidée, probablement par les héritiers, et le jeune, à cette époque, Manlow, Dieu seul sait comment, réussit à mettre main basse sur une incroyable expertise technique d'une des plus grandes fabriques d'armes de la côte Atlantique.

— Je te vois venir... Après le rachat survient la crise des missiles de Cuba, la Guerre froide, les frasques d'agressions de régimes staliniens cruels et la peur d'un antagonisme nucléaire, donc des besoins plus constants en armements et voilà ! Manlow devient ce milliardaire chiant que l'on connaît !!!

— Mais cela ne se termine pas là ! Ça va plus loin que ça... N'oublie pas que les Soviétiques et les démocraties étaient des alliés lors du second conflit mondial... Cette supposée Guerre froide, comme tu l'appelles, a permis une restructuration profonde du Monde... Elle a écartée du jeu bon nombre de participants pour n'en laisser qu'un... qu'une entité centrale qui contrôle un monstre à deux têtes... Manlow fait probablement partie prenante de ces élus de la haute finance internationale !

— Je ne te suis plus très bien Allan... Nous sommes très loin de notre réseau d'adoption clandestin là...

Il profita de cette pause pour servir deux cervoises bien froides, importées de Belgique. Il tenta de les décapsuler manuellement comme les bières locales en décapsuleur « *twist caps* » des brasseries nord-américaines. Alberta, voyant le pauvre, forcer comme un diable, toujours absorbé dans son récit plus que par orgueil masculin, lui tendit un vieil ouvre-bouteille compact et partiellement rouillé qu'elle avait trouvé dans l'un des tiroirs de la fugace cuisine de la chambrette. Il repartit de plus belle :

— Attends la suite... Durant la guerre du Viêtnam, il devint immensément riche avec la vente de son napalm et de l'agent orange. As-tu une idée du nombre d'hélicoptères utilisé pour ce genre d'opération dans ce conflit ? Ensuite, il parvint à être le plus gros actionnaire de la compagnie japonaise *Osakahara Industries* et de plus de 15 entreprises et firmes similaires en Amérique du Nord, au Brésil et en Europe, firmes hautement technologiques qui se sont diversifié depuis leurs activités de pointe; la robotique, la génétique, l'agroalimentaire et la pharmaceutique... Ils ont imposé à des producteurs céréaliers, non seulement d'ici, mais de partout dans le monde, de nouvelles sortes de céréales transgéniques, soi-disant plus économiques et plus résistantes, mais qui ne produisent pas de graines, qui est stérile et qui ne peuvent pousser qu'une fois lorsque plantées. Le résultat est désastreux, les paysans du Tiers-Monde ne pouvaient plus s'auto financer grâce à la cueillette de germination qu'ils pouvaient faire fructifier afin d'assurer des récoltes successives, sans devoir débourser chaque année pour les graminées. Autrement dit, avec une seule poche de grains à semer, ils pouvaient subsister plusieurs saisons en ramassant minutieusement les grains sur le sol et en les entreposant avec soin... Maintenant, avec le monopole de la semence unique prescrit par des consortiums, ils sont contraints de s'approvisionner à chaque moisson... Pour empêcher des gens d'être autosuffisants et dépendants d'un système mercantile, ils vont jusqu'à faire en sorte de détruire les espèces endémiques et sauvages par épandages de puissants herbicides pour forcer l'humanité à se ravitailler chez eux... Ils vont faire disparaître de multiples plantes pour du putain de fric en inséminant des parasites pour annihiler les souches natives et s'assurer qu'on achète leur merde transgénique !!!

— Effectivement, c'est triste ! Mon père m'a entretenu d'un reportage télévisé sur une firme française, œuvrant internationalement, qui bousillait génétiquement des végétaux en jouant dans les gènes pour qu'elles résistent à des insecticides... Le hic, c'est que du même coup les produits chimiques détruisaient l'herbage sauvage... Leurs stocks auraient aussi eu des mutations ! Dingue !!! Ça fait déjà quelques années de ça et depuis, patate ! On entend plus parler de ça...

— Ça ne me surprend guère ! Il y a assurément un autre genre de récolte ici même, en Amérique ! Et l'on ne discute pas de plantes vertes ! Un de mes obscurs contacts dans l'armée m'avait entretenu d'un projet gouvernemental : « Red and Blue stripes ». Il m'avait approché pour me faire joindre une sorte « d'unité spéciale ». C'est ce qui était à l'origine de mon intéressement à la « politique » de mon pays !

— Héhé ! On dirait plus un nom de banderole de fêtes foraines que d'un commando de Bastards !

— En fait, c'est beaucoup plus sombre que cela ! Une équipe, triée parmi des mercenaires, des agents de la CIA, d'anciens militaires, etc. Ce groupuscule devait cibler des membres de gangs de rue, de la pègre, des motards et autres groupes criminalisés, pour semer la pagaille, créant des conflits artificiels qui obligeaient des mesures spéciales. Dans un premier temps, ces purges permettaient de mettre en place des éléments plus malléables et, qui plus est, intensifier le marché des armes, de systèmes de sécurités plus onéreux, et des contrôles de masses plus expansives... Les cibles favorites furent les Latino-Américains et les Afro-Américains qui s'entretuèrent à qui mieux mieux ! Le feu aux poudres fit en sorte que des firmes comme la Carlyle Industries vendirent des armements pour des milliards de dollars. Liquidant illégalement des stocks dans les rues, et légalement, par des gens désirant pouvoir se défendre contre de tels vents de violence ! Ils poussent des gosses à s'entre-tuer !

Il absorba fébrilement une interminable gorgée pour retrouver le fil de ses idées. Il estima que la bière avait un goût d'urine de mouffette mais se garda de l'exprimer verbalement. Alberta, dans cet instant critique, trouvait plus ou moins passionnantes ces élucubrations paranoïaques de catastrophe mondiale. Ce genre d'histoire à grande échelle était très important et, même si elle se ressentit touchée par cette vision horrifique, il n'en restait pas moins qu'à court terme, c'est Mylène et Pam qu'elle voulait aider. Néanmoins, elle sentit chez Allan le besoin de s'extérioriser, d'exprimer des choses et le laissa parler. Ne l'avait-il pas sauvé des griffes de Martinstein ? Au fond, tant que ses affirmations tournaient autour de Manlow et compagnie, elle pouvait bien écouter. Mais Alberta développa une étrange sensation, un sentiment malsain qui l'envahit, l'accaparait au point de lui nouer l'estomac et lui couper littéralement l'envie de manger. Elle se mit toute ouïe pour son récit, elle savait que tout ce charabia avait un sens profond pour lui, que cela cachait en fait une grave et terrible blessure ! Elle le dévisageait, l'observant excessivement, plongeant ses yeux dans les siens puis, fixant de nouveau ses lèvres qui ondulaient des sons, elle se remit, rêveuse, à l'écouter passionnément.

— Manlow a des parts importantes dans la *Sierra Lux Industries*, industrie qui fabrique des hélicoptères de combat et des drones-espions. La boucle est telle que c'est sa firme *Carlyle* qui y installe les missiles balistiques, les puissants calibres de mitrailleuses et autres gadgets à tuer les gens... À chaque fois qu'un conflit éclate dans le monde, il touche des millions, voire des milliards ! C'est sa compagnie d'armement qui a développé les mortelles cartouches de style D.U.L.L.R. (*Depleted Uranium Low Level Radiation*). Ce sont des munitions renforcées par un procédé particulier qui utilise les résidus d'uranium des centrales nucléaires. Cette récupération supprime des centaines de tonnes de déchets radioactifs et les transforme en billions de profits ! Bien sûr, il fait la page frontispice du magazine *Forbes car* avec des techniques prodigieuses qui éliminent les surplus de chiures atomiques, on le fait presque paraître comme un écolo !

— Je crois avoir vu ça sur le Net dans l'un de tes articles... Chez moi, au Canada, des militaires ayant combattu en Irak et en Afghanistan, qui souffraient de syndromes après guerres, ont intenté un recours collectif contre l'Armée à ce propos, sans succès. Ils agonisent atrocement de soi-disant radiation ! Pour ce qui est de Manlow, il avait même reçu des prix honorifiques de groupes écologiques très reconnus pour son effort à réduire les ordures radioactives !

— Effectivement, tu l'avais imprimé... Il est vraiment un maître de l'image et il a une main mise sur presque tout ! Sais-tu que les cartouches « Manlow » sont si résistantes, grâce aux manipulations nucléaires, qu'elles percent tous les blindages connus ? J'ai en horreur ce genre de cartouche... On nous forçait à les utiliser en Afghanistan et en Irak... Munitions *multisizes,* du 9^{mm} au .50, tous les calibres possibles, roquettes anti-blindés, missiles sol-air, air-sol, etc. Elles sont tellement perforantes qu'elles transpercent d'épais murs de briques, de pierres, etc. et même des *bunkers* enfouis sous le sol.

— J'imagine qu'ils ne servent qu'à des cibles militaires spécifiques et calculées ?

— Et bien non ! Elles causent des dommages collatéraux terribles et inimaginables ! Juste en balles perdues, en éclats d'obus... Écoute Alberta, les répercussions de ces munitions renforcées à l'uranium provoquent des poussières radioactives... Ils ne font que transposer, convertir les éléments radioactifs, elles ne disparaissent pas, bien au contraire ! Ces cartouches de la mort, c'est comme ça qu'on les appelait au front, détruisent et empoisonnent les terres fertiles, l'eau et pire encore, les populations locales qui ingèrent, petit à petit, des doses nocives qui affaiblissent les plus forts et tuent les plus faibles ! Ô Albie, sous le coup de l'émotion Allan semblait avoir trouvé un mignon sobriquet à Alberta, déjà de brillants scientifiques, indépendants d'esprit et d'âme, ont calculé qu'il prendrait à la nature, en temps, quelque chose comme 4,5 millions d'années pour neutraliser cet uranium appauvri. Toujours selon leurs estimations, les « soi-disant » défenseurs des démocraties ont balancé, depuis 1991, en Afghanistan, Irak mais aussi en ex-Yougoslavie, près de 410 tonnes de ces munitions. Des cas d'infertilités, des centaines, voire des milliers de mort-nés, affreusement anormaux, déformés et mêmes monstrueux purent être constaté sur le terrain, par nous, des membres de Médecins Sans Frontière, etc. On occulte ces faits dans les médias. Ça cause l'augmentation des cancers en général, dans une proportion de 70% plus élevée qu'ailleurs dans ce monde. Je ne te parlerai pas des symptômes de maladies graves au sein même de nos troupes, on n'a qu'à penser au syndrome de la guerre du Golfe, on a caché des évidences... C'était directement lié à l'uranium appauvri et aux munitions Manlow !!!

Alberta, pantoise, regardait le soldat de métier en train de faire son témoignage poignant. D'une nature maternelle, elle était ahurie par ces dernières révélations. N'ayant aucune crainte de se faire juger par Allan, elle émit une innocente théorie qui pouvait sembler boiteuse, a priori, mais qui faisait du sens pour la jeune dame. Elle n'avait pas l'expérience de terrain mais la psychologie humaine n'avait plus de secret pour elle :

— Et si Manlow, à la veille de mourir, plein de repentir de vendre des bombes dévastatrices, voudrait faire amende honorable en donnant, en adoption, des enfants pour semer un peu de bonheur ?

— Encore là ! Même en désirant faire le bien, il s'y prend décidément mal !

Allan se retint de se bidonner aux éclats, par respect pour elle. En calant une bonne gorgée, il s'imaginait une image si loufoque, si grossière et insipide, qu'il ne put s'empêcher de pouffer singulièrement en pulvérisant une fine giclée de bière. Il visualisait mentalement Manlow, vêtu comme une nounou, apportant le biberon à un nourrisson dans une pouponnière remplie d'enfants. Ne pouvant voir cette imagerie mentale, Alberta se sentit trahie qu'il riait ainsi de ses impressions. Elle lui donna une petite tape amicale sur sa solide épaule... Lorsqu'il eut confessé sa vision. Ils s'éclaffèrent tous les deux comme des bambins complices d'un méfait véniel et, pendant de longues minutes, ils s'embrassèrent, négligeant leurs malheurs, oubliant tout... Enfin, presque tout... Allan retira, d'une de ses poches, des papiers froissés dont une enveloppe à l'en-tête de la clinique de Martinstein, retrouvé à l'hôtel *Colonel Inn*. Les initiales floues de « G.S. » y étaient inscrites à l'encre bleue d'un stylo à bille. Le numéro indiquait, avec son indicatif régional de San Francisco, probablement quelqu'un de l'entourage immédiat de Martinstein. Sinon, il aurait pris la peine d'inscrire le nom complet pour ne pas l'oublier ! Grâce au système informatisé de téléphonie locale, Allan n'aurait eu aucune difficulté de trouver cette dénomination. Mais le problème, à appeler une standardiste, c'est que les appels étaient toujours tapés, enregistrés et consignés dans une immense boîte à mémoire d'un super logiciel de la *National Security Agency* même si cela violait directement les lois civiles les plus élémentaires. À l'aide de mots clés, le programme sondait toutes les conversations, même les plus anodines, pour isoler des vocables évocateurs du style « complot, bombe, attentat, meurtre, assassinat, pistolet, etc. » On pouvait, sans peine, imaginer le nombre effarant de fausses alertes; deux adolescents parlants d'un jeu vidéo outrageant, d'un film d'action au cinéma, abondamment violent, ou simplement d'une discussion sur des thèmes géopolitiques. N'importe quelles causeries pourraient ressortir sur le lot et être écoutées, étudiées par des agents fédéraux... Il suffisait d'ajouter des noms pour avoir des échos assez saisissants sur ces personnes. Des mots suaves pour tomber sur des discours et concertations délectables. Un homme d'affaires, un tant soit peu influent, pourrait être ainsi épié dans des conversations chaudes et sensuelles et être victime par la suite d'un fallacieux chantage. Les possibilités d'un tel super programme étaient infinies et dépassaient de loin le simple cadre de contraindre le, soi-disant, nouveau phénomène du terrorisme islamique international.

Résoudre cette énigme devenait compliqué, voire impossible s'ils n'étaient pas au courant de l'appellation reliée à « G.S. »

Alberta réfléchit rapidement à cette affaire :

— GS G... et S... Cela pourrait être son assistante... Golda Shalow !
— Non, ça ne colle pas... Il n'aurait pas écrit « G.S. », mais Golda... Toutefois, ça vaut la peine d'essayer !

Il s'imposa une pause. Il avait besoin d'une sieste et elle aussi. Ils n'avaient pas réellement dormit depuis un bon bout de temps déjà et ils ne tenaient que par l'adrénaline et l'énervement. Ils s'installèrent confortablement sur le lit simple, voire une couchette de fortune, pour s'y reposer. Alberta, mal à l'aise, prétexta qu'elle n'avait pas sommeil, mais dès qu'Allan la serra dans ses bras, elle se sentit tomber de fatigue, les quelques bières consommées avaient légèrement amorti ses sens, et elle demanda à Allan, en sourdine, s'ils allaient s'en tirer. Il lui chuchota calmement, dans le creux de l'oreille, de gentils mots qui eurent l'effet d'une berceuse pour elle... De la fenêtre unique, ils pouvaient voir l'éclairage d'une pharmacie toute proche. Les couleurs clignotantes rappelèrent les feux de la guerre pour Allan mais, pour la douce Alberta, elle les observa comme elle fixa les luminaires aux allures démoniaques de l'hôtel *Colonel Inn*...

Malgré les bruits incessants, causés par les assemblées de proxénètes et de souteneurs louches des chambres environnantes, ils purent somnoler favorablement. Mais lorsque l'un d'eux semblait s'en prendre verbalement à l'une de ses protégées, Allan voulut intervenir. Mais elle le retint blottie contre elle. Suite à ce lourd sacrifice, ils s'endormirent profondément, en cuillère. Ses membres massifs l'enlaçaient tendrement. Ainsi, elle se sentit bien cuirassée et se laissa enfin aller aux bras de Morphée. Ce sommeil profond apporta beaucoup de réconfort et d'apaisement. Le soleil n'avait toujours pas pointé à l'horizon qu'un silence total se fit. Étrange et désobligeante, l'aube écorcha la vue d'Alberta et elle se leva, seule, dans la couchette. Allan, déjà réveillé depuis un certain temps, était assis sur l'une des chaises de la petite cuisine, à fixer l'extérieur par la fenêtre. Il se tenait en équilibre sur deux pattes et semblait très songeur. Plus encore, une tristesse douloureuse pouvait se lire sur ses traits tirés et son visage blafard. Il haussa lamentablement les épaules, en guise de réponse, lorsqu'elle lui demanda s'il avait faim. Alberta ne s'en informa point et mit vraisemblablement sa morosité sur le compte de son caractère matinal.

— Il a un air grincheux le matin, voilà tout !

Alberta se fit une beauté devant la glace après avoir pris une douche pétrifiante. L'eau chaude étant une denrée rare dans ce genre de patelin. Le voyant ainsi se faire du sang de cochon dans son coin, elle décida de préparer seule le petit-déjeuner. Allan était anormalement acariâtre et elle conclut de l'ignorer. Il se leva et s'approcha doucement d'elle pendant qu'elle était penchée, tête dans le frigo, a recherché de quoi casser la croûte avant la dure journée. Il la serra dans ses bras, ayant la bouche collée à son oreille. Il prit un air grave et solennel et se convainquit à dire ce qu'il avait sur la conscience :

— Dès les premiers rayons du soleil, j'ai aperçu, de l'autre côté de la rue, un petit kiosque à journaux... Je crois que... que j'ai tué Martinstein ! Voici la rubrique !!! Il sortit le tabloïd matinal en question, qu'il avait caché sous un des coussins d'une vieille causeuse, et lui montra lamentablement le texte de la page 6.

L'article, assez flou, parlait d'un délit de fuite mortel survenu l'avant-veille et de la mort du Docteur Pol Martinstein, suite à des complications. Des détails importants manquaient et soulevèrent immédiatement la suspicion d'Alberta, qui était calée en journalisme. Les lieux ne collaient pas et pour mourir d'aggravation, il fallait être, au préalable, dans un hôpital ou en sa direction. Le texte ne faisait aucune mention de ce genre de baliverne. Aucun témoin... Pourtant, Golda était présente et aurait pu facilement donner une description détaillée, aux forces policières, d'Alberta et de la voiture d'Allan. Elle avait même laissé son cabriolet là, complètement enregistrée à son nom... Non, cette chronique semblait être un parfait exemple de ce qu'était la manipulation journalistique. Il en disait juste assez pour calmer la curiosité de plusieurs et les soupçons de certains. On avait délibérément caché les faits entourant l'escapade de la clinique d'avortement.

— N'ai pas de crainte mon bel Allan... On a faussé le texte pour nous piéger ou bien pour camoufler d'autres détails... Qui sait ? Il a peut-être eu un second accident ! L'ont-ils éliminé pour qu'il ne parle pas des adoptions ? Oublie ça, veux-tu ? L'heure des comptes n'est pas encore arrivée et Mylène, Pam et moi avons besoin de toi !
— Ma plus grande crainte, Alberta, fut que tu m'en tiennes rigueur !

Elle mit doucement son index et son majeur sur sa bouche, comme pour le rassurer. Les lèvres d'Alberta firent un signe d'affection et un « chut » de silence, formant un modèle de cœur. Elle l'étreignit maternellement dans ses bras pour lui montrer tout son dévouement. Devant ce geste de solidarité, il reprit lentement confiance en ses moyens. Toutefois, il ressentit des frissons à entendre la voix d'Alberta se durcir, devenir sévère et abrupte :

— Tu sais Allan, Martinstein, il s'est condamné lui-même par ses choix de vie et quoi qu'il ait pu arriver, n'oublie jamais qu'il y a une justice plus juste que celle des hommes... Tu n'as rien à y voir. Si nous devons trouver un fautif de cet acte, c'est moi qui l'aurait fait en le

226

provoquant dans sa tanière... Tu m'as sauvé de ses griffes Allan, rien de plus !!!

*
* *

— Bravo ! s'écria un des assistants spéciaux d'Hartland, membre d'une légion d'analystes et de programmeurs imbus d'informatique, nous avons repéré la trace d'Alberta Prescott à Sacramento. Elle fait des achats d'appareils électroniques !

En même temps, un autre informaticien, aux allures de tronche aux lorgnettes en fond de bouteille, relançait son collègue… elle vient de faire une autre acquisition à Los Angeles. Un contrastant analyseur de données, aussi obèse qu'adipeux, ventru à la peau d'ébène et vêtu comme un adolescent friand de *gangsta rap*, attira aussitôt l'attention vers lui en hurlant sa joie :

— À moi la prime les mecs, elle bouffe chez Tony pizzeria à Oakland !!! Et là, elle achète des armes à feu à l'armurier Stark & Blumberg sur la 69e ! Et là, oufff ! Elle défonce le budget du mois à une boutique érotique de la chaine Velvet Heart !
— ??? Et moi alors ! Elle s'est servie de sa carte pour acheter un téléviseur 3D ACL haut de gamme...

Dans la salle de contrôle, on prit un certain temps pour mettre en place tous ces nouveaux indices qui émergeaient de ce monde électronique. Des ordres disparates envoyaient des agents dans tous les recoins de San Francisco jusqu'à San Diego !

Hartland, la démarche victorieuse, se rapprocha aux cris d'énervements de son équipe de traqueurs virtuels. Il se désenchanta assez vite, en invectivant ses subalternes, lorsqu'il comprit que la multitude de transactions semblait venir de tractations illégales :

— Triples idiots ! Elle n'est quand même pas dotée du don d'ubiquité, par bleu !!! Il est évident que cette maudite salope a fait en sorte de cloner sa carte de crédit pour brouiller ses pistes !!!

Le dos courbé, ne portant que la petite veste de son complet trois-pièces sur sa chemise immaculée aux manches relevées, il lâcha un long soupir de désespoir en empoignant un combiné relié à la table de travail de l'efflanqué et décharné informaticien aux lunettes de loupe :

— À toutes les équipes au sol, annulez les dernières directives, concentrez-vous aux gares, terminus et concessionnaires de locations de voitures... Ils doivent forcément chercher un moyen de locomotion sûr... Interceptez-les si leurs identités sont corroborées par nos services...

Il se pencha et happa un téléphone qui semblait plus conventionnel que le premier. Il pianota nerveusement un numéro qu'il connaissait par cœur :

— Commissaire Gaylore je vous prie... Bonjour Jérôme, c'est Hartland. Oui, désolé de vous appeler à cette heure matinale, c'est à propos des cocons dont je vous ai parlé précédemment... Ouais, M. Gaylore... Ils sont devenus de beaux papillons ! Démarrez les procédures légales pour retrouver Alberta Prescott et son complice. Nous avons de bonnes raisons de penser qu'il se nomme Allan Sexton et qu'il est originaire de Boston, Massachusetts. Ils doivent nous être livrés coûte que coûte... Oui, bien sûr, j'ai l'aval des membres du conseil et toutes les latitudes permises... On s'en fout du gouverneur ! Faites ce que je vous ai dicté plus tôt !

Avec une certaine appréhension, l'ex-policier raccrocha le combiné, étant au fait que son attente calculée, pour régler son problème à l'interne, lui avait probablement fait perdre des heures précieuses... Une immense toile se mettait en branle pour un tout petit moucheron. Mais, il dut reconnaître que cette mouche risquait d'être si insignifiante qu'elle traverserait sans peine le piège tendu. Il savait que l'erreur venait, en partie, de lui et de sa trop grande confiance...

Le refuge du Nord

Peut-on parler de chalet, de maison de campagne ou de ranch quand la demeure contient huit chambres spacieuses, une immense baignoire à remous et des écrans hautes définitions dans toutes les pièces de l'habitation ? Les tapis, rose bonbon, et la décoration anachronique de style disco firent sourire Mylène. Ed, chargé de sa valise et d'une bonne glacière de vivre, se contenta d'un léger soupir sous les commentaires sans gêne de la blonde dévergondée. Qu'aurait-il pu discourir pour sa défense ? Mettre le tout sur les épaules de sa fille ! Non, il avait des goûts démodés et un faste légèrement indécent pour un homme de son âge mais qu'y pouvait-il ? Les modes sont faites pour être éphémères !

Pourquoi ne pas en rire ! Il prit la super télécommande et actionna une boule ornée de milliers de minuscules miroirs et fit démarrer son imposante chaîne stéréo qui vibrait à tout rompre sur des airs surannés de « *Saturday Night Fever* ».

Ed fit son possible pour amuser Mylène. Froncer ses sourcils en guise de mimiques drôles put faire l'effet pendant la longue randonnée dans son utilitaire sport, mais ici, dans la solitude d'une froide berge, il était plus facile de se communiquer inquiétudes et pressentiments. Ed offrit un verre de *Canadian Club* sur glace à sa jeune protégée. Devant son refus, il serra plus fort le bouchon et remit la carafe à sa place, croyant que le risque qu'il noie son angoisse dans l'alcool ne lui torde un peu plus les boyaux qui souffrait déjà de ses satanés brûlements.

Avec une certaine originalité, Mylène fit fureur avec la nourriture qu'ils avaient apportée. Un peu de haricots jaunes et verts coupés et des fèves au lard en conserve donnaient un bouquet de saveur santé. Elle rehaussa le tout avec des herbes et des épices et c'était ça, son secret. Avec une allure hautaine, mais sarcastique, Ed déboucha une bouteille de champagne millésimé pour accompagner cette boustifaille de bûcheron improvisée !

Mylène attrapa la super télécommande universelle et s'informa si elle pouvait regarder, un peu, la télévision... Un gros plan sur une photo d'archives de la Gendarmerie Royale du Canada noua le cœur déjà trouble du malheureux père oisif ! Celle de son ami, Troy Russell, retrouvé sans vie par du personnel d'entretien, dans son bureau... Les nouvelles affirmèrent qu'il s'était apparemment enlevé la vie avec son arme de service... Dans les yeux humectés d'Ed, au-delà de la tristesse, il pouvait se lire une honte, un regret, un réel repentir... Comme si, par sa mort, il lui avait donné une chance de vivre... Sans savoir pourquoi, il en conclut automatiquement que ce drame lui était dévolu...

Mylène, suivant les sages conseils d'Alberta, le convainquit de ne pas appeler la police et de ne dire mot sur l'affaire Baxter et cie. Pour elle, prudence était de mise. Ils devaient se faire oublier et faire preuve de respect et de circonspection pour le sacrifice de Troy, pour ne pas nuire à Alberta dans ses recherches... Ils se devaient de le faire en mémoire de celui qui avait donné sa vie. Cela ne leur vint jamais à l'esprit que Troy eut la possibilité d'avoir lâché le morceau à leur sujet, en ce qui avait trait à leur planque.

Avec son ordinateur portable et son point d'accès Internet, Ed lut ses derniers courriels avec hâte. Sans écho de sa fille, il était presque en crise de panique. Mylène demanda le contrôle du bureau et Ed tourna l'écran et le clavier vers elle. Avec une certaine dextérité, elle navigua sur divers sites et elle ne trouva rien de fâcheux sur Alberta Prescott... Cette démarche calma quelque peu Ed.

— Pas de nouvelle, bonne nouvelle Monsieur Prescott, lançait-elle avec un air de satisfaction, j'ai une idée... Elle nous a exigé de ne pas communiquer avec elle directement ! Mais on pourrait trouver des infos si nous pouvions avoir accès à ses courriels ! Reste à dénicher son mot de passe !!!

Après quelques vaines tentatives, Ed eut un éclair de génie :

— Je crois le connaître, sans trop de peine, affirma le paternel songeur, le prénom de sa mère... Correlia ! Elle est très accrochée à ce nom qui résonne comme celui d'un vague fantôme ! Essaie ça, par hasard…

Jamais un père n'avait vu si juste, pour sa fille, qu'Ed à cet instant. Les dernières traces de correspondances n'avaient pas été correctement effacées et, avec une certaine inquiétude, pour ne pas dire horreur, ils prirent connaissances de son étrange contact *Black Crow* et d'une soi-disant cassette de preuves. Il devenait évident pour Ed et Mylène qu'elle était probablement sous l'emprise d'un quelconque spéculateur ou d'un escroc. Un agioteur qui pourrait lui soustraire un paquet d'argent... Ed pensa à vérifier les relevés informatiques de la carte bancaire et de crédit de sa fille. Il eut la frousse en voyant la somme astronomique des multiples dépenses éparses qui s'additionnaient sans fin.

— Mon Dieu ! Elle doit être sous l'emprise d'un rustre pour dépenser ici deux milles dollars pour des vestes de luxe ! Là, mille cinq cents dollars pour des appareils d'exercices ! Et ces objets électroniques couteux ! Quand ce n'est pas pour des médicaments, des armes ou des téléviseurs !!! Bordel, je vais faire geler son *American Express* immédiatement !

Mylène, pensive, considéra instinctivement le vol d'identité. Il y avait peut-être un rapport direct avec les derniers messages de *Black Crow* et d'Alberta... Plausiblement qu'en échange de sa carte, il lui aurait remis la fameuse vidéo. Avec cette nouvelle évidence, elle se mit à rêver qu'elle réussirait, éventuellement, à retracer puis retrouver sa fille, Pamela...

— Bon sang, dit Ed, le stress faisant gonfler ses veines, j'aimerais bien lui envoyer un courriel même si elle nous a demandé expressément de ne rien faire !!!
— Il y aurait un moyen... Assez facile je crois d'ailleurs... Mais, pour la carte de crédit, il serait mieux de ne rien faire et attendre qu'*American Express* gèle son compte par lui-même ! Ça pourrait donner l'indication d'où nous sommes dans le cas contraire... C'est peut-être un leurre pour nous forcer à sortir de notre tanière ! Pour ce qui est de rejoindre Alberta, j'aurais une combine... Vous avez, dans votre *laptop*, un logiciel d'infographie et un appareil photo numérique ?

Sans trop de difficulté ou de complication, Mylène concocta une fausse page Web de cybersexe où elle incorpora, en arrière-plan, une scène de sado masochiste en utilisant le profil ombragé d'un Ed très sceptique. Elle fit également un cliché, sans dévoiler son visage, de son propre corps en soutien-gorge, bien en évidence. Juste assez subtil pour qu'un œil averti et au secret reconnaisse la cicatrice de son amie Mylène et la silhouette malheureuse de son père Ed. Des couleurs vives, des informations dissimulées et un nom évocateur pourraient attirer l'attention d'Alberta, sans être nécessairement repérés par des tours d'horizon qui se voudraient indiscrets...

— Pourvu qu'elle ait assez de circonspection pour remarquer les détails avant de supprimer le message !

Mylène se tourna vers Ed avec un regard inquiet :

— Le terme devra être très accrocheur pour Alberta, sans l'être pour le commun des mortels...

— Je ne suis pas un habitué de ce genre de site..., dit Ed en avalant avec véhémence une gorgée de salive épaisse qui semblait à cet instant l'étouffer. L'œillade pleine d'amertume, il pesa ses mots avec une lenteur paresseuse..., Miss Correlia XXX... Ouais, le prénom même de Correlia va forcément l'hameçonner à braquer les yeux d'un rapide coup d'œil la page Web... Bon sang qu'elle ne la trouvera pas drôle !

— L'important, M. Prescott, c'est qu'elle ait le réflexe de regarder notre astuce... Reste à découvrir une façon de lui transmettre un message secret lié avec !

Les nouvelles entourant la mort mystérieuse de Troy Russell s'étaient évanouies avec le mythe de son suicide. Ce genre de décès n'était pas très populaire pour le monde de l'information minute, dans la mesure où il imposait une réflexion sur le vrai sens de la vie, de la perte du goût d'être et des réelles implications de ce mal de vivre qui s'appropriait, s'arrogeait le droit au simple bonheur d'exister. Pourtant, à grand renfort de publicités, réclames, annonces, déclarations et notifications, on vantait les miracles de la science et de la glorification de l'homme-déité. L'enchantement de la modernité et la culture, de la facilité, n'avaient conduit l'humanité qu'à un gouffre de l'individualisme. Le suicide était quelque chose de dérangeant car il se définissait par un choix sordide, le sabordage d'une existence, une fin d'un non-retour. Un reniement de la vie même qui impliquait que l'on ne pouvait faire un retour en arrière ou avancer vers l'avant... Seulement s'autodétruire dans un geste désespéré... Le malaise et la souffrance étant pour ceux qui restaient. Ce haut fait de l'égoïsme était d'ores et déjà noyé dans une vision plus lourde qui imposait l'autolyse comme solution d'état. Avortements, euthanasies, suicides assistés, peines de mort, autant de dénis de l'existence que l'embrasement, à la fois, scientifique qui affirment, dès notre enfance, que l'homme n'est qu'un animal sans âme... Devant l'adversité, le malheur ou la souffrance, ce châtiment rapide et expéditif devient une option comme une autre… le vétérinaire se transformant en roi… Magistral geste aux embarrassantes conséquences... L'État impose une vision euphorique de la vie, mais une vie vidée de sens. Les nouvelles mœurs sont matérielles, temporaires, passagères, provisoires et éphémères... Il est d'ores et déjà certain que l'être, bientôt, se marchandera comme on le fait avec un quartier de viande chez le boucher...

*
* *

La stupeur du décès de Martinstein avait laissé place à une ahurissante volonté d'en finir avec cette histoire sordide. Ils devaient maintenant faire encore plus vite, car tous les bulletins de nouvelles télévisées locales montraient le visage d'Alberta Prescott et de son implication dans l'accident meurtrier du docteur. Les différents points et actes racontés par les commentateurs étaient distordus de la réalité, des faits et même de la vérité elle-même. Des lignes téléphoniques étaient mises à la disposition des concitoyens pour dénoncer l'étoffée jeune dame accusée de délit de fuite sans assistance à la victime... Allan sourit tendrement en apercevant le minois inepte, éberlué et abasourdi de sa dulcinée :

— Ne t'en fais pas ! Les photos du campus qu'ils ont choisies sont bonnes !   Héhé !!!

— Ils ont même pris des images de diapositives en *Power Point* qui se trouvait sur une clé USB, dans mon tiroir de sous-vêtements, chez moi !!! Ils en ont du toupet ! Ô Allan ! Qu'allons-nous faire ??? Nous sommes perdus ! Toutes fuites seront maintenant impossibles !!!

— Une chose est sûre ! À présent, on sait que nous n'avons rien à voir avec sa mort !

— Tu crois ??? Qu'est-ce qui te permet d'affirmer une telle chose ??? Ils me feront porter le chapeau et je finirai en prison !

— On va s'en sortir ! Et haut la main !!!

Elle plongea ses yeux humectés dans les siens, pour y sonder s'il disait cela en y croyant vraiment ou tout simplement pour la réconforter... L'homme resta de glace et tarauda à son tour son regard bleu et pénétrant dans ceux d'Alberta :

— Trop de détails ne collent pas aux faits... Comme tu l'as précédemment exprimé... J'ai la certitude qu'ils l'ont buté pour s'assurer de son silence... Ils ont probablement cru qu'il t'en avait dit plus et qu'il craquerait avant longtemps devant des enquêteurs spécialisés... C'est le genre de témoins qu'il me faudrait pour tous les faire déchoir. Comme les châteaux de tarot qui s'effondrent lorsqu'on en bouscule une carte !!!

Alberta haussa les épaules, le regard vague, imprécis, mais la nuque et le front bien droit. Une larme glissa sur sa joue mais, du revers de la main, elle l'imprégna pour ne rien laisser de sa tristesse... Elle se sentit envahie par la peur d'avoir perdu le seul être pouvant lui dire où se trouvait Pam. Soudain, ses yeux devinrent très perçants. Elle plissa ses paupières comme pour faire un ménage intellectuel dans sa tête...

— C'est un indicatif de San Francisco... G.S. G.S... Et si c'était plutôt son fils, Golan Shalow ?

— Le policier corrompu ? Ça vaut la peine d'essayer...

Alberta était restée calmement dans la chambrette pendant qu'Allan allait à la pharmacie du coin pour y chercher quelques menus objets pour mettre au point un subtil déguisement pour Alberta... De la teinture pour les cheveux et un maquillage abondants pouvait transformer un faciès de sorte à donner un âge plus ou moins jeune... Allan avait été formé pour ce genre d'exercice et savait très bien exagérer, ou amincir, tels ou tels traits afin de créer des effets d'ombre ou de lumière. En maîtrisant une certaine technique, il pouvait grimer une jeune personne pour la faire paraître beaucoup plus vieille. Mais le contraire était plus facile, à cause des préjudices du temps que l'on pouvait masquer commodément grâce au fond de teint et autres artifices. Allan étudia minutieusement la situation et opta toutefois pour un postiche factice poivre et sel. Ils en avaient de bas de gamme, mais très réalistes. Il eut même le budget pour s'en trouver une. Il pensa qu'ils feraient un très joli couple à la préretraite. Cette stratégie lui donnerait un peu plus de labeurs, mais les résultats seraient plus probants...

Quelques minutes lui suffirent pour faire des emplettes. Il remarqua un véhicule sombre, au matricule du FBI. La voiture semblait se promener en quadrillant systématiquement les rues. Avec beaucoup de prudence et une certaine paranoïa, Allan revint à la chambrette avec son sac sous le bras, et intima Alberta de se préparer à la hâte...

Il avait repéré, campé dans le stationnement arrière, une rutilante motocyclette d'un noir métallique, ornée de peintures artistiques représentant des crânes fantomatiques et autres horreurs du genre. Elle avait tous les chromes argentés et bien astiqués, probablement un prototype de collection, mais ce détail échappa à Allan. Un modèle de l'année même, de type « *Cruiser/tourism, Road Star Warrior* ».

— Solide mécanique, bonne tenue de route...

C'est tout ce qu'il voulait savoir. Il y avait deux casques sur la moto. Ils étaient dans les sacoches de côté, retenus seulement par de petits cadenas à clé. Le propriétaire paraissait fortement occupé dans une chambre connexe avec deux ou trois courtisanes de peu de vertu. Allan l'avait remarqué lorsqu'il méditait à la fenêtre, plus tôt. Il était en très belle compagnie. Il semblait connaître les femmes qu'il fréquentait, probablement un souteneur local.

Allan pensa que, pour s'éloigner le plus vite possible de cet endroit, en passant par les ruelles étroites des banlieues, il n'y avait rien de mieux que ce genre de véhicule ! Vu la qualité et le prix de la moto, Allan considérait insensé de laisser ce modèle dans un coin si malveillant, mais peut-être le gars avait-il le type de relation qui lui garantissait une certaine paix d'esprit...

L'expert en infiltration demanda à Alberta de rester à l'abri, sous un paravent d'entrée, sur le côté de l'édifice et de l'avertir si quelqu'un d'inopportun approchait. Avant qu'elle ne pût trouver la position qu'il voulait, un homme basané, habillé de cuir, sortit par l'une des portes de secours et se retrouvât à quelques mètres d'Allan, partiellement caché par une grosse bagnole aux teintes de rouille. Alberta fit signe à l'étranger de se rapprocher d'elle. Il la regarda longuement et lentement de la tête aux pieds. C'était un maigre aux épaules larges et au faciès de détenu, une ample balafre sur la joue et des tatouages terrifiants d'insectes sur la nuque. Il arborait une épaisse moustache sombre à la gauloise et des yeux plissés, noirs comme l'ébène. Ses cheveux, tressés, comme le ferait un cavalier mongol, étaient tous ébouriffés comme s'il sortait d'un match de catch. Il avait l'air légèrement exténué ou bien le style angélique de la jeune dame ne l'impressionnait pas... Elle s'éloigna en lui faisant un large sourire, pour donner encore plus de marge à Allan qui semblait absorbé à neutraliser le système d'alarme de la moto. Le truand ne fut pas dupe à ce point et tourna le coin de la voiture pour se rendre, probablement, à son véhicule qui était justement la bécane. Allan, du coin de l'œil, vit sa tendre moitié lui faire un signe désespéré... Juste à temps pour éviter un petit pied-de-biche qui siffla violemment dans les airs. Il fit volte-face et, d'un mouvement sec, se servit de son avant-bras pour bloquer la seconde attaque qui remontait vers lui avec force... Le regard d'Alberta ne put s'accorder aux réflexes d'Allan qui neutralisèrent son adversaire d'un coup de genou dans une des parties intimes du corps et d'un autre heurt, le coude droit, cru constater Alberta, lui percuta directement la gorge. L'homme s'affaissa, le souffle coupé... En moins de deux, il prit les clés de contact, du système antivol et des petits cadenas... Il récupéra, sur son opposant au sol, son portefeuille avec ses cartes d'identité, pour imposer le silence à ce criminel notoire, près de trois cents dollars et deux énormes bagues en or serties de pierres précieuses. Il agrippa le manteau de cuir, trop grand pour Alberta, et l'intima de le revêtir. Rapidement, ils enfoncèrent leurs casques et enfourchèrent la motocyclette qui démarra dans une pétarade de grésillements... Personne ne s'en informa car il s'agissait d'un bruit récurrent et commun dans ce paysage. Alberta garda pour elle ses remontrances, elle n'avait guère approuvé l'appropriation de la moto et encore moins la rapine sur l'agresseur étendu... Déjà, pour elle, cambrioler des voitures à des individus anonymes par leurs absences était chose pénible. Ce dernier détournement, avec la violence des flibustiers d'un temps pour elle révolu, avait trop sombré dans la brusquerie à son goût, mais elle tint ses lèvres soudées, pour la simple raison qu'elle eût la certitude qu'Allan était, au fond, un homme bon et qu'il ne détenait d'autres choix que de faire ce que lui dictait sa conscience. Elle ne chercha même pas le réconfort à berner sa cognition, du genre « le mec n'était qu'un vaurien ! ». Elle était trop honnête envers elle-même pour se mystifier de la sorte. Il y avait un coût à payer pour chaque action sur cette Terre et elle se consola à imaginer Mylène, embrassant pour la première fois sa fille Pamela...

Grâce à ce moyen de locomotion simple et pratique, et à la tranquillité des ruelles humides et autres voies tertiaires d'arrières boutiques, ils purent sortir de Sacramento sans ennui. Dès qu'ils atteignirent l'autoroute, Alberta serra de plus bel son nouveau fiancé... Plus par amour que par crainte de la vitesse... C'était bien là le moindre de ses soucis, la célérité au volant. Elle était folle de la vélocité mécanique, c'était l'un de ses rares défauts...

Elle se risqua, dans ce qui lui semblait être une immense improvisation, à donner son avis :

— J'aimerais que l'on fonce tout droit à San Francisco... Je ne veux pas prendre le risque d'appeler le mystérieux G.S. mais j'ai peut-être quelqu'un qui pourrait nous aider... un autre policier !
— Quoi Albie ! Un flic ! Tu ne penses tout de même pas...
— Oui Al ! Ce n'est pas vrai que tous les agents de la paix sont corrompus ou à la botte de ces vauriens de la haute finance... Je vais t'en donner la preuve ! Aies la foi en l'humanité et fais confiance à mon flair !!!

Le sbire de l'ombre

Un individu, vêtu en complet sombre, prit avec énergie un papier que lui tendait un délicat intellectuel d'une main frêle. L'homme colérique survola l'information et se dirigea, au pas de course, vers les locaux d'Hartland. L'ex-détective, levant la tête vers son agent de liaison, lui fit, de ses seuls sourcils, un signe qui voulait assurément dire :

— Du nouveau Brennan ?

Dustin Brennan, le visage stoïque et les épaules voûtées, cambrées par une vie de bureau, fit son rapport, sans démontrer d'émotion. Il ressemblait à une machine qui débitait un texte fade et concis :

— Oui M. Hartland, un informateur d'une triade, ayant une assise à Sacramento, nous a certifié qu'il avait cloné une carte au nom d'Alberta Prescott... Ils en auraient déjà écoulé une vingtaine sur le marché noir... Devons-nous les intercepter et bloquer les transactions en cours ?

Le gaillard, pensif, regarda sa montre avec une légère anxiété. Son front perlait de sudation et l'on pouvait distinguer des cernes de sueur sous ses aisselles. Pourtant, les locaux de la sécurité privée de son organisation de Californie, situés à l'intérieur de l'hôtel Keeplington, où il siégeait en permanence, étaient fortement climatisés. Des dizaines d'écrans de télé géants exhibaient les endroits les plus branchés aux plus inusités. Une centaine de petits moniteurs montraient de multiples points routiers. Il avala nerveusement une gorgée de son café, devenu tiède, et reprit avec une assurance simulée et un ton renfrogné :

— Non... Demandez à nos contacts de qui ils ont obtenu cette carte, l'emplacement, l'heure, etc. Si c'est un endroit public, organisez-vous pour rapatrier tout le contenu des caméras de surveillance... Je veux que mon équipe personnelle s'occupe de cette affaire... Dites que nous enquêtons sur des fraudes à haute échelle... Faites cela très rapidement ! Et contactez de nouveau Shalow, de la S.F.P.D. Il connaissait bien Martinstein et devrait être le plus en mesure de savoir où sont les planques du docteur !

Son aide de camp tourna les talons et Hartland fit plusieurs interpellations stratégiques. Il passa la matinée à peaufiner ses futures manœuvres, tactiques et stratégies. Il fut interloqué et décontenancé, en fin de compte, par l'invective d'un membre du Sénat. Les évènements déboulaient maintenant à une vitesse vertigineuse...

Après cette interminable cabale d'appels et de doléances, Hartland raccrocha avec la fougue de la foudre pour recomposer un autre numéro qu'il retrouva dans son registre de contact. Une séquence numérique qu'il, bizarrement, n'arrivait pas à apprendre par cœur, malgré ses relations constantes... Il trouvait d'ailleurs étrange que cet interlocuteur ne fût pas encore entré en contact avec lui...

Hartland fixait l'horloge murale pendant que le téléphone de son collaborateur sonnait sans fin. Il bourdonna longuement avant que celui-ci ne réponde...

Le temps semblait s'arrêter à l'écoute des longs cliquetis synthétiques...

Dustin Brennan se fit tout petit et sortit en trombe, avec la pâle excuse d'aller prendre l'air... Dès que s'ouvrirent les portes coulissantes automatiques, il sentit l'opiniâtre lutte entre la climatisation crachant la ventilation glaciale de toutes ses forces et la chaleur de fourneau crématoire qu'imposait le Soleil éternel !

Brennan avait une manière un peu cachottière de s'isoler, mais qui s'en rendrait compte à ce moment-là, personne de sensé ne défierait le brûlant astre solaire à son zénith pour s'en assurer. Il se rendit à sa voiture qu'il stationna étrangement à l'extérieur du *bunker* de l'hôtel Keeplington cette journée-là... Il empoigna un téléphone mobile qui n'avait rien à voir avec le cellulaire de service qu'il utilisait habituellement. Il téléphonait à cette ombre mystérieuse qui se faisait appeler Maître Heanude. Qu'une phonation, qu'une illusion. Qu'il était-il ? Brennan n'en avait aucune forme d'idée, mais sa loyauté y était pourtant entière et totale. D'autant plus étrange qu'il oubliait tout sens critique face à cette inquiétante voix d'outre-tombe. Il pianota machinalement le code d'appel de connexion qui finissait par 999.

— Maître Heanude, vous qui vivez dans les ténèbres, je ne sais pas d'où vous viens ce grandiose pouvoir de percer les secrets de l'avenir, mais vous aviez raison... Manlow fait des pieds et des mains pour retrouver une jeune femme pourtant sans histoire... Alberta Prescott... On ne pourrait comprendre par quelle magie, mais elle reste introuvable, insaisissable !!! Qu'attendez-vous de moi grand Vizir des profondeurs et des obscurités amoncelées ?

Une voix caverneuse et sépulcrale vibra solennellement dans l'écouteur de Brennan :

— Laissez la voix vous narrer la continuation de ma lignée jusqu'aux confins du temps... Je suis ! Je suis celui qui Est... Mais avant, sachez une chose, cette Alberta Prescott n'est peut-être pas dans cette histoire pour rien... Vous devrez l'aider, dans l'ombre, et vous assurez que rien de fâcheux ne lui arrive, mais n'intervenez pas directement...

— Pourquoi ne devrais-je point m'immiscer ouvertement ? Je ne désire que vous servir, mon maître !

— Rien que vous ne pourriez ingérer dans l'ensemble, garantissez-vous simplement de biaiser certains faits... Maîtrisez seulement que ma lignée est forte ancienne et qu'elle est intimement inter reliée à une pucelle, une femme enfant... La destinée de Manlow est aussi indissociablement liée à un ange de chair... Je suis las de vous parler... Faites Brennan... Faites !!!

Brennan raccrocha son portable et retourna à son poste de travail, sans dire mot. En fait, il avait plus l'apparence d'un automate sans conscience, un zombie sans âme. Cette voix le magnétisait au point d'en perdre définitivement l'appétit et la joie de vivre...

*
* *

Golan Shalow était mal installé dans sa voiture dont la ventilation était en panne. La climatisation n'était guère un luxe en cette période de canicule ardente. Au cœur de San Francisco, le prolifique orage des derniers jours n'avait fait qu'augmenter le niveau d'humidité. Le smog brumeux déchaînait des vapeurs torrides dès que le soleil chevauchait, en maître, le ciel voilé d'une formation de brouillard brunâtre. Cet épais nuage, tel un enduit qui englobait toute chose, donnait bien des souffrances aux habitants de la ville, surnommée pompeusement par ses résidants, « The City ». Comble de malheur, à l'aube, un agent de liaison le rejoint pour lui intimer l'ordre de retrouver, coûte que coûte, les résidences secondaires de Martinstein afin de recouvrer tous les documents ayant trait à son lucratif commerce d'adoption... Sur le coup, il eut un étrange choc à l'annonce de sa mort...

D'une certaine façon, n'avait-il pas joué le rôle de père protecteur pour lui ? C'est grâce aux relations du bon ami de sa maman s'il avait réussi à se dégoter un boulot convenable de fonctionnaires à la S.F.P.D. De plus, il avait toujours été généreux avec lui lorsqu'il lui racolait de jolies et jeunes prostituées pour son trafic de mères porteuses... Dans un esprit légèrement déviant, c'était aussi le brillant docteur qu'il lui avait fait connaître les plaisirs de la chair à l'heure où il n'était encore qu'un jeune pubescent timide et effarouché. Golan se souvint alors que Martinstein cachait des dossiers compromettants à son pied-à-terre secret. Il se remémora subitement sa belle collection de pornographies obscènes. Il ne ressentit que deux désirs... Acquérir les vidéos numériques abjectes sur DVD et s'approprier la gloire de récupérer lui-même les documents, croyant à un possible et bien réel avancement ! Bien sûr, on l'écartait toujours du centre pour lui garder la trajectoire accablante du pion. Il n'était pas tout à fait bête, mais il ignorait son apparence. Il comprenait que la mignonne et jolie Alberta Prescott y était pour quelque chose dans cette histoire. L'attentat raté, à son domicile, par le truand d'Ackerman, la mort subite de Pol Martinstein, le branle-bas de combat pour retrouver tous ses fichiers... Il s'était rendu à l'hôtel Excelsior, à San Francisco, pour s'apercevoir que la jeune pucelle lui avait fait faux bond. Il rongea son frein en attendant l'heure du châtiment, qu'il croyait encore possible...

Par ruse, il tint sous silence l'information capitale de la dernière garçonnière de Martinstein, car il changeait souvent d'endroit, pour faire le boulot lui-même et probablement récolter le gros lot !

Voilà que la déveine du pourceau le pourchassait de nouveau. Un gigantesque bouchon immobilisait la circulation dans la direction qu'il devait absolument prendre. Au loin, une fumée noirâtre montait vers le ciel pour se fondre au smog environnant.

Le *Golden Gate* était complètement bloqué et la tension devenait très palpable chez la plèbe, exaspérée par cette suffocante température qui ne finissait pas de sévir. C'était ce genre de trafic perturbé qui n'arrive que quelques fois par année. La météo annonçait une vague de tiédeur pour le week-end... Au rythme où allaient les choses, rien de bon ne présageait pour les habitants de la baie.

Il se languissait de tant de malheurs et la chaleur avait entièrement déshydraté ce bedonnant et ventripotent inspecteur. Au-dessus des lois, il trinquait, derrière son volant, des bières froides achetées un peu plus tôt. Il ingurgitait le liquide qui devenait très vite tiède dans sa main moite. Il sifflotait chaque lampée avec dégustation, sans même comprendre que l'alcool ainsi englouti augmentait sa soif et son envie de boire. Il renversa sur lui un peu de mousse, lorsqu'il fut obligé de se pencher pour attraper son téléphone portable qui ne cessait de sonner, en boucle, sa nouvelle sonnerie du célèbre chant de noce *Hava Nagila*. Encore les lèvres pleines d'écume de houblon suintant, il répondit par un :

— *Sha-a-lom* bordel de merde !!! Qui m'appelle ???

— C'est Hartland... Mon agent vous a-t-il contacté plus tôt pour les directives à suivre ?

— Oui, Monsieur Russ, je m'y exécutais actuellement...

— Shalow ! Qu'est-ce qui vous a pris de communiquer avec un de nos bonzes de clients ?!!

— Je ne comprends pas de qui vous voulez parler ?

— Le sénateur de New York à Washington, Thorrenz !!!

— Ah oui ! C'est l'aveu de votre patron qui m'a laissé sous-entendre qu'il pourrait m'aider !

— On œuvre pour les accommoder, pas le contraire !

— Ne vous en faites pas, j'ai affirmé ne pas vous connaître... Comme vous l'exigez toujours...

— Là n'est pas la question, il m'a braillé au téléphone, pendant près de 30 minutes, qu'il ne voulait être impliqué dans rien ! Qu'aviez-vous à lui sortir des âneries sur Alberta Prescott et sa destinée finale à coups de revolver ? Vous n'êtes pas habilité à prendre ce genre de décision ! Et encore moins de les mettre en application !!!

— Je suis sincèrement désolé, M. Hartland, il recula le combiné pour singer en grimaçant et en chuchotant quasi imperceptiblement, gros-cul d'enculé !

— Vous dites ?

— Oh, rien M. Russ, je suis tout ouïe pour vos nouvelles directives…

— Bref... Passons l'éponge pour quelque chose de plus constructif... Où en êtes-vous dans vos recherches sur les caches de Martinstein ?

— Ah ! Hartland ! J'épluche actuellement les cadastres de la ville... Pour l'instant, je n'ai pas de piste... Mais je vous promets qu'avant le crépuscule, j'aurai toutes les informations en main...

— Assurez-vous de tout détruire si vous tombez sur des registres d'adoptions...

— J'aimerais mieux vous les rapporter comme preuve... Vous comprenez ce que je veux dire ? Pour une récompense !

— Ces torchons nous occasionnent trop de tracas ! Au cas où la boîte serait infiltrée, je ne désire pas avoir le risque de futures fuites... Il y a trop de gens haut placés pour... qu'est-ce que vous me faites radoter là Shalow ?!! Je vous ordonne de tout brûler ! C'est un ordre ! Et pour votre gouverne, Martinstein est mort pour cette petite erreur... Votre mère est en observation pour choc nerveux... Elle est sous notre bonne garde... Vous et votre putain de bouchère risquez la même chose si vous vous avisez de jouer un double jeu ! Compris ?!!

Golan se regarda avaler son épais mucus dans le rétroviseur, un signe de peur plus qu'un signe que son gosier qui se tarissait à faire gonfler ses ganglions hypertrophiés... Il était anormalement blême et sa peau se desséchait. Après un long silence qui impatienta Hartland, il reprit fiévreusement la parole haletant comme un baleineau époumoné qui chantait à l'agonie, échoué on ne sait où :

— Pas... Pas ma maman... Je vais m'ex... M'exécuté... Non, mieux, m'appliquer à votre servitude ! Pas ma gentille maman...
— J'ai dit COMPRIS espèce de cornichon ?!!

Le mutisme fut abrégé par un piteux et chétif :

— Oui Monsieur, okay... Comme vous voudrez...

Golan avait beau crier toute sa rage et son amertume contre cet arrogant d'Hartland. Toute cette démonstration de virilité soudaine fut faite qu'après s'être assuré que son téléphone fut bien raccroché...

Et la circulation qui n'avançait toujours pas...

La chevaleresque chevauchée

Dans son rétroviseur, Allan regardait le halo brumeux de Sacramento qui ne devenait qu'un petit point à l'horizon. L'autoroute nationale 80 était anormalement vide de tacots et autres bagnoles qui avaient tendance à retarder le courant incessant de véhicules allant vers la grande baie. Tout à coup, un bouchon se forma et les voitures ralentissaient considérablement. Le voyage ne devait durer que deux heures, tout au plus, à dos de cette rapide moto. Allan décida, grâce à l'immense manœuvrabilité de l'engin à deux roues, de prendre la mince voie d'accotement sur une certaine distance. Sa bonne vision lui permit de distinguer, au loin, des gyrophares clignotants. Était-ce un carambolage, un tamponnement sans fin de bagnoles ? Aucune colonne de fumée ne venait le réconforter en ce sens. Il pensa plutôt à un barrage policier et il ne désirait pas l'affronter, s'imaginant machinalement que cette barricade devait être pour eux. À cent lieues à la ronde, sous la ligne d'horizon, deux hélicoptères, identiques à des corbeaux sombres et ténébreux, surplombaient la région en faisant de grands cercles elliptiques autour des boisées qui se rapprocheraient étrangement de la zone de l'auberge *Colonel Inn*...

Voyant l'avantage flagrant des deux tourtereaux en motocyclette, quelques personnes courroucées commencèrent à klaxonner les mignons tricheurs. Craignant attirer sur eux le mauvais œil avec un tel tapage, Allan opta pour reprendre son rang. Le barrage était à peine à un kilomètre et la tension devenait maintenant palpable... En scrutant l'étendue des plaines environnantes, Alberta remarqua un rassemblement de caravanes qui avaient fait halte sur leur gauche, sur la voie inverse. Elle tapa frénétiquement sur l'épaule pour en aviser Allan. Une rapide et soudaine torsion du cou et il cabra violemment le guidon de la motocyclette comme l'aurait fait un cavalier et sa monture.

— Cramponne-toi Albie !!!

Il louvoya fébrilement, dangereusement même, et emprunta le terre-plein puis s'enfonça dans le fossé du canal pour réapparaître avec un périlleux saut. Avec beaucoup d'audace, le chevaucheur, sa dame et la monture d'acier émergèrent sur l'allée contraire, en direction de la ville qu'ils venaient de quitter...

Dès qu'ils le purent, ils prirent la direction du camp de touristes en roulottes de tout acabit. Ces bohémiens des temps nouveaux, pour la plupart des dodus citadins de la classe moyenne, cherchant une partielle évasion de leur morne existence. Seuls trois enfants, d'un certain âge où l'innocence à encore sa place, et un bâtard de chien frisé qui lâcha sa balle mâchouillée se mirent à poursuivre dans l'allégresse ces visiteurs intempestifs et bruyants.

Une chance inestimable se présenta à eux. Allan ne s'arrêta pas, fixant obstinément devant lui et s'enfonçant dans ce qui semblait être une carrière de sable poussiéreux. Il n'avait pas la moindre idée d'où il allait mais il fonçait droit devant et Alberta se cramponnait fixement à lui avec une naïve assurance. La plupart des gens, pour ne pas dire la totalité, empruntait machinalement l'autoroute nationale. Sur toutes les cartes *routières*, données cartographiques et autres plans routiers qui ignoraient, où cachaient, par préférence, une vieille route qui était parallèle aux voies de comtés reconnus. La séculaire 13 A County Rd, fermée depuis 1987 au profit de la 113, ne servaient plus qu'aux gros transports locaux de bitume ou de charbon qui détruisait l'environnement limitrophe à ces usines délabrées, mais encore fonctionnelles. Ce décor, anormalement asséché par les dernières sécheresses, soulevait assez de sable pour créer un écran de fumée artificiel. Après avoir passé les quelques installations démodées et les énormes vallons lunaires et cratères d'excavations, la route devint cahoteuse, mais facilement praticable par la nature même de leur véhicule.

À l'aboutissement de ce chemin de comté, ils traversèrent, en catimini, un immense champ de blé des Indes servant à la fabrication de l'éthanol ou tout simplement pour subsistance à l'élevage. Les hauts et longs épis firent le bonheur des jeunes aventuriers tellement ils rendirent leur fuite possible. Alberta s'amusait à faire plier, comme des roseaux, des séries complètes de ses oblongues et longilignes germinations de maïs. À la fin de ce gigantesque terrain à perte de vue, ils prirent une route de rang qui devait bien aller quelque part... Comme par miracle, ils retombèrent sur la voie 160 et, par une combinaison de petits trimards secondaires et de chemins perdus, Allan et Alberta parvinrent à contourner des villes comme Dixon, Vacaville et Fairfield. En considérant les multiples imprévus, ils arrivèrent à l'heure du déjeuner en vue d'Oakland... Le royaume des chênes !

Après avoir fait le plein d'essence, acheté des cartes routières pour ne plus naviguer à l'aveugle, s'être restauré d'eau en bouteille en gargarisant leurs gorges pour en extirper le goût du sable et se dépoussiérer, s'épousseter complètement le visage, les mains et les vêtements, ils

244

répondirent rapidement à leur faim dans un infime restaurant de chemin, style casse-croûte mobile. Ils mangèrent leurs *hamburgers* au fromage avec une frénésie impalpable et Alberta engouffra une bonne portion de pommes de terre frites d'Allan. C'était pourtant son met favori, tout petit, mais maintenant il en avait perdu l'appétit...

Pour le commun des mortels, ils ressemblaient en tout point à un jeune couple banal, en virée, qui cheminait en motocyclette de voyage. La moto était tellement esquintée par des nuées de gravats sablonneux des chantiers qu'aucune pièce n'avait gardé sa teinte argentée. Le charbon cendreux avait terni quelque peu la superbe finition noir métallique du remarquable engin. Les esquisses de natures démoniaques étaient toutes recouvertes et Allan décida de seulement décrasser sa mécanique utilitaire pendant qu'Alberta composait machinalement des numéros dans une cabine téléphonique, à partir du bottin jaune qui y était attribué...

— Allo ! Le commissariat central de Sharp Park ? Le chef de patrouille Larry Walsh s'il vous plaît...

Une voix de réceptionniste, légèrement féminine, nasillarde et bête à souhait lui répondit après une longue attente à écouter de la ritournelle d'ascenseur ou de mélodies de centre commercial :

— Il est bien en service, mais il est très occupé à compiler des rapports, je peux prendre le message ?
— Expliquez-lui que c'est... c'est sa sœur et que c'est urgent !

Allan, tout en dégraissant la moto, lança des regards de stupéfaction vers Alberta...

— Qu'est-ce qu'elle fait ? Je lui ai pourtant dit : « Pas plus de 45 secondes ! »

Il s'approcha d'elle, essuyant ses mains d'un torchon improvisé. Il se tenait silencieusement à ses côtés, les prunelles légèrement plus inquiètes que sévères.

Alberta, nerveuse au bout du fil, maintenait le récepteur solidement soudé à sa bouche. Elle se dandinait sur la pointe des pieds comme pour ralentir les doigts d'Allan qui se rapprochait inexorablement du bouton d'interruption. Elle bloqua la main d'Allan en la serrant passionnément dans la sienne... Elle n'osait pas le regarder dans ses iris azurés, sachant qu'il désapprouverait son geste et avec raison. La douce Alberta se concentrait sur le texte mental qu'elle s'était répété... À une seconde près, Alberta entendit une voix empressée mettre fin à l'inlassable musique :

— Clara ! Diantre ! Que se passe-t-il pour que tu m'appelles ainsi d'Hawaii à mon bureau ?!! Tu as des problèmes ???

— Désolé M. Walsh pour cette ruse des plus mauvais goûts... Je dois absolument vous parler, la vie d'un enfant est en danger ! Sinon la mienne !!!

— Vous dites ?!!

Le constable n'était même pas perplexe, ni choqué, mais plutôt un sentiment qui se retrouverait entre les deux... Allan déconcentrait Alberta en s'efforçant de lui chuchoter des conseils d'usage, le ton un peu irrité de ne pas avoir été mis au courant. Elle leva la main pour imposer le silence !

— Écoutez, M. Walsh... Vous avez dernièrement travaillé sur une enquête de routine et vous m'aviez beaucoup aidé... Je peux vous rejoindre sur un cellulaire personnel ?

— Pourquoi vous fournirais-je mon numéro de portable ? Vous arrivez à l'improviste et vous vous faites passer pour ma sœur ! Au fait, qui vous a dit que j'avais une sœur ???

— Une intuition de femme... Je vous en supplie, M. Walsh... Écoutez, j'ai confiance en vous... Ne me décevez pas !!!

La voix flageolante d'Alberta émut le policier et il se décida à lui remettre son numéro de téléphone personnel... Mais en réalité, le simple fait que cette jeune dame avait utilisé le mot « enfant », c'était son talon d'Achille car il en avait personnellement cinq avec son épouse, lui dicta de reconsidérer le niveau de risque et prit la décision de se plier à cette comédie de mauvais film de série B.

Il y avait aussi cette vague impression de reconnaître la voix en détresse, mais ne pouvait réussir à placer une image dessus...

Il sortit dans la cour arrière du commissariat en prétextant une pause-café à ses supérieurs. Son cellulaire retentit et il répondit en hâte afin de mettre un terme rapidement à ce qu'il considérait être, soit une mascarade ou un cas de psychiatrie...

— Allez, finissons-en ! Qu'est-ce que c'est, une bonne blague de Craig ? De Tony Rizzo, Pierce ???

Elle sourit à l'énumération du policier qui cherchait forcément un coupable parmi ses collègues des plus loufoques. Alberta avait d'ores et déjà choisi la stratégie à employer avec Walsh... Omettre certains faits, en négliger d'autres, en étoffer certains pour les rendre plus compromettants ou plus crédibles. Tissant une fine ligne entre la mystification et la véracité, jetant un léger voile de brume... Mais la réelle raison n'était-elle pas de retrouver la trace de Golan Shalow pour le forcer à déballer son sac ? Non, pour tout dire, c'était pour le triomphe de la vérité mais également pour reprendre une simple petite fille et la ramener à sa mère légitime. Elle continua avec une certaine conviction :

— Je tenais seulement à vous informer, M. Walsh, que vos conseils m'ont beaucoup éclairé sur les agissements de l'inspecteur Golan Shalow... Je suis la jeune dame dont son appartement a été dévalisé... Vous savez, le téléphone !

— Comprenez-vous ?!! J'ai près de quatre-vingt-dix dossiers à mettre en ordre cette semaine... Je ne vois pas exactement ce que vous voulez me dire ! Vous avez parlé d'enfants en danger... Quel est votre truc au juste ?

— Admettons, pour commencer par le début, que je suis une « reporter libre » et que j'enquête sur des gens qui frôlent le pouvoir de très proche. Dans la région, il y a des familles qui paient de petites fortunes pour adopter des nourrissons. Ils contournent les lois en faisant probablement en sorte que les bébés soient dûment donnés aux parents adoptifs, comme si la mère biologique l'aurait elle-même porté... Au détriment même de ceux de la maman. On refuse, à l'une de mes connaissances, de voir et, pire encore, de reprendre son enfant légitime... À vrai dire, on l'a très sévèrement menacé pour lui enlever de force sa petite fille...

Le policier frotta fortement ses sourcils, l'air soucieux :

— Avez-vous apporté ces éléments à des inspecteurs compétents de la police de San Francisco ?

— Justement, non... Pour contourner la loi, ce réseau soudoie des membres des forces de l'ordre ou du système juridique. Cela les rend quasiment invincibles ! Ils essayent de me discréditer en salissant mon nom !

— Au fait, comment vous appelez-vous ? Alberta hésita longuement avant que le policier renchérisse, comment pouvez-vous me faire confiance si vous ne voulez même pas me décliner votre identité sommaire ! Comment voudrez-vous que je vous supporte ???

— Aidez-moi simplement à trouver Golan Shalow... Il va bien-être obligé de parler !

Larry écoutait Alberta sans trop savoir, sa voix lui était pourtant familière...

— Oui ! OK... Je vous replace... Le téléphone troué... Comme je suis sot, ça me revient... Vous êtes la jeune dame qu'un dingue avait tiré une balle à fragmentation sur son appareil téléphonique ?

— Ouais, d'accord, bon... Je suis bien celle-là ! Alberta Prescott...

— Alberta... Prescott, oui... Je me souviens très bien maintenant ! Vous m'aviez semblé très sympathique ! C'est justement Golan Shalow qui pilote votre dossier ! On nous a interdit d'y travailler... C'est pour cette raison que je n'ai aucunement retenue de déclaration ou de témoignage de votre part. On est tellement débordé, à l'interne, que l'on doit se concentrer sur les choses prioritaires... Écoutez ! Cela me surprend beaucoup, mais il y a maintenant un mandat d'arrestation assez étoffé contre vous... Toute la police de la côte Ouest vous recherche pour un délit de fuite mortel ! Vous devriez vous livrer aux autorités... Vous avez bien fait de communiquer avec moi... Tout se fera en douceur... Rendez-vous calmement et nous tirerons au clair votre version de complot avec des inspecteurs compétents et non arbitraires...

Walsh changea lentement son timbre pour utiliser un ton doux et apaisant. Il se sentait pris dans une situation et devait improviser rapidement, en bon négociateur. La jeune dame eut un sursaut de vie et employa son charisme à plaider sa cause :

— D'aucune façon! Vous ne comprenez pas monsieur l'agent, je suis innocente de tout, sa voix devint plus confiante et monocorde, uniforme, vous aviez pourtant raison... Vous m'aviez recommandé de me méfier de Shalow... Et effectivement, l'inspecteur Golan Shalow n'est pas un homme recommandable... Je suis avant tout une journaliste indépendante et je fais une enquête de fond sur un réseau d'adoption illégale en Californie... Des sources, des évidences, puis des preuves m'ont conduit indubitablement à penser que feu Dr. Martinstein et l'inspecteur Shalow étaient de mèche, ensemble, en payant de jeunes mères porteuses à materner des bébés pour ensuite les vendre à des familles riches... La trame dramatique du téléphone à mon appartement... C'était pour m'intimider à ne plus suivre cette enquête ! Je travaille pour une femme qui veut retrouver sa fille ! J'ai réussi à avoir les aveux du Dr. Martinstein ! J'ai appris, par la gazette, sa mort suspecte... Il y a beaucoup de gens haut placés d'impliqués dans cette histoire. Je vous prie de me croire, M. Walsh ! Ils se sont assurés du silence de Martinstein !!!

— Vous me demandez de vous croire ?!! , une certaine ironie se lisait dans la résonance de ses phonèmes, c'est un peu gros à avaler comme poisson ça !

— Vous avez raison... Mais c'est vous qui l'avez harponné quand vous m'avez aiguillonné sur Shalow... Vous l'aviez dit vous-même ! Vous aviez l'impression qu'il farfouillait partout pour foutre la pagaille !!! Effacer des preuves, comme le fameux ruban de sécurité pour couvrir son complice...

— Eh ! J'espère que vous ne m'enregistrez pas ?!! J'ai personnellement cinq enfants et une femme à nourrir moi ! Je ne veux rien savoir de ce genre de scandales !!! Juste à la façon dont ils ont traité le dossier dans son ensemble, puis le décès suspect de Martinstein... Il paraît qu'on a interdit aux coroners de toucher, ni même de voir le cadavre ! Sûrement que vous l'êtes, innocente... Le corps n'aurait pas été rapatrié par des éléments obscurs des fédéraux si cela avait été qu'un simple accident de la route ! Il arrive parfois que l'on fasse porter la coiffe à une tierce personne... Le docteur Martinstein aurait été hospitalisé pour des éraflures mineures et des côtes fêlées ! Rien de mortel !!!

— Je ne vous demande pas de témoigner, ni même de vous impliquer, seulement un petit coup de pouce... Où pourrait-on le trouver ?

— Il s'est déclaré malade ce matin... Il a un taux d'absentéisme assez élevé, il faut dire !

— Y a-t-il un moyen sûr de savoir où se situe exactement Golan Shalow ?

— Écoutez, je ne suis pas une sorte de revanchard... Nous n'aimons pas cet homme et plusieurs prostituées racontaient déjà ce genre de boniments à son sujet bien avant que vous en fassiez vos choux gras ! Elles disaient souvent qu'il était à la recherche de femmes pour pondre, en échange de bons cachets ! Je ne pourrais pas vous aider, trop gros pour moi... Sauf pour une chose... Il n'a pas personnellement d'auto et il voyage toujours avec la même voiture banalisée de la police... De toute façon, personne d'autre ne la veut tellement elle est cochonnée !!! C'est une Lincoln beige 2011... Je vais vous trouver le numéro de sa plaque...

— C'est bien beau, mais ça nous prendra des lustres à le repérer en longeant les rues !

— Hé... Toutes les voitures banalisées sont munies de puce GPS... Je vous indiquerai, de cette manière, son emplacement exact qu'une seule fois... Sa poubelle sera probablement garée devant sa demeure... Ainsi, je ne me retrouve pas en conflit d'intérêts en donnant des indications personnelles d'un collègue. De là, faites votre enquête comme bon vous semblera... Je ne vous connais pas et je ne veux, en aucun cas, que mon nom ressorte dans l'un de vos torchons !!!

— Ne soyez pas inquiet Larry, dites-nous seulement où il se trouve...

— Rappelez-moi dans cinq minutes !

Cela ne prit, à Walsh, que le temps d'allumer un terminal informatique... Étrangement, la voiture de Shalow était située sur le

Golden Gate et semblait être en position stationnaire... Conformément à la promesse faite à Alberta, il donna le numéro de plaque et son positionnement.

— Il est sur le plus beau pont de Californie, direction sud, probablement figé par le méga embouteillage ou un bris mécanique... On estime à près de deux heures l'attente... Les pompiers sont en train de combattre un sévère incendie près de là, c'est majeur, paraît-il... Toute une armée de policiers est à vos trousses, mademoiselle... Si je comprends bien les mandats en cours... Vous ne ferez pas cinquante mètres...

— Aucune procuration ne me déviera de mon but, M. l'agent ! Merci pour votre aide...

— Vraiment... Croyez-vous que je vous aide en vous enfonçant dans votre délire ?!! Je reste persuadé que vous faites... que je fais une grave erreur...

Il tenta encore, sans trop de conviction, de la dissuader de poursuivre son aventure, de la détourner de son objectif pour lui éviter toute forme de tourment. Il ferma son cellulaire en gardant le silence. Pensif, il se contenta de garder pour lui ses appréhensions... De toute façon, à qui pourrait-il bien se confier ? Étant un homme croyant, il se surprit à faire une muette prière pour cette jeune dame... Avait-il été naïf, crédule, ou irresponsable ? Il reste qu'au fond de lui, il avait le pressentiment d'avoir agi selon sa conscience... D'avoir, fait pertinemment ce qu'il fallait...

*
* *

Un camion-citerne rempli d'essence avait percuté, de plein fouet, l'armature naissante du pont de San Francisco. L'impact fit voler des véhicules qui s'emboutirent sur un arc de béton à la sortie de la fameuse structure. Les experts crûrent que la chaleur avait probablement terrassé le pauvre chauffeur, mortellement atteint d'une crise cardiaque. La collision fut si farouche et soudaine, qu'une violente déflagration força l'immobilisation du trafic. L'emplacement même et l'heure de cet accident tranchèrent net la possibilité, aux autorités, de dévier efficacement les automobiles vers une autre destination. Ayant seulement pour accès l'autoroute *Doyle 101* qui coupait plus loin la route *Lincoln Boulevard*, des milliers de véhicules se trouvèrent emprisonnés sur le pont. Écroués dans le *Downtown* de San Francisco, c'était au sommet de l'heure de pointe et en différents endroits que des bagnoles furent bloquées par des bris mécaniques multiples dus à la surchauffe des radiateurs...

Golan hyperventilait tellement la canicule était omniprésente. La touffeur écrasante donnait à l'asphalte des reflets noirs et miroitants. L'air ambiant était déformé et imprégné par la chaleur comme si on regardait le ciel à travers des flammes ardentes. À tâtons, une par une, les voitures avançaient comme un convoi de fêtes foraines, paradant devant un spectacle catastrophique et démentiel de plusieurs automobiles carbonisées, de camions de pompiers noircis de suie et d'ambulances toutes aussi brunies par les émanations de cendre et cette odeur si spécifique de graisse incinérée. La caravane de curieux ralentissait d'autant plus pour arrêter son regard sur l'étendue des dégâts. La longue chaîne de spectateurs crédules rendit Shalow en furie ! Non pas par une forme de compassion pour les supposées victimes anonymes, mais plus par agacement, contrariété d'impatience égoïste, d'avoir perdu une précieuse période de sa vie, son temps. Depuis un certain moment, il ne transpirait plus et il se sentait très fatigué... La fluidité du trafic s'accéléra légèrement et, après avoir quitté la bretelle de sortie du pont, il s'enfonça dans le stationnement d'une station-service avec un dépannage de nourritures, pour y acheter de l'eau en bouteille et une boîte de chocolat avec une garniture à la cerise...

Le commis qui le servit eut un sursaut en le voyant, ne pouvant à peine cacher son dédain, lorsqu'il lui remit sa petite monnaie. D'un regard vindicatif et un sourire rancuneux, Shalow montra sa denture crochue et verdâtre. Le jeune homme ne parvint pas à entendre ce que siffla, entre ses dents, le détective en tournant les talons mais le commis-vendeur dût bien constater que ce n'était pas très sympathique à son égard...

La circulation était encore très dense, mais l'inspecteur ne s'en souciait guère maintenant. Il ingurgitait goulûment le liquide renfermé dans le contenant plastifié. De chaque côté de ses lèvres boursouflé et ornementé par d'anciennes meurtrissures d'acnés se déversait de l'eau mêlée à de la chaude bave.

Il se trompa d'intersection et dût revenir longuement sur ses pas à cause de plusieurs voies à sens unique. Il passa rapidement son chemin sans regarder les beautés de la ville. Ces vieux secteurs longeaient la baie dans ce que l'on appelait « l'*Embarcadero* », la jonction de plusieurs faubourgs. Ses esplanades s'étendaient le long des rives intérieures de l'agglomération populeuse de la cité. Au point central de la péninsule, au milieu des rues citadines, s'élevaient tantôt des gratte-ciel immenses et modernes tantôt des commerces rustiques, exotiques et très évocateurs.

Les quartiers de San Francisco, tels que le *Chinatown,* le *Nob Hill,* le *Japan Town*, le *Mission District,* le *Height Ashbury*, le *Castro* et le centre financier, étaient tous assez typiques en leur genre. Certains étaient fièrement perchés en haut de collines, d'autres en contrepartie, semblaient s'enterrer dans une certaine honte. Les accommodations étaient nombreuses à travers la ville; elles étaient plus concentrées du côté du centre financier ou des esplanades de l'*Embarcadero*, sur la rue *Lombard Street* et ses alentours. C'est là que Shalow gara sa voiture beige et terne, à l'ombre d'un grand édifice en béton, juste devant une borne-fontaine rouge qui constituait la seule place de stationnement « disponible ». Ce coin avait jadis bien mauvaise réputation, mais de nouveaux investissements rendaient l'endroit légèrement plus touristique pendant la journée. Martinstein avait choisi cet emplacement surélevé pour la vue indomptable sur la baie.

Une légère brise, venant de l'océan, soulagea un peu l'inspecteur ventru. Il tenta de remettre, dans son pantalon, la base de sa chemise. Le tissu, tout renvidé et torsadé, était imbibé d'une sueur visqueuse. Le vêtement se dégagea de l'emprise de la ceinture alors qu'il marcha vers le hall d'entrée. Son corps exhalait une forte odeur. Le portier de l'établissement ne le reconnaissait pas mais lui restitua les clés de la garçonnière de son ami, sans questionnement, lorsque Shalow lui montra sa plaque de flic. Il monta seul au logement par le monte-charge de service qu'il bloqua au dernier étage pour ne pas avoir à l'attendre pour redescendre. Déjà il respirait mieux avec la climatisation de l'endroit. Il pénétra, avec un certain frisson, dans l'appartement de célibataire de feu Martinstein. Les lieux étaient impeccablement propres quoique légèrement en désordre, un œil averti ou zélé aurait pu apercevoir qu'une infime couche de particules recouvrait le plancher et les meubles. Il y avait une grande chambre à coucher ayant vue sur la mer, un bureau d'agrément, une salle de bain spacieuse et une cuisinette pour les commodités d'usage. Le tout agencé pour ne recevoir qu'un maximum de deux personnes. Dès qu'il croisa le fugace frigo, Shalow dévora un « céleste » sandwich à la glace vanillée et déboucha une bouteille de champagne en faisant éclater le bouchon, cochonnant le sol de la petite cuisine. Il ausculta l'appartement, aux meubles de fort bon goût, trop bien aménagé pour être le fruit du hasard. Un décorateur d'intérieurs avait, assurément, tout choisi avec harmonie et classe. Il restait à trouver un moyen d'ouvrir le secrétaire de l'infortuné docteur. Par chance, le bahut n'était pas verrouillé, mais vide de son contenu. Martinstein semblait avoir farfouillé tous ses dossiers à la hâte. Les chemises de carton étaient éparses et en chaos sur le lit de la chambre à coucher. Ils étaient là, à attendre que Shalow les cueille sur un léger drap de satin noir d'une texture très fine, fabriqué traditionnellement à Sedan.

Il ne vint jamais à l'esprit de Golan Shalow qu'une tierce partie aurait pût fureter les documents et fichiers de Martinstein avant sa visite. Rien ne laissait présager à une infraction. La façon dont étaient disposés les pagnons, oreillers et autres polochons donnaient plutôt l'impression qu'il avait longuement étudié ses rapports et menus textes, installés confortablement sur le côté, bien appuyé sur de confortables rembourrages. Golan empila les dossiers dans la cheminée de coin et alluma le tout grâce à une longue allumette. Il chercha, dans la garde-robe de la chambre, une petite boîte contenant plusieurs revues érotiques, cassettes et DVD pornographiques. Il lécha ses babines et sa moustache collées de substance laitière et de nectar sucré. Du coin de l'œil, il gardait une attention particulière aux archives compromettantes qui brûlaient maintenant en faisant un halo de cendre. La trappe d'aération étant fermement close. Sans se soucier de ce détail hasardeux, il continuait à sonder, avec la bonhomie d'un enfant, dans le contenant en carton, ses nouvelles prises.

*
* *

Alberta raccrocha le téléphone public. Un large sourire montrait ses dents impeccablement blanches. Allan lui fit un signe de la main, une déclaration réprobatrice de son initiative personnelle. Il était persuadé que le policier avait toute la latitude pour lui monter un piège de bleu ! Son visage angélique et la confiance aveugle d'Alberta ne parvenaient pas à convaincre Allan. Selon lui, ce Larry avait tout simplement donné cette localisation pour les enjôler, pour les leurrer, dans un endroit précis où les forces fédérales pourraient concentrer leurs efforts. Elle ne prononça pas un mot de plus aux arguments marteaux de son ami de cœur. Elle l'embrassa passionnément, comme si c'était leurs derniers baisés. Lorsqu'elle vint pour s'éloigner, il la retint blotti contre lui...

— Bon... Soit ! Tu ne me donnes guère le choix Albie !
— Tu as ta liberté de conscience Allan... Et d'action ! Je n'y réussirai pas seule... Mais je ne peux te forcer à me suivre... Comprends que j'ai confiance en ce policier. Je crois qu'il est honnête, au-delà des lois ! Tu vois ?
— Dès que le vent tourne Alberta, c'est moi qui saisirai les rênes ! Tu nous fais prendre trop de risques !
— Mais Allan, c'est toi qui as les guides ! Tiens fort la bride de notre destinée !
— Jolie paire de jambes que tu me largues là !!! C'est bien beau de confronter cet inspecteur, et après ? On se présente chez les parents adoptifs de Pamela pour leur annoncer qu'on vient de ravir leur fille de deux ans !

— Reste que Mylène a des droits...

Les yeux d'Alberta s'humidifièrent d'une profonde peine. Tout ça semblait si insurmontable ! L'absence de sa propre mater et la souffrance en découlant s'enchevêtrèrent, s'entrelacèrent peut-être un peu trop, à la projection qu'elle cristallisait en s'imaginant une maman et un enfant de nouveau réuni... Elle s'autocritiqua de façon à cerner son fantasme, ce rêve de jeune fille, de voir un bon jour débarquer une mère disparue depuis tant d'années... Eut-elle un doute du bien-fondé de son action ? Elle en avait des centaines, d'incertitudes ! Un fait restait, elle avait donné sa promesse à Mylène... À l'impossible, nul n'est tenu, mais pour Alberta, tout devenait maintenant envisageable et réalisable avec de possibles aveux de Golan Shalow. Il y avait assurément d'autres mères qui briseraient le mur du silence avec la médiation d'un tel récit. Le geste brusque qu'Allan fit, en lui tendant son casque, la fit sortir de ses ambiguïtés profondes. L'homme d'action se devait d'intervenir, moins tergiverser sur des occurrences sans fin... Agir, ne pas seulement réagir aux éventualités conceptuelles et spéculatives !

Ils enfourchèrent la moto et filèrent à grande allure vers le pont de *Bay Bridge* pour prendre, à revers, le gigantesque bouchon. Grâce à la rapidité et la manœuvrabilité de leur engin, ils se positionnèrent de manière à pouvoir voir, de loin, arriver les voitures et ainsi avoir un angle assez ample dans une courbe pour vérifier les plaques.

— Une bagnole Lincoln beigeâtre, ça ne doit pas courir les rues... C'est une coloration assez démodée pour les récents modèles... Non ?

Effectivement, comme elle l'avait anticipée, la majorité des automobiles avaient des teintes métallisées de vifs coloris et plusieurs arboraient des couleurs argentées frétillantes.

— Regarde Albie, la voiture beige qui boucane du radiateur !

Alberta fixa l'horizon et le reconnut bien. Il amorça, d'un solide coup à la manivelle de démarrage. Le moteur toussota un sévère rugissement de puissance machinal. Dès que le cancer sur roues de Golan Shalow tourna le coin, Allan, de sa vue perçante, remarqua les numéros de sa plaque d'immatriculation.

— Bon sang Allan ! Je te l'avais bien dit qu'il y avait encore des bons dans la police !

— Je n'en reviens pas qu'on laisse une telle poubelle se promener sur la route ! Ce n'est pas un vieux modèle en plus ! Celle-ci est plus crasseuse que la bagnole du lieutenant Columbo !!!

Alberta, ne saisissant même pas l'allusion au célèbre inspecteur de la télévision, reconnut sans aucun doute la silhouette porcine de Shalow derrière son volant. Elle s'écria, pour être sûre qu'Allan la comprendrait, afin de ne pas perdre la cible :

— Oui ! C'est bien lui !!!

Comme deux rémoras suspendus à proximité d'un squale ventru, Allan et Alberta suivirent de près l'épave beige. La circulation était si dense, compacte, qu'ils purent, à leurs guises, lui filer le train sans soulever de soupçon. Ils durent toutefois redoubler de prudence lorsque l'inspecteur crasseux s'arrêta pour faire de petites emplettes dans une épicerie, aux heures d'ouverture prolongées, sur le bord de la route. Est-ce que le crapaud de policier se sentit pris en filature ? Il sembla faire un vaste détour pour revenir sur ses pas... Allan lui accorda juste assez de corde pour se faire oublier. Alberta eut peur de le perdre mais Allan la rassura aussitôt en lui disant qu'il contrôlait bien la situation...

Ils le suivirent jusqu'à une remarquable construction en béton, un ciment blafard d'un gris délavé. L'édifice avait des auvents d'un bourgogne foncé s'approchant de la couleur d'aubergines pourpres. Allan gara la moto dans une ruelle qui faisait face au bâtiment.

Golan s'enfonça dans l'antre et discuta brièvement avec un gardien dans le hall. Le petit homme à la peau d'ébène rembrunie, et à l'uniforme aux mêmes coloris que les avant-toits des balcons extérieurs, semblait assez intimidé par la façon dont le fonctionnaire montra son badge de policier. Alberta déduisit rapidement qu'il n'était pas arrivé chez lui, où dans un lieu très familier, à la manière, sans prestance, dont il avait choisi son intrusion.

Alberta demanda à Allan de rester en retrait. Elle s'approcha et entra, comme si elle était une habituée de l'endroit. L'individu, toutefois, l'interpella avec insistance dans un accent légèrement créole :

— *Mademoizelle ! Vous ne savez pas ? Vous devez êtw'e une des patientes du Docteu'... M. Ma'tinstein a eu un té'wible accident... Peut pas vous recevoi'we...*
En vitesse Alberta baratina à la hâte le petit concierge...

— Nous sommes avec l'inspecteur Shalow, dites-moi le numéro de la porte du Docteur Martinstein !

Allan aperçut le manège et vint rapidement vers elle. Le gardien, s'imaginant que la visite de plusieurs policiers devait être logique, leur indiqua le trajet sans demander plus d'information, avalant complètement la couleuvre pondue par la dynamique jeune dame. Pourtant, l'ascenseur ne redescendait pas.

Sans faire de bruit, ils montèrent, quatre par quatre, les marches de la cage d'escalier. Alberta chuchota à son amoureux :

— Quoique ce soit, cela a rapport à Martinstein... En descendant la rue *Lombard Street,* on arrive directement à sa clinique... Le gentil monsieur semblait affirmer qu'il recevait souvent des « patientes » ici ! Je présume que ce devait être l'un de ses petits nids d'amour, comme Mylène me l'a raconté !

Allan engagea la marche, ouvrant la porte pare-feu massive, d'une couleur grise pastelle. Cet accès conduisait directement à une sortie sur la toiture-terrasse. Il donnait aussi sur tous les étages, qui étaient au nombre de sept. Le gardien avait bien spécifié que le docteur habitait aux derniers combles qui supportaient le toit. Allan s'enfonça dans un long couloir tamisé par une luminosité obscurcie. Le tapis, dru et très foncé, du corridor avait des motifs abstraits et répétitifs de dégradées prune, doré et marron. Les murs montraient un papier peint qui commençait à prendre un peu d'âge. La climatisation crachait une bonne brise glacée, mais l'air ambiant semblait vicié et les lieux baignaient d'une humidité glaciale. La résonance de l'air conditionné imposait une mortification morose... Du bout des doigts, Allan sonda la porte et se tint sur le seuil, arme en main. Alberta recula avec une certaine anxiété contenue. Il colla ses oreilles près de la serrure et écouta attentivement pour y percevoir le plus léger bruit... On toussait à l'intérieur et, bientôt, une infime émanation de fumée se dégageait sous l'interstice de l'issue... Une odeur de papier embrasé... Un signal sonore d'un petit détecteur de fumée... Des jurons en yiddish puis, plus rien...

Alberta donna une tape agressive sur l'épaule d'Allan en mugissant :

— Vite ! Il brûle quelque chose !!!

Golan ne se rendit compte de son erreur que trop tard. Il tenta d'ouvrir la trappe de la cheminée, au travers d'émanations qui devenaient étouffantes. La poussée d'air produisit des milliers de minuscules tisons de cendre

256

incandescents, virevoltants dans toute la chambre à coucher... Il se déplaçait maladroitement pour éteindre les flammèches sous les cris stridents de l'alarme à feu. Il empoigna le drap de satin pour s'en servir gauchement, comme d'un éteignoir improvisé. Il ne s'aperçut pas que l'on sondait la porte. Pris de panique, il se dirigea vers la sortie, laissant son infâme butin derrière lui... Allan n'eut le temps que d'avertir Alberta qui se cacha dans une des larges moulures du mur, celui qui recèle la trappe vers les buanderies du sous-sol et la benne à ordure de l'édifice, et si recroquevilla en espérant qu'il prendrait le passage contraire. Il se raidit et se retrouva dans le dos de Shalow... Il le suivait lorsqu'il s'engloutit dans l'ascenseur de service maintenu ouvert par un extincteur qui empêchait la porte de se refermée. En se retournant, Golan distingua la présence d'Allan et, en arrière-plan, Alberta qui se faufilait dans les appartements de Martinstein. Les portillons du monte-charge se refermèrent sous l'impulsivité du policier ripou, qui projeta la bouteille de métal sous pression vers Allan. Dans la panique la plus totale, Shalow s'énerva et Sexton l'aperçut qui dégainait son arme de service en le mettant en joue...

Avec la fougue de l'éclair, le fulgure Allan se planqua juste à temps pour ne donner aucun angle de tir au bouffi personnage ne laissant, à la fin, qu'une embrasure à peine plus large qu'une meurtrière. Shalow n'eut aucunement courage de presser la détente lorsque se rabattirent les portes. Déjà à bout de souffle, Shalow transpirait comme un porc et son cœur battait à tout rompre dans son poitrail de graisse molle. Avec une certaine appréhension, pour ne pas dire de la crainte, il regardait les numéros des étages descendre lentement. Trop interminablement à son goût... Allan savait que le grossier personnage, faisant subitement irruption dans le hall d'entrée, intimerait le gardien à appeler la police. S'étant en premier lieu compromis dans la cage d'escalier, il revint sur ses pas pour sortir Alberta de cet endroit le plus tôt possible avant qu'il ne devienne une sorte de souricière ! Elle semblait abattue en apercevant les cendres dans le foyer. Allan lui cria, comme pour la réveiller de sa torpeur :

— Il y a une boîte de vidéocassettes et de DVD sur le lit !

Alberta les survola rapidement...

— Que de la pornographie... Rien sur les adoptions... Il a tout brûlé les dossiers...

Allan jeta un coup d'œil rapide afin de sécuriser d'urgence les lieux du bout de son arme à feu... La chambre, la cuisinette et le bureau... Puis, la salle de bain qui paraissait avoir été utilisé à la hâte, tellement il y avait de flacons de produit de beauté qui ornaient les rebords du lavabo. Un peignoir, de style kimono deux tons de bleu, se trouvait là, sur le sol, avec de grandes serviettes d'un blanc immaculé. Un détail affriola l'attention d'Allan sur la desserte de la vanité, près du siège de toilette, une chemise de carton, seule, ouverte et détenant quelques dizaines de feuilles à l'intérieur, qui semblait être l'original d'un extrait de naissance et autres papiers légaux et médicaux... Il y avait également une photo, de type polaroïd, et sur l'en-tête, un nom imprimé sur un autocollant blanc... Celui de Mylène Gilmore MP-MyleneG 2042 ! Il ne pouvait prendre le temps de le lire mais il le montra suffisamment à Alberta pour l'attirer vers lui et fuir... Elle sauta de joie, trébuchant sur une sorte de sacoche en vinyle et de cuirette noire, qui était à peine dissimulée sous le lit du perfide macro de médecin... Alberta eut le réflexe de serrer la bandoulière lorsque Allan la tira vers lui, elle traîna le sac d'un ordinateur portable doté d'un puissant routeur Internet sans fil de type clé USB... Le nec plus ultra des systèmes mobiles portatifs... Comme deux fantômes muets et silencieux, ils se faufilèrent par un escalier de secours secondaire avec un mécanisme externe à poulie, légèrement rouillé, mais très fonctionnel. En moins de deux, ils se retrouvèrent dans une ruelle où ils purent, à leur guise, s'éloigner sur leur vaillante monture d'acier...

*

* *

Golan, rouge comme une tomate, supplia le gardien de téléphoner du renfort. Il semblait si amoché, que le malheureux surveillant appela avant tout une ambulance, croyant qu'il avait été blessé. Shalow lui transmit sa crainte et le gardien se cacha derrière sa petite console, allongeant le fil de téléphone à son maximum pour rester à l'abri. Les secondes se transformèrent à peine en minutes que des sirènes se firent entendre au loin. Rampant jusqu'au surintendant atrophié par la peur, Golan lui arracha farouchement le combiné et pianota, de ses doigts tremblants, le numéro de la centrale d'Hartland...

Comme un coup de pied dans un essaim de guêpes, les effectifs d'Hartland se mirent en branle. À leur arrivée, Golan rejoignit Hartland pour l'avertir qu'il avait réussi à tout détruire les documents, mais qu'il avait croisé Alberta Prescott, ainsi qu'au moins un autre individu, qui venait fouiller la garçonnière de Martinstein. Sa rapide description confirma à Hartland que ce fut bien Allan Sexton. De plus, il ajouta quelques détails actifs, sinon fictifs, de son cru pour enjoliver son histoire et redorer son blason terni par sa laideur. Golan estima détenir la seule issue possible et les maintenir en respect devant la cage d'escalier après une âpre fusillade...

En cherchant la gloire, on récolte parfois la justice et son supérieur n'eut que des blâmes à lui faire à son arrivée ! Dire qu'ils tenaient presque la petite vipère que son maître voulait mâter ! Il lui ordonna de garder à distance les hommes de loi et de faire perdurer le siège des appartements Lombards.

Hartland mandata une de ses escouades de terrain, positionnées près de l'endroit, pour encercler les lieux. Puis, il prit la décision de s'y rendre à bord d'un hélicoptère rapide et furtif. Dès qu'il survola le voisinage, il remarqua qu'il y avait un système de rampe de secours extérieur. Hartland se déplaça, en personne, sur les lieux-dits, avec une section de choc qui investirent la place via le toit. Il fouilla personnellement l'appartement pour en déduire que les balayures de papier devaient forcément être le résultat de l'inspecteur. Il ne localisa, *a priori*, aucun impact de coup de feu ou de lutte héroïque comme lui avait décrit Shalow. Il trouva un chargeur d'ordinateur, mais pas l'appareil en question... Se penchant près du lit, il remarqua, non pas sans peine, une absence de poussière, trahissant la présence récente d'un objet tracté à deux doigts de la couche. Sa garde d'élite ayant sécurisé le périmètre, il fit jonction avec Golan et la police usuelle appelée sur les lieux pour une présumée fusillade. Seulement par sa prestance, Hartland s'arrogea de la charge des opérations et tout le secteur fut bouclé. Avec un cellulaire, il informa en hâte des agents de liaison et ils firent en sorte de boucler un périmètre de trois kilomètres carrés pour vérification complète d'identité. La tâche fut ardue au début, mais les éléments s'ajustèrent vite pour pousser au maximum l'efficacité de la traque.

Golan prit courage à la vue de l'ex-détective du FBI. Il se leva péniblement de sa cache improvisée et s'avança vers lui en rangeant son pistolet comme l'aurait fait un héros de séries télévisées. Hartland, songeur, s'approcha de lui en étudiant ses moindres réactions :

— Inspecteur Golan Shalow... Vous avez un instant ? J'ai affaire à vous... Ils s'isolèrent dans l'accès menant au sous-sol. Auriez-vous remarqué la présence d'un ordinateur portatif dans la garçonnière de votre beau-père ?
— Hum... Non, je ne le crois pas, mais le docteur n'était pas tout à fait mon parâtre...
— Montrez-moi votre arme de service Shalow...

Le petit inspecteur obtempéra, à regret, aux directives de son supérieur hiérarchique et idéologique. Il avait fait la gaffe monumentale de sous-estimer les habiletés intellectuelles d'Hartland... Pourtant, Golan n'était pas un bleu de première. Il venait de se piéger bêtement par un vieux truc qui se devait d'être, pour lui, qu'une simple routine. Hartland renifla le revolver promptement. Son air cachait à peine un désarroi inavouable. Un aspect douteux qui, maintenant, prenait des traits de gravité plus sérieuse :

— Vous dites avoir échangé des coups de feu avec cette jeune dame et son complice ? Dans la garçonnière et dans la cage d'escalier ?

Quoique répondît Shalow pour sa défense, et même avec des larmes de crocodile, pourtant sincères, et le faciès piteux de l'inspecteur repentant, Hartland resta de marbre. Ce qui n'avait rien de bien rassurant dans sa façon d'être... Pour sa sauvegarde périlleuse, Golan donna une version plus humble de son escapade et une solide description d'Allan Sexton... Hartland tourna le dos à Golan et, se pencha à l'épaule de l'un de ses subalternes vêtus en agent des forces spéciales du FBI, y murmura une courte et incisive phrase.

Shalow tendit l'oreille, en vain... Il y a des chuchotements dont nous n'avons point besoin d'entendre le sens pour comprendre leur réelle portée...

*
* *

Dans les circonstances, l'homérique couple ne se sentit nullement déconfit par la tournure des évènements. S'ils avaient fait une longue filature de Golan Shalow, ils auraient tout perdu. Ils ne comprenaient pas pourquoi Golan brûlait tous les documents, sauf celui de Mylène. La vérité était plus simple lorsqu'ils y pensèrent à tête reposée... Martinstein n'aurait-il pas isolé le dossier de Mylène pour s'y replonger et renouer les conjonctures entourant les faits ? Particulièrement après la visite inopportune d'Alberta à sa clinique. En fait, c'était bien avant, à l'heure où le docteur reconnut Mylène Gilmore sur le campus de l'université UC Berkeley et la suivit jusqu'à sa chambre sur le complexe universitaire. Voulait-il se familiariser avec elle pour remettre ses idées aux claires ? Allan sortit quelques boutades sur les lectures de cabinet et la manie des hommes de s'apporter de quoi lire lorsqu'ils visitaient le « divin trône » ! Pourtant, il n'avait pas tort. De toute façon, si Martinstein avait laissé les documents avec les autres, il serait parti en fumée !

Allan était très nerveux. Derrière lui, il le sentait presque, une ombre s'agrandissait, fermant les rues et montait des barrages de contrôle. Il fut heureux de couper par le parc récréatif du *Golden Gate*, au volant de sa moto, et de quitter la région en quelques minutes. Il était moins une au cadran lorsqu'il qu'il vit, dans son rétroviseur, un fourgon des forces policières qui déployaient une barricade avec des chaînes de barbelées crèves-pneus. En fait, il y avait eu probablement cette brèche inespérée par un élément extérieur, ce genre d'alliés objectifs qui ne se croisent jamais mais qui s'aident mutuellement... Une aide inattendue, inconsciente et soudaine...

Le gouverneur Rutherford, exaspéré des mesures drastiques et draconiennes de certains de ses subalternes, avait fait retenir l'ordre d'état d'urgence lancé par Hartland pour en vérifier la véracité. Fatigué de toutes ses procédures illégales et fortes coûteuses pour ses contribuables, le politicien intègre demanda des comptes aux responsables de la sécurité publique... Devant des gueules de bois et des muets momentanés, il ordonna d'attendre sa confirmation. Il en résulta une période désordonnée et chaotique de confusion dans les troupes de l'organisation. Une épreuve de tir au poignet pour déterminer qui dirigeait dans la boite ! Rutherford découvrit son apparente impuissance quand les contre-mesures se placèrent quand même, sans son consentement. Mais son intervention, sans le savoir, avait permis à Alberta et Allan de passer, *in extremis*, entre les mailles du filet.

Alberta avait hâte de s'éloigner assez pour éplucher leurs découvertes. Par précaution et avec regret, ils laissèrent la moto dans un endroit désertique pour se dégoter une vieille guimbarde. Ils venaient de quitter San Francisco et roulaient, à la recherche d'un motel isolé de tout ou d'un gîte bon marché et discret, où on ne demanderait pas obligatoirement de s'identifier. Alberta, anxieuse, s'assit sur la banquette arrière pour étudier le dossier de Mylène. Ce qu'elle découvrit lui fit dresser les cheveux sur la tête... Le polaroïd de Mylène était légèrement sous-exposé. Cependant, Alberta reconnut très bien cette jolie blonde, délicatement plus maigre et jeune que maintenant. La photographie, anormalement assombrie par un éclairage défaillant de néon fluorescent, avait l'air d'être un écran témoin de la maman, avant la conception du bébé. Probablement à la discrétion des futurs apparentés qui voulaient voir la mère biologique.

Le compte-rendu médical semblait en règle et fait, d'une certaine façon, professionnellement. Dans le cas de Mylène, ce fut une insémination artificielle classique due à la bonne santé de Mylène. Martinstein avait hésité entre cette méthode traditionnelle plutôt que la technique *in vitro* qui lui donnait de multiples complications et plusieurs naissances impropres à son trafic. La semence masculine, appropriée techniquement pour améliorer la qualité spermatique, avait été mise en contact directement avec un ovule de la matrice porteuse. Les ovaires de la femme de l'Arkansas étaient stimulés afin de provoquer la ponte de plusieurs gamètes et augmenter le taux de réussite. Dans le cas de Mylène, le lien entre le sperme et son œuf fut réussi du premier coup. L'embryon alors se développa normalement par division cellulaire. Déjà, six jours après le moment de la fécondation, les examens furent positifs à la présence de l'être vivant dans l'utérus de Mylène... Il n'y avait rien sur le donneur masculin. Des injections journalières de stéroïde à la mère étaient nécessaires pour améliorer la croissance rapide du fœtus, surveillé avec de multiples prises de sang et des échographies constantes. On lui faisait croire qu'on lui administrait de simples vitamines. À voir le sens de ses notes, Martinstein craignait énormément les bébés prématurés...

Dès le début du huitième mois de grossesse, Martinstein avait soulevé, par des remarques ajoutées au stylo-bille sur les pages imprimées, des commentaires sur la personnalité instable de Mylène. Les éclaircissements indiquaient un moral changeant de la jeune dame et sa tendance à la rébellion. Il paraissait habitué à ce genre de réaction réfractaire, mais les solutions qu'il adoptait semblaient douteuses. Il s'avérait qu'il était fortement préoccupé par la santé du bébé, bien plus que celle de la mère, mais pour la mise à terme seulement. Une de ses remarques faisait allusion à son impuissance à la droguer pour la rendre plus docile et de sa soi-disant résistance aux préparations pharmaceutiques. Mylène avait justement fait cette évocation du fait qu'elle feintait de prendre les médicaments qu'il lui imposait. C'était un puissant et dangereux cocktail contenant de la codéine codéthyline, de la dextrométhorphane et de la pholcodine. Alberta, avec ses vagues connaissances médicales, savait que tous ses produits étaient déconseillés, même contre-indiqués, autant à la conception que dans le 3ième trimestre d'une grossesse, ainsi qu'ultérieurement lors de l'allaitement. Il n'y avait pas d'étude, proprement dite, de cas de tératogenèse. En clinique, aucun effet malformatif ou fœtotoxique n'était apparu à ce jour. Toutefois, le suivi de prégnations exposées à ce remède de cheval était insuffisant pour exclure tout danger au cours des trois derniers mois de la gestation, de la prise chronique de ces médicaments par la mère, quelle que soit la dose ayant pu être à l'origine d'un syndrome de sevrage chez le nouveau-né. En fin de grossesse, des posologies élevées, même en traitement bref, étaient susceptibles d'entraîner une dépression respiratoire du côté du nourrisson. En conséquence, par mesure de précaution, il était préférable de ne pas utiliser ces expédients pendant cette période. Voilà que Martinstein, à la lumière du dossier médical, faisait prendre un risque accru au tout-petit. Pas nécessairement dans les premières semaines après l'enfantement, mais ultérieurement et pour toute la durée de son enfance, avec des séquelles majeures. Alberta jugea Martinstein avec une certaine sévérité. Elle comprit que seule l'apparence temporaire d'un nouveau-né joufflu et à la peau rosée lui importait...

Elle se surprit elle-même de ne pas avoir regardé plus tôt l'acte de naissance, qui se trouvait sous la pile de bordereaux iatrique. Elle le survola d'un regard inquisiteur, cherchant l'emplacement du nom des parents adoptifs, ne sachant exactement pas comment fonctionnait ce formulaire mal imprimé. Ses yeux s'écarquillèrent sur une ligne aux mots flous... Deux signatures qu'elle déchiffra comme étant : William Thorrenz et son épouse Gina G. Giancara...

Les conjurateurs

La journée fut très mouvementée dans les environs de l'*Embarcadero*. Pour un œil averti, il était évident que des forces occultes cherchaient à mettre le grappin sur quelqu'un, comme un lac plat et calme en surface qui cache une faune déchaînée et sauvage ! Le coin était ratissé de fond en comble. Maintenant, grâce au témoignage de première main de Golan Shalow et du mercenaire Sakarov sorti de son léthargique coma, Hartland pouvait se faire une idée assez précise, et même confirmer l'identité de l'homme derrière cette machination... Un trouble-fête qui avait déjà fait sourciller les puissants de la côte Est... La menace devint dès lors plus sérieuse...

Manlow demandait une rencontre au sommet. Shalow fut cordialement invité à se joindre au petit groupe qui se baladait en hélicoptère furtif d'une ville à l'autre comme on change de pâté de maisons. Les jambes chancelantes du policier laissèrent s'échapper une légère coulisse de miction. Aucun mot ne fut prononcé par cette équipe aux regards froids et reptiliens. Le silence n'étant entrecoupé que par des communications bruyantes et codées venant du récepteur radio. Devant l'effrayante crainte de Shalow, Hartland se voulait rassurant, mais sur un ton un peu trop sarcastique pour le minable inspecteur... Golan se sentait pris au piège comme la queue d'un rat dans une trappe. En moins d'une demi-heure, l'engin atterrit à l'aérogare de l'hôtel Keeplington. Il y avait plusieurs hommes de la sécurité et l'on escorta Hartland et Shalow dans le « fortin » névralgique de Los Angeles. Ils furent accueillis, à l'entrée, par le géant Ackerman qui s'était rapporté avec humilité à son maître pour attendre, peinard, de nouvelles directives. Le colosse sourit en coin à ses inédits visiteurs, mais se garda de ne faire aucune remontrance. Il anticipait plutôt la suite des évènements...

Manlow était installé dans la pénombre, devant une immense fenestration, à contempler le soleil se dissiper derrière de gros cumulus se corrodant vers des tons ternes, sales, qui alternaient les coloris sombres et rosacés. Des nuages qui prophétisaient un orage pour bientôt... Il insista pour qu'ils prennent le thé de cinq heures. À cette assemblée se trouvaient quelques audacieux financiers cravatés, des hauts gradés initiés de la police et quelques avoués pour qui les agissements de Manlow n'avaient plus de secrets. Ils écoutèrent les explications boiteuses de Hartland et, surtout, la description de l'agresseur de Sakarov et de

Shalow. Le vieux bonze aux vêtements immaculés, après avoir siroté une petite gorgée de sa tasse de porcelaine chinoise, la projeta violemment sur le mur derrière l'inspecteur qui sursauta. Manlow se leva brusquement et proféra :

— Je veux cet emmerdeur, coûte que coûte ! Je sais qui il est... Il y a un certain temps de cela, cet homme est bien venu chez moi... Il se disait journaliste ou reporteur ! Il m'a claironné avoir un film de nos réunions secrètes de New York et être informé de tout ! Il a disparu comme un fantôme et, depuis, plus rien... Qu'un spectre dans un univers virtuel... Tout part de cette fouine-merde ! Ils tentent de nous déstabiliser... Franchement Hartland, toutes nos ressources semblent patauger dans l'incompétence... Ça ne doit pas être si dur que ça de trucider une poufiasse, son père et cet emmerdeur d'Allan Sexton, alias *Black Crow* !!! Avec le recul, je suis persuadé que c'est lui le vrai fauteur de trouble... La fille n'est qu'un de ses contacts avec la guenon et elles sont au courant de tout par son entremise... Et vous savez quoi ? L'équipe canadienne a abattu le chef de la sécurité de la *Prescott industries* !!! Ils ne sont même pas foutus d'assassiner le bon mec ! Ils butent un ancien flic de la GRC qui se prélassait sur la chaise de son patron... Aux yeux de l'opinion publique, ils posent déjà trop de questions !!!

— Je vous promets que cela ne se reproduira plus... N'eut été de cet emmerdeur de Rutherford, nous aurions mis le grappin sur eux... Le gouverneur, sans comprendre ce qu'il faisait, a retenu juste assez longtemps certaines directives qui ont émané sur son bureau pour retarder le coup de filet... Nous avons perdu beaucoup trop de temps pour retracer cette fille... Mais nous savons, grâce à mes services, qu'il y a eu une correspondance entre Black Crow et Alberta Prescott, sur l'internet. Il y fait effectivement référence à sa maudite vidéo et à votre réseau d'adoption particulier... Donc, tout porte à croire que Sexton et Prescott sont complices. Allan Sexton a réussi à faire cloner des cartes de crédit par des membres d'un gang... On ne parvient pas à le voir dans les caméras de surveillance du bar où le témoin dit l'avoir rencontré, mais il était formel en le reconnaissant sur les photos... Un détail retint son attention, c'était le bizarre accoutrement qu'il portait...

Shalow, ne pouvant contenir sa langue, coupa le sifflet à Hartland pour débiter un proverbe que lui dictait sa mère :

— Si tu ne peux pas être le marteau qui frappe... Soit alors le piquet qui s'enfonce !

Le grenouillant inspecteur attira un coup d'œil interrogateur de Manlow. Il n'avait démontré aucune attention à cet être à la faible odeur d'urée baigné de sueur et voilà maintenant qui se permettait de mettre son grain de sel. Les interlocuteurs présents s'échangèrent des regards médusés... Plus par curiosité maline que par un réel intérêt, Manlow imposa, de sa main crochue, une pause, retira sa monture aux verres teintés de rouge et les humecta de buée pour mieux les astiquer d'un mouchoir de tissu d'une blancheur impeccable... Après cette interruption, Manlow prononça un intéressant :

— Continuez...

Comme un manant rural à qui on donnait la chance de s'exprimer à son roi, il se suréleva lentement de son canapé et gloussa, avec un énorme sourire de vanité :

— L'individu qui vous cause tant d'ennuis doit être très informé de nos méthodes... Ils veulent vous nuire, mais n'ont pas la puissance du marteau... Alors, ils agissent comme un piquet et ouvrent probablement la voie à un complot beaucoup plus grand... Peut-être même un Rutherford qui manipulerait ces gens, dans l'ombre... Jusqu'à présent, il a réussi à contourner savamment nos systèmes de repérage parce qu'il doit être du style à calculer à l'avance ses coups et à connaître très bien nos ressources... Pour prendre ce genre de renard, il ne suffit pas de lancer directement vers lui une meute qu'il voit venir de loin... La battue, c'est pour le distraire, l'envoyer vers sa tanière... Cette sorte de parasite, il faut l'avoir à la patience et à l'usure !

Hartland, avec condescendance, lui fit des remontrances pourtant justifiées. Mais Manlow, d'un signe sec de la main, fit comprendre à tous qu'il avait un vif intérêt à la façon qu'avait de s'exprimer le petit monstre de foire. Shalow reprit sur sa lancée, utilisant son bagage de flic pour meubler son discours :

— Si j'ai bien pigé l'idée générale, tous nos problèmes partent du fait que des gens sont au parfum de certains de vos secrets... Un film compromettant circulerait... Il n'y a pas eu, depuis, de tentative d'extorsion ou de chantage... Leurs mobiles restent flous et incertains... Des idéologues ? Des vertueux de la sincérité ? Des croisés de la vérité ? Tôt ou tard, ils chercheront à faire connaître leurs évidences au monde entier... S'ils ne le font pas, c'est qu'ils n'ont que des soupçons, sans plus...

Un silence se dessinait. Il était risqué de s'entretenir, devant Manlow, de l'existence de conspirateur, surtout s'ils se retrouvaient dans les hautes sphères. Parmi toutes les personnes présentes, seul Shalow ignorait ce fait. Hartland, pour ne pas demeurer en reste, renchérit :

— Des fuites qui partent toutes de Martinstein... Il attirait sur lui beaucoup trop d'attention... Je sais que Martinstein devait se charger d'un pavillon à l'université Berkeley et, étrangement, c'est là que Latricia Brown et Alberta Prescott étudiaient... Brown était une activiste des droits civiques et Prescott s'est intéressé aux joies du barreau à New York ainsi qu'au journalisme, à la Sorbonne à Paris, précédemment... Drôle de coïncidence... Elle s'installe à San Francisco et harcèle Martinstein après avoir fait une halte à la grosse pomme... Elle se sert de sa couverture pour filer votre groupe, M. Manlow... Si vous avez vu juste, le cyberjournaliste *Black Crow* se serait acoquiné au clan Prescott. Le journaliste du « *Crow-Nicle* » assaille et vilipende incessamment quelques politiciens de nos clients... Mon homologue de la côte Est m'a fait transférer son enquête. Il m'a affirmé que Sexton harcelait, depuis un certain temps, le sénateur William Thorrenz mais personne ne le prenait guère au sérieux... Il faudrait étudier cette facette pour comprendre les machinations de nos détracteurs... Vous savez M. Manlow, la sécurité interne fut persuadée, à l'époque, que cette vidéo n'était qu'un bluff. De plus, Allan Sexton est un vétéran de l'armée qui a sombré dans une profonde dépression... Il sera facile de le disculper le jour où il forcera la hâblerie de mettre à jour nos projets clandestins... J'ai donné des directives pour retrouver sa femme et ses deux filles... Dès que nous les aurons localisées, nous pourrons le neutraliser à notre guise !

— Et la chienne d'Alberta Prescott ?

— M. Manlow, comme l'a dit l'inspecteur Shalow, ils n'ont pas de preuves solides, sinon ils auraient déjà fait leurs choux gras avec votre histoire... C'est Martinstein qui avait offert cette brèche et nous l'avons colmaté de façon très efficace... Laissons les autorités régler les questions légales... Restons dans l'ombre pour discerner où va ressortir notre renard...

— Et le film de *Black Crow* ?

— Trop longtemps, on a vagabondé sur cette présumée cassette... Si elle existe vraiment, forçons son propriétaire à la sortir... Comme ce fut le cas pour la pellicule sur l'autopsie de l'extraterrestre, qui fit un engouement monstre parmi les tenants des complots de conspirations et autres théoriciens de la conjuration mondiale ! Ce film est devenu le meilleur outil pour disculper les adeptes et défenseurs de ces âneries !

Exténué, Manlow laissa descendre un peu la pression et s'affaissa sur un confortable fauteuil. Hartland continua :

— Et l'ordinateur portable qui aurait disparu ne contiendrait que des informations sommaires sur son projet à l'université Berkeley... Rien à voir avec votre lucratif réseau... Sauf pour un carnet électronique, qui renfermerait toutes les coordonnées des contacts féminins et clientes légales de Martinstein... Nous avons retrouvé, à sa résidence principale, un disque dur externe de sauvegarde. Sa dernière conservation était datée d'il y a deux semaines... Et ces infos sont solidement cryptées !

Shalow prit une pause théâtrale et ajouta :

— Il suffirait que quelques femmes témoignent de leurs expériences pour faire lever une vague de fond sans précédent !

Un homme, un commissaire appartenant à la police de Los Angeles, renchérit timidement, sans trop imposer la note :

— De plus, je commence à soupçonner fortement Rutherford d'être de mèche avec eux... Un des attorneys de San Francisco a eu maille à partir avec lui et il veut tout contrôler !

Manlow objecta vivement :

— Que de sales putes... Pas de grands risques de ce côté ! Et le gouverneur ? Qu'un parvenu mon cher ! Un grain de sel, de sable... Les agissements de Rutherford sont vains et stériles ! Il est plus isolé que jamais, avant la Walpurgis, Gateway aura pris sa place, croyez-moi...

Hartland ne comprenait pas les sous-entendus de la dernière phrase de Manlow. S'était-il finalement décidé à le faire trucider sans passer par ses soins ? Il ne se contenta que de dire, sans réfléchir aux paraphrases du vieux sénile :

— À la lumière de tous ces faits, aucune preuve n'indique qu'il y ait un film, mis à part vos soupçons, bien sûr... Un tel scandale mis sur pellicule aurait déjà généré un effet ! Excusez-moi…

Hartland dû répondre à son portable qui striait le *briefing* par sa sonnerie sobre. Les autres continuèrent à tourner autour de la question lorsque la voix concise et placide de Hartland s'imposa, de façon forte charismatique, pour annoncer sur un timbre victorieux :

— Mon équipe d'informaticien a trouvé le fin mot de cette histoire... Nous avons maintenant un solide fil conducteur : Latricia Brown avait comme colocataire et pensionnaire, une dénommée Mylène Gilmore... Dans le registre téléphonique personnel de Martinstein, on y a retrouvé une référence à une Mylène Gilmore comme amante, il y a trois ans... En recoupant les informations, l'université Berkeley et les parents de cette jeune fille ont signalé sa disparition aux autorités... Fait troublant, elle a pris le vol nolisé de 7h30 pour Edmonton le 2 septembre, soit la même date que la mort de la petite Brown... Ce nom vous dit quelque chose, M. Manlow ?

Le vieillard à l'esprit vif ressassa ses mémoires éparses pour y retrouver un souvenir flou. Il se remémorait avoir croisé Martinstein avec tellement de femmes sans scrupule et dévergondées de nature. Mais l'une d'entre elles lui avait pourtant fait très bonne impression, à l'époque...

— Deux, trois ans, vous dites... Ouais, peut-être... Une belle et jolie fille blonde prénommée Mylène... Oui, il la paradait comme un trophée ! Ça fait un bail... Il l'avait enjôlé puis... Okay, je me souviens maintenant... Une rare complication... Un de ses cas de mères surprotectrices qui se sentent investies d'une forte fibre maternelle après avoir enduré les bienfaits d'être pleine... J'avais donné des directives précises à Martinstein et... Ackerman ! Demandez à nos contacts canadiens d'intensifier la traque d'Ed Prescott et ajoutez le nom de Mylène Gilmore sur la liste des personnes à éliminer !

Dans une circonspection silencieuse, tous les regards se portèrent rapidement sur le géant, puis revinrent à l'immaculé vieillard qui continuait son discours en vain murmure, en sourdine, comme s'il se marmonnait pour lui-même plus qu'à ses proches :

— Elle avait eu pourtant une splendide fille... Avec un clin d'œil bleuté et un visage d'ange... Elle fit le bonheur d'un ami sincère, un allié... Une famille d'ailleurs très proche de nos idéaux... Le couple William Thorrenz !

Tel une boite à surprise dans laquelle un bouffon explose au bout d'un ressort, Hartland bondit et informa son intention de mettre sous protection rapprochée la demeure du sénateur. Manlow se leva péniblement de son canapé et se figea devant l'inspecteur Golan. Il le fixait avec une forme d'engouement, un regard à la limite de la bienveillance... Il avait un faible pour les phénomènes de foire et ce petit être grotesque et puant était source d'admiration pour lui :

— Vous êtes bien le fils de cette chère Golda ! Nous ferons comme vous l'aviez pressenti, présagé, M. Shalow. La battue sera pour retrancher notre renard vers son terrier, son but... Nous savons maintenant où le trouver ultimement... Et si toute cette mascarade avait comme projet de retracer... Nah ! Impossible ! Allez retrouver le sénateur à sa résidence familiale de New York... Le Sénat se passera bien de lui pour un temps... Je lui conseillerai de rester penaud, de déclarer un quelconque malaise... De toute façon, il est trop bien protégé pour qu'ils tentent un coup fumant... Ackerman vous accompagnera pour s'assurer que tout se déroulera comme prévu... Quelque chose me dit que l'emmerdeur s'y pointera avant longtemps... Pour le reste, Hartland, continuez la traque tel que convenu... Informez-vous aussi, dans tous les registres, pour retrouver la trace de la Mylène de Martinstein... Si elle ne se trouve pas sur une liste nécrologique quelconque, ça voudra dire qu'elle a survécu aux machinations de l'infortuné docteur... Nous n'avons plus droit à l'erreur et encore moins à l'horreur... Espérons maintenant qu'ils tenteront d'importuner Thorrenz... Voyez Hartland, prenez exemple sur ce malingre bouffon !

Hartland, songeur, étudiait les possibilités. Il se garda d'émettre ses appréhensions. Au mieux, Shalow et Ackerman ne seraient plus dans ses pattes. Secrètement, il gardait toujours espoir de les retrouver, sans avoir à impliquer le sénateur et sa famille. Il continua mentalement les déductions du grand-duc de blanc vêtu, sans parvenir à répondre à ses propres questions.

Quand la jeunesse se fait vieille

Le soir apportait son filet de noirceur, un sombre nuage véhiculait des vents frisquets qui balayaient les prés et les champs avec vélocités. Quelques fulgurations lointaines et un long grondement, tel un roulement de tambour, alertaient, comme le ferait le héraut des cieux, l'imminence de l'orage proche. Alberta et Allan avaient décidé de fuir, le plus loin possible, San Francisco avant que la tempête ne fasse des siennes. La radio AM de la bagnole crachotait des alertes météo toutes les 15 minutes. Une capsule exceptionnelle des autorités invitait la population à la prudence et donna le maximum d'informations sur Alberta et Allan, leurs descriptions, mais également des détails comme leurs noms complets et leurs âges. Toutes les populaces de Californie étaient appelées à collaborer en téléphonant à un numéro spécial s'ils voyaient les suspects. On parlait aussi d'eux comme étant des « terroristes au profil homicidaire ». On expliquait, sans rien dire de bien intelligible, le meurtre sordide du Docteur Martinstein en altérant, distordant les évidences et en rapportant la vérité de faits totalement superflus. L'annonceur offrait aux cavaleurs, au nom des autorités, la possibilité de se rendre pour amoindrir les conséquences ultérieures. Un piège à con qui ne servait qu'à jouer aux bons petits « bien penseurs » s'il venait à y avoir une terminaison tragique à leur mission. Une sorte d'ultime chance avant la répercussion irrémédiablement finale, irrévocablement fatale. Cette capsule informative repassait régulièrement, avant la météo, et toujours imbriquée entre deux ou trois blocs musicaux. Cela devenait inquiétant de voir les moyens pris pour les arrêter. Devant ces vagues incessantes d'accusations, Alberta ferma la radio, comme si ce geste suffisait à les faire taire définitivement...

Allan se voulut rassurant. D'une voix douce, il lui promit que tout se passerait bien. Autrement dit, il lui signifiait qu'ils seraient longuement en cavale ! Il percevait cette tourmente électrique comme une certaine bénédiction. Elle clouerait aux sols les appareils-espions et brouillerait les photos satellites qui se trouveraient sur leurs têtes. En évitant, à cette heure, les rues trop isolées, ils se fondirent un temps dans les flots ininterrompus de véhicules des grandes autoroutes où des barrages seraient mal vus sous la pluie naissante et le branle-bas relativement à la redoutable tempête qui s'annonçait maintenant imminente...

La nuit venait à point et après cinq heures de route vers l'est, ils prirent un embranchement désertique et pénétrèrent au Nevada, sans être dérangé le moindrement du monde. Ils laissèrent derrière eux le sombre nuage de foudre et d'éclairs. De fortes bourrasques balayaient tout et ils furent contents de dévier de cette formidable tornade. Allan trouva un endroit éloigné et à l'abandon… coin parfait où garer la voiture séculaire dans un vieil entrepôt désaffecté. Il fit un rapide repérage et sécurisa les lieux. Il n'y avait plus d'électricité, ni d'eau courante dans le réservoir. La nuit noire, aux milliers de corps célestes, était glaciale mais depuis l'intense canicule de San Francisco, qui pouvait s'en plaindre ? Alberta était habituée aux climats changeants du Canada et Allan était forgé dans un moule spartiate qui lui donnait une résistance de fer. Ils profitèrent même de ce prétexte, de cette soirée glacée, pour se rapprocher, se coller un peu plus à chaque instant, scrutant les cieux à la recherche des d'étoiles filantes… Chaque trait lumineux laissait place à la magie des vœux… Des souhaits pourtant stériles et superstitieux qui ne pouvaient pas berner nos deux tourtereaux… Pour Allan, les visées magiques n'étaient que des mirages crédules et naïfs. Mais pour elle, les implorations devenaient de profonds désirs, de justes aspirations, de pieuses prières… Oui, elle croyait, gardait la foi en la réussite de sa mission… Retrouver son rêve perdu par l'entremise de Mylène et Pamela…

Ils dormirent dans l'habitacle de la bagnole. Ils étaient essentiellement blottis dans l'unique couverture de sauvetage, qui se trouvait dans le coffre arrière de la voiture. Ils étaient tellement entrelacés qu'il aurait été enfantin de parfaitement les confondre, soudés, amalgamés l'un à l'autre comme des ferrures aimantées. Dès les premières lueurs du jour, les éclats ensoleillés éblouirent d'Alberta, elle se réfugia profondément sous l'aisselle de son comparse pour sauvegarder les quelques minutes restantes de son sommeil réparateur. Avec une certaine courbature et une douleur aux yeux, elle avait peine à combattre l'éblouissement aveuglant de l'astre solaire naissant. Sa vision s'acclimatait, avec accablement, à cette agression subite. Elle remarqua qu'Allan était déjà réveillé, fixant un point lointain connu que de lui seul… Son silence l'inquiéta un peu. Il sortit de sa torpeur en affichant un large sourire, fabriqué, feint, mais très communicatif d'un humour espiègle. Elle pigea qu'il tramait un plan démentiel à son égard…

En ce lieu isolé de tout, même du regard de Dieu, Allan imposa à Alberta un cours théorique, puis pratique, sur les armes à feu… Il compta ses munitions, comme un avare, mais les quelques déflagrations permirent à Alberta de comprendre la puissance des heurts, puis s'y accommoder sensiblement. Tout au moins, ne pas perdre conscience à la vue et au maniement d'un pistolet… Elle ne toucha guère la cible, un bidon d'eau déjà troué par les intempéries, le temps et les hommes. En six coups tirés par la frugale demoiselle, aucun n'atteint l'objectif… Le reste de la matinée, Allan lui montra des techniques simples d'autodéfense. Alberta, sans être une sportive ou une Athégienne de renom, démontra une certaine adresse athlétique dans des mouvements gracieux de meneuse de claque collégienne. Elle avait une façon désarmante d'envoûter, d'enchanter, de captiver de son regard angélique puis, sans crier gare, elle portait une torgnole bien placée. Elle faisait rondement rigoler Allan qui faisait tout pour garder son âpreté de *marine*. Elle se trémoussait dans des mimiques martiales, des pauses de combats teintées de gesticulations dignes de grandes et ravissantes top-modèles. Elle avait le physique d'un mannequin aux belles roulures et Allan eut de la difficulté à cacher ses envies masculines pour elle.

Ils cassèrent la croûte vers midi, avec leurs maigres rations et le reste d'une bouteille d'eau... Après cette matinée où détente se mélangeait au sérieux, Alberta avait complètement refait ses forces, physiquement certes, mais surtout mentalement. Il était incontestable que les agréments de la civilisation lui manquaient grandement, notamment une bonne douche. L'entraînement avec Allan, sous le chaud soleil de plomb, avait passablement défraîchi nos intrépides de fortes sueurs et sudation. Pourtant, l'odeur de transpiration que dégageait Allan ne l'importuna guère, malgré ce que pouvait dire de lui-même son valeureux champion. Ils s'appliquèrent, de leur mieux, à se déguiser, se donnant facilement trente ans de plus. Dans l'ombre, ça paraissait parfait, mais en pleine luminosité, on pouvait aisément percevoir le subterfuge. Dans un silence complice, ils reprirent la longue route vers la côte Atlantique. S'ils avaient un plan, c'était de se rendre à la ville de New York pour y confondre abruptement la famille Thorrenz et trouver un arrangement à l'amiable. Le surprendre à Washington, à l'ombre du Capitole, serait trop risqué. Allan lui fit un portrait sommaire de l'individu. Sexton commençait à croire à une forme de destinée, la fermeture d'une boucle. Décidément, le hasard faisait bien les choses. Un sénateur si en vue, ne voudrait sûrement pas ternir sa réputation dans des causes judiciaires aux fumets de rapts d'enfants! Tout prenait place maintenant dans leurs caboches. Enfin, c'est ce que pensait Alberta et Allan ne lui imposa aucune désillusion. Il se garda bien de lui signifier que cette situation allait directement à un imbroglio aux relents catastrophiques, sinon apocalyptiques. Il savait que la tête à frapper devrait être Manlow, mais de toute façon, il comprenait aisément que Thorrenz était une pièce importante du jeu. Bien plus qu'un pion. Comme Allan l'avait déjà confronté, percevant sa faiblesse en son manque de flegme et de volonté! Il serait le maillon faible à exploiter, le levier qui ferait tout basculer! Allan laissa donc Alberta à ses illusions du moment. S'en tenir à son instinct et à sa chance légendaire qui les avait, jusqu'ici, assez bien guidés... Oui, Allan croyait qu'ils formaient une bonne équipe! À New York et sa périphérie, il aurait plus de ressources et de contact qu'en cet endroit désertique et dénué de tout...

Alberta empoigna le volant pour permettre à Allan de relaxer un peu... Après s'être familiarisé avec le dossier de Mylène et tous ses aboutissants, il restait à percer le secret de l'ordinateur de Martinstein. Alberta demanda à Allan d'ouvrir le *laptop* et d'en découvrir le code d'accès à ses divers documents. Grâce à des logiciels de pirates se trouvant illégalement sur le Web, il ne prit que quelques minutes à *Black Crow* pour déchiffrer le cryptage de base du micro-ordinateur. Il était habitué à des systèmes plus complexes dans ses fonctions militaires en Afghanistan, en Irak, en Corée du Nord et en Iran. Il fut a priori déçu de la maigre teneur de la mémoire de l'appareil. Il éplucha une série de courriels ayant trait à un répertoire de personnalité du monde médical et universitaire sans lien direct entre eux. D'échanges de bons souhaits, des messages de félicitations, des demandes multiples de jeunes internats collégiaux désirant un avancement rapide ou de meilleures notes, de plats remerciements de déclarations quasiment préenregistrés par un gratin plutôt pédant et superficiel. Il était loin des informations substantielles qu'ils pensaient découvrir... Il y avait une multitude de factures d'équipements curatifs qu'il ne survola que très sommairement. Allan aurait aimé dénicher un agenda électronique qui relierait Martinstein à Manlow avec le répertoire de toutes les mères porteuses, donc Mylène Gilmore. Il ne trouva qu'un registre ouvert de rendez-vous des clientes de sa clinique d'avortements des huit derniers mois. Alberta en faisait partie, cela démontrait juste que cette liste fut moyennement importante, ayant seulement rapport avec une clientèle standard et neutre. Rien d'autre de pertinent à partir de cet index supposé confidentiel, sauf si l'on prendrait le temps de les appeler une à une pour recouper et recueillir des informations sans savoir s'ils trébucheraient sur une indicatrice potentielle du réseau de Manlow... Il remarqua un répertoire intégral de toutes les cliniques d'interruption volontaire de grossesse de la Californie — il en avait bien plus d'une centaine — il en éplucha les renseignements sans trop de conviction. Allan enclencha, par mégarde, un compteur virtuel indiquant une évaluation des avortements aux États-Unis depuis le 22 janvier 1973. Il en était à près de 54 millions. Allan trouvait cela bizarre que Martinstein tienne un tel registre national. Alberta répondit à ces suspicions en affirmant gratuitement que ce devait être pour des bases statistiques puis elle demanda à Allan :

— Mais pourquoi depuis janvier 1973? Quelle est cette date?

— Depuis l'arrêt « Roe vs Wade », je crois... Une jurisprudence de la Cour suprême qui fut très contestée...

Au hasard des déplacements de son doigt sur le dispositif de pointage, une surface plane appelée pavée tactile par les tenants de la bonne dialectique, son index s'immobilisa sur un nom et une adresse en particulier. Ce n'était pas, *a priori*, un établissement médical, curatif ou hospitalier, comme le reste des coordonnées regroupées dans ce répertoire. Martinstein avait une collection de centre de réhabilitation, de maisons de redressement, de cliniques externes ou de résidences de jeunes mères ou de personnes âgées, etc. C'était plutôt un distributeur de fournitures thérapeutiques et, en revenant sur le lot de facturations électroniques, il remarqua que cette boîte avait fait et faisait encore de nombreuses livraisons d'équipements à caractère iatrique. Il y avait des civières, équipements médicaux, caisses de médicaments, mais aussi du matériel spécifique, plus lourd et plus propre à des blocs opératoires. Allan demanda à Alberta d'immobiliser le véhicule.

— Albie, je crois que j'ai trouvé l'emplacement d'une autre pouponnière clandestine ! C'est à San Francisco cette fois, au centre-ville... Un étage complet d'un édifice à bureau qui reçoit, depuis plus d'un an, des fournitures iatriques sans réserve... Ils ont, là-bas, plus de matériels qu'une infirmerie de camp militaire ! C'est fou ! Ils ont là, à voir les factures, près d'une centaine de lits d'hôpital super moderne !

— Ça vaudrait la peine de faire demi-tour ? Trouver des preuves et mettre le complot au grand jour !

— Hum... Qui sait ? Martinstein mort, étant au fait que nous étions à ses trousses, façon de parler... Vont-ils déménager leurs installations pour éviter de possibles fuites ? Et le filet de sécurité qui doit être à son paroxysme... Selon moi, ils vont s'attendre à ce que nous tournions autour pour reprendre une certaine initiative. Avec le témoignage d'un sénateur tel que Thorrenz... Ça va frapper un grand coup !

— Tu as raison... Actuellement, nous ne pourrions entrer par infraction avec tous les risques que ça comporte. Après les aveux de Thorrenz, il se trouvera systématiquement des procureurs qui feront le nécessaire pour les neutraliser tous...

Allan lui sourit avec amabilité. Cette affable délicatesse dissimulait une introspection plus profonde, nullement sournoise, mais d'une véracité dure et cruelle qu'Allan garda pour lui seul :

Rêve toujours petite... Nous récupérerons la petite Pamela et ensuite ? Ne serait-elle pas mieux parmi ces puissants qu'avec nous, dans une cavale perpétuelle ? Il eut une pensée pour ses deux filles...

Ils roulèrent jusqu'au soir voyant, à perte de vue, du désert mais aussi quelques tours de forage pétrolifères, de grands ranchs à bovins et à chevaux. Alberta eut un sentiment de nostalgie en apercevant ces champs et ces prés, décors lui rappelant la province de son pays... Il y avait, en cette saison du début septembre, des prairies complètes ambrées par de belles fleurs à pétales jaunes qui exécutaient leur dernière quadrille sous l'influence de la brise. Mais elle aurait apprécié la vue imprenable des routes majeures, comme la *National 80* et son cratère de *Buffalo Valley* ou la *National 15* qui nous emportaient aux portes de l'opulente Las Vegas. Soudain, Alberta fut abasourdie par ce décor lunaire, qui portait bien le nom de *Lunar Crater,* un volcan éteint qui se trouvait dans un parc national isolé de tout. Ils se dégourdirent un peu les jambes et Allan reprit le volant. Il n'avait guère l'intérêt qu'Alberta avait pour ce trou. Pour lui, ça ressemblait plus à un impact d'un immense obus qu'à un mont volcanique proprement dit...

Ils avaient roulé et fait fi des tentations d'arrêter dans des centres urbains à hauts taux de confort et de facilités comme Austin, Ruth ou McGill. Ils suivirent la route jusqu'à un relais perdu aux confins du Nevada. Allan fit une déduction facile, grâce aux panneaux de signalisation et de sa carte routière, qu'ils n'étaient qu'à quelques dizaines de *miles* de la frontière de l'Utah. Comme il y aurait une possible agglomération du service frontalier, Allan estima qu'il était temps de changer de moyen de locomotion. Avant de débarquer au snack-bar de la halte de camionneurs, ils retouchèrent leurs déguisements. Malgré ces retouches, ce n'était pas crédible pour Allan, même pour un petit restaurant aux néons fluorescents à moitié grillés.

Le maquillage collait mieux à Alberta du simple fait que c'était une femme et qu'il n'était pas inhabituel de voir une gonzesse d'âge mûr tenter de cacher son âge véritable par de trop nombreuses couches de fards à joues ou à paupières... Elle seule se risqua pour se réapprovisionner, un peu honteux de se présenter de cette façon devant des gens civilisés... Étant une demoiselle coquette, elle avait passé maître dans l'art des cosmétiques. Les quelques camionneurs se croisant en ce lieu la reluquèrent de façon insistante... Sur le coup, elle eut comme une vague appréhension d'être raillée tellement elle trouva son accoutrement grotesque. L'un des routiers la siffla puis un autre lui offrit un verre. Elle sourit avec timidité, pour cacher son dégoût, faisant discrètement craquer son maquillage de quinquagénaire. Ainsi barbouillée, elle craignait de donner, à ces routards, une fausse impression d'être une femme légèrement dévergondée. Puis sa crainte s'évanouit presque totalement en voyant la serveuse qui arborait un masque identique au sien. La pauvre dame avait appliquée tellement de fond de teint et de mascara qu'on aurait cru à une sorte d'Arlequin version féminine, un bouffon de cirque après son dernier tour de piste... Elle lui rappelait négativement l'accoutrement désagréable de l'infirmière Shalow et elle détourna le regard vers son uniforme à la teinte pêche pour lui marmonner sa commande. Elle n'était pas habituée à ce genre de lieu perdu. Avec discrétion et retenue, elle scruta les environs. Elle ne voulait surtout pas attirer l'attention sur elle. Dans un coin, perché sur le mur, un téléviseur à écran plat était campé en sourdine sur un canal national de nouvelles continues... Elle retint son souffle lorsqu'elle aperçut, en gros titre, sa photo de permis de conduire puis différents instantanés provenant de sa collection personnelle. Des images banales comme des souvenirs universitaires ou familiaux et même des épreuves de clichés osés d'un porte-folio mode qu'elle avait fait à Paris, par pure fantaisie. On semblait dépeindre sa vie dans un fantasme cauchemardesque et tissé d'invraisemblable. Elle qui croyait avoir tout vu, elle remarqua des photographies d'Allan, venant directement de son dossier militaire, le regard froid d'un tueur insensible, leurs identités mises en larges lettres... Puis, une photo professionnelle, en noir et blanc, du triste visage d'un solennel Martinstein devenu, *ad patres*, le nouveau martyr de la désinformation. Heureusement qu'à cet instant même, personne ne portait réellement attention au téléviseur, chacun faisant sa petite affaire. Alberta régla la note en hâte et quitta les lieux aussi rapidement que sa discrétion lui permettait. Elle esquiva un malotru qui tenta de lui pincer le postérieur. Les rustres de l'endroit gloussèrent d'un rire gras et communicatif devant une réaction si vindicative de la jeune dame. La serveuse ironisa d'une grossièreté déplacée qui attira vers elle toutes les platitudes trop viriles de ses clients désabusés d'une vie de solitude. Alberta la remercia d'un regard de compassion pour ce geste. En fin psychologue, elle devinait ce que devait être la dure existence de cette femme et de combien d'autres pour endurer de telles situations.

Une nuit, fraîche et froide, commençait. À la clarté d'un réverbère unique, elle se retrouva seule dans le vaste stationnement...

L'espoir d'un serment trop hâtif

Devait-on prendre cela comme une bonne nouvelle ? La première chaîne télévisuelle américaine montrait, en boucle, la fille d'Ed acoquinée à un *ex-marine*, mêlé à des miliciens d'extrême droite et à des terroristes pro-vies, qui seraient impliqués directement dans l'assassinat d'un illustre médecin... Tout collait, et pourtant Ed, la première onde de choc passé, ne pouvait se convaincre que sa midinette fut capable d'un tel acte... Les informations continues qui déblatéraient des nouvelles alarmantes réconfortaient étrangement Ed. Le peu des faits relatés qu'il entendait et percevait lui dictait qu'elle était toujours en cavale... Donc, en vie... S'il pouvait mettre la main au collet de ce soldat de fortune ! Mylène lui confirma que c'était bien le docteur Martinstein qui était au centre de sa tragédie et qu'Alberta voulait enquêter sur lui pour retrouver la trace de sa fille... Elle n'émit aucun commentaire sur le décès du médecin. Elle resta stoïque comme le marbre, seuls ses iris perçants et ses lèvres soudées par une rage intérieure laissaient transparaître un peu de haine. De plus, Mylène vivait dans une profonde honte face à son égoïsme apparent. Pouvait-elle se réjouir de la mort du boucher Martinstein ? Elle se sentait affreusement coupable d'avoir mêlé Alberta à cette sordide histoire. Serait-elle accusée de meurtre au second degré ? Même si, à ses yeux, le décès de Martinstein représentait une forme de justice, elle se mit à pleurer à chaudes larmes... Ed prit Mylène dans ses bras et fut lui-même surpris de se voir la réconforter de la sorte :

— Tu sais Mylène, ma fille est comme sa mère et je peux te jurer une chose... quoi que l'on ait pu dire ou faire, elle aurait fait à sa tête !

— M. Prescott, je me sens tellement mal de tout ça ! Ça semblait si facile lorsqu'elle exposa son plan initial... Maintenant ça devient trop dingue !!!

— Alberta est innocente et il faut réussir à la contacter... Continue les montages des pages Web comme convenu... Ed Prescott n'a pas dit son dernier mot !!!

Ed n'était, en aucun cas, doué pour les passe-temps de devinette et de stratégie et encore moins pour les cachotteries d'espions et d'agents secrets, mais pour les sudokus, c'était une autre histoire !

Alberta connaissait sa passion pour ces grillages mathématiques qu'il accomplissait tous les matins en sirotant son café noir et ce, après avoir pestiféré pendant ses quinze premières minutes quotidiennes à éplucher les événements boursiers... Mylène et lui n'avaient rien trouvé de mieux que de créer un faux site web de jeux de sudoku, en utilisant une technique réprouvé qui consiste à forcer les abonnés d'Internet à visionner des sites non sollicités. Ces fenêtres contrefaites se dupliquaient, donnant lieu à un grincement de dents à bien des internautes qui ne tentaient que de suivre un simple lien et qui se retrouvaient avec une multitude de pages publicitaires. Cette situation était tellement frustrante et usuelle que les gens les refermaient sans même les regarder... Le stratagème d'Ed était fort enfantin et ne reposait, en fait, que sur la perspicacité d'Alberta. Son sudoku factice, avec lequel il voulait entrer en contact avec sa fille, renfermerait une série de neuf chiffres, donnant un nouveau numéro de téléphone, avec son indicatif, en commençant par la première case du haut, à gauche... Mylène était persuadée que cette astuce ne fonctionnerait pas mais, après l'annonce de la mort du garde du corps de M. Prescott et l'angoisse grandissante au sujet d'Alberta, ce fut la seule chose qui leur permit de garder leur sang-froid et un peu d'espoir.

Le numéro choisi serait celui d'un chalet d'un vieil ami d'Ed, de l'autre côté de la rive. Son comparse étant trop avancé en âge pour y venir régulièrement, il lui avait demandé d'en prendre la charge. Ils s'étaient liés d'amitié dans la prime jeunesse d'Ed, qui le considérait un peu comme un mentor, un maître qui lui avait rafistolé quelques bons tuyaux pour le lancer dans la prospection. Ed savait qu'il avait un équipement complet et fonctionnel de communication satellite. Il serait aisé de s'y implanter et y attendre un appel fortuit de sa douce et tendre fille...

Ils prirent tout le matériel nécessaire et changèrent leur siège d'opération pour le voisin et ami d'Ed. Elle s'installa devant l'ordinateur portable et elle s'affaira à parachever son œuvre. Il fit le tour et vérifia si le téléphone fonctionnait adéquatement. Il fit les allées et venues du spacieux chalet de sa connaissance et s'équipa d'une arme de chasse qui était bien entreposée. Ainsi, ils se sentirent plus en sécurité pour veiller au coin d'un feu allumé par Ed. Après quelques heures d'appoints, leur projet était en voie de subir le premier test... Ed trouva cela trop gros et aisé à voir... Mylène lui fit comprendre que ce fut facile pour eux parce qu'ils connaissaient le code... Elle envoya, après une courte prière, le courriel fatidique à la boîte d'Alberta Prescott. Elle croisait les doigts en proférant, tout haut :

— Pourvu que ça marche !
— Pourvu que ça passe comme une lettre à la poste plutôt ! S'ils l'interceptent, nous perdons toutes chances de rentrer en contact avec elle !

Maintenant, pour Ed et Mylène qui affrontaient en mutisme le cours du temps, les minutes se révélèrent des heures et les heures devinrent des années... Ils leur auraient paru sacrilèges, à cet instant, de combattre le silence par de la musique et le moment par des rires... En sourdine, ils regardaient tantôt les défilements sans fin des photographies du visage d'Alberta, du soldat et du misérable docteur ou parfois le téléphone muet et l'écran de l'ordinateur qui affichait une page des courriels qui restait sans réponse...

Tard dans la nuit, Mylène s'endormit enfin sur le canapé. Elle était recroquevillée sur elle-même comme si elle tentait de conserver sa chaleur. Toute sa masse semblait vouloir s'imbriquer dans les coussins pour combattre les effets du froid.

Ed se leva pour la recouvrir paternellement d'une épaisse couverture surpiquée. Il plaça quelques bûches dans le foyer pour alimenter les tisons ardents qui se consumaient peu à peu pour n'être que des cendres incandescentes.

Il se mit à fixer les braises avec une étrange obsession. Il grelotta singulièrement malgré la poussée d'air chaud s'élevant du brasier. Il se releva et s'assura que toutes les fenêtres étaient bien fermées. Il tira les rideaux en jetant de furtifs regards à l'extérieur.

De sa position, il pouvait voir, de l'autre côté de la crique, son chalet. C'était étrangement noir dehors et une brume de lac s'était formée. Le ciel, avec un léger croissant de lune, apporta une aura surréelle à ce lieu qu'il ne connaissait que trop bien. Mais ce qu'il l'effrayait le plus, c'était l'absence de bruit. Un silence de mort...

Le frisson passé, il ressentit de nouveau la caresse brûlante des flammes et s'installa sur la causeuse, arme en main. Irrationnellement, il redoutait de voir surgir les assassins de son compagnon. Ainsi, il s'assoupit le temps d'un songe. Il baignait dans une aura lumineuse surréelle. Il ne pouvait en aucun cas faire la distinction entre le rêve et la réalité. Tout semblait si vrai…

Il se visualisa dans son *penthouse* d'Edmonton, une nuit sans étoiles, sans lune. Une épaisse brume longeant les lattes de chêne de son plancher. Ed était glacé et grelottait autant de froid que d'une appréhension au pire. Une vive lueur, venant de l'extérieur, l'aveuglait singulièrement, faisant un térébrant faisceau scintillant et contrastant sur les particules de ce brouillard surnaturel et irréel. Il y déambulait, hagard et perdu. Il chuchotait sans cesse le prénom de Troy tout en contournant son immense bureau recouvert d'un fouillis difforme. Affaissé sur une chaise capitaine, un cadavre froid et blême. Sa peau était livide, parsemée de veines et d'artères bleutées. Ce corps inerte était celui de Troy Russell. Son derme, d'une blancheur immaculée était tout éclaboussé de taches sombres. Horrifié, Ed réalisa qu'il s'agissait en fait de sang séché. Cette dépouille mortelle gisait là, les yeux clos par la crispation encore palpable de son visage, comme s'il souffrait davantage au-delà de la mort.

Un bourdonnement s'éleva en crescendo et rendit momentanément le pauvre Ed sourd. Le son strident devenant bientôt dévastateur pour son ouïe. Comme il le put, Ed se boucha les oreilles. Les yeux contractés de Troy Russell s'ouvrirent soudainement dans un rictus de souffrance en contemplant le néant. Ed sursauta d'effroi quand il détourna le regard de cette scène d'horreur. Derrière lui se trouvait l'ombre d'une affreuse gargouille qui le fixait avec véhémence…

Un piège de cristal

Le pourceau à la peau de crapaud crut à un avancement majeur lorsqu'il arriva à l'aéroport international de Los Angeles, pour prendre un vol prioritaire dans un avion affrété privé, en direction du terrain d'aviation John F. Kennedy à New York. Ackerman préférait de loin l'aéroport de Newark pour son positionnement stratégique et centralisé. Il n'aimait pas avoir à faire usage d'intermédiaires dans un milieu qu'il connaissait déjà très bien, New York étant le camp de base initial de son maître. Le voyage avait été retardé de deux heures par une série d'orages, aux cellules électriques sans précédent, qui avaient plongé la côte Ouest dans un *black-out* et plusieurs pannes dissemblables de courant secondaire qui terminait en beauté l'ire des cieux. Avec cette averse orageuse, la température saisonnière reprenait son droit sur le chaudron ardent qu'avait été la fin de l'été, et une douce brise déblayait lentement les immondices qui s'étaient disposées confusément sur les terrains vagues et autres endroits incertains. Feuilles mortes chargées d'eau de pluie, de gazettes déchirées, journaux, imprimés épars, rebuts de papier, bref, tout ce qui pouvait rendre les parcs, les prés et les champs cochonnés se donnèrent rendez-vous pour une valse éthérée. Les recoins les plus sombres furent souillés par les détritus de l'homme et de la nature, qui se déposaient, indistinctement, aux herbes folles, clôtures, grillages et pelouses desséchées.

Ce vol très spacieux, remarquable, était bien mieux que la première classe de n'importe quelle ligne aérienne de luxe. Golan Shalow reluquait avec insistance les trois agentes de bord à la jupe trop courte. Il ronronnait comme un matou en rut, découvrant avec forte flamme un amour égal pour ces trois hôtesses. Il y en avait pour tous les goûts, une caucasienne à la chevelure blonde et aux jambes sans fin, une asiatique au regard mystérieux et énigmatique et une afro-américaine aux courbes généreuses et massives. Comme un enfant qui aurait trop mangé de friandises chocolatées, Shalow se dandinait comme un ascaride dans son siège de première classe. Il salivait devant les déhanchements de ses sublimes sylphides. Elles lui inspiraient de petites nymphettes de ses rêveries les plus secrètes, les plus déviantes. Ackerman s'était lourdement et pesamment écrasé sur son trône, le faisant craquer violemment, délibérément, comme pour en tester la solidité. Il exécuta exprès ce geste pour tirer âprement le bras de la chaise capitonné pour le tordre. Avec rudesse et brutalité, il empoigna une pile de revues pour les décortiquer, un à un, pour ne regarder que les images et autres photographies. Il lançait, du coin de l'œil, des regards amusés, quoiqu'avec une pointe, un reflet, de malveillance sur Golan qui se trémoussait sans cesse. Celui-ci se retourna vers le géant et lui murmura au couvert de sa paume mortifiée de verrues et de peau morte :

— Vous croyez que ???

Ackerman glissa sa main géante dans la poche de veston, prit les cinq gros carreaux d'un paquet de gommes à mâcher à saveur de cerises et s'empiffra sans en offrir une à son comparse d'infortune. Golan Shalow, les yeux brillants de vices et d'impatience, reprit sa question avec empressement. Ackerman fit un énorme « ballon » rose, gonflé par le souffle de sa bouche. Il l'enfla jusqu'à ce qu'il éclate maladroitement. En s'amusant à décoller les résidus avec ses doigts, il lui répondit avec ironie par sa réquisition même, changeant sa voix pour la fredonner presque :

— Vous croyez que... vous croyez que... QUOI ?!!
— Voyons Ackerman ! Franchement ! Pouvons-nous les toucher ? Avons-nous le droit de les tamponner ? Expérimentez des choses avec la marchandise ???
— Tentez votre chance, *Mr. Croak* ! Ackerman souleva ses épaules en rejetant, dans un lancer virevoltant, un magazine Forbes sur le siège à côté de l'inspecteur, comme s'il voulait lui faire sentir de se tenir occupé à de saine, mais combien ennuyantes, lectures. Shalow, qui n'entendait pas à rire, s'arqua bien droit, pour démontrer qu'il fut hautement offusqué du sobriquet du géant. Comme un vieux coq scandalisé, il exhala, un ton de bravade dans son timbre :

— Comment m'avez-vous appelé ?!! N'oubliez pas que Monsieur Manlow m'a en très haute estime !
— Il affectionne les phénomènes de foire, pas elles ! Donc, tentez votre chance, Monsieur Votre Altesse ! Ça pourrait bien vous transformer en gros prince charmant ! Tu es si séduisant *Mr. Toad* !!! Et affriolant en *Kermit the Frog* !!! Ça te fait une belle cuisse de grenouille, hein ? *Mr. Croak* ?!!

Ackerman fanfaronnait à tue-tête le nom de mascottes et autres personnages enfantins de la télévision à l'effigie, très distinctive, de crapaud ou différentes sortes de batraciens. Le visage de Shalow devint pourpre puis violacé de rage :

— Comment osez-vous ! Je vais vous...

Shalow fit un seul geste, irréfléchi, vers l'intérieur de son veston. Avec une vitesse inouïe, le colosse fondit sur lui, immobilisant son bras qui voulait probablement saisir l'arme de service. La poigne solide du gaillard effara, stupéfia l'inspecteur qui paralysa net. Il comprenait maintenant très clairement l'expression « voir sa vie défiler devant soi ! » Ses yeux, grands ouverts, croisèrent ceux du géant. Il tressaillait de terreur. La tête difforme de Shalow tressautait, prit de frisson, son corps moite raidit par la peur, il faillit s'évanouir sur son siège, humilié et complètement détruit. Il en déféqua presque dans son pantalon.

À la venue nerveuse des hôtesses, Ackerman relâcha sa prise, affichant un large sourire aux dames effarouchées et inquiétées par le bruit de chamailleries. Il hâbla, avec un ton léger et à la blague de collégiens qui se taquinent :

— Comme on s'amuse ici !!!

Non moins en adoucissant sa voix, elle resta caverneuse. Ackerman avait réussi ce qu'il voulait le plus. Avoir la sainte paix... Dès que les femmes devaient rentrer en contact avec eux, elles s'en tenaient qu'à un froid et austère professionnalisme. Même leur jupette avait retrouvé une certaine décence. Humilié dans son amour-propre, Golan rongeait son frein, n'osant pas même se dire en lui-même un traditionnel : « il me le payera ! » de peur qu'Ackerman ne décode son langage corporel au-delà de sa pensée. Ils ne s'adressèrent plus la parole du reste du voyage. Ils observèrent chacun leur hublot de carlingue, bras croisés, dans un mutisme grotesque.

*
* *

Le nid de frelons était encore plus en effervescence à Los Angeles depuis la fin de la tempête colossale. Les agents fédéraux avaient réussi à recouper certaines informations, mais sans la clé d'équation détenue par la machine de Manlow, ils nageaient en plein mystère. D'ailleurs, les légions du Vieux Hibou pataugeaient aussi dans un brouillard de secrets engendrés par la paranoïa de détruire tous les documents. L'organisation, qui se basait sur des préceptes millénaires, avait toujours régné en maître en infligeant une loi de fer. Voilà que quelques grains de sable avaient tout chambardé la mécanique interne et externe de l'Ordre.

La théorie retenue et imposée par Manlow, sur les simples divagations de celui-ci, était qu'une jeune femme du nom de Mylène Gilmore, mère porteuse repentante d'avoir laissé son enfant en adoption, avait survécu à une dose supposée mortelle de narcotique, probablement de l'héroïne. Elle se fait oublier pour revenir, près de deux ans plus tard, dans le dessein de retrouver les acteurs de ce drame et se venger en les faisant chanter ou de mettre à jour le pot aux roses de l'organisation. L'heureux ménage qui hérita du poupon étant la famille du sénateur Thorrenz, il serait logique qu'ils soient la cible de la vengeance…

Tout conduisait à UC Berkeley. La présence de Martinstein comme doyen d'un nouveau département, Mylène Gilmore fut aidée dans son entreprise par une brillante collégienne en journalisme, Alberta Prescott, qui fit une infiltration pour approcher le Docteur Martinstein et le pousser à craquer. Ed Prescott, le père d'Alberta, finançait occultement l'opération. Une étudiante, activiste des droits civiques et connaissance de Mylène Gilmore, Latricia Brown, devait monter des dossiers secrets pour interpeller la plèbe si l'on ne répondait pas positivement aux revendications pécuniaires. Allan Sexton, un *ex-marine* des « forces spéciales », entre autres héros décorés d'Irak et qui devint insubordonné en Afghanistan; rapatrié puis démis de ses fonctions pour raisons personnelles et médicales. Il se transforma en propagandiste notoire contre certaines politiques nationales et internationales. Il affirmait qu'il était parvenu à infiltrer l'une des loges, celle de New York, en fanfaronnant qu'il avait réussi à filmer toute la scène de la cérémonie. Ces allégations furent retenues comme véridiques pour cause de certains détails dits « secrets », ce qui lui marchanda avec Manlow un sauf-conduit contre la mort, et ce, à l'encontre de son état-major qui désirait courir le risque de l'éliminer et de discréditer, ensuite, le tout avec de savantes manipulations des médias ! C'est peut-être même Sexton qui était le cerveau de cette opération.

Étant habitués à manipuler l'opinion des foules, de la presse dans toutes ses apparences et ses formes, du monde politique et des différentes obédiences cléricales, ils n'étaient plus en mesure de voir clairement les faits dans leurs délires d'hallucinations et de paranoïa !

Officiellement, les gens de la plèbe reçurent la version que de violents activistes pro-vie s'en seraient pris au Dr. Martinstein. Une interprétation plausible si l'on épluchait, une à une, les couches de pelures de l'oignon. Martinstein s'était fait de nombreux ennemis parmi des intégristes ultraconservateurs et ses prises de bec étaient constantes avec ces groupuscules.

Les autorités en profitèrent pour passer un bon coup de balai de ces cellules, factions et autres milices à caractère religieux. Ils investirent aussi de petites chapelles indépendantes, et sans aucun rapport entre elles, pour y soutirer une culminante masse de renseignements sur les membres de leurs congrégations pour, par la suite, réussir à les neutraliser de leurs influences et imposer une vision plus laïque de l'État. Même les ultra-catholiques furent dans le collimateur de ses rafles ciblées.

Le copain de Latricia Brown, qui avait un solide alibi, fut relâché. Mais on inculpa un innocent qui eut le malheur de laisser traîner de ses fluides corporels dans des lieux où il avait l'habitude de traînailler avec des vendeuses de charmes un peu trop entremetteuses pour leurs commerces de chair. Bien sûr, on dissimulait à la population toutes les incohérences et l'on pilotait les dossiers pour les fermer au plus vite... Pour Hartland, rien ne reliait Latricia Brown au Docteur Martinstein et à Troy Russell, le malheureux « suicidaire » d'Edmonton, au Canada... Mais on tricotait habilement pour faire concorder tous ces faits disparates.

Manlow, dans les derniers retranchements de sa conscience, de sa sagesse, pourrie, gâté, carié par une trop longue existence, était venu à douter de tous ses collaborateurs et alliés, voulant même marchander des bonheurs de la vie jusqu'à sa toute dernière seconde, avec un dieu aux traits de talon d'or et de signe de la piastre... Cette décision de Manlow, d'envoyer son fidèle gorille, prouvait qu'il n'avait rien interprété et encore moins comprit de la véracité fatale des faits; que la totalité de tous ses malheurs vint du seul en qui il avait une aveugle confiance... Qu'un court, bref, minuscule, insignifiant moment de mansuétude de la part d'une brute qui se devait de n'en avoir aucune...

*
* *

Ironiquement, c'était donc à Ackerman qu'était échue la délicate mission de veiller sur les intérêts des Thorrenz. Leur avion les avait débarqués entre un départ et une arrivée de vols bondés. L'appareil avait atterrit sans devoir s'identifier outre mesure. Ackerman, tenant comme seul bagage sa vieille valise, sortit le premier de l'engin, avec une prestance arrogante et cynique. Son vis-à-vis, plus craintif que rancunier, le suivait avec l'échine légèrement courbée et les épaules fuyantes, descendant les marches comme le ferait un pingouin maladroit. En fait, il avait les jambes atrocement ankylosées et il ressentait encore une certaine douleur à son bras broyé par le Chacal. L'air était déjà plus frais que sur la côte Ouest. Ackerman l'humecta à grands poumons, prenant une pose dans sa démarche, pour être près de l'inspecteur, lorsqu'il claironna en exagérant son accent néerlandais qu'il camouflait bien en temps normal :

— Mais, pourquoi donc, diantre, n'avez-vous pas fait la cour à ces putains ? Elles étaient là pour nous accommoder de toutes les façons possibles !!!

Shalow cru que son cœur allait s'arrêter de battre à l'énoncé marteau du géant... La voix pleine de jérémiades, il était déboussolé, épuisé par les dernières chaleurs, les vives émotions, le stress incessant, les menaces, sa faible constitution, le décalage horaire du voyage en avion, il ne lâcha qu'un braillant :

— Qu'est-ce que je vous ai fait Ackerman ?!! On est du même camp pourtant ?!!

Avec une solennité de prélat éclairé et lucide, Ackerman crachota, avec le sérieux d'un pape :

— Je travaille habituellement seul Shalow, en solitaire... Je voulais voir ce que tu avais dans le pantalon... À sentir ton froc, il doit être surtout plein de merdes teintées de pisse ! Tiens-toi à carreau et loin de moi, minus ou je te trucide la tronche !!! Tu fais peut-être un bon boulot de terrain d'arrière-scène, mais ici, ce sont les feux de la rampe... Petit ! Un faux geste et c'est la fin de nos carrières d'acteur ! Pigé, pigeon de yiddish ???

Le silence de Golan Shalow fut perçu, par le géant, comme un simple « oui ». Ackerman fit quelques pas puis s'arrêta pour le confronter de nouveau :

— Rumine toute ta colère comme tu le veux, mais je sais en quoi consiste exactement notre travail... Disons que l'imbécile de Martinstein n'a pas fait ce qu'il fallait... Une garce de pondeuse avait livré un petit paquet pour le fils de pute de Thorrenz, et maintenant elle croit qu'elle peut le récupérer ! Pauvre poire ! Elle a mis dans le coup, deux, trois brasseurs de merde qui n'imaginent vraiment pas dans quelle galère ils voguent... Même toi, le poivron circoncit... J'ai la présomption, la certitude même que la chétive Mylène, cette jeune journaliste et sa clique d'anarchistes, vont débarquer ici... Il faudra tous les flinguer avant qu'ils ne prononcent un traître mot ! *Hebt u ik gezicht van pad omvat ?* M'avez-vous bien compris peau de crapaud ?

Ackerman se plaisait à déformer les vocables et à l'insulter de plus belle dans différentes langues qu'il ne maîtrisait que partiellement, collant les vocables de porc, grenouille ou taupe au crétin de policier. Son hollandais fut impeccable, mais les autres dialectes souffrirent légèrement de son fort accent batave néerlandais.

— Oui, oui… Nul besoin de m'injurier en martien ! De toute façon…
Je n'ai même pas une peau de crapaud… Et pour notre agent de liaison ?

— J'aimerais mieux faire sans lui…

On n'aurait pu, en visualisant cette scène de l'extérieur, croire à deux
fantômes qui flottaient, intemporels, entre les barrières de surveillance.
Pourtant, ce n'est pas les gardiens qui manquaient pour une patrouille de
routine… Malgré leurs apparences de duo comique, ils passèrent les services
de sécurité sans se faire fouiller ou questionner. Ils s'installèrent dans un coin
sombre, à l'abri des regards indiscrets, mais près d'une série de distributrices
à friandises. À cette heure tardive, il n'y avait pas beaucoup de gens à ce
racoin isolé de l'aéroport Kennedy. Aucun rassemblement assez compact
pour limiter les gestes et mouvements de ces deux loubards, l'un aux traits
durs et l'autre aux lignes machiavéliques. De toute façon, ces deux monstres
repoussaient instinctivement le commun des mortels et personne ne vint les
emmerder jusqu'à l'arrivée d'un homme de race noire, baraqué, mais
trapu. Il portait un tailleur d'une extrême élégance. Il figea sur place en
voyant les deux bizarroïdes. Ackerman lui était familier de réputation, mais
cette tierce personne ? Il pensa à un genre d'homme-taupe grignotant patates
de croustilles par-dessus palettes de chocolat. Il avait une tache encrassée de
beurre chocolaté sur le devant de son veston qui n'était nullement pressé, ni
même lavé. Le pourtour de sa bouche en était tout autant maculé…

Leroy Duncan approcha avec un certain dédain. Un archétype de
muscles avec un costard à 2000$, de voyants bijoux dorés aux rutilants
rubis, une coupe de cheveux hebdomadaire, le rasage du jour et arborant
une petite moustache bien trimée. Les souliers de cuir, fraîchement cirés,
claquaient sur l'asphalte de l'aéroport. Cet impeccable accoutrement
n'arrivait pas à faire disparaître un passé de truand de la rue. Stoïque,
ferme sur ses pieds, le dos droit, à la limite de la vingtaine et le regard
mélangé de condescendances et d'arrogance, il resta sur place en
attendant une confirmation. Ackerman avança d'un pas et prononça
lentement et très clairement, malgré un certain malaise :

— L'automne arrive à grands pas quand on quitte la Californie de si
bonne heure !

L'homme de couleur rentama du tac au tac, comme s'il relançait une
charade ou une chansonnette, en articulant chaque syllabe comme le ferait
un chanteur affligé qui chantonne la mesure en *rap* :

— Oui, mais le printemps arrivera aussi vite quand tu reprendras la
voie de l'Ouest étranger !

Ackerman trouvait burlesques et cocasses ces façons codées de se présenter. Il eut en imagerie une vieille scène d'un film d'espion où l'agent est berné par l'ennemi qui avait retrouvé les cryptogrammes... Il se garda le loisir de retenir la 3ième et dernière phrase à dire pour entreprendre la rencontre. Il vit les babines de son intermédiaire commencer à légèrement se convulsionner d'impatience. Il riait dans son for intérieur de ces bleus qui jouent aux éminents caïds, aux éphémères affidés !

— Le printemps sera aussi bon pour moi que pour toi, macaque !

Le mot final et injurieux, Ackerman le mâchonna, mais l'ouïe fine de Duncan le perçut, laissant transparaître sa désapprobation par un couinement strident des lippes, un sifflement de remontrance sifflé entre ses dents, collé sur ses lèvres. Par défiance, Leroy Duncan montra des dents d'une blancheur d'ivoire par un sourire excessif, exagéré. Ackerman sourit à son tour :

— C'est ce que je disais, macaque !

Il tendit sa palette de pince pour serrer la sienne, avec l'idée de lui broyer la patte, mais Leroy refusa de se plier à cet acte de camaraderie simulé, après une si outrancière offense. Par dédain et dégoût, il déclina aussi la poignée de main de Shalow. Il pensa en lui-même :

— Que se passe-t-il pour que l'organisation nous envoi deux *punks* de la sorte ! Se sont-ils arrangés pour s'en débarrasser pour un temps sur la côte Ouest ???

Ils prirent place dans un VUS pratiquement neuf d'un gris foncé aux teintes argentées, tout équipé et chromé de partout. Leroy le conduisait avec fierté et se gardait la décontenance d'avoir de si saugrenus passagers. Golan voulu entamer la conversation sur les *Yankees* de New York, mais Ackerman lâcha un si terrifiant « la ferme !!! » que le reste du voyage se fit sans encombre ni bruit, à part quelques rôts retenus de Shalow.

L'affectation de Leroy Duncan était fort simple. Organiser un périmètre extérieur autour de l'élégante résidence Thorrenz. Duncan était le chef de la sécurité placé là par l'Ordre. On l'avait averti que le géant serait grossier, encombrant et insubordonné, mais on lui certifia qu'il était le meilleur pour ce genre de mission... dans les années 70 ! Mais c'était le mignon du grand maître Manlow. Quant à Shalow, la seule chose qu'on lui fit savoir, c'est qu'il était un homme de tête qui excellait dans les traques de terrain. Au début, il était convenu de les installer avec les domestiques de la résidence Thorrenz, mais Duncan opta de les « entreposer » dans une planque plus discrète. Un débarras qui se trouvait au même étage que les appartements de la famille Thorrenz, mais assez isolé pour cacher, à Mme. Thorrenz et ses enfants, l'affreux guignol et l'ogre grincheux.

L'imposant immeuble résidentiel Thorrenz à *Staten Island* était stratégiquement bien situé, à 5 minutes à peine du *Lower Manhattan* et à 20 minutes du centre de l'île de Manhattan. À tire-d'aile, il pouvait être à l'aéroport international de Newark dans un temps record. L'édifice était majestueusement imbriqué du côté de son travers nord par la majestueuse et moderne synagogue *Temple Israël Reform Congregation* sur *Forest Avenue*. L'autre facette de la bâtisse, après un petit parc communal, offrait son flanc à la route majeure 278 et à différents parterres gazonnés et surélevés. Les voisins des Thorrenz, pour la plupart des juifs hassidiques, aphasiques avec les étrangers, très discrets et calmes, faisaient en sorte que le quartier était tranquille et paisible en tout temps.

Affable, William Thorrenz les accueillit avec calme et sérénité. On l'avait informé qu'il pourrait recevoir, dans un avenir proche, des inopportuns, dont l'audacieux Allan Sexton, et qu'il faudrait, en temps et lieu, les évincer de façon définitive :

— À votre guise, tant que tout cela ne touche pas ma tranquillité d'esprit !

Le sénateur sourit nerveusement à la vue de ces deux malandrins. Golan s'entretint avec lui comme s'ils étaient deux vieilles branches du même arbre. Thorrenz craignait que l'homme-crapaud se mette à divaguer sur des indiscrétions devant tout un chacun ! L'ombre menaçante du Chacal donnait déjà des frissons au personnel et les membres de la maisonnée. Les enfants parlaient de l'étrange Bonhomme Sept Heures qui rôdait dans la cour arrière et dans le jardin, avec son lutin...

Golan avait préliminairement investi les cuisines et y faisait de multiples rapines de nourriture et de champagne, sans se soucier du prix des bouteilles ou de la marque. Pour l'heure, dans ses temps libres, le Hollandais avait sorti un paquet de vieilles cartes racornit de sa sacoche de médecin et, après avoir pratiqué quelques jeux de patience en solitaire, il n'eut aucune objection à jouer au poker avec Shalow qui s'empiffrait de choux à la crème qu'il trempait dans un bocal de confiture « emprunté » plus tôt dans le garde-manger...

Leroy Duncan prit place dans le hall d'entrée et vérifia à ce que toutes les caméras de surveillance soient fonctionnelles. Il avait l'impression d'être victime d'un siège. Prisonnier dans sa propre tour... Il demanda à la sécurité de l'Ordre de dépêcher deux unités mobiles, des V.U.S. blindés flanqués de deux hommes avec des armes puissantes et compactes. Des assassins, des thugs recrutés pour leur cruauté, enrôlés pour leur férocité, enrégimentés pour leur inhumanité. Les deux véhicules se posteraient discrètement dans le périmètre. Quelques coups de téléphone et il s'assura que les forces constabulaires patrouilleraient dans le secteur rapproché, avec un certain zèle. Cependant, il avait plus d'appréhension, sur ses deux alliés étranges, qu'il ne pouvait en avoir sur les hippies qui pourraient débarquer chez le sénateur... Qu'est-ce qui pouvait déranger ses maîtres à ce point ? Ils étaient redoutables, trop puissants... Tout-Puissants ! Le temps se figea et tous eurent une vague impression de commettre, à leur façon, une grave erreur en attendant on ne sait quel malheur...

*
* *

Allan abandonna la voiture aux abords du restaurant relais. En attendant Alberta, il effaça efficacement les traces d'empreintes dans l'habitacle et il y élimina, du mieux qu'il le pouvait, les poils et cheveux en utilisant des bandes adhésives d'un rouleau de collant de plombier trouvé dans le coffre arrière. De temps à autre, il lançait des regards furtifs vers le *snack-bar*. Au travers de la large vitrine ornée de néons bleus et rouges, il la voyait, debout, penaude devant le comptoir des commandes pour emporter. Il la percevait comme bien esseulée sans lui. La besogne sur la bagnole terminée, il erra dans le stationnement en étudiant les plaques minéralogiques, il lorgnait en fait les régions inscrites dessus :

— Nevada... Californie... Voilà ! Colorado !!!

Il remarqua Alberta qui attendait près d'un réverbère. La première idée d'Allan était de prendre une autre voiture. Mais il changea soudainement d'avis en voyant les boîtes des camions. Il lui fit signe de s'approcher de la remorque et il crocheta le cadenas à clé pour s'y engouffrer, lui avec elle. C'était un voyage d'oranges de Californie qui faisait route vers l'est. Il referma la porte en vitesse et ils s'installèrent derrière une pile de caisses de bois emplies d'agrumes. En silence, il se préparait au pire pour le moment, c'est-à-dire si le chauffeur s'apercevrait que son arceau fut endommagé et enlevé. Des bruits étouffés par la cloison retentissaient, des rires, une expectoration forcée, un outrageant crachement, des paroles inaudibles et un ronronnement de moteur... Alberta avait croisé les doigts, Allan espérait secrètement que le

291

camionneur eut étiré un peu trop la pause, comme il l'avait raisonné, spéculé, et qu'il démarrerait sans faire les vérifications d'usage...

Il faisait noir dans la boîte du camion. Ils mangèrent la nourriture de la restauration rapide et elle lui confia ce qu'elle avait vu à la télévision. L'heure était grave. Allan coupa, avec son couteau, deux quartiers des oranges du voyage. Alberta sirota avec empressement le sien pour en extraire le jus puis se farcit la pulpe. La remorque était légèrement réfrigérée et Allan plaça la couverture sur eux pour garder le maximum de chaleur. Alberta s'engouffra dans l'ample veste de motard en cuir en tentant d'y faire entrer son amoureux. Elle ferma les yeux et s'endormit d'un sommeil léger. Il roucoula une balade de chansonnette en lui frictionnant les bras pour optimiser la circulation. Après plusieurs heures de route, tout le temps brassé par un mouvement incessant des amortisseurs, le froid du frigo roulant devint de plus en plus dur à contenir. Allan ouvrit l'ordinateur portable et la chaleur dégagée réconforta Alberta. Il restait quelques heures d'autonomie à la pile. Le soldat avait déjà épluché ce qu'il y avait de bon... Autant s'en servir comme élément chauffant. Dès qu'ils le pourraient, ils achèteraient un câble d'alimentation pour le recharger. Pour l'heure, il devenait un précieux convecteur de douce tiédeur.

— Allan, j'ai envie de voir mon centre de messages... J'ai une vague impression que tout le boucan entourant Martinstein va pousser mon père, et Mylène, à sortir de leur tanière et les exposer inutilement... Et s'il m'avait écrit, tenter de me rejoindre ! Je pourrais leur répondre brièvement pour rectifier les faits...
— Le routeur de Martinstein est justement crypté par multi-localisateur... J'ai neutralisé la majorité des logiciels espions de l'ordinateur... Techniquement, tu achemineras aussi bien ton courriel via Madrid, Damas, Manille ou n'importe quel point choisit au hasard par la machine... Mais il ne faudra pas flirter longtemps avec la chance, car ce système n'est pas totalement infaillible... Bref et concis... Tes adresses électroniques sont toutes sous surveillance maintenant. Si tu envoies tes messages de ton IP à ceux de ton père, ils pourront, eux, les intercepter et avoir une forte idée de leur repaire...

Alberta, toujours le *laptop* sur ses genoux, pianota sur Internet pour ouvrir sa page-écran de messagerie virtuelle. Sans se hasarder, elle survola la liste des missives reçues pour ne distinguer que des publicités sans importance et autres courriels insignifiants qui avaient passé ses filtres *antipourriels*. Elle allait fermer la page Internet, sans jeter ou altérer ses messages, lorsque ses yeux rebondirent sur l'un d'entre eux en particulier... Une des télémessageries contenait, dans son titre, le prénom de sa mère, « Correlia ». L'heureux fruit d'un hasard douteux ? D'une fortune invraisemblable, surtout dans son orthographe spécifique ? Le nom de Correlia, étant moins plausible que Corelia ou Cornelia, du fait qu'il émanait de l'appellation « Correl », un domaine familial du côté maternel, le *Correl Ranch*, au nord de Calgary. La lignée paternelle de Correlia étant très ancrée dans la fierté de cette terre, ce prénom de baptême venait fermer l'étrange cercle des anthroponymes sacralisés de cette famille de l'Ouest canadien... Comme elle tarda quelques secondes sur celui-ci en particulier, elle remarqua qu'il y avait un lien rattaché avec le : « *Vous ne connaissez peut-être pas l'expéditeur* » et qu'il était bizarrement lié à ses contacts. Elle tourna la tête malicieusement, le regard espiègle vers Allan. Il somnolait par intermittence et semblait avoir perdu la notion du temps. Elle savait trop bien qu'il s'opposerait à ouvrir ce message. Elle serra les lèvres, comme si elle voulait appréhender les pires répercussions, et prit un profond respire.

— De toute façon, Allan m'a spécifié qu'ils penseraient qu'on serait à Athènes ou quelques places de villégiatures du genre !

Du bout de son magnifique doigt de fée, elle enclencha la touche d'ouverture de l'édit virtuel. Elle refoula sa déception de voir que Correlia n'était qu'un site pornographique banal et sans surprise. Elle méprisait cette catégorie de localisation où l'on pressurait souvent la naïveté de jeunes femmes qui rêvaient de toute autre chose que de se faire exploiter pour leur corps. Elle s'apprêtait à jeter ce vulgaire pourriel informatique quand elle crut reconnaître le faciès de son père, en arrière-plan, qui était rendu flou par un voile de brume créé par un logiciel d'infographie standard. L'individu faisait un rictus ridicule qui esquissait, dans son visage, des rides profondément gravées. Mais sans contredit, c'était bien la frimousse de son paternel Ed... Et cette danseuse en ce mouvement figé dans une pause sensuelle, en soutien-gorge et sous-vêtement de fille du *Midwest* américain, rien à voir avec les déshabillés osés et transparents de ce genre de site, mais on n'y apercevait que du feu à première vue... Le montage infographique, dans un plan américain où l'on avait savamment et délibérément fait l'assemblage et l'aménagement pour dissimuler la tête de la jeune femme sous l'en-tête « Correlia XxX »... Elle reconnut l'affreuse balafre de Mylène, cicatrice qui montait de son bas-ventre qui l'avait tant offusquée. Au-delà du premier choc, elle comprit aisément que c'était une façon originale, quoiqu'inédite, pour entrer en contact avec elle par un moyen le plus furtif permis.

Elle balaya des yeux la page Web pour y mémoriser le plus d'information possible. À aucun endroit, il n'y avait de textes renfermant des indices dissimulés. Elle sonda du regard les cadres d'images, les textures, les motifs de fond. Rien... Elle donna un léger coup d'épaule à Allan pour le sortir de sa torpeur :

— Allan ! Allan ! Mon père et Mylène nous ont fait parvenir une fausse page Internet... Ils m'ont hameçonné en utilisant, comme code, le nom de ma défunte mère ! C'est fou ! C'est ingénieux... Mais je ne comprends pas comment ils ont mis des messages sur le Web !

Allan s'étira de tous ses membres pour combattre le froid envahissant. La froidure avait quelque peu endolori son corps et incommodé son esprit. Voilant l'allégresse et la jubilation de sa copine, il garda pour lui sa profonde désapprobation. Il étudia la page et lui dit tout bonnement :

— C'est risqué et à la fois tellement simple que ça doit avoir passé le système sans trop de difficulté... À première vue, il n'y a aucun codage... Tu as cliqué sur le lien ?
— Tu crois ? Je n'osais pas à cause de tes avertissements. De plus, il n'a pas été mis sur mon menu de courriels indésirables... Comme si la personne qui avait envoyé ce message connaissait mon mot de passe pour l'ajouter sur ma liste de contact autorisé...

Remarquant le hochement d'épaule d'Allan, car il connaissait bien la facilité d'infiltrer ce genre de service en étudiant des pages Web sur les multiples blogues, profils virtuels et différents forums d'opinions. La sécurité y était minimale. Elle ouvrit le lien relié pour voir apparaître un amarrage anodin d'un site Internet pornographique quelconque. Elle le ferma et recommença pour aboutir sur une autre attache liée de même catégorie. Des « *pop-up* », des escamots, des infobulles à onglet contextuels, en incrustation, qui jaillissaient comme des éclairs, s'affichèrent sans avoir été sollicités par Alberta devant la palette de navigation principale. Ce moyen était communément utilisé pour placarder virtuellement des messages publicitaires ou certains avertissements. Certains sites étaient conçus selon le principe d'une page classique, ne contenant qu'une image de fond et un lien du style « entrer » qui introduit, en lui-même, un écran-choc de type fenêtre surgissante.

Par réflexe inconditionné, elle commença à fermer les quelques onglets de publicités secondaires avec un certain empressement. Allan lui dit soudainement :

— Non ! Arrête ! Ils doivent avoir accolé une fausse « fenêtre surgissante » ayant de l'information dessus ! Brillant ton père !
— Tu crois?
— Évidemment! Digne du génial Q dans James Bond !

Ils amorcèrent derechef l'hyperlien du courriel et les « pop-up » refleurirent... Casino, destination voyage, médicaments miracles, etc. Ils ne reconnurent aucune des pages virtuelles comme si l'on brassait de nouveau un paquet de cartes aléatoirement, Allan ouvrit à nouveau les fenêtres... Deux, trois séquences qui n'avaient qu'un écran-choc, et qui réapparaissait de façon systématique... L'une d'entre elles donnait sur une localisation d'un site de Sudoku !

*
* *

Hartland se tenait debout, silencieux, devant un grand tableau informatique. Le panneau, relié à l'ordinateur central, montrait une carte virtuelle, en 3D, de la Californie. À l'aide d'un dispositif ingénieux, il pouvait agrandir à volonté, jusqu'à satiété même, différents lieux, différentes régions. Son visage démontrait une apparente insomnie. Son département, tel un parasite installé à l'ombre d'un immense organisme vivant, siphonnait la plus petite parcelle d'information, sans distinction ni filtrage... La campagne de peur avait été tellement saisissante pour une population exacerbée par la mort du Docteur Martinstein, que nombreux se sentirent interpellé. Le lot incessant de communiqués officiels s'ajoutait au désarroi et à cette suffocante chaleur d'automne qui avait brisé les plus résistants. Des milliers de renseignements disparates, de brides d'événements, d'actualités mondaines ou futiles, toutes les données étaient cueillies sans discernement. Ce casse-tête aux dimensions démesurées donnait plus d'ampleur à un fait-divers qu'il en aurait fallu... Des gens croyaient voir le couple infernal à chaque coin de rue... Hartland comprenait bien que la fugace Alberta ressemblait à n'importe quelle fille de son âge. Une jeunesse à se trimballer avec des lunettes soleil et faire du *shopping* à longueur de journée sur tout le rivage Pacifique. Même ce trouble-fête de « *Black Crow* » avait un petit quelque chose de Hollywoodien dans son apparence... De plus, les agences de la côte Est n'avaient aucun élément d'informations récent et sérieux sur cet individu. Le suspect n'avait pas voyagé par des moyens identifiables. Autant dire qu'il s'était téléporté, comme dans la série télévisée de fiction Star Trek. Les services spéciaux avaient perquisitionné sa planque et épluché tout ce qui pouvait avoir de l'importance... En vain ! Allan Sexton avait piraté son propre ordinateur maison pour s'auto-effacer à l'acide, bien avant qu'on le manipule sans suivre un protocole précis ! Dès la pénétration de son logis en fait.

Tout reposait sur l'intuition de Manlow et sur le témoignage de Shalow. Toutefois, une de ses filières les plus prolifiques, le monde interlope, lui donna plus d'informations qu'il n'en fallait. Grâce à un tiers contact, il fut en mesure de retracer l'assaut sur le proxénète au véhicule deux roues et de recevoir, par l'affirmative, la description de l'homme et de la femme. Et ce, juste avant la rencontre avec Shalow. Par de menaçants logiciels, reliant tous les corps de police, il rentra en possession d'un constat qui informait qu'on avait retrouvé cette moto, abandonné, au Nevada. Il épluchait tous les rapports de cambriolage d'automobile et conclut, par recoupement, une irrécusable logique entre les emplacements du vol et le lieu de la découverte de certains véhicules. Il restait possible de faire certains rapprochements, mais même les plus puissants ordinateurs ne pouvaient assurer, à coup sûr, un trajet X à un couple en cavale. Selon le flair d'Hartland, il serait plausible de recueillir assez d'informations sur leurs mouvements s'ils voyageaient toujours par berlines volées. Il réussit à estimer, de façon convaincante, que la paire avait passé les mailles du filet assez tôt après l'escarmouche à la garçonnière de Martinstein. Tous les déplacements, en Californie, maintenant ne serviraient qu'à les embourber encore plus...

Les éléments de l'Ordre avaient jaugé que le duo, la pariade proscrite, s'était planqué à San Francisco. Il était improbable qu'ils eussent pu, dans une fenêtre de temps donné, quitter le territoire quadrillé en profondeur par les autorités légales, d'une part, et de la sécurité de la Confrérie d'autre part. Avec ces récentes données, Hartland agrandit la mappe électronique et enclencha une nouvelle application. Un carrelé avec une multitude de points lumineux, d'abscisses de référence et de repaires indicatifs apparurent. Il glissa son doigt sur l'immense tableau tactile de façon à enligner le Nevada, l'Arizona et l'Utah, relevant tous les cas répertoriés de véhicules volés et ceux qui furent retrouvés ou retracés. Il donnait des airs de météorologue d'un bulletin télévisé qui s'exécuterait devant son grand écran...

Par sa longue expérience, il isola une demi-douzaine de circonstances et les étudia minutieusement. Il prit son téléphone en continuant d'analyser son bilan. Il communiqua avec un contact du FBI et fit transmettre, via réseautique, six endroits où dépêcher d'urgence des agents de terrain pour collecter des informations d'usage. Un nouvel appel et tout l'essaim de frelons de l'Ordre s'envolèrent vers l'Est pour ratisser d'interminables étendues désertiques. Il ramena l'état d'alerte en Californie à son plus bas niveau, quand il reçut une confirmation positive... Une serveuse d'un casse-croûte avait reconnu Alberta sur l'une des photos témoins. Une vieille voiture abandonnée confirmait la théorie de Russ. Mais aucun autre véhicule n'était déclaré volé dans ce périmètre. Avaient-ils eu un contact en ce lieu ? Une jonction avec des complices ? Il prit, avec son équipe, son hélicoptère personnel et s'envola aussitôt pour la zone du restoroute en question. Il survola l'aire de la cafétéria-relais puis se posa à l'écart des regards indiscrets. Les policiers avaient fouillé, en vain, la voiture abandonnée. Toutes les apparences démontraient qu'on avait délibérément nettoyé l'habitacle du vieux tacot. Dans le stationnement bondé de camions, il tourna la tête pour en faire un large panorama. Son esprit pragmatique plongea comme dans une transe, s'immergeant dans un profond abysse de suppositions, recoupant toutes les possibilités, toutes les éventualités. Il erra dans ce lieu poussiéreux en traînant ses talons, remuant le terrain à la recherche d'on ne sait quoi. Son cerveau cartésien analysait pourtant à la vitesse de l'éclair. Un de ses hommes l'interpella. Sur le sol, un cadenas était partiellement recouvert de gravats et de scories. Il l'étudia et en déduisit, par des rainures distinctives, qu'on avait crocheté cette serrure en hâte. Il comprit que les fugitifs s'étaient engouffrés dans la remorque d'un camion et voyageait aux soins de la marquise ! Il donna des ordres pour maximiser le contrôle de tous les poids lourds dans tous les états limitrophes à sa traque. La tâche était incommensurablement difficile à effectuer, sans plonger le pays dans un ralentissement sans précédent et sans causer un mécontentement monstre au sein de la populace.

Depuis le contact avec la serveuse du restoroute et le signalement d'Alberta, il s'était passé près de six heures... Ils devaient maintenant ratisser, racler, gratter toutes les avenues et les routes jusqu'au Wyoming, le Colorado et le Nouveau-Mexique. Aussi vaste pouvait s'ouvrir l'éventail de recherche, il ne pouvait compter que sur la chance, à court terme. Il opta préférablement qu'on se concentre surtout vers les possibilités de l'Est. Il avait complètement adhéré à la théorie voulant qu'ils tentent une approche de la famille Thorrenz.

Hartland continuait, à distance, de presser quelques leviers et sonder les soubresauts de la grande toile. Un rapport, sans importance, annonçait qu'Alberta Prescott avait vérifié ses courriels d'Honolulu. Ils savaient tous que des serveurs informatiques indirects pouvaient fausser en réverbération et renvoyer la source à une destination autre, comme le ferait la réflexion d'une image miroir fantôme. Localiser un tel écho serait ardu, surtout si elle se servait d'un ordinateur portable. Mais en bon profileur, Hartland se demanda la raison, l'étourderie, l'inadvertance de parcourir d'équivalents courriels insignifiants. Attendait-elle un message spécifique d'un contact, d'un allié ? Il pensait bien que le pire était à prévoir s'ils venaient à vendre la mèche aux communs des mortels...

*
* *

Allan et Alberta étudièrent à fond la page publicitaire de sudoku. C'était pourtant si simple et ils cherchaient dans des avenues tellement compliquées. Soudain, les chiffres de la grille centrale dévoilèrent leur secret... Il y avait les 9 x 9 compartiments traditionnels avec un nombre anormal de chiffres indices. Alberta reconnut, à partir de cette première case, les trois premiers caractères numériques d'un indicatif régional de sa province natale. Le même que le luxueux chalet de son paternel... Les sept autres nombres se voulaient probablement êtres les numéros d'un téléphone où rejoindre le père d'Alberta.

— C'est bien mon Papy chéri ça ! Il est tellement friand de ces jeux de patience !
— Ton père serait digne des services spéciaux de la Deuxième Guerre mondiale du MI-6 ! Combien de temps penses-tu que ça prendrait aux sbires de Manlow pour résoudre cette énigme, si ça nous a pris si peu de temps ?!!
— Tu es trop sceptique et pessimiste Al ! N'oublie pas que le bedon de Mylène, il n'y a que moi qui l'ai vraiment vu ! Même sa propre mère ne l'a probablement par vu... Ça, il n'y aura pas un logiciel ou un génie assez futé pour le trouver, le deviner... C'est cela qui fait de nous des êtres supérieurs à tous vos gadgets de machines !!!
— J'espère bien... Mais les traces que nous laissons sont trop souvent repérables... Je commence à sérieusement me les geler ici... Mémorise bien la séquence numérique... Je vais effacer tous tes courriels par piratage afin de leur rendre ça plus compliqué. Après, on prend le large jusqu'au prochain arrêt !
— Chic ! J'ai hâte de leur parler... Ils doivent être terriblement inquiets s'ils ont vu les horreurs et les faussetés à la télévision !

Les premiers rayons du soleil pénétrèrent avec abattement, au travers des fentes de la porte coulissante de la remorque du camion réfrigérant. Des sons de moteur et des bruits de klaxons, à peine audibles et, suprême indice encore, des entrecoupements de freinages réguliers et le ralentissement du poids lourd, démontraient clairement qu'ils étaient maintenant en milieu urbain... Ankylosés, sclérosés par ce dur voyage, ils se levèrent pour reprendre le dessus sur cette impression de courbatures extrêmes de leurs membres pétrifiés. Un arrêt sec les fit tanguer et Allan, ayant un meilleur sens de gravité, rattrapa Alberta avant qu'elle ne se voie renverser des caisses d'oranges sous son poids. Le camion était bel et bien immobilisé et, de son ouïe d'or, Allan entendait des pas lourds et traînés longer la boîte du fourgon de livraison, cogner franchement les pneus pour en vérifier la dureté de la chambre à air. Deux coups sourds pour la première série de roues, puis trois percussions pour ceux de derrière. Il frappait probablement avec une trique de camionneur, petit gourdin de bois franc qui ressemblait à un court bâton de *baseball*. Les foulées se faisaient maintenant plus rapides et se dirigeaient directement vers l'arrière de la remorque... Ils virent une ombre se mouvoir par les interstices de la porte. Allan chuchota à l'oreille de l'inquiète Alberta :

— Fais-lui le coup de la femme fatale !
— Quoi !
— Attire son attention, le temps que je le neutralise...
— Tu ne vas pas... Allan, cachons-nous derrière !
— Même s'il ne nous voyait pas, il cadenasserait à nouveau la porte et nous serions pris comme des rats ! Il est devant la porte coulissante... Vite !

Allan se dissimula derrière la pile de caisses la plus près de la porte massive et frigorifiée. Alberta entendit très bien le chauffeur qui maugréait sa colère de l'autre côté de l'accès, en apercevant qu'il avait perdu son cadenas. Avec une certaine poigne, le camionneur agrippa la poignée en jurant de tous ses poumons. Le portillon coulissant se souleva avec véhémence et un colosse dans la cinquantaine plissa ses yeux pour mieux scruter sa cargaison. Il tenait, avec menace, sa trique qui devenait, dans l'improvisation du moment, une matraque dangereuse. Alberta, sous les éblouissants rayons lumineux, fronça les sourcils, tout en simulant un air ébahi de surprise. Elle éleva, avec trop d'ironie, les épaules et gloussa un aphorisme enfantin :

— Bonjour ! Ça va bien, vous ???

La ruse ne trompa nullement le vieux routier et il remarqua immédiatement le regard d'Alberta, qui louchait vers une pile de caisses près de la portière. Avec un ardent empressement, le chauffeur s'étira afin d'atteindre la coulisse pour inexorablement refermer la trappe sur Alberta, et emprisonner ainsi l'infortunée dame et ceux qui seraient cachés à l'ombre des boîtes.

Allan poussa les cases de bois qui heurtèrent violemment la porte coulissante avant qu'elle se rabattît, ce qui freina momentanément sa chute. Le premier caisson de fruits encaissa toute la collision et se rompit dans un dur fracas. Plusieurs des oranges se broyèrent en fendant, crevant leurs pelures. Des jets de pulpes et de jus éclatèrent dans des salves sucrées et collantes. Allan glissa sur le sol de la remorque pour intercepter l'individu. Le plancher, qui baignait dans une purée orangée, devint visqueux et adhésif. Il n'en suffisait pas plus pour que le routier recule d'un pas, se plaçant dangereusement dans une position défensive...

D'un solide coup d'œil, Alberta scruta l'horizon pour découvrir que le camionneur s'était arrêté dans le terminal d'une station-service spécialisée pour les camions au diesel. Une longue route, la National 70, qui coupait un décor montagneux en deux. À l'Ouest, une petite ville touristique régnait sur l'aube naissante. Elle examina d'un furtif regard l'atmosphère de science-fiction qui l'environnait ; un parquet de béton, des tuyaux sortant du sol, un bâtiment recouvert de tôles et d'affiches de compagnies d'essence et des armatures d'aluminium montés en échafaud qui ceinturaient le poids lourd. Sur cette structure, des néons fades entretenaient des milliers de papillons de nuit, perdus dans des toiles d'araignées souillées de millions de débris, de carcasses d'insectes et de poussière. Vraisemblablement, ils se retrouvaient dans la cour intérieure d'un petit complexe pétrolifère pour camion. Le regard d'Alberta croisa ceux d'un fluet pompiste. Surpris par la précipitation des actions, il hésitait encore entre intervenir directement ou courir en toute hâte à son bureau pour appeler la police.

De son côté, Allan tenta de faire une feinte, mais le gaillard bondit en lui assénant un solide coup vers la tête dans un rapide mouvement de tourniquet. Allan eut la puissante frappe à la hauteur de l'épaule, évitant de justesse la collision fatidique à son crâne en encaissant le choc au haut de son bras. Allan comprenait la complexité de la situation et n'utilisa que la force nécessaire pour neutraliser l'infortuné chauffeur. Il coinça le membre supérieur armé de son adversaire dans une prise d'aïkido, savamment pratiqué, et cloua son opposant au sol par une violente culbute. Par des points de pressions appliqués sur les nerfs du coude, il neutralisa posément son belligérant qui lâcha quand même un profond cri de souffrance, croyant son cubitus broyé sous l'astriction. Le camionneur se déroba dans le silence de l'immobilisme. Durant l'échauffourée du routier et d'Allan, Alberta tenta de dialoguer pacifiquement avec le garagiste, utilisant la même douceur que l'on emploie pour amadouer un animal craintif. Il recula de quelques pas puis, prit la fuite. Instinctivement, Alberta se rua à la poursuite du jeune homme maigre et élancé, habillé d'une combinaison de mécanicien grise, trop grande pour lui d'ailleurs, ce qui gênait grandement ses mouvements. Allan sentait le haut de son bras et son épaule engourdir, mais reprit rapidement le dessus par l'adrénaline du moment lorsqu'Alberta hurla :

— Attention, le pompiste va à son comptoir ! Il va appeler la police !!!

Il répondit avec célérité aux cris d'Alberta. Comme une flèche tirée dans le vent, Allan, après une course effrénée, se lança tête première dans les jambes du malheureux qui venait d'entrer dans sa cabine de réception. Ils chutèrent lourdement, sous les jérémiades du jeune homme qui n'agitait que ses baguettes, pour se protéger, de façon purement défensive et futile. Allan ne se persuadait pas à le frapper, retenant avec nerf le poing levé de son bras endolori. Il lâcha prise pour aller directement au téléphone du comptoir-caisse. Il arracha le fil, déracinant complètement le réseau téléphonique. Il vandalisa la caisse enregistreuse pour y récolter un maigre 167 dollars et une bonne quantité de petite monnaie. Il étudia le câblage de l'installation et enfonça violemment la porte du bureau d'administration derrière le comptoir. Avec un méthodisme silencieux et un sang-froid batailleur, il démantela tout le système de caméra surveillance et sabota l'enregistreur numérique de manière à le rendre complètement inefficace. Il détruisit le disque dur en plusieurs fragments et le glissa dans sa poche pour plus de sûreté. Il lorgna le tableau des employés et remarqua que le personnel de jour n'entrait qu'une heure plus tard. Le jeune commis en poste s'appelait Bradley Wilson.

Alberta, repliée sur ses genoux, réconfortait du mieux qu'elle le pouvait le jeunot rendu pithiatique et nerveux. Tremblant de tous ses membres, il suppliait pour qu'on lui laisse la vie sauve. Elle trouvait qu'Allan allait trop loin dans son excès de rage et commençait à se poser de sérieuses questions sur l'issue probable de cette dangereuse enquête. Allan vint vers eux et agrippa le revers du col du marchand et de sa main libre, il sortit le portefeuille du jeune Wilson de sa poche de jeans sous sa chienne de garagiste. Il lui déroba une carte d'identité, au hasard, tout en faisant un subtil clin d'œil à une Alberta médusée. Il se pencha vers le jeune homme et lui susurra à l'oreille, d'un ton mi-complaisant, mi-menaçant :

— Voici un petit fragment de ton futur Brad... Un mot de cette matinée et nous te retrouverons... À toi de décider de ton avenir ! Pour ta gouverne, nous savons maintenant tout de toi et où tu habites... Ne me force pas la main... Veux-tu ? Dernière chose... La mobylette est à toi ? Tes clés s'il te plaît !

Allan lança les clés vers Alberta qu'elle attrapa en silence et se dirigea vers le camion rempli d'agrumes. Il s'assura que le chauffeur, toujours incommodé et comateux allait encore bien.

Il sabota, avec célérité, le système de communication à bande de fréquences radio du citoyen (Citizens Bank Radio) en subtilisant quelques circuits intégrés à puce au silicium, et en coupant le fil d'alimentation de l'émetteur-récepteur B.P. Il ramassa toutes leurs choses en les enfonçant, rapidement compressé, dans un solide havresac de voyage en toile de jute, qui se trouvait sur le siège passager du camion.

Alberta enfourcha le vélomoteur du jeune Brad et Allan s'assit à sa suite lorsqu'elle le rejoignit en faisant crisser les pneus devant de grosses citernes de diesel qui absorbèrent le bruit. Il sauta, le sac sur son dos, sans tenir compte de leurs poids combinés. On aurait pensé à deux puces savantes, grasses et dodues, de cirque exécutant un numéro d'adresse sur le râble d'un minuscule moustique. Alberta fixa l'horizon et retrouva avec peine sa stabilité. Une dénivellation de terrain les fit sursauter, mais solidement gripper aux poignées du guidon, elle garda le cap en louvoyant entre des ordures, c'était le jour de la cueillette, et des terre-pleins gazonnés qui devenaient autant d'obstacles insurmontables que les Rocheuses du Colorado.

Elle poussa la mécanique du cyclomoteur à son extrême limite, faisant crier le silencieux d'un vibrant et désagréable râle. On aurait dit le moteur d'une tondeuse à gazon. Pourtant, ils avancèrent à la moitié de ce qu'Alberta aurait désiré. Le décor, les lieux, puis les écriteaux routiers et pancartes touristiques leur indiquèrent qu'ils étaient en banlieue de la ville de Glenwood Springs. Le chauffeur avait fait exactement ce qu'Allan avait estimé dans son for intérieur. Il revenait avec un chargement qui se rendait vers l'Est jusqu'au Colorado. Tôt ou tard, le conducteur aurait perçu la présence de gens dissimulés et aurait pu les signaler aux autorités à l'insu même des personnes clandestines.

Le cœur de ce canyon verdoyant, de cette gorge aux vallons merveilleusement boisés, apportait une fraîcheur matinale revigorante. Une douce rosée procurait, à ce lieu de villégiature, une odeur de sainteté et une aura de site enchanteur... Le soleil était radieux et la température clémente. Une brise glaciale, venant des montagnes herbues de conifères, donnait à ce coin un air paradisiaque et féerique. Un endroit rêvé pour y faire des randonnées toutes saisons ou du ski, l'hiver. À califourchon sur ce vrombissant véhicule de fortune, ils ne firent qu'un peu plus d'un kilomètre avant d'arriver à une ruelle déserte de l'artère principale. Rien à voir avec les sombres recoins des grandes villes où l'on peut flâner longuement sans être importuné. La venelle était vide d'âmes, seulement à cause de l'heure matinale. Au loin, déjà, une benne à ordures se faisait entendre, mélangée aux chants des volatiles néo-auroraux. Le déplacement de véhicules augmentait légèrement et plusieurs s'arrêtaient à la station-service juxtaposée à la pompe à diesel pour y prendre de l'essence, des beignets et du café, mais personne n'entrait, pour l'heure, à la centrale de distribution du gazole. Personne ne se doutait du drame, de la tragédie qui venait de s'y jouer...

Alberta, tout en honte, se promettait de rembourser la perte du jeune homme par une mobylette toute neuve, haut de gamme. Comme si ce geste généreux et magnanime faisait pardonner la violence éclatante des dernières minutes. Et ce camionneur, probablement un honnête père de famille, qui gisait là, immobile... Allan ressentit sa brusque distraction et la prit dans ses bras, la bécotant de consolation. Il était périlleux de faire cette halte en ce moment, mais il sentait qu'elle allait craquer. Avec tant de réconfort soudain, elle se laissa bercer de ses explications pragmatiques. Il n'avait causé aucune séquelle à ces malheureuses victimes, utilisant des techniques modernes d'immobilisation qui servaient justement à neutraliser sans risque. Bien sûr, les menaces prodiguées ne servaient qu'à intimider, pour un temps, le jeune garçon. Il montra la carte subtilisée, qui n'était en fait qu'un coupon-rabais d'un grand magasin anonyme. Le but étant de créer une illusion temporaire. Revivifiée, Alberta, toujours dans les bras d'Allan, fixait intensément une gare de terminus et elle murmura :

— Allez, partons ! J'ai hâte d'avoir des nouvelles de mon père et de Mylène.
— Albie, tu ne pourras les appeler qu'au moment où nous serons en lieu sûr... pas avant ! J'espère que des amis à moi pourront nous trouver une planque sûre pour laisser retomber la poussière...

La petite gare du chemin de fer, quasi rurale, plantée là pour desservir une clientèle exclusivement touristique, ne s'informa guère de voir en son sein un jeune couple d'amoureux, avec seulement un sac à dos, solliciter tout bonnement des billets payés en espèces pour Washington DC.

Allan avait idée d'utiliser l'une des cartes sans photo du voyou à la rutilante motocyclette, si on le lui demandait, mais il n'eut qu'à avoir recours à un nom d'emprunt fictif. Aucune vérification ne fut vraiment faite. La chance voulant qu'ils se retrouvent entre deux quarts de travail et dans le creux de deux saisons touristiques. Le voyage jusqu'à Denver fut étrangement calme. Ils évitèrent la voiture-restaurant et limitaient les déplacements au minimum. Souvent, ils se déplaçaient, éloignés l'un de l'autre, allant par alternance, soit au-devant, soit à la suite, avec le plus de discrétion possible. De cette façon, ils pouvaient inspecter les environs pour voir s'ils étaient suivis ou repérés par des regards éclairés. Le reste du temps du voyage, ils restèrent allongés sur la banquette de leur wagon. Alberta s'était assoupie profondément au creux de l'épaule bienfaitrice de son protecteur. Allan vérifia, à l'aide de l'ordinateur portable de Martinstein, certaines données et confirma son idée de confronter Thorrenz à New York même, plutôt qu'à Washington. L'un de ses informateurs de la capitale l'informa qu'il avait pris congé du Sénat pour retourner à la Grosse Pomme avec sa famille, prétextant une vague raison de santé. Allan croyait qu'il serait plus facile de le débusquer à l'extérieur du giron sénatorial. Avec un peu de chance, elle pourrait s'approcher de lui et faire le contact comme pour le Dr. Martinstein à San Francisco. Cette fois-ci, Allan serait là pour assurer ses arrières. De plus, il avait longuement traqué des informations dans ce coin-là et avait un entrelacement d'informateurs, de collaborateurs indirects, de fréquentations de proximités et de faussaires experts dans la contrefaçon d'identité, etc. Le hic, c'était le manque de ressources financières pour se garantir l'amitié et la loyauté de ces gens vivants en marge de la société. En fait, Allan ne pouvait vraiment compter sur aucun de ses alliés objectifs avec une infaillibilité absolue. Ses « associés » fonctionnaient tous avec des pseudonymes et pouvaient parfois se montrer assez antipathiques devant des situations qu'ils ne contrôlaient pas entièrement... Allan, utilisant jusqu'à la dernière parcelle d'énergie de la batterie de l'ordinateur, et au meilleur de ses connaissances, étudia toutes les composantes de sécurité du système ferroviaire. Avant la fin de ses préparatifs, la batterie tomba à plat.

Avec un certain stress, ils s'enfoncèrent plus à fond dans le *Midwest* américain. Cette tension venait d'une cabine voisine de la leur. Un petit commis voyageur, embarqué à la ville de Lincoln, avec des yeux bouffis et inquisiteurs, ne cessait de les dévisager à chaque fois qu'il le pouvait. Alberta avait beau lui faire d'adorables sourires lorsqu'elle le croisait, il paraissait avoir flairé quelque chose de suspect, de douteux, dans sa façon de se mouvoir. Elle semblait, pour le vendeur itinérant, fuyante et craintive. Il ne captait pas toutes les saveurs de son intuition, seulement que des brides qu'il n'arrivait pas à aligner à quelque chose de plausible... Ses soupçons ne se transformèrent pas en suspicions, bien au contraire, elle lui rappelait quelqu'un, mais qui ? La façon qu'elle avait de lui sourire, une ancienne cliente ? Une collègue de longue date ? Il avait perdu ses lunettes et sa myopie était assez prononcée. Pas suffisamment pour l'indisposer, mais ça devenait assez gênant pour lui de ne pas la reconnaître, tout au plus, la replacer à la bonne case mémorielle, dans sa tête. Il était un vendeur très adéquat dans ses baratins de bourlingueur, mais assez timide en dehors de ses occupations liées à son travail.

Des Moines, Indianapolis, Charleston et enfin Richmond, la destination d'Harvey Mattheson. Il salua poliment Alberta en soulevant son chapeau et la congratulant du bout des lèvres, montrant un début de calvitie dans une chevelure épaisse et frisée. Alberta avait fait la remarque à Allan et il l'avait bien à l'œil. Le représentant prit l'allée et descendit le marchepied du train avec un sérieux malaise à un genou, il souffrait possiblement d'arthrite, claudiquant, boitant comme un sexagénaire clopinant vers son *rocking-chair*. À son insu, Allan se faufila dans une foule qui arrivait ou partait de l'express. Il l'étudiait comme seul un fauve pouvait le faire. Il s'appuya à la cloison du convoi et le longea, suivant patiemment Harvey Mattheson. Il le talonnait sans toutefois emprunter une démarche douteuse pour ceux qui le croiseraient. Déjà le sifflement artificiel de la gare Centrale de Richmond sonnait le départ. Allan fut à contre-courant d'une foule de retardataires. Son dernier coup d'œil vers le marchand itinérant lui montra un homme perplexe devant un *stand* de gazettes et de magazines. La rame de wagons accéléra rapidement la cadence pour fondre vers l'Est. En hâte Allan rejoignit Alberta, prirent leurs équipements de voyage et s'abattirent vers la queue du train. Le gigantesque véhicule allait bientôt atteindre sa vitesse de croisière. Allan ordonna à Alberta de bondir dans une série de bosquets, en bordure de la voie ferrée et elle obtempéra sans s'étendre sur la question. Afin d'optimiser la réussite de leur fuite, ils sautèrent en boule et cabriolèrent jusqu'à un buisson feuillu de vert. La dure roulade amortie par les arbustes, ils se planquèrent dans l'herbe folle environnante. Alberta accroupie son corps fortement à la froide pelouse, son visage plongé, comme le ferait une autruche, dans le sable. Pouvait-elle croire, en coupant tous ses sens ainsi du monde, qu'elle deviendrait invisible aux regards indiscrets des autres ? Allan, à l'ombre de son buisson, admirait, en reprenant son souffle, le train qui s'éloignait en sifflant de rage dans la nuit. Après une ou deux secondes à recouvrer leurs esprits suite à cette dure chute, ils se levèrent, satisfaits de constater qu'ils n'avaient que quelques ecchymoses et égratignures superficielles. Alberta frictionna frénétiquement ses vêtements comme pour les défroisser. Elle se tournait vers Allan qui vérifiait systématiquement son matériel. Elle lui marmonna, encore toute étourdie de la roulade :

— Que s'est-il passé Allan, il t'a remarqué ?
— Non... Mais cette façon de te fixer et la manière qu'il fixait le comptoir à journaux... On y voyait très clairement ta belle jolie frimousse à la une !
— Que faisons-nous maintenant ? On appelle papa ?
— Ne restons pas ici... J'aurais préféré descendre à la gare de Trenton ou celle juste avant notre destination prévue sur nos tickets, mais cet avorton semblait trop pensif pour être inoffensif... Il faudra oublier les trains et les autobus maintenant !
— Allan, tu penses que cet inconnu m'a reconnu et qu'il donnera l'information que nous sommes encore dans ce train, exact ?
— En effet je l'espère même, tant qu'à tout perdre... Toi, tu en penses quoi ?
— Que les autorités vont boucler en hâte toutes les gares de Washington D.C. jusqu'au Canada en pensant que nous sommes toujours dans ce train ! Si l'on se dépêche, nous pourrons nous faufiler jusqu'à New York en prenant un car rapide !
— Non, revenons à nos premières méthodes... Je sais que tu désapprouves le vol de bagnoles, mais ça devient maintenant notre seule possibilité...

Ils s'enfuirent en hâte, courant dans la pénombre. Alberta n'en pouvait plus d'attendre pour appeler son père, mais elle prit son mal en patience, ne s'en remettant qu'au bon jugement d'Allan. Sur une autoroute nationale à cinq voies, après avoir volé une autre voiture, ils filèrent à la vitesse du courant, suivant le flot rapide de voitures sans fin. Au volant d'un véhicule sans lustre, ils décampèrent sans trop de contradiction vers la Grande Pomme, vers la populeuse et mirobolante New York. Ils prirent certes, certains détours et subtilisèrent deux autres tacots aux marques aussi variées qu'inusitées. Chaque automobile choisie par Allan avait tout ce point en commun, son absence d'excentricité... La plus discrète possible !

Le transfert du fauve

On fit transférer, à Hartland, des milliers d'informations diverses et variées. Une l'intéressa particulièrement : le témoignage d'un jeune pompiste et d'un camionneur agressé. Ils identifièrent formellement Alberta et Allan sur des photographies. Comment une si juvénile femme et un ex-militaire dépressif réussissaient à rendre son existence si alambiquée ? Les complications avaient débuté dès les premières heures. Il y avait eu une problématique et impondérable obstacle à résoudre : la cupidité... Aussi grosse et puissante pouvait être son organisation, beaucoup d'organismes y étaient branchés pour la suralimenter d'informations, en échange de quoi ? Du pouvoir ? De la richesse ? Les deux ? Une multitude d'appels commençaient tous par : « il y a une récompense ? Combien ? »... Toutes les ressources d'Hartland s'étaient empêtrées dans un cloaque d'indices disparates et difformes. Maintenant, il comprenait bien l'avantage de ses adversaires. Ils combattaient avec une énergie sans fin, celle du désespoir... Non, plutôt une détermination qui se trouvait dans un fol espoir, un idéalisme de faire une chose, une cause que l'on croit pour le bien. Une telle résolution poussait parfois des gens, des nations même, au bord d'un gouffre. Devant l'inévitable, il savait maintenant qu'Alberta Prescott et Allan Sexton iraient jusqu'au bout de leur calvaire... C'était lui le méchant de l'histoire, il n'était qu'un sbire au service d'individus cruels et délurés. Cette pensée effleurait son esprit comme autant d'autres mais ne le dévia pas de sa première mission. C'est en toute connaissance de cause qu'il continuait à les servir... À chaque coup de téléphone, il répondait avec une hâte palpable... On lui transférait de multiples appels, pour la majorité de Californie et du Nevada, de vieilles dames apeurées par de bruits sommaires, de simples ombres, des soulards prétextant des âneries pour attirer l'attention sur eux, des voyantes qui ne tergiversaient que sur ce que les autorités avaient pondu, récupérant les bobards et les mensonges pour bâtir leurs visions floues.

Et pour finir, une voix faible, confuse et peu assurée, de par ces articulations cafouilleuses, anodines et bafouilleuses. C'était la voix de Harvey Mattheson. Ce dernier inspira confiance à Hartland, du moins, c'est ce que son flair lui dictait à l'écoute de ce témoignage. Sa déposition, sa description, son portrait corroboraient à merveille à celui du pompiste admonesté et du camionneur agressé... Tous les appels décrivaient Alberta comme sur les images montrées par les médias télévisuels et écrits. La bagatelle qui affina ses soupçons résidait dans un simple détail... Les cheveux de la jeune dame ! Mattheson avait reconnu, malgré l'absence de ses lunettes, Alberta Prescott dans un train transcontinental. Elle paraissait nerveuse et agitée. Sur le moment, le témoin estima faire affaire avec une connaissance incertaine, son visage lui étant familier, sinon sympathique. Mais le regard fuyant de la demoiselle souleva un malaise, puis une vague suspicion. Il se rappela, sans aucun doute, après son débarquement, la suspecte sur les publications d'un marchand de revues et l'homme qui l'accompagnait ressemblait aussi au fugitif de la Californie. Elle avait changé la couleur de ses cheveux, probablement par une perruque et camouflé par un foulard de voyage. C'est ce qu'il avait deviné par la tête légèrement plus proéminente que lui dictait normalement la morphologie de la jeune dame. Mattheson avait œuvré comme chapelier pendant de longues années, de là ses connaissances et son exactitude assurée. Il avait débarqué à Richmond et elle avait continué sa balade en train. Il était sûr qu'elle était restée à sa place. Il fit une communication téléphonique immédiatement au numéro de téléphone sans frais qu'il y avait d'inscrit avec l'article de journal. Appel logé directement après le départ de l'express. Seulement 16 minutes s'étaient passées entre la liaison initiale de Mattheson à Hartland via l'intermédiaire premier.

S'il faisait vite, les forces de l'ordre intercepteraient le train à la prochaine gare, à Washington D.C., et pourraient leurs remettre les deux suspects avant qu'ils ne mettent le feu aux poudres. Il s'avéra, pour Hartland, que leur destination était bien la capitale... Pour y demander asile ou la protection d'un politicien allié ? D'un puissant groupe de pression journalistique ? Qui paierait des millions pour un tel scandale ? Pire peut-être, assaillir Thorrenz de questions compromettantes ?!! Tout cela maintenant prenait place dans l'esprit d'Hartland. Le transfert de Thorrenz avait été tenu secret. Hartland pourrait les capturer. Il les ferait parler, déjouant ainsi les plans des ennemis potentiels de son maître. Son ascension serait alors assurée... Il concentra toutes ses forces mobiles dans un large périmètre autour de la capitale américaine. Avec une fébrilité certaine, qui n'avait cessé depuis la première missive de Manlow, il contacta ses apparentés de Washington D.C. et leur fit un topo détaillé des derniers développements. Autant chercher un fatal puceron dans un champ infesté par des millions de ceux-ci ! Les réponses furent allégées et mitigées de la part de ses associés. Face à de si maigres renseignements, ils se devaient d'être vérifiés par leurs services internes avant d'enclencher de si grandes manœuvres. Devant l'impatience et l'insistance d'Hartland, les rouages se mirent enfin en route. Il se garda d'informer Manlow trop tôt, craignant une colère injustifiée et méprisante de sa part, en cas d'échec. Mais il laissa une note à l'un de ses avoués, prétextant la vérification d'une rumeur, puis se ravisa et dit qu'il examinerait une information et devait s'envoler sur l'heure pour Washington D.C.

Des moyens extraordinaires furent adoptés à la vieille gare Centrale de *l'Union Station*. Alléguant un potentiel attentat terroriste, tous les gens du train furent fouillés et l'on prit une minutieuse précaution de vérifier deux fois chaque identité. Toute cette procédure se solda par un cuisant fiasco pour Hartland, n'arrivant avec sa garde rapprochée qu'à la fin de l'opération. Une violente prise de bec s'amorçait avec les responsables locaux de l'Ordre qui voyait, dans cet exercice, un manque de sérieux et de professionnalisme... Plus qu'un coup d'épée dans l'eau, il se transforma en un sérieux poignard dans le dos d'Hartland. Devenue difficile à camoufler, cette intervention bâclée donnait à toute cette opération des allures de dérapages. Pour les seigneurs de l'Est, incognitos, discrets et anonymes, cette mascarade avait assez duré. La tentative de meurtre contre un homme d'affaires prospère d'Edmonton, une étudiante universitaire, un docteur renommé... Hartland avait du mal à justifier sa furieuse sollicitation d'assassiner Harvey Mattheson, un vendeur colporteur célibataire et sans histoire. Certes, la menace que constituaient des taupes potentielles et de possibles fuites et leurs éliminations pouvait se disculper à leurs yeux, mais encore fallait-il apporter de solides arguments pour les légitimer. On intima l'ordre à Hartland de se coucher, de dormir un peu. La fatigue l'avait rattrapé et il avait maintenant de la difficulté à aligner correctement ses phrases et ses mots.

Happy birthday Mr. President

Manlow, isolé plus que jamais à Los Angeles, fut réveillé par son majordome anglais, Jarvis. Celui-ci, devant l'urgence de cet appel et l'importance de l'interlocuteur, pris sur lui de surseoir au repos de son maître. Manlow, empâté dans son sommeil, agrippa Jarvis à la gorge, l'insultant sans vergogne. Indifférent et discipliné, Jarvis, à bout de souffle, ne faisait que tendre l'appareil crypté et balbutier avec grande peine :

— C'est M. le Président, M. Manlow...

L'Ordre de Manlow avait cinq axes de soutènement. New York, comme centre économique, Los Angeles, qui gardait un côté doctrinal avec l'industrie cinématographique, Washington D.C. et sa branche politique, Chicago et son puissant syndicat du crime et, finalement, Miami qui servait de base opérationnelle internationale et de recrutements. Tout le *jetset* languissant de la côte Pacifique, les financiers avaricieux de Manhattan, les politiciens véreux de l'importante capitale, les cartels interlopes de la ville venteuse et les audacieux et aventureux fournisseurs de la cité magique mangeaient dans sa main. Autant de têtes indépendantes à l'hydre de cupidité et de convoitise qu'était Manlow. Bien qu'il fût le cœur de son œuvre, son aventure ne se tenait qu'à la cohésion de son ordre et à son plus grand secret. Le Hibou millénaire n'appréciait-il pas sa quiétude à l'ombre d'un vieux chêne qui se mourrait de l'intérieur ? Ainsi, au creux d'un tronc pourrissant, il pouvait mener à terme ses projets, sans alerter les masses inertes et inanimées, c'est-à-dire l'humanité toute entière. Aussi puissant fût-il, il se devait de rester dans son trou à télégraphier ses directives plutôt que de les commander lui-même. Les Présidents étaient tous triées sur le volet, à l'interne de sociétés secrètes comme en faisait partie Manlow et c'était, pour les hommes de pouvoir, un secret de Polichinelle. L'illusion de démocratie venait du fait qu'on plaçait plusieurs prospects comme candidats dans toutes les composantes politiques reconnues. L'un ou l'autre était pour eux circonstanciel et totalement conjoncturel. « L'homme de paille », c'est ainsi qu'ils nommaient les chefs d'État fantoches au cœur de l'Ordre du Hibou, se devait de faire avancer les intérêts de l'organisation et de parachever les desseins perfides de sadiques comme Manlow. Reste qu'au niveau médiatique, l'image présidentielle revêtait un sacre quasi divin. Jamais il ne devait, dans la tradition au sein de ce groupe sélect, manquer de respect à l'égard de l'élu présidentiel. On les appelait aussi les « guignols de cire ». Cela n'empêchait pas, à l'occasion, de les exécuter, de les assassiner s'ils s'éloignaient trop de la voie du grand-duc millénaire. Mais, en général, ces hommes d'État étaient, avant tout, loyaux envers le Hibou sacré et liés dans le secret.

Avec un respect désuet de sa part, il s'assit sur sa moelleuse literie et bomba pompeusement son torse en répliquant respectueusement à son illustre locuteur de la Maison-Blanche :

— M. le Président !

— M. Manlow, comment se passe votre voyage à L.A. ? Vous avez conclu une trêve avec ceux du Serpent ?

— J'ai mâté ces vipères... Ils sont devenus des couleuvres, M. le Président ! Tout est rentré dans l'ordre...

— Et cette agitation soudaine entourant une rumeur de fuites ? Qu'est-il arrivé au chef médical de votre entreprise, le Docteur Martinstein ? De votre initiative de frapper à l'improviste en sol étranger, sans demander à l'Agence Centrale d'Intelligence de piloter le projet et de le cautionner ???

— Longue histoire M. le Président, mais tout rentrera dans le bon droit avant longtemps... J'étais obligé d'étriller ses vauriens vite et prestement !

— Et que dire de tout cet émoi causé par votre subalterne de la côte Ouest, Hartland ? Il a alerté plusieurs services à Washington en négligeant des étapes cruciales, il a ordonné une mission complexe d'interception à la gare d'*Union Station* sans avoir l'aval de Stanford Halloway, votre responsable de la sécurité ici. De telles interventions sont difficiles à occulter de l'opinion publique... Les sommités de la presse écrite n'ont pas été averties à temps, contrairement à ceux des médias électroniques, et les dépêches sont sorties de façon contradictoire durant tout le reste de la nuit ! On parle encore d'un possible attentat au gaz sarin à un endroit névralgique...

— M. le Président, je ne sais pas ce que mijote Hartland, mais il est impératif de ne pas lui mettre de bâton dans les roues. Donnez l'ordre de lui remettre toutes les commodités... J'imagine que vous ne m'avez pas seulement appelé pour cette peccadille ?

— Effectivement, j'espérais que vous seriez encore debout à l'heure du Pacifique... J'ai reçu de mauvaises nouvelles de ma femme par notre médecin privé. Serait-il possible pour nous de prendre place au banquet d'octobre ?

— Mon cher ami ! M. le Président... Dites à votre charmante épouse de ne point s'inquiéter de sa santé... Nous comblerons toutes ses attentes et ses désirs... De petites réjouissances lui feront le plus grand bien ! N'ayez pas aucune inquiétude à ce sujet... Je m'occupe de tout... Mais je transmettrai, à votre secrétaire, un dossier qui devra être traité en priorité... Celui d'Allan Sexton et d'Alberta Prescott ! Si mes déductions sont exactes, c'est eux qu'Hartland traque à Washington. Ce « Black Crow » aurait en sa possession des films compromettants de certaines de nos cérémonies discrètes et délicates. Nous avons épluché tous les serveurs et terminaux informatiques pour trouver trace de ses dires, mais rien n'est officiellement ressorti. Depuis mon premier contact avec lui à mes bureaux, plus rien... Qu'un fantôme ! J'hésitais à le pourfendre à cause de ses éléments de preuves... Je regrette aujourd'hui de ne pas l'avoir trucidé à l'instant même de sa déclamatoire et sentencieuse venue ! Tout ce mélodrame pour si peu...

— Vous croyez vraiment que ce « Black Crow » fut capable de passer toutes les étapes et les systèmes de sécurité pour réussir à filmer une de nos cérémonies ? Impossible !!!

— M. le Président... Vous n'y étiez peut-être pas à votre charge, mais à l'époque de ces ouïes dires, vous étiez colistier démocrate à la présidence...

— Calmez-vous Manlow. À ce genre de mascarade, nous sommes costumés et masqués... Enfin... Disons déguisés en tout temps...

— L'heure est grave si nos pratiques et nos croyances sont mis à jour par l'inculte plèbe d'adorateurs du Poisson ! De plus, je commence à soupçonner fortement le gouverneur Rutherford de collaborer avec eux... Un de nos attorneys a eu maille à partir avec lui et il veut tout contrôler !

— Rutherford ? Un parvenu mon cher ! Mes proches collaborateurs et conseillers, œuvrant au sein de l'Ordre, m'ont toujours affirmé de prendre comme un grain de sel les agissements de ce Rutherford. Il est plus isolé que jamais. Avant la Walpurgis, Gateway aura brigué sa place. Croyez-vous qu'il en soit capable ? De plus, prenez à la légère cette rumeur de tournage implicite, aucune preuve n'indique qu'il n'y en ait un, à part vos soupçons, bien sûr... Faites-moi parvenir vos documents et rendormez-vous... Je donnerai des directives pour faciliter le travail de vos agents de liaison... Mettez la pédale douce et laissez retomber la poussière, j'offrirai toutes les ressources de l'agence fédérale sur vos deux épines... Qui déjà, Black Crow et ?

— Allan Sexton et Alberta Prescott... J'ai vu cette pétasse qu'en photo et elle me fout les jetons !

— À vous ? Vraiment ?

— On dirait un ange venu du ciel pour accomplir, on ne sait, quel décret !!!

Manlow avait des trémolos dans la gorge. Son interlocuteur perçut une immense fatigue qui allait bien plus loin que ces quelques dernières imprudences. Le Président conclut modestement :

— Vénérable maître, reposez-vous, laissez à nos soins de régler votre problème actuel...

— Vous me devez bien ça... M. le Président !

Le ton sec de Manlow ne le trompait nullement et il s'exécuta rapidement dès que le vieillard raccrocha la ligne. Manlow enfila une veste d'intérieur. La climatisation le fit frissonner d'angoisse plus que de froid. Il étira la main vers sa commode et engouffra, sous sa langue, une toute petite pilule blanche pour contrer son hypertension... Il s'effarouchait maintenant de la mort de Martinstein... Il devait à tout prix lui dégoter un successeur performant et discret pour mettre à terme les femelles se trouvant à la ruche de San Francisco.

*

* *

Quelques heures de sommeil remirent Hartland d'aplomb. Quelle ne fut pas sa surprise lorsqu'on l'informa des bonnes dispositions du Président en personne ! Tout l'appareil d'État était dorénavant à son service. On fronça quelque peu les sourcils quand il passa, à des éléments clandestins et parallèles, la commande d'éliminer le pauvre Harvey Mattheson. Le plus ironique, c'est qu'il considérait encore la possibilité de Washington. Il commanda du café et des beignets et plancha sur différentes cartes. Il étudia les multiples avenues. Cette région, très populeuse, offrait un réseau névralgique de voies et d'autoroutes impressionnantes. Il aurait fallu une légion de policiers pour la rendre étanche et une armée d'inspecteurs pour bien la ratisser. Il conclut qu'il serait plus avenant de remettre le niveau d'alarme à la normale.

Si les fugitifs avaient réussi à sortir de Californie, et cela malgré une toile gigantesque et savamment tissée, brodée par ses services occultes, ils pourraient se trouver maintenant n'importe où et nulle part à la fois !

Une réunion d'information d'urgence avec différents départements, dont son homologue Halloway, l'Agence de la Sécurité nationale américaine (NSA), le Bureau fédéral d'investigation et l'Agence américaine de renseignement, renforcèrent les recherches via le programme « Échelon ».

Imaginé et coordonné, entre autres, par la NSA dans les années 50, il connut une réingénierie totale au tournant du dernier millénaire. Le programme « Échelon » était utilisé pour intercepter des courriels, télécopies, télex, et communications téléphoniques transportées sur les réseaux de télécommunications mondiaux. Contrairement à beaucoup d'appareils d'espionnage électronique développés pendant la Guerre froide, « Échelon » était conçu, à l'origine, pour des cibles non militaires : gouvernements, organisations, entreprises et individus, dans plusieurs pays. Il affectait potentiellement chaque personne qui communiquait entre elles au niveau national et, quelquefois, dans les transmissions internationales.

« Échelon » n'avait pas été, proprement dit, créé pour intercepter automatiquement les courriels ou les liaisons par télécopie d'un type en particulier. C'est pour cette raison que les premières communications, entrent Alberta et Allan, étaient passées entre les mailles du système sans attirer l'attention. On y capturait de très grandes quantités de communications, sans faire de distinction, en utilisant des ordinateurs afin d'identifier et d'extraire des messages dignes d'intérêt de la masse. Des installations d'interception secrètes avaient été établies, autour du monde, afin de mettre sur écoute tous les composants majeurs des réseaux de télécommunications internationaux. Quelques-unes surveillaient des satellites de télématiques, d'autres basées sur terre étaient à l'affût des dédales de diffusions, et enfin, certains étaient à l'écoute des signaux radio. Le programme « Échelon » liait toutes ces implémentations ensemble et fournissait aux gouvernements des États-Unis, à ses alliés et, par ricochet, l'Ordre du Hibou, la capacité de saisir au passage une grande proportion des communications sur la planète.

Les ordinateurs de chaque station du réseau « Échelon » cherchait machinalement, au travers de millions d'appels capturés, ceux qui contenaient des mots-clés préprogrammés. Les vocables incluant tous les noms, localités et sujets qui pouvaient être mentionnés, et ainsi de suite. Chaque mot, de chaque message intercepté, à chaque terminal, était recherché automatiquement, qu'il s'agissait d'un numéro de téléphone spécifique ou d'une adresse courriel présente ou non sur la liste.

Les milliers de communications, reçues simultanément par balayage, pouvaient être consultées en temps réel au moment même où ils arrivaient dans la station, et emmagasinés pour écoute ultérieure ou enregistrées pour consultation subséquente...

Qui n'avait pas lu le roman *1984* (*Nineteen Eighty-Four*) du célèbre romancier Georges Orwell avec sa principale figure de la chronique, *Big Brother*. Il décrivait admirablement bien une Grande-Bretagne postérieure à une guerre nucléaire entre l'Est et l'Ouest, où s'était instauré un régime de type totalitaire, fortement inspirée du stalinisme et de certains éléments déformés du nazisme. La liberté d'expression, en tant que telle, n'existait plus. Toutes les pensées étaient minutieusement épiées et d'immenses

314

affiches trônaient dans les rues, indiquant à tous que « *Big Brother* vous surveille » (*Big Brother is watching you*). Si, en apparence, le libre arbitre individuel n'avait pas été altéré, comme dans le roman d'Orwell, il n'en restait pas moins qu'on pouvait, à profusion, espionner les moindres gestes de chacun. Le plus beau dans ce gigantesque projet, voire titanesque, c'est qu'on ne pouvait gérer convenablement cette marée d'informations éparses et incongrues. C'était du voyeurisme d'État à l'échelle même de la démence. L'homme, dans son arrogance, se subtilisant à son créateur en créant une vulgaire capacité d'omnipotence factice. Penser qu'avec cet œil magique qui nous épiait sans cesse, nous serions à mieux de contrer nos vices, ne serait qu'un sophisme, car ceux qui auraient alors le devoir de nous juger n'auraient pas le pouvoir de nous donner l'absolution en retour...

Étrangement, la plupart des données ayant trait à Alberta Prescott avaient été sciemment effacées du logiciel espion « Échelon ». Hartland frémit à l'idée de savoir qui aurait eu un tel pouvoir pour y parvenir... Encore plus loufoque, il ne retrouva que des fragments de cette mystérieuse femme, par l'entremise indirecte des échos laissés par le pirate informatique Allan Sexton.

L'histoire se corsait passablement lorsqu'il survola la correspondance virtuelle initiale d'Alberta avec l'agitateur « *Black Crow* » et sa copie vidéo maudite.

— Alors effectivement, il existerait ce fameux film de la cérémonie à New York et la réelle menace serait donc Sexton !

Selon des rumeurs persistantes, on y verrait Manlow, le seul membre important à ne jamais se masquer, et le sénateur Thorrenz... Ce fut depuis, une épine dans le pied de l'organisation qui paralysa certaines rencontres. En fait, le vieil homme en avait terriblement été affecté... Les services de sécurité de l'Ordre, à New York, avaient même subi une purge interne après la visite de Sexton chez Manlow. Hartland n'avait jamais compris la clémence, ou la crainte, de Manlow à l'égard de l'énergumène. Jamais de document vidéo n'était ressorti. Peut-être que c'était ça le pacte qui reliait le vieillard au jeune homme ! Qu'un *bluff* !!!

Il analysa aussi toutes les pistes de Latricia Brown, la victime du Chacal sur le campus de Berkeley. C'était certes une activiste universitaire pour les droits civiques. Son père était un illustre avocat criminaliste de San Francisco. Sa mort subite et choquante, quoiqu'occultée sur un drame passionnel, avait causé passablement de troubles difficiles à atténuer. Sa fille ne manquait de rien du côté financier. Elle faisait partie de groupements entièrement contrôlés par la machine Manlow d'ailleurs et rien ne la faisait sortir du lot, pour le cas précis qu'il l'intéressait. Rien ne la reliait à Alberta Prescott, sinon qu'elle fut co-chambreuse de Mylène Gilmore. S'il s'en référait aux dires de son mentor, cette jolie fermière aux courbes généreuses aurait provoqué des misères à Martinstein lors de son affiliation avec les « fermes de pontes ». Ordre aurait été donné de l'éliminer en feintant une *overdose*. Probablement que le praticien chétif se serait trompé dans ses doses. Hartland aurait aimé, à cet instant, questionner Martinstein, mais il se considérait très malhabile en nécromancie et spiritisme de foire. Il fut en mesure, toutefois, d'en déduire qu'une rencontre fortuite à l'Université Berkeley, entre Mylène Gilmore et le docteur Pol Martinstein, aurait bien pu mettre le feu aux poudres. Comme Ackerman était attaché à la sécurité du médecin, à l'époque des faits entourant la grossesse de Gilmore, l'Ordre étant à ce moment en conflit avec une branche dissidente, tout porte à croire que Manlow aurait voulu laver cette bavure à l'interne... Résultat, toutes les ressources du pays recherchaient un couple en cavale, avec le potentiel de faire tomber la majeure partie des têtes couronnées d'Amérique...

Hartland grilla, avec rage, une cigarette. Il pompa, aspira vigoureusement la fumée et la respira de nouveau. Ce cercle vicieux ne l'indisposait pas, enfin, ne l'incommodait plus. Depuis longtemps déjà que ses papilles gustatives étaient brûlées par le goudron de ses clopes. Il réfléchissait en silence. Devait-il faire rapport immédiatement à Manlow, calmer ses inquiétudes, laisser sous-entendre toutes les lacunes de son organisation, ses fautes, ses faiblesses ? C'était de défier ce vieux dément que de lui mettre sous le nez ses erreurs. D'une part, il serait taxé, par lui, de minimiser la menace de groupuscules dissidents ou ennemis de son ordre. De l'autre côté, le meurtre ciblé demeurait la seule possibilité de dénouer cette impasse et, avec Manlow, cette liste risquait de dangereusement s'allonger. L'ancien fédéral n'avait pas peur d'éliminer les obstacles, mais à la lumière des faits ici relatés, tout démontrait que ce ballon fut trop gonflé de spéculations. Les erreurs stupides et les manigances que Manlow élaborait, faisaient en sorte qu'ils devraient tuer des gens, en série, sur ce qu'Hartland appelait un « axe de courbes ». Manipuler l'opinion autour d'une mort, même si elle reste suspecte, était possible. Ce qui poussait Hartland à jongler, c'était les séquences répétitives qui donnaient un pivot majeur aux interprétations de tout genre, pour un enchaînement récurrent. Il devenait épineux de camoufler tout ceci, même à des individus qui lui seraient, somme toute, dévoués ou acquis. La chaise de pilote, offerte à Hartland, voulait aussi dire qu'il en aurait la coiffe. À qui fait le chapeau, qu'il le porte ! En définitive, il se pourrait bien que Manlow le lui fasse mettre pour cacher sa propre incompétence. Plus les éléments se déchaînaient pour retracer, puis éliminer, le clan Prescott et ses complices, plus grande seraient les conséquences ultérieures. Les mégalomanes, comme Manlow et sa clique, ne voyaient pas comme « problématique » de faire tomber, tels des dominos, des gens qu'ils percevaient comme une menace. Le fait est, et reste, que ces victimes pourraient inspirer d'autres personnes à devenir des martyrs de la vérité absolue, agrandissant ainsi gravement le cercle de leurs opposants idéologiques. Par expérience personnelle, Hartland savait fort bien qu'on ne pouvait lutter convenablement contre ce phénomène en utilisant que la répression et la violence... C'était d'essayer d'éteindre un feu en y jetant un seau rempli d'essence !

Il téléphona directement à Leroy Duncan, avec son portable titan crypté, pour lui donner des directives spéciales. Il semblait avoir courroucé le garde du corps de William Thorrenz pour avoir surpassé son intermédiaire de l'Ordre. Un froid était perceptible. Duncan émettait un cinglant couinement d'impatience puis trancha net la conversation en invectivant l'agent de la côte Ouest :

— C'est vous l'excentrique qui nous avez envoyé les deux spécimens de cirque ? Madame Thorrenz se plaint que le menu ventru dévalise ses réserves de champagne, et que la grosse brute effraie ses enfants qui croient qu'il est un genre de Frankenstein ambulant... C'est une situation qui est matière à discorde entre Madame et Monsieur Thorrenz... Monsieur le Sénateur affirme que leurs présences auraient été exigées en hauts lieux... C'est quoi le gag ? Vous n'en vouliez plus à L.A. ???

— Certainement que leurs apparences friment quelque peu les données, mais laissez-moi faire le topo final de notre petit problème. Nous aimerions nous débarrasser de deux personnes qui risquent fort d'interférer abruptement avec le Sénateur Thorrenz, dans un avenir immédiat. Le policier, le petit, n'est pas directement l'un de nos hommes. Il a été mandaté directement par M. Manlow. Il connaît bien la cible et saura vous communiquer le plan à suivre. Et l'imposante chose au faciès d'embaumeur ? Ackerman, le Chacal... Vous êtes probablement trop jeune pour bien être au fait des exploits légendaires de cet assassin aux grandes semelles... Un pro, il est, encore selon M. Manlow, le meilleur...

— Je suis très bien informé sur le Hollandais et sa foutue réputation ! Il est fini ton gorille ! Tout droit sorti d'un film d'épouvante noir et blanc de l'Universal *Studio* ! Il m'a manqué de respect ! Je le buterais sans hésitation ce chien de prairie !

— Écoutez Duncan, je m'attends à la visite de la cible incessamment. Laissez Ackerman et Shalow diriger les opérations et en prendre toutes les responsabilités. Dans la mesure du possible, ils devront être capturés vivants... Ils auraient en leurs possessions un film vidéo, très incriminant, que nous voudrions récupérer ! Pour ce qui en reste... De nos deux agents... Hummm... Disons qu'il pourrait arriver un petit pépin imprévisible... Quelque chose de difficile à vérifier, un accident... Je pense, moi aussi, que le Chacal a déjà eu son heure de gloire et que nos problèmes actuels découlent de son relâchement... Pour le grotesque inspecteur, pas de pitié, il ne vit que sur du temps emprunté...

— Pour toute action punitive, je dois avoir un avis direct de mon supérieur de liaison, Monsieur Stanford Halloway...

— Écoutez Duncan, c'est moi l'officier de jonction suprême de la côte Est maintenant et Halloway n'est que mon bras droit ! Si tu voulais une bonne raison pour agir, je pourrais donner l'ordre à Ackerman de te descendre après la résolution de notre petit problème... Un duel ! Ça vous tente ou vous désirez avoir l'effet de surprise pour vous ?

— Bien Monsieur Hartland... Comme il vous plaira...

L'homme de la providence

Ce début d'automne avait été, pour ainsi dire, très chaud, mais il l'avait été encore plus pour James Rutherford. Malgré des efforts surhumains pour calmer la crise lors de cette canicule, les journaux le bombardaient à boulets rouges. Les sondages, tous faits durant la vague de chaleur, démontraient un net recul de l'électorat californien à son égard. Les lois électorales californiennes étant; une destitution rapide était toujours possible par référendum. Les campagnes de dénigrement, commencées au jour 1 de son mandat, portaient maintenant leurs fruits. Mais le gouverneur n'était pas là pour plaire aux électeurs volatils. Il s'était longuement concerté avec sa femme avant de se lancer dans cette aventure. La raison exacte de sa subite envie de s'investir en politique restait limpide et évidente. Il croyait fortement à la justice et à la probité. Il savait le milieu gouvernemental corrompu au niveau des budgets et il pensait que, en apportant des valeurs de droiture et d'honnêteté, il rectifierait un peu la situation. À ce moment présent, il était pris dans un véritable bras de fer contre une injuste ignominie. D'incroyables pressions venant de la part de détracteurs invisible le harcelaient nébuleusement. Tout son département maintenant l'ignorait, dans une ambiance malsaine. Prudemment, James faisait fit de cette mesquine rébellion, tout au plus, il roulait avec les coups et s'organisait pour les contrecarrer de façon très avisée. Le simple fait de reconnaître les gens de la loge du « Buisson-Ardent » l'aidait grandement à prédire les multiples embûches.

Il avait fait installer plusieurs petits cabinets de travail pour avoir une représentation plus large envers ses électeurs. La réelle raison est qu'il avait envie d'un éventail d'opérations plus grand et de se sortir du carcan de son bureau du Capitole de la Californie, à Sacramento, pour s'éloigner des faiseurs de troubles... Le futé gouverneur avait pris l'habitude de tout vérifier avant de parapher ce qu'on lui remettait à contresigner. Il mit ainsi à jour les manigances de sa propre secrétaire qui voulait lui faire endosser des virements altérés. Elle ne fut pas congédiée, ni même rabrouée. James feinta la manœuvre avec brio détruisant les documents compromettants pour ne restituer que les bons. Il ne pouvait plus avoir confiance en elle, mais l'éloigner ne créerait que d'autres incertitudes. Gardant près de lui cette vipère, il pouvait mieux l'utiliser pour estimer les prochaines enjambées ! Il attendait les potentiels contrecoups pour démasquer les vrais commanditaires. Après quelques jours ainsi neutralisés, la réceptionniste donna subitement sa démission. On lui imposa une jeune femme, aussi dynamique que bien roulée. Il ne prit que quelques secondes à Rutherford de comprendre que la mission de cette adorable enjôleuse serait de l'emmener très tôt vers l'adultère. La force de caractère de James fit en sorte qu'il refusa toutes ses avances, même les plus insignifiantes comme d'aller déjeuner avec elle.

Négociant avec toutes ces distractions, il avait suivi les multiples dossiers des derniers événements. Comme il avait subtilement démasqué les adeptes du « Buisson-Ardent », c'est sur eux qu'il fixait le plus ses investigations secrètes. Clandestinement, il furetait les différents documents dont il pouvait intercepter. Il éplucha, entre autre, le cas d'Alberta Prescott, Latricia Brown et la mort du Docteur Martinstein. Des vices de procédures flagrantes transparaissaient dans ces dossiers. Les mesures exceptionnelles imposées par de tierces parties pour l'agripper frisaient le ridicule ! De pareils protocoles n'étaient invoqués que lors de grands attentats terroristes. Un tel déploiement pour un délit de fuite cachait forcément quelque chose de plus grave encore.

James manqua de s'étouffer avec son café en voyant, à intervalle régulier, des signatures de son récent détracteur : Axorthy Cunningham. Il avait interféré pour des événements qui dépassaient ses compétences ou sa juridiction. « Interférer » était un bien faible mot pour décrire les tractations occultes de Cunningham. Des manigances qui servaient à camoufler des actes hautement criminels. Il fit de multiples photocopies et commença à monter savamment son dossier sur Cunningham. Étrangement, il le relia à plus de 20 meurtres transformés en autre chose, et ce, seulement cette année. Cunningham ne faisait pas dans la dentelle dans ses revendications pour contraindre les coroners à changer leurs rapports, ou tout simplement à ne pas faire les autopsies d'usage lors de morts violentes. C'était tellement gros que le courageux Rutherford ne sût plus par quelle corne attraper son taureau. À quelques reprises, il s'était disputé et même empoigné violemment avec Axorthy pour les propos injurieux de celui-ci. Il criait sans cesse, au palais de justice de San Francisco, à la mairie et encore plus devant des célébrités et des journalistes, comment il ferait perdre le poste de gouverneur à Rutherford. L'animosité maladive de celui-ci à son égard n'aurait pas été comprise s'il n'avait pas connu la collusion fraternelle qui les liait tous les uns aux autres. Probablement qu'Axorthy était le moins hypocrite de la bande de charognards. On pouvait sentir la pression à des kilomètres à la ronde quand ces deux êtres se croisaient, même de loin. Rutherford gardait toujours son sang-froid de politicien inné. Son professionnalisme alors faisait subséquemment grimper, aux rideaux, un Axorthy enragé.

Le gouverneur Rutherford n'avait pas cessé d'épier discrètement les moindres gestes d'Axorthy Cunningham; ses itinéraires et habitudes de travail, ses contacts, ses approches à son égard, mais aussi pour d'autres. Ses pressions incessantes sur différents paliers qui n'étaient même pas de son ressort.

Vint le temps où James Rutherford, fort de sa documentation, croisa, par le plus habile des hasards provoqués, l'attorney de San Francisco, Axorthy Cunningham. James voulait l'avoir plus à l'œil après qu'il ait découvert qu'il avait récemment traficoté des dossiers dans l'affaire Pol Martinstein et d'une jeune universitaire, fille d'un procureur, Latricia Brown. Rien ne pouvait les relier, sauf l'endroit : elle y étudiait et lui y enseignait de temps à autre. Pourquoi maquiller, de telle façon, ces faits ? Qui désirait-il couvrir ? Le temps venu, James convoqua celui-ci et lui demanda froidement de le suivre dans son bureau. Cunningham m'obtempéra que devant l'insistance polie de son supérieur et pour ne pas perdre la face vis-à-vis des témoins présents. Rutherford le confronta calmement sur les diverses procédures frauduleuses durant des enquêtes de l'État pour des morts suspectes. L'attitude de Cunningham reflétait celle d'un criminel endurci qui s'isole dans le silence en attendant son avocat lors d'un éprouvant interrogatoire. Il restait là, fulminant, les yeux remplis de haine comme un animal blessé. Pourtant, il demeura silencieux à l'énumération du gouverneur. Il le fixait avec insistance, sans aucune politesse, d'un air de défiance et d'arrogance. De temps à autre, il braquait la vue soit sur sa montre ou sur la superbe horloge murale qui se trouvait sur le mur, à sa gauche...

Axorthy Cunningham était de taille moyenne et d'un poids santé, quoique cet homme était légèrement maigrichon à travers ses beaux complets rembourrés et d'une sobriété fade. Le dos voûté de fonctionnaire purement intellectuel, les viscères relâchés formant un dur bedon renflé à en être bombé, des cheveux tirant vers un châtain foncé aux mèches grisonnantes, avec une légère calvitie naissante, une moustache en brosse et de petites lunettes aux montures fines et dorées.

Rutherford, en sagace psychologue, remarqua qu'il avait involontairement sourcillé lorsqu'il avait volontairement lâché :

— Avez-vous fait tout cela pour votre compte ou pour le compte de la fraternité des « sages du Buisson-Ardent » ?

Axorthy, toujours assis, frotta ses mains moites sur les cuisses de son pantalon. Il avait commencé à perler du front. Rutherford possédait assez de matériels pour le faire tomber lui, et lui seul... Dans ce cas, s'il ne faisait pas attention, le procureur pouvait rapidement se transformer en leste pour ses « amis, associés et collaborateurs ». Ce qui voulait dire qu'il pourrait vite muter en gêneur pour ceux qu'il servait. Négocier, avec Rutherford, une quelconque sortie devenait hasardeux, sachant à l'avance l'avenir de cet infortuné politicien. Il se ressaisit pourtant assez bien et lui balança à son tour :

— Faites-vous tout cela pour la justice, juste pour nous emmerder, ou vous le faites pour votre femme et vos cinq enfants ?!!

Rutherford décela une véritable menace plutôt qu'une certaine ironie. Il s'enfonça plus dans son siège capitaine et haussa les épaules, un mouvement de la tête vers Axorthy pour lui montrer qu'il était réceptif. Ce geste d'ouverture à la négociation donna le temps nécessaire à Axorthy pour reprendre son contrôle et, pompeusement, il s'imposa en ces termes :

— Rutherford, dès la première seconde que vous avez accepté de porter allégeance comme gouverneur, vous vous êtes condamné à l'exil et à la solitude... Vous n'êtes qu'une erreur de parcours Rutherford... Vous ne deviez qu'être une jolie image sans tête... Ce n'était pas malin de vous immiscer de la sorte dans des affaires qui ne vous regardaient pas !
— Par bleu ! Axorthy, vous trafiquez des dossiers et falsifiez des rapports de police ou des expertises médico-légales ! Pour le compte de quelle organisation criminelle œuvrez-vous ???
— Vous me trouvez assez bête pour vous le dire ?

Il le pointa de son index en simulant le canon d'une arme de poing et poursuivit :

— Dès le début, j'ai eu des doutes sur toi Rutherford ! J'ai fait savoir mes craintes à mes supérieurs et ils délibèrent actuellement sur ton cas...

Rutherford sourit de ses belles dents blanches :

— Vont-ils continuer à me discréditer ou tenteront-ils de m'assassiner ?
— Le genre de fouille-merde comme toi, ça colle à la semelle longtemps si l'on ne secoue pas bien ses bottes... Tu étais en dehors du circuit et tu es passé par accident... Qu'un trop faible total d'électeurs et voilà ! Il faut croire que tu plaisais aux vieilles dames ! De toute façon, la masse des non-initiés est, pour nous, l'équivalence du bétail... Ils votent pour ceux que nous leur influençons d'élire !
— Et pour celui qui me faisait face, Gateway, il était dans le coup ?

— Tu me penses assez stupide pour te dire ça, Monsieur le Gouverneur ?!!

— En fait, oui !!!

— Rutherford, écoute un bon petit conseil... J'œuvre dans une organisation secrète qui façonne le monde... C'est une maxime connue qui veut que la « meilleure façon de prédire l'avenir, c'est avant tout de le fabriquer » !

Rutherford quitta son air fendant et humoristique pour reprendre d'un sérieux de pape :

— En falsifiant des preuves, en camouflant des faits... En mentant, mystifiant des élections... Tout ça, soi-disant pour le bâtir ? Ce n'est pas prédire l'avenir ou bien le construire Axorthy, c'est le pervertir, le violer !

— C'est que vous croyez vraiment à votre salade que vous nous servez Gouverneur ! Avoir connu la vertu qui vous habite, j'aurais bien voté pour vous...

— Axorthy, c'est la raison principale pour laquelle je me suis investi dans la politique et, soyez averti, j'irai jusqu'au bout !

— Ils ne vous laisseront pas faire... Vous ne serez qu'un solitaire dans votre quête... Les gens ne se préoccupent que d'eux même !

— J'ai la certitude que je ne suis pas seul... Axorthy, vous allez me signer des aveux... Je sais pertinemment bien que vous avez été poussé à agir de la sorte, au fond, vous n'êtes pas si mauvais que cela... Joignez-vous à moi et je vous fournirai toute la protection nécessaire...

Axorthy pouffa d'un rire gras et mesquin :

— Ha ha ha ! Quelle protection ? Nous sommes à la tête de tous les points névralgiques... Les meilleurs et les plus serviables seront alors élus et se coaliseront à eux ! Vous croyez que je cracherai sur ce qu'ils m'offrent pour me condamner avec vous... Ha ha ha ! Gouverneur ! Vous ne ferez jamais le poids !

— Eux, c'est le « buisson-ardent » ?

— Vous n'y êtes pas du tout ! « L'Ordre hermétique des Sages du Buisson-Ardent » est un groupe semi-fermé qui sert à ceux d'en haut de nous recruter... Repérer les meilleurs éléments... Que ce soit nous du buisson-ardent, de la fraternité d'Orient, des francs-maçons, de l'Ordre solaire des templiers, la vieille *Golden Dawn* européenne, le W.I.S.E. (*World International, Scientologist, Enterprise*), la Wicca, les raëliens, les sectes, tous, tous, nous ne sommes que des étapes à la réalisation d'une œuvre grandiose, d'un nouvel âge de pouvoir ! Ils infiltrent tous les groupes qui gravitent dans le giron du mysticisme... Pour espérer monter à des grades supérieurs et changer de cercle, nous devons prouver notre plus entier dévouement... Je ne suis pas très avancé, mais je graduerai en vous neutralisant... Je ne suis pas principalement pour les forfaitures gratuites... D'un autre côté, votre zèle à faire triompher une vérité illusoire ne vous aidera pas vraiment... Ils pourront vous toucher... S'ils ne le peuvent pas, ils s'en prendront aux vôtres... Ils sont sans limites et leurs ressources sont infinies...

— Vous êtes conscient, Axorthy Cunningham, que vous me menacez et menacez ma famille ?

— Ce n'est pas moi qui vous menace, je ne suis qu'un messager indirect... Je n'ai aucun ressort pour vous nuire directement et vous avez évité les multiples embûches que l'on vous réservait !

— Vous êtes fou Cunningham ! Ce n'est pas la prison qui vous attend, mais bien l'asile ! Pour ce qui est de vos aveux écrits, ils seraient fort appréciés pour supporter ceux qui seront audiovisuels !

— Vous n'avez pas osez me filmer à mon insu ???

— Oui, et bien que je réprouve ces méthodes, je ne me gênerai pas pour m'en servir contre vous si vous avez l'audace de vous en prendre à ma famille ou à moi ! Vous savez bien que ce genre de preuve sera débouté en cour... Mais vos « employeurs » seront forcément très heureux de percevoir de qu'elle façon vous aimez vous mettre à table pour tout et pour rien !

Cunningham, dont l'impétuosité et l'arrogance l'avaient poussé à trop parler, se souvint alors que le gouverneur était toujours sous écoute, probablement lui-même à son insu. Dans son esprit tordu de petit fonctionnaire, il commença à explorer l'idée qu'il avait fait une bourde monumentale. Il se ressaisit, sans trop démontrer de son impatience, et reprit langoureusement d'un ton mielleux :

— Je vois bien ici l'impasse, il serait possible pour vous de rejoindre les rangs de notre cercle... De l'extérieur, cela semble très hermétique et sectaire, dans les faits ce n'est qu'un *rotary club* où nous organisons des soirées mondaines et des souscriptions, des campagnes de financements ou de collectes de fonds... Notre façon pompeuse d'approche se veut un tantinet humoristique ! En fait, nous aimerions vous parrainer !

— Vraiment Axorthy ? Que je fasse partie de votre secte ou pas, rien ne changera mon avis à votre égard... Les dossiers camouflés seront rouverts et les châtiments à ses crimes seront exemplaires...

— Vous savez ce que vous faites ???

Axorthy sortit sans écouter les invectives pointées du doigt vindicatif d'un Rutherford qui lui ordonnait de signer des aveux. Il s'éloigna vers l'extérieur et communiqua d'un cellulaire spécial avec l'un de ses acolytes :

— Rutherford est allé trop loin, il a remonté la trace de certains meurtres jusqu'à nous... Ça fait plusieurs fois que je vous le répète... Il est dangereux ! Vous avez insisté, à la centrale, pour le liquider ce bâtard ? Un des grands seigneurs de l'Ordre est à L.A. pour affaire avec une branche rivale... Pour une obligation récente, il est entré en contact avec moi brièvement, je lui en ai parlé, mais il semblait avoir d'autres chats à fouetter... Il a beaucoup d'influence... Contacte son agent de liaison pour ce genre de chose, c'est Hartland... Fait vite, il se prépare à passer à l'assaut sur plusieurs fronts... Ça va faire mal s'il remonte la filière jusqu'à eux !!!

Cunningham prit la fuite vers un cabaret où il était un habitué en règle, le *Chic Dandy's*, où des procureurs, étudiants en droit, avocats et magistrats avaient tendance à se rencontrer pour fraterniser dans des 5 à 7 outrecuidants et présomptueux. Il fit un rapide geste de la main et il s'affaissa sur une banquette. Des rires et des hâbleries vinrent à son sujet. Quelques collègues le côtoyèrent pour le réconforter autant que le taquiner, sans savoir de quoi il en retournait vraiment. Il resta là une heure à siroter des gin-tonics en feintant l'indifférence.

Deux hommes, habillés en complet noir et portant des verres fumés chers aux membres du FBI, entrèrent à la suite d'une de ses connaissances, membre de son groupe d'initiés. Ils s'approchèrent de sa table et son acolyte le salua cordialement. Un des deux matamores, costaud et déterminé, lui remit une petite enveloppe blanche avec l'en-tête *R.S.V.P.* Axorthy s'empressa de la lire... L'autre agent, plus mince, mais tout aussi baraqué, lui intima poliment mais avec fermeté :

— Suivez-nous, M. Cunningham...
— Quoi, le Maître veut me voir ? Mais je suis tout à son service !!!

Ils s'engouffrèrent dans une limousine noire aux vitres teintées. Les deux matamores s'installèrent en avant. Le contact et Axorthy se calèrent dans l'habitable isolé par une solide baie. Le silence le rendait maintenant plus nerveux et alerte, regardant systématiquement les noms des rues ou les devantures de commerce pour, inconsciemment, se situer. Évidemment, pour le rassurer, son mystérieux acolyte lui sourit et l'informa de s'asseoir confortablement en mettant à sa disposition le petit bar de la voiture...

Ils se dirigeaient vers Los Angeles...

Allan estima que la zone critique était passée. Il avait vraiment besoin de dormir et la voiture compacte qu'il avait « empruntée » vrombissait affreusement. Même quand Alberta prenait le volant, il n'arrivait pas à roupiller. En fait, à chaque fois qu'Alberta croisait, sur l'autoroute, une halte routière, elle s'informait inlassablement pour savoir si elle pouvait appeler son père au mystérieux téléphone.

La nuit était tombée sur le New Jersey, comme la toile d'un théâtre qui choit sur le plancher de la scène après une représentation trop longue. Ils n'étaient qu'à deux heures de la ville de New York. C'était une température parfaite pour le voyagement incognito. Un brouillard d'automne recouvrait les clairières sur des centaines de kilomètres. Comme ils se préparaient à quitter l'État, Allan prévoyait aussi de changer de véhicule. Question d'avoir une plaque des plus anodines possible aux yeux de la masse. Ils s'arrêtèrent à la lisière d'un boisé sombre, assez touffu, pour y camoufler la bagnole. Ce boisé enclavait un immense centre commercial. Au matin, il y aurait des centaines de voitures. Alberta, le cœur léger, faisait rire Allan par sa bonhomie habituelle, elle semblait flotter sur le voile de brume. Allan n'arrivait pas à comprendre comment cette fille si douce, tendre et bonne s'était empêtrée dans cette sordide quête, encore moins comment elle avait pu rester si pure en ce monde en putréfaction. Elle lui envoyait des baisers aériens et juvéniles. Allan ne pouvait abjurer les sentiments qu'il avait pour elle. Oui, il l'aimait de tout son être. Sa force et son courage décuplaient en la présence de sa muse. Il éprouvait aussi des émotions indéterminées, une étrange empathie d'attrition en sa présence, comme s'en ressentirait un dévot devant une sainte de chair, de sang et d'os. Il se sentait tout chambardé à l'intérieur de lui quand elle carillonna tout de go, comme une chansonnette sans refrain ni air :

— On devrait prendre en note tous les numéros de plaques des voitures qu'on utilise pour dédommager ultérieurement leurs propriétaires !

— Et c'est ton père qui va se farcir la facture, je suppose ? Autant laisser une carte de visite à ce compte ! Vois ça comme des dommages collatéraux ! Au fond Alberta, nous rendons service à ces bougres en dérobant leurs véhicules... Au moins, ils se feront un certain profit avec les assurances ! Le dernier taco ne valait pas les boulons qu'il contenait !!!

— Sans farce Allan... Les propriétaires de telles voitures ne doivent pas être assurés contre le vol ! Je me sens si mal de chaparder les biens d'autrui !

— Ne t'en fais pas, pour la prochaine, on visera du moyen haut de gamme... Pour approcher de Manhattan, il ne faut pas être trop dépareillé sinon la police nous collera aux fesses constamment !

Ils somnolèrent jusqu'à l'aurore. Le brouillard se dissipa, laissant un tapis humide de rosée glaciale. Devant l'insistance d'Alberta, Allan donna son accord pour qu'elle rentre en contact avec son père. Son flair ne l'avait pas trompé pour le policier de San Francisco qui lui avait permis de retrouver l'inspecteur Shalow. Elle déposa de la petite monnaie dans une cabine isolée, loin de l'achalandage coutumier de l'endroit. Allan la laissa à son simple bonheur pour partir en chasse d'un spacieux véhicule qui répondrait à toutes ses exigences... Dès l'appel terminé, ils devaient fuir loin de cet endroit de peur d'être retracés...

Le téléphone résonna d'un seul coup de sonnerie. Ed sauta sur le combiné comme un loup affamé sur une brebis. Alberta, dans son énervement, n'estima pas le décalage de l'heure entre l'État de New York et celle des prairies canadiennes. Dès les premières secondes, elle perçut le désarroi dans le timbre de voix de son père. Lui qui était déjà très anxieux, pensait-elle tout bas. Ed crachota sans détour et avec empressement :

— Alberta ! C'est toi ma petite princesse ?!!

— Oui papa et je vais bien dans les circonstances ! Comment vous portez-vous ?

— Tu n'es pas au courant pour Troy Russell ?

— Troy... Non ? Qu'est-il arrivé au juste ?

Comme le timbre d'Ed s'étiolait dans une lente complainte, elle se remémora l'image floue d'un bâtiment rappelant sa ville natale, le quartier des affaires où vivait son père. La représentation, toute torturée de distorsions, du petit téléviseur montrait bien l'édifice de son paternel !

— Ma petite sirène ! Il est arrivé un malheur à Troy... Je lui avais glissé un mot de ton histoire et il m'avait fortement conseillé de m'isoler un peu... Un faux détective voulait des renseignements sur toi... Ce policier était mort depuis plusieurs années... Enfin, Troy voulait le recevoir à ma place pour voir de quoi il en retournait... Il voulait protéger mes arrières. Les infos parlaient d'un suicide... C'est dingue ! Impossible même qu'on mette tant d'emphase pour un simple suicide ! Je ne sais pas dans quoi tu traînes, mais rends toi immédiatement à la police... Tu es sur toutes les chaînes d'infos !!!

Alberta pleurait à chaudes larmes, dans une seule phrase s'étaient évaporées toute sa ferveur et son opiniâtreté. Troy Russell avait payé de sa vie sa témérité. Un tant soit peu et c'était la vie de son père...

— Écoute-moi petite... C'est devenu trop dangereux ton truc... Ça ne se passera pas de même ! J'appelle Gerald Glendale, G.G. est une bonne connaissance à moi, il travaille comme expert en ressources minières et pétrolifères de l'État de la Californie pour le compte du gouvernement... J'ai déjà pêché le saumon avec lui en Colombie-Britannique lors d'un sommet de prospecteurs... Il va me tuyauter pour atteindre les plus hauts échelons en politique ! Je vais te payer les meilleurs avocats ! On va tirer ça au clair ! On trouvera des circonstances atténuantes... C'est vrai ! Le délit de fuite ! On plaidera quelques choses de positif pour toi ! C'est sûr !!! Qui est ce filou au faciès patibulaire qui est avec toi aux nouvelles télévisées... C'est de sa faute ? Hein ??? Un mercenaire aventureux ?!! Une sorte de déserteur ?!! Il te fait chanter ?!! Il te fait faire des âneries ??? C'est un sadique ?!!

Alberta écoutait à peine les directives cavalières et délirantes de son père. Lorsqu'elle fermait les yeux, elle voyait le sérieux Troy Russell qui faisait ses rondes en tenant sa tasse de café et son journal sous le bras. À l'instant où elle les ouvrait, elle sentait sa vue s'embrouiller par un torrent de larmes... Elle réalisa que son paternel invectivait Allan en croyant à tort, et à défaut, qu'il fut responsable de sa situation actuelle. Elle interféra calmement pour se calmer et apaiser son père. Elle pouvait entendre les sanglots de Mylène en sourdine, derrière l'épaule d'Ed. Elle pouvait détecter toute sa souffrance et toute sa culpabilité. Reprenant ses sens par un grand respire, elle lui expliqua brièvement son compte rendu des faits, sans donner de détail, elle lui fit savoir qu'elle n'était pas en Californie, mais à New York :

— Allan est un gars extraordinaire papa. Il m'a sauvé la vie et il n'est pas l'aventurier à la recherche de fortune comme tu le penses ! Nous savons qui sont les parents adoptifs de la petite Paméla... Nous avons des preuves et avant longtemps, nous aurons tiré cette affaire au clair... Comme les parents sont des gens très bien nantis et que le père adoptif est sénateur, ça ne fera pas autrement que beaucoup de remous. Ils vont se rétracter et rendre la petite à Mylène... Ils vont aussi répondre pour Troy et les autres... Ce sont eux qui ont tué Martinstein, enfin, je crois... De toute façon, s'il m'arrivait quelque chose, à moi ou à Allan, le sénateur en question est William Thorrenz, de l'État de New York... C'est lui et sa femme qui détiennent la petite Pamela... Pour le reste, gardez-vous d'ameuter qui que ce soit et restez planqués...

— Ma petite, pas question de te laisser seule dans cette aventure... Quels sont tous ces achats portés à ton compte ? J'avais cru le pire avec ton corbeau de *Black Crow* !

— Ne t'en fais pas, absorbe jusqu'à ce que la banque gèle ce numéro de carte... C'est un subterfuge qu'Allan a trouvé pour brouiller les pistes... Écoute papa... Je suis vraiment navré pour Troy et pour tout... C'est important de savoir que tu crois en moi et en ma cause...

— Bordel ! Je croirais entendre ta défunte mère !

— Tu parles comme si elle était morte... Elle a tout simplement disparue de nos vies, papa... Je te jure que je vais triompher ! Aide-moi en étant, le moins possible, une nuisance pour moi... J'ai besoin de toute ma tête !

— Une nuisance ! Pouf !!! Mon ulcère me fait souffrir et j'étais sur le point de faire un infarctus à attendre de tes nouvelles... Je gardais espoir lorsque les médias ont diminué la campagne de calomnies à ton égard ! Tu es sûr que tu n'as besoin de rien ?

— Je sais que tu ne le fais jamais papa... Mais prie pour moi et Allan !

Ils ne pouvaient pas se résoudre à raccrocher le téléphone. L'émotion était à fleur de peau. Elle se contraignit, l'âme brisée, à couper la conversation de son doigt en gardant le plus longtemps possible le combiné sur sa tempe. Elle fût surprise de la dernière phrase de son père :

— Résistez ! Cachez-vous, terrez-vous... Dans trois jours à Central Park, au lac artificiel *the Reservoir*... J'y serai au matin près de la mare aux canards...

Elle fut décontenancée par le verbe de son géniteur, sa détermination. Elle avait déjà programmé son doigt pour fermer le commutateur de l'appareil. Elle réalisa trop tard les dernières paroles d'Ed. Elle n'eut pas le réflexe de retenir son index et son majeur. La ligne était coupée et Allan avait bien spécifié qu'elle ne devait faire qu'un seul appel téléphonique, question de sécurité... D'une autre manière, spontanément ou viscéralement, ça la rassurait de savoir que son père pourrait être à ses côtés. Mais sa conscience vive lui dictait, à la force des sons d'un carillon d'église qui se mit à sonner au loin, qu'elle était sotte d'être encore dans cette histoire et avec les risques que cela encourait forcément... Après une courte réflexion intérieure, elle prit de nouveau le téléphone. La ligne sonnait occupée... Que pouvait faire son père ? Une belle auto de l'année s'approchait d'elle. Dans la quiétude matinale, il fut aisé pour Allan de trouver une voiture utilitaire sport de marque courante avec une couleur tendance qui se fondait bien dans le parc automobile de l'État de New York. Dès qu'elle monta à bord, il s'aperçut de sa tristesse, de la douceur de ses larmes, il enjoignait les siennes. Il la serra fort dans ses bras et se garda de faire un commentaire emphatique ou sentencieux pour l'histoire de Central Park. Elle pleurait un des siens et il trouva le bon tact de ne dire mot. Dans toute sa souffrance, Alberta ne prononça aucune parole de violence ou de rage... Il appréhendait sa peine et l'honora pour ce qu'elle était. Des blessures s'ouvraient et se refermaient au gré des épreuves de la vie, c'était chose normale, mais il y existait ce genre de vieilles cicatrices qui ne guérissait jamais lorsqu'une calamité frappait au cœur même de l'âme. Certains pensaient, à tort, que l'on pouvait laver ses affronts dans la vengeance, les représailles et les réparations d'honneur. Que des vindictes qui n'ont rien à voir avec la justice. Les vendettas personnelles ne cicatrisent pas ses plaies de souffrances éternelles. Elles viennent l'entacher encore plus. Le pardon ne veut pas dire absence de châtiment. Allan ferait de toute cette fureur malsaine une énergie dirigée qui tendra vers le bien. Il ne voulait en rien se rabaisser à leurs niveaux maintenant. Il s'était aliéné l'armée pour cette raison justement. Alberta était devenue un phare qui luisait dans les ténèbres, son étoile polaire pour l'aider à atteindre le bon port. Sa planche de salut pour sortir de son marasme, de cette stagnation, qui l'incommodait depuis son retour de la guerre... Non, depuis la disparition de ses deux filles... Jamais plus il ne baisserait les bras devant les aléas de la vie. Il se souvint qu'il existait deux versions, celle des victorieux et celle des vaincus. Il avait maintenant, entre ses mains, le pouvoir de faire payer, aux tyrans, le prix de leurs trahisons. Il ne devait pas perdre et jamais, au grand jamais, accepter la défaite... Se battre jusqu'au bout, car la défaite serait pire que la mort. Il se souvint des dernières paroles de Vercingétorix, chef des Gaulois Arvernes devant l'amertume et l'infamie de la défaite :

« *Vae Victis* », dis le roi battu au général romain qui triomphait pompeusement sur les décombres d'une Europe pourtant nouvelle...

« Malheur à nous, malheur aux vaincus ! »

330

La protection du diable

Hartland, reliant ses maigres découvertes, se convint de ne pas faire d'esclandres ou de remous inutiles en informant immédiatement Manlow de ses si miteuses miettes ! Probablement que celui-ci aurait reçu les mêmes informations et, conséquemment, en ferait ses propres déductions, si son intuition était juste, avec les quelques parcelles d'échanges colligés d'Alberta et de « *Black Crow* » sur ce qu'ils avaient réussi à saisir sur le net, ne prouvait pas grand-chose. Pourtant, il y était fait mention du fameux film.

Pour l'heure, la nature titanesque de l'intervention, il en était tout à fait persuadé, et la contre-attaque devait être hautement occultée. Laisser traces de telles bourdes n'enrichissait vraiment pas son *curriculum vitae*, noircissant un cursus si chèrement acquis...

Il se laissait aller à une pouffée de rire mélangée à la fumée malsaine de sa cigarette. Il n'avait pas l'habitude de penser à voix haute, mais il s'emporta en vociférant avec une pointe d'ironie :

— Si nous réussissons à les éliminer rapidement, Manlow n'aura jamais le fin mot de l'histoire sur cette cassette ! Quelque chose cloche là-dedans !

Brennan entra sans frapper dans le cabinet d'Hartland et fut légèrement surpris d'y apercevoir son supérieur. Hartland leva les yeux en sa direction, médusé de cette théâtrale entrée de pas feutrés. Dustin Brennan sembla décontenancé d'y voir son chef assis calmement là. Il se ressaisit quelque peu et prétexta une question, aussi saugrenue qu'inutile, sur l'envie d'un petit encas d'après-midi. Hartland fronça les sourcils en déformant son visage dans un rictus alliant le dégoût et l'indifférence.

— Franchement Brennan ! Je viens de finir mon sandwich au thon et vous venez de vous empiffrer également ! J'ai demandé à votre secrétaire de descendre au restaurant de l'hôtel pour les faire préparer par le chef de l'endroit qui est généreux de nature pour les garnitures! Faites gaffe au tour de taille !

Brennan, le front perlé, s'excusa en un prétexte aussi vague qu'incertain :

— Le mien, la mayonnaise a tourné au vinaigre ! Il n'était pas frais ! Désolé de vous avoir dérangé Russ. Je ne vais pas bien. L'air de Washington sans doute !

Brennen referma la porte avec une douceur exagérée. Il figea net et prit une grande respiration. Il pénétra dans le bureau d'un congénère qui se trouvait sur le terrain et se dirigea silencieusement jusqu'à un terminal informatique. Il sortit, de sa poche de veston, une petite feuille cartonnée pliée. Avec empressement, il clapota les informations qu'elle recelait. Il fut émerveillé de voir avec quelle aisance il pénétra les configurations du super logiciel espion de son ordre. Il y altéra les données comme un audiophile change les plages de son lecteur de disque compact. Il demeurait grandement empressé de faire son piratage ainsi, au grand jour. La curiosité prit le dessus et il se risqua à reluquer les informations. Nerveusement, il balaya du regard ce qu'il se préparait à sortir à la face du monde... Il en fit une copie sur une clé USB et en supprima le contenu. Il gomma ainsi une somme importante d'informations. Il le fit machinalement, comme le ferait un pantin pendu au bout de minces fils d'argent.

Le super-logiciel espion, Echelon, avait reconnu facilement les mots-clés installés par les services de Russ Hartland. Entre autres, des terminologies comme : *Black Crow*, Mylène, Gilmore, Docteur, Martinstein, Troy Russell, sénateur William Thorrenz, adoption, New York, enfant, Ed, Allan, Sexton, Prescott et Alberta, avaient donné des concordances à l'échelle de 92,9%. Un résultat très probant pour les taupes fouineuses qui scrutaient sans cesse les méandres d'informations sans fin. L'imposant système avait recoupé assez d'informations dans les reconnaissances vocales pour établir, hors de tout doute, la localisation des cibles voulues. Le département avait envoyé d'urgence les renseignements au bureau de Hartland avec mention « prioritaire ». Brennan loua les ténèbres d'être intervenu juste à temps. Il effaça le tout, virtuellement. Un cliquetis le fit sursauter... Comme une déveine mortelle, le département avait fait suivre les nouvelles informations par le télécopieur de service qui se trouvait dans une pièce juxtaposée au bureau de Hartland. Par un heureux hasard, le signal se bloqua et les minutes s'étirèrent, s'étiolant dans le temps pour ne devenir qu'un voyant rouge clignotant. Ce fut comme une sorte de miracle. Brennan lorgna par la fenêtre givrée de son bureau et vit Hartland étirer lourdement les bras et s'étendre sur le canapé de son nouveau cabinet. Celui-ci fut comme foudroyé d'une fatigue subite.

Cette brusque baisse d'énergie d'Hartland laissa ainsi la chance à Brennan de récupérer les rouleaux imprimés qui en sortiraient subséquemment.

Le vautour, des plus charognards, se tenait près de l'impressionnant télécopieur du réseau d'intelligence artificielle central. Il vit les feuilles d'indications défiler devant ses yeux, contenant ce qu'il avait sciemment effacé quelques minutes auparavant.

Ce subalterne de Hartland jouait, depuis le début de son association, le sujet fidèle du responsable de la sécurité. Dustin Brennan pria la providence de son dieu, Satan, que Hartland, à bout de force, fût obligé de faire une sieste à ce moment. Il survola la précieuse information et les recoupa rapidement. La retranscription disait tout et la traque devenait maintenant une formalité. C'était plus facile que de cueillir un fruit mûr à l'instant présent. Il tourna sec les talons après avoir glissé les papiers compromettants dans sa veste. Il sortit prestement des locaux de la sûreté de la capitale, en prétextant l'envie de prendre l'air. Brennan avait les traits sévères d'un père dominicain de la Sainte inquisition, mais sans la sainteté. Les cheveux ténébreux avec les tempes grisonnantes, les yeux terriblement noirs et sournois. Il était auprès de Hartland pour le trahir au moment opportun. Une cellule dormante qui ne devait être activée qu'au bon moment. Dans ce genre de milieu, méfiance était de mise et, durant de longues années, Dustin Brennan avait cultivé la patience pour se retrouver à la gauche de Hartland. Mais sa vraie cible, c'était Manlow...

Il prétexta se rendre à un café du coin du quartier général de Washington D.C. à un collègue, qu'il croisa en sortant de la cage d'escalier. Il savait que le temps jouait contre lui. Mais les informations recueillies faisaient partie d'un ensemble, d'un tout, et son authentique maître lui avait donné des directives claires, nettes et concises. En fait, ses ordres, plutôt flous lors de la commande, devaient être tenus à la lettre par Brennan et il n'en comprendrait complètement la signification que le temps venu. Comme une puissante suggestion, une fascinante emprise, qu'il se devait de suivre aveuglément...

Il sauta dans sa voiture qu'il avait garée à l'extérieur et sortit un téléphone aussi discret que secret. Il appela son supérieur pour lui faire part de son précieux tuyau. Ce maître, il ne savait même pas qui il était réellement, qu'une voix transformée ou une ombre floue et sans forme. Il ne le connaissait que par le pseudonyme pompeux de « Seigneur Heanude ». Celui qui lui répondit avait un timbre ténébreux, *lézardesque*, d'outre-tombe mais nullement modifié, comme le ferait une machine de vocalises. Dustin croyait, à tort, qu'il altérait artificiellement les intonations de la voix. Maintenant, il n'en était plus vraiment sûr lorsque l'interlocuteur garda un long silence, Dustin ne perçut qu'une vague et profonde respiration reptilienne...

Dustin, avec un ton enthousiaste, claironna sur un air de victoire :

— Seigneur Heanude, vous aviez raison pour Manlow... Dieu, vous êtes tout puissant ! Vous aviez raison, elle est arrivée, celle de l'augure ! Par contre, ils étaient à deux doigts de l'arrêter... Echelon avait capté une conversation et ils auraient été à même de les piéger facilement à New York si je n'avais pas tout bousillé !

— Donc, les rumeurs sur le retour de la pucelle sont fondées ?

— Je sais seulement que Manlow met tout en œuvre pour faire disparaître cette jeune femme, sans plus... Et étrangement, elle s'en sort miraculeusement à chaque fois !

— Miraculeusement, dites-vous ?!! Il faut voir cela comme le signe de la certitude la plus totale ! Vous avez suivi mes directives à la lettre ?

— Oui Séide de la noirceur intégrale, depuis le début, je sabote secrètement et discrètement certaines informations et en oblitère d'autres de sorte que le désordre règne sans vraiment régner. Qu'un léger voile de confusion... Mais si Hartland et son service recevaient cette note, il en serait fini de cette nouvelle pucelle et du bon auspice ! Celle qui mettrait fin au règne du Bonze blanc !

— Justement, mon bon Dustin, justement... Celle-là même que l'astrologue Orrespo avait prophétisée en ces mots il y a quelques années et que je fus le seul à pressentir. Il est dit que : « *Viendra de nouveau la Pucelle du Vieux Poisson. Elle vaincra le Bonze blanc à l'ombre du jour des Morts, elle seule le pourra. Mais par son sacrifice, à elle, trépassera à jamais le légitime Serpent des origines. Le fruit venu de sa chair, à elle, donnera le nectar d'immortalité si par l'amour il est né ! Mais, prends garde; si impunément tu interviens, sa mort, à elle, tu auras, serpent légitime, et tu perdras ta lignée à jamais...* ». Nous suivons les desseins de notre existence prédestinée. Faites en sorte de faire disparaître toute trace de ce communiqué. Manlow devra rencontrer son destin... Aucune intervention ne devra compromettre la course des astres... J'ai confiance en ma destinée et, si cela se concrétise sans que j'aie à intervenir directement, il ne persistera plus de doute à mon ascension final ! J'ai depuis longtemps espéré ce jour de mon élévation...

— N'ayez crainte pour votre progression. J'ai déjà éliminé le dossier informatique... Personne, à part vous et moi, ne pourra connaître ce fait. Mais il reste que ce sabotage pourrait être facilement observé. Vous devez me procurer une retraite sûre. J'ai irrémédiablement effacé les données, mais le trou laissé pourrait être perçu et j'étais le seul présent à cet instant... Ma couverture est fortement compromise...

— Vraiment, Dustin ?

— Oui Seigneur Heanude... Personne d'autre que vous et moi ne sait que ce document eut existé ! Mais je dois quitter la base de Washington au plus vite !

— Je vous ai fait intervenir pour ne pas m'ingérer moi-même... Telle est la volonté du destin... Brûler immédiatement cette information Dustin...

Celui qui se faisait majestueusement surnommer le Seigneur Heanude changea son timbre sonore, son avanie recelée dans cette adjuration fut plus gutturale et rauque. La voix de gorge, ténébreuse, chevrotante et pénétrante de cet étrange correspondant bouleversa profondément Dustin Brennan. Habituellement, il était toujours en situation d'infériorité face à ce suzerain de l'ombre, ce Seigneur Heanude mais cette terrible phrase lui commandant de « brûler immédiatement cette information Dustin » ne pouvait plus quitter son esprit. Il se la répétait sans fin, comme une puissante suggestion mentale. Le Seigneur Heanude chuchota de nouveau :

— Brûler immédiatement cette information Dustin...

Le nouveau paria prit place sur le siège de pilote de sa voiture et mit la clé dans le contact. Il roulait au hasard des carrefours de Washington D.C. en tournant en rond, sans qu'il fût vraiment certain du but qu'il cherchait. Il ne clignait plus des yeux et semblait en transe. Pourtant, l'appréhension et la crainte se lisaient dans son regard. L'angoisse était maintenant palpable et il suait à grosses gouttes... La radio du véhicule, en sourdine, crachotait les informations de la journée et parlait encore du sordide accident du *Golden Gate*. Terrible tragédie qui entraîna la mort de 17 personnes en plus de nombreux blessés... Toujours il se remémorait cette formulation abjecte :

« Brûler immédiatement cette information Dustin ».

Il marmonna vaguement, en boucle, cette phrase lorsqu'il vit, arrêté à un feu rouge, un lourd camion-citerne sur l'intersection perpendiculaire à la sienne. Cet engin portait probablement sa précieuse cargaison à une station-service des environs. Il accéléra, le pied sur le champignon, à la poursuite de ce camion. Dustin Brennan n'avait d'yeux que pour la vignette « inflammable » de la citerne ! Le camionneur remarqua, dans son rétroviseur, cet étrange véhicule qui louvoyait dangereusement vers lui... Il se tassa machinalement sur la chaussée pour le laisser passer...

Brennan tenait ferme son volant, blême comme un cadavre, il suintait les dernières gouttes de sueur en répétant, comme le ferait un moine Shingon en récitant ses mantras, la même phrase :

« Brûler immédiatement cette information Dustin,
Je dois brûler immédiatement cette information... »

*
* *

Ed enfila son parka et s'empara des clés de la voiture de son ami. Il avait un splendide camion tout-terrain et il ne verrait pas d'inconvénients à ce qu'il le prenne. De toute façon, quoi qu'il advienne, Ed se figurait déjà auprès de sa fille. Il remit le trousseau de sa propre automobile à Mylène et une pile d'argent liquide qu'il sortit d'une discrète mallette noire. Il y avait assez de fric pour bien subsister jusqu'à son retour, quelques dizaines de milliers de dollars en différentes coupures.

Mylène vit qu'il avait en sa possession beaucoup de billets de banque, plusieurs liasses de dix, vingt et cent dollars en devises canadiennes et américaines. Cette jeune dame n'avait jamais eu autant d'argent d'un coup !

Elle chercha à le dissuader de ne pas se rendre seul à New York en tentant de le convaincre qu'elle serait une bonne ressource pour lui. C'était une vaine tentative, plus pour la forme qu'autre chose, pour le seconder, partager les risques. Il lui dicta que sa présence serait pour lui, une insécurité supplémentaire, une distraction de plus et qu'il désirait qu'elle évite de s'exposer outre mesure. Ses arguments étaient percutants comme un marteau qui frappait sur de la tôle. Il fallait quelqu'un de fiable à l'extérieur pour témoigner de la vérité et la raison profonde de cet imbroglio était de rassembler une mère et sa fille. De plus, Alberta ne lui pardonnerait jamais s'il se hasardait à un risque élevé... Il semblait si déterminé qu'elle n'osa pas trop le contredire. Il y avait des flammèches dans ses pupilles tellement il était en feu. Ils se donnèrent une forte et conviviale accolade et Ed lui remit son téléphone portable pour qu'il puisse la rejoindre en temps voulu. Mylène, perplexe, eut l'intention, encore une fois, de se joindre à lui, partager les périls et les dangers :

— On fait une bonne équipe après tout !
— Je sais Mylène, mais quelque chose ne tourne pas rond dans cette histoire... Les embûches sont bien réelles. Je me dois de supporter ma fille comme j'aurais pu le faire pour ma femme !

Ils se suivirent un temps sur l'unique route de gravats, direction sud, puis elle bifurqua vers l'ouest à une intersection pour faire des emplettes nécessaires à un petit comptoir que lui avait indiqué Ed sur les rives de *Slave Lake*. Avec l'argent qu'il lui avait remis, elle se sentait riche, bien sûr elle resta raisonnable dans ses achats. L'endroit ne lui inspirait pas confiance, mais c'était le seul lieu des environs. Le commerce principal semblait être un dépositaire d'alcool. L'autre moitié de la bâtisse, celle qui recelait des denrées, une échoppe crasseuse où on y entreposait des vivres non périssables, des cannages avec des objets inusités, affreux, du genre attrape-touriste. Des « attrapeurs de rêves », des peaux usées de petits gibiers d'eau, des têtes de flèches supposément authentiques, des artefacts et dissemblables grigris, fétiches et anciennes amulettes. Elle survola cette brocante de l'horreur sans trop de conviction. Une insignifiante bonne femme trapue, aux traits autochtones très prononcés, la servait sans trop d'engagements. Mylène crut qu'elle ne parlait pas un traître mot d'anglais et communiquait alors par signe pour l'accommoder. La commerçante avait effectivement une certaine difficulté à bien s'exprimer dans la langue de Shakespeare, mais grâce aux singeries condescendantes de la jeune dame blonde, ils purent mener à bien leurs diverses tractations. Des repas « en canne» pour une semaine, du lait en poudre, des sachets de soupe, des croustilles, des barres chocolatées nutritives à la date de péremption douteuse et de simples craquelins secs pour agrémenter potages et crèmes.

À l'extérieur, trois véhicules de type quatre roues motrices de montagne arrivèrent en trombe en faisant tout un boucan dans la petite communauté locale de la réserve amérindienne. De jeunes voyous autochtones s'engouffrèrent sauvagement dans le *liquor store* juste à côté de l'épicerie. Mylène s'empressa de payer comptant sa commande et jeta un furtif regard sur la disposition des objets en présentoir. Elle pointa, avec un apparent intérêt, une arme de poing qui se trouvait sous la vitrine sale et graisseuse du comptoir. Le pistolet, d'apparence légère, était de style *Black Firing Revolver* de la firme *Smith & Wesson*. À voir la poussière qui recouvrait le joujou et les autres bidules, il faisait un certain bout de temps qu'il était consigné là. La dame semblait lui demander des pièces d'identité. À la vue d'un pourboire substantiel, elle céda devant l'insistance de Mylène. Somme toute, la boutiquière était contente de conclure une si belle vente, d'autant plus qu'elle avait précédemment égaré les enregistrements du revolver, dans son interminable fouillis...

Avec prudence, elle se rapprocha de la voiture d'Ed. Combles de malchance, les trois fêtards, passablement éméchés par de l'eau-de-vie, sortirent du magasin de boissons pour dangereusement s'approcher de son véhicule. Ils se mirent à tonitruer comme des hyènes flairant l'odeur du sang. Elle sentit ses jambes fléchir à leur approche. Soudainement, comme inspirée par la courageuse Alberta qui devait mille fois plus pâtir qu'elle, elle leur fit hardiment face et poussa violemment le premier bambocheur qui se ruait sur elle en hurlant des trémolos dignes d'un *Sitting Bull* en rut. La terre, vaseuse et fangeuse, amortit sa chute. Les deux autres, la vision troublée par l'eau-de-vie, furent si intimidés au plus haut point par cette guerrière blonde qu'ils s'abstinrent de réagir. Celui qui avait été plaqué au sol fit un geste vers sa ceinture pour faire surgir un couteau de braconnage de son étui, mais le commerçant du dépôt de spiritueux, un amérindien trapu et flasque, probablement cousin ou frère de la vendeuse d'à côté, se montra en hâte et invectiva les trois lurons dans un jargon ou un dialecte crie. La patronne de la boutique sortit à son tour pour voir ce qui se passait. C'est alors que Mylène remarqua que le marchand d'alcool tenait un fusil de chasse de gros calibre. Devant tant d'insistance, les trois larrons baissèrent pavillon avec rancœur et une certaine déception.

Calmement, elle ouvrit la portière de son automobile, s'y engouffra en vitesse et, la main tremblante, mit la clé dans le contact et s'éloigna en s'assurant de ne pas être suivi par les véhicules tout-terrain. C'est dans un silence de mort que tous regardèrent la tire de Mylène s'éloigner. Elle prit la décision de passer la nuit à rouler, de ne pas retourner au chalet d'Ed par peur de les voir surgir à nouveau. Elle décida de se terrer dans une petite auberge campagnarde du village de *Swan Hill* et d'attendre des nouvelles d'Ed et d'Alberta.

La rançon de la gloire, le salaire du félon

Manlow écoutait avec empressement ce que lui avaient transmis, en hâte, les services secrets de la NSA, qui avait le mandat simple d'espionner littéralement tous les politiciens, même en dehors des circuits reconnus... Et encore là, plusieurs ne pouvaient se douter d'être, à longueur de journée, épiés de cette façon. À l'instant même de cette écoute, il saisit qu'il avait enfin dégotté le gros poisson qui avait aidé le clan Prescott à faire dangereusement pencher sa grande tour noire du pouvoir... Ils étaient tous ligués contre lui ! Dans sa démente tête, cela avait du sens, sans comprendre que le gouverneur Rutherford aurait pu, tout simplement, citer le nom d'Alberta Prescott à cause des derniers événements fâcheux qui avaient foutu une odieuse pagaille dans son État ! Il fit, dans son esprit tordu, des liens et des attaches où il n'y en avait pas...

Il écouta la conversation à l'insu de l'attorney de San Francisco et du politicien. Pour lui, aucun doute ne pouvait persister. Un complot se tramait contre lui...

La limousine noire conduisant Axorthy se gara, se rangeant près de trois autres voitures de grande remise, dont celle de Manlow, dans le stationnement souterrain qui se trouvait sous l'aire de garage officiel de l'imposant complexe Keeplington. Il ne fut guère rassuré à la vue des agents au complet noir portant des vestes pare-balles et tenant des pistolets-mitrailleurs de forts calibres. On demanda à l'acolyte servile d'attendre dans la voiture de place. On fouilla Cunningham de la tête aux pieds et on l'escorta, comme un détenu, vers une massive porte d'ascenseur entièrement faite d'aluminium chromé. Une clé spéciale l'actionna et Axorthy, accompagné de ses deux geôliers, furent expédiés jusqu'au dernier étage de l'édifice. Un vigile sonda encore, de ses mains puis d'un détecteur de métal, tout le corps d'Axorthy pour s'assurer de la présence d'aucune arme ou de micro. Après ces mesures qui parurent humiliantes, on le fit pénétrer dans le « temple » de Manlow. L'endroit était richement décoré, avec un certain goût pour le classique grec. De fausses colonnes recouvraient un plancher de marbre importé d'Italie. Les meubles, authentiquement d'époque napoléonienne, apportaient un faste à ce lieu. Un majordome, Jarvis, s'approcha avec une étiquette toute britannique et l'invita à le suivre...

Le fougueux Cunningham se faisait maintenant tout petit. Deux gardes étaient postés devant la porte de celui-ci comme deux cerbères impassibles et le fouillèrent de nouveau. Le domestique le conduisit jusqu'au porche de son maître puis quitta la pièce en silence, sans l'annoncer. Il pénétra dans un grand bureau plus frugal, plus mesuré, plus austère que le hall d'entrée... Fulher Abraham Manlow le reçu froidement. Axorthy ne savait plus s'il devait s'apaiser ou paniquer à la vue du vieillard de blanc vêtu. Les sourcils longs et embroussaillés de cet octogénaire grincheux ne le rassuraient guère maintenant qu'il se dressait devant lui avec la prestance d'un sorcier de romance. Il ne se leva pas de son imposant fauteuil et ne démontra aucune empathie à la révérence de ce dernier. Cunningham courbait l'échine exagérément, comme le feraient des serviteurs japonais à leurs daimyos de l'ère Edo. Manlow, tel un vampire de glace, s'éleva avec une posture aussi exagérée que la courbette de son sujet. Il tendit la magnifique bague qu'embrassa aussitôt Axorthy avec un enthousiasme simulé...

— Je me suis informé de votre requête à propos du gouverneur James Rutherford... Mes agents m'ont aussitôt averti que vous aviez eu avec lui un quiproquo de trop... De plus, vous avez eu l'impertinence de trop lui en dire... Il vous a mis dans sa petite poche Cunningham... Vous savez ce qui arrive aux dénonciateurs, aux traîtres et aux délateurs ?

Axorthy Cunningham regardait fixement le sol, il avait plus peur de lui déplaire que de mourir. Manlow le ressentait et cela le réconfortait. Avec solennité, l'attorney répondit :

— Oui maître, je le comprends...
— Mais je vais passer l'éponge pour cette fois, en guise de remerciements pour vos services rendus à notre grande œuvre... Il est rare de trouver des hommes de loi avec votre enthousiasme à servir les desseins de l'ordre. Une foi qui n'est pas restée inaperçue, croyez-moi !

L'attorney rayonna d'un large sourire qui masquait à peine ses craintes maintenant indélébiles. Axorthy Cunningham se réjouit peut-être un peu trop vite quand le vénérable octogénaire à la voix caverneuse continua sur sa lancée :

— Ferveur que vous allez nous démontrer en neutralisant définitivement vous-même le sénateur James Rutherford...

*
* *

James Rutherford était au courant que ses maigres preuves ne serviraient qu'à court-circuiter l'infâme Cunningham. Il convoqua le commissaire de Sacramento, Steven Andrysiak, un ami intime qu'il savait étranger à l'ordre de l'attorney de San Francisco. La démonstration fut saisissante pour le chef de police, issu d'une brave famille polonaise qui avait fui justement la Pologne à cause des agissements et des crimes odieux des communistes. Bref, à part une forme d'association incertaine, rien ne reliait personne en fin de compte. Même si Axorthy Cunningham, dans la vidéo de la petite caméra cachée, faisait maintes fois allusion à cette coalition, on ne pouvait incriminer que lui pour ses faux documents et ses altérations. Pour Andrysiak, c'était déjà beaucoup mais pas pour Rutherford qui imaginait avec horreur toute la portée de ce genre de groupe d'illuminés.

Andrysiak conseilla à Rutherford de s'éloigner avec sa famille le temps que cette histoire se tasse et fit la demande pour qu'une voiture soit en fonction devant la résidence Rutherford 24h par jour. Un mandat d'arrêt fut lancé pour Axorthy Cunningham.

Il s'en retourna dans la demeure attitrée du gouverneur et y convoqua d'urgence toute sa petite maisonnée. Ils vivaient encore dans la maison que son grand paternel avait construite. Un vaste ranch typique et isolé près de la frontière de l'Arizona. Il statua qu'ils s'installeraient tous à sa résidence officielle. Rutherford, pour se rassurer et tranquilliser sa conjointe, alla plus loin et engagea des hommes d'une firme de sécurité privée. En bon père, il parla sans détour de son aventure et des possibles aboutissants à sa femme et ses enfants. Ils firent une prière — ils étaient des croyants d'une branche évangélique — et décidèrent de rester unis et en sûreté dans la maison gouvernementale. Le domaine était déjà bien gardé par des gens armés et des chiens. Le parterre, imposant, ne donnait pas beaucoup de position pour un tireur embusqué et la haute herse était électrifiée. Il y avait, pour assurer une bonne sauvegarde du périmètre, un système complexe de caméras et de détecteurs de mouvements à balayage continu. Le dernier gouverneur, un paranoïaque qui croyait toujours à la possibilité d'une 3ième guerre mondiale, avait fait de cet édifice un solide fortin. Il y détenait même une cache antiatomique. Pour la paisible famille Rutherford, ce complexe semblait discutable et obsolète mais, maintenant, ils s'estimèrent chanceux d'être si bien protégés. Il restait à savoir jusqu'où serait prête à aller cette bande d'illuminés dans la prophétie de Cunningham...

*
* *

Dustin Brennan avait quitté son poste prématurément, prétextant une pause-café à ses subalternes. À l'instant où Hartland fut réveillé de sa petite sieste par un fait étrange, Dustin Brennan avait subitement disparu et on avait saboté les vingt-quatre dernières heures de données du programme « Echelon ». Hartland n'en croyait pas ses oreilles lorsqu'on l'informa que la voiture de Brennan avait percuté de plein fouet un camion-citerne d'essence. Il avait un mal de bloc comme s'il cuvait une immonde cuite de fêtard universitaire. La bouche pâteuse et sans salive, Hartland ironisa sèchement sur le dangereux métier de camionneur en constatant que ce fut le deuxième accident du genre en si peu de temps. Après le chaos du *Golden Gate* à San Francisco, voilà que le centre-ville de Washington connaissait sa part d'enfer sous ce climat trop clément à l'aliénation pour y vivre normalement. La déflagration avait tout fait sauter. Mais les médecins légistes étaient formels sur la dentition pour identifier le corps complètement calciné du pauvre homme. C'était bien Brennan, l'adjoint et bras droit d'Hartland. Le mystère s'épaississait d'autant plus qu'on ne pouvait tenir que la thèse du suicide. Hartland occulta le sabotage des données de base pour l'instant. Il ne voulait pas relier trop rapidement les deux évènements pour ne point fausser les données mais, avant longtemps, le nom de Dustin Brennan ne devrait plus refaire surface et se faire oublier...

Une telle trahison mise au grand jour signerait l'arrêt de mort de Hartland et de combien d'autres ! Le malheureux chef de la sécurité de Manlow ne put s'empêcher de faire des parallèles douteux avec les antiques purges staliniennes de l'Ex-Union Soviétique ! Hartland se tenait la tête à deux mains !

— Mais quel vent de folie nous apportent tant de psychose et de démence !!! Brennan !!! Qu'est-ce qui t'a pris de tout foutre en l'air comme ça ?!! Sale lâche !!!

Le profilage psychologique de Dustin Brennan ne démontrait normalement aucune propension au suicide. Pourtant, ces derniers temps, en recoupant de mièvres faits et de vagues soupçons, on pouvait croire qu'il connut un changement drastique de caractère, sinon de personnalité. Était-il possible qu'après une monumentale bourde, il décidât d'en finir cavalièrement pour ne pas avoir à assumer ses propres erreurs ? Rien n'était impossible, mais ce revirement étant peu probable, il ne restait que des spéculations farfelues. Tout portait à croire que Brennan avait trahi ses pairs et que sa mort subite apportait, dans sa tombe, de sombres secrets.

*

* *

Manlow ne croyait pas aux chances de Cunningham de parfaitement toucher sa cible. Il aurait bien aimé que le petit procureur fasse cela de manière à le faire passer facilement pour un fou. Il avait, depuis l'élection de Rutherford, crié partout qu'il l'amènerait vers sa perte, sans, bien sûr, en spécifier de quelle façon il s'y prendrait...

Il demanda à deux de ses hommes de le suivre, après l'avoir expulsé de l'hôtel, et de s'assurer que ce bouffon retiendrait bien sa langue. Effectivement, il eut l'amère déception de recevoir rapidement un avis de mandat pour Cunningham. C'était habituel de récolter de tels avis pour tous les « affiliés ». Cela permettait à l'Ordre de réagir promptement pour éviter les aspersions non désirées et autres éclaboussures indésirables.

Voilà que ce Rutherford se mettait vélocement en marche. En épluchant la procuration rogatoire contre Axorthy Axelworth Cunningham, il ne trouva rien sur sa cabale secrète et encore moins sur les cercles inférieurs qu'il devait défendre de sa puissante influence. À croire qu'il n'y avait rien de sérieux contre eux... À priori, Rutherford semblait détester qu'un de ces hauts fonctionnaires manipule des preuves et efface des dossiers, sans plus. Tout ça relevait de l'incompétence de Cunningham à camoufler ses opérations. Était-il vraiment nécessaire de faire un tel coup d'éclat en la personne d'un gouverneur ? Sans aucune préparation, ni l'aval du consortium des sages ? Pourrait-il se faire encore plus d'ennemis ? Que désirait ce Rutherford ? Savait-il pour la vidéo de New York ? Il commençait à douter de plus belle. Si sa mort était la flammèche qui mettrait le feu aux poudres ? Il aimerait quitter ce monde en laissant une image d'omnipotence et de puissance. Il voulait délaisser la sphère terrestre de la bonne manière. Adulé comme un dieu et honoré pour plus de mille ans...

Il jongla avec cette idée mais décida d'avorter l'attentat pour l'instant. Cunningham pourrait trop facilement craquer et divaguer sur des âneries de complots. Il donna ordre, à ses deux hommes qui avaient raccompagné Cunningham à l'extérieur de l'hôtel, de lui dénicher une planque sûre et le mettre au frais. Il pourrait toujours servir dans un avenir rapproché... Il avait besoin de se détendre, faire le vide et trouver ensuite un remplaçant à Pol Martinstein. Il pensa à une de ses collègues qui enlignait les avortements comme des trophées de chasse, enfin, c'est ce qu'il spéculait du Dr. Margaretha Newman...

Un bain chaud avait désénervé Manlow. Des masseuses vietnamiennes privées vinrent tripatouiller le vieux corps noueux de l'octogénaire, maniant avec soin ses os fragilisés. Devant la douleur ressentie sous les poignes de fer des petites kinésithérapeutes asiatiques, il ne pouvait que geindre lamentablement. Il les congédia d'un geste arrogant de la main lorsqu'il aperçut son pingouin de domestique se poindre.

Son majordome, Jarvis, l'informa que la docteure Margaretha Newman venait d'arriver. Cette femme, ni d'âge mûr ni de la fraîcheur de la jeunesse, avait longuement collaboré aux travaux professoraux de feu Pol Martinstein. Elle était l'une des pionnières du projet « *Planned Parenthood Association* » et du programme *Neo-Aurora I* et *II* qui avaient, dans un premier temps, décriminalisé l'avortement au niveau juridique pour ensuite faire la promotion de l'interruption volontaire de grossesse en l'imposant aux masses tout en douceur. Ce fut un succès en sol américain, mais encore plus au Canada et en Europe de l'Ouest. Avec l'achèvement initial de son plan *Neo-Aurora*, toutes discussions allant à l'encontre de cette vision sociétaire devenaient tendancieuses et rétrogrades pour la liberté des femmes. Maintenant, elle parachevait les dispositifs pour son propre « bébé » : *Neo-Aurora III*. L'exportation du savoir-faire américain, en matière d'avortement, vers les pays sous-développés réfractaires aux droits à l'arrêt de grossesse ou à forte densité humaine. Le *Planned Parenthood Association of Union Nation* du Dr. Newman affrétait souvent un navire de type médical, qui battait pavillon de la Croix-Rouge, et qui se rendait dans des États ou l'interruption y était prohibée pour amener les gens le désirant en eaux internationales. Ainsi, grâce au rêve de visionnaires comme Margaretha Newman, des milliers de femmes de par le monde, et qui sait peut-être bientôt des millions, pouvaient et pourront subir facilement un avortement en minimisant les risques pour la santé de la mère sous un strict contrôle iatrique.

Manlow avait fait la connaissance du Dr. Newman lors d'une souscription pour le projet *Neo-Aurora II* à New York. Il avait fait bonne figure en donnant généreusement à ce jeune et idéaliste médecin. Aujourd'hui encore, Manlow était l'un des meilleurs donateurs. Par ce simple fait, il croyait bien pouvoir cueillir les fruits de l'arbre qu'il avait planté quelques années plus tôt. Il pensait astucieusement qu'elle serait un choix logique pour reprendre le flambeau laissé là par le Dr. Martinstein. Pourquoi accepterait-elle de couver, pour lui, le projet ambitieux qu'il avait implanté avec Martinstein ? Pour du financement pécuniaire ? Pour des faveurs politiques ? Pour les deux ??? Et si elle avait des relents d'une déontologie incertaine ? D'une éthique, qui serait fraîchement pondue par sa conscience ? Au fond, un peu de morale ? Depuis la matinée, il n'avait cessé de jongler avec cette idée de l'initier à ses plans, ses desseins... Devrait-il tout lui avouer ? La mettre au parfum de tous les aboutissants de ce qu'il lui demanderait ? Et si elle se rebutait fortement contre son œuvre ? Manlow connaissait bien les risques que cela encourait s'il s'avérait qu'elle fut hostile à son principe d'adoption...

Manlow enfila, avec l'aide de Jarvis, un épais peignoir d'un blanc immaculé pour se rendre à sa chambre. Il prit le temps nécessaire pour se vêtir convenablement, comme à son habitude, d'une blancheur séraphique.

Margaretha Newman se tenait debout, seule dans le cabinet de travail de Manlow. Elle jetait une attention d'ébahissement sur les différents cadres et certificats plastifiés qui ornait le bureau du vieux mécène. Pour l'essentiel, des coupures de journaux vantant ses prouesses d'industrialiste militaire. Il y avait aussi des encadrements honorifiques, des brevets universitaires et des agrégations d'excellence pour ses autres industries. Il s'y trouvait même des formulaires de remerciements de politiciens républicains, ou de généraux amplement gradés, qui traînaient sur son bureau de travail. Elle ne savait pas trop quoi penser de cet homme de pouvoir. Elle était une farouche démocrate et voyait maintenant d'un mauvais œil son affiliation avec ce lobbyiste de firmes bellicistes, ne s'expliquant plus très bien la présence de ce bienfaiteur à ses campagnes de financement. Elle l'avait, bien sûr, connu par l'entremise de Martinstein lors des différents cocktails de bienfaisances et de 5 à 7 mondains de commandites. Ce n'est qu'à cet instant qu'elle comprit qu'il y avait un prix pour toutes ces bienveillances. Restait que ce protecteur philanthrope, qui avait englouti une fortune dans les projets de Newman, méritait au moins son respect. Elle décida d'écouter jusqu'aux bouts les revendications du vieil homme.

Dès les premières secondes d'entretiens, le cabinet devint glacial, juste à la façon qu'il congédia son domestique. Ensuite, Manlow ricana nerveusement lorsqu'elle effleura l'accident mortel du Dr. Martinstein et qu'elle offrait ses condoléances. Un ricanement nerveux qui devint vite sinistre à ses tympans. Margaretha Newman croisa inconsciemment ses bras comme pour instinctivement se protéger. Elle se refermait maintenant dans son malaise involontaire. La façon désinvolte et arrogante de Manlow la laissa pantoise. La première heure d'entretien fut, malgré son léger vertige, omniscient, presque courtoise. Ils s'entretenaient surtout sur les avancées, faites par le Dr. Newman, pour institutionnaliser et favoriser l'avortement public et gratuit pour toutes les femmes qui le désireraient. Elle limita ses déclarations, de façon cordiale, tentant d'en dire le moins possible, le laissant mener la valse. Après un certain temps, percevant l'ironie de Manlow, elle campa sur sa position de lobbyiste convaincante, sans plus. Étant intensément féministe, elle lui expliqua qu'elle faisait tout ça par pur humanisme. L'interruption volontaire de grossesse, pour elle, était un droit essentiel pour l'émancipation de la fille moderne et libre de tous carcans. Plus la conversation avançait, plus Manlow rétorquait en séquence décousue, comme pour la provoquer, de comparaisons boiteuses du genre :

— Vous n'aimeriez pas mieux les laisser vivre et les remettre en adoption ? Si la plupart des mères recevaient une compensation financière, elles confieraient leurs gosses à la crèche ? Dites-moi docteure, vous ressentez un enivrement ou une exultation à éliminer tous ces bébés ? Ça vous rend plus forte ?

Plus la discussion avançait, plus Margaretha avait envie de partir, séance tenante. Elle se retenait, imaginant dès le départ qu'il la taquinait pour la tester, qu'un montant généreux suivrait pour l'ultime but de sa vie... Elle commençait vraiment à regretter ce rendez-vous. Le vieillard semblait être porté sur la boisson et se servait plusieurs verres de scotch, des doubles, pour une seule coupe d'un très bon porto qu'il lui offrait. Le regard perçant et pénétrant de Manlow la numérisait sous tous ses angles, toutes ses coutures. Sa voix fiévreuse, humectée d'alcool et de salive atrabilaire, balbutiait des inepties qui n'avaient ni queue, ni tête pour elle. Il claquettait comme une cigogne sur les « droits ancestraux à la descendance, de la succession immémoriale de la souche de *Ur-Namu Hianud* ». Le besoin de renouveler les sépales, trompés sans mentir à celui qui ne devait pas être nommé... Le privilège d'être le procréateur légal, par législation, sans renoncer aux lois de la chair et du sang, de chérir sa filiation par le mérite du rejeton. Le devoir suprême de servir le grand concepteur qui octroie le plus préférable pour le moins dégoûtant ! À chaque fin de phrase, il insistait sur :

— Vous me suivez ?

Manlow débitait précipitamment ses âneries avec une lueur de jouissance fébrile dans les yeux. On aurait dit un prédicateur de blanc vêtu qui haranguerait une foule d'adeptes, devant le porche d'un temple de fanatiques pentecôtistes. Elle n'arrivait pas à le cerner. Manlow le perçut après un certain temps et il se calma. Il avala d'un trait, son verre, et décida de clarifier sa situation à son plus simple après avoir poussé un grand soupir :

— Voyez-vous Madame Newman, je suis à la tête d'un groupe qui œuvre à combler de plaisir ses membres... Le Dr. Martinstein tenait, disons gérait, une pouponnière qui se spécialisait à donner, à des parents fortunés, des enfants avec un certain nombre de demandes spéciales. En quelque sorte, si on nous demande d'incontournables ressemblances, telles que les yeux, la peau ou les cheveux par exemple, nous devons sélectionner des sujets particuliers et spécifiques. Il faut que tout ça reste non-officiel... Les coparents veulent la plus grande discrétion... Il faut absolument que ces bambins passent pour les leurs devant... devant la loi. C'est un projet hautement confidentiel et plusieurs femmes sont déjà enceintes et prêtes à mettre au monde ces merveilleux poupons... C'était Martinstein qui était censé faire les opérations... Martinstein me vantait beaucoup vos mérites... Pourriez-vous travailler pour moi, le temps que je réorganise le tout ? J'attends des nouvelles d'un généticien de renom pour prendre la relève... Mais ce « cuvage » doit être repris en main sur le champ !

— Je ne vois pas en quoi je pourrais vous aider. J'officie des avortements légaux, nom d'un chien ! Pas des accouchements illégaux ! C'est digne du Moyen-âge votre truc !

— Il y a quelques années, nous avons tenté de développer à partir de méthodes de clonages génétiques. Les résultats ont été peu probants, trop de pertes, au niveau financier et autrement... Tout devrait se replacer avec l'aide et l'apport de Nàndor...

— Autrement ???

— Oui, autrement... Mes clients appréhendaient qu'ils soient sans réelles individualités !

Elle croyait être en plein cauchemar et ne retenait vraiment rien des dires de ce dément. En fait, elle se fermait à lui tellement il semblait dépeindre son défunt ami sous des angles méconnus d'elle. Martinstein à la tête d'un réseau d'adoption ? Il était certain que ce vieillard déraillait complètement ! Mais il était riche comme Crésus et elle avait énormément besoin de fonds. Elle restait là, pantoise, à l'écouter sur ses bizarres confidences. Manlow reprit, après une courte pause, pour avaler un cul sec de scotch :

— Ils... Ils n'avaient pas tout ce qu'il fallait... Les parents adoptifs se plaignaient trop de cette méthode mécanique et froide... Tout allait plus ou moins bien sur le plan physique, en plus d'un réel nombril, il manquait quelque chose sur un autre ordre d'idée... Disons une attache maternelle puissante... Ses bébés étaient vides intérieurement. Sans pleurs, sans âmes... Des poupées jouets. De toute façon, j'ai un besoin urgent d'un bon gynéco-obstétricien et je vous vois toute désignée pour cette grande œuvre ! J'ai des installations à San Francisco, ultramodernes et bien équipées... Il ne manque que vous...

Margaretha Newman ne savait pas si elle devait rire de ce lapin sorti du chapeau ou en pleurer. Elle se retint de tout commentaire obséquieux ou déplacé. Elle réfléchissait toujours à cette proposition inconvenante, déviante même. Était-ce un piège tendu à son égard par ce vieux renard ? Elle pouvait certes mener à bien des gésines de fortune aussi bien que des accouchements complets, là n'était pas la question. Elle avait dévoué sa vie entière à ce combat pour permettre aux femmes de se libérer d'une lourde chaîne d'écrasement. Et voilà qu'après toutes ces luttes légales, elle se retrouverait à la tête d'un département secret qui contraint des jupons à devenir de vulgaires matrices, des mères porteuses... Manlow prit ses traits les plus doux. Il s'attendait à une réponse positive, elle se devait de dire oui... Plus il la voyait réfléchir, plus il se sentait vainqueur. Personne ne lui résistait ! Après une longue réflexion, elle lui demanda :

— Combien ?
— Une centaine d'enfants...
— Quoi !!! Non !!! Combien ??? Que gagnerais-je à vous aider ? De plus, c'est très illégal votre matoiserie ! Que se passerait-il si on venait à savoir que j'ai trempé dans tout ça ?!! Qu'arriverait-il à ma carrière ? De mes projets ???
— Faites-moi un prix et je triplerai mes dons pour *Neo-Aurora III*.
— C'est risqué... Imaginez qu'une des mères porteuses nous fasse le coup du « lien maternel ». Je n'ai pas envie de perdre mon temps devant des tribunaux pour...

Manlow trancha sèchement comme exaspérer par tant de suspens :

— Il n'y aura pas de tribunaux... Tout repose sur la confidentialité; des matrices, des parents adoptifs, de nous... Et de vous... Même si un scandale éclatait, rien ne pourrait remonter à vous... La preuve : Martinstein était une de vos bonnes connaissances et il fut mon collaborateur depuis la première heure... Qui vous aurait dit ça de lui avant aujourd'hui... Hein ?!!

Margaretha prit à nouveau une pause. Elle ferma les yeux pour formuler sa dernière phrase, pesant chaque lettre, agençant chaque syllabe avec le vocable « argent » :

— 5 millions de dollars américains dans un compte à numéros, en Suisse, pour moi et 15 millions en euros, pour mon projet *Neo-Aurora III*. J'ai besoin de liquidité pour de futures actions en Irlande du Nord...
— Juste cela ! Un peu gourmande, mais j'accepte vos conditions...

Il s'attendait à ce qu'elle saute de joie, mais elle se gardait une sévère réserve :

— Un petit instant M. Manlow, de plus, je veux être secondé par mon équipe opératoire, ce sont tous de jeunes idéologues et brillants médecins en gynécologie et obstétrique fraîchement sortis de l'université ou en dernière année. Ils m'apportent leurs collaborations et sont membres actifs de *Neo-Aurora*. Il sera nécessaire qu'ils soient là... Il y a aussi mon assistante, Brenda. Elle est anesthésiste de formation. Pour le côté monétaire, vous les payerez au cas par cas, selon les besoins, les exigences et les urgences avec de généreux pourboires pour le silence. On ne prendra aucun risque pour les complications... Mon équipe sera parée à toute éventualité. Mais s'il faut hospitaliser, pas de doute, pas de remords... C'est « direction hôpital !!! ».

Manlow en perdait sa mâchoire. Il maugréait, à l'intérieur de lui, l'exécution de Martinstein. Au moins, celui-ci, flanqué de sa porcine de Golda, n'avait pas ce genre de demandes ambiguës. Une réelle confiance s'était bâtie au fil des années et Martinstein n'avait pas une once de scrupule, ce qui n'était pas le cas avec elle. Pour Martinstein, Manlow connaissait ses points faibles et ses leviers pour le faire chanter, mais elle... Elle avait l'air à l'épreuve de tout. Il jaugea intérieurement :

— Avant longtemps, pensait-il tout bas, cette Margaretha Newman deviendra trop curieuse...

Suffire aux commandes, répondre aux ordonnances, c'est tout ce qui comptait pour lui actuellement...

Manlow semblait hésitant aux revendications de Margaretha. Elle se leva, comme pour le remercier. En fait, elle lui forçait la main. Manlow lui fit signe de la paume de se rasseoir. Prit un grand souffle et toussota quelque peu. Il la sondait de nouveau. Maintenant, elle lui paraissait condescendante à son égard. Froide et sûre d'elle. Elle était vraiment confiante en ses moyens et en position de force à ce moment. Le côté monétaire ne dérangeait pas Manlow, c'était les demandes de supports externes qui irritaient le vieillard. Une seule fuite et s'en était fini de son rêve ! Il fronça les sourcils et déforma sa bouche, pour lui donner des allures de gueule béante, en reprenant l'offensive avec une certaine haine dans le clairon de sa voix, une charge pour remettre tout en perspective sur SA façon de voir les choses :

— Écoute-moi bien ma petite dévergondée ! Tu vas travailler pour moi, à mes conditions... Pour ce qui est des demandes pécuniaires, je m'en fous... Pas question de me faire gerber avec tes sagas de médecins sans frontière ! Je veux ça avec une discrétion optimale... Pas question de tout alourdir avec des histoires d'hôpitaux et de complications... Ton rôle, c'est de les faire accoucher ! Ce n'est pas la mer à boire ça ! Si vous êtes assez dégourdis pour les disséquer en morceaux, vous êtes bien capable de les pousser à pondre à temps !
— Si vous êtes pour me parler sur ce ton, je ne me laisserai pas faire !
— Ah oui !!! Qui est cette Brenda Napier ? Une « brouteuse de moquette » ? Une tante à moustache qui fait des haltères ???

Margaretha sursauta, interloqué par le nom de son amie de cœur. Il avait donc monté un dossier sur elle et était au courant pour son homosexualité. Elle cherchait ses mots quand Manlow, hors de lui, reprit de plus belle :

— Si vous ne faites pas ce que je dis au pied de la lettre, je ferai connaître aux médias que vous n'êtes qu'une lesbienne ! Je vais briser votre carrière !!!

Avec une touche d'arrogance, de bravade et d'insouciance, elle pouffa de rire à sa dernière intervention :

— Ha ! Ha ! Ha ! M. Manlow ! Comme vous êtes vieux jeu ! L'homosexualité est quelque chose de totalement toléré maintenant en Californie ! Voir si cela me dérangerait que tout cela se sache... Nous sommes fiancées depuis le mois de juillet et nous projetons de nous marier l'été prochain...
— Ne vous moquez pas de moi...
— Quand bien même que vous pourriez tout acheter, M. Manlow, moi je travaille à l'émancipation féminine et cela n'a pas de prix !!! Vous ? Vieillard rétrograde ! Vous crachez des millions pour favoriser les avortements pour votre image de marque et, en cachette, vous tentez de former des familles chez des riches stériles ! Pouafff ! Vous êtes malade ! Saleté de républicain de facho machiste !!! Je ne veux plus rien de vous !

Elle tourna les talons d'un mouvement sec et décidé, croyant l'avoir déstabilisé par la phrase qui tue. Elle commença à s'éloigner vers la porte mais Manlow interloqua cette misandre avec un timbre de désespoir dans la gorge.

— Attendez ! Vous ne pouvez pas partir comme ça ! Vous êtes lié à moi par un serment...
— Je suis libre de mes allées et venues, M. Manlow, et je quitte sur le champ pour...

Elle ne termina jamais sa phrase. Manlow empoigna une massive base de lampe de bureau et lui fracassa un solide coup derrière la tête. Le crâne cassa sous le brutal impact. Une gerbe de sang inonda le tapis. Des gouttelettes écarlates perlaient sur le veston immaculé de Manlow. Réalisant son geste, il laissa piteusement tomber le socle sur le sol. Le fracas de la scène alerta Jarvis et sa garde rapprochée qui bondirent sur les lieux... Manlow, blême, tremblait de tous ses membres en voyant les violentes convulsions du corps de Margaretha qui luttait désespérément pour survivre à la prochaine minute. Un énorme spasme soulevait sa douce poitrine féminine. Sa bouche émettait un râle de grande souffrance et de détresse. Elle s'étouffait dans une immense hémorragie interne. Dès lors, ses secondes étaient comptées. Les gardes, stoïques comme des samouraïs, la fixaient sans dire une homélie. La dernière extrême-onction dont elle pouvait s'attendre d'eux ne vint jamais, encore moins un coup de grâce salvateur. Elle mourra, comme une bête à l'abattoir, asphyxiée par son propre sang. La sécurité resta dans la pièce sans questionnement, comme mue par un collectif attendant un mot, un ordre concret.

Jarvis garda son sang-froid et aida Manlow à se rendre à sa chambre à coucher et le dévêtit complètement pour isoler les vêtements souillés de liquide écarlate. Le majordome se fit rassurant dans le choix de ses récriminations. Manlow ne faisait que marmonner une vieille rengaine, une complainte à la limite du « Je ne voulais pas ! Je n'aurais pas dû ! ». L'accent britannique de Jarvis donnait à ses paroles lénifiantes une allure aussi paisible que plausible. Il assura à son maître qu'il ferait le nécessaire...

Il alerta la garde rapprochée de Manlow. Ils étaient, pour la plupart, des vétérans du Service central d'intelligence ou des anciens *navy seals*. Le genre de machines qui n'avaient plus aucune forme de remords. Ils agrippèrent le corps de Margaretha Newman et ils l'emportèrent sur le toit de l'édifice et la balancèrent dans le vide avec sa sacoche et autre effet personnel. Au préalable, on avait fait disparaître, de son agenda électronique, tout lien avec Manlow. Un réseau bien rôdé prenait le relais en envoyant une équipe spéciale à la résidence et à son bureau pour y détruire tout attachement. Même ses ordinateurs seraient ainsi piratés pour effacer de sa vie tout lien avec Manlow. Dans le même temps, un des agents avait logé un appel anonyme, au numéro des urgences, pour les informer qu'il y avait une folle qui criait qu'elle voulait se suicider à l'hôtel Keeplington.

La sécurité fit rapidement venir une « escouade de nettoyeurs » se cantonnant exclusivement dans l'effacement des preuves. Le genre d'équipe qui œuvre également pour des groupes comme le crime organisé. Ils s'affairaient à arracher la riche moquette maculée d'hémoglobine encore chaude. Ils défirent la marqueterie et le bureau qui étaient aussi éclaboussés du sang de Margaretha Newman et, bien sûr, la base de lampe qui servit au meurtre. Ils enfoncèrent tout cela dans des sacs de toile, identifiés pour le service de buanderie, et partirent pour un crématorium spécialisé dans la destruction de pièces incriminantes, quand ce n'était pas tout simplement des gens. Mais, dans le cas de Margaretha Newman, trop de témoins l'avaient vu monter à l'attique de l'hôtel pour ne plus en redescendre. Avec minutie et vitesse, deux autres membres de cette association de choc reposaient une carpette neuve. Pour finir, on apporta, avec discrétion, des meubles d'une des suites inoccupées.

Manlow avait quelque peu repris sur lui et avait réussi à faire quelques coups de téléphone, question de s'assurer de la collaboration des forces constabulaires locales. Habituellement, c'était son agent Hartland qui aurait effectué ces opérations. Il n'aimait pas se mouiller de la sorte, mais il ne parvenait pas à se convaincre de le rappeler.

Jarvis lui suggéra de prendre en considération que sa mission était terminée. Que la pouponnière pourrait très bien fonctionner avec un toubib mexicain qui n'aurait pas encore ses papiers pour pratiquer en cet endroit :

— J'en ai croisé quelques-uns sur *Hollywood Boulevard,* ils offrent des chirurgies plastiques bon marché, des injections de botox, des liposuccions, implants mammaires, etc. Vous savez, Monsieur Manlow, comme le temps nous manque... Ils travailleraient pour vous à rabais...

— Bien Jarvis, embauchez-en deux ou trois. J'octroierai, à quelques-uns de mes agents de la sécurité, sous les ordres de Sakarov lorsqu'il aura congé de l'hôpital, un poste pour surveiller sur la ferme et sur ces maudits charlatans de médecins... Une honorable position pour Sakarov pour veiller aux bonnes destinées de mon entreprise ici, le temps de sa convalescence... Les festivités automnales seront grandioses... Mais pour l'heure, j'ai une belle situation à rétablir... Je suis si las d'être dans cet enfer... À part la trêve avec le cobra de Merzgin... Il n'y a rien qui a fonctionné à Los Angeles, il faut partir avant que ça ne se complique... Et toujours pas de nouvelle d'Hartland ! Dire que mes médecins m'affirmaient que ce voyage sur la côte Ouest me ragaillardirait !

Jarvis, imperturbable et placide, écouta stoïquement les plaintes de son maître. Lorsque celui-ci eut terminé de geindre, il prit le téléphone de l'hôtel et s'entretint avec la direction du spacieux édifice qui n'était, en partie, qu'une façade pour les opérations de l'Ordre sur la côte du Pacifique :

— M. Manlow doit quitter maintenant le complexe hôtelier, il s'en retourne à sa résidence principale de New Haven. Informez l'équipe de transport et la limousine blindée... Oui, sécurité maximale jusqu'à l'avion privé de Monsieur... Monsieur décidera sur le moment le trajet exact qu'empruntera le convoi...

— Doit-on préparer un sosie de monsieur ?

— Évidemment... Il prendra place dans le véhicule mère. N'avisez pas les autorités locales avant notre départ définitif. Hartland étant absent, nous ne suivrons pas nécessairement les protocoles habituels... Et pour les directives spéciales à l'externe, abaissez l'état d'alerte à verte pour leurrer l'éventuelle partance de notre maître à tous... Une bonne section de garde rapprochée sera suffisante pour l'instant.

— Et pour le trajet aléatoire ? N'y aura-t-il pas une certaine problématique à cette heure-ci pour le trafic ascendant ? Pourquoi pas en hélicoptère ?

— On vous le fera savoir de vive voix, au stationnement, et nous prendrons les décisions sur les rapports de nos vigiles en motos... M. Manlow a horreur des voyages en hélicoptère... Son cœur ! Soyez discret et calme... Monsieur Manlow a un léger problème de santé et nous devrons y aller calmement...

Manlow avait perçu les directives de son fidèle majordome, sans émettre de grognement ou de commentaires insidieux. Sa respiration ne s'était pas encore rétablie à la normale. Jarvis lui versa un verre d'eau et enjoint Abraham Manlow à prendre un doux tranquillisant. Le vieillard se servit, à la place, un double scotch sans glace. La liqueur alcoolisée, acrimonieuse et âpre pour sa gorge, ne fit rien pour le calmer. Il tira violemment sur le grand rideau et regarda au travers de sa baie anti-balle, tout apathique et insensible qu'il était, les gens qui s'affolaient autour d'une flaque sanguinolente. À cette hauteur, la pauvre Margaretha s'était mutée en une purée, un cataplasme de chairs. De sa position, tout bruit extérieur lui était coupé, mais il remarqua une ambulance s'avancer en trombe, sirène, phares et gyroscopes allumés. Il était songeur, certes, mais pas pour celle qu'il avait occise. Il se voyait, mourant, couché sur le pavé d'une route asphaltée. Un fourgon blanc aux emblèmes pourpres et vermeils. Deux ambulanciers approchant de lui, transportant un brancard au drap orangé pour le sauver... Le soustraire de sa propre extinction ! Il ne pouvait pas apercevoir d'anges pour le conduire dans l'au-delà. Que ces deux brancardiers qui vinrent lui recouvrir la tête d'une étoffe quelconque, d'un suaire de mort... Il fut pris d'une crise d'angoisse sans précédent. Il s'agrippa au rideau en essayant de reprendre son souffle. Il avait l'habitude de faire le mal par l'entremise d'autrui, comme s'il cherchait à se disculper du préjudice qu'il faisait. Il donnait la mort comme un des cavaliers de l'Apocalypse. Mais de mémoire d'homme, c'était la première personne qu'il avait tué lui-même. Loin de trouver cette condition glorifiante ou tonifiante, voilà maintenant que son derme lui démangeait dans un fourmillement incessant. Ses mains secouées frétillaient d'un impressionnable frisson. Il les frictionnait comme on le ferait pour de l'urticaire. Quoique ses paumes fussent lavées à fond, il sentait toujours le sang chaud de Margaretha Newman sur elles. Il maudissait le dieu de son paternel, ce jour présent et son geste stupide et émotif. Inconsciemment, il craignait la justice des hommes et son châtiment, car il réalisait pleinement son action subite et folle... Avait-il eu la peur de voir le fantôme de son père dans la pénombre, ou la forme indistincte de son juge suprême qui soupèse par le bien et le mal sur l'ultime balance ? Des chimères, des utopies, des aberrations que tout cela. Il se réconforta en serrant de défiance son poing et constata ses richesses amoncelées et sa toute-puissance sur les masses et son contrôle des forces de l'ordre :

— C'est ici-bas que l'on construit son paradis... À quoi bon la mort sinon mourir pour nourrir les vers, asticots et lombrics de ce monde !!! Expirer et devenir un petit tas de cendre, un menu amoncellement de poussière crasse qui virevolte avec le vent... Non ! Décidément, c'est en ce bas monde que je jouis de mon Éden... Le reste n'a plus d'importance ! Quelle crève sale chienne ! Qu'elles crèvent toutes !!! Moi, j'apprendrai à embrasser l'immortalité et l'enlacer pour qu'elle soit mienne !!!

Il fixait l'ambulance qui s'éloignait sans hâte...

La surprise fut de taille quand on identifia la victime. La célèbre humaniste et chirurgienne Margaretha Newman. Les circonstances l'étaient encore plus. Sans trop chercher à comprendre les raisons de ce « suicide », on conduisit le corps à la morgue. Elle allait rejoindre son comparse Martinstein. Des rumeurs de peines amoureuses vinrent recouvrir ces deux cadavres.

Deux tourtereaux en enfer...

Le serment de l'Amérindien

Ed était très soucieux et des plus tourmenté. Il avait déposé une minuscule photographie de sa fille sur le tableau de bord du véhicule de son camarade. Il ne pensait guère à la réaction de son vieil ami, Philip Pearson, de lui avoir emprunté sa voiture et son chalet. En fait, le vieux Phil combattait un cancer. Comme il n'avait plus de femme et était sans famille immédiate, l'âgé bonhomme disait toujours qu'il était comme son petit gars. Même que ce fut un secret de polichinelle qu'Ed Prescott fut son seul héritier. De toute façon, n'étant aucunement matérialiste, il l'aurait grondé dans le cas contraire s'il n'avait pas agi concrètement pour optimiser le sauvetage de sa fille... Pour batailler l'anxiété, il se parlait à lui-même :

— Phil comprendra pour la bagnole... Si quelque chose de grave lui arrivait et qu'il agissait de la sorte, moi je ne dirais rien... Je le supporterais même ! Ô Alberta ! Je ne me le pardonnerais pas s'il t'arrivait du mal !!!

Il fixait les yeux de sa fille et retrouva soudainement une paix intérieure. Stimulé par cette ardeur nouvelle, il longea la grande autoroute 2, qui reliait la ville d'Edmonton à sa cousine, Calgary, plus au sud. Qu'une longue ligne, qu'un trait jusqu'à la frontière avec le Montana. Cette route se transformait en la National 89 de l'autre côté de la zone douanière américaine. Il avait bien un plan pour entrer sur le sol américain... Un projet haut en couleur. Il ferait une halte chez un vieil ami, Willy Bly Wakyza dit Ours Noir, un autochtone de la nation des *Siksikas* qui lui servait souvent de guide lors de ses expéditions de pêche et de chasse. Willy était un grand homme pour les siens, une masse osseuse imposante de géants et une bonne couche de graisse lui donnant des formes assez costaudes qui amplifiaient une forte musculature sur sa solide charpente. Le style à toujours traîner son large couteau à la ceinture. Willy était le genre de personne dans la cinquantaine à aimer ses cheveux gris et long, portés en queue-de-cheval tressée sous un chapeau de feutre noir *stetson*, la *country music*, les bottes de *cow-boy*, et le *blue jean,* même le jour de son mariage avec la petite, mais rondouillarde, Magena. Son prénom féminin signifiait « Lune Montante ». En fait, mis à part la lune de miel, c'était une bien étrange relation amour/haine que vivaient Willy et Magena. Une matrone autoritaire et un éternel adolescent qui prenaient la fuite dans des expéditions de chasse et de pêche. Les jérémiades de cette marâtre n'empêchaient pas le gentil colosse de s'abandonner à la soulerie plus souvent qu'à son tour. Aucun des deux ne se cachait pour faire savoir qu'ils connaissaient beaucoup de tristesse dans cette affection stérile, mais le rebelle revenait toujours au bercail et l'épouse reprenait de plus belle ses invectives. Willy était incapable de dialoguer calmement avec celle qui se donnait une joie de devenir hystérique à chaque fois. De l'extérieur, on pourrait croire à du masochisme chez Ours Noir et de dolorisme de la part de Magena, mais ils ne pouvaient, en fin de compte, vivre l'un sans l'autre...

Ours Noir était le chef d'une petite communauté grégaire de natifs américains et de métis qui résidaient sur la délimitation américano-canadienne. Sa réserve, isolée dans des collines serpentées de boisées et de rivières, était à cheval sur les deux pays. Ed pensa qu'il pourrait lui être aisé de traverser la frontière sans être remarqué par les services douaniers s'il était aidé par son ami Ours Noir.

La route se rendant à la maisonnée de son compère n'était même pas asphaltée. Qu'un court sentier de gravats et de cailloux concassés sur de la terre battue. Les maisonnettes, disposées face à un petit étang, étaient très modestes par leur dimension et leur modernité. Elles donnaient l'impression de n'être que des cabanons de chasse ou des chalets. Certaines masures n'avaient même pas d'électricité et l'on entendait clairement des génératrices apporter certaines commodités aux bâtiments principaux. Ed stationna le luxueux camion et alla cogner à la porte de la demeure d'Ours Noir. Il dut s'y prendre par trois fois. La silhouette d'une petite femme au regard de feu vint ouvrir. Ed la salua chaleureusement et elle tourna les talons pour injurier, en dialecte *blackfoot*, en direction de son étalon qui cuvait sa dernière cuite au salon. Une forme sortit de la pièce étriquée. Les yeux d'Ours Noir s'écarquillèrent de joie !

C'est avec un grand ébahissement et un perpétuel égaiement que l'imposant Ours Noir, Ours Grisonnant comme aimait bien le taquiner Ed, reçut son complice d'excursion. Après les politesses d'usage et les flatteries culturelles, les deux amis fraternisèrent en fumant un bon cigare cubain et trinquant avec un décent bourbon écossais *tax free* comme ironisait toujours Ours Noir. Pour plus de tranquillité, ils s'installèrent sur une vieille balançoire près de la berge du petit étang, non loin de la cabane de l'amérindien. L'agitation et l'empressement d'Ed furent perçus comme de la contrariété par Ours Noir. Le chef Siksika fut rassuré de voir que son hospitalité n'en était pas la cause. Sans rentrer dans les détails, Ed se confia à lui. L'intrigante Mylène, sa fillette Pam, les frasques et lubies de sa fille pour retrouver cet enfant, l'arrivée d'un étrange mercenaire, la mort de son partenaire Troy, le décès mystérieux d'un acteur de cette tragédie, Martinstein, une autre fille sur le campus, un bonze du nom de Manlow... Willy l'écouta en gardant un sage silence. Il le fixait sans broncher d'un iota, sans jamais douter de l'histoire de son ami. À la fin du monologue d'Ed, il leva la main, en signe solennel, et gargouilla, dans un anglais boiteux à l'haleine de scotch :

— Moi vouloir aider petit Ed à tout prix ! Pas juste passer frontière des prairies... Allez avec toi à New York chercher fille ! Ici, squaw me casser plus depuis que Petite-Jument fait de l'œil au *drugstore* !

— Non Willy ! Je désire tout simplement traverser la frontière sans passer aux douanes...

— Toi croire que Willy Bly Wakyza n'être bon que pour taquiner la truite ou traquer l'élan... Moi être courageux guerrier de la race des « pieds-noirs » !

— Oui, je sais Willy, mais c'est assez difficile comme ça... Tu m'épauleras amplement en me guidant jusqu'au Montana !

— Moi appelle tous mes vœux pour t'aider ! Ne pas juste fuir Gros-Quartier-De-Lune ! Moi ennuie ici et désire être comme nom est... Pas être doudou de Grosse-Pleine-Lune-Enragée ! Dernièrement, elle a cassé flasque d'huile sur tête quand Petite-Jument disait « allô » avec sourire de pute qui fait le trottoir ! Autant dire « Petite-Vache-Chienne » !

— Je voudrais bien de la compagnie, mais c'est risqué ! Je ne sais même pas par où commencer ! Jamais je n'infligerais ça à un ami !

— Moi guerrier *Siksika*, Bly veut dire « Grand », Wakyza veut dire « guerrier déterminé ». William est nom donné par père spirituel chrétien au baptême ! Willy faisait plus trappeur d'aventures que prénom de ti-cul Shakespeare !!! Camarade sincère ne cherche pas nuire à comparse mais compagnon d'armes sait aussi s'imposer pour aider vrai frère !

— Merci pour ta sollicitude ! Je n'aurais jamais imaginé que ton patronyme voulait dire tout ça ! Mais reconnais que ta femme fera toute une crise si tu pars sans l'avoir aviser d'avance ! Et elle va me le reprocher amèrement comme à notre dernière expédition de pêche !

— Bah ! Grosse petite squaw allez prendre son trou ! Moi suivre toi jusqu'en enfer !

— OK, ça me touche ! Mais New York n'est pas si infernal, sauf pour le trafic à *Times Square* ! Tu vas lui dire au moins ?!!

— Oui ! Moi pas peur d'elle ! Être un grand guerrier sans peur !

D'un pas décidé, il se rendit à l'antre de son humble demeure et, se tenant debout, il affirma une fois pour toute, dans une diatribe amérindienne soutenue, c'est ce que pensait Ed en tout cas, sa ferme volonté qu'il devait repartir à l'aventure :

— Belle-Lune-Pleine-et-Sucrée, moi pars acheter bière et cigarettes avec ami Ed. Toi vouloir quelque chose ? Moi revenir vite !

Lorsqu'Axorthy Cunningham s'était vu offrir une arme de poing, ce genre d'armement orphelin dont on ne sait à quoi il a servi jadis, il tremblait de tous ses membres et n'imaginait vraiment pas comment il aurait le courage de pourfendre lui-même le gouverneur. Devant la pâleur livide de son derme, on lui confisqua d'office son joujou et il fut chassé de l'hôtel Keeplington comme un paria. Il pensa appeler son frère pour qu'il vienne le prendre mais il se ravisa, ne voulant impliquer personne de ses proches dans ce qui semblait devenir un piège à con. C'était bien lui le dindon ! Il attraperait tout simplement le premier bus visible pour s'éloigner au plus vite de ce nid de vipères. Il descendit à son terminus sans s'être aperçu que le car fut en tout temps suivi. Il déambulait sur un grand boulevard lorsqu'une voiture noire, aux glaces teintées, s'approcha lentement pour l'intercepter. Elle se gara pacifiquement à ses côtés, le chauffeur baissa sa fenêtre électrique et l'interpella d'une voix professionnelle pour tenter de camoufler une rudesse maligne :

— M. Cunningham ?

À l'apparence générale, il était évident que c'était les gardiens de l'ordre qui l'avait interpellé initialement à San Francisco.

— Ou... oui, c'est moi !

L'homme lui sourit de façon moqueuse tandis que son collègue sortait rapidement du véhicule malgré sa taille de bloqueur de *football* américain. Ils l'invitèrent à se placer sur la banquette arrière. L'individu, le plus colosse des deux, du côté passager commença la conversation avec lui :

— Il y a eu un changement au programme... Un mandat a été levé contre vous et le chef nous a demandé de vous trouver une planque sûre !
— Si une charge de citation à comparaître a été lancée contre moi, il serait mieux de me considérer comme prisonnier... Ainsi, nous exigerons la clémence et même plus... Nous aurions l'aubaine de le discréditer, de le démolir du même coup, en montant un bon jury et en plaçant un de nos juges...
— Peut-être, mais le patron a dit : « trouvez-lui une bonne planque » ! Nous avons une place adéquate pour vous... Vous adorerez ! Prenez ça comme de longues vacances bien méritées !

Ils le conduisirent jusqu'à un petit bâtiment désert dans un secteur d'entrepôts désaffectés. La voiture se rangea en laissant ronronner le moteur. Cunningham comprit qu'ils ne resteraient pas longtemps en ce lieu. Il tenta de résister, un vague instinct de survie lui dictait la fuite, mais la frousse le paralysa et il ne pensait même pas à saisir son portable, qui se trouvait dans sa poche, pour appeler à l'aide. Ils l'empoignèrent fermement en le narguant :

— Allons monsieur ! N'ayez pas peur ! Vous serez bien traité !

Apeuré, Axorthy insista :

— Vous allez me buter ! Vous allez me buter, je le sens !
— Mais non, quelles sont ces manières M. le procureur ! Hurler des sottises de la sorte ! On ne bute jamais personne et encore moins les nôtres ! Collaborez et tout se passera bien ! Ici, vous serez sous les bons soins d'un de nos agents... Il ne vous arrivera rien de fâcheux, au contraire !

L'un des deux enfonça une séquence de trois percussions dans la solide porte glissante de livraison d'un entrepôt aux allures de dock désaffecté. Un judas, bien dissimulé, s'ouvrit à peine pour permettre à une ombre de lancer un diligent coup d'œil. L'un des deux hommes interpella le locataire de ce petit hangar :

— Hé ! Juan ! Héhé ! Je veux dire Juanna ! C'est moi, Robertson ! C'est un client pour tes bons soins... De la part du « Bureau 47 ».

Une voix fortement teintée d'un accent latin, accompagné d'une prononciation masculine que l'on essayait de féminiser, se fit entendre :

— B-47, Hartland, rec'uler... Jai' ouvre...

Axorthy fut horrifié de voir, à l'entrée de ce hangar, un massif obèse de plus de 2 mètres, vêtu affreusement en femme fatale et portant des talons hauts. Une sorte de « *drag queen* » de cirque qui portait approximativement un kilo de maquillage sur son visage et un litre de parfum sur lui. Elle fit le tour d'Axorthy en le fixant, avec une insistance d'aguicheuse de *Sunset Boulevard, d'une de* ces séductrices finies qui veulent non moins séduire et s'offrent aux jeunes hommes dans un fol espoir d'encore plaire, roulant les fesses, se déhanchant effrontément le bas du corps et haranguant tous ceux qui refuserait leurs si fades avances par des insultes sur la virilité de ces gens !

Mais ce Juan « Juanna » Gutierrez n'était qu'une pâle imitation d'une femme. Qu'un malade dont personne n'osa confronter sur son orientation ou lui rendre la raison. Il avait le physique d'un videur de bar mais depuis sa plus tendre enfance, sans père, où sa mère, un peu dérangée et désirant follement une fille, l'avait complètement brisé intérieurement. Un vieil oncle agresseur et, ainsi, la boucle se referma sur elle-même. La fermeture du cercle. Il en avait fait du chemin pour en arriver à ce niveau de délabrement des plus méprisables. À la fin d'une très courte carrière de chanteur de charme sous les traits d'une personnification de la vedette Cher, dans des cabarets homosexuels, il fit une longue dépression et sombra dans l'alcool et les drogues dures. Cette âme perdue fit de menus larcins et revente de stupéfiants dans la communauté gaie de San Francisco. Il fit plusieurs visites en centre de détention, jusqu'à ce qu'il soit reconnu comme délinquant récidiviste et incarcéré à l'établissement pénitentiaire fédéral de *Pelican Bay State Prison.* Ce fut un enfer pour lui. Son penchant pour les lingeries féminines fit de cet homme une épave de dépravation la plus totale et il survécut en offrant des faveurs sexuelles à plusieurs détenus contre une certaine protection.

Un médecin un peu tordu de la prison lui procura des hormones d'œstrogènes dans un élan d'indulgence discutable. Sa transformation fit de lui un monstre. Durant les dix premières années de son incarcération, il fut en définitive la putain du bagne. Pour survivre, il vendait son corps en se convainquant bien malgré lui qu'il le faisait pour de l'amour et de l'affection. Il contracta le VIH+. Étant séropositif, il fut alors transféré au *California Medical Facility* pour y recevoir des soins adéquats. Il resta dans cette prison pour une période de cinq ans. Bien moins brutal, en apparence, que la première, cela permis à Juan de s'épanouir quelque peu. Il étudia à fond les drogues et la chimie, mais aussi la psychanalyse et la psychiatrie. Il se lia d'amitié avec un médecin qui en fit une sorte d'assistant. Ce docteur X avait tendance à faire des expérimentations médicales interdites sur des patients pour le compte de firmes militaires qui cherchaient le dosage optimal pour créer le parfait assassin. Des ramifications de projet comme le *MK Ultra* permirent à Juan Gutierrez de se faire un nom dans le monde parallèle qui s'efforçait de trouver des chimistes sans scrupule... Il sortit enfin de prison avec la chance d'être réellement ce qu'il était, s'il faisait plaisir à ses nouveaux patrons. Ils payaient toujours bien et ne posaient jamais de question. De temps à autre, ils lui demandaient de préparer un individu, de lui laver le cerveau par des drogues et des manipulations psychiques et psychologiques...

Axorthy regardait cette chose qui exécutait de petits pas de ballerine, en tourbillonnant autour de lui, lorsque les agents lui remirent une grande enveloppe de document jaune avec une certaine densité... À voir l'épaisseur de la liasse de dollars, Juan sourit délicatement, comme le ferait une timide geisha en inclinant la tête légèrement. L'énorme travesti se pencha à l'oreille d'un des deux hommes, le tirant à l'écart :

— Cela y'est approuvé par M. Hartland ? C'est gros y'une procureur !!!

— L'objectif et les autres détails vous seront transférés ultérieurement !

— Ça sera dur dé lé cassé... Ille connaît bien la cible ? Y'une ami ? Y'une connaissance ?

— Il a même, envers lui, une certaine haine ! Ne vous en faites pas pour votre agent de liaison, il est à l'extérieur, mais cette directive vient des plus hautes instances...

Les deux hommes insistèrent pour qu'Axorthy reste avec elle, lui, enfin, cette chose. Ils mirent l'accent sur lui afin qu'il collabore, sans rouspéter, avec ce grossier personnage suintant de sueur dégoulinante. Il obtempéra devant les ordres et autres instructions impératives des deux agents de Manlow, qui s'éloignaient déjà vers leur voiture en extorquant toutefois la promesse que cette situation ne serait que temporaire... Juanna invita le procureur à entrer dans son humble demeure... Il eut un haut-le-cœur !

L'endroit était crasseux et ressemblait plus à un laboratoire de drogue clandestin. Le sol était visqueux et les murs suintaient d'une substance étrange émanant de vapeurs de concoctions et de mixtures. Des barils douteux gisaient, çà et là, éventrés et vides de leur contenu. Une longue table contenait des centaines de granules, pilules, gélules de toutes sortes. La porte qui se refermait tranchait l'éclairage et coupait aussi le vent qui apportait un peu de fraîcheur dans le hangar de Juan. Une odeur de parfum bon marché, de sueur forte et de produit chimique empestait les lieux... Le procureur eut envie de vomir dans une poubelle, mais même la corbeille était souillée de dégueulasseries. Il suivit la baleine mal vêtue d'une tenue de soirée jusqu'à une petite pièce au fond de l'entrepôt. Un ancien bureau, transformé en aire de séjour, faisait siège de camp de base. De gros rongeurs déguerpirent en hâte à l'approche du corpulent efféminé. Les murs étaient recouverts d'un limon noirâtre et les électroménagers, poissés, dataient de près de 30 ans. Un détail le surprit quelque peu... plusieurs téléviseurs, qui étaient reliés à un ordinateur, traînaient dans le local. Il y avait quelques couches-culottes pour adulte, barbouillées de déjections qui parsemaient le sol aléatoirement. Sur l'une des couchettes de fortune, une pile de journaux se mit à bouger et tressaillir... Un homme, immobilisé par camisole de force d'une autre époque, remuait lentement comme un vermisseau sortant d'une pomme. Maigre et rachitique, il râlait comme les zombies et morts-vivants du cinéma. Le séquestré de Juan ne le supplia pas de lui donner à manger et à boire, mais à recevoir une friandise, qui s'avérait être une dose de drogue quelconque... Il eut des spasmes pulmonaires, le poussant sans cesse à éructer du fond de sa gorge. Il vomissait sans aucune gêne sa bile sur lui-même. Juan se dirigea à un petit coffre-fort et se saisit d'un sachet contenant des psychotropes en gélules. Il enfonça, dans le gosier du supplicié, l'une de ses pilules et en offrit à Cunningham qui refusa avec une certaine véhémence. Le procureur, avec un haut-le-cœur, tourna les talons pour filer promptement vers la sortie. Telle une grosse Olga d'opéra interprétant une fougueuse Walkyrie, il hurla un puissant cri et se rua sur un Axorthy prit par surprise. La lutte entre les deux hommes fut titanesque, se roulant par terre dans une ultime épreuve de force. Axorthy tenta des coups de poing et même de la tête pour se dégager de l'exténuante prise de Juan. Les contre-attaques de Cunningham ne furent nullement efficaces tellement « l'accolade du boa » lui compressait les poumons, l'étouffant, suffocant lentement dès qu'il faisait une tentative de dégagement. Le procureur concédait près de 115 kilos au mastodonte. Sous ses allures féminisées et maniérées, Juan se démontra être un redoutable lutteur et se servit de toute sa taille, de son poids, de sa masse, sans trop investir d'énergie. Cette joute accablante et grotesque dura autour de trois minutes, le sumotori naturel le remporta sur le vif et improvisé pugiliste. Les deux étaient à bout de souffle, Axorthy, presque mis K.O. par la grippe asphyxiante de Juan et celui-ci, pour le simple fait de bouger en constante dépense de kilojoules, cherchait toujours le retour de sa respiration... C'est toutefois ce dernier qui avait eu l'avantage. Avec beaucoup d'efforts, il se rendit à l'un des tiroirs du comptoir qui longeait le poêle et le réfrigérateur, pour en sortir une paire de menottes. Quand Axorthy reprit assez connaissance pour prendre contact avec son nouvel univers, il était trop tard pour lui... Il était menotté à la tuyauterie rouillée dans l'un des coins de cette pièce sordide. Il se retrouvait sur l'une des couchettes impropres au sommeil. Deux gros téléviseurs enclavaient sa position.

Juan s'affairait à relier ces écrans à son ordinateur central en installant des branchements emmêlés. Son impatience et sa rogne soulignèrent son inadaptation caractérielle et asociale. Axorthy ressentait une vive lancination à l'un de ses poignets. Écoutant les supplications du procureur au sujet de son avant-bras, Juan lui offrit deux cachets contre la douleur, venant d'un flacon usuel de plastique de produits en vente libre. Il les accepta pourvu que ça éloigne son malaise...

— Tiendre ! Prendre ça Gringo chéri... Ça va te remettre sur pied ! T'iu avais juste à collaborer une petit peu !!! Si tu adhères mon chéri, je t'donne un cocktail de pilules bleues et on s'enverra au 7ième ciel mon « pitichou » !

Les doigts sale et suintant de Juanna pénétrèrent profondément la bouche d'Axorthy pour y déposer un médicament dans le gosier. Il ne reconnut pas la saveur habituelle de ce genre de préparation pharmaceutique sans ordonnances. En fait, elle avait un goût écœurant de vieille sueur salée mélangé à un relent de gant de latex et même de fiente. Ensuite, à l'aide d'une tasse de métal terni, il lui fit boire une généreuse lampée d'un liquide tiède. Il l'avala goulument, car il avait la gorge sèche et imprégné de cette saveur abjecte de déjection. L'eau du robinet avait un goût infect. Sa douleur s'engourdit légèrement. Il mit tout cela sur cette simple impression du remède, mais en fait, sa reprogrammation avait d'ores et déjà débuté !

Le retour du seigneur blanc

Avant son départ, Manlow reçut confirmation du resserrement de la sécurité du gouverneur Rutherford et de l'annulation de tous les éléments, non essentiels, de son programme politique et électoraliste; ses lignes d'action, sa liste de priorités ainsi que ses préoccupations diplomatiques, ses vues économiques, ses intentions, projets ou buts. Pour le reste, il campait sur une position plutôt défensive et impavide. Selon ses contacts, seulement Axorthy Cunningham était poursuivi par un mandat. Il se fiait à son pérenne instinct des affaires et des humains pour savoir qu'une créature, comme le district attorney Cunningham, ne parlerait pas à ceux du dehors de son ordre et prendrait tout sur lui. Non pas par le plus pur esprit de loyauté et d'abnégation, mais par la simple crainte de la mort et de la vindicte envers les siens. Des êtres comme Manlow assoient leur pouvoir sur la peur... Une frayeur qu'ils exploitent à merveille. En contrepartie, des hommes comme Rutherford deviennent parfois des icônes, des héros qui, même obscurs et oubliés, se transforment en des phares de la droiture. Des empires cruels sont tombés face à ce genre d'individus incorruptibles. Manlow brûlait de prendre contact avec lui, le mettre en garde pompeusement, le menacer de mort, mais il savait trop bien, à l'écoute de son cœur noirci de haine, que ce serait comme réveiller un dragon endormi... Ses subalternes l'informaient que le colis était parfaitement arrivé à destination et il s'en frotta les mains de satisfaction. Il se répétait en lui-même :

— Avant longtemps, il sera fin prêt à assumer sa mission... Le temps venu, Cunningham sera activé et frappera l'ennemi en son sein ! Rien ne presse... Rien ne pourra remonter à nous !!!

Jarvis s'occupa des bagages de son maître. Sous une forte escorte, il fut reconduit dans le sous-sol le plus creux de la structure. Il prit place, seul à l'arrière, dans une voiture BMW noire compacte, conduite par un chauffeur et un acolyte bien armés mais discrètement. Ce véhicule était blindé et capable de résister à tout ce qui était conventionnel comme menace. Un vieillard, vagabond itinérant quelconque, engagé pour jouer les doublures, prit siège dans la spacieuse limousine blanche et blindée de Fulher Manlow. Il était encore un peu ivre, mais les vêtements immaculés et la chevelure neigeuse rendaient cette illusion des plus réalistes. Jarvis et les autres effets personnels prirent place dans une seconde voiture de grande remise, noire et standard. Deux véhicules utilitaires sport argentés, aux apparences civiles et urbaines, étaient en fait puissamment blindés et fortement équipés pour repousser toutes sortes d'attaques. Les quatre hommes d'équipage de tel bolide possédaient un lance-missiles sol-air téléguidés, à tête chercheuse, et de forts calibres à projectiles très perforants. À l'extérieur, deux motocyclistes serviraient d'éclaireurs. Les cinq voitures sortirent par la porte de garage secondaire, utilisée habituellement pour les livraisons, et s'engouffrèrent dans les bouchons de Los Angeles. Prenant des détours et différents trajets, ils arrivèrent avec un peu en retard sur l'itinéraire prévu. C'est avec un certain soulagement que Manlow prit place dans son avion privé. De l'extérieur, on croyait au cortège présidentiel ou consulaire d'un pays étranger. En fait, c'était le convoi d'un chef d'État dans l'État !

Installé dans un bureau personnel de son appareil, Manlow tenta de rejoindre Hartland par le biais d'un téléphone crypté :

— Enfin Hartland... Vous vouliez me faire subir une attaque ! Où est cette chienne et où est ce maudit Sexton ???

— Désolé M. Manlow, mais comme il n'y avait pas de nouvelles fraîches à vous communiquer, j'ai préféré attendre ! À part le sordide suicide de Dustin Brennan, rien de nouveau sous le soleil de Washington.

— Brennan s'est suicidé ? Vous en savez la cause ?

— Mystère le plus total, il a foncé sur un camion plein d'essence ! Bilan, quatre morts... Notre agent, le camionneur et deux piétons qui traversaient au feu vert !

— Étrange façon de se tuer !!!

— Par chance, à l'intersection de l'évènement, il y avait une caméra de surveillance routière. Sans équivoque, on voit tout... Il a accéléré puis s'est élancé à vive allure dans la citerne en tournant du volant pour être certain du point d'impact ! La thèse de l'accident est pour l'instant écartée car il n'a pas tenté d'éviter sa cible... Il n'a pas freiné ! L'équipe qui a étudié les décombres de la carcasse affirme que ce qui restait du système de frein semblait fonctionnel et, en terminant, la signature dentaire est, sans équivoque, la sienne !

— J'imagine que vous épluchez ses antécédents ?

— Certainement, il a un parcours sans faille... Il a même été agent de liaison du Sénateur Denahue. Et de votre côté, il paraîtrait que ça se complique en Californie ?

— Bougre Hartland ! On a frisé la catastrophe à Los Angeles après votre départ... Je dois reconnaître que vous êtes doué pour les questions de terrain... J'ai dû me résoudre à engager de foutus médecins sans-papiers pour opérer les accouchements ! J'ai donné la sécurité du site à votre bras droit, Sakarov !

— Excellent choix, Sakarov est un très bon élément... Mais j'en glisserai un mot au *commander*... Changement de propos, j'ai eu des échos que le gouverneur Rutherford avait manigancé pour neutraliser l'un de mes agents... Cunningham ! Je le faisais étroitement surveiller depuis son élection...

— Parlons-en de votre Rutherford ! J'ai entendu la bande enregistré de la conversation entre lui et le procureur Cunningham, dans son bureau, et il le tient par les couilles !

— Comment dites-vous ?

— Votre *district attorney* s'employait à « altérer » certains faits et Rutherford s'en est aperçu... Résultat, une petite prise de bec et voilà qu'il en sait déjà trop !

— De quoi a-t-il parlé au juste ?

— Vous écouterez les enregistrements numériques avant de les détruire ! Il s'est, pour ainsi dire, confié qu'il était membre de notre premier cercle et a fait des menaces en ce sens... Ce pingre se croyait dans la grâce des dieux vivants !!!

— J'imagine que ce Rutherford n'a nullement été intimidé ?

Manlow réfléchit un instant avant de répondre à l'affirmation d'Hartland :

— En fait, un peu... Vos « pigistes d'informations » ont remarqué un resserrement de sa sécurité immédiate et la modification substantielle de ses allées et venues pour une période assez longue !

— M. Manlow, le frapper en cet instant serait lui donner raison... N'est-ce pas ? Laissez retomber la poussière ferait en sorte de discréditer tout ce qu'a affirmé Cunningham... La prochaine fois, assurez-vous de placer le bon gars... À cause de son ingérence quasi quotidienne, il nous mettait de multiples bâtons dans les roues ! Mais il reste que ce serait toute une acquisition pour votre écurie, un tel étalon, Monsieur Manlow !

— C'est une multitude de raisons qui m'ont fait douter de le frapper trop vite... Il a maintes qualités mais tout homme a aussi des défauts, des vices, des dépendances... Œuvrons à trouver son point faible...

— Je le sais, Votre Seigneurie ! C'est sa famille... S'il devenait trop arrogant dans ses approches à votre égard, nous pourrions le neutraliser de cette façon... En touchant ses proches !

— Bien, mais je ne veux pas en faire un fauve blessé et incontrôlable... La pression publique le broiera tellement qu'il offrira sa démission... Ce sera alors le temps de placer l'infortuné Gateway ! Avec l'autre sénateur californien et Viktor Denahue, nous n'aurons plus à craindre que la flamme d'*Heanude* vacille !

— Et Axorthy Cunningham dans tout ça ? C'était un fier collaborateur... Il ne sera pas compliqué de trouver un jeune attorney ambitieux pour le remplacer... Mais il rendait quand même de sérieux services... Avez-vous pris une décision pour lui ? J'aimerais, somme toute, le couvrir... Il peut être encore utile...

— Je me suis fié à vos subalternes et ils m'ont tous conseillé de le remettre aux bons soins de la plantureuse Juanna Gutierrez... Des vestiges du projet *MK-Ultra* qui pourrait se montrer fort appréciable...

Hartland ne put retenir son appréhension :

— Aye ! Vous allez en faire une loque ! S'il ratait l'objectif ???

— Qu'un autre malheureux qui aura pété les plombs ! C'est mieux ça que de tous nous mêler à une opération risquée de dératisation ! Tout ce qu'il pourra dire ne sera que des âneries de dingues aux oreilles des profanes ! Donnez-moi plutôt votre topo pour cette garce de Prescott et son chien de poche de *Black Crow* !

— Merci pour votre intervention ! Les autorités collaborent grandement et me facilitent l'échange d'informations. Pour l'heure, c'est fragmentaire, les hommes sont en place et ils n'auront bientôt aucune avenue. Nous opérons un relâchement de la campagne médiatique pour leur donner la tentation de sortir de leur tanière !

— Je devrais arriver à New Haven pour 6h00. Comme le décalage horaire va me mettre sur la paille pour les prochains jours, assurez-vous que la toile soit bien tendue... J'apprécierais, par contre, avoir une étendue plus vaste des connaissances de cette truie sur notre compte et la certitude que le film de *Black Crow* est bel et bien détruit ! Pour réaliser ce projet, asseyez de les capturer vivant... Si tout se rapporte à vos déductions et ceux de Shalow, ils tenteront de remonter ma filière par l'entremise de Thorrenz... Ackerman et l'inspecteur Shalow sont toujours à leurs côtés à New York ?

— Effectivement, et nous continuerons à épier constamment les environs du Sénat et des appartements secondaires de Thorrenz. La rumeur court que le sénateur serait encore dans la capitale, Hartland choisit le bon timbre de voix pour poursuivre, comme vous le savez déjà, leur présence supposée discrète fait beaucoup jaser... Ils ne sont plus de notre temps, Monsieur Manlow... Regardons vers le futur...

Manlow garda pour lui l'impression d'une flèche indirecte à son égard. Le patriarche d'un autre temps, c'était lui... À l'automne de sa vie, il se résigna et renchérit :

— Martinstein mort... Je ne vois pas comment Golda Shalow et son fils pourraient nous être encore utiles, j'accepte leurs suppressions... Mais n'éliminez pas mon fidèle Chacal !!!

Manlow raccrocha la ligne pour ne pas permettre à Hartland de contre argumenter. De près ou de loin, Ackerman avait fauté. Tous remonteraient alors à la tentative ratée contre Mylène Gilmore. C'est probablement le chétif Martinstein qui s'était trompé dans les dosages, mais l'exécutant se devait d'être le Hollandais... Il ne manquait jamais sa cible... Pouvait-on le blâmer outre mesure ? Comme lui, le Chacal se faisait vieux... Accepter son extinction serait perçue comme un aveu de renouveau... Autrement dit, sa propre mort ! Manlow n'avait pas encore terminé son œuvre ici-bas...

*
* *

Allan se retrouvait maintenant en terrain connu. Une série de contacts augmenterait le risque de fuites et de dénonciations. Il s'organisa donc pour limiter ses tractations à un seul homme. Mark « *Rooster* » Copland. *Rooster* Copland était un assez vilain garçon, mi-trentaine. Petit de taille mais costaud et bien charpenté. Sa coupe de cheveux pris dans le fixatif et les gels capillaires lui valut le sobriquet de *Rooster* par ses amis proches, mais on apprenait aussi très vite que Mark Copland avait un sale caractère quand on le taquinait sur sa grandeur. Il avait en admiration des joueurs de hockey robustes et reconnus pour leur brutalité, leur arrogance et leur esprit revanchard. Cette petite bombe sur deux pattes avait fait la connaissance d'Allan dans l'armée. Mark Copland fut radié des *marines* pour son mauvais tempérament et son insubordination. Il avait frappé un officier, qui le haranguait trop à son goût, pour l'avoir obligé à faire des pompes. Il avait de la gueule, une méprisable façade, mais était toujours réglo. Quand on apprenait à bien le connaître, son côté asocial se transformait en quelqu'un de très dévoué. Il avait un fort penchant antigouvernemental. Pour lui, le gouvernement fédéral avait tous les torts et était le fautif de tous les maux. Il adhérait à toutes sortes de théories, même les plus loufoques, mais il n'avait pas la personnalité pour s'impliquer dans des situations criminelles ou politiquement préjudiciables. C'était plus une façon de forger son caractère et son individualité. Pour le reste, il aimait bien hanter les bars et fréquentait les femmes d'une seule soirée... Sans trop comprendre pourquoi, il faisait le vide autour de lui ! Il souffrait de cette solitude mais son orgueil l'empêchait d'avancer dans un salutaire cheminement.

Allan et Alberta arrivèrent à sa ferme tard le soir et sans détour. Les routes de campagne étaient pratiquement désertiques mais Allan avait hâte de se libérer un peu de cette tension qui les torturait depuis ses premiers pas dans cette aventure :

— Tu vas voir Alberta, il est difficile à cerner, mais c'est un sacré bon gars ! On a fait les quatre cents coups ensemble... C'est un bon vivant, même s'il est légèrement antipathique les premières fois ! Je le fréquentais à intervalle régulier... L'année dernière…

— Donc, ça fait un an que tu n'as pas eu de nouvelles de lui ??? Est-on obligé de faire affaire avec ce coq mal léché ? N'oublie pas que mon paternel va être à New York bientôt, dans deux jours... Je ne veux pas le manquer ! Il pourra nous aider grandement s'il faut payer les Thorrenz... Mon père est très riche et il a grand cœur !

— Ouais...

Allan retint ses appréhensions profondes. Il ressentait au fond de lui que la partie ne serait pas gagnée si facilement, même si les Thorrenz n'avaient pas directement l'appui légal, seul un test d'ADN pourrait définitivement trancher la question, il changea le sujet avec habileté.

— Mon pote Mark est vachement bon pour la mécanique et même l'électronique... Tu sais, le système de communication militaire que j'ai confisquée sur le soldat que tu avais neutralisé... Il nous avait été utile pour notre évasion jusqu'à ce que sa pile spéciale au lithium tombe en rade... Avec lui, on pourra concevoir un chargeur improvisé...

— S'il ne nous donne pas pour une récompense !

— Mark n'est pas comme ça !

— Nous verrons bien Allan, jusqu'à maintenant, je t'ai suivi et ça nous a toujours bien réussi. Tu m'as fait confiance pour le policier Walsh, je devrai faire de même pour ton fringant coq… Après avoir repris les droits pour la petite Pamela, je veux que ces assassins croupissent en prison !

Les chiens de Copland hurlaient à tout rompre et ils furent, a priori, reçu, arme de chasse à la main, par un Mark encore éméché de son sommeil. Dès qu'il reconnut Allan, son attitude changea. Il était difficile de gagner sa confiance et son amitié mais quand le *Rooster* les donnait, c'était pour la vie...

Il ne fit aucun commentaire sur leur cavale lorsqu'il les vit. Il semblait heureux d'accueillir des visiteurs à l'improviste. Alberta et Allan s'échangèrent de rapides coups d'œil. Allan laisserait venir les questions hasardeuses que si elles provenaient de sa part.

Dès que Mark entrevit la beauté radieuse d'Alberta, il lui fit du charme pour taquiner Allan, le rendre jaloux. Alberta se souvint des avertissements d'Allan à propos de son ami et se retint de tout commentaire sur sa tenue décontenancée. Il tentait maladroitement de la séduire comme le feraient les marins dans des ports lointains en clignant des yeux en vedette de *rock star* ou en sortant des nullités dignes de machos déglingués. Avec plus de maladresse que de méchanceté, ce phallocrate dût en convenir que cette dame avait beaucoup plus de classe et de charme que les clientes de bars et tavernes qu'il fréquentait... Il reçut ces gens du mieux qu'il le pouvait, en ouvrant une bouteille de bourbon scotch bon marché, des canettes de bière et des biscuits secs recouverts de beurre d'arachides. Ce n'était pas le luxe mais cela calma leur faim momentanément. Mark promettait de descendre en ville pour acheter des steaks le matin même. Il vivait en ermite avec ces chiens. Sept, huit... Ils allaient et venaient sur son terrain sans trop de discipline :

— J'ai refusé de rentrer dans la meute chez les *marines*, je ne vois pas pourquoi j'imposerais ça à mes toutous !

Alberta resta austère et calme, de sorte de permettre à Allan de négocier à son aise et de voir de quoi en découdre assez rapidement. Il s'abstint poliment d'un de ses derniers cigares mais se laissa tenter à une partie de cartes. Ils jouèrent quelques *rounds* de poker, ce qui lui excusa de bien étudier son adversaire tout en faisant passer ces œillades suspicieuses et ses papillotages inquisiteurs sous le voile de la stratégie du divertissement. Mark riait de bon cœur, il disputait la victoire impulsivement sans démontrer aucun geste de méfiance. Allan pivota son torse et fixa la pièce principale de la demeure. La résidence, sur l'étage du rez-de-chaussée, était à aire ouverte, avec le salon juxtaposé à la cuisine et la salle à manger et il remarqua l'absence du téléviseur et de la chaine stéréo sur son meuble d'origine. Ils y étaient pourtant lors de sa dernière visite l'année dernière. Mark aperçut la réaction d'Allan et lui confirma son désarroi :

— Ha, ça ! Oui, il a fallu que je liquide plusieurs choses de valeurs pour amadouer mes créanciers depuis que j'ai perdu mon emploi comme manutentionnaire !
— De vrais requins ces banques-là !!!
— À qui le dis-tu ?!! Il n'y a pas un mois où je ne reçois pas une de leurs maudites lettres ! Tiens, la semaine dernière ils m'ont posté... Bah ! Oublie ça ! Je ne vous importunerai pas avec toutes ces sornettes !

Mark fit une longue pause en ingérant d'un trait une rasade de bourbon puis le reste de sa bière. Le *Rooster* resta aussi pensif que silencieux, ravalant autant son impuissance que ses émotions. Il fixait le sol, sans porter attention aux boules de poussières s'immisçant aux poils de chien. Alberta l'observait toujours et entraperçut qu'il camouflait son infortune et sa détresse par un humour boiteux. Allan, en pesant ses mots, décida de mettre au parfum son vieux compagnon d'armes :

— Tu vis ici reclus... Ça fait un bail que tu n'as pas regardé les infos ?

370

— Effectivement ! C'est juste un putain de ramassis de conneries du fédéral qui veulent contrôler nos esprits !!!

Mark s'inclina vers l'un de ses chiens, un bâtard croisé entre un *retriever* et un berger allemand, pour l'étreindre et le caresser avec véhémence comme le ferait un enfant pour se décharger de tant d'amertume.

— Donc, tu n'as pas entendu les dernières rumeurs à mon sujet ?
— Quoi, tu as décidé de jouer pour l'autre équipe ???

Il était le seul à rire de son allusion mesquine sur les homosexuels. Allan se pencha vers lui et lui exposa sa version des faits, sans cacher la variante officielle qui n'avait que pour but de noircir la réalité, pervertir la vérité, pour mieux les incriminer. Allan tenta de faire son rapport de façon circonstancielle et le plus authentique possible. Cette expérience empirique de sincérité amena Mark au bord du gouffre. Étaient-ils sincères où le menait-il en bateau ? Cette douce et jeune femme, mêlée dans un tel complot, sortait de l'ordinaire. Alberta émergea de sa torpeur simulée pour faire jaillir, d'un sac de toile, le document de Martinstein à propos de Mylène et les quelques photocopies, surlignées de feutre fluorescent, de ses premières recherches qu'elle avait pu sauvegarder. Il considéra, point par point, les invraisemblances, les incohérences puis les preuves et les évidences. Il n'était pas ce genre d'intellectuel pédant qui ressassait sans fin des informations sans agir. La vérité, c'est qu'avec ou sans recul, c'était trop complexe pour lui... Au bord du gouffre financier, il n'en perdait pas moins ses valeurs patriotiques à ce qui a trait à maltraiter les enfants et leur maman. La beauté et le charme de Mylène Gilmore lui infligeaient assurément tout autant une force ascendante. Pour le reste, le charisme d'Alberta et la primatie innée d'Allan renforçaient leurs dires, sans laisser de chance au *Rooster* de penser autrement. Après un long silence résigné, comme si la prestance de ses invités lui dictait, sans échappatoire, qu'il devait les suivre aveuglément dans cette aventure périlleuse, il demanda :

— Vous attendez quoi de moi ? Pour la planque, je peux facilement vous héberger ici un certain temps. D'ailleurs, que pourrais-je faire d'autre ?!! Pour l'heure, mes créanciers se tiennent loin, de peur de recevoir une volée de gros sel... Mais il faudra être discrets et vous cacher le plus possible en attendant que je vous trouve la combine parfaite pour filer à l'anglaise !

Allan éprouvait, dans son cœur, un réchauffement par la spontanéité et la simplicité de son comparse. Il se sentait si seul. Dans le ton de sa voix, Mark ressentit sa détresse :

— Tu peux faire beaucoup mon ami... Dans un premier temps, pourrais-tu m'aider à trafiquer un chargeur pour ce *walkie-talkie* ?

— Avec des pièces, oui je peux, déjà Mark avait pris la radio émetteur-récepteur et en étudiait avec empressement ses composantes, transcommunicateur Titan multicanaux de dernière génération.., Technologie militaire de première main ! Je pourrais le commuter à un récepteur B.P. et le faire fonctionner sur une batterie de voiture ou un accumulateur, par exemple... Ouais, c'est concevable !

— Pour le *laptop*, tu peux nous procurer un chargeur ?

— Ça, facile... Donne-moi la marque... Mais il va falloir vous dégotter du pognon !

Alberta attira son attention et le fixait dans les yeux, pour l'émouvoir le plus possible et aller chercher le meilleur en lui. Lui faire bien comprendre qu'ils ne seraient pas ingrats avec lui :

— Mark, il nous faut un contact sûr pour faire la jonction avec mon père, dans deux jours à Central Park... Vous pourriez nous aider ? Lorsqu'il sera là, il pourra vous dédommager grandement, grassement même, pour oublier tous tracas financiers jusqu'à vos vieux jours !

Les yeux de Mark s'écarquillèrent, devinrent brillants. Elle avait employé les mots magiques. Non qu'il soit si matérialiste à saliver au pognon, il se voyait mieux en une sorte de mercenaire de terrain sans questionnement qu'un preux chevalier avec le poids de sa conscience et n'en tenant qu'à sa vertu.

— Je prendrai mon bolide pour aller chercher votre père ! De plus, il me sera facile de transplanter l'émetteur-récepteur portatif Titan à mon poste B.P. ! On en fera une base d'opérations mobile et fiable !

Mark étant féru de mécanique, il avait investi une petite fortune dans sa camionnette utilitaire. Un camion de marque *Ford Econoline* peint d'un noir mât. Il avait renforcé les portières de discrètes plaques d'aciers soudées. Les fenêtres et le pare-brise étaient sombrement teintés. C'était sa dernière possession et il loua Dieu de ne pas l'avoir vendu... Préférant bourlinguer sa carcasse et ses chiens avec ce véhicule sans luxure, plutôt que de garder son domaine vétuste et sans ressource. Il n'avait plus d'animaux de ferme depuis un encan régional où il perdit ses bêtes avec une forte dévaluation imposée par des charognards de la finance. Mark se sentait revivre !

Le fidèle guide

Willy « Bly » Wakyza connaissait la région frontalière comme le fond de sa poche. Il advenait qu'il baignât dans des « importations » douteuses. La plupart du temps, le trafic d'alcool. Il lui était également arrivé, à l'improviste, de tremper aussi dans des combines un peu plus hasardeuses mais toujours imposées à la dernière minute. Une fois, on l'avait engagé pour un transport d'eau-de-vie. Arrivé au lieu de réception, il se retrouva avec des caisses supplémentaires qui contenaient des drogues fortes et des armes. Prudemment, il exécuta la mission sans trop démontrer de refus, sachant qu'il risquait la mort si ses employeurs découvraient qu'il avait percé à jour leurs manigances... Un vieil Amérindien, même soi-disant de sang noble, ne valait pas grand-chose pour la pègre autochtone qui chapeautait le sud du Canada et le *Midwest* américain.

Sans trop de difficulté, Ours Noir longea des cours d'eau et des boisés épars jusqu'aux États-Unis. Il connaissait les coutumes des gardes-frontière de jour et leurs paresseuses habitudes de pauser aux mêmes heures, au même café, donnant une fenêtre de près d'une heure pour se faufiler. Ceux de nuit étaient plus sévères et rusés. Pour les gardes frontaliers et autres douaniers, ils pensaient, à tort, que peu de gens tenteraient impunément d'emprunter les bornes en plein jour. Ce relâchement servait bien le monde interlope. Ils avaient même la stratégie de payer des jeunes d'âges mineurs pour passer les lignes de nuit, en canots ou sur des véhicules tout-terrain, avec des marchandises bidon. Les lois canadiennes étaient très clémentes pour de jeunes contrevenants s'ils se faisaient prendre. Le résultat obtenu par les criminels était de mettre les autorités sur le qui-vive, chaque nuit, ce qui dilapiderait d'énormes ressources financières de la part des forces de l'ordre et des gouvernements.

Sentant le bon moment arrivé, le camion s'engouffra dans un vallon orné d'une multitude de boisés d'arbustes en îlots de feuillus. Le strict minimum pour permettre au massif bahut de l'Amérindien de s'avancer en sol américain. Ours Noir gara rapidement son véhicule dans un opulent bosquet et se dépêcha de changer sa plaque d'immatriculation par une autre imitation. Ce matricule factice américain du Montana, en matière plastifiée, donnait la parfaite illusion d'être une vraie. Il l'avait sorti d'une caisse de carton et Ed perçu qu'il y en recelait de plusieurs régions, de l'état de Washington à celui du Vermont. Lorsque revint le chef indien, il arborait un large sourire de satisfaction :

— Comme ça, ne pas me faire chier avec les chauvins de cette localité ! Y'a tellement peu de monde au Montana qu'ils se couvrent entre eux et ne se cherchent pas noise ! Mais les policiers, ici, emmerdent volontiers ceux des autres états et même les touristes « *Canucks* » comme nous pour compenser le manque d'affection de leur femme et faire semblant de travailler en rapportant des constats d'infraction à leur patron commissaire !

Ils arpentaient des plaines et des collines meurtries de petits sentiers. Faisant fuir devant eux les troupeaux semi-sauvages de chevaux et laissant dans l'indifférence le bétail à corne, de cheptel de moutons ou de rares et dominantes hardes de bisons de prairies qui broutaient le long de la *Milk River*.

Après une heure à descendre en sol américain, Ed et Willy foncèrent, barre à droite toute ! Ils évitèrent des endroits avec une forte densité populeuse comme *Shelby, Chester* et *Glasgow*. Au fil du voyage, il développa plus avant les problèmes de sa fille. Ils convinrent de faire une halte à *Wolf Point* pour faire le plein d'essence et faire quelques acquisitions vitales pour les « guerriers » qu'ils étaient devenus. Devant la facture salée, Ed remit des fonds de sa mallette, en dollars américain, à Willy. Il ne posa aucune question puisqu'il n'aimerait probablement pas la réponse que lui ferait le guide. Il le laissa à un petit café et longea l'affluent de *Missouri River* pour joindre une minuscule réserve autochtone cousine de « Pieds noirs ».

Ed fut incapable de manger, il ne happa qu'un café crème qu'il n'absorba qu'à moitié. Gaspillant le reste pour éteindre une cigarette qu'il avait marchandée à un camionneur de passage.

Willy revint le prendre après deux longues heures avec une conduite féroce et le klaxon facile... Le souffle d'Ours Noir sentait fortement l'alcool. Ed le renifla et huma sa forte haleine de « souillard ». Il insista promptement pour saisir le volant. Après une légère altercation verbale de « souillon » de taverne, il réussit à confisquer les clés et ainsi prendre le contrôle de la place du chauffeur.

Ils s'éloignèrent des regards indiscrets sous les invectives de chuchotements à peine dissimulés d'Ed. D'une furtive observation dans la boite du camion, il ne discerna qu'un relatif carton avec de maigres vivres, rien pour justifier l'investissement initial.

Ours Noir ronflait maintenant comme un grizzli mal léché. L'Indien laissa inconsciemment échapper, du fond de son sommeil, une énorme flatulence grasse et bruyante. Ed le laissa fermenter sa gnôle en gardant une faible rancœur à peine maugréée. Il ne faisait que longer une longue route sans fin jusqu'au Dakota du Nord. Willy cuvait son alcool en tentant de fredonner des chants guerriers de sa tribu, mais à la somnolence qui lui imposait de toujours répéter une rengaine incompréhensible. Ed ne pouvait convenablement raisonner avec lui tellement il était intoxiqué par les spiritueux. L'Amérindien, comme réponse, ne rouspétait que la même chose : « il priait ses ancêtres » dans un dialecte massacré par la mollesse de ses lèvres.

Tard dans la nuit, il gara le camion tout-terrain dans une aire de repos. Il ne put empêcher le vieux Willy de s'assoupir et il s'endormit de fatigue sans se justifier pour son infructueuse cavale d'ivrogne. Les premiers rayons du soleil et sa chaleur réveillèrent les deux compagnons. Une moite odeur de sueur et d'alcool évaporé donna des haut-le-cœur à Ed. Son ami avait les lèvres pâteuses et rêches. Il cherchait ses mots péniblement, comme on le fait les lendemains de veilles fortement arrosées d'eau-de-vie ! Mieux, comme un patient qui s'éveillerait d'un long coma !

— Ha ! Ours Noir ! Enfin on se réveille ! On refait surface ! Tu me déçois grandement... Pas que je sois attaché à l'argent ! Mais tu as tout flambé en alcool et tu as acheté juste de quoi nous sustenter jusqu'à demain !
— Tiens, moi je mange peu... Moi être grand guerrier Siksika !

Willy sortit, d'une poche de sa veste de *blue-jeans*, une liasse de billets verts. Il ne manquait qu'une vingtaine de dollars du montant que lui avait remis Ed.

— Qu'est-ce que ça veut dire ?
— Ton argent sera important pour acheter petite fille à gros dignitaire de Maison-Blanche Man-a-low et docteur Frankstinstein ! Je me suis débrouillé autrement pour trouver équipement...
— Heu... Je me sens mal Willy...
— Mais non, pas savoir toi comment Ours Noir être rusé et... résistant à l'alcool !

Willy l'invita à le suivre pour se rendre à la boîte arrière du camion et souleva un panneau dissimulé au plancher. Une trappe que cachait une vieille toile de voyage bleue savamment posée là. Tout en se dirigeant vers le derrière du véhicule, Ours Noir relata ses péripéties du même coup :

— Moi arrivé chez cousin lointain, frère de sang pied-noir « Nez-Fourchu », il a contact avec magasin militaire et possède bons équipements. Lui, arrogant autant que fourchu, m'impose prix exorbitant pour ce que je veux... Je le fais parler et voilà qu'il se vante sans cesse d'être meilleur picoleur de toutes les nations Siksika. Moi je le laisse s'enfoncer en le défiant de me le prouver... Lui, obligé de faire match d'eau-de-vie avec moi ! Il parie que si je gagne, je prends ce que je demande sans payer, si lui l'emporte, moi remettre tout l'argent et partir comme chienne avec queue entre deux jambes... Je fais semblant d'hésiter, il me harangue, m'humilie... Je fais simulation de craquer et ordonne d'alterner une bière, une bonne gorgée de *Canadian Club* ! Ouach ! Il n'a que du Royal Crown ! Je le fais boire, pas difficile pour moi, même si être à jeun, je suis plus gros que lui... « Nez-Fourchu » commence à tanguer, moi, rusé, je m'organise pour lui verser verre. Quand on fait cul sec, moi je prends ensuite ma bouteille de broue et recrache toute ma gorgée dedans ! Lui, aussi filou et futé, souvent je remarque qu'il commence à surveiller moi. On boit alors, au goulot, du tord-boyaux et j'en mets deux, trois *glouglous,* mais je le recrache dans quarante onces en avalant qu'une partie ! C'est vrai qu'il picole fort, mais après deux heures, je l'assomme d'un ultime verre de *brandy* et il tombe en imitant petit moineau ! Moi je me dépêche et je prends mon dû... Toi récupérer ton argent et lui apprendre leçon de vie de ne pas mélanger affaire et gnôle !!! J'avoue que pour fêter ça, j'ai bu reste de sa bonne eau-de-vie !

Ed souriait de plus belle quand il racontait son histoire, il eut, par contre, un choc lorsque Willy ouvrit le couvercle de la trappe. Le grand chef des Siksika turluta avec un trémolo de fierté :

— Moi organiser petit « faux fond » pour mon camion, pratique pour cacher des choses !!!

Il montra à Ed un arsenal impressionnant pour lui. Pour Willy, ce n'était que de l'attirail usuel. Il y avait un imposant fusil d'assaut noir avec une crosse en bois teint et deux armes de poing. Le reste, Ed ne voulait même pas se l'imaginer ! Willy prit le spectaculaire flingue et l'exhiba fièrement en donnant ce qu'il semblait être un rapide cours théorique comme on si attendait d'un John Wayne en surabondance de virilité :

— Toi pas savoir, mais moi j'ai été jeune, mercenaire pour le grand chef blanc des Amériques. Moi et mes frères servions le drapeau des U.S.A. comme *rangers* au Viêtnam. J'ai gagné par ruse à « Nez-Fourchu »; un fusil d'assaut de type AK-74 bulgare... Il est fait avec lance-grenades sous le canon... L'AK-74 est mise à jour des années 70 de l'AK-47 classique. Il est chambré dans calibre 5.45 x 39mm et a été joint à un GP-34 lance-grenades *under-slung* de 40mm et 5 chargeurs de trente cartouches et caisses pleines de balles, nous avons trois munitions de grenades à fragmentation seulement et cinq grenades fumigènes... Ici, se sont deux armes de poing réglementaire des U.S.A., des M-9 Beretta, Pistolets de 0.9mm. Arme de poing standard de l'armée américaine. Ces bangs-bangs sont à la fois stables et précis... Ils peuvent atteindre cibles jusqu'à une soixantaine de mètres pour un œil de faucon... Huit chargeurs et autant de cartouches que d'étoiles un soir d'été sans nuages ! Je te promets un beau feu d'artifice si on fait mal à jeune Alberta ou à petit bébé fille !

— C'est... Qu'est-ce que cet emballage de pâtes à modeler jaunâtre gris ??? Ça ressemble à... de la glaise ! Pas... Pas des charges de démolisseur ???

— Ça ? Héhé ! Ça être un paquet de C4, un plastique boum-boum... C'est sans doute le plus utilisé des explosifs dans films de cinéma, toi ne connais pas ? N'écoute pas Rambo et James Bond ? Le C4 est très efficace contre toutes menaces. Il ne réagira pas aux balles. Il faut un petit détonateur que voici... On s'en servait pour débusquer minis renards jaunes dans les tunnels au Viêtnam !

— Bordel de merde ! Nous n'allons réclamer qu'une enfant illégitime Willy et plaider la cause de ma fille ! Tu es cinglé ??? Que veux-tu faire de tout ça ?!! De plus, c'est strictement illégal !!!

— Toi dire à moi que ton agent Russell mort à ta place dans circonstance nébuleuse... Ça c'est être « illégal » non ??? Moi, pas penser bagarre, mais réfléchir à notre sécurité... Plan B au cas où ! En outre, ça devenir meilleur argument que verbiage et parlotes d'avocats !

— Non, non, non ! Tout acte de violence serait très mal perçu et contre-productif... C'est justement ce que disent les bobards des médias !

— Alors je te promets de laisser armes bien cachées... Je m'en débarrasserai dès que possible ! Mais c'est service que je fais à mon peuple, car « Nez-Fourchu » aurait vendu cela à des gens mal intentionnés ou à des jeunes innocents en manque d'identité... Regarde plutôt ces beaux joujoux...

Willy, souriant comme un gamin exhibant ses jouets avec fierté, sortit, d'une petite valise métallisée, ses pièces maîtresses de sa collection. Deux lunettes de visions nocturnes sophistiquées dont un de modèle récent.

— Ça par contre, mon cher Ours Grisonnant, c'est des plus intéressants ! Voir dans le noir le plus total ! Ça nous servira s'il y a encore un autre *black-out* à New York !!!

L'allusion blessante d'Ed pour la grande panne majeure qui indisposa cette ville en 1977 embarrassa son ami. Ed se ressaisit en donnant une bonne tape dans le dos au « respectable » chef Ours Noir. Devant le mutisme désastreux de Willy, il lança pour atténuer sa remarque cinglante :

— On trouvera bien une application à tout ça... À part ma vieille carabine de chasse, je ne suis pas habitué de tenir tous ces trucs militaires !

Ours Noir se fit sérieux, réfléchit :

— Même à la chasse, tu ne tires jamais le gibier ! Je sais qu'Ed être personne de bien et que pour lui la violence ne devrait jamais être... Pour lui, brutalité être barbarie... J'ai vu dans les nuages du matin un sévère avertissement... De plus, la Lune d'automne était rouge hier soir et ça veut dire beaucoup pour nous, les Siksikas... La chouette hululait en réponse à noir corbeau... Pas bon signe...

— Un mauvais présage dans le brouillard matinal ? Il n'est pas normal, sur les plaines trempées de rosée, d'apercevoir de la brume ?

— Le grand souffle du Wendigo appelait à l'aurore la chair de l'innocence Ed, et ceux de mon sang n'ont pas renié leurs démons comme l'homme blanc l'a fait avec leurs diables...

— Que des superstitions !!!

— Non Ed, ignorer les choses de l'invisible ne veut pas dire qu'elles arrêtent d'êtres ! Ce matin, dans le vent, j'ai entendu le chant du Wendigo... Les outardes, hauts dans le ciel, se sont tues pour ne pas attirer le mauvais œil du Wendigo, l'esprit des rafales glaciales du néant...

— Alors, ce n'est pas d'armes donc nous avons besoin... Héhé ! C'est d'un genre de chaman ou d'un prêtre...

Ed prit place sur le siège du conducteur et Willy, à ses côtés, ne disait plus rien et il fixait piteusement le sol. Ils reprirent le voyage vers l'est. Ed regarda furtivement son compagnon de fortune sans perdre sa concentration sur la route... Il décida de clore cette discussion par une note plus joyeuse, mais il ne trouvait pas les mots exacts. C'est Willy qui trancha avec pessimisme :

— Vrai, tu as raison, le Wendigo voyage dans le vent et n'a que faire des armes des hommes ! C'est d'un chaman ou d'un prieur du barbu des cieux que nous aurions eu besoin...

*
* *

Mark « *Rooster* » Copland installa Allan et Alberta dans une chambre d'invités au deuxième étage. La pièce revêtait quelque chose d'étrange et de malsain pour elle. Les murs lézardés et le plâtre, tamponné çà et là pour colmater les brèches trop béantes, donnaient aux vieilles cloisons des allures de maison hantée. Le vent soufflait de plus belle dans l'embrasure de la fenêtre, faisant siffler une litanie monotone. Elle ne pouvait se résoudre à s'assoupir, épiant de ses oreilles toutes les particules de bruit, quelles qu'elles soient. Et Dieu seul sait comment ce genre de fermette peut craquer de vieillesse ! Elle gardait une méfiance instinctive par rapport à cet homme... Elle n'avait aucune peine à imaginer qu'il pouvait changer d'avis et retourner sa chemise à n'importe quel temps pour profiter de récompenses potentielles. Aux petites heures de la nuit, à l'ombre des ténèbres, elle perçut un pas feutré dans l'escalier et dans le corridor menant aux chambres. Elle entendait Copland ronfler rondement. Allan dormait profondément. Tout affolement de sa part aurait mis en danger son compagnon. Elle s'étira sans faire de bruit et empoigna l'arme d'Allan laissée à portée de main. Une légère respiration parvint de l'autre côté de la porte. Comme les murs avaient, depuis belle lurette, travaillé sous les intempéries, la clenche ne se refermait pas entièrement... On poussait maintenant la porte qui s'ouvrit dans un long grincement. Un rapide souffle transcendait et une ombre accroupie se dessinait dans l'embrasure de l'ouverture... C'était Daisy, une gentille chienne de type Saint-Bernard mélangée avec du Berger Allemand, qui semblait très friande des câlins. Elle sauta sur le lit pour se blottir affectueusement contre Alberta. La chaleur de l'animal, combinée à celle d'Allan, accabla profondément Alberta et elle s'endormit silencieusement comme une bûche sèche, en serrant sa nouvelle amie contre elle.

Un aboiement et une séance de léchage de Daisy réveillèrent Alberta. Le soleil était déjà à son zénith. Elle porta l'oreille et entendait Allan et Mark qui s'entretenaient sur des sujets tournant autour de l'électronique improvisé. Elle enfila ses vêtements avec hâte et descendit pour s'enquérir des dernières nouvelles.

Tôt le matin, Allan avait remis une liste de tout ce dont ils avaient besoin. Ils étalèrent toutes leurs ressources financières, même le petit cochon de Mark fut mis à contribution, pour se payer les composantes électroniques nécessaires et un nouveau chargeur pour l'ordinateur portable de feu Martinstein. Pour se rationner, Mark avait acheté des conserves bas de gamme. Alberta s'offrit de cuisiner et elle fit des miracles avec les maigres rations et différentes épices pour rehausser substantiellement le repas...

Pour le système de communication, ils eurent plus de difficultés qu'ils avaient prévues mais, en concoctant des tours de force d'ingénieries bricolées et de prouesses de savoir-faire, ils purent, après le souper, dévoiler tout un monde occulte d'intercommunications secrètes. Ses correspondances clandestines utilisaient des bandes codées qui brouillaient les signaux des autres structures conventionnelles. Avec leur procédé improvisé et la puissance de l'appareil, ils pouvaient capter les messages cryptés, à ondes courtes, dans un radius d'une cinquantaine de kilomètres tout au plus. C'était suffisant pour découvrir qu'il y avait des « pointeurs » installés à chaque grand angle d'interceptions. Les communications faisaient toutes allusions, de façons plus ou moins subtiles, à Allan et Alberta. Allan et Mark passèrent la nuit dans le camion à étudier la méthodologie, le lexique employé, la logique des codes, etc. Mark compilait toutes les suppositions dans un vieux calepin. Ils perçurent et convinrent que certains termes, après avoir entendu une question se terminant par « colis neutre » et comme répartie « colis remuant », étaient positifs pour eux. Le terme « colis remuant » devait probablement signifier « ramenés vivants » et « colis neutre » devait forcément dire mort ou vivant... Dans de telles circonstances, l'aspect psychologique jouait du côté d'Allan, si bien sûr leurs déductions se révélaient exactes.

Dès que la pile de l'ordinateur portatif de Martinstein fut sur la charge, Alberta s'installa devant et fureta, sur des sites de réseaux sociaux, pour compiler les meilleures photos possibles de son père et de Mylène, sans directement utiliser sa page personnelle et ses propres albums virtuels. Le reste du temps, Alberta, Allan et Mark préparèrent minutieusement le plan pour la rencontre.

Pour le moment, il n'était pas question pour Alberta et Allan de voyager jusqu'à New York. Les communications occultes à leurs sujets ne s'étaient pas amoindries d'un iota, comme si un devin avait prédit qu'ils passeraient forcément par là... Pour que l'exercice de la jonction avec Ed Prescott fonctionne, seul Mark devait y aller. Pour l'ultime lien de reconnaissance avec le père d'Alberta et Mylène, il n'aurait que des photos mémorisées dans son cerveau...

Le matin fatidique venu, grâce à l'émetteur-récepteur taupe, Mark put facilement se rendre à New York sans encombre. Il remarqua des voitures aussi sobres que sombres qui semblaient guetter, comme des panthères avachies, çà et là aux abords d'artères névralgiques...

*

* *

Le Minnesota et le Wisconsin ne furent qu'une formalité pour Ed et Willy. Le rusé Peau-Rouge délaissa les interminables routes principales pour n'emprunter que des voies désertiques. Ils se sauvèrent ainsi d'une foule de petits problèmes. Pour autant qu'ils ne rencontrent aucune sentinelle qui aurait à l'idée de faire de la surveillance... Ils utilisèrent cette tactique avec encore plus de succès pour le Michigan et l'Ohio. Mais ils sentirent une plus grande vigilance pour la Pennsylvanie et l'État de New York. Arbitrairement, les autos patrouilles de la police de comté arrêtaient des voitures pour surveiller les identités. Étrangement, ils ne se préoccupaient même pas d'eux, malgré l'allure indomptable du récalcitrant Willy et le regard fuyant d'Ed. En remplissant le véhicule d'essence à une pompe indépendante, Ed entendit subrepticement un jeune couple se plaindre de la brutalité des agents de la circulation. La coquette dame avait une certaine ressemblance avec sa propre enfant. L'homme avait des traits vaguement agréables et les cheveux courts un peu comme le comparse de sa jouvencelle...

Ed se tint à une apparente distance, mais il épia la paire du mieux qu'il le pouvait sans attirer l'attention. Une vague intuition lui confirmait que les autorités en avaient encore contre sa fille et son ami. La conversation, des gens de la pompe à essence voisine de la sienne, avait assez de détails pour démontrer son hypothèse. De ce couple, la dame semblait la plus effarouchée de cette pénible expérience. Son conjoint tentait de minimiser la fouille complète du véhicule qu'ils avaient subi plus tôt. Elle renchérit sur la manière dont ils avaient vidé leurs valises et confisqué toutes les cassettes vidéo du caméscope de leur lune de miel, et cela, sans mandat ! Willy, qui revenait d'une besogne pressante au petit coin du garage, lança un voile de méfiance dans l'esprit du tandem offusqué et ils cessèrent du coup leurs vives conversations. Dans les traits de la dame, on pouvait davantage percevoir l'envie de se défouler encore et toujours. Le jeune marié figea son sourire dans un angle poli et salua cordialement Ed de la tête. Peut-être s'était-il aperçu qu'on les observait ? Les deux hommes grimpèrent dans l'imposant camion au diesel et retournèrent sur la route, en direction est, vers la cité de New York.

Déjà à l'horizon, le *smog* naissant de la Grosse Pomme montrait ses premières lueurs. Ed avait gagné son pari, il serait même là avec de l'avance pour repérer le terrain...

*
* *

New York connaissait une autre matinée compressée de trafic. Les amants de cette mégalopole de béton affectionnaient la surnommée « la Grosse Pomme » ou « la ville qui ne dort jamais ». Cette métropole était parfaitement intégrée dans le système planétaire de la mondialisation. Conséquemment, cet empire était devenu, aujourd'hui encore, un centre décisionnel, économique et culturel de premier plan, notamment grâce à la puissance de ses institutions comme le *New York Stock Exchange, Wall Street* et le siège de l'ONU et à la faveur de nombreux sièges sociaux d'entreprises situés dans cette ville. New York était la deuxième cité du monde en pourcentage de milliardaires, derrière la renaissante Moscou qui avait siphonné tant de labeurs à des millions de travailleurs... Un monstre bicéphale avec ses deux têtes distinctes, mais un même corps ! Malgré son univers de béton et de tours, New York était le refuge d'une faune et d'une flore qui, au fil des décennies, s'étaient progressivement adaptées à cet environnement artificiel.

Central Park était un espacement écologique d'une très vaste superficie, il était localisé dans le *borough* de Manhattan. Il constituait le plus grand espace vert de la ville de New York et représentait une oasis de verdure au milieu de la forêt de gratte-ciel de Manhattan, même s'il était situé au nord de l'île où les édifices étaient moins élevés. Il était délimité par la 110ième rue au nord, la 8ième avenue à l'ouest, la 59ième au sud et la cinquième à l'est. Le parc était encadré par deux quartiers résidentiels : *l'Upper East Side* et *l'Upper West Side*. Avec une moyenne de 25 millions de visiteurs par an, *Central Park* était l'un des parcours les plus visités aux États-Unis pour ne pas dire au monde.

Son aspect naturel était le résultat d'un important travail paysager : il contenait plusieurs lacs artificiels, dont le plus déterminant, *the Reservoir*, qui s'étendait sur un peu moins d'un kilomètre. Il y avait des chemins piétonniers, des pistes de patinage sur glace en hiver et de patins à roues alignés l'été, une zone de protection de la vie sauvage et des pelouses pour pratiquer multiples sports, bronzage et jeux en plein air. Il était en outre un « sanctuaire » pour les oiseaux migrateurs, où de nombreux observateurs venaient les découvrir. Une route de près de 10 kilomètres de long, relativement peu fréquentée par les automobilistes, entourait le parc. Elle pouvait surtout être empruntée par les piétons, les coureurs de fond, les cyclistes ou encore les adeptes du *rollerblade*, notamment le week-end et en semaine après dix-neuf heures, lorsque la circulation automobile y était totalement interdite.

Mark stationna sa camionnette noire en lisière de ce menu sentier piétonnier. Il acheta, avec le reste de sa petite monnaie, un chien chaud à un restaurateur itinérant et se posta près de son véhicule. Un groupe d'ornithologues amateurs se servaient de leurs jumelles pour étudier des hordes de palmipèdes sur le lac artificiel. Grâce à ce subterfuge, il pouvait, à son aise, lorgner sans créer de malaise. Ainsi installé à sa guise, il repéra un individu qui nourrissait frénétiquement des canardeaux. Grand, mince, les traits étirés et anxieux... Il le reconnut immédiatement mais, pour plus de sûreté, il le laissa poireauter une bonne quinzaine de minutes encore. L'anxiété de l'homme aux canards ne le trompait pas. On n'avait pas ce genre de tique frénétique et cette angoisse à rêvasser au bord d'un étang. Mark s'approcha lentement de lui avec une démarche aboulique et nonchalante.

Ed avait vidé la poignée de « gros-grains » à gibier d'eau qu'il avait acheté à une distributrice spécialement prévue à cet effet. Il s'assied sur un banc public, face à la mare, glissa les mains dans ses poches de veste et tenta de trouver une position détendue. C'était plus fort que lui et il regardait sa montre à intervalle très régulier. Un homme s'approcha de lui, une allure louche, des pantalons de type cargo d'un vert militaire, un *pull-over* de laine mal blanchie et une veste-manteau de marin de feutre noir. Il avait des traits rudes, une barbe de quelques jours et des yeux azurés et froids. Sa toison était gominée et coiffée en crête. Il prit place à côté d'Ed et lança à un des canards le reste du pain de son *hot dog*. Sa tignasse, probablement châtain, s'était assombri sous l'effet laqué et gommant du gel à cheveux qui donnait à ce grossier personnage des contenances de voyou. Ed remarqua qu'il portait des gants de pilote automobile de cuir noir, en peau d'agneau, dont le bout des doigts avait été coupé. Sa présence l'indisposait et plus tôt que tard, leurs yeux se croisèrent. Comme l'énergumène se faisait de plus en plus insistant à tenir son regard pénétrant, il se leva en voulant s'éloigner... Avec une certaine maladresse, Mark se colla à la remorque de son contact. Il cherchait encore la façon la plus simple pour afficher ses couleurs et le convaincre en un tournemain sans créer de scandale. Un pan de mur s'interposa prestement entre Ed et son suivant. Willy, qui restait tout près pour veiller sur son ami avait rapidement détecté l'allure louche de Mark et il s'était rapproché. Ours Noir, qui avait les rides déformées par un rictus haineux, grogna pour impressionner ce qu'il considérait n'être qu'un *punk* de *Central Park*. Loin d'être intimidé, le petit coq soutenait avec arrogance le regard perçant d'Ours Noir, sans broncher. La tension gonflait en crescendo inutilement. On aurait dit deux lutteurs de la télévision se défiant au centre d'un ring. Un policier monté sur un cheval passa près d'eux et les deux belligérants feintèrent l'innocence avec trop de conviction.

Ed attira vers lui la vigilance du cavalier en uniforme en posant une question d'information quelconque. Dès que le gardien de la paix s'éloigna, Ed s'interposa en suppliant Willy de ne pas faire d'esclandre pour l'amour de sa fille. Mark comprit que cet autochtone devait être un genre de garde du corps. Il fit un signe discret de la main pour capter l'attention d'Ed. Il réussit enfin à sortir une phrase complète :

— Monsieur le prospecteur canadien, je présume ?

Ed fronça les sourcils. Son appréhension se transforma en inquiétude :

— On se connaît, jeune homme ?
— Nous avons une amie en commun, elle vous fait dire qu'elle va bien et qu'elle désire ardemment vous revoir...
— Où est-elle ? Qui êtes-vous ???

— Mon boulot *Mister* est de vous informer qu'elle va bien... Je dois vous conduire à elle de façon discrète... Je ne peux pas vous en dire plus... Vous avez un véhicule ?

— Oui...

— Alors, suivez-moi... On m'avait parlé que vous seriez avec une belle petite poulette blonde, pas avec un cowboy à Peau-Rouge ! Je ne sais pas si votre fille...

— Ne vous en faites pas, je me porte garant de lui...

— Je retourne à ma camionnette... C'est la noire là-bas... Vous me suivrez sans faire de zèle...

Quelques manœuvres de repositionnement plus tard, le puissant camion Dodge Ram au diesel de Willy se mit à la suite de l'*Econoline* noire de Mark. Dès qu'ils purent s'éloigner de l'attraction ascendante de New York, ils prirent l'autoroute et se rendirent dans la banlieue profonde. De là, en serpentant des voies secondaires, ils accédèrent à la ferme de Mark, sans croiser de patrouilles routières d'agents de la paix... Rien ne laissait présager qu'ils auraient pût être suivit tant le coin était isolé et désertique.

Le siège de Sacramento

Le fougueux politicien James Rutherford s'était retranché, avec toute sa famille immédiate, dans la résidence permanente des gouverneurs de l'État de la Californie, demeure officielle reliée à sa fonction. Il réussit à calmer sa cellule familiale en jouant la carte de la franchise. N'importe quelle autre femme aurait ressenti du désarroi par rapport à une telle situation. Au plan politique, son époux se retrouvait quasiment sans aucun soutien professionnel et sa carrière, dans ce domaine, approchait d'une sordide agonie. Suzanna Sheridan-Rutherford était plus qu'une battante, elle épaulait son mari et le conseillait fort bien. Seul avec elle, James lui fit écouter l'enregistrement audionumérique qu'il fit de son bureau lors de son entretien fortuit avec ce procureur. À la lumière des révélations étranges de Cunningham et des solides soupçons du gouverneur, une terrible menace se dessinait. S'il remettait sa démission, il perdait toute chance de négociation avec ses détracteurs de l'ombre. De plus, cela ne garantissait nullement la fin de ses problèmes. En s'affaiblissant lui-même, il s'isolait encore plus... S'il restait en poste en dépit des fulminations à peine voilées de ce groupe influent, il s'exposait probablement à des récidives lâches et vicieuses. Avec horreur, Suzanna se remémorait, bien malgré elle, les images violentes de l'assassinat de John F. Kennedy et de son épouse hystérique auprès de lui... Était-ce cela le destin de la famille Rutherford ? Mourir pour des principes ?

Un impétueux assaut médiatique partit du *San Francisco Chroniques* sans qu'on puisse s'y attendre. Une jeune dame, membre en règle du Parti républicain et ancienne secrétaire de Rutherford lors de sa campagne à la position de gouverneur, affirmait haut et fort avoir été violée, au beau milieu d'un congrès, par l'actuel « proconsul ». Une autre femme le visait de ses accusations sordides en déclarant, sans trop de preuve, mais avec beaucoup d'émotion, avoir été la victime d'un James Rutherford brutal et violent. On fit des choux gras de toutes ces calomnies en faisant des rapprochements avec d'autres cas tous aussi médiatisés comme l'affaire DSK ou Bill Clinton.

En vingt-quatre heures, trois différentes « demoiselles », sans lien direct entre elles, attestèrent avoir subies des attouchements sexuels de la part d'un gouverneur ayant un fort penchant pour l'alcool. Un à un, ses appuis tombaient et sa résidence fut envahie par une marée de journalistes et de paparazzis, assoiffés de potins, pour capter les derniers moments d'un « tyran à la belle gueule ». James et Suzanna comprirent immédiatement que ces fausses accusations étaient en fait les armes choisies par ses ennemis pour le terrasser. Le combat se ferait alors au niveau médiatique.

Avec une machine bien rodée, huilée à grands coups de millions, il devenait possible d'influencer l'opinion publique avec une facilité déconcertante. L'imaginaire collectif perdait tout son sens contestataire au niveau des masses si on pouvait marteler un message simple et répétitif à sa base. Les gens auront toujours une disposition à vouloir se fondre à la majorité. Ainsi, l'esprit critique d'un individu était facilement aspiré si on lui faisait croire, voir ou pressentir ce que la meute raisonnait. C'était pour la même raison que des centaines de sondages d'opinion tambourinaient, sans cesse, les tendances populaires à suivre. Au niveau politique, le secret de bien museler les peuples était de leur donner l'impression de démocratie en exhibant deux options diamétralement opposées, idéologiquement peu identique à la façon de penser, mais idem dans la manière d'agir. Deux partis qui semblaient se haïr à la mort sur des points stériles que l'on démontrait comme vitaux. Ce partage de votes coupait tout simplement l'électorat en deux. Comme une poire que l'on trancherait à la « bonne franquette » en demandant de voter entre deux axes fondamentaux; oui ou non, noir ou blanc, rouge ou bleu, la gauche ou la droite, *ad vitam æternam,* et *cetera...* La masse étant divisée grossièrement sur un prétexte carrément émotif, on remettait le pouvoir aux mains des *lobbies,* des groupes de pression, de minorités soudées à une cause commune et, les plus sournoises, à des sphères d'influences occultes détenant de puissants capitaux.

Les gens de l'ombre avaient lourdement misé sur une décapitation symbolique de Rutherford plutôt que sur son exécution physique purement et simplement. Le cadran de la postérité faisait aller ses trotteuses à un rythme accéléré pour James Rutherford et les siens. Une destinée que s'apprêtait à faucher la moissonneuse des calamités.

Le commissaire Andrysiak fut joint au téléphone par le gouverneur, très tôt, le matin même de l'offensive médiatique. Il était lui-même plus nerveux que les Rutherford. Des accusations étaient sur le point d'aboutir sur son bureau. Les preuves, s'ils en avaient, n'étaient substantielles que dans les affirmations gratuites des victimes. Il avait préliminairement trouvé plusieurs incohérences dans les rapports distincts et les différents témoignages. Mais ce fils d'immigrants polonais, aux épaules carrées et au teint slave, savait trop bien que la carrière de Rutherford était d'ores et déjà terminée. Devait-il plonger avec lui ? Il y avait bien une certaine amitié qui les liait, mais face à ce rouleau compresseur, aucune camaraderie ne pouvait tenir !

Il fut ému par l'esprit d'abnégation de Rutherford. Il avait maintenant pris les devants pour éloigner le Slave de ses propres ennuis en refusant qu'il se mouille. James émit la volonté de régler seul cette sordide allégorie de conspiration. Steven Andrysiak se souvint alors des anecdotes de son père, sur sa terre natale, et des atrocités commises au nom du communisme. Les souffrances d'un peuple aussi vaillant que les Polonais auraient pu être évitées si les conspirateurs, se tapissant dans les ombres, avaient été démasqués dès les premiers balbutiements... Comme les détracteurs de Rutherford faisaient tous partie d'une coalition, il serait, à ce moment-là, possible de pousser tellement loin cette histoire qu'ils y perdraient beaucoup plus que des plumes. Le commissaire Andrysiak se rendit à la résidence du gouverneur avec empressement. Les heures qui passaient offraient de meilleures prises aux calomniateurs et le temps était devenu leur pire ennemi.

Il fut reçu par un Rutherford souriant, de ce genre de faciès que l'on revêt pour dissimuler quelque chose. Le Polonais railla avec sa verve habituelle :

— Quand on veut arracher une molaire, il ne faut pas faire dans la dentelle... Elle ne tombera pas seule, même si elle est cariée !

Andrysiak mit son index sur ses lèvres pour imposer un prompt silence à l'arrivée d'un subalterne l'accompagnant avec un brouilleur sophistiqué. Il fit entrer un spécialiste de la pose de micros et autres systèmes d'enquêtes et de filatures pour qu'il inspecte les lieux. Tandis que l'enquêteur passait au peigne fin l'endroit, les deux amis continuèrent de jaser de façon désinvolte en attendant la fin du ratissage.

Ils furent surpris par leurs trouvailles. Le gouverneur était espionné par une tierce partie, probablement ceux que redoutait James. L'expert neutralisa toutes les minis caméras de surveillance et d'écoute. Il certifia que cet arsenal, très sophistiqué, n'était pas apparenté nécessairement aux équipements habituels de son service, mais plutôt du ressort de groupe comme les fédéraux ou ceux de la NSA ou de la CIA.

Andrysiak exposa son ébauche de plan et Rutherford en rajouta de son cru. Le gouverneur, le trémolo dans la gorge, rejoint les responsables, qu'il jugea fiables, de son gouvernement. Il donna des directives brèves et directes :

— Il y a ici tout un fourniment électronique de télé et de radiodiffusion en cas de crise majeure... Je m'en servirai pour faire un appel à la Nation. Je ferai savoir à tous les agents de presse des chaînes médiatiques qu'à 13h aujourd'hui, j'annoncerai un important message du bureau de la résidence des Rutherford...

Déjà, les vautours et les corbeaux virevoltaient autour d'une carcasse agonisante. Pour les « cercles fermés », hermétiques à ceux du dehors, Rutherford allait léguer sa place de gouverneur dans la honte et la décrépitude. Tout laissait présager une démission rapide pour sauver les meubles. Rutherford fit même courir la rumeur d'un possible divorce !

Le coup de treize heures arriva et tous les médias électroniques de l'État de la Californie avaient ajusté leurs flûtes pour démontrer la déchéance du héros momentané de la classe moyenne. Ils avaient tellement fait leurs choux gras de cette déconfiture, qu'ils battaient des records d'audiences pour un appel à la Nation. Rutherford, avec un certain contrôle, avait fait parvenir le signal à toutes les chaînes régionales et même aux radios indépendantes. À l'heure du Web, il s'était aussi organisé pour avoir l'accès intégral à un site officiel pour la retransmission de son important message où tous pourraient le réimplanter ensuite, en continuité, sur des serveurs virtuels libres et affranchis... Pour l'heure, c'est une plèbe assoiffé de scandales qui écoutait, regardait, épiait cet homme esseulé et solitaire face à une mer de diffamations déchaînée contre lui.

C'est une personne sereine qui se présenta devant la caméra fixe, avec son bon teint et sa chevelure bien peignée. Il était seul, installé à un grand bureau d'acajou et de teck teint en brun foncé. Sur cette écritoire de gouverneur, il y avait de petits cadres de sa famille et une plume à encre de style colonial. Derrière lui, une riche bibliothèque montrant des piles de livres juridiques et d'histoires, ainsi que ses multiples diplômes en droit, ingénierie et sciences politiques. Deux bouquets, admirablement sélectionnés, apportaient à l'endroit un puissant souffle de vie. Le tout, agencé, pour être agréable pour l'œil, donnait une aura de respectabilité à un Rutherford qui en dégageait déjà beaucoup. Même la cravate et le complet de James furent minutieusement choisis par sa femme Suzanna. Il aurait pu jouer la carte de la bonne famille en demandant à son épouse et ses enfants de camper les « attendrisseurs » de cœur, mais James Rutherford n'était pas de cette sorte, à mêler inutilement les siens dans ce genre d'embrouille. Il était donc seul, fixant l'objectif de la caméra, lorsqu'il amorça son discours. Sa voix, chaude et charismatique, articulait tous les mots comme si c'était ses dernières paroles...

La réunification

Ed et Willy suivirent l'*Econoline* foncé du petit homme costaud avec beaucoup de méfiance. Ils s'enfoncèrent sur une route sinueuse et surtout cahoteuse. Des feuillus, hauts et encore parés de leur robe de feuilles vertes, cachaient bien un minuscule domaine. L'endroit était dans un état naissant de délabrement. Les chiendents et autres herbacés désordonnés et sauvages, rajoutaient à cette insipide réalité. Une grange, vide de son tracteur, des terres mal labourées et l'absence totale de bovin broutant inlassablement l'herbe folle avaient donné à ce lieu des relents de ferme hantée. Ils stationnèrent les véhicules sur les côtés de la résidence principale. Une maison à deux étages de style rustique du XIXième siècle. Ours Noir fit une manœuvre de contournement pour faciliter un potentiel départ, le nez de son camion vers l'avant. Il pourrait alors sortir en contournant la boîte de son poid-lourd et ainsi avoir accès à une arme de poing à l'insu de cet étrange contact, d'autant qu'Ed lui refusait obstinément l'idée de porter des armes à feu chargées sur eux. Willy « Bly » Wakyza eut tout le temps nécessaire à son inutile action et glissa un pistolet dans son dos, caché par sa veste de denim.

La porte d'entrée de la maison s'ouvrit et Alberta surgit en courant comme le ferait une fillette voyant sa grand-mère apportant cadeaux et présents. Elle sauta la rembarderambarde de la galerie pour se jeter dans les bras de son père. Celui-ci l'empoigna fortement. La trame était probablement touchante pour ceux qui pourraient en être les spectateurs mais Ours Noir resta de marbre, ne pensant encore qu'à dissimuler son pétard. Mark, maladroit de nature en ce qui à trait aux relents d'émotivités, trouva un prétexte pour éviter l'émouvante scène.

Allan était sorti du domicile de Mark sans trop de hâte. Il avait des papillons dans l'estomac. Ce genre de picotements que l'on ressent avant d'être présenté à son beau-père. Et dans quelles circonstances loufoques avait-il plongé pour en arriver là ?

La longue étreinte, une microseconde pour Ed et sa fille, mais une éternité pour Allan qui attendait avec anxiété sur le porche du perron, se termina quand Ed reconnut l'aventurier des nouvelles télévisées qui l'avait tant troublé... Il le fixait en serrant durement les lèvres. L'ex-soldat pressentait viscéralement une menace. Il se surprit à se jaser mentalement avec lui-même :

390

— Rien de bon pour moi ! anticipant le couperet qui tomberait plus tôt que tard pour lui, comprendrait-il nos sentiments profonds ? Forcera-t-il sa fille à rompre nos futures fiançailles ? Voyons Allan, ressaisit-toi ! Alberta est plus rusée que ça ! Elle saura faire entendre raison à son « papy » !

Il se donna une dose de courage et avança vers eux en tendant poliment la main vers le père de sa bien-aimée :

— Bien le bonjour à vous, M. Prescott !

Ed, pourtant de nature calme et pacifique, sortit de ses gonds et décocha un direct du droit à la mâchoire d'Allan. Celui-ci fut surpris de cet acte violent et démesuré. Son être conscient n'avait pas vu le geste venir, mais son subconscient réagit juste à temps pour ordonner à la tête, le cou, la colonne vertébrale de minimiser l'impact en opérant une motion vers l'arrière par un réflexe conditionné. Il était moins une pour qu'il se fasse violemment fracturer le nez. Il sentit la pression du poing sur son museau. La phalange d'Ed effleura la truffe sans trop de dégât. Allan leva ses deux mains, paumes ouvertes pour ne démontrer aucune agressivité de sa part. Willy et Mark s'interposèrent. Ed injuriait le jeune homme avec aucune conviction. Sa voix était trouble et sonnait comme un écho. Pourtant, il avait l'impression de beugler comme une grosse caisse claire de fanfare ! De meugler, rugir comme un lion quand en fait il glapissait comme une dinde. Il comprit, bien malgré lui, qu'il avait cédé à la panique et l'hystérie. Alberta l'embrassait de ses bras pour le neutraliser tout en douceur. Sa douce voix le tranquillisa, l'apaisa comme elle consolerait un bébé en pleur. Allan s'abstint d'émettre un commentaire, sachant que cette expérience devait être douloureuse pour un père qui risquait de perdre sa fille unique dans des mésaventures hasardeuses. Pour calmer le jeu, Allan accepta tous les blâmes, même si ces réprimandes n'étaient en rien justifiées. À cette heure, Ed avait honte. On avait tellement cristallisé, à la télévision, l'image d'un Allan Sexton en terroriste, que même Ed ne pouvait résister à cette puissante suggestion. Une redoutable technique subliminale ? Un savant procédé infraliminal ? Tout devenait possible dans ce monde de technologie maintenant...

Ed écouta en silence les faits énumérés par sa fille en rafale, tout en fixant le sol. Après ce rapide exposé sur les derniers jours de cavale relatant l'héroïsme de ce jeune chevalier sauvant la pauvre demoiselle en détresse, et toujours en fixant le sol, il tendit piteusement une main vers Allan. Ce geste de paix fut accueilli par Allan sans rancune, ni reproche. Voyant la tension redescendre, Mark entra dans son modeste logis pour en ressortir avec cinq bières froides, de ces canettes d'une marque américaine trop populaire et bon marché. Il en offrit avec empressement à tous. Ce qui fit dire à Willy, le sourire fendu jusqu'aux oreilles, en se roulant une cigarette de tabac maison :

— C'est bien la meilleure façon de crapoter le calumet de la paix qu'en le fumant avec une bonne « *cold beer* », héhé !

Alberta et Allan se regardèrent, apercevant, ou plutôt en donnant de l'importance, pour la première fois à ce grand et digne représentant de la tribu des « pieds-noirs ». Alberta ne le connaissait pas très bien, l'ayant seulement vu sur les photos d'expéditions de son père. Ed fit enfin les présentations avec une certaine gaucherie dans la voix. Ours Noir, ayant entendu lui aussi les explications d'Alberta et les excuses confuses d'Ed, se fit un honneur de tourner en dérision le geste insensé de son compagnon de voyage :

— Mon ami Ed frappé comme squaw quand elle picole trop !!! Lui reproche-moi tout le temps « de vouloir frapper le premier » quand on fait cuite dans taverne miteuse de réserve !

Un court silence où les gens présents ne savaient pas trop s'ils devaient rire de ce commentaire articulé à la manière amérindienne ou opérer une tentative de changer de sujet. Willy en rajouta :

— Moi dit que mon frère d'armes, Eddy, cogne comme femme parce que son cœur reconnait qu'il ne fallait pas vraiment frapper... Comme squaw qui veut attirer attention en me tabassant... Au fond, aime bien moi ! La petite grosse !!!

Les pitreries de Willy réussirent à faire apparaître, sur le visage d'Ed, un sourire plus ou moins forcé. Mark, pince sans rire, rajouta du tac au tac :

— Alors les femmes qui me giflent et me claquent sur la gueule quand je leur pince une fesse, c'est pour me faire savoir que je leur plais ?!! Mince alors ! Ça fait de moi l'homme le plus désiré de l'État du New Jersey !!!

Alberta, qui avait appris à gérer le persiflage misogyne de Mark, s'employa à badiner comme une fillette, apportant une bouffé d'humour à la scène en donnant deux, trois bonnes répliques... Tous, sauf Ed et Allan, qui se gardait une grande retenue, s'initièrent à ce rire en se tirant la pipe amicalement. Ours Noirs et le *Rooster* développèrent immédiatement une certaine connivence dans la façon qu'ils avaient de se renchérir d'âneries de collégiens et de bouffonneries masculines. Comme deux « stand-up » comiques se complétant à la perfection dans un enjouement en duo. Ed demeurait avec un tempérament pessimiste. Il mit un terme aux railleries avenantes en tranchant une phrase d'un ton sérieux. Ce qui le nouait à l'intérieur de lui et qui l'empêchait de démontrer sa joie sortait clairement maintenant :

— Troy Russell est mort à ma place... Tout ça pour garder secrètes des adoptions illégales de gens fortunés... Je n'aurai de repos que lorsque les coupables seront derrière les barreaux et que Mylène aura retrouvé sa fille... Et encore là !

Allan l'étudiait, le cernait mieux à présent. Il renchérit, presque comme un télépathe :

— Je suis avec vous, M. Prescott !

Ed le fixa et fit savoir que son appui était le bienvenu par un rapide signe de la tête, un peu à la façon des samouraïs japonais de la période Edo. Mark, contant d'avoir déridé les gens, les invita à entrer et à s'installer. Willy ferma la marche en jetant de suspicieux coups d'œil tout autour.

Copland aménagea tout ce qu'il trouva pour improviser une cinquième chaise autour de la table. Il empila deux caisses de bois et s'y cala naturellement, par courtoisie. Il semblait vouloir imposer une sorte de « *briefing* » comme on le ferait avant une opération militaire. Alberta et Allan lui avaient fait un excellent topo de ce qu'ils comprenaient de la situation, il valait mieux qu'ils fassent la même chose avec son père et l'amérindien pour qu'ils soient tous au même niveau. L'ancien militaire à la crête de coq se sentait revivre avec toute cette agitation, brisant la morbide solitude qui le faisait dépérir de jour en jour et trouvant un but dans son existence de chômeur... Devant la lourdeur de l'exposé auquel il avait déjà goûté, il fit ce qu'il considérait être le plus habilité à faire... Faire le guet dans son camion pour prêter attention aux crachotements incessants sur son poste radio BP.

Il y avait beaucoup d'activité ce soir-là, on ne cessait de faire allusion au Pape et son cortège...

À l'intérieur, Ours Noir s'emmerdait plus qu'autre chose à assister à des explications qui n'en finissaient plus. Alberta, s'aidant de l'ordinateur de Martinstein, de la clé USB du tenancier Santoro et de ses propres notes, exposait autant les faits que les conjectures. Willy se servit plusieurs bières dans le frigo. Le réfrigérateur était presque vide de vivres, mais pas de liquide d'houblon ! Il prit les canettes restantes en les tenants par leur attache de plastique et alla rejoindre Mark dans sa camionnette. Ils sirotèrent leur mousse en silence en écoutant les directives codées qui sortaient du *walkie-talkie* crypté. Willy haussa les épaules croyant, à tort, avoir à faire avec un débrouilleur d'ondes policières conventionnel :

— Moi pas savoir que pape est à New York ? Faut acheter TV parce que j'en perds des bouts !

— Nah... Ça doit être une sorte de chef des bâtards qui font la vie dure à Alberta et Allan... De la grande démesure de prendre comme code le mot « pape » ! Je pense qu'en italien, ça veut dire « papa », mais le hic, c'est que je ne parle pas l'italien !!!

— Hohoho ! Un coq *italiano* ! C'est bon avec vin rouge... Pas avec bière américaine !!!

Les deux comparses firent plus ample connaissance. Se ventant exploits et actions d'éclat passés. Ils fraternisèrent longuement sur un événement qu'ils avaient en commun. Tous les deux avaient eu l'audace de rosser leur supérieur dans l'armée... Plus fort qu'un pacte de sang, ce geste les unissait maintenant au-delà de la mort !

Soudainement, les messages devinrent plus clairs et nombreux. Les deux portèrent l'oreille avec un intérêt subit. Différents groupes semblaient se référer à une autorité centrale. Copland fronça les sourcils en se retournant vers l'Indien du Canada et lui chuchota :

— Je crois avoir percé leurs codes !

— Faut juste prendre logique à eux et recoller les morceaux, j'imagine... Passes-moi feuilles et bout de crayon. En recoupant ce qu'on entendra, il sera possible de décrypter leurs appels !

— Ho-là Peau-Rouge ! On n'est pas à l'époque des messages de fumée du *Far West* ! C'est de la haute technologie de visage pâle tout ça !

— Encore moins signaux de miroir sous reflets du Soleil... Pourtant être du pareil au même. Faut allez plus loin que simple évidence... Tiens, le mot « aile » qui se répète, pourrait bien être « elle » ou le salut « heil »... « Hell » ! C'est *hell* qui désigne « enfer des ancêtres »... Un démon ailé apportera malheur et mort si on n'y prend pas garde ! Les songes m'ont parlé...

— Pouafff ! le Rooster régurgita en crachin bruineux sa gorgée de bière pour ne pas s'étouffer en s'esclaffant avec arrogance. Où vas-tu chercher ses sornettes de cha-maman ??? Tu te fous de ma gueule là ???

Mark affichait un large sourire qui amplifiait son air détestable coutumier. Pourtant, ces traits s'adoucirent quand il perçut le réel malaise de l'autochtone. Il lui mâchonna de fades excuses camouflées dans une affirmative positive d'encouragements rationnels, puis ses lèvres se soudèrent par des considérations sommes toutes insondables. Le silence, plus oppressant que dérangeant, fut de nouveau perturbé dans des sonorités crachotantes sortant du haut-parleur du *walkie-talkie*. Comme pour chasser la monotonie des uns et les appréhensions des autres, ils se mirent à noter de façon cartésienne et annoter systématiquement, sur leurs petites feuilles froissées, tout ce qu'ils parvenaient à comprendre de ses voix métallisées.

Ainsi, ils ne dénotèrent que les noms commençant non par « *Hell* » mais par « Hel » pour Hélico. Il y avait aussi le terme « *Hornet* » (frelon) qui était plutôt un genre d'hélicoptères tactiques, comme en utilisaient les forces policières pour le repérage aérien. Il s'y trouvait également deux engins de type aérodynes dans la région : Hel-109 et Hel-212. Ils escortaient un convoi d'une envergure présidentielle. LimBo-Alpha semblait être le véhicule principal du prénommé « pape » et VeB-01 à VeB-04, le support d'escorte. Le cortège devait se rendre à New Haven avant la tombée de la nuit... Comme le feraient deux enfants pour un petit jeu de méninge, Willy et Mark s'amusèrent à faire des conjectures pour retracer les différents codes. Mark ouvrit son vieux calepin et continua de compiler des informations disséminées ou plus ou moins substantielles. Ainsi, ils firent de simples déductions comme Véhicule Blindé 01, 02, etc. LimBo-Alpha serait du genre Limousine officielle de tête bardée d'acier. Les Couguars 01, 02, etc. seraient des deux-roues motorisés, super rapides. Aux sons perçus lors des différentes écoutes, ils constatèrent qu'il s'agissait de motocyclistes. Les V.G. potentiellement pour désigner « vigiles » seraient alors des unités standard de factionnaires des forces constabulaires. Des sentinelles, des guetteurs légaux qui pourraient rapidement rappliquer en cas d'ennuis. Les Hel-VLR seraient probablement des veilleurs en attente, une section plus ou moins lourde aéroportée qui pourraient se ramener à grande vitesse au beau milieu d'un pépin grave. Willy n'en revenait pas d'entendre cette multitude de communications d'ordres militaristes. Bien qu'il y eût une base militaire à moins d'une heure de route de chez Mark, il était impossible que ces transmissions soient soldatesques, car on y employait officiellement et toujours les simples codes comme Alpha-Bravo-Tango, etc. pour communiquer entre eux. La nature même des protocoles laissait transparaître des manifestations de type paramilitaire ou de commando de forces spéciales d'intervention utilisant des chartes non conventionnelles, anormales et irrégulières. Autrement dit, clandestines !

*
* *

Ed écouta les péripéties et les aventures de sa fille sans broncher, ni même bouger ou sourciller. Seule sa mâchoire tomba net. Il la fixait avec un air si hagard, qu'elle crut qu'il était dans la lune. Il attendit qu'elle ait fini son récit pour prendre la parole. Un médecin au rire démoniaque, un sanguinaire assassin d'outre-tombe, une poursuite endiablée avec hélicoptère et lance roquette ! Franchement, s'il avait été un scénariste de film, on aurait rejeté son projet du revers de la main ! Sa voix, terne et autoritaire, ne laissait nullement place à l'interprétation :

— Alberta, tu as été trop loin avec ton truc ! Tu fabules avec tes contes de bandes dessinées... Tu as écouté trop de cinéma ! C'est vrai qu'il existe des groupes comme le « *Skull and Bones* » qui ont une certaine influence, mais de là à croire qu'ils iraient aux meurtres pour couvrir un réseau d'adoption... Ça ne colle pas ! L'histoire pour toi finit ici ! Tu t'en retournes au Canada ! Je ferai le nécessaire pour rencontrer, avec mon avoué, le sénateur Thorrenz et tirer au clair toute cette histoire !

Allan s'obligea enfin pour imposer son opinion :

— M. Prescott, tout ce dont vous pourriez imaginer de mieux pour votre fille, je vais y souscrire ardemment... Depuis le début, Alberta désirait agir dans la légalité, mais nous faisons face ici à un sérieux dilemme... Un dilemme qui transcende la morale juridique et judiciaire. Les Thorrenz ont élevé une fille qui n'était pas à eux... Elle a maintenant deux ans... Que trancherait un jury selon vous ? Quels critères seraient retenus ? Le bien de l'enfant, de la mère biologique ? Des parents adoptifs qui ont les juges dans leurs poches ? Il est vrai qu'un mauvais arrangement serait préférable à un bon procès... Ma conscience me dicte de laisser aller les choses... Faire comprendre à la mère biologique que le vrai bonheur pour sa fille est de demeurer là où elle est... Se bercer dans l'illusion qu'elle aura tout ce qu'il se fait de mieux... De la stabilité en affection, de l'assurance sur le plan financier... C'est ce que me dicte ma conscience... Mais mon instinct m'impose autre chose ! J'ai peine à m'imaginer William Thorrenz comme un bon père équilibré... J'ai eu affaire à lui à Washington et New York... Je sais qu'il a trois enfants, dont une fillette de deux ans... Aussi gentille et affectueuse que pourrait être Mylène, la petite aura tout un traumatisme d'être séparé de ses parents... Mais quelque chose me dit qu'ils ne sont pas de si bons parents, les Thorrenz... Trop ambitieux ! Personnellement, je m'en lave les mains et m'en remets à vous... Je vous suivrai jusqu'au bout, quelle que soit votre décision ! Mais les Thorrenz resteront d'affreux coucous !!!

Alberta profita de la pause d'Allan et de l'hésitation de son père pour s'immiscer dans la conversation :

396

— De toute façon, j'ai promis à Mylène de lui ramener sa fille... Vous pensez rationnellement quand vous affirmez ces demi-vérités... Vous oubliez qu'ils ont tenté de tuer Mylène parce qu'elle voulait garder sa fille... Martinstein opérait une clinique dans un endroit insalubre... Papa ! Allan avait trouvé, dans le bloc opératoire, des cadavres de fœtus mutilés... Des petits bébés mort-nés, à cause des mauvaises conditions ? De simples malformations dues à l'absorption de mauvais médicaments qui disqualifiaient automatiquement ces enfants ? Je t'ai montré le rapport médical de Mylène... Papa ! Que te faut-il de plus pour voir clair ??? Il faut aller plus loin que son histoire personnelle... Elle ne fut pas la seule ! Il faut les arrêter ! Il faut le faire pour Troy Russell, Latricia Brown et combien d'autres !

Ed éleva sévèrement le ton, à court d'argument. Il restait toujours l'intimidation :

— Non ! Alberta Prescott ! Encore une fois, tu es allé trop loin dans cette histoire... En temps et lieu, nous en reparlerons ! Mais pour l'heure, il te faut du repos ! Laisse cette histoire sordide et reviens sur Terre ! Même Mylène s'en veut de t'avoir mis ça en tête !
— Mais papa ! Comment peux-tu faire l'autruche comme ça ?!!
— Laisse faire la morale d'aider son prochain... J'ai perdu ta mère pour des stupidités du genre ! Elle voulait tellement aider les autres qu'elle...
— Papa, oui, je sais... Je sais ce que nous avons vécu et la souffrance qu'elle nous a imposée... Mais même si elle m'a beaucoup manquée et me manque encore, ce n'est qu'un fantôme pour moi... Tu dis toujours, papa, que je suis comme elle... Tu te trompes ! Je considère que tu m'as très bien élevée et je suis ta fille, ton enfant avec tes valeurs et ta droiture... Je suis comme toi... Tu es un fonceur, un bagarreur, un débrouillard ! Tu as fait ta propre fortune parce que tu croyais en toi-même ! Papa, crois en moi !

Devant cette scène touchante, Allan se retira et sortit prendre un peu d'air. Alberta, malgré toute sa force, ne put retenir ses larmes et se jeta dans les bras de son père. Ed, les yeux humectés par l'émotion du moment, serra fortement sa fille et ne cessait de lui murmurer, dans un doux chuchotement :

— Justement, il est là le problème... Je crois en toi Alberta, je crois en toi...

L'homélie du dernier discours

Le gouverneur se tenait stoïque. Sa prestance imposait le respect à la caméra. Du coin de l'œil il vit l'horloge qui indiquait 13 h pile. Il prit un grand respire et pressa sur le bouton de contrôle principal. Un autre homme que lui aurait préenregistré le discours et recommencer jusqu'à la perfection. Ce qui aurait été fade et artificiel. Ce que voulait James, c'était de la spontanéité, de la franchise. Pour réaliser ce projet, il ne concocta aucune allocution à l'avance, mais garda, a porté de main, quelques feuilles avec des informations capitales et des listes de noms. Il entreprit son laïus par une citation de Gandhi, ce qui annonça dès le début qu'il ne plierait jamais l'échine au chantage et à la calomnie : «*L'erreur ne devient pas vérité parce qu'elle se propage et se multiplie; la vérité ne devient pas erreur parce que nul ne la voit, nul ne la connaît...*»

— Mes très chers concitoyens de l'État de Californie. Les raisons qui m'ont poussé à entrer en politique ne vous sont pas inconnues et n'ont jamais été dissimulées. Vous avez remis entre mes mains votre confiance pour bien mener les affaires de l'État. Dès mes premiers jours de campagne, vous me faisiez toujours ce commentaire : «Avec vous, je souhaite que la corruption voit la fin!» Sincèrement, je savais que le système avait quelques ratés. De petits problèmes pour lesquels une saine gestion et un redressement budgétaire pourraient facilement en venir à bout. La Californie est un état riche et ses ressources sont grandes. Le troisième mois de mon mandat s'achève, je dois bien m'en rendre compte sur une note bien sombre... Nous avons tous l'impression que tout est fait à l'interne pour que la nation tombe en faillite, banqueroute qui servira ultérieurement les intérêts de la haute finance à notre détriment!

Il fixait la caméra avec le regard de l'épervier. Tout son charisme fut mis dans la balance de la vérité. Il continuait sans dépérir :

— Comme vous le savez, depuis ce matin, certains journaux à gros tirage ont fait leurs manchettes avec une sordide histoire de grossière indécence. J'ai fait ma campagne sur le compte de la justice impartiale pour tous. Mon image de marque étant axée sur les valeurs traditionnelles et familiales, il me fallait d'être à l'égal de ces principes : la vertu, le patriotisme, la bravoure, l'abnégation, la vaillance, la charité... Toute ma vie durant, j'ai tenté d'être invariablement fidèle à ces qualités que je chérissais de défendre... Certains diront de moi, voilà celui qui laissa tomber son masque! Je sais que les accusations lancées contre moi sont actuellement très sévères et je serais le premier à décrier de tels actes de la part d'un autre. Je me suis toujours voulu d'être un bon chrétien vertueux et respectueux du système législatif. Manquer de respect à une autre personne, abuser d'elle de façon physique ou psychologique, est un crime très grave devant la loi des hommes... Et encore pire devant la loi du Créateur... Un tel individu mériterait une juste pénitence... Si un gouverneur avait fauté à ce point, il se verrait tenu à céder son siège séance tenante. Aucun mortel avec une âme si noire ne pourrait gouverner un état ayant un si lourd passé... Il serait facile de m'en remettre à la loi des hommes et de subir son châtiment. De quoi m'accuse-t-on au juste? D'avoir violenté une jeune femme, une deuxième, d'avoir osé me corrompre à des gestes vils, obscènes et abjects. Que Dieu m'en soit témoin! Je n'ai jamais fait ce dont mes détracteurs m'inculpent... Excepté des témoignages discordants tant dans les dates que les lieux, des oui dires et des calomnies à 5 ¢, il ne réside aucune preuve qui ne tienne pas la route... Aucun tribunal ne me reconnaîtrait coupable. Mon acquittement serait automatique pour vice de procédure... Mais la salissure resterait inaltérable et indélébile. Devrais-je baisser les bras devant les ombres qui tentent de souiller mon nom en vain? Je suis cet homme pour lequel vous avez cru... Je ne suis pas plus haut que les vertus que je défends et je ne veux pas prêcher par excès. Au fond, les bonzes de l'information m'ont déjà déclaré coupable, ferez-vous la même erreur? Serez-vous au-dessus des lois criminelles de l'État de la Californie? Législations qui stipulent, sans compromis, qu'un homme, quel qu'il soit, est présumé innocent jusqu'à la décision sans appel et finale de son procès... Je vous jure que si j'ai fauté, j'accepterai le jugement sans broncher... Mais laissez-moi vous expliquer les véritables facteurs de ce coup monté... Oui, toutes ces accusations ne sont que des fumisteries pour m'incriminer, m'éliminer de la carte politique... La raison en est fort simple! Laissez-moi vous narrer les faits... Je suis votre gouverneur officiel et légitime en droit et loi et je vous dois au moins la vérité... «Ma vérité», vous direz : «Il n'a pas le monopole de la vérité». Il se peut qu'on me taxe d'extravagance ou de démence. Je m'en remets à vous... Écoutez et faites-vous votre propre opinion... Moi, je serai en paix avec ma conscience...

Le politicien fit une pause bien arrivée et en profita pour prendre rapidement une gorgée d'eau. Il reprit là où il était rendu en empoignant quelques feuilles :

— Comme vous le savez tous, je fus dûment élu par le peuple de la Californie avec un mandat fort clair... De la transparence! Dès mes premiers jours dans le siège de gouverneur, j'ai senti une vive opposition. J'étais au courant que la machine m'entourant aurait préféré travailler avec quelqu'un de la boîte. En l'occurrence, je fus très permissif aux débuts en restants persuadés que cette situation se redresserait très vite. Après tout, nous étions des professionnels et j'ai toujours réussi à m'attirer la sympathie avec qui je collabore. Je croyais, à tort, que mon équipe avait besoin que d'un bon rodage... Je devais bien assez tôt me rendre compte qu'on me mettait des bâtons dans les roues et que ces supposés collaborateurs tendaient des perches pour me faire trébucher à chaque pas! Dans le plus grand des secrets, j'ai commencé à étudier ces grossiers individus pour en savoir plus sur leurs agissements. Ce que je découvris mettait ma vie et celle de ma famille en danger. Je fis la preuve que le district attorney de San Francisco, Axorthy Axelworth Cunningham, manœuvrait de façon illicite pour le compte de puissants personnages pour altérer, modifier, masquer des faits dans des documents officiels, autant au civil qu'au criminel. Sans impunité, il trafiquait des indices, transformait ou faisait disparaître des évidences et cela, dans des causes très importantes. Pour cette seule année, j'ai retracé nombre d'homicides sur le territoire de Californie où Cunningham avait maquillé des meurtres en accident, avec la complicité de certains coroners, de connivence avec certains commissaires et des inspecteurs de police. Me voici coincé dans une escroquerie majeure qui vise à blanchir des meurtriers, falsifier des dépositions, pervertir la vérité, la souiller... Voilà le vrai viol! Mais ce n'est pas tout... Je découvris, par hasard, que ce Cunningham œuvrait pour le compte d'un groupuscule appelé «les Sages du Buisson-Ardant». Cette loge initiatique, de type «Franc-maçonnique», recrute ses membres parmi l'élite, non seulement du monde politique, mais aussi du gratin mondain, de l'univers des médias, de la communauté des affaires et de domaines libéraux comme le juridique, des notariés et des médecins célèbres. Par exemple, ce cercle, qui se reconnaissent par des signes distinctifs et une chevalière en forme d'une tête de chouette constitue près de 80 % du bureau des hauts fonctionnaires du gouvernement. Est-il normal qu'un si petit groupe, moins de 0,01 % de la population globale soit représenté à ce point dans la machine gouvernementale. Ils sont aussi très présents dans les médias... Les propriétaires, les directeurs et les chroniqueurs des trois journaux responsables des calomnies incessantes et des campagnes de dénigrements, à mon égard, font étrangement partit de ces membres très sélectifs. Par mes fonctions de gouverneur, j'ai eu à converser avec bon nombre de gens influents. J'ai ainsi retracé, grâce à leurs bagues fétiches, plus d'une soixantaine d'initiés en moins de trois mois. Comme des mouches pour le miel, ils convergent tous vers le pouvoir. Ma présence, pour ceux-là, était loin d'être acceptée. Par la nature même de leurs agissements, je devenais une source de problème pour eux. Ils ont même pensé à m'éliminer physiquement. Officiellement, j'aurais probablement été la cible d'un fou, mais je ne suis pas ici pour extrapoler, mais bien pour vous étaler la vérité... J'ai eu une conversation houleuse avec Axorthy Cunningham au sujet de ses actions illicites. Il vous sera possible de visionner cet enregistrement vidéonumérique sur mon site officiel. Les noms de tous les conspirateurs que j'ai démasqués y seront également. Qu'ils m'accusent de diffamation en échange de leurs ternissements... La vérité n'en sortira que plus grande!

Il commença à inventorier les cas auquel il avait trouvé des irrégularités et spécifiant que toutes les informations étaient sur sa page Web officielle du gouvernement de la Californie, puis, un par un, en débutant par l'infâme Cunningham, il énuméra les membres de la secte débusqués. En passant en revue le démocrate Gateway et ses proches collaborateurs, le commentateur de CNN, Regan Kronikël, le journaliste d'enquête Sebastian Esteban, le milliardaire Hermann Kiel, qui était le vice-président d'une importante firme d'armement, l'acteur internationalement reconnu Ian Kazaban, le chanteur de charme Ruben Diaz. Il énuméra de célèbres neurochirurgiens, architectes, banquiers, avocats... Il finit sur cette note :

— À vous d'en tirer vos conclusions, vous lisez ou écoutez des chroniqueurs, journaliste, animateurs, soi-disant impartiaux et intègres pour vous faire une opinion juste des choses. Pour découvrir, par la suite, que tous ses commentaires sont biaisés pour l'affermissement d'une profitabilité démesuré qui va à l'encontre de la population! Un courtier qui informe mal les petits épargnants pour enrichir son cercle d'amis, une élite déjà trop riche! Un banquier qui œuvre à maintenir haut des intérêts pour s'approprier d'encore plus de profits en poussant à la ruine les familles américaines! Des acteurs de cinéma, scénaristes et autres artistes de tout acabit qui prônent des modes de vie malsains et décadents. Drogue, alcoolisme, mœurs légères, adultères, violence gratuite, absences de morale, de piété, d'amour-propre et de bonnes valeurs. Toutes ses manigances affaiblissant le lien familial, cellule primordiale de notre société et ouvrent la porte à ses marchands de vents... Ces corbeaux et ces vautours qui fondent leur empire sur les restes de l'Aigle! Ils vous manipulent pour vous conduire au bord d'un gouffre, celui de la super capitalisation et le mondialisme qui verra la fin de nos différences. De ce qui différencie l'homme de la bête et de ce qui fait que nous sommes tous uniques... Ils prétendent que ceux de la masse sont du bétail, des insectes pour eux... Ils contournent non seulement les lois, mais aussi la plus simple des morales du Bien et du Mal... Avec cette intervention, je m'isole plus que jamais... Mais prenez garde à ne pas, par votre insouciance, piétiner la démocratie et encore plus la liberté... Nous sommes seulement libres de nos actions et nous serons tous redevables envers le Seigneur... À toujours marteler des mensonges, ça ne les transformeront pas, un jour, en exactitudes... Priez et ayez la Foi en la vérité et ayez la sagesse de discerner le vrai de la fausseté... Que Dieu vous bénisse, Dieu bénisse l'Amérique!

La caméra s'éteignit sur ses dernières paroles de patriote un peu vieillot. Il s'enquérait à sa femme et à Steven Andrysiak des suprêmes minutes de son discours. Elle était rivée à son siège, la télécommande du téléviseur à la main, zappant entre le canal de télédiffusion interne et les grandes chaînes nationales. Elle avait la mine basse, son constat fut très court :

— Ils t'ont coupé sur toutes les postes principaux et nationales... Par chance, quelques postes indépendants t'ont diffusé jusqu'à la fin... Mais c'est bien peu...

Le commissaire Andrysiak se voulut plus optimiste :

— Il fallait s'attendre à ce qu'il t'écarte cavalièrement... Tout n'est pas perdu, si des personnes t'ont capté via les sites Internet montés... Ça va faire le tour de la planète. Ils ne pourront plus l'enrayer... C'est comme un enfant qui pisse dans une piscine. Ils ne pourront jamais retirer complètement tes discours. Il faudrait vider ce bassin et la remplir de nouveau avec de l'eau propre. Ils n'auront jamais de garantie qu'un autre môme ne viendra pas la contaminer derechef! C'est quasiment impossible d'empêcher ce genre d'information de circuler! Regardons comment ça va sur le Net!!!

Comme ils l'avaient prévu, le site officiel du gouverneur fut la cible de *cyber-pirates*, mais comme ils s'étaient débrouillés pour avoir plusieurs lieux de stockage et de diffusion, James apparut assez rapidement sur des pages virtuelles de vidéos publiques et nullement tenues par des lois de censure ou de tentatives de sabordage. Dès qu'on retirait l'information d'un endroit, il se retrouvait à un autre. Des profanes et anarchistes du Web, à la base antipathique au politicien pour ses positions de droite à saveur religieuse, durent se rendre aux faits que cet homme avait des « couilles » de s'attaquer de la sorte à l'*establishment*. Ce geste perçu comme de la bravade attira la sympathie, sans devenir pour autant des partisans invétérés, de ses plus féroces contradicteurs à sa façon de penser. Ces jeunes cracks, antiautoritaires de l'informatique, planchèrent des heures et des jours à déjouer les potentiels *hackers*, alliés et serviteurs de l'autorité des ténèbres, qui tendaient d'éradiquer en vain le discours de Rutherford sur Internet. Cette communauté de parasitaires et autres cybercriminels appela en renfort des pirates télématiques du monde entier pour faire librement circuler les

402

informations du gouverneur à l'échelle planétaire. Non seulement sur des plateformes comme Internet, mais via diverses applications de téléphones intelligents et blocs-notes électroniques.

Andrysiak pianota sur son ordinateur portable. Il naviaga sur de nombreux sites et de façon tout à fait aléatoire. Il chercha fiévreusement sur divers pages informatiques et son visage crispé se relâcha. Il se tourna vers Suzanna et James dans un rictus de triomphe :

— Eh bien! C'est dans la poche! Je suis un naze de l'univers virtuel du NET et j'ai facilement réussi à retrouver ton discours en intégrale! Même un singe pourrait le faire!

Suzanna interloqua Steven d'une affirmation plutôt négative... Un par un les localisations d'hébergements en fermaient l'Accès. Ainsi bloquées, les pages Web débouchèrent irrémédiablement vers des fenêtres introuvables. Andrysiak déchanta amèrement :

— Merde! Merde! Merde!!! Parbleu et sa sainte Croix! Où se retrouvent-elles??? Elles étaient pourtant là!!!

James fureta à son tour sur l'Internet via son téléphone intelligent.

— Un ou des fin finauds s'amusent à contrecarrer nos tentatives de diffusion! Mince alors! Je n'ai jamais vu une machine aussi bien rôder pour parer un discours...

Andrysiak le coupa net :

— Et faire taire un gouverneur!!!

Comme par magie, l'intégral de son homélie quasi funeste revenait toujours à la charge et en premières positions sur les divers sites de recherches...

Le petit voyant

L'ordre hermétique du «Buisson-Ardant» venait de perdre une importante bataille sur le plan médiatique. Ceux qui appréciaient les ombres et l'impénétrable noirceur étaient devenus des parias. Tous leurs rêves de grandeur s'envolaient en une fumée virtuelle... C'est lamentablement qu'ils durent s'en plaindre à leurs mentors... L'un d'eux était le viscéral Bill Gateway, politicien de profession, à la carrure voûtée d'un haut fonctionnaire de carrière. Il n'avait pas la fougue et la prestance de son coloré comparse, le sénateur Viktor Denahue. Comme un carré d'as, on avait voulu placer de solides pions dans les sièges importants pour museler l'État de la Californie à une autorité commune et unique. C'était l'une des aspirations visées par la fraternité des initiés du «Buisson-Ardant». Pâle imitation de son penchant national l'Ordre suprême de la Chouette, le «Buisson-Ardant» était une filiale à plusieurs sections, appelées cercle initiatique. Ces associations, ceux du dessous comme ils le désignaient entre eux, servaient de tremplin pour se hisser dans les plus hautes sphères du pouvoir. Des sociétés inférieures, comme l'Ostiariat des Corbeaux ou la confrérie des Buses, favorisaient à regrouper les candidats et des sélectionnés selon leurs situations et leurs aptitudes. Le «Buisson-Ardant» étant la dernière marche au niveau local. De ce marchepied était recruté le «couvent des décideurs», ceux de l'Ordre du Hibou. Bill Gateway était, depuis sa plus tendre enfance, un admirateur inconditionnel de Merlin et des chevaliers de la Table ronde. Son attrait pour le mysticisme et l'ésotérisme — amusement qu'il tenait de son grand-père du côté paternel, — en avait fait un drôle de moineau. Il avait son propre astrologue et ne pouvait pas prendre aucune décision sans s'en référer au préalable. Il avait bien quelques dénigreurs au sein de l'Ordre, mais étant issu d'une très vieille lignée renommée, illustre et glorieuse, il avait de tout temps eu des faveurs et des conditions plus avantageuses que ses réelles qualités méritantes demandaient.

Bill avait perdu beaucoup de plumes dans sa lamentable défaite pour le poste de gouverneur de la Californie. Il avait écouté les tractations de Rutherford comme si on lui lançait une tonne de briques à la figure. Pourtant, son astrologue personnel, Zirkel Orrespo, l'avait mis en garde. Il lui avait laissé un bout de papier dans une enveloppe cachetée. Le petit voyant avait paru des plus étranges quand y vint glisser la lettre sous la porte du bureau de Gateway sans se préoccupé de la secrétaire abasourdie de la visite éclair du grotesque slave. Il recelait un augure lourd de sens et non sans rappeler les odes ancestrales des oracles de Delphes. Depuis, Gateway ne pouvait s'empêcher de la relire sans cesse :

« Les étoiles sont formelles et les astres encore plus,
Une grande victoire à celui qui ose,
Je vous le dis enfant de Parthe,
Vous craignez l'aurore et le crépuscule,
Mais c'est au zénith qu'il frappera...
Tel Alexandre contre les sanguinaires de Pythies,
Celui que la probité nourrit du fruit des dons,
Sera celui de la Divine Providence,
Qui clamera des hauteurs du Mont de la vertu,
Les verbes sacrés qui seront confessés à l'Ange vengeur,
Appréhendez-le, ce serviteur de l'Agneau,
Rivez-le avant son chant de guerre,
Il est inconscient de sa force, insouciant de sa puissance
Ce serait mentir de dire que les étoiles lui sont favorables,
C'est celui qui les meut qui l'est...
Ensuite, pour ceux qui l'abhorrent et le craignent,
Les tourments de votre maison, la maison des Heanude
Surnageront à jamais dans vos raisons,
Tel est Vénus, tel sera Mars,
Il frappera bientôt de son pupitre et encore de sa tombe...
Faites taire celui qui vous doubla jadis!
Celui qui vous doublera encore...
Et à la fin, le berger et son dogue vous vaincront!
Et sera terrassé l'Athénua des légendes... »

Bill Gateway et sa femme Anastasia, fanatique de spiritisme et de théosophie, avaient survolé ses paroles comme un rabbin le ferait pour ses psaumes. Ils avaient, depuis le début, goulûment conspiré à la perte de James Rutherford. Ils semblaient être les seuls à entrevoir la réelle menace de l'incorruptible gouverneur. Ils furent estomaqués d'entendre la rumeur qu'il donnerait sa démission le jour même que le songe de l'astrologue, et le tout, vers midi. Gateway avait tiré les ficelles trop tard et personne ne le prit assez au sérieux pour pousser un attentat de cette ampleur. Qui pourrait croire à la volte-face d'un homme isolé où les sous-entendus le font terrer dans une tanière qui deviendrait sa propre prison, son tombeau... Voilà le coup de théâtre et la prestation de Rutherford qui se veut sans faille. Tout lui réussit. Gateway aura beau maudire Rutherford. Tout porte à donner créance qu'il sera bien « l'homme de la divine providence ».

*
* *

Fulher Abraham Manlow avait repris ses spacieux quartiers de sa demeure principale de New Haven. Le manoir de style anglais était plus grand que le palais de Buckingham et comptait parmi les résidences les plus chères au monde, selon un pompeux classement établi par le magazine Forbes.

À ce prix-là, il ne s'agit plus uniquement d'espaces et de vues imprenables. Cette maison avait tout ce qui pouvait impressionner le premier venu. Elle avait, entre autres, une salle de projection de cinéma de cinquante places, une cave à vin contenant près de 35000 bouteilles d'insurpassables cognacs, de divins magnums de champagnes et d'onctueux jus des meilleurs vignobles qui passaient par un ascenseur de verre trempé et en cristal.

Manlow en prit possession pour la modique somme de 138 millions de dollars. Il se targuait d'avoir la maison la plus chère au monde, situé dans la banlieue de la ville de New Haven, au Connecticut. Cette petite bourgade faisait face, séparée au nord par la baie de *Long Island Sound*, à la ville de New York.

Ce «modeste château» de briques grises comptait, dans le bâtiment principal, près de 100 chambres et était entouré de 25 hectares de clos taillés à la façon des jardins de Versailles sous Louis XVI. Un des pavillons fut transformé en véritable caserne pour la sécurité de Manlow. Avec un système de repérage et de radar dissimulé dans des tours de communication. Il avait accès à la baie et à l'océan Atlantique par un massif port fortifié en pierres. Il avait un bateau de croisière tout blanc comme ses vêtements, qu'il avait surnommé, sans trop de conviction, le «*Béhémoth*». Il avait horreur de la mer et il ne lui servait que pour l'apparat. Il possédait aussi un héliport avec une héligare moderne en briques de maçonnerie où il cachait plusieurs hélicoptères furtifs et son appareil personnel de transport.

Manlow se tenait sur une de ses vérandas suspendues. Un verre d'un fin armagnac à une main et un long cigare cubain de l'autre. Il sirotait son cognac de qualité en humant l'air marin de l'Atlantique et fixant les recoins de son domaine ombragé par un coucher de soleil rougeoyant. Il savourait maintenant la brise glaciale de la côte Est. Ce coin de pays qu'il considérait comme sa contrée natale. C'est ici qu'il se sentait le mieux, c'est en ce lieu qu'il aimerait mourir... Revigoré par ce décor idyllique, son paradis, il ne ressentait plus l'énervement qui l'accablait à Los Angeles. Il avait encore moins de remords pour l'infortunée Margaretha Newman. La stupeur passée, il se trouvait ainsi plus vigoureux de l'avoir écrasée de cette façon, «occis à l'ancienne». Il jubilait à l'idée de l'avoir fait lui-même… Le meurtre parfait!

Venant de l'intérieur, il entendit la sonnerie de son fourniment téléphonique. Le fidèle Jarvis lui apporta un téléphone spécialement crypté. Le majordome annonça le candidat démocrate Bill Gateway. Manlow prit le grelot sans fil avec fermeté. Bill Gateway sélectionnait encore mentalement ses choix de mots quand la voix du vieux retentit à l'appareil :

— Qui a-t-il pour votre service Gateway?!! Il n'y a pas 10 heures, j'étais en Californie. Vous auriez mieux fait de me contacter là vieux sorcier de pacotille!!!
— M. Manlow, je devine que vous me tenez toujours rigueur de ma défaite pour le poste de gouverneur. J'estime normal que vous m'ayez tenu à distance pour vos négociations avec ces vipères. Mais nous sommes tous agréablement surpris de la tournure des pourparlers et du retour à l'ordre des cercles exotiques sous votre égide...
— Vous me dérangez pour ça? Vous appréhendiez tellement ma venue, mon courroux, que vous vous êtes absenté pour un soi-disant «problème de santé»... Venez-en aux faits Gateway... Ne jouez pas avec ma patience... J'avais un grand respect pour votre aïeul Frantichek, mais côté dons, vous n'avez pas hérité d'une once de sa puissance! Votre nomination n'était que d'ordre allégorique! En égard de votre grand-père!
— Votre Seigneurie, êtes-vous au courant pour le discours du gouverneur Rutherford? On m'avait laissé sous-entendre qu'il démissionnerait ce matin même...

Manlow lui coupa la parole :

— Oh! Déjà! Il n'a pas pris longtemps pour que le roseau se broie devant la sublimité du chêne!

Étant sûr que son mignon ne lui rapporterait que des expertises réchauffées ou des actes antérieurement réalisés donc il en connaissait au préalable toutes les issues. Il claironna d'avance sa victoire avec un pincement au cœur ayant espéré qu'on lui tienne tête pour une fois. Il appelait de tous ses vœux pour qu'il eût bataillé un peu plus. La présence de ce Némésis lui avait démontré une fois de plus la faiblesse de son organisation. Une autre fuite qui risquait de les faire sortir au grand jour. Rutherford, selon lui, avait plus de classe et de prestance qu'un avorton à la Sexton. Par dépit, il enchaînait à la suite sans laisser la réplique à son obligé :

— Ah oui?!! Et comment donc... On me le décrivait pourtant comme un coriace à sept vies! Qu'est-ce qui l'a poussé à démissionner? Vos brutes? Vos menaces?

— Pas tout à fait, Votre Altesse... Pas tout à fait... Il devait faire un appel à la nation pour 13 heures aujourd'hui... Il a lancé une formidable initiative médiatique contre nous... Il a éclaboussé la majeure partie des membres influents du premier cercle... Par pur bonheur, il n'était pas au courant de toute l'affaire et il ne s'est concentré que sur la portion politisée de notre ordre... De plus, selon mes soins, j'avais eu vent par mon devin qu'il tenterait quelque chose et nous avons réussi à minimiser son action...

— Minimisé, vous dites? Que vous a turluté votre gigot nain de gitan?

— Eh bien! Il n'a jamais chanté aussi juste pour vous paraphrasez! Les réseaux principaux de médias ont optimisé sur un attentat meurtrier à la bombe à New Delhi pour occulter cette controverse... Merci à cette chance, sinon il aurait fallu encore plus patauger pour dévier l'information. Malheureusement, certaines chaînes secondaires ont reçu les apostilles trop tard et ils ne savaient pas comment escamoter le gouverneur... Des bribes de renseignements courent toujours sur Internet... Il serait temps de le faire périr!

— Bah... Il a cité des indications sur le couvent des 13 et des 33? Au grand sorcier qui invoque Athenua la Mort Volante? À moi-même? À votre aïeul?

— Non, que des membres reliés au «Buisson-Ardant» du premier cercle et le plus incriminant, des agissements criminels du procureur Cunningham...

— Ne vous inquiétez plus, nous avons mis Cunningham au frais, enfin, au chaud et il sera facile pour nos agents restants d'isoler les preuves... Cunningham portera seul le chapeau...

— Vous ne m'avez pas compris? Mon astrologue est unanime, il faut l'éliminer coûte que coûte!

— Nah, non, non... Votre astromancien n'est qu'un clown de foire à spectacle! Laissez retomber la poussière... Organisez-vous pour le museler sans le molester... Nous lancerons une prodigieuse campagne et vous serez notre dévoué représentant de la Californie! D'ici là, nous briserons Rutherford par des centaines de poursuites pour diffamations et nous lui ferons porter le chapeau d'âne! À part les balourdises et les bévues de Cunningham, il n'a rien et sera bien obligé de se rétracter...

— Mais certaines de nos têtes pourraient tomber dans ce genre de procès houleux et sans lendemain??? Il semble prêt à tout!!!

— Que du menu fretin! Que cela vous serve alors de leçon! Maudite manie de tout faire à la légère! Vous étiez si sûr de tout contrôler!

Gateway, se sentant floué, continuait son discours stérile sur l'élimination du gouverneur :

408

— Pourquoi vous obstiner ainsi à épargner sa vie? Il n'est pas des nôtres... Ce n'est qu'un vulgaire chien... Pourquoi tant de déférence pour cette bête blessée???

— Sa prestance devrait être pour vous un exemple! Il serait facile pour moi de vous dire : «je l'ignore», mais ce Rutherford, mort, deviendrait une icône dangereuse. Il la veut sa mort, ce putain de martyr... Une éradication des plus horribles qui fera dire à l'humanité enchaînée : «Il est un prophète, il avait prédit sa mort et l'ont tué parce qu'il avait raison!» Vous imaginez-vous le désarroi de la populace face à son décès, même des moins douteuses? Le Nazaréen nous a déjà fait le coup du martyr et il nous a fait chier plus de 2000 ans! Laissez le pourrir en vie... Tous bientôt affirmeront qu'il fabulait... Rien ne se produira, mais tout cela ne veut pas dire qu'il ne se passera rien dans un certain avenir... La poussière, laissez retomber la poussière!

— Mais c'est au zénith qu'il frappera... Du zénith... Lorsque le soleil sera à son plus haut... À midi... ou 13 heures!

— Quoi? Manlow l'écoutait qu'à moitié maintenant.

— Rien M. Manlow, espérons que vous ayez encore raison... Mais je crains au grand malheur...

Manlow, tout-puissant d'avoir toujours le dernier mot raccrocha sans même faire une salutation cordiale. Ayant perdu le contact, Gateway retint l'appareil sur son épaule. Il pensait à cet instant au pire. Seul le puissant et vénérable Sénateur Denahue pouvait tenir tête au bonze blanc et faire infirmer sa décision. Mais sans pouvoir se l'expliquer réellement, il avait une peur bleue à chaque fois qu'il devait communiquer avec lui... Il existait une certaine tension entre l'influent Manlow et le redoutable Denahue, il se ravisa de se retrouver ainsi entre l'arbre et l'écorce... Selon des dires chuchotés en coulisse, Denahue avait décliné, jadis, la présidence occulte de l'ordre pour laisser mystérieusement place à Manlow... La femme de Gateway, Anastasia, férue d'énigmes et d'ésotérisme, affirmait perpétuellement dans la confidence à son pingre de mari :

— Le réel seigneur des ombres n'est pas toujours celui que l'on pense! Il est bien d'embrasser la chevalière officielle, mais garde-toi de refuser de baiser un autre postérieur par fidélité... Le vrai bouc se tient trop souvent dans l'ombre de son suzerain! Le conseiller impose en douceur et parfois par influence sa volonté sur le décideur...

Sagement, ou par couardise innée, il repoussa toute idée de faire d'inutiles remous en cette heure de fièvre trouble... Il se tint, avec son épouse, fébrilement devant une table circulaire et ils tentèrent d'invoquer des esprits, des guides spirituels et tout le menu gratin de l'au-delà. Anastasia, se percevant sensitive, jouait les médiums et s'efforçait de contacter le monde des défunts pour avoir moult réponses à leurs appréhensions. Face à l'absence de manifestations, elle sortit une planche de «ouija» et fit maintes tentatives dans l'expectative d'un écho, même des plus simples.

Le silence des morts soulevait une grande angoisse chez ce couple de mysticismes improvisés... Elle s'impatienta devant la crédulité de son mari qui suppliait sans cesse les esprits de se manifester...

Un fracas se fit entendre dans la pièce juxtaposée au *living room* qui servait de salle de spiritisme. Ils bondirent d'effroi et se dirigèrent vers l'antichambre d'où provenait ce bruit.

Un imposant vase chinois se retrouva par terre, fracassé en mille morceaux à plusieurs mètres de son lieu d'origine. À ce jour, ils ne surent jamais la cause exacte de cette chute... Sur le meuble où cet artéfact historique trônait, une légère excoriation qui semblait révéler des mots dans le tapis de poussière naissant : «*Mortiis Infernum tenebræ*».

Après s'être assuré qu'ils étaient bien seuls dans la demeure et qu'aucune explication sérieuse ne pouvait expliquer cet étrange phénomène. Ils rationalisèrent bien sûr sur des messages magiques par des ombres ou des esprits...

La tanière de l'ours

Allan passa en revue les «jouets» apportés par Ours Noir. Il connaissait bien cet armement de type militaire, mais il ne la considéra d'aucune utilité pour le moment. Cette situation ne le rassurait guère. Mark et Willy s'amusaient à prendre des poses martiales avec les armes pour épater une galerie qui n'était pas présente. Comme deux gamins jouant aux durs, ils brandissaient et exhibaient le fusil d'assaut à tour de rôle en ricanant comme des malfrats, lunettes soleil d'aviateur à la figure.

Parfois certaines circonstances poussent les gens à l'extrême. Allan savait, au fond de son être, qu'en empruntant la voie de la violence, il en résulterait que chaos, désordres et bouleversements. Il se sentait investi de la responsabilité du chef. En fait, tous lui reconnurent instinctivement cette fonction qui lui était innée. Par l'action directe, ils seraient face à une impasse sans issue et risqueraient leurs vies dans une subversion funeste et fatale. Le but de la manœuvre, la raison de ce litige aux propensions cataclysmiques — au niveau de leurs propres existences, — n'étaient que de ramener un enfant à sa mère.

Il y avait plusieurs options qui s'offraient à eux. Willy et Mark donnaient l'impression de suivre la parade et se complaisaient dans un rôle de soutien. Une agréable chimie s'était produite entre le chef détrôné de ses plumes et le petit coq sans poulailler. Tous deux semblaient errer sans intention et tous deux paraissaient rechercher quelque chose pour combler un vide. Alberta avait bien étudié Mark et elle avait perçu une étrange timidité de sa part à la minute où il devait croiser des yeux une photo de Mylène ou bien quand celle-ci était citée dans les ébauches de plans...

Pour sa part, Ed se familiarisait avec son «futur gendre». Il se gardait de démontrer à sa fille sa déception. Désillusion qui était à fleur de peau. Depuis la plus tendre enfance d'Alberta, il avait rêvassé sur le parfait scénario; un jeune premier de classe, éminent docteur ou avocat notoire spécialisé dans sa branche, qui deviendrait une notoriété, de bonne famille, indépendant de fortune, qui prendrait les rênes de sa compagnie... Et voilà que sa fille jette son dévolu sur un aventurier, un battant, individualiste et survivant... Un guerrier qui n'a foi qu'aux valeurs qu'il se donne... Un objecteur de conscience qui voit la richesse comme un élément de déchéance. Un fantassin qui cherchait toujours le risque. Un paladin, sans cause, qui se lançait comme un fauve sur les périls. Comme une épave qui se targuait de longer les écueils, brisant les vagues, défiant les récifs...

Ce fut avec une certaine surprise et une chétive commotion qu'Alberta prit connaissance des frasques du sénateur de la Californie James Rutherford. Elle survola les différents sites qui faisaient mention à son récit. La plus grande partie dénaturait les faits ou les ridiculisait, d'autres, très nombreux, les ignoraient tout simplement. Alberta avait hérité, en fréquentant Allan, d'une nouvelle façon de voir les choses. Il y avait anguille sous roche. Elle écouta son discours en différé, via une page Web d'activistes d'extrême gauche. Ensuite elle navigua sur un autre portail du genre «cyber-évangéliste» anonyme et il semblait corroborer les occurrences en tout point. Elle en informa Allan et il survola la liste des conscrits de la société secrète du «Buisson-Ardant». Tout cela était bien intéressant; un sénateur, plusieurs politiciens de carrière, des commissaires et fonctionnaires influents, de célèbres chroniqueurs, des acteurs de prestige, des dignitaires haut placés, des distingués professionnels et dissemblables hommes d'affaires notoires. Il dissimula son empressement, sur le plan personnel, Rutherford avait dit tout haut ce qu'Allan pensait tout bas. Mais il se garda un petit malaise. Cette sorte d'événement en cachait parfois d'autres. À priori, les noms comme Manlow ou Thorrenz n'étaient pas sortis, mais comme Rutherford semblait faire la lumière sur les incohérences de dossiers sur les meurtres de Latricia Brown et du Dr Pol Martinstein, il devenait par ricochet un allié objectif. Il ne connaissait pas personnellement le procureur Cunningham, mais le genre d'occultation commis par lui collait bien à la façon d'agir des conspirateurs. Il établissait qu'il y avait bien une connexion, même fraternelle, mais les informations décortiquées dans les allégations du gouverneur ne prouvaient qu'une chose... Ils contrôlaient d'une poigne de fer les différents médias, l'univers juridique et la jungle politique et encore plus qu'il ne l'avait pressentie. Il s'y trouvait, sur la liste des cas trafiqués par le procureur Cunningham, plusieurs homicides camouflés. Alberta fut heureuse de retrouver dans l'affaire judiciaire de Latricia Brown, la co-chambreuse de Mylène, des traces directes de manipulation dans l'enquête. Allan, qui resta froid au début, se ravisa et repassa en revue l'index des présumés conspirateurs. Un nom se dégagea du lot : Hermann Kiel, vice-président de la firme *Carlyle Industries*, une des compagnies d'armements de Manlow. Il était son bras droit pour une filiale de Seattle et du siège social à New York... La boucle se refermait enfin sur la vieille chouette!

Mark et Willy faisaient les commissions à l'extérieur, emplettes financées, en grandes parties, par les réserves monétaires d'Ed. Ils s'accommodèrent d'une belle installation informatique avec des équipements de pointe; imprimante laser, numériseur d'image, clés Internet mobiles faciles à pirater et caméras digitales à haute définition pour les filatures. Alberta, ayant maintenant accès à l'infinité du Web virtuel, travaillait à monter les dossiers sur ce qu'ils savaient et de ce dont ils se méfiaient, mettant des évidences autant que des soupçons. Recoupant le meurtre de Latricia Brown à Martinstein, Shalow, Manlow et cie par l'entremise d'Ackerman...

Ils avaient décidé d'entrer indirectement en contact avec le gouverneur Rutherford via une compagnie postale UPS et firent livrer des fichiers informatiques cryptés sur un DVD donc seul Rutherford aurait la clé par un autre envoi anonyme. Ils optèrent pour lui faire parvenir les informations de façon anonyme au début et voir les aboutissants futurs de cette histoire et sa possible collaboration.

Allan désirait laisser retomber la poussière, mais ne voulait pas perdre une initiative si durement méritée, il étudia avec Mark les différentes cartes géographiques qu'ils avaient maintenant en leur possession, schémas virtuels autant que des plans matériels de New York. Ce qu'Allan s'attendait de Mark et Willy était une étude entière et un repérage complet des lieux. L'objectif étant d'épier et de compiler les moindres faits et gestes des Thorrenz à leur résidence de la Grosse Pomme.

Mark Copland et Willy «Bly» Wakyza devinrent les seuls liens avec l'extérieur pour Ed, Alberta et Allan. Les deux espions en herbes prenaient un plaisir fou à explorer les recoins environnants de la demeure Thorrenz. Ils captèrent des centaines d'images numériques de différentes localisations. Avec un soin très méticuleux, Allan étudiait ces clichés pour y dénoter tous les détails utiles. Cette fois, il voulait être maître de la situation. Son passé de commando et de logistique lui facilitait la tâche. Alberta l'aidait à cette corvée du mieux qu'elle le pouvait... Avec la fougue d'une vaillante petite abeille, elle classait infatigablement les informations ainsi colligées jusqu'à une synthèse plus ou moins fidèle à la réalité. C'est lors de cette infâme besogne qu'une des photographies lui glaça le dos... À une des fenêtres, une forme floue. Un visage blafard. Le faciès spectral d'un fantôme qui était pourtant bien vivant. Toutes les lignes de ce grotesque vampire concordaient avec les traits du chacal format géant, Ackerman.

Ce dernier fait prouvait hors de tout doute que les Thorrenz étaient directement liés à Martinstein et Ackerman. Il était probablement là pour les empêcher de tout contact direct avec la famille. Dès l'or, les cartes étaient brassées et jouées. Le jeu était maintenant ouvert et son enjeu était une petite fille de deux ans...

*
* *

Les journées devenaient longues et pénibles pour Ackerman. Et les nuits encore plus ardues... L'inspecteur Shalow, toujours aussi crasseux et négligé, avait déjà ankylosé de quelques kilos. Il ne faisait que s'empiffrer de petites pâtisseries et buvait du champagne comme de l'eau. Son apparence générale en était maintenant autant plus crasse. Sans entrer dans des détails sordides, le personnel le haranguait indirectement sur ses manières de rustres. Il avait cochonné le cabinet d'aisances et obstrué la cuve à un point tel, que la préposée à son entretien était «tombée dans les pommes» lors du ménage journalier. Ackerman ne lui faisait même plus de remontrance. Il s'était confiné à une bien étrange attitude silencieuse. Sa conduite générale démontrait un comportement solitaire inquiétant. Il avait croisé, dans l'un des corridors de la maison, une nourrice et une jeune enfant qui fut terrorisée en le voyant sourire... Une petite fille de deux, trois ans à peine. Elle avait des prunelles et un regard qui lui rappelaient quelqu'un... un vague souvenir de son passé... Peut-être son seul regret, sa bien-aimée défunte enfant Elsbet... Et cette Mylène G. qui était tant son sosie! Et sa tendre mère, sa maman chérie… Une maigrichonne de servante irlandaise qui pourvoyait à toute la famille et à son ivrogne de père. Ses yeux s'humectèrent, mais un prodigieux sens de l'orgueil le regagna rapidement. Les affres du passé le démoralisaient maintenant comme jamais. Il se ressaisit de la seule façon qu'il connaissait, en haïssant l'humanité tout entière et Golan Shalow en particulier... Il se détourna de lui pour dissimuler ses globes oculaires bouffis et grogna de sa dure voix de condamné :

— Espèce de gros pourceau puant! Tu as encore bouché la toilette ce matin! Cesse de t'empiffrer de toutes ces matières grasses... Et bouffe moins de fibres! Ça te fait chier les tripes!!!

Golan roulait les restes d'un feuilleté à la crème dans son palais. La mixture, mélangée à sa salive épaisse, créait une écume lactescente aux coins de sa bouche. Il tenta de prononcer quelques phrases explicatives, mais toutes sorties de travers, de manière à rendre son exposé inintelligible :

— Pas ma faute... D'habitude je n'ai pas ce problème... C'était comme de la compote! Ça ne me fait pas l'air vicié de New York!!!
— La ferme! Grosse bourrique! L'air vicié ici, c'est toi! Tu n'arrêtes pas de péter! Je vais t'appeler la «*Flatule*» si ça continue!!!

Ackerman n'avait même pas le goût d'argumenter plus à fond avec l'énergumène lorsqu'il le vit arriver, les bras pleins de ses saccages incessants. Celui-ci tenait d'une main une bonne bouteille de champagne de Moët et Chandon et de l'autre un carton de crème glacé et une grosse cuillère de bois à cuisiner. Ackerman haussa seulement ses épaules et s'éloigna de la chambre de fortune pour se fondre au reste de la demeure. Il ne voulait en rien contempler le spectacle du goinfre du S.F.P.D. et de ses corrosifs gueuletons. Probablement que ce glouton ne connaissait nullement la gêne. Il arrivait souvent au malin Chacal de saisir au vol des brides de commérages entre les membres du personnel et même des hôtes qui se plaignaient des rafles constantes de l'insatiable et vorace Shalow.

Il déambula au gré des ombres, reluquant des détails aussi sordides qu'anodins. Des chuchotements attirèrent son attention. Il se pencha lourdement vers la décente et perçut des ricanements diffus. Ackerman reconnut assez aisément la voix du sénateur Thorrenz. Il crut qu'il babillait avec son épouse quand des pas feutrés s'approchèrent de lui. Il distingua dans la pénombre du passage Gina Gallore, en fine robe de nuit satinée qui se rapprochait, à pas de loup, pour épier son mari qui semblait tout à coup apprécier la compagnie d'une nouvelle et juvénile servante. Elle fut surprise et outrée de voir ce colosse lui barrer la route bien malgré lui.

L'incartade momentanée donna à William Thorrenz le temps nécessaire pour libérer de son emprise insistante la fraîche et jeune gouvernante. Ackerman feignit l'indifférence et descendit les marches d'une pesante enjambée jusqu'au salon en sifflotant un vieil air de chanteurs de charme. Gina pressa le pas derrière lui en le vilipendant de soupirs profonds et démesurés. Elle le dépassa pour intercepter son mari qui semblait prendre la fuite discrètement. Elle ne fut pas tendre à son endroit et le réduisit à un état quasi servile. Dans une ire hystérique, tant féminine, donc seules les femmes en ont le secret. Elle rabaissa son époux au rang de simple palefrenier! Les sujets des insultes tournaient tous autour des infidélités de William et de sa patience qui était à bout. Comme un castré, Thorrenz ne répliquait que par des balbutiements frêles et sans convictions. Elle fit le tour de la question avec fougue, lui reprochant que ses multiples déviances lui eussent fait perdre plusieurs options à la présidence. Sa plus grande ambition étant de devenir la première dame des États-Unis. Elle fit l'erreur de relâcher la pression sur son mari pour se détourner vers Ackerman, vociférant avec rage :

— Et vous... Ainsi que votre demeuré de flic... Vous partez demain à la première heure!

Ackerman ne broncha pas, il lui tint tête cavalièrement, même, en la fixant avec un regard livide et indifférent. Il durcit ses traits dans un rictus affreux, en ne remontant qu'un côté de lèvres et articula, syllabe par syllabe, sa réponse :

— Madame, vous n'êtes pas en mesure de bien cerner la menace qui pèse sur vous...
— Quelle menace??? Un ogre et son lutin goulu???
— Vous n'avez pas affaire à votre conjoint émasculé, Madame! Je suis ici pour y rester!
— Comment osez-vous???
— J'ose... C'est tout... Vous avez des rêves et des ambitions... Vous avez couché avec des forces pour atteindre le pouvoir absolu ma chère... Ne prenez pas ceci comme un avertissement, mais comme un conseil... Des « fouilles-merdes » de journalistes enquêtent sur vous... Souvenez-vous de votre fille, la petite! Elle est si jolie, pleine de vie et tout en santé! Il serait dommage que la vérité sorte! Laissez-nous le soin de les attendre et tout régler... Le temps joue contre eux maintenant... Vous, votre rôle pour l'instant, c'est de faire le pion! Moi, c'est de nettoyer les bévues... Et l'inspecteur est là pour une raison importante, mais je crois, aussi, qu'il devrait partir...

William Thorrenz, reprenant ses esprits, tenta de s'immiscer dans la conversation à titre d'arbitre. D'un tempérament à rechercher la neutralité absolue par nature, il chercha à bien paraître devant elle. Pour autant que son épouse ne lui tiendrait plus de reproches acerbes sous son propre toit et au su de tous. Il leva le doigt comme un écolier et prononça de sa voix mielleuse de politicien :

— Écoutez, il y a déjà ici un service de sécurité rapproché et M. Duncan fait un excellent boulot, impeccable même... Ma femme vous a expliqué que vous n'étiez plus le bienvenu dans sa demeure... Je m'entretiendrai avec M. Manlow demain matin et nous tirerons tout ça au clair... Qui plus est, je ne suis pas émasculé!!!

Ackerman joua le jeu de celui qui obtempère par dépit.

— Comme vous voulez... C'est M. Manlow qui ne sera pas enchanté de la tournure des évènements quand j'irai lui dire!

Il savait trop bien que Mylène Gilmore était derrière tout ça et que ses motivations étaient toutes reliées à l'espoir de reconquérir sa petite fille... Il était le seul à être au fait de tous les aboutissements et les causes réelles de cette fâcheuse omelette. Il connaissait trop bien qu'ils débarqueraient un jour prochain dans l'expectative de retrouver une enfant perdue... Que ressentait-il de la part de cette Mylène? De la noblesse dans ce geste de tentative de retrouvailles? De l'honneur à combattre pour la vérité? De l'obstination à changer ce qui ne le peut? Il lui avait alloué une ultime chance de recommencer son existence et elle l'avait trahi, c'est comme ça qu'il se sentait, ragusé, trahi par la réviviscence de son Elsbet, sa réincarnation!

Comment aurait-il été comme grand-père si sa défunte Elsbet lui avait donné ce simple plaisir? Son remords venait peut-être du fait de ne pas s'être enfui avec cette fille et son enfant cette nuit sans lune à l'hôtel *Colonel Inn*... Il y avait pensé pourtant... Redémarrer une nouvelle vie, un nouveau commencement... Mais il devait chasser ses appétences émotionnelles, ses désirs de jadis... Ce qui était passé ne pouvait se refaire et Ackerman s'exhortait à ne jamais laisser place aux regrets... Elle était bien morte, son Elsbet...

Comme il l'avait parié à sa propre conscience, sa dernière phrase faisant allusion à une possible colère de Manlow fit son chemin dans l'esprit des Thorrenz. Au matin, ils furent installés dans de meilleures chambres, près des appartements des enfants et des maîtres. Le tempérament des domestiques en leur encontre changea drastiquement. On faisait maints compliments et moult gentillesses. Les courbettes, exagérées, ne rendaient que la situation plus burlesque, plus saugrenue. Shalow, profitant au maximum de cette brèche, avait même chapardé des ustensiles de luxe en argent. Il se prélassait comme un «goret» dans la baignoire à remous qui était cependant réservé seulement pour la famille. Y laissant des cernes de crasses sur l'émaillage pourtant net à l'origine. Il faisait le sourd aux remontrances du maître de la maison et refusait de se doucher à la salle de bain des invités.

La saison automnale se cristallisait dans une longue routine sans fin. Ackerman se sentait vieillir maintenant. Le temps avait réussi à le rattraper et lui faisait savoir son emprise dans des élancements rhumatisants. Des relents de vieilles blessures mal soignées.

L'équipe de sécurité de Leroy Duncan escortait en tout temps le sénateur Thorrenz lors de ses sorties politiques et pour des soirées mondaines reliées à ses fonctions sénatoriales. Constamment, les escapades étaient toujours supervisées par un chauffeur privé, qui était en fait un garde du corps en arme et dûment entraîné à des situations à grand risque. Des professionnels émanant des rangs d'organismes gouvernementaux comme la CIA et le FBI.

En de rares occasions, Gina Thorrenz aimait sortir incognito, en voiture ou en taxi, pour effectuer du lèche-vitrine ou prendre un verre avec d'autres épouses, autant de femmes aisées et esseulées de la haute finance faisant partie de ses connaissances. Maintenant le service de sûreté de son mari la retenait presque captive. Ses deux enfants les plus âgés, Lorenzo et Antonina, avaient commencé la petite école. Ils étaient bien sûr inscrits dans le meilleur pensionnat privé de New York. En tout temps, un garde du corps les gardait avec discrétion et ne les quittait pas d'une semelle.

Tôt ce matin-là, Mme Thorrenz s'était mise à boire de l'alcool pour oublier sa solitude et sa détresse intérieure. Après quelques verres de Grand Marnier sur glace, elle commençait à être un peu plus farouche et jetait son fiel sur son conjoint. William Thorrenz était appelé à Washington D.C. pour la reprise du Sénat. Au départ de son mari, elle tenta de prendre la poudre d'escampette et se hasarda à subtiliser une des voitures du garage pour se défouler en ville et y exécuter du *shopping* frénétique. Duncan intervint dès qu'elle mit les clés dans le contact. Il offrit un de ses hommes pour l'escorter, pour la forme, mais au fond, il l'imposa à la mégère. Comme elle désirait ardemment d'une évasion solitaire, elle l'accepta très mal. Devant son refus, il durcit l'intonation. Une sévère prise de bec s'ensuivit. Duncan gardait un ton ferme, autoritaire, mais monocorde. Gina, intoxiquée par l'alcool, haussa la voix en insinuant des propos désobligeants, sur la couleur de l'épiderme du garde du corps. Les remarques blessantes eurent, en apparence, peu d'effet sur lui, mais il sentait monter la moutarde au nez au fur et à mesure qu'elle le fustigeait. Duncan commençait à perdre patience. D'une part, il devait assurer sa protection contre les menaces extérieures, d'un autre côté, il n'était pas habilité à la défendre contre elle-même en la privant de la liberté la plus primaire.

Cette incartade fut croquée sur le vif par Golan Shalow qui se faufilait alors à la cave des vins. Dans l'embrasure du cellier, il put, à sa guise, écouter le malentendu sans craindre d'être repéré.

L'inspecteur ne savait pas encore comment ingérer cette information disparate, mais il reconnaissait en revanche que cette disposition pourrait lui être fort utile si la situation lui permettait de naviguer vers plus de contrôle.

Gina Gallore tourna sèchement les épaules et utilisa son trousseau de clés comme d'un projectile. Elle visait le faciès de Duncan, mais les vapeurs d'alcool lui firent manquer la cible de quelques pieds. Duncan ne réalisait pas qu'il était la raison de sa foudre, croyant qu'elle abdiquait en le lançant sur le sol bétonné du spacieux garage. La femme du sénateur était hors d'elle. Elle proférait maintenant des menaces ouvertes envers son protecteur. Ses mots étaient décousus, mais elle ne cachait nullement ses intentions de le pourfendre par toutes les façons inimaginables. Golan prit d'une panique soudaine enjamba les marches 4 par 4, à bout de son souffle d'obèse ventripotent, pour aller chercher Ackerman...

Les jambes molles, elle tituba vers le garde en employant son sac à main comme fléau. Elle le frappa sans trop de succès. Leroy déployant son adresse à dévier promptement la trajectoire de la sacoche pour ne pas blesser la femme du sénateur dans ses mouvements de moulinets brusques.

Elle le haranguait comme du poisson pourri, haussant maintenant le ton, à crier à l'hystérie. Duncan valsait de gauche à droite en utilisant ses déplacements de boxe pour esquiver les maladroites frappes de l'acariâtre marâtre. Il maîtrisait à l'instant présent la situation et il savait qu'elle serait bientôt sans énergie. Il appréhendait le heurt sans conséquence pour lui. Il pressentait que Mme Thorrenz perdait de la vigueur dans ses coups et qu'elle reprendrait à brève échéance ses esprits. Qu'elle serait honteuse de s'être comportée de la sorte et s'affaisserait de décharges et d'excuses. Il éprouva alors une très forte pression sur son cou. Ce fut la dernière chose qu'il sentit d'ailleurs. Comme une ombre spectrale, Ackerman s'était approché de lui. Il se mouvait avec une prodigieuse aisance pour un colosse de son poids. Silencieusement, il s'était blotti contre lui en l'enserrant de son bras gauche. Il immobilisa les membres de Duncan comme le ferait un boa constrictor. Avec agilité, de sa seule main droite, il vint faire une pression fulgurante à la carotide. De son index et son pouce, il enfonça la pomme d'Adam dans la gorge de Duncan et cerna les cervicales et leur imposa un bref, mais très sec mouvement.

Les témoins de la scène, Gina Gallore et l'inspecteur Shalow perçurent un craquement sinistre. Duncan, dans son impeccable costume de complet noir, s'affala sur le sol en gesticulant désespérément pour survivre. Sa tête avait tourné sur son axe d'une façon anormale. Des râles et des brèmes s'entrechoquaient dans des aspirations profondes d'asphyxie et des expirations de suffocation. L'hémorragie interne fit son œuvre dans le temps de le dire. Duncan, sans jamais avoir à se douter de ce qu'il l'attendait, jonchait là sur le plancher humide, sous le regard médusé des deux observateurs. Ackerman restait de marbre, barbare et triomphateur. Pour s'assurer de la mort de l'infortuné Leroy, il enfonça un sévère coup de talon à la mâchoire de sa proie.

Golan, en éternel souffre-douleur, s'approcha de Gina Gallore pour la réconforter ou tout au plus se positionner en victime lui aussi dans le cas où l'Ordre chercherait à faire payer ce geste d'une cruauté gratuite. À sa grande surprise, il ne remarqua aucune émotion sur son visage, à peine les sourcils froncés par les reliquats de sa colère. Elle restait coite, fixant du coin de l'œil le géant immobile et indépendant, attendant la suite des événements.

Le futé Chacal brisa le silence en s'avançant d'un pas. Sa voix était étrangement calme et son ton apparaissait hypnotique. Il semblait insuffler une profonde suggestion à la dame de la maison :

— Cette brute vous a attaqué! Mme... Il était impératif de vous défendre... Nous autres, les protecteurs de la Chouette et du Hibou, sommes ici pour vous protéger et vous servir... Ordonnez et nous obéirons...

Gina Gallore réfléchit quelques secondes et garda le silence pour voir la suite de sa proposition, s'il en avait bien une...

— Ne vous en faites pas, Madame, les hommes de main de l'Ordre sont triés parmi les renégats, les apostats et les abandonnées de la Terre. Ils savent en entrant au service de ce cercle qu'ils ne sont que des pupilles, des orphelins et qu'ils ne devront jamais tisser de liens extérieurs... Ils ne manquent de rien, en contrepartie, c'est une vie excessivement dangereuse... Faites comme bon vous semble... Mais pensez à la carrière de votre mari, vos enfants... Ce ne sera qu'une mule de moins après tout... Nous ferons tout disparaître!

Gina Gallore haussa les épaules, elle avait une baisse de vitalité et son exaltation faisait maintenant partie du passé. Elle n'avait plus la force de parlementer à qui que ce soit. Elle donna le Paradis sans confession à Ackerman. Son chuchotement, à la lisière d'un terne murmure, fut articulé sans passion ou ferveur :

— Faites en sorte que rien ne remonte à ma famille... Débarrassez-vous du corps... Enfin, de tout... De lui aussi…

Elle ne fit qu'un léger mouvement de tête, pointant une direction vague en terminant son ultime phrase. Elle se traîna les pieds jusqu'à l'emmarchement et s'escamota de la dernière scène sans regarder derrière elle.

Dès qu'elle fut engagée dans la cage d'escalier Golan se précipita sans scrupule sur le cadavre de Leroy Duncan pour le dépouiller de ses nombreux bijoux et de l'argent de son portefeuille. Le ventru inspecteur babillait de bonheur à contempler les belles ornementations dorées serties d'immenses joyaux et de splendides diamants. Les yeux de Golan s'illuminaient par tous ses parures et embellissements de teintes or et diamantés. Dans la réfraction de l'un de ceux-ci, il crut apercevoir une forme floue se dessiner derrière lui...

*

* *

Une mer en furie

Le gouverneur Rutherford fut le seul à sentir la tempête passée. De ces tempêtes médiatiques, qui faisaient et défaisaient des royaumes entiers. Des hordes de journalistes colportaient maintenant des inepties sur sa femme, ses enfants et encore plus sur lui. Il reçut plusieurs invectives, menaces de mort et diverses mises en demeure légales, mais aussi des milliers de lettres de support. On ne demandait plus seulement sa tête comme chef du pouvoir exécutif de l'État pour son mandat de quatre ans. Au-delà de sa fonction, on voulait à présent le pousser à la banqueroute. À l'heure actuelle, il était isolé comme jamais à part des missives aussi positives qu'anonymes. Il retint la chair de sa chair à sa résidence pour assurer leurs sérénités. À part quelques hommes loyaux et proches de James Rutherford, la compagnie de sécurité brisa net son contrat. Elle prétextait des sottises sans fondements pour annuler les clauses une à une et réduire considérablement les effectifs en poste. Une foule s'était agglomérée aux grilles de la demeure, soit pour protester sans trop de conviction, soit pour l'acclamer à tout rompre, mais aucun journaliste ne couvrait à priori la maison. Des agitateurs tenaient tête aux forces de l'ordre. Des escouades anti-émeutes du commissaire Andrysiak tentaient, sans zèle, de repousser les contestataires qui brandissaient des bannières exhortant la haute finance d'épargner la vie du gouverneur. D'autres agitaient des affiches montrant des images de John F. Kennedy en sous-entendant qu'on attendrait à l'être de James Rutherford pour sa volte-face contre les vautours du super capitalisme. Ce cirque médiatique couvrait indirectement les arrières du gouverneur. Autant de témoins qui menottaient les détracteurs de Rutherford de devoir agir qu'à la longue. Sans incident grave, ils perdraient de leurs engouements au spectaculaire et laisseraient à l'oubli le politicien proscrit. Même si les journalistes avaient déserté les lieux, des extraits télévisés, filmés dans un centre commercial, présentaient des individus qui confabulaient des opinions sans parfum ni essence comme on épellerait un texte appris par cœur.

Rien n'allait plus dans le quartier du domicile gouvernemental. Une panne électrique foudroyait maintenant cette région. La résidence avait une forte génératrice, mais les installations fonctionnaient au minimum. James ne perdait pas confiance et s'enfonçait dans son appétence à faire le bien.

Il tentait de joindre par téléphones et par courriels des gens à l'extérieur de son cercle habituel californien. Il enjoint différentes demandes d'assistances à des bonzes du gouvernement fédéral, mais il ne reçut aucune écoute et encore moins d'aide. Même M. le Président ne donnait aucune suite aux multiples appels urgents. Ce mutisme le déstabilisa quelque peu quand il reçut, au hasard de ses courriers. Un colis qui semblait venir d'une source peu crédible expliquait comment décrypter les dossiers liés dont le code d'accès se retrouverait dans un envoi suivant.

Il fut estomaqué de constater l'ampleur de l'organisation chapeautant l'ordre du «Buisson-Ardant». En haut de cette pyramide de l'ombre, il voyait maintenant le maître d'œuvre de cette mascarade... Fulher Abraham Manlow!

L'étrange correspondance affirmait qu'il était à la tête d'un réseau très lucratif d'adoptions illégales d'enfants et que son associé était le défunt Dr Martinstein. Relevant ainsi un lien conducteur et un mobile pour le crime de Latricia Brown et Martinstein et les réelles raisons de tout ce camouflage opéré par Cunningham. Protéger le vrai commanditaire, Manlow. Le message décrivait, à quelques virgules près, ses futurs déboires et les aboutissants des techniques de souillure de la part de ses détracteurs, mais il en faisait déjà les frais. Un sous-entendu dictait le prochain mouvement que devrait faire le gouverneur pour enlever cet effet de strangulation. Entrer directement en contact avec Manlow et laisser planer qu'il serait en possession d'un film d'une «soirée excentrique» à New York et comment ils traitent leurs jeunes employés et traiteurs... Le fichier audio d'un jeune pédéraste fut aussi envoyé pour prouver leurs dires ainsi que celle de Martinstein à sa clinique.

Rutherford était bien au courant de ces soirées délurées et de ses associations universitaires d'éternels étudiants qui organisaient des réceptions fastes. Il s'était toujours tenu loin de ces débauches décadentes d'inspiration romaine.

Il étudia froidement la multitude de données, pourtant maigre au niveau stratégique et qui semblait prendre racine dans la pure spéculation. Il n'avait jamais rencontré ce Manlow, ni ce Martinstein, ni ce Thorrenz et encore moins des avortons comme Ackerman, Shalow et cie... Son interlocuteur ne demandait qu'une chose en échange de son aide et son appui, l'amnistie totale pour son groupe d'opération et tout son soutien pour permettre à une mère de recouvrer son enfant légitime. L'histoire de Mylène y était décrite, sans nommer son nom et sans l'identifier directement. Les lieux par contre, comme le motel *Colonel Inn* ou la clinique Martinstein, y étaient bien dépeints avec la description des horreurs découvertes dans ces lieux. Le récit fit une forte impression à Rutherford. Il transmit les dossiers complets au commissaire Andrysiak pour avoir son opinion. Décidément, Steven Andrysiak n'avait pas son enthousiasme et semblait sentir un piège potentiel de courir ainsi hors de sa tanière pour y vérifier de sordides fadaises...

Il médita jusqu'au lendemain sur cette question. On ne lui avait pas fait parvenir de vidéo de ladite soirée de débauche. Quelques photographies floues tendaient à rapprocher Manlow de Martinstein et Manlow à son bras droit, Hermann Kiel, sans plus. Le correspondant avait laissé l'adresse d'un édifice à bureau trouvé dans l'ordinateur de feu Martinstein comme emplacement de la nouvelle pouponnière illégale. Avant de faire un geste gratuit, il devait vérifier les dires de ces mystérieux contacts. Il avait l'intention de voir les lieux lui-même avec le concours de son ami Steven Andrysiak. De toute façon, James ne faisait plus confiance à personne...

Cunningham était toujours introuvable malgré les mandats d'arrêt!

*
* *

Sans aucune gêne, Ackerman agrippa le cadavre de Leroy Duncan et l'enfonça dans sa fourgonnette V-U-S. Il retourna où gisait originellement la dépouille mortelle de l'Afro-Américain et se pencha sur un autre macchabée.

La carcasse de Golan Shalow s'étendait dans une mare de sang. Il avait eu le crâne fracassé d'un violent coup de pioche de jardinage. Il avait pris cet objet au hasard parmi tous les différents outils qui traînaient dans le garage. Instruments flambant neuf qui semblaient être là que pour donner un cachet à l'imposant hangar de la résidence. Le géant se pencha vers la dépouille de l'inspecteur. Celui-ci avait-il vu le cognement venir? La nature de la blessure et son emplacement démontraient pourtant que Shalow s'était tourné la tête vers son agresseur avant de subir l'assaut...

Ackerman ne pouvait soustraire de son esprit les yeux de biche suppliants de Golan. Il se surprit à avoir des tremblements subits à s'imaginer ces piteuses pupilles. Avait-il agi sous l'impulsion? Répondre à une suggestion indirecte de la maîtresse de la maison? Ackerman savait que sa présence mettait la famille dans l'embarras et lui faisait malencontreusement de l'ombrage. Par ce geste, il croyait se rapprocher assez près des Thorrenz pour éliminer toutes formes de fuites de la part de

424

ses associés. Après tout, il était évidant que les comparses de Mylène parleraient, tôt ou tard, de la raison principale de toutes ses emmerdes... Tout revenait à dire pour lui : « C'est Ackerman qui a flanché! »

Il ne réussissait pas à s'enlever de la tête son comportement sans équivoque ni ambiguïté. Reste que ces derniers temps, le crapaud d'inspecteur avait partagé une certaine proximité avec lui. Avait-il développé, à son insu, de l'amitié inconsciente pour ce porc? Il demeurait qu'il avait une boule dans la gorge quand Ackerman dut larguer le cadavre de Shalow par-dessus l'autre. Il n'eut aucune peine à trouver une grande housse et recouvrit les deux corps dans la malle arrière du V.U.S. Il lava à grande eau et au savon le plancher de béton et égoutta le tout dans le drain de commodité à l'aide de la lance à eau d'arrosage.

Il se perdit dans la nature et effaça à jamais tout ce qui pouvait identifier les deux victimes, empreintes de doigts, dents et tatouages grâce à des outils dérobés au garage des Thorrenz. Après sa macabre besogne de boucher, il brûla les différentes cartes d'identité et fit disparaître dans un palude boueux la plaque et l'arme de service de Shalow. Il poussa dans un autre marécage la bagnole et les deux cadavres dans un lieu encore plus reculé. Il braquait les yeux sur la voiture qui s'enfonçait dans le petit marais fangeux. Pour enliser totalement le véhicule, il dut se mouiller et la décaler au milieu du plan d'eau. Il contemplait la lune rouge de septembre qui montait dans le ciel... Il maugréait en silence, se maudissant de ses vêtements poissés et encrassés de limon et de fange glacée qui donnaient de solides prises à son arthrite naissante :

— Merde! Saleté de merde! Je suis tout glacé et sans moyen de retour!!! Reste à trouver des vêtements et une voiture dans ce trou perdu! Et pour ma taille! Hey bon sang!!! Comment vais-je m'en remettre de celle-là??? Je devrai marcher jusqu'au matin avant de voir âme qui vive!!!

Le géant se dandinait nonchalamment sur un sentier boisé. Le voyage de retour lui semblait interminable... Une lueur était apparue à lui sous la forme de remords... Il se surprit à dialoguer tout seul, a moins qui se confiait à quelqu'un d'autre, invisible, mais bien existant. Il faisait le bilan de sa vie, de ses bons coups et des moins louables... Au fond de lui, il gardait un vague souvenir de sa fille Elsbet. Les épaules voûtées, il fixait le sol. Toutes ses résipiscences tendaient vers cet unique point de vue : s'il avait été plus présent pour elle? Au fond, tous ses malheurs actuels découlaient de sa mansuétude envers une catin de Martinstein. Toutes ces cruautés du destin dépendaient de la seule bonne action qu'il avait faite dans sa vie. Malheureusement, son cheminement était trop élémentaire pour qu'il puisque mettre à profit ce qu'il ressentait. Son approche rudimentaire lui permettait pourtant de sous-entendre que quelque chose ne tournait pas rond dans sa tête. Son absence de cognition morale et son ressentiment depuis l'enfance pour ce qui était beau et bon lui interdisaient de se laisser aller à de trop grandes affectivités. Sa plus grande nostalgie fut sa mère meurtrie par la vie, son unique regret fut Elsbet, sa seule faiblesse fut Mylène. Tout cela mit ensemble faisait de lui la créature monstrueuse qu'il était devenu... Faisant de lui un monstre à peine capable d'émotion. Il se répétait sans cesse, dans une boucle sans fin :

— J'ai trop fait couler du sang des innocents et de celui des truands en ce monde pour croire à une espérance de salut... Même l'enfer ne voudra pas de moi!!! En finir... Si seulement j'avais le courage d'en finir!

La maison des Heanude

À la lueur de la nuit naissante James Rutherford prétexta à sa conjointe qu'il avait du travail à terminer à son bureau du pavillon Est. C'était une annexe au bâtiment principal qu'il avait transformé en cabinet d'activité personnel. Comme sa femme était depuis un certain temps angoissée, elle écouta les conseils de son époux et se força à s'aliter. La fatigue la rattrapa et elle s'endormit profondément. Il l'embrassait très fort comme si ce baiser était le dernier qui lui donna. Il fit un étrange pèlerinage, visitant les chambres à coucher de tous ses enfants comme il avait l'habitude de le faire lorsqu'ils étaient tous petits. Un père ne reste-t-il pas toujours un papa pour ses enfantelets? Il était chaleureux de nature, mais ses deux garçons et ses trois filles ne s'étaient plus fait border de la sorte depuis belle lurette. Ce qui amena au plus vieux, l'aîné, à dire, lui qui ne s'était pas encore profondément endormi :

— Il y a quelque chose qui cloche, Papa!
— Non Dean, rendors-toi...
— Ce n'était pas une question papa... Quelque chose cloche!
— Ne t'en fais pas Dean, recouche-toi... Tout va pour le mieux maintenant...
— Tu es certain? Tu as entendu ce qu'ils bavassent de nous?!!
— Des calomnies, la vérité triomphera toujours!
— On va me retrancher de l'équipe, c'est sûr!
— C'est important pour toi le football et je le sais... À cause de mes rêves de grandeur, je force les miens à prendre du recul...
— Non! Papa! Ne dis jamais ça... Je dois t'avouer une chose que tu vas désapprouver!
— ??? Désapprouver?
— Il y a une semaine, avant que commence le cycle des fausses accusations, j'ai surpris un homme en train de fouiller dans nos ordures et ramasser des papiers sans importance, Maman passe tout à la déchiqueteuse... Sur le coup, j'ai pensé à un clodo qui cherchait de la nourriture et je me suis caché derrière un bosquet pour lui faire peur. Il portait un veston trop court et avait une allure des comiques des années 70! Il était petit, frêle, un gros nez aquilin et il avait un petit chapeau de feutre de gangster et des verres fumés d'espion comique comme les *Blues Brothers*... Il semblait aussi prendre des photos de la maison, car il avait un imposant appareil photo accroché à son cou par une large bandoulière... J'ai trouvé ça bizarre et j'ai été le confronter en le traitant

de sale paparazzi... Il tentait de prendre la fuite! Je l'ai plaqué au sol et je l'ai sommairement rossé... Pas violemment, mais il était tout étourdi... J'ai regardé son portefeuille et il avait un genre de carte de détective privé... Je le brusquais de coup de pied au derrière et il réussit moins à s'échapper que je le laissais partir en titubant comme un ivrogne... Je me trouvais très drôle sur le coup, mais ensuite j'eus peur que si je t'en parlais, tu sois en rogne de ma conduite... J'ai gardé le silence en craignant qu'il ne porte plainte pour coups et blessures!

— Effectivement, tu aurais dû t'en confesser, te confier à moi... Mais comme on ne peut changer le passé, reste à fabriquer l'avenir par nos choix présents pour paraphraser un «ami!»

— Papa, je pense au pire maintenant... Je m'en veux tellement! C'est à cause de moi si ce détective a pu dégoter des vacheries sur notre famille! Je l'ai laissé partir!!!

— Ne t'en fais pas avec ça, Dean, tu n'as rien à voir avec cette histoire. Ce fouille-merde n'aurait rien trouvé de bien grave... En fait, ils me cherchent, probablement, depuis mon élection au poste de gouverneur... Quoi qu'il en soit, ce qui est fait est fait... Je suis fier de toi, fiston... Quoi qu'il puisse advenir de mon aventure, je compterai sur toi pour prendre soin de ta mère, de Brian et de tes sœurs...

James se mordit la lèvre. Sa dernière phrase lui avait glissé de la bouche par la passion du moment. Dean le dévisageait sévèrement, il repoussa ses draps et se cabra dans son lit. C'était un fier gaillard de plus de 6 pieds. Les épaules carrées pour son âge, mais au faciès tendre et encore juvénile.

— Tu me caches des choses, père?!!

Son ton se voulait plus adulte, plus mature. D'une accentuation plus grave et des plus engagées qui disaient à coup sûr qu'il se devait d'être à ses côtés.

— Mais non, mon fils! Je verbalisais ça comme ça... Sans arrière-pensée...

Le père, le cœur troublé, mit une main chaleureuse sur l'omoplate de son aîné. Il sortit de la chambre en jetant un dernier coup d'œil à son garçon. Comme il était fier de ses enfants! James exhortait la vérité et abhorrait le mensonge. Il avait inculqué à ses petits les mêmes valeurs. Il avait toujours été transparent et sincère en tout. Le voilà qu'il mentait maintenant à sa bien-aimée et aux siens, pour les protéger bien sûr... Mais un pieux mensonge restait une imposture même si l'on croyait fabuler pour une cause juste. Il prit quelques minutes pour écrire une note dont il cacheta la lettre au nom de sa femme. Il fit une missive pour chacun de ses enfants. C'était court, mais intense. Il les cacha dans un endroit facile d'accès, mais pas directement à la vue de sa famille.

Il se réfugia dans le pavillon et vêtit un complet sombre et très sport. Comme prévu son cellulaire sonna à 23 h 30. Il répondit prestement comme il s'y attendait :

— Salut M. le gouverneur, toujours partant pour la petite escapade?
— Je ne sais pas ce dont je ferais sans vous Steven!
— N'en dites pas plus au téléphone, je suis garé dans la ruelle côté sud, sauté la herse arrière et venez me rejoindre! J'ai informé nos gars de la sécurité, ils sont au courant que vous passerez devant les caméras et ils vous donnent le champ libre... Ils vont veiller sur votre famille...

Malgré toute sa discrétion, un garde de grande stature et un chien policier coururent vers lui. Le surveillant était nouveau et pas nécessairement des vigiles d'Andrysiak. Il fixait silencieusement et patiemment James, comme s'il attendait quelconque mot de passe. Sur le coup, le chef du pouvoir exécutif eut peur qu'il lâche son berger allemand à ses trousses. Heureusement, la bête resta de marbre et s'assit sur ses pattes arrière, sans toutefois quitter Rutherford du regard.

— Qui va là? C'est vous M. le gouverneur? Vous ne devriez pas sortir du domaine... Pas maintenant...

James trouva quelque peu saugrenu le commentaire de son gardien au blazer bleu. Pas tant par le choix des mots que le timbre solennel qu'il avait employé. Il était à son service depuis peu et James n'avait pas vraiment eu le temps de fraterniser avec lui. Il ne le perçut point comme un énergumène, mais la façon qu'il eut de l'apostrophé, il le trouva, sommes toutes bizarre. Mais il réalisa qu'il se faufilait la nuit, vêtu de sombres vêtements en se déplaçant comme un vulgaire voleur... C'est lui qui devait avoir l'air louche au fond. Que pouvait-il y prétexter pour ne pas soulever de sa part plus de suspicions qu'il en fallut? Il ne lui restait que la chose la plus simple à faire : s'en tenir qu'à la franchise la plus simple :

— C'est que j'ai à faire de petite chose importante... Soyez chic! Veillez sur ma famille, je vous prie, jusqu'à mon retour!
— N'ayez aucune crainte... Nous veillerons sur votre famille, moi et Rex... Ce chien est pour ainsi dire... Un vrai ange gardien!
— C'est bien aimable à vous.

— Quoi qu'il en soit, faites selon votre conscience, gouverneur… Elle vous a toujours bien guidé…

— Merci à vous… he…?

— John, appelez-moi simplement John…

James Rutherford força un sourire et tourna les talons. Il se rendit promptement à la herse. Il ressentait un mélange d'émotions disparates envers ce garde qui ne semblait nullement surpris de son escapade nocturne. Il se concentra sur ce qu'il avait à faire.

Le gouverneur, toujours à la forme de ses belles années, sauta l'enceinte sans crainte de faire partir le système d'alarme ou de s'électrifier. Le répartiteur de la salle de contrôle restaura automatiquement le code de sécurité lorsqu'Andrysiak lui communiqua l'ordre de le faire, ne laissant qu'une fenêtre de quelques minutes à James pour traverser la cour et passer le grillage. Il courra jusqu'à la voiture banalisée de Steven. Une bagnole Chevrolet de la marque Cavalier de l'année, bleu ombré et complètement pourvu d'équipement de policier standard. Ordinateur de réseau et appareil performant de communication radio.

Andrysiak, sans retirer sa ceinture de sûreté, s'étira le bras musclé pour lui ouvrir la portière du côté passager. James prit place et le véhicule fonça dans la nuit. L'air était encore humide, mais la chaleur s'était enfin dissipée. Andrysiak et Rutherford se remémorèrent les faits du dossier mystère un à un. Steven gardait un fort scepticisme, mais devant la volonté de Rutherford de voir au fond de sa source, il ne voulait pas que son ami s'y rende seul. Il donna par contre ses recommandations :

— Cher gouverneur, étant commissaire à Sacramento, vous pourrez comprendre aisément que je n'ai pas d'autorité légale à San Francisco. Toute notre entreprise repose donc sur la clandestinité… Selon votre informateur anonyme, certains de vos détracteurs opèreraient un lucratif marché de traite d'enfants… On nage en plein délire! Votre source affirmait que la première base d'opérations était le motel *Colonel Inn* et ça, c'est de mon ressort… J'ai déjà pris sur moi de vérifier ces dires… Étrangement, l'édifice était en train d'être rasé jusqu'à son sous-sol par de la machinerie lourde… Au préalable, tout avait été dynamité! Et pas de trace de permis en ce sens! Il faut admettre que même les méthodes employées étaient démesurées. Effectivement, la construction était abandonnée depuis plusieurs décennies, mais un incendie, il y a deux ans, le ferma définitivement.

— Vous voulez dire qu'on effaçait des preuves?

— Faites vos propres déductions! Officiellement, le bâtiment était désaffecté depuis belle lurette, pourtant on y trouva de nombreuses victimes lors de cet embrasement criminel selon les équipes de pompiers arrivées des localités toutes proches… Aucun appel n'avait été lancé de l'endroit soi-disant désert! Ce fut un bon samaritain voyant la hauteur des flammes de l'autoroute qui donna l'alerte de son cellulaire. Vous aviez tellement raison, gouverneur. Le service d'enquête des inspections en incendies escamota certaines évidences pour camoufler des faits hautement troublants… Reste que selon les dires de votre contact anonyme, il y aurait maintenant une clinique illégale dans un immeuble commercial. Les factures numérisées qu'on vous a fait transmettre le prouvent, j'ai vérifié moi-même… Bordel de nom de Dieu! Pardonnez mon langage James, mais il y a là, selon les coûts, un roulement d'une grosse clinique externe, seulement à en voir les multiples commandes! Je n'arrive pas à comprendre comment ils peuvent récupérer leurs frais en vendant des mômes! Selon les dires de votre contact, ils offrent 50 000 $ par mère porteuse! Faudrait donc casquer plus de 100 000 $ si on recoupe les dépenses de maternité… Ça ne tient pas debout… Qui serait assez dingue pour flauber autant de fric pour ce que la nature nous donne gratuit!

— Des gens fortunés voulant que l'adoption soit cachée… Assurer un certain lignage, une légitimité qui serait plausible en dehors du couple… Tout est possible Steven!

— Reste que tout le bazar de cette «clinique» improvisée sert justement à du matériel de maternité… Pour ce que j'en sais!

— Donc, ce serait vrai qu'ils opèrent un marché d'abrogation illégal?

— Dans un premier temps, c'est ce que nous allons voir... Juste du repérage... Sans mandat pour pénétrer dans ce lieu, on ne pourra pas chiper d'évidence, mais j'ai un appareil photo et nous pourrons faire des clichés photographiques pour convaincre un juge de mes amis qui sera en notre faveur et sans lui dire la nature exacte de ses photos... Un truc de passe-passe en quelque sorte... On créera les plaintes qu'il nous faudra et l'on rendra le tout légal après coup! Si nous ne prenions ce soir qu'un simple tube vaseline à cet endroit, on serait cuit si cette histoire venait à se savoir!

Arrivée sur les lieux, la voiture fit quelques tours de repérage. L'adresse donnait effectivement à une tour à bureau du quartier des affaires de la ville de San Francisco. Il était maintenant 3 heures du matin et les rues étaient encore bondées de fêtards nocturnes. Il fut aisé pour Steven de garer son automobile dans une ruelle sombre derrière l'édifice. Il y traînait une odeur pestilentielle à cause des bennes qui étaient toutes pleines d'immondices pourrissantes. Un itinérant faisait une sieste sans trop se soucier de la fragrance ambiante. Il avait lui-même un arôme particulier. Instinctivement, James se penchait vers lui pour lui porter assistance... Andrysiak le repoussa vers l'arrière avec véhémence. Il lui chuchota grossièrement :

— He! Gouverneur! Votre dévouement vous perdra! Vous ne reconnaissez pas, s'en doute, cette odeur caractéristique des morgues? Votre protégé est mort depuis près d'une journée... Ce matin, les éboueurs le signaleront à la sûreté publique et ils le cueilleront comme tant d'autres!

— Commissaire! Nous devons faire quelque chose, ce malheureux a probablement une famille inquiète...

— Vous m'étonnerez toujours James! Bienvenue dans le vrai monde!!! C'est monnaie courante de trouver des vagabonds, junkies et des défoncés de crack qui claque d'une overdose, de crise cardiaque, de froid, de canicule, de faim ou de chagrin! De n'importe quoi, sauf de bonheur!!!

— Non, commissaire, ce n'est pas notre monde, c'est l'enfer... Il est inadmissible de vivre ainsi! Cela ne devrait pas être l'univers de personne...

— On ne peut rien y faire, James... Vous voulez toujours vérifier les dires de votre source?

Avec sérénité, James fit un signe affirmatif de la tête et gardant un preux silence, il fit une prière à cet infortuné inconnu...

Andrysiak, fier Polonais fort comme un bœuf, jeta un furtif coup d'œil dans les bennes pour remarquer que l'une d'elles contenait des sacs à ordures médicales. Plus résistant et épais que les cabas conventionnels. Leurs couleurs bleues ne laissaient place à aucune interprétation douteuse. Sa coloration informait les éboueurs d'un risque de contamination et ainsi ils prenaient grands soins en les manipulant. Certains de ses fourre-tout étaient tachetés de souillures d'un brun foncé, qu'Andrysiak reconnut facilement comme des taches de sang séché. James vint le rejoindre avec la main sur la bouche pour mieux endurer l'effluve environnant. Andrysiak tendit à Rutherford une solide torche électrique de surveillance-patrouille. Ils s'approchèrent d'une sortie de secours et durent admettre qu'elle était pleinement faite de métal et trop résistante pour l'enfoncer. De conception moderne, ce bâtiment ne détenait pas de fenêtres à la portée de leurs bras et la fenestration de style thermos et trempée empêchait toutes possibilités d'intrusions. Entrer par le seul accès principal était impossible à cause d'un poste de garde. Sur le côté, il y avait bien une entrée de stationnement souterrain, mais il était lui aussi gardé par un gardien de guérite. Andrysiak et Rutherford perçurent un pas pesant venant de la cage d'escalier de secours. Ils eurent le temps de se mettre à l'abri tellement le bruit résonnait à l'intérieur. Ils s'entendirent voir surgir une sorte de géant, mais la surprise fut de taille, un minuscule homme, pas plus de cinq pieds et le teint basané, très foncé comme les Indiens mexicains ou les Asiatiques malaisiens, sortit par la seule issue possible en retenant la porte ouverte par un petit bloc de bois qu'il inséra nonchalamment dans le joint des pentures et des charnières. Il portait, sans indisposition ou embarras, une camisole blanche tâchée et souillée. Le maillot de corps était jauni par sa sueur et contaminé de salissures d'hémoglobine et de sérum quelconque et avait un pantalon opératoire standard. Il s'éloigna un peu plus loin pour griller une ou deux cigarettes en fixant dans le firmament un large hélicoptère qui zigzaguait dans les cieux, faisant fi des bâtiments environnants. Il était si prêt de l'édifice qu'ils crurent qu'il s'écraserait sur le toit. Ensuite, le petit Mexicain se distança de la porte métallique pour aller vers une allée passante qui était perpendiculaire à la ruelle. L'individu sans retenue dévisageait avec arrogance la gent féminine sans aucune forme de respect. Il se mit à haranguer ses dames dans un dialecte portugais ou espagnol, et ce, sans zéro de tact ou de politesse. Les demoiselles, noctambules et délurées qui y déambulaient, faisaient rouler leurs fesses comme des catins des «*french cancans*» parisiens au grand malheur du rustique interlocuteur qui les suppliait comme l'on supplie à une madone d'intercéder à ses plus viles demandes...

Avec une discrétion de loups en chasse, James et Steven en profitèrent pour se glisser dans les lieux via l'entrée laissée ouverte par le grossier personnage. Ils montèrent les marches quatre par quatre. Andrysiak connaissant les lois sur la prévention des incendies et Rutherford maîtrisant bien les techniques d'architecture s'accordèrent pour trouver le bâtiment fort étrange. On avait soudé toutes les portes d'aciers coupe-feu. Tous sauf une à un certain étage. Une chaise traînait sur ce palier en plate-forme de béton. Elle était recouverte d'un sarrau de médecin couvert de sang et autres excrétions à peine descriptibles. Manque de chance, un aménagement complexe de sécurité fonctionnant avec un double système numérique et à carte magnétique en bloquait l'accès. Voilà que Rutherford et Andrysiak se trouvaient pris en souricière. Des pas lourds retentirent de la base de la cage d'escalier comme si un ogre la gravissait. Heureusement qu'il restait quelques étages plus hauts et ils s'y cachèrent en espérant que l'étriqué et bruyant Mexicain ne remarquerait pas leurs présences. Avec une lenteur d'un aï paresseux, le petit infirmier remit son sarrau. Il sentait le cannabis à plein nez. Avec une oisiveté hors du commun, il passa sa carte et entra quatre chiffres. Il enfonçait les touches une à une avec fainéantise et hésitation. Il tira lourdement sur la porte massive. Des clameurs de souffrances se firent entendre dans le lointain. Andrysiak et Rutherford se précipitèrent diligemment pour empêcher le portail de bien se clore. Ils eurent à peine le temps d'admirer la cloison isolante antibactérienne de cette clinique de naissances improvisées. On avait mis le paquet pour rendre l'endroit moderne et fonctionnel. C'était l'antichambre d'un long corridor conduisant à un ascenseur classique. Les murs étaient fades et vides de toute décoration. On se serait attendu à voir des illustrations habituelles d'une pouponnière, ornementées de dessins de fleurs, d'étoiles, de jouets, de gentils oursons ou de poupées au large sourire. Rien de tout ça ne décorait l'endroit. Les lieux semblaient délaissés naguère, car il n'y avait encore aucune trace de poussière sur le plancher et très peu de saletés venant des affres du temps. Pourtant, une exhalaison mélangeait des vapeurs de vomissures, d'urines, de matières fécales, de sueurs et même de mort. Ce coriace mélange empestait la place depuis peu, mais paraissait petit à petit prendre le dessus sur les produits désinfectants. L'apprenti médecin mexicain s'enfonçait dans ce long corridor en invectivant à chaque portail de cesser de brailler dans un jargon hispanique douteux. Enfin, c'est ce qu'ils purent en conclure de leurs maigres connaissances dans cette langue. Cependant, Rutherford s'était familiarisé avec ce l'espagnol classique pour séduire son électorat. À la base, il ne s'était sûrement pas accoutumé avec les patois, injures, insolences et autres impolitesses de ce code linguistique.

Au fond de cet interminable couloir, il semblait y avoir une salle de séjour, car ils entendirent des mélodies sportives et des cris de joie, enterrant les lamentations environnantes par une description télévisée et endiablée en espagnol d'une partie de football européen. Probablement un match Pérou contre le Mexique retransmis par satellite et tant annoncé chez les câblodistributeurs. Andrysiak fit signe à Rutherford de l'attendre et s'avança en quelque sorte comme le ferait un éclaireur. Il oubliait toute règle de prudence à l'écoute de ce chant de sirènes à l'agonie. Il ne pouvait s'empêcher de rester inactif lorsqu'il s'aperçut de tant de doléances. Toutes les embrasures de porte étaient recouvertes d'un rideau de plastique bleu poudre. On ne pouvait voir à l'intérieur, mais dans plusieurs de celles-ci on pouvait percevoir des geignements, des sanglots et gémissements lugubres. Certaines de ces plaintes faisaient directement référence à de la parfaite souffrance et elles suppliaient atrocement d'avoir des médicaments. À mi-chemin entre l'entrée arrière et la devanture du complexe, le grand couloir était entrecoupé d'un plus long passage qui faisait la quasi-totalité de la largeur du bâtiment. Andrysiak estima le centre à près de 150 chambres de maternité.

Il remarqua, dans l'axe cruciforme des corridors, de rares portes isolantes et pleines en bois et plaqués en aluminium pour amortir les chocs de civières. Une de celles-ci avait l'inscription «bloc opératoire», «cellule d'anesthésiologie» et encore une avec la légende «pharmacie». Tous étaient scellés par le même système de sécurité que le portillon de la cage d'escalier. Un panneau avec une flèche indiquait qu'il y avait une pouponnière, au bout du passage, près de l'élévateur. Andrysiak sonda une autre porte sans serrure magnétique et avec le titre de «conciergerie», par chance, elle n'était pas barrée. Il fit signe à James de venir le rejoindre.

Dans ce repaire improvisé, ils firent le point et reprirent leurs souffles. Andrysiak pouvait percevoir que James allait flancher devant tant d'horreur. Ils ne s'entendaient pas à tomber sur un tel *lebensborn* des enfers! Il apparaissait que la correspondance anonyme avait plus que raison et que des femmes étaient retenues contre leurs grés... C'était plus fort que lui, James voulût s'enquérir des mères dès maintenant. C'était joué gros, Andrysiak lui, ne pouvait visiblement pas l'empêcher, le convint qu'ils reviendraient avec des autorisations dûment signées pour arrêter toute la bande. Il lui fit promettre d'être très sage et éclairé pour ne pas alerter les fourbes de l'endroit. Il était peut-être passé légèrement 3 heures du matin et tout le complexe semblait s'être calmé. C'était une façon de voir, car les clameurs, les toussotements et les gémissements n'avaient de cesse.

Andrysiak, confiant dans ses compétences d'infiltrations policières préférait mieux explorer en solo et en silence l'établissement pour en soutirer le maximum d'informations pour une future décente en règle.

James titubant presque prit toute son énergie pour tirer un des rideaux de plastique bleu qui recouvrait tous les accès des chambrettes. Ce qu'il vit l'effaroucha au plus haut point, une petite pièce, aux teintes froides et un lit, pourtant confortable, en apparence, et une jeune dame comateuse. L'était-elle vraiment? On aurait dit un cadavre. Il n'osa pas le vérifier et se convainc d'explorer une autre alcôve, une autre tragédie où le gémissement prouvait qu'il y avait encore de la vie. Il était trop scandalisé de remarquer qu'elles semblaient toutes sanglées ou menottées. Ne se fiant qu'à ses oreilles, James longea le mur jusqu'à une différente porte. Des jérémiades attirèrent son attention. Son regard se dirigea directement vers le lit qui se trouvait dans un coin de la petite pièce. Une autre dame, plus jeune d'apparence, était fortement fiévreuse, elle se trémoussait de douleur sous un drap souillé de vomissements. On aurait dit qu'elle s'y prélassait douloureusement. James estima son âge à celle de sa plus vieille, Cathy. Elle était anormalement maigre et décharnée. Son teint n'était même plus blafard. On aurait plutôt prétendu à une teinte olivâtre immiscée à des cernes gris foncé. Rutherford cogita intérieurement : «Voilà une trépassée qui a non moins de la vie en elle!»

Délicatement, il retira le drap souillé pour découvrir un ventre lacéré de profondes entailles nécrosées. Une suppuration jaunâtre suintait de la blessure gangrenée et tout infectée de pus. La jeune femme était miraculeusement consciente et elle implorait Rutherford dans un effort surhumain :

— Vous êtes le nouveau médecin? J'ai mal, docteur!

— Je suis un ami, un allié, dites-moi dans quel abîme nous sommes???

— Oh! J'ai si mal... Je veux voir le Dr Martinstein!

James saisit à peine le drame qui se tramait en ce lieu. Il s'imaginait que Martinstein mort, elles devenaient toutes les proies du désordre qui s'ensuivait, mais de là à découvrir toutes ses horreurs. Il devait savoir, non pas pour une curiosité morbide, mais pour comprendre comment l'homme pouvait se convertir en aussi vil déviant... Toujours au bout de ses forces, la matrice abandonnée tenta de décrire dans ses mots ce qu'elle avait enduré :

— C'est ma deuxième fois que je me pliais à cet exercice... La première tentative, c'était pour payer mes études... Les docteurs ont découvert une tumeur au sein de ma mère et les traitements étant extrêmement coûteux... J'ai décidé... J'ai décidé de me prêter à nouveau à ce manège... On récompense bien... Au premier essai, le Dr Martinstein avait été très courtois... Avec moi…

— Qu'est-ce qui s'est produit pour vous retrouver dans un tel état???

— Un beau matin, Martinstein et son infirmière ne sont plus jamais revenus et 3 hommes, vulgaires et méchants, ont fait irruption... Ils ne parlaient que l'espagnol, le mexicain… J'ai entendu d'autres filles qui les suppliaient... Ça fait plusieurs jours qu'on n'a pas eu de nutriment ni d'eau! Je crois qu'ils ont écoulé les médicaments sur le marché noir... Ils ne nous donnaient plus de soins et étaient violents avec nous... Ils nous ont toutes charcutées de la sorte... Maman! Ils ont accéléré et précipité les accouchements pour en faire une trentaine par jour! Ils semblaient envahis par une fureur de tout bâcler en hâte! J'ai peur de mourir, maman! Papa! Viens chercher ta fille, papa! Une a tenté de fuir, ma voisine de gauche, et ils lui ont tiré une balle dans la tête!

La respiration de la jeune dame se faisait plus rauque, plus éraillée par le désespoir et la faiblesse de sa condition. Elle recherchait à reprendre son souffle, mais l'émotion montait à son paroxysme. Sur le bord de l'hystérie, elle continua son récit démentiel. Pour laisser une trace, aussi petite soit-elle à ceux qui restaient, au reste de l'humanité :

— Mon nom est Tamie Winter, ces salopards m'ont ouverte et vidée comme on éviderait... un poisson! Dieu que j'ai... mal... Informez mes parents qu'ils me retiennent ici... Qu'ils me retirent d'ici!!!

436

— À quand remonte votre opération?

— Deux, trois jours, je crois... À l'aide... Aidez-moi... Mais ça fait dix jours qu'on n'a pas reçu de réels soins!!!

— Cela fait près de dix jours que vous n'avez pas eu de vrais traitements???

Elle s'était relâchée maintenant, au bord de l'inconscience, elle n'avait plus que ces mots dans le gosier :

— À l'aide... Aidez-moi... Soulagez ma souffrance...

Pendant ce temps, Andrysiak s'enfonçait dans le profond couloir terne et morne. Il se mouvait le dos courbé par en avant, comme s'il déambulait dans un *no man land* par un après-midi d'été. À part les chambrettes aux rideaux bleus, il n'y avait pratiquement aucune cache ou aucun refuge où il pourrait se planquer. Il vagabondait sans faire de bruit. Les râles de souffrance se percutaient à presque toutes les cellules de maternités. Il pensait plus au mot cellule que chambre, parce que tout ce décor lui rappelait les affres des *goulags* soviétiques que lui racontait son père lorsqu'il était tout petit. Il avait une sordide impression de rêvasser éveillée. De vivre un cauchemar en tout état de conscience... Instinctivement, il glissa sa main dans sa veste et en sortit avec lenteur un revolver à canon court de calibre .38. Ce mouvement de défense ultime lui insuffla un peu de courage. Furtivement, du bout des doigts, il se risquait à jeter de rapides coups d'œil aléatoirement d'un rideau à l'autre. Il ne pouvait se retenir de fermer les yeux d'effroi devant ce grotesque spectacle. De ces 30 années de loyaux services à la police de Sacramento, il n'avait jamais vu une scène de crime si horrible, aussi détraqué. Au moins, une pièce sur cinq contenait une victime décédée depuis peu. Il le savait à l'odeur qu'avait la mort. Les autres femmes vivaient encore, mais devaient impérativement recevoir des soins d'urgence. Elles étaient pour la plupart déshydratées, desséchées par le manque d'eau et de vivres. Certaines, les plus saines et en forme, avaient les poings et les pieds liés par des attaches de câbles de plastique de type «*tie wraps*», des sangles de cuir ou tout simplement des menottes de policier... Plus il avançait vers ce qu'il percevait être une grande salle vitrée plus les femmes apparaissaient avoir des couleurs humaines, des couleurs vivantes. Mais elles se tordaient toutes de cette même douleur vive et suppliaient toutes avec une indicible affliction. Andrysiak glissa la tête dans une des chambres pour apercevoir que la pensionnaire, une jeune fille d'origine asiatique qui sommeillait dans une forte sueur d'hyperthermie arborait un ventre noirci de plaies gluantes d'infections. Dans une autre pièce, le lit abritait un cadavre récemment trucidé par un projectile à la tronche à bout portant.

Il était aisé à cet instant pour le commissaire de visiter l'endroit sans susciter l'intérêt des femmes présentes tellement elles étaient absorbées à contenir leurs souffrances. Mais plus qu'il s'approchait de l'imposante crèche vitrée, plus il se rapprochait de la salle de séjour. Il y avait encore des bruits inhérents rattachés à une partie sportive en différé. Andrysiak longea le corridor à genoux replié. Il atteignit les massifs carreaux de ce qui devait être la pouponnière. Il y apercevait quatre grandes fenêtres qui donnaient sur un local immense. Pour y accéder, on devait avoir un code et une carte à ruban magnétique. Il y percevait, cordé comme des sardines, des centaines d'incubateurs qui prenaient toute la place. Les couveuses étaient toutes vides. Des frigos médicaux spécialisés dans le domaine thérapeutique trônaient au centre de cette imposante pièce encastrée dans des comptoirs de métal poli. Il traînait de façon éparse quelques caisses abandonnées de lait synthétique pour nourrissons qui démontraient une forte activité depuis peu. Le balayage visuel d'Andrysiak fut attiré par la grisaille des murs. Il n'y avait que des briques froides, grises et sans chaleur. Sur la cloison du fond, il y avait de peinturlurer des faisceaux informes, partants dans toutes les directions, fait d'une couleur d'un brun foncé. C'était une forme stylique et éléphantesque qui pourrait représenter autant de branches, de racines, de ronces, de cous d'une hydre stylisée, des tentacules ou des barbelés, pointant confusément vers les cieux. Il remarqua des lettres et des inscriptions qu'il ne réussissait pas à lire à plusieurs endroits de ce schéma ahurissant... Il ne pouvait que déchiffrer les mots à la base de cette gargantuesque illustration schématisée :

«La Maison des Heanude»

Le commissaire sortit de la poche de son *blazer* son appareil photo numérique et photographia la scène qu'il trouvait désolante et affligeante. Il poussa aussi l'audace à capturer, dans la mémoire de son appareil portable, les malheureuses victimes de ce carnage en cour de route... Il pénétrait prudemment dans les chambres et en croquait toute l'horreur en preuve pour une humanité sceptique qui se voudrait les dignes successeurs du sceptique Saint Thomas!

Andrysiak figea sur place... Le bruit précis, déterminé de la porte de l'ascenseur se fit entendre. Il se cabra sur le mur et tenta de se faire tout petit dans un angle mort du champ de vision que l'on aurait eu du monte-charge. Il reconnut avec une certaine difficulté la langue qu'employaient les deux individus sortant de l'élévateur. Andrysiak en était sûr maintenant. Les deux hommes parlaient entre eux dans un dialecte slave qu'il maîtrisait à peine : une linguistique russe. Il grogna intérieurement pour gérer son profond ahurissement :

— Bordel! Bien sacré maudit bordel!!! Que font des communistes de goulag au cœur de San Francisco???

Andrysiak se positionna pour écouter la teneur de la discussion qui paraissait très animée quoiqu'en sourdine. Les deux personnes semblaient hésiter à ajuster le son à l'ampleur de leurs gestes. Andrysiak se risqua à étirer le cou pour voir les deux interlocuteurs par un miroir panoramique de sécurité en biais dans le coin de passage. Un homme, vêtu de foncé à la façon des paramilitaires, arborait un béret noir. Il se tenait debout, tendant l'oreille aux remontrances d'un autre individu, petit et trapu. Lui aussi était accoutré de manière milicienne, sombre et belliqueuse. Il portait un bonnet en laine noire, probablement une cagoule complète, roulée sur la tête à la facture des marins. Il se cramponnait à un pistolet-mitrailleur à haute cadence, en bandoulière et pointait tantôt vers le local d'incubation, tantôt vers la salle de séjour. En se concentrant pour comprendre, puisant dans ses plus profonds souvenirs, Andrysiak réussit à canaliser la majeure partie du dialogue de sourds. Avec le plus de précautions possible, il écoutait deux hommes de la sécurité de l'endroit. Le sujet semblait porter sur le sort infligé aux mères porteuses...

— Yuri, les ordres étaient avant tout de livrer les colis en santé! C'est ce qui s'est produit? Non???
— Mais la majorité des femmes, ici, étaient très consentantes! Certaines étaient habituelles et plusieurs voulaient revenir! D'autres en étaient à leurs premières expériences, mais désiraient revivre cette aventure!!! Comment vont-ils réagir pour la cueillette de l'année prochaine?!!

Le colosse au cou musclé massait sa mâchoire légèrement enflée, signe d'une blessure passée qui tardait à guérir... Le plus petit tint un langage sur un ton défensif :

— Martinstein gardait jalousement le secret et ne voulait pas de partenaire gênant pour lui retirer son pouvoir de négociation... Il avait trop peur qu'on se débarrasse de lui! Martinstein mourant subitement, ils ne lui avaient pas trouvé de successeur!
— Et ils n'ont pas déniché mieux que des chirurgiens paumés et sans-papiers pour effectuer les naissances??? Des chicanos qui refont des nichons difformes à des putains!!! Tu ne regardes pas la télévision?!! Ils bâclent tout et se sauvent avec l'argent abandonnant les femmes avec de graves complications!!!

— Que voulais-tu que l'on fasse? Hartland est sur la côte Est et c'est un des domestiques du Primat lui-même qui nous a imposé ces charognes de bouchers!!!

— Tu aurais pu m'en parler?

— Tu étais à l'hosto! De plus, on laissait sous-entendre des choses sur une infiltration possible et un risque de sabotage!!! Même le Docteur Martinstein aurait fait ça à la chaîne pour être dans les temps...

— Leonid, tu ne sembles pas comprendre que le réseau a implosé... Il ne nous reste plus qu'à achever ses femmes... Le niveau d'infection est trop haut... Ces maudites coquerelles mexicaines ont fait disparaître le matériel médical... Elles sont toutes condamnées sans ses médicaments... Une telle fuite et le système s'effondraient sur nous! À ce moment, Manlow pourra les recevoir ses poupons... Il honorera ses promesses et ses contrats... Mais pour la prochaine livraison?!! Qui pourra trouver autant de femmes volontaires???

— Écoute-moi Sakarov! Qui pouvait savoir que ces charcutiers mexicains opèreraient de la sorte!!!

— Des chirurgiens sans papiers! Ça veut tout dire!!!

— Que vas-tu faire?

— Nous sommes des mercenaires Leonid, on se fait payer pour ne pas poser de questions... Nous ne prendrons pas de décision... Nous exécuterons ce qu'on nous ordonnera... J'attends les ordres du *commander* Montgomery lui-même.

— Et pour les filles? Tu ne penses pas que nous pourrions trouver un médecin pour elles? Ils ont opéré sans réellement d'anesthésie... C'était terrible les cris!!!

— Tu es sourd... le sort en est jeté... Mets de côté l'affection que tu aurais pu développer avec ces gonzesses!!!

— Et les cucarachas? Je crois que l'un d'eux s'est procuré une arme à un prêt sur gage durant une pause... On les faisait suivre à leur insu... Ils doivent se méfier que l'employeur ne payera pas pour un tel carnage!

— Ils ne se doutent même pas à qui ils ont affaire! Attendons des directives précises... Mais c'est sûr que ces témoins seraient gênants! Ils sont tous les trois dans la salle de séjour?

— Oui...

— J'arrive du toit et le dernier hélicoptère de transport médical est parti... Ils ne sortiront pas vivant d'ici, je te le garantis...

Leonid Kasatenko tourna les talons et s'éloigna lentement, prenant une position stratégique pour surveiller le vivoir. Il se murmura pour lui-même :

— Mince consolation... Alors, je veux les abattre... Tous les trois...

Andrysiak se faufilait à la suite de Yuri Sakarov avec le plus de discrétion possible. Le mercenaire pénétra dans un petit bureau et referma la massive porte de bois d'acajou. Andrysiak colla son oreille et tenta de percevoir des bruits, des sons... Le milicien semblait parler seul, en fait, il communiquait avec l'extérieur à l'aide de système radio. Andrysiak discernait sa voix, mais était complètement incompréhensif à cause de son épaisseur.

Steven identifia un léger cliquetis venant de la poignée. Il eut le temps de bondir vers un portillon battant d'une toilette en face du bureau et se cacher dans une des cabines. Ainsi dissimulé dans une des cloisons, il réussit à se distancer assez de Sakarov pour reprendre son investigation. Sakarov retournait auprès de son comparse et lui chuchota quelque chose de bref. Avec célérité, Leonid Kasatenko pénétra dans la salle de séjour et ouvrit le feu sans ménagement...

La pétarade fit sursauter d'effroi Rutherford qui croyait qu'on faisait un mauvais parti à son ami Steven...

Sans aucune sommation, tout semblait indiquer à Andrysiak que les miliciens avaient mitraillé les faux médecins à bout portant par une forte rafale de déflagrations. Des saccades en salves démontraient qu'on s'assura de la mort des victimes par des coups de grâce meurtriers. Le duo de mercenaire sortit de la pièce pour se séparer. Sakarov entra dans une des chambrettes des mères porteuses. Un ahurissant cri d'affolement féminin fut interrompu par un violent «*bang*». Tous en chœur les génitrices molestées, qui en avaient encore la force, se mirent à geindre, supplier, pleurnicher, implorer la pitié de leurs bourreaux, en vain...es Deux, puis trois coups de feu retentirent à intervalle régulier... Rutherford, ne sachant rien de la situation qui s'imposait à lui, fut poussé à la défense d'Andrysiak sans trop réfléchir. Il courait dans le corridor principal en s'écriant pompeusement :

— Lâches!!!

Ce brouhaha attira l'attention de Kasatenko, qui venait vers lui en pénétrant méthodiquement les chambres une à une pour abattre à l'arme de poing les femmes qui s'y trouvaient. Il sortit la tête pour voir arriver le gouverneur vers lui. La seconde d'hésitation du soldat de carrière fut salvatrice pour Rutherford. Le temps que le mercenaire dresse son pistolet et le mette en joue que Rutherford bondissait sur lui. Les deux hommes se cabrèrent dans un violent corps à corps. L'arrêt des coups de feu surprit Sakarov qui pensait, à tort, que son subalterne s'était dégonflé de cette basse besogne.

Rutherford, la rage au cœur, réussit à renverser l'arme contre l'assassin et dans l'affrontement, la percussion partit singulièrement! Devant cette débâcle d'émotions, James fut incapable de bouger le cadavre de Kasatenko qu'il l'aplatissait au sol de tout son poids inerte.

Andrysiak inquiet pour son ami vint à son secours. Les coups de feu s'approchaient inexorablement de la croisée des couloirs. Le commissaire ordonna à Rutherford de communiquer avec les urgences du 911 pour assistance et tenta, à lui seul, d'arrêter le mercenaire cruel avant qu'il ne fasse d'autres innocentes victimes. Le signal du cellulaire de James ne parvenait pas dans cet enfer de béton. Pourtant, il avait un téléphone haut de gamme. L'endroit semblait volontairement coupé de tout...

Andrysiak, de son côté, gambada rageusement à grandes enjambées vers le Biélorusse, son revolver à la main... Dès qu'il tourna le coin, une sévère fusillade eut lieu... Trois, quatre coups de feu tirés à cadence soutenus par le commissaire touchèrent la cible, blessant Sakarov sans toutefois l'abattre ou le neutraliser. L'arme de poing semi-automatique de Sakarov, avec une répétition plus rapide, décocha les deux derniers plombs de son flingue sur l'infortuné policier. Une d'elles frappa Andrysiak à la poitrine. Il se ploya par la force de cette puissante décharge et s'affaissa sur le sol, perdant beaucoup de sang et par le fait même, la conscience. Andrysiak agonisait déjà...

Rutherford reprit ses sens en voyant le molosse russe faire tomber le chargeur vide pour le remplacer par un autre farci de cartouches meurtrières. Il avait tourné le coin en marchant lentement, obstinément... Le front perlé par la peur, James se pencha sur le cadavre de celui qui avait été abattu et ramassa l'arme de poing. Avec conviction, Yuri leva son membre supérieur avec fougue et le pointa en l'insultant en langue russe. Par le plus heureux des hasards, pour James, un des projectiles logés dans l'humérus du mercenaire se déplaça de quelques millimètres et toucha un de ses nerfs, lui causant une douleur atroce. La visée de Sakarov en fut légèrement modifiée, assez changée pour rater le gouverneur et faire éclater un des fluorescents en haut de Rutherford, bien derrière lui. Rutherford brandit le bras, tendu comme s'il tenait un sabre et appuya sur la gâchette avec sagacité, comme le ferait le shérif d'un vieux western américain. Il fit mouche de plusieurs projectiles dans le torse du mercenaire qui se préparait à tirer de son autre main. Sakarov crépita une giclée de sang par la bouche et tourna sur lui-même. Son doigt, par un suprême réflexe, pressa le chien de son arme et le percuteur déchargea à gauche et à droite des balles perdues. Par une pure malchance, une d'elles perfora, par ricochet sur un mur de béton, l'épaule du gouverneur qui se plia par la douleur. Le mercenaire fit sa chute dans une ultime tentative d'achever son opposant.

James, sans broncher, se fit un premier soin sommaire et se dépêcha à prodiguer des traitements extrêmes à Andrysiak. Il était mourant, mais il réussit à marmonner les informations qu'il avait recueillies. Selon ce qu'il en avait compris en arpentant les dédales de cet enfer :

— Les vrais coupables n'étaient pas les gens présents... La... Maison... Des Heanude... Ils n'étaient que des hommes de main venus du toit par hé... hélicop... tère... J'ai... j'ai entendu ces mer... mercenaires... dire que... leur chef semblait être... un certain commandant Mongomerry… Mais plus haut… Ton contact avait... avait bien raison... Le réel maître d'œuvre est...

Rutherford suppliait le commissaire de tenir bon. Andrysiak rassembla ses dernières forces pour finir sa phrase...

«Ton contact… Avait raison… M... Man... Low...»

Il rendait l'âme dans les bras de James qui le pleurait comme un enfant. Au loin, un bruit sourd dans le tumulte des souffrantes complaintes démontrait au gouverneur que l'ascenseur s'était mis en marche. Avec un regain d'énergie, James ramassa le cellulaire d'Andrysiak et son appareil photo, convaincu qu'il aurait eu le réflexe de prendre quelques clichés photographiques des lieux. Il se dirigea au gré des corridors, cherchant une sortie de fortune. Il aurait beau utiliser une des cartes magnétiques recueillies sur un des gardes morts, il n'avait pas le code numérique d'accès rattaché à celle-ci.

Au gré de son errance, il arriva au bureau à la porte d'acajou. Il réussit à l'ouvrir — en fait, Sakarov l'avait probablement mal fermé dans le feu de l'action — et pénétra rapidement pour découvrir un cabinet de médecin. Il ne prit nullement le temps de contempler les horreurs artistiques qui garnissaient les murs. Il happa le combiné du téléphone et composa l'indicatif des urgences. Avec précipitation, il donna l'adresse de l'édifice et informa la standardiste d'une importante fusillade et de plusieurs blessés graves... Tandis qu'il parlait, son regard se posa sur une photographie de bureau. C'était un cliché pompeux du Docteur Pol Martinstein tout en sourire avec sa tignasse grisonnante toute gominée à la Rudolph Valentino. Quand on lui demanda de se nommer, il prit une pause... Décidément, sa source était très fiable et visait dans le mille. De son côté, il comprit que sans leurs interventions heureuses toutes les femmes captives auraient été tuées. S'il disait sa réelle identité, son vrai nom, il exposerait sa famille aux pires affres et aux pires souffrances... Sauver du temps... Nuire à cette damnée organisation de l'intérieur... Faire en sorte qu'ils seront lésés en impliquant le plus possible l'artisan d'un tel enfer. Il était au courant que toutes les correspondances étaient enregistrées et compilées. Il savait que cette situation était très inconvenante, mais il ne lui restait guère d'autres choix. James avala le peu de salive qu'il avait et prit un ton ferme, l'intonation d'un acteur chevronné qui incarnerait un être hautain et important :

— Qui je suis? Un bras droit de Fulher Abraham Manlow et un très influent membre du «Buisson-Ardant»... Séance tenante, faites venir le maximum d'hommes de la police et tout ce que vous avez comme ambulance sur le terrain... C'est urgent! Nous avons été la cible de terroristes!!! Il y a plusieurs blessées ici, des femmes, toutes enceintes dans une clinique illégale!

Rutherford ne sentait plus son bras. Il se cabra, sursautant de la confortable chaise de cuir avant de s'y assoupir complètement et tituba jusqu'au fond du corridor, passant sur le cadavre de son ami, ceux des gardiens et ignorant avec grande misère les jérémiades de toutes ces âmes en peine. À écouter cette lugubre litanie de lamentations, il se boucha les oreilles et parlait dans le vide, asseyant de se persuader et de convaincre les dames en détresse que les secours arriveraient sous peu... Il eut comme un éclair de génie, en fait, une bien sombre pensée, il devait prendre la fuite au plus tôt... Rien ne lui garantissait l'absence de gardes qui pourraient surgir à tout instant. Cela lui revint à l'esprit que l'ascenseur s'était mis en marche de nouveau... Est-ce qu'il y avait d'autres hommes aux étages inférieurs, supérieurs mêmes?

— Au moins deux — pensait-il en calculant selon une logique bien simple, — un à la guérite du stationnement du sous-sol et l'autre à la réception.

Il perçut des cris d'effroi, tous féminins et des directives gauchement articulées qui coordonnaient une tentative de boucler le périmètre rapidement dans la panique la plus totale. Ce ne pouvait pas être le service d'ordre public et encore moins des ambulanciers. Il attendit alors une autre voix rauque, à l'accent très britannique, ordonné une retraite rapide via l'interphone. James ne concevait pas très bien la manœuvre, mais il saisissait pourtant la nécessité de quitter les lieux. Il hâta ses pas et se retrouva très vite à la sortie arrière. Il louangea le créateur et tous les anges du ciel en apercevant une barre panique du côté intérieur de la porte étanche de laboratoire. Il la poussa et réussit à descendre qu'un étage

444

quand un vacarme se fit entendre à la base de l'édifice. On aurait dit une alarme de sirène d'une très grande amplitude. Le son inhabituel oscillait de façon à accélérer graduellement sa cadence. Le signal ne ressemblait à rien de conventionnel, toutefois James se souvint d'un reportage télévisé qui portait sur les installations minières en haute mer. Il reconnut pourtant la singularité de ce branle-bas avec une des alertes au gaz naturel de l'émission... Une petite voix intérieure lui insufflait de quitter les lieux sur-le-champ. Ainsi incité par son instinct de survie, Rutherford franchissait les paliers à grands bonds athlétiques. L'alarme était si stridente qu'il lui perçait les tympans. Il fut horrifié de remarquer qu'une grille obstruait l'ultime porte de sortie. Toute sa force ne parvint pas à tordre les barreaux. Elle s'était probablement refermée dès que l'alerte générale fut donnée, imposant au lieu l'apparence d'une trappe funeste... Le striant cri sonore accélérait maintenant de façon plus vive et rapide. Un sinistre décompte articulé par une voix féminine artificielle se fit entendre. Il ne lui restait que la prière et il ferma les yeux... Il vit le visage de sa femme et de ses enfants... Rutherford se préparait à mourir de la même façon qu'il avait vécu sa vie, en homme de vertus, de courage et de foi... Mais en lui résidait un puissant instinct de survie. Oui, il devait survivre, car sa mission ici-bas n'était pas finie. Il leva les yeux vers les cieux pour une ultime chance...

*

*   *

Les dernières journées avaient été pluvieuses à New York et encore plus dans les quartiers sud. Par une de ces soirées venteuses et gonflées d'orages d'automne, deux imposants bolides firent fi des règles élémentaires de conduite et de bienséance et ils se stationnèrent devant la résidence des Thorrenz en faisant crisser les pneus. Un individu corpulent, un garde du corps au physique de lutteur balourd, émergea d'un véhicule utilitaire sport argenté et se fit un devoir d'ouvrir la portière du côté passager. Russ Hartland mit le nez dehors précipitamment, avec un air de bœuf qui en disait long sur son état d'esprit. Il fit signe aux hommes qui prenaient place dans le camion noir blindé de style *Hummer* qui escortait son automobile de sortir. Hartland, le colosse et quatre agents portant un uniforme conventionnel de la *S.W.A.T.* (*Special Weapons And Tactics*) se présentèrent, *manu militari*, au portail ouvragé de la demeure du sénateur de New York. Les gardes de faction eurent une légère commotion d'apercevoir ce détachement débarquer de la sorte avec si peu de retenu. La déconvenue pouvait se lire dans les traits jaunes et fatigués de Hartland. Il demanda une audience avec le politicien séance tenante. Il n'avait aucune envie de se faire attendre et son langage corporel indiquait clairement qu'il forcerait le passage à quiconque se lèverait devant lui.

Le gouverneur Thorrenz était encore absent, mais Hartland n'avait aucunement le besoin de le voir... Il venait pour Ackerman.

Ils se présentèrent en arme à la porte de la résidence et furent amèrement accueillis par la maîtresse de maison. Elle chassa grossièrement les employés et domestiques et invita sèchement Hartland à entrer solitairement. Il refusa et la troupe investit le vestibule. Gina Gallore somma Hartland de s'expliquer ou quitter les lieux immédiatement.

Ackerman, qui était harnachée d'un sobre, mais vieillot uniforme de chauffeur gris, accourut pour se porter à la défense de Mme Thorrenz. Il se dressa seul tel un ours polaire montrant ses pattes griffues et ses crocs jaunis par la chair crue...

Hartland fit un signe de la main pour calmer ses hommes qui étaient sur les dents. L'atmosphère était à fleur de peau et un fâcheux incident n'était nullement désiré en ce moment même. Ackerman ne démontra aucun complexe devant cette bande de brutes, il s'imposa et harangua directement Hartland :

— Vous n'avez pas entendu la dame... Foutez le camp et attendez qu'on vous invite!
— Justement Ackerman, c'est pour vous entretenir que nous sommes là ce soir... L'inspecteur Shalow n'est pas en ce lieu?

Le chacal fronça le peu de sourcils qu'il avait.

— Alors si vous voulez me parler, faisons ça dehors, ici des enfants dorment triple idiot!!!

Gina Gallore tenta de s'imposer, elle commençait à comprendre qu'ils étaient probablement venus pour éclaircir la disparition de leur homme de main Leroy Duncan et de l'inspecteur Golan Shalow :

— Avant de perpétrer, quoi que ce soit, sous mon toit, exprimez à mon mari vos différends et conversez avec Monseigneur Manlow! Ce protecteur est le bienvenu chez moi! Et ne négligez pas mon patronyme de Giancara, ma famille à une étrange façon de concevoir les dettes d'honneur... N'oubliez pas qu'ils vous ont grandement aidé à vos débuts, pour ne pas dire grassement supporter... N'omettez pas la longue portée de mon père, de mes oncles... De la *CosaNostra*!!!

Hartland lui fit un de ses sourires en coin qui n'avait rien de naturel. Une

446

simagrée digne d'un chimpanzé et qui était entièrement simulée. Toutefois, il courba légèrement l'échine en signe de respect. Pour faire comprendre à la dame que rien n'arriverait sous le porche de sa maison et qu'il avait saisi ses allusions à peine voilées. Comme pour Manlow, elle s'était entichée de ce gorille de Hollandais et elle l'avait probablement prise sous son aile. Avait-elle quelque chose à voir avec cette sordide histoire? Hartland devint plus calculateur. Ackerman l'étudiait et déchiffra, à la grimace d'Hartland, qu'il n'avait pas l'aval de son maître pour cette opération et ne pourrait agir aussi librement qu'il le désirerait... Étaient-ils déjà là pour enquêter sur leurs disparitions? Comment diable Hartland avait-il été si rapide et habile pour remonter tout de suite jusqu'à lui?

Voyant la bonne foi des sbires de l'Ordre de son mari, elle fit un signe de la tête pour montrer un boudoir privé prévu à cet effet. Endroit qu'ils pourraient facilement emprunter pour une conversation un tant soit peu civilisée. Hartland la remercia chaleureusement, il se rasséréna et cette attention apaisa ses personnes en uniforme qui jusque-là avaient toujours leurs armes en joue sur le colosse Chacal. Il invita Ackerman à le suivre. Un homme fut posté à la porte et les autres investirent le salon de thé. Le garde du corps resta avec Hartland et Ackerman. La conversation à huis clos fut somme toute très brève. Hartland fit des yeux inquisiteurs à Dowsey. Il offrit une cigarette au Hollandais, qui refusa, ironisant sur la sensibilité des enfants pour la fumée secondaire. Russ s'en alluma quand même une. Après quelques bouffées, il commença l'entretien sur un ton cynique, caustique, ferme et un tantinet menaçant :

— Vous savez Ackerman, je n'ai pas encore compris toutes vos manigances. Si vous nous aviez avisés des déboires de Martinstein au lieu d'agir seul, nous aurions été en mesure de faire une filature efficace de la demoiselle Prescott et nous aurions remonté la filière à sa source... Vous les avez effrayés avec votre sale gueule et actuellement ils sont pratiquement introuvables... Vous leur avez donné la chance de déguerpir et de se fondre dans la nature... Maintenant, autant trouver une aiguille dans une botte de foin...

— Franchement Hartland! Vous n'avez pas fait rappliquer la cavalerie pour me poser ce genre de questions?!! Je vous l'ai dit, Martinstein s'est joué de nous en me baratinant que l'ordre venait de Manlow!

— Bien sûr, les morts ne peuvent comparaître, encore moins témoigner... Si vous aviez examiné et appliqué nos directives internes que nous vous avions fait parvenir, vous n'auriez pas écouté Martinstein... Vous auriez demandé une confirmation à votre supérieur... Martinstein serait toujours en vie, il se serait expliqué avec nous et nous aurions réglé proprement cette question de chantage ou d'enquête journalistique... Nous n'en étions pas à la première affaire de ce genre!

— Avec des si, on mettrait Paris en bouteille! C'est facile pour vous des «si» quand on pose son cul dans une chaise et qu'un envoi les autres à la potence!!! Tu le sais, Hartland, on ne contrôle jamais vraiment les impondérables sur le terrain!

— Tout ça Ackerman, c'est de votre faute... Pour que les pattes bougent, il faut une tête!!!

— C'est tout ce que vous aviez à me dire? J'ai un épisode de Mickey et ses amis à écouter! Les Thorrenz ont un vaste répertoire de classique en disque compact!!!

— Dowsey, ah! Dowsey, j'aurais une dernière question... Auriez-vous l'obligeance de nous expliquer ce que vous avez fait de Leroy Duncan?

— Moi?!! Mais, rien voyons!!!

— Et de l'inspecteur Shalow, qui était censé reconnaître et neutraliser la petite salope de Prescott?

— Je ne pourrais vous le dire avec certitude, ils ont déguerpi voilà bientôt trois, quatre jours... Je ne sais plus vraiment!

— Et que croyez-vous Dowsey? Qu'ils sont partis faire un voyage d'agrément dans un coin reculé de la Nouvelle-Angleterre?

— Excursion serait plus particulièrement le terme!

Hartland s'impatienta :

— Espèce de gigantopithèque sans poil! Il n'y a que vous pour bêtement faire disparaître un de nos véhicules dans de la tourbe peu profonde! Il n'y a que vous pour oublier que tous nos engins immatriculés sont équipés d'un système de repérage G.P.S. en l'occurrence : «*Global Positioning System*».

— Oh! Que cela me donne une belle jambe!

Ackerman tentait d'ironiser sur ce fait, mais il avait bien compris qu'il avait fait une grave erreur de jugement, en minimisant l'apport technologique. Il connaissait ce point, mais cette faute rejoignait une multitude d'autres qui lui signalait qu'il était au bout du rouleau. Russ Hartland, qui avait l'œil fin pour observer la psychologie humaine, perçut l'angoisse d'Ackerman. Il se sentait obnubilé par l'allégresse de voir le fameux Chacal trépasser enfin pour laisser place à une génération plus jeune et plus dynamique qui lui serait totalement dévouée. Il jubilait de faire la barbe au célèbre Hollandais :

— Dès que nos services nous ont informés du manque à l'appel de l'agent 156, soit Leroy Duncan, nous avons vérifié le satellite et nous l'avons repéré et trouvé... Il était mutilé dans le coffre de sa voiture avec l'inspecteur Shalow... Imaginez Ackerman : nos patrons doivent recommander une telle action punitive et ils mettent l'emphase sur cette mention explicite : «faites disparaître». Les autorités légales n'auraient pas pris plus de 12 heures pour les retrouver... La majorité des preuves biologiques seraient encore là... Vous n'avez même pas pris la peine d'incendier le véhicule... Mettant toute la machine dans l'embarras... Directement par votre maladresse, un de nos procureurs corrompus a dû faire disparaître des évidences, attirant sur lui l'attention d'un gouverneur qui joue à «Eliott Ness»! Un beau panier de crabes qui est entièrement de votre faute! Vous n'êtes qu'un fossile vivant... Vous êtes révolu Ackerman et je vais vous destituer de toutes formes de mission! Il ne vous restera qu'à faire le jardinier de Manlow, ou pire, de nounou ou de monture pour les enfants Thorrenz! Je vous le certifie qu'à cette heure! Vous êtes fini!

Ackerman gardait un silence accusateur. Il fixait le sol cherchant une échappatoire, un baratin de son cru... Il misa sur sa nouvelle alliance avec l'impitoyable Madame, femme du sénateur Thorrenz, Gina Gallore Giancara, qui avait des ramifications profondes dans un monde obscur et interlope. Elle avait aimé son sang-froid et qu'il eut pris son parti. Elle se sentait en sécurité auprès de lui et lui avait ouvertement fait savoir... Elle ne saisissait pas les menaces qu'on affirmait planer sur la tête de sa famille, mais avec Dowsey Jackson Ackerman à ses côtés, elle subodorait maintenant son invulnérabilité. Le Chacal avait bien compris les sous-entendus et décida de parer les insinuations de Russ Hartland en faisant une simple déflexion :

— Vous connaissiez le pervers de Shalow... Et s'il avait contaminé Duncan pour une de ces combines merdiques?
— Que voulez-vous insinuer, encore?
— Vous avez entendu les complaintes des Thorrenz, le crapaud commençait à être trop à ses aises avec l'alcool... Admettons que lui et Duncan se seraient mis en tête de forniquer avec la maîtresse de maison... Le grassouillet et votre super soldat sans peur et sans reproche! Qu'auriez-vous fait à ma place?
— Premièrement, Ackerman, je me méfiais déjà que c'était une de vos resquilles, mais avant de venir, j'ai insisté pour une autopsie totale et complète! Désolé, mais il n'y avait pas un taux élevé d'alcoolémie pour Shalow et pratiquement nul pour notre homme... Décidément, vous en avez après la race noire... La petite Latricia Brown est morte de la même façon... Par folie spontanée!!!
— J'avais mis l'accent sur le : «admettons»... Je n'ai fait aucun aveu à ce que je sache... Juste une supposition!
— Je veux les faits Ackerman, les faits...

— Je ne maîtrise pas trop pour quelle raison, Duncan Leroy s'en est pris violemment à Shalow... Il se défendait dans le garage et lui, il semblait hautement effarouché... Sérieusement, Shalow piquait de tout dans la maison, c'en était devenu flagrant... Leroy l'aurait probablement surpris en train de dérober quelque chose de valeur... L'engagement a été âpre... Ils sont morts l'un contre l'autre... Il est vrai que j'ai pris sur moi de faire disparaître les corps, mais c'était pour le bien de l'Ordre... En fait, je désirais que notre équipe les trouve rapidement, mais pas dans un endroit névralgique comme la demeure d'un influent sénateur! C'est la raison pour laquelle je me fiais justement au GPS pour que vous les retrouviez facilement... On ne pouvait pas parler de peur des fuites possibles! «Un scandale chez les biens pensants est un scandale de trop» comme l'a si bien dit la tantouze de philanthrope d'Oscar Wilde...

— Franchement Ackerman! C'est du délire! Ne me faites pas chier avec vos citations bidon de pédales!!! Votre histoire ne tient pas debout, l'agent 156 nous signalait tout... Il n'avait pas ordre d'agir impunément sur un coup de tête!

— Et pourtant, c'est justement ça un coup de tête! Demandez à madame sa version! Vous verrez!!!

— Je le ferai Ackerman, je le ferai...

Hartland quitta la pièce avec un goût amer dans la bouche, un arrière-goût de défaite. Ackerman ne niait pas d'avoir camouflé les corps loin de la maison. Il n'aurait qu'à tricoter autour de suppositions comme : «En fait, je désirais que notre équipe les trouve rapidement, mais pas dans un endroit névralgique comme la demeure d'un influent sénateur! Pour amoindrir toutes charges possibles... Hartland dut se rendre à l'évidence qu'il devait maintenant négocier avec la fille d'un important parrain de la pègre sicilienne de Manhattan et de Chicago. Sans jamais le regarder, elle lui fit comprendre que la version de son chauffeur serait la sienne. Que rien ne devait atténuer les visées de son mari, de son père et de son Ordre! Elle se cloîtra ensuite dans le silence et reconduisit courtoisement Hartland vers la porte du vestibule.

Pantois, Russ Hartland sortit de la demeure des Thorrenz sans le trophée qu'il espérait tant... En se rendant vers les véhicules, Hartland dut se contenter des réconforts de son garde du corps, qui démontra une belle aptitude à la stratégie des échecs en témoignant de la sorte :

— Bah! Patron, vous avez peut-être déplacé votre tour prématurément, elle a simplement joué son fou... Pour le reste, Dowsey Ackerman est sommairement neutralisé... Il sait maintenant qu'on l'a à l'œil... Il va se calmer... Mais son naturel de peigne-cul reviendra au galop... Il fautera encore parce que c'est sa nature de scorpion de se servir

450

de son dard... Il ne sait que faire ça, «tuer» à coup d'aiguillon... C'est là qu'on va le choper et lui mettre un plomb entre les deux yeux et l'autre au cœur... Pour ainsi dire, on va l'écraser du talon! Tout ça, on s'aménagera pour avoir l'aval de tonton Manzy et son conseil de vieux croûtons!!!

— De grâce Robertson! N'appelez plus Manlow de cette façon, je vous supplie... Il y a des micros partout et probablement dans nos véhicules... Ils s'organisent pour tout savoir!

Il retourna à son hôtel où il prit une douche et se coucha, juste avant son sommeil tant mérité il crut bon de repositionner ses agents pour optimiser encore et toujours la traque d'Alberta Prescott et sa clique. Cette diablesse avait complètement disparu. Il avait toutefois conscience qu'il ne faisait que saupoudrer les recherches dans des recoins aléatoires et monopolisait beaucoup de ressources pour les stations de métro, les gares, les aéroports, et endroits susceptibles d'être visités par elle ou son complice. Le temps jouait contre et le moral de ses hommes de terrain s'amenuisait. Hartland constatait un relâchement parmi ses troupes de sbires.

Il dormait profondément quand son téléphone portable frémissait d'un sifflement tapageur. Hartland bondit de son lit et se dirigea vers son veston accroché à la patère et glissa la main dans la poche et en ressortit son cellulaire crypté. À entendre la sonnerie spécifique, il savait fort bien que l'appel venait du puissant conseil, ou plus précisément le *coven of Great White Brotherhood* chapeauté par le redoutable Manlow. Il craignait le pire à chaque fois qu'on l'appelait sur cette ligne spéciale. En fait, c'était toujours quelque chose de grave quand cette damnée sonnaillerie retentissait. Des hommes comme lui ne pouvaient aspirer que de gravir des échelons plus modestes. Il y avait ceux des fraternités comme le *Black Brotherhood* et *Red Brotherhood* qui servaient de zone tampon et de recrutement. Mais pour les plus célèbres affiliés de l'Ordre, atteindre la dominante confrérie blanche des illuminés était quasiment impossible. Ils étaient restreints qu'à «33 membres permanents» et ne sélectionnaient que des adhérents illustres, notoires et prestigieux. La crème de la crème, l'élite. De ces 33, 13 faisaient partie du comité immuable, 13 comme les 12 saints et le Christ de la Dernière Cène... Hartland trouvait grotesque toutes ses mascarades, mysticismes et ses symboliques, mais il n'analysait le tout que par son rationalisme matérialiste. Il prit sa voix d'or et répondit le plus sérieusement possible. C'était le grand trésorier de l'Assemblée, Edgar de Roche-Feuille. Ce qu'entendit Hartland le laissa pantois et atterré :

— Notre serre de San Francisco a volé en poussière! Un appel suspect logé aux urgences avait fait converger une myriade de voitures de la police municipale, de pompiers et d'ambulances...

— Qu'est-il arrivé, sabotage, incendie, autodestruction?

— Mon Dieu! Autodestruction... Simulation d'une fuite de gaz... Votre système a marché à merveille! Il ne reste aucune preuve et nos tentacules manigancent bien pour étouffer l'affaire...

— Marché à merveille!!! Mais c'est une catastrophe!!! Nous avons tout perdu de l'expertise de Martinstein!!!

— Pour sûr que c'est un dur coup pour notre organisation, mais, ne vous en faites pas, nous avions au préalable réussi à transférer les cocons sur la côte Est...

— Et pour les génitrices???

— Voyons cela comme un dommage collatéral... Une façon pratique de faire disparaître des témoins gênants... La mort prématurée de Martinstein nous avait mis devant un sérieux problème de relève... Il n'avait pas assuré sa succession comme il le devait... Il avait peur de se faire remplacer plus tôt que tard... Nous n'aurons plus ce genre d'accroc à New York... Nous avons fait accélérer la construction et l'installation de la source primaire dans le Bronx... Un bijou du savoir génétique! Bientôt, les parents pourront avoir des êtres complètement à leurs images...

— Ce n'était pas ça justement le problème majeur?

— Ne vous en faites pas avec ça, M. Hartland... Les perceptions se modifient et les mœurs changent aussi sur la science de la génétique... Nous sommes en mesure de rassurer la clientèle et de les sensibiliser comme de les insensibiliser à notre gré... Cela reste qu'une aperception, qu'un cancrelat moral, un relent de la croyance inexacte comme le paraphraserait Sir Manlow! Il arrivera qu'un jour où nous serons de nouveau acceptés et que l'on comprendra notre grande œuvre humanitaire... Il n'y a pas plus belle joie que de voir son enfant grandir à ses côtés et d'en récolter, quand même, tant de bienfaits? N'est-ce pas?!! Tous nos efforts ne vont-ils pas dans ce sens? Continuer votre bon travail et neutraliser les fouineurs... Pour le reste, à grand regret, l'époque de Martinstein s'achève... Cette nouvelle période sera plus glorieuse encore! Une seconde ère et un âge d'or pour les descendants des Heanude! Le Primat me l'a d'ores et déjà affirmé, vous serez promus de belle façon si vous nous ramenez vivante cette Alberta Prescott... Le Prélat désire l'étudier sous toutes ses coutures...

Hartland ferma le combiné, il tenait le grand Ackerman par les bijoux de famille... Il réfléchit à son plan machiavélique :

— Brutal comme il est, il lui brisera les os et il subira la colère du maître! L'astuce sera aussi de ne pas passer dans le même tordeur!!!

Il communiqua de son cellulaire avec le Hollandais et sagement, il lui imposa de nouvelles directives... Nuançant le tout pour noyer le poisson tout en se couvrant ultérieurement.

*

*   *

La nouvelle de la destruction rapide de la clinique clandestine de San Francisco fut perçue par Alberta comme une grande défaite morale... Elle pensait profondément, naïvement même qu'ils avaient fermé complètement et cessé les opérations. Il suffit que la presse ne signale aucun décès dans un bâtiment désaffecté pour qu'elle embrasse cette théorie. Elle aurait préféré une série d'arrestations, le déni les ramenant à l'affaire similaire du motel *Colonel Inn*. Ils eurent de sombres pensées pour l'absence prolongée du gouverneur James Rutherford et de sa famille. Disparition douteuse d'autant plus qu'elle coïncidait avec l'incendie de la clinique illégale. Les médias n'énonçaient presque plus des frasques du dirigeant. La presse se contentait d'affirmer que lui et toute sa parenté avaient pris des vacances à l'étranger, pour un certain laps de temps... On placotait tantôt d'une retraite à Hawaï, d'autres prétendaient l'Australie, certains informateurs, plus branchés, parlaient des Alpes italiennes... Comme Alberta et Ed avaient d'autres chats à fouetter, ils décidèrent d'attendre d'avoir de ses nouvelles avant de rentrer de nouveau en contact avec lui. Ils ne leur vinrent jamais à l'esprit que James Rutherford put être mort et qu'on manipulait grossièrement les faits...

Pour ce qui était de la clinique illégale, Allan avait une façon plus cartésienne de voir les choses. Il avait compris que la pouponnière devint l'objet d'une surveillance accrue des hommes du gouverneur et qu'on fit tout sauter... Femmes et nourrissons compris. Il garda pour lui ses réflexions, épargnant ainsi la pauvre Alberta qui avait déjà de lourds problèmes de conscience avec Paméla et la famille Thorrenz. Ed étudia la scène et fit un discret signe d'approbation de la tête. Il était reconnaissant qu'Allan laisse sa fille dans ses illusions...

Avec le temps qui passait, Ed se lia de plus d'affection pour Allan qu'il appelait affectueusement son «gendre». Au fond de son cœur, il avait balayé les fantasmes au sujet des prétendants de sa jouvencelle en se disant, se convainquant même, qu'Allan trinquerait avec la mort pour défendre Alberta. Les bellâtres de carnaval auraient tous pris leurs jambes à leurs cous pour ne pas morfler de balles! Allan, lui, les recevrait toutes!!!

Les journées se succédaient à la ferme de Mark Copland et une routine s'installa rapidement. Les feuillages s'empourpraient à mesure que la durée de luminosité rapetissait. Ed avait réussi momentanément à reprendre contact avec Mylène et lui annonçait les bonnes nouvelles, en fait, que les bonnes... Elle fut soulagée de savoir qu'Alberta allait bien et qu'elle s'était entourée de professionnels pour récupérer sa fille... Par contre, par mesure de sécurité, tant que cette histoire ne verrait pas son aboutissement final, elle devait rester en cavale.

Plusieurs fois par semaine, Mark et Willy faisaient des rapports complets sur les allées et venues des Thorrenz. Fort du système de communication de leurs opposants et de leurs codes ils pouvaient avec aisances déjouer leurs surveillances. Sans ce précieux équipement, ils auraient été, tôt ou tard, repérés durant leurs filatures. Le dynamique duo prenait même leurs pieds à narguer la sécurité de l'Ordre! Mais ils gardaient toujours à l'esprit les risques encourus s'ils étaient démasqués.

La plus grande crainte d'Alberta s'avéra fondée. Le fantôme de la fenêtre était bel et bien Ackerman. Il servait maintenant de garde du corps à la femme du sénateur et semblait la suivre comme son ombre. En scrutant les événements officiels et les fichiers authentifiés comme admissibles, elle réussit à identifier toute la petite famille Thorrenz. Selon les chroniques mondaines, ce ménage vivait le parfait bonheur et Alberta fut partiellement déchirée à l'idée de briser cette chimie familiale. Les bouts de chou étaient-ils tous des enfants adoptés? Il y avait une jeune fille de 7 ans, Antonina, un frère de 4 ans, Lorenzo et un chérubin de près de 3 ans, Karrie. Alberta ajouta entre parenthèses le nom de Pamela. Elle trouva beaucoup de choses sur l'épouse de William Thorrenz, car elle était reliée par le sang à un puissant clan de malfrats de Chicago qui avait une filiale à New York.

Mark réussit, à l'aide d'un appareil photo de haute précision et à distance, de merveilleux clichés des bambins de la maison lorsqu'ils sortaient pour aller à une école privée ou pour jouer dans un parc. Ils étaient en pension fermée durant la semaine. Karrie ne quittait jamais l'enceinte fortifiée de la demeure. Une nourrice restait en permanence avec la petite. Il y avait toujours un homme vêtu en noir dans le périmètre immédiat qui veillait comme un condor sur son domaine.

Alberta s'émerveilla de la beauté de la petite Karrie... En étudiant de plus près les photographies des enfants et les constatations de ses deux agents de terrain. Elle fit disparaître tout doute de son action. Ils ne souriaient jamais et semblaient à tous coups tristes. Quand on observait les mœurs et habitudes de cette maisonnée, on s'apercevait aisément que les mômes n'étaient là que pour dorer une image idéologisée de la famille modèle américaine. Ils n'étaient pas carencés au niveau physique, mais il ressortait de cela qu'ils

454

manquaient d'affection et d'amour de la part de leurs parents. Alberta fit tout pour ne pas perdre son sens critique, mais les deux premiers enfants, Antonina et Lorenzo avaient une pigmentation de la peau légèrement plus foncée et des cheveux noirs et très épais, presque crépus. On pouvait bien leur reconnaître des similitudes qu'avec la mère et ses allures siciliennes très affirmées... Karrie avait des traits nordiques très prononcés et les mêmes yeux que ceux de Mylène, la fillette était très grande pour son âge. Alberta ne voulut rien savoir des origines plus pâles de William Thorrenz pour expliquer la différentiation si accentuée... C'était vraiment la ressemblance avec Mylène qui ressortait pour elle. En étudiant simplement la parentèle proche, elle retrouva une tante s'appelant Antonina et un grand-père du côté maternel qui se nommait Lorenzo. Alberta trouva tout autant ironique le choix de prénoms désuets et exotiques pour les deux premiers. Ils semblaient tourner autour de prononciations siciliennes. Pourquoi alors une dénomination aussi simple, moderne et fade que Karrie pour la dernière?

Le seul lien qu'Alberta découvrit fut qu'un des grands oncles de la famille de Gina Gallore, Salvatore «Sammy» Giancara, un «pègreux» de Chicago qui était un fameux parrain dans les années 70 et 80. Il connut une fin horrible et de façon fort violente. Cet homme avait eu de nombreuses liaisons et une d'elles se prénommait Karrie Persicolasole... C'était bien trop mince et totalement hors de propos, car Sammy Giancara était un coureur de jupon notoire... Non, le nom de Karrie ne cadrait vraiment pas et soulevait une question sur la reconnaissance d'une hérédité autre... Alberta se convint ainsi que l'on ne voulut pas offenser les ancêtres de Sicile en octroyant un prénom d'un aïeul quelconque...

Petit à petit, le plan d'approche se concrétisait. Alberta avait repoussé toutes les ébauches qui sous-entendaient l'usage d'une force, même minimale. Allan et Ed refusaient obstinément son avance légale à cause des implications de Manlow et sa clique de tueurs. Alberta semblait oublier parfois qu'un assassin l'attendait, chez elle, probablement pour la trucider de plusieurs balles. Allan et Ed comprenaient bien qu'Alberta voulait éliminer tout risque pour Pamela et tout traumatisme possible. Ils se tenaient sur la table de cuisine, autour de plans, cartes, de photos et de croquis des endroits environnants la demeure Thorrenz. Ed ironisait, sans trop de conviction, durant une autre conversation sans fin sur l'approche à entreprendre :

— On ne fait pas d'omelette sans casser de coquilles!
— Papa! On ne discute pas de faire d'œufs battus ici, on parle d'un enfant enlevé à sa mère par des moyens frauduleux... Je suis persuadé qu'à l'écoute du récit de Mylène et avec les preuves recueillies à la garçonnière de Martinstein, ils ne pourront pas faire autrement qu'un compromis! Un arrangement pourrait être trouvé sans procès... Comment

réagiront-ils face à une menace de recourir à un test génétique sur Pam?!! Je suis sûre qu'ils flancheront... Surtout avec des arguments comme la co-chambreuse assassinée de Mylène...

— Bah! Ma fille! Tu as entendu le gouverneur de la Californie! Ils ont le bras assez long et peuvent à leurs guises falsifier les preuves... Ils auront tout intérêt à nous discréditer! Vois-tu les centaines de mères porteuses faire de telles demandes? De toute façon, ces pourritures ont tué mon ami Troy! Et combien d'autres? Je ne suis pas pour la violence, mais je commence à croire qu'il serait mieux de laisser la place à Allan pour ce genre d'opération... Avec le côté légal, on n'arriverait à rien maintenant!

Allan avança d'un pas comme pour s'imposer dans la conversation. Il racla sa gorge et s'efforça d'être le plus calme et le plus clair possible :

— Écoute Albie, ton père a raison. Je sais que tu défends une cause qui transcende, qui déborde de notre objectif... À l'origine, tu as fait un serment à ton amie Mylène de lui ramener sa fille. Voilà que tu découvres que Pamela est finalement dans une vraie famille pour que tu doutes du bien-fondé de ta mission en t'apercevant que rien ne se règlera comme par un coup de baguette magique... Quoi que l'on fasse, quoi que l'on tente, il n'y aura pas de situation facile avec «que de petites conséquences mineures!» Je te suivrai jusqu'à la mort mon amour, mais si tu veux te désister, nous te comprendrons... À l'impossible, nul n'est tenu... Mais ne négligeons jamais ceci... Au-delà des apparences, les Thorrenz sont des tordus, le Sénateur a déjà trempé dans des histoires sordides de partouzes, de grossières indécences et même dans des complots allant jusqu'aux meurtres... Tu laisserais un enfant dans l'entourage de ce singulier pédophile? Je n'ai pas oublié comment ils ont muselé la presse à l'époque... Probablement que la petite Pamela aura des séquelles passagères... Mais bien entourée d'amour et d'affections de sa vraie mère, elle s'en remettra vite et bien... Donne-moi encore quelques semaines pour préparer le tout... Nous ferons ça expéditivement, j'ai confiance à l'efficacité de Mark et Willy semble ne pas avoir froid aux yeux... On va optimiser l'opération pour minimiser tout risque... Après avoir récupéré l'enfant, on leur fera parvenir une copie de tous nos dossiers et une sérieuse menace des traîner à la ruine politique... Ce sont des gens ambitieux et ils sauront comment prétexter l'absence de Pam... Puisqu'ils ont déjà tout fabulé de sa naissance! Laisse-moi trouver la conjecture parfaite... Tu verras bientôt Pamela dans les bras de sa mère...

La ruche des Dieux

Manlow paradait comme un paon, à l'allure fière dans une immense salle aseptisée, grande comme une patinoire intérieure, d'un blanc éthéré, totalement immaculé comme son costume taillé sur mesure... Les luminaires, complexes et simultanés, transmettaient une luminosité sans ombrage. On aurait pu croire que le vieillard se mouvait en flottant dans la clarté artificielle. La blancheur de ses cheveux, de sa peau plissée de vieux birbe, qui contrastait avec le reflet rouge de ses verres fumés et ses dents jaunies par le tabac de cigare. Il errait dans cette illumination surréelle, émerveillé, comme une angélique vierge dans un champ de blé au soleil d'août ou d'un verger fleuri du printemps. Mais, il n'y avait pas de végétation dans ce local, mais des dizaines et des dizaines d'incubateurs de fabrications modernes et plus d'une centaine de nourrissons en pleurs. Pleins de vie et de santé... Les parois moulées de kevlar et de résine de synthèse peinte d'un acrylique blanc révélaient un décor futuriste de science-fiction. Des installations super contemporaines tempéraient l'environnement à la perfection pour les nouveau-nés. Des trappes d'aérations éliminaient toute trace de balayures microscopiques, spores et autres poussières. En présence de cette myriade de pleurs, Manlow ricanait du parfait bonheur. Il prit un des enfants dans ses bras et il le leva dans les airs. Il lui taponna les biceps pour vérifier sa robustesse. Devant la vigueur du poupard qui se tortillait, Manlow semblait très satisfait. Il glana comme cela de différents berceaux «spatiaux», comme s'il récoltait le fruit d'un dur labeur, d'une pénible vie, de répandre de l'affection de cette manière. On pouvait croire, à la vue du vieil homme, qu'ils étaient tous ses petits-enfants...

Des nurses, en uniformes anti-épidémiologique, butinaient avec douceurs d'un nid à un autre. Elles prodiguaient des soins très attentionnés à tous ses petits êtres naissants. Tant d'aménité faisait contraste avec les méthodes farouches de feu Martinstein. Une porte coulissante double s'ouvrit en émettant un léger sifflement hydraulique. Un homme, très grand et au regard glacial, pénétra dans l'incubateur géant. Sa maigreur était loin d'être désagréable à regarder et ses mouvements dégageaient une certaine noblesse. Il avait les cheveux noirs, très épais, lissés par-derrière à la mode aristocratique du 19e siècle. Quelques mèches poivres et sels rehaussaient l'assombrissement de ses sourcils et la nébulosité de ses yeux. Il portait un sarrau futuriste de scientifique sur un complet de 3 pièces. Manlow l'aperçut et le rejoignait en se frottant les paumes de ses mains. Il remerciait chaleureusement l'homme à la chienne blanche. Ce geste était inhabituel chez le vieux fossile, à croire qu'il était réellement sincère. Le grand et froid docteur resta stoïque et distant aux éloges. Probablement qu'il avait vélocement cerné cet individu et qu'il savait que souvent il reprenait vite ce qu'il donnait. Il se contenta de plier l'échine à la façon des aristocrates européens de l'Est. Il fit un vénérable signe de la main pour que Manlow l'accompagne à l'extérieur de la gigantesque et très moderne couveuse. Manlow convint qu'il voulut lui faire visiter la nouvelle matrice de New York. L'homme était le célèbre généticien hongrois Béla Sebestyén Nàndor. Il était reconnu mondialement pour avoir réussi la recomposition génétique d'un loup de Tasmanie à partir de poils et de maigres résidus géniques et biologiques. Le thylacine était une bête carnassière apparentée par erreur aux marsupiaux qui avaient complètement été exterminés par les colons à cause de son appétit supposé pour les cheptels de moutons. Cette prouesse technique avait fasciné la planète bleue entière et relancé des sujets et débats aussi inusités que d'aboutir à cloner des dinosaures comme dans le roman et le film à succès de *Jurassic Park*. Nàndor était bien au-dessus de ces considérations d'ordre éthiques et morales et croyait être le visionnaire d'un monde nouveau, basé sur le génie et la science. Pour lui, les craintes humanitaires n'étaient que des relents primitifs de nos ancêtres simiesques. Il le prit très mal lorsque les autorités de son pays natal, puis de sa nation d'adoption l'empêchèrent de tenter le clonage humain. Les avoués de l'organisation de Manlow l'avaient à maintes reprises approchés pour tâter le terrain. La seule chose que voulait Nàndor, c'était du capital et des ressources pour pousser ses recherches à bout. Il était devenu le plus grand rival du Docteur Martinstein qui clamait toujours bien haut que les enfants issus d'un clonage d'êtres n'avaient pas d'âme et était impropre à l'abrogation... Pour une Amérique puritaine et encore croyante, cela pouvait créer malaise. La culminante bouche à la langue bien pendue de Martinstein étant d'une certaine façon l'artisan de ses calomnies. Les méthodes du scientifique hongrois portaient préjudice au lucratif marché des adoptions. Maintenant le praticien hématophobe décédé, plus rien n'empêchait l'organisation de procéder comme bon leur semblait. Béla Sebestyén Nàndor n'avait plus de prétendants à la couronne de «procréateur en chef!» Il avait promis à Manlow une récolte comme il ne l'avait jamais vu! Sans les mères porteuses encombrantes, coûteuses et onéreuses en soins, médicaments, nourritures, entreposages et primes, ils feraient des affaires d'or. Béla introduisit Manlow dans un vaste monte-charge et descendit d'un étage vers un entrepôt ou des dizaines d'ouvriers certifiés, ingénieurs, soudeurs et techniciens outillaient des structures tentaculaires, serpentaires. Ils manœuvraient aussi des caissons contenant de gros globes de verres et plexiglas hermétiques plus gros que la grosseur d'une énorme pastèque. Des électriciens semblaient suivre les directives d'un informaticien chevronné qui dictait toutes ses instructions au doigt et à l'œil.

Le complexe que le Hongrois avait imaginé coûtait une fortune au *coven* de la confrérie blanche. Le scientifique était peu exigeant pour ses besoins personnels, mais son projet qu'il avait engendré, aux coûts mirobolants de conception, se voulait un investissement à très long terme. La majeure partie des fonds servait à usiner des pièces distinctes, particulières, inhabituelles et aucunement sur le marché conventionnel. La méthode de Nàndor était tellement révolutionnaire qui n'y avait aucun comparable dans le monde. Le bras droit de Nàndor était le vénérable généticien chinois Du Xian Tian qui avait collaboré dans sa jeunesse, en 1979, à l'élaboration d'un laboratoire clandestin en Chine communiste pour créer une sous-espèce d'esclaves mi-humains, mi-singe. Considérant les techniques de l'époque, il était de loin beaucoup moins performant que ce qui s'accomplissait dans le Bronx. À ce moment-là, le Dr Tian vit ses travaux détournés, dans un premier temps, pour optimiser les performances olympiques et ensuite améliorer les compétences physiques et intellectuelles des militaires. Il avait aussi œuvré, sur le plan scientifique, aux politiques natalistes de son pays. Le scientifique asiate avait joint volontiers son expertise et son expérience à ceux du chercheur européen. Il était petit et grassouillet et enfilait toujours un costume à col mao de couleur cobalt de fer. Il calait de la tête et portait d'affreuses et énormes lunettes en forme de fonds de bouteilles qui lui déformaient abominablement les yeux. Ses traits du visage, glabre et imberbe, presque difforme et gonflé par de la rétention d'eau, pouvaient vaguement correspondre à ceux d'une carpe d'étang métissé à une taupe. Il avait des bajoues molles de chaque côté de la bouche qui lui conféraient franchement des airs de poisson rouge. Malgré sa grotesque apparence, il était complètement compétent.

Le professeur Du Xian Tian arpentait le futur laboratoire avec appréhension lorsqu'il remarqua la présence de Manlow. Un signe discret de Nàndor le rassura et prit la suite de la visite guidée pour expliquer les points techniques du projet. Il avait encore cet accent chinois, au relent de mandarin, qui collait bien à son allure de scientifique timide, mais méticuleux et dévoué :

— Honol'ables sirs, vous voyez le squelette de la futur'e chambre de proc'l'éation...

Manlow bâilla de façon exagérée pour indisposer le petit Chinois. Il réussit au-delà de ses espérances, car Nàndor le remercia. Pour reprendre de sa voix grave et légendaire de Slave :

— C'est ici que nous procéderons à la conception des embryons multicellulaires par procédé symbiotique entre une cellule du père et un organisme cellulaire témoin de la mère type pour chaque catégorie visée...

Lorsque nous aurons emmagasiné l'information d'une multitude de génomes familiaux, il nous sera possible de produire un catalogue précis de ce que nous offrirons. Cette méthode de codage génétique pourra être élaborée à la pièce et à profusion. De la sorte cumulée, le code de correspondance entre la séquence de l'ADN ou de l'ARN et la séquence des protéines servira à fabriquer à la chaîne des enfants répondant à des caractéristiques exhaustives et systématiques, que pourraient émettre les parents adoptifs. Cette technique permettant de modifier le patrimoine héréditaire d'une cellule par la manipulation de gènes et leur transposition nous garantira exactement de combler toutes les exigences pour n'importe quelle commande, quelle qu'elle soit! Vous suivez?

Manlow hocha plus ou moins les épaules pour démontrer que le génie génétique n'était pas sa tasse de thé. Nàndor clarifia quelque peu ses explications pour s'assurer que Manlow comprenait au moins les grandes lignes de son exposé :

— Nous allons créer un catalogue de tous les mécanismes qui attestent la transcription et la traduction de l'information atavique et génique. Un couple aimerait avoir un petit rouquin avec des yeux verts, cette combinaison cellulaire, ce codage d'ADN qui donne les roux seront justement stockés. Nous n'aurons qu'à les incuber dans une mixture gélatineuse spécialement conçue pour notre méthode révolutionnaire, à base de stéroïde et de consécution savante de fluide protéinique qui accélérera d'un trimestre la durée d'incubation. Ce gel fortifiant remplacera le liquide amniotique contenu dans le placenta et aidera grandement l'enfant à naître.

Manlow fronça les sourcils, prenant un air grave, il retira ses verres fumés pour les astiquer d'un mouchoir blanc, après cette pause, il remit ses lunettes de caïd. Il s'assurait de bien avoir saisi les dires de Nàndor :

— Si j'ai bien compris... Les parents arrivent, parcourent un inventaire, photo à l'appui, comme les registres de top modèles et ils pourront choisir exactement ce qu'ils veulent...
— Ils souhaitent une petite fille qui ressemblerait, gouttes pour gouttes, à un autre enfant et nous trouverons la parfaite séquence. Cheveux, yeux, dentition, grandeur... Nous pouvons tout contrôler!

Manlow, radieux, jubilait déjà devant les possibilités quasi infinies que lui fît miroiter le scientifique hongrois. Le vieillard, très impressionné, lança de satisfaction :

— Effectivement, avec une telle méthode, nous pourrions accommoder toutes les exigences... Le prince Merzgin et son épouse ont un teint très basané, je les attends incessamment pour qu'ils se choisissent un fils pour leur héritier... Comme les peaux foncées sont moins en demande et que les blonds aux teints clairs sont très recherchés, Martinstein a sélectionné que très peu de femmes de couleur...

— Accommoder n'est pas le mot, Monsieur Manlow... Vous pourrez exaucer tous les désirs et caprices de vos fidèles et loyaux sujets!

Manlow fut reconduit jusqu'au dynamique monte-charge en zigzaguant entre les employés et les éclats de soudure en fusion qui virevoltaient dans tous les sens. Le docteur Nàndor actionna le bouton de contrôle temporaire et la grande porte coulissante s'ouvrit. Il salua Manlow en se prépara à retourner à ses occupations. Il expliqua qu'après la fin des travaux, on installerait pour l'unique issue d'introduction, un élévateur, un système de reconnaissance biométrique des plus perfectionné. Béla ajouta, en continua la tournée des lieux :

— Ce protocole pourra vérifier les empreintes digitales de la main droite et une lecture complète par balayage laser de la rétine oculaire. Seul un cercle restreint de gens aura accès au laboratoire et de cette façon, minimisant le risque de fuites et maximisera la sécurité interne.

Le choix du Bronx n'avait pas été pris à la légère. Les multitudes d'édifices commerciaux et industriels du quartier rendaient l'endroit très discret. Un tel complexe, à la campagne, attirerait trop l'attention par l'électricité qu'il gaspillerait. Ainsi, les fortes dépenses d'énergies seraient couvertes par les autres industries environnantes. Le centre se trouvait à moins de 20 minutes des différentes installations de l'ordre et faciliterait grandement les futures tractations.

L'ascenseur s'ouvrit sur un poste de commandement. Une vingtaine d'hommes en veston et quelques femmes en tailleur s'activaient à leurs bureaux. Des écrans, formats géants, montraient une multitude d'angles de caméra. La station de contrôle était en effervescence depuis la destruction de la ruche de San Francisco. Différents téléphones sonnaient en alternance et l'on s'affairait à y répondre le plus tôt possible. Diverses personnes dispensaient des directives à des agents de terrain en suivant les opérations via des caméscopes de filature statique des dissemblables autorités; municipales, frontalières, sécurisations particulières et privées, inspections routières et divers espions électroniques d'observations aussi anodines que stratégiques. Ils pouvaient avoir une désarmante accessibilité à des banques de vidéos des institutions financières privées, pouvant scruter, un an un, les clients aux caisses et aux guichets. D'autres caméras de surveillance, dans les cabarets d'effeuilleuses et boîtes de nuit à gogo, pouvaient retracer le parcours de maris infidèles qui se croyaient en toute tranquillité, offrant mer et monde à des danseuses professionnelles. Combien de gens influents avaient été rançonnés de la sorte? Moins pour extorquer de l'argent que pour parvenir à leur fin. À la vue de Manlow, toutes les personnes le saluèrent avec déférence. Manlow s'approcha du bureau privé d'Hartland et l'apostropha promptement :

— Des nouvelles sur le dossier Prescott?

Hartland écrasa sa cigarette dans un cendrier plein de mégots de cendre noirâtre. Sa table de travail était bordélique. Des chemises de carton ouvertes traînassaient au gré de ses vérifications. Il semblait le seul à se comprendre dans son bordel. Hartland se leva, retira une pile de documents sur une chaise et offrit à Manlow de s'asseoir. Il refusa l'invitation cavalièrement :

— Hartland, je n'ai pas de temps à perdre à vous écouter! Cette nuit sera une grandiose soirée et je veux que tout soit parfait! J'aurai des convives d'une grande importance... Rappelez tous les effectifs possibles... Aucune permission pour ce week-end!
— Pour Alberta Prescott, c'est le calme plat... Mais nous continuons la traque...
— Oubliez là pour ce soir... Rameutez la horde et repositionnez-les pour assurer un maximum de sécurité autour de la puissante loge de l'I.B.C.
— Vous ferez la sélection vous-même sur place comme d'habitude ou vous désirez faire ça avant?
— Ils se sont rendus jusqu'ici à New York! Ils pourront bien faire les derniers milles!!!
— Et si le coup de San Francisco était encore l'œuvre des dissidents du Serpent? Vous imaginez la catastrophe s'ils réussissaient à mettre la main sur la liste de nos membres actifs et inactifs...
— Calmez-vous Hartland, le fils ne fera pas les mêmes erreurs que le père...

Un gringalet, mince et à allure intellectuelle, s'approcha pour aviser Hartland qu'il y avait du nouveau chez les Thorrenz... Hartland se montra intéressé, mais Manlow le congédia de ses doigts secs en répliquant au malingre :

— Appelez Dowsey Ackerman et voyez ça avec lui... Venez Russ, je veux superviser l'héliport du toit... C'est par là que vous transporterez les enfants vers leurs parents!

Manlow et Hartland s'éloignèrent et s'enfoncèrent dans un couloir elliptique pour accéder au monte-charge de la toiture. De ce poste surélevé, on pouvait admirer la ville dans son ensemble. Un grand hélicoptère médical blanc ornementé de la Croix-Rouge était stationné sur une des quatre aérogares de métal. Sur un autre, l'aérodyne privé de Manlow et un autre appareil, noir et furtif, de style paramilitaire qui était en train de se faire remiser pour un entretien de routine. Il y avait quelques gardes armés de puissants fusils-mitrailleurs de fort calibre qui surveillaient les lieux. À cette hauteur, les bourrasques venteuses dépeignaient les hommes de guet, cols relevés, se soufflait dans les mains pour endurer la froideur de la bise. Manlow, d'un air soucieux, fixait son regard vers le soleil qui montait vers son zénith. Il s'informa à Hartland :

— Pour le transport des nouveau-nés, avez-vous pensé à un autre moyen? Ce matin, les vents me rappellent ceux qu'il y a au centre-ville de Chicago...
— Ne vous inquiétez pas pour les rafales... Ils semblent violents, mais l'hélicoptère médical a un rotor très puissant... Tout cela se fera comme le saut d'une puce...

Manlow prit une longue pause puis renchérit :

— Vous avez vérifié avec le Hollandais pour son implication dans l'élimination de notre agent?
— Oui, il ne s'en cache même pas... Mais il est rusé et ment comme un arracheur de dents! Je garde une profonde certitude qu'une grande part de nos problèmes viennent de lui et de ses manières archaïques et hétéroclites...

Manlow fixait le néant, tournant le dos à son subalterne :

— Vous avez mon aval pour liquider Ackerman... Mais après notre petite fête... et de façon propre... Il m'a rendu de fiers services par le passé... Je ne veux pas qu'il souffre... Envisagez de le tuer dans son sommeil...
— Tout sera fait selon votre volonté... La relève, à la faveur de nombreux conflits planétaires en cour, sera plus aguerrie et disciplinée! Grâce aux différentes opérations clandestines israéliennes en Iran, ça va péter solide et on pourra recruter les meilleurs éléments des vétérans du Mossad qui y auront servis. Ils seront cuirassés et totalement endurcis. Faites-moi confiance. Votre garde prétorienne vous sera toutes acquise! Et pas seulement des athées à soudoyer de billets tout vert et tout crasseux!

— Vous aviez raison sur toute la ligne... Martinstein n'était qu'un docteur suranné et ses méthodes occasionnaient trop de risque... Faites en sorte qu'Ackerman soit le dernier de cette infâme purge...

*
* *

Le dernier des Titans

Ce qui est surprenant, la première fois que l'on arrive à New York, c'est l'impression de déjà-vu, de connaître et de reconnaître tel immeuble, telle rue, tel *square*... Cette sensation était parfaitement explicable par le fait que la ville avait été filmée à des milliers d'occasions par des réalisateurs du monde entier. Cette cité bougeait, du fait de sa multitude contrastée de vies, d'origines, de communautés, de lieux et d'ambiance au travers du décor urbain le plus vertical de la planète.

Alberta et ses compagnons avaient appris par cœur les différents quartiers de New York en étudiant différentes cartes et des sites web de photos satellites tels *Google Map* et *Google Earth*. Ce travail ardu avait son importance pour Allan. Il voulait que les actions futures soient orchestrées avec brio et ils se devaient de mémoriser chaque détour, chaque détail.

Manhattan était l'île longeant la rivière Hudson, on disait d'elle qu'elle était la vitrine de la ville, tant par sa notoriété que par l'immensité en nombre et en taille des immeubles, tours, gratte-ciel ou édifices. Le *Lower Manhattan*, qu'il était préférable de visiter en semaine pour profiter de l'effervescence des heures de bureau, était le centre névralgique du commerce, des affaires et des finances internationaux. Ce quartier, qui était desservi par 15 lignes de métro, abritait les plus grands sièges sociaux du monde. De *Stock Exchange* à *Wall Street,* c'est là qu'était le nerf central du capitalisme mondial. Il fallait compter de 3 à 4 heures pour se faire une idée globale de l'endroit et goûter aux joies du libéralisme triomphant. À de multiples occasions, Mark et Willy réalisèrent des ratissages de la ville, s'aidant de la carte postale retrouvée au motel *Colonel Inn*, ils découvrirent la localisation exacte du bâtiment que décrivait le défunt contact homosexuel d'Allan Sexton. L'édifice qui abriterait le lieu de festivités serait le sous-sol de *l'International Business Corporation*, un gratte-ciel connut et un des plus célèbres centres boursiers et de hautes finances de New York. Même une visite rapide permit à Allan de reconnaître le fameux vrombissement si spécifique. Il y avait un portail de garage souterrain conventionnel, mais également, à un emplacement aussi discret qu'inusité de l'architecture, une massive porte d'acier aux énormes écrous... La présence de multiples caméras de surveillance imposait une très grande prudence...

Et pour le reste des endroits à visiter dans l'île, ils étaient légion. Dans la partie nord se trouvaient le *Central Park* et *Harlem*, cet ancien ghetto noir qui se modelait en un beau parc immobilier sous les bouteurs, *bulldozers* et d'interminables grues de constructions. Il y avait aussi la zone résidentielle d'Upper *West Side* qui avait été rendue réputé par la série télé Seinfeld et le film *West side Story*. Le secteur moyen avec le «village» de *Chelsea*, la localité chic et élégante de *Gramercy Flatiron*, la région des théâtres avec *Broadway* en tête et le cœur même de Manhattan : le quartier bohème de *Greenwich, Tribeca* et du *East Village*. Ils repérèrent d'autant plus les faubourgs comme le *Little Italie, China Town* et celui de *Soho*, quartier qui était devenu célèbre durant les années 60-70 alors que les usines abandonnées offraient un espace immobilier bon marché pour des artistes de tous horizons. Nombre d'anciens bâtiments industriels furent alors transformés en studios et lofts. C'est dans un splendide appartement de ce sous-secteur qu'avait résidé Alberta lors de ces études en Faculté du droit à la *Columbia Law School* de New York. Parce qu'elle aimait la dimension artistique, jeune et énergique de l'endroit.

Brooklyn, au sud de l'île de Manhattan, la plus peuplée des cinq *boroughs* de New York, offrait une superbe vue sur tout le Manhattan. Ce secteur, qui abritait autrefois une colonie hollandaise fort dynamique, laissait voir des maisons caractéristiques en grès brun (*brownstones*). Ce centre-ville de la «Grosse Pomme» connaissait, depuis le début du 21e siècle, un nouveau dynamisme. Il était marqué par l'essor des quartiers d'affaires de *Greenpoint* et *Williamsburg*. Le pont de *Brooklyn*, qui traversait majestueusement *l'East River*, le reliait dignement à l'île de Manhattan. C'était l'un des plus anciens ponts suspendus des États-Unis.

Au nord de Manhattan, il y avait le Bronx, dont le nom provenait de Jonas Bronck, l'émigrant danois qui fut le premier à coloniser cette zone. Elle représentait la seule partie de la ville à être vraiment située sur le continent américain. Véritable berceau de la musique de style hip-hop. Cette portion de New York, dans une permanente mutation, était sans doute la plus multiculturelle des *boroughs* de la cité. Étrangement, dans cette région, Mark et Willy captèrent d'étranges signaux cryptés. Ils pensèrent avoir trouvé l'emplacement d'une nouvelle clinique illégale à cause des allusions incessantes à la «source» et à des mots avec une similarité comme «cocons, fourmilière, chérubins, rejetons, ruche, termitière, nids, géhenne, etc.», mais ne réussirent pas à localiser exactement l'endroit.

À l'est, le district de Queens, qui occupait une partie de l'île de *Long Island*, abritait les deux aires d'embarquements majeurs de New York, l'aéroport international *John-F. Kennedy*, dans le quartier de Jamaïca et l'Aéroport international de *La Guardia* à *Flushing*. Beaucoup de studios de cinéma étaient en train de s'implanter dans la zone pour profiter de la recrudescence de jeunes et nouveaux réalisateurs, acteurs et metteurs en scène de mérite. Il ne faudrait surtout pas oublier que, le Queens fut l'un des berceaux de l'industrie cinématographique américaine avant que celle-ci n'émigre son pouvoir à Hollywood. Il fut tout à fait normal de recevoir le juste retour du balancier.

Enfin, au sud, *Staten Island* qui était reliée au continent par le New Jersey. On pouvait y accéder par les ponts *Bayonne*, *Goethals* et le *Outerbirdge Crossing* et à *Brooklyn* par le pont *Verrazano*, c'était la partie la moins connue de la ville. Les habitants avaient depuis toujours et à de nombreuses reprises, demandé à la mairie de New York d'être davantage rattachés à cette dernière sur le plan administratif. C'est invariablement par-là que Willy et Mark circulaient pour se rendre à Manhattan ou pour aller observer les Thorrenz…

L'arrière-saison avait repris ses droits et les bourrasques automnales balayaient tout sur son passage. Les gamins prenaient un plaisir fou à défaire les tas de feuilles mortes que leurs parents s'évertuaient à faire. L'engourdissement hivernal approchait à grands pas et le souffle frisquet du vent de la Toussaint annonçait que l'hiver serait très cinglant cette année. Comme toute tension maintenue, il y avait toujours un relâchement et la sécurité autour de cette famille redevint à la normale. Les enfants des Thorrenz ne pouvaient plus tenir en place, c'était un samedi pas ordinaire et qui plus est, ce soir-là était une date très spéciale pour eux... Au petit matin, Mme Thorrenz donna congé à Dowsey et avait permis à ses deux plus vieux de magasiner leurs costumes pour la fête de l'Halloween. Ils sortirent avec un garde de faction, le chauffeur attitré et Mme Bellen, la nourrice habituelle. Voilà que la petite Karrie piquait une sale crise... Elle avait en horreur son harnachement de coccinelle et insistait pour avoir une toilette de princesse comme sa grande sœur. Mme Thorrenz pensait que ce caprice passerait, mais un peu avant l'heure du déjeuner, vers 11 h du matin, elle n'en pouvait plus des pleurnicheries incessantes de Karrie.

Sa mère, attiédie de quelques verres de fin bourbon sur glace, abdiqua face au pleurnichement convaincant de son rejeton. Gina Gallore décida de sortir seule avec sa fille, question de la complaire et faire taire sa crise en procédant au choix d'un costume qui la comblerait totalement... Après tout, ce serait sa première fête d'Halloween à laquelle elle participerait activement... Autant l'accommoder en ce sens... Les surveillants de sécurité en faction se souvenaient amèrement de la façon donc Madame Thorrenz avait agi avec Leroy Duncan. Ils ne tentèrent pas de la retenir contre son gré. Mais ils signalèrent son escapade à qui de droit. Question de se couvrir.

Mark et Willy ne restaient jamais en place et se déplaçaient constamment pour ne pas attirer sur eux un potentiel zélé qui procéderait à une vérification de trop... À quelques reprises, il arrivait qu'Allan ou Alberta se joignissent à eux pour effectuer des reconnaissances spécifiques. Ils en calculaient les risques et évitaient de passer directement devant la demeure, ainsi, ils déjouaient les surveillances de repérages par vidéos et par satellites. Ils s'installaient, beau temps mauvais temps, à distance et se servaient de puissants appareils de grossissements et de zoom pour surveiller les Thorrenz.

Par ce samedi matin fatidique d'automne, le hasard — ou le destin — décida que Mark serait fortement grippé. Il avait grand besoin de repos. Alberta qui voulait vérifier certaines choses sur la résidence s'offrit de remplacer Mark. Elle promit, à Allan et à son père, de rester très prudente et toujours à l'arrière du camion de surveillance. Comme elle serait seule avec Willy, au moindre doute, ils devraient décrocher. Allan exigea d'Ours Noir d'être très vigilant avec sa bien-aimée. Solennellement, le chef Siksika lui jura de veiller sur elle :

— Je prendrai soin d'elle de ma vie, comme les braves de ma lignée! Que je meure si je ne tiens pas ce serment!

Ils s'immobilisèrent sur l'esplanade non loin de la résidence. Ce haut lieu permettait d'épier les environs à l'insu des habitants. Alberta se contentait de corroborer certaines constatations. Dans le parc de la zone piétonnière, il y avait des gens qui amenaient leurs gosses joués dans les minuscules manèges. Elle pensait à Pamela qui ne semblait jamais avoir ce genre de plaisir avec ses parents... Willy l'interloqua dans ses pensées. Par ses jumelles il constata le départ des deux autres enfants. Une longueur interminable donnait envie à l'Amérindien de changer le mal de place. On ne sait pas trop pourquoi, Alberta voulait rester là au lieu de suivre ce convoi qui partait...

Quelques heures après, ils n'en crurent pas leurs yeux en voyant la femme du sénateur quitter seule la résidence en voiture avec la petite Karrie installée dans un siège de bout de chou. Elle se trémoussait de joie et semblait rire aux éclats. Alberta, la plus charismatique et la plus engagée des deux, s'enfiévra et prit sur elle d'imposer un contact... Willy aurait aimé avoir le «OK» d'Allan, mais Alberta le persuada par une puissante inspiration que pareille chance ne se reproduirait pas... Même pour une simple visite chez le dentiste ou le coiffeur. Les enfants avaient toujours une forte escorte. Au pire, elle voulait parler de femme à femme, incognito, avec la maman de la petite Karrie. Willy s'opposa, mais elle le convainc avec brio de suivre le véhicule en silence. L'Indien geignait sans cesse que

468

ce scénario était la parfaite toile d'un piège d'araignée! Alberta surenchérissait qu'une mère n'exposerait pas son enfant de telle sorte…

Ils réussirent, grâce à une adroite manœuvre de Willy, à se positionner derrière elle, mais laissant quelques voitures entre eux. La maman de Karrie ne circulait pas à grande vitesse et semblait louvoyer légèrement, ce qui simplifiait grandement la filature, car elle devait être moyennement intoxiquée par de l'alcool. Elle maintenait une lente allure pour se sauver d'un potentiel contrôle d'un officier de police qui lui prendrait l'idée de jouer au zélé!

Gina Gallore traversa pour se rendre sur le «*Big Apple*». Elle allait faire des emplettes dans le plus spacieux commerce du monde, le majestueux magasin *Macy's* au cœur de Manhattan sur la 34ième Avenue Ouest. Par une chance inouïe, les deux véhicules se garèrent à quelques places d'intervalles près de la gare de métro Penn Station sur la 7e. Les bourrasques de vent semblaient avoir découragé les plus téméraires à sortir. Il n'y avait pas un grand va-et-vient, comme espéré.

Willy supplia Alberta d'appeler Allan et les autres avant de faire, quoi que ce soit, mais Alberta savait trop bien qu'ils s'objecteraient à toute tentative d'approche improvisée. Elle voulait simplement confronter la mère et elle pensa que le faire dans un lieu public lui donnerait un avantage en cas de pépin. Les sorties étant multiples. Elle réussit à convaincre Ours Noir de rester au camion. Il avait vu ce matin même deux corbeaux, un qui s'envola dans les cieux et l'autre corvidé qui s'affaissait au sol, mort raide... Le vent soufflait du nord et les nuages étaient chargés de rage... Il perçut ces signes comme un mauvais présage...

Les tripes de Willy se tordaient par le stress du moment... Il avait tant rêvé de passer à l'action, mais l'instant était fort mal choisi! Alberta ressentit l'émotivité négative du grand Peau-Rouge, mais elle en fit qu'à sa tête. Les entrailles de la jeune femme étaient tellement nouées qu'elle en avait mal au ventre! N'écoutant que la pulsion aventureuse du moment, elle fonça vers ce qu'elle croyait être son devoir! Il décida, sur le tard, de suivre Alberta à distance pour assurer une potentielle fuite en effectuant une brillante diversion le temps venu. Mais il n'était pas dupe, les risques étaient énormes et quelques vagues impressions lui disaient qu'Alberta tenterait quelque chose de forcément bête, inconsidéré ou pire, suicidaire...

Alberta longeait les murs, asseyant d'enfoncer le menton dans un large châle pour passer le plus inaperçu possible, mais aussi pour résister à la brise cinglante et glacée. La mère retenait fermement la main de sa fillette et marchait d'un pas décidé vers l'entrée du magasin. Un clochard tenta d'ouvrir la porte en tenant le chapeau, mais Gina Gallore bifurqua pour l'éviter en empruntant les portes tournantes à l'ample plaisir de sa fille qui perçu dans ce geste qu'un simple tour de carrousel. Alberta, toujours à sa poursuite, tendit machinalement un billet vert à l'itinérant, faisant son plus grand bonheur. Un portier et un gérant, en uniforme du commerce, vinrent chasser l'importun en l'invectivant encore une fois qu'il ne devait pas quémander à cet endroit-là.

À l'intérieur, il y avait quand même une bonne foule pour compléter les derniers achats pour les festivités d'Halloween et des paniers pleins de bonbons, sucreries et confiseries étaient offertes en généreuses réclames. Le thème du magasin étant la fête des Morts, il y tenait, çà et là, des mannequins vêtus en momies, sorcières et vampires. La petite Karrie bondissait à la vue de tant de friandises. Sa marâtre, sèchement, lui signala de se calmer, car elle aurait plein de «bons becs sucrés» le soir même!

Gina Gallore faisait languir inutilement sa fille qui se trémoussait pour aller vers les rayons de jouets ou des costumes d'enfants. La mère regardait et essayait différents échantillons dans la section des parfums, puis elle hasarda dans les étagères des sacs à main, qui étaient tous en solde.

Alberta, poussée par la curiosité, s'approchait de plus en plus d'eux... C'est là qu'elle aperçut pour la première fois la minuscule Karrie en chair et en os. Elle eut une surexcitation tellement ses yeux, d'un bleu profond, étaient les mêmes que ceux de Mylène Gilmore. C'était, probablement, la plus jolie des mignonnes fillettes qu'elle avait vue de son vivant! Le magnétisme d'Alberta capta aussi son attention et elle la fixa avec désinvolture. La concentration de la mère étant portée sur des articles de mode, elle avait, quelque peu, relâché sa vigilance. La petite Karrie s'éloigna suffisamment de sa sévère *mater* pour regarder une décoration sur le thème de l'Halloween. Elle semblait effrayée à la vue d'une ensorceleuse, de noir vêtu, aux regards menaçants dans le plus pur style des sorcières du Magicien d'Oz. Alberta ressentit sa crainte et la rassura instinctivement avec un joli clin d'œil. Karrie, en retour, lui sourit tendrement et lui fit un geste de la main en signe de salutation. La façon candide qu'elle avait de bouger ne pouvait faire autrement que charmer ceux qui croisaient son visage d'angelot... Elle aussi se sentit attirée par l'enchantement inné qu'Alberta projetait sur son entourage. Sans prendre garde à la plus élémentaire des prudences, elle s'accroupit pour être à la hauteur de l'angélique enfantelet qui était tout sourire. Elle eut la pensée dégoûtante de partir avec elle, courir, prendre la fuite... Mais elle ne pouvait pas se résoudre à lui faire peur, lui faire mal...

Karrie lui demanda, dans ses termes enfantins, si elle connaissait des sorcières. Alberta lui assura, en ajustant ses mots pour un enfant de 2 ans, que les magiciennes n'existaient pas, qu'elles étaient des personnages de contes. La petite gamine la fixa avec ses charmants yeux emplis d'effroi, en pointant le mannequin accoutré en ensorceleuse :

— Madame, z'elles z'existent...

Alberta perçut une grande solitude dans le regard de cette fillette. Elle se retourna pour voir si sa mère regardait vers elle. Elle fouinait toujours pour les soldes et ne s'occupait pas d'elle. Karrie réaffirma, en agitant sa tête affirmativement, d'un mouvement de haut en bas pour mettre du poids à son allégation :

— Oui, Madame, z'elles z'existent pou'v'ai...

Alberta ne réalisait pas que Gina Gallore avait pivoté vers son enfant. Elle ne paraissait guère souhaiter que sa petite s'entretienne avec des étrangers, elle s'affirma promptement en interloquant la jeune femme :

— Hé! Vous là! Petite enquiquineuse! Que voulez-vous à ma fille???

Le front d'Alberta perlait de sueur par la pression et le stress. Elle se raidit et tourna les talons pour fixer Mme Thorrenz. Une seconde qui sembla durer une éternité. Puis Alberta riposta, avec un ton engagé :

— Mme Thorrenz, je suis Alberta Prescott, je représente les intérêts de Mylène Gilmore. Elle est la mère biologique de Karrie. On lui a soutiré de façon scandaleuse sa fille dans un sordide dessein de la vendre au plus offrant... De gré ou de force, Madame Thorrenz, il vous faudra bien répondre de vos actes... Je vous informe peut-être des circonstances ténébreuses dans lesquelles vous avez adopté Karrie... Sa mère n'était pas consentante... C'est tout simplement un rapt!

La stupeur passée, Gina Gallore se cabra comme un cobra et jeta son venin en rétorquant avec du feu dans les yeux :

— Vous... Oh vous!!! On m'avait averti que tôt ou tard vous débarqueriez avec vos gros sabots pour revendiquer mes enfants!!! Tenez-le pour dit, j'ai porté mes bébés... Ils sont à moi!!!

Karrie ne comprenant pas le dialogue des grands était pourtant effrayé par le ton employé. Elle allait chercher instinctivement de la protection en serrant la jambe de sa mère, comme l'auraient fait tant de bouts de chou. Ce geste de Karrie mit un doute dans la tête d'Alberta. Mais elle n'avait pas fini d'en découdre, elle rajouta triomphalement :

— Ce n'est pas des faussaires comme Manlow et Martinstein qui vous donneront la légitimité de l'enfantement... Mylène porte d'horribles stigmates sur son ventre, ils lui ont volé son enfant... Je sais que c'est terrible ce que je vous dis aujourd'hui, mais nous serons prêts à tout pour faire valoir les droits de la mère... Nous avons des aveux enregistrés de Martinstein, le dossier médical et le suivi de la grossesse, nous demanderons une analyse d'A.D.N.!!!

Gina Gallore, les yeux hors de ses orbites, se mit à crier frénétiquement :

— Ha! Ha! Un test génétique! Allez-y, espèce de sotte! Ce sont MES enfants!!!
— Nous connaissons vos méthodes de falsification! J'étais venue à vous avec le profond désir de trouver une entente à l'amiable, qui serait profitable pour tous les partis et pour Karrie... Vous ne nous donnez guère le choix de faire éclater la vérité sous la forme d'un scandale!!!

Gina Gallore aperçut un petit attroupement qui se formait autour d'elles. Elle enfonça sa tête dans son manteau en relevant le col de fourrure de son pardessus d'hermine. Elle mit de grandes lunettes de soleil et s'ingénia d'esquiver Alberta en traînant sa fille qui suppliait à perpette :

— Mon'costum de p'incesse maman!!!

Alberta la suivait en tenta de racheter sa bourde. Elle venait de passer de l'interminable adolescence et sa frivolité pour atteindre enfin l'âge adulte et sa sinistre réalité!

— Madame Thorrenz, vous êtes sa mère adoptive... Je suis sûr que vous avez beaucoup d'affection pour elle, mais pensez à sa mère biologique... La souffrance est terrible... Vous ne pouvez pas imaginer comment elle a pu souffrir!!!

Gina Gallore se tourna brusquement vers elle, la bouche déformée par un rictus de haine :

— Envisagez mon silence comme une fin de non-recevoir! Considérez-vous dès maintenant comme morte! Vous l'êtes déjà et vous l'ignorez encore!!!

472

Willy jonglait dangereusement avec des idées vaporeuses. Il regrettait à cet instant d'avoir suivi les fantaisies et les lubies de la jeune Alberta. Il réalisait bien que contre tout raisonnement, elle entrerait en contact avec la mère et l'enfant! Jaillissant de sa torpeur, il avait communiqué par cellulaire avec Allan pour avouer qu'il avait lamentablement échoué dans sa mission de protéger Alberta. Allan lui ordonna de déguerpir avec Albie et se réfugier n'importe où en attendant leurs arrivées :

— Willy, partez immédiatement!!! Même si Mme Thorrenz semble seule cela n'empêche pas la filature à distance! Peut-être un piège!!! Sors-la de là et trouvez-vous une cache dans celles qu'on a repérées! J'arrive avec Ed et l'on décidera une façon de reprendre contact!

Willy Bly Wakyza regardait, avec panique, une sinistre forme se diriger vers Alberta, par son dos. Le géant Ackerman qui se faufilait maladroitement comme un loup-garou parmi les présentoirs de sous-vêtements féminins, créant une commotion chez la clientèle qui s'estomaquait de remarquer cette brute grotesque se mouvoir de la sorte comme un obsédé sexuel.

Ours Noir s'approchait d'Alberta avec une fougue désespérée. De sa position, il avait vu la scène et l'approche d'un vicieux loup doré format géant. Dans la panique du moment, Willy n'eut qu'une réflexion bizarre :

— Chacal, Chacal? Pourquoi ce surnom! Il est plus gros qu'un *polar bear*!!!

Willy fondit courageusement sur le géant en hurlant un cri de guerre des pieds-noirs. Il le plaquait violemment au sol en y effectuant une prise de l'ours pour l'étouffer. Le robuste guerrier, de la tribu des Siksika, concédait plusieurs centimètres à son opposant et une vingtaine de kilos. Ackerman, la surprise initiale passée, se retourna et planta ses pouces dans les yeux de Willy pour faire briser sa soumission. Ensuite, il agrippa le noble sauvage et le projeta dans un comptoir de verroterie. Le fracas fut terrible, mais Wakyza se releva bravement en criant à Alberta de se sauver.

Les deux s'empoignèrent par le collet du chignon et se donnèrent des claques et des coups de poing dans une prodigieuse alternance de «à toi, à moi» comme le feraient deux catcheurs professionnels. La cadence était démentielle entre les deux titans qui se servaient de tous les objets comme projectiles ou comme massue qu'ils fracassaient à la manière des rixes de saloon. Bly Wakyza et le Hollandais avaient leurs visages tout boursouflés et sanguinolents. Les membres du service de sécurité du magasin qui tentaient d'intervenir étaient brisés comme des fétus de paille devant la furie et la violence des coups. À bout de souffle, Willy répliquait, coup pour coup, à la cognée d'Ackerman. Le Hollandais n'en était pas en reste, il en avait vu des brutes dans sa longue carrière de criminel, mais pour la première fois, il doutait de l'issue de ce combat furieux.

Bly Wakyza portait bien son pseudonyme d'Ours Noir. Il se cabra sur ses pattes de derrière comme un puissant grizzly et lança un fatidique hurlement de guerre dans la langue de ses ancêtres en assenant de solides répliques au géant.

Dans ce tumulte colossal, le centre commercial *Macy's* était en effervescence. Des renforts policiers rappliquèrent dans un désordre fou pour boucler le périmètre. Le vacarme causé par la brute d'Ackerman et le valeureux Willy avait créé tout un pandémonium. Entre l'élimination du service de sécurité et l'arrivée des forces de l'ordre, il y eut comme un raz-de-marée de gens qui se mirent à piller frénétiquement les allées du magasin en même temps que la panique générale de la foule. Alberta se retrouva face à face avec Gina Gallore qui délaissait sa fille pour prendre une position agressive. D'une vitrine de démonstration fracassée, la querelleuse mère ramassa un éclat de verre et se rapprochait de la jeune héroïne pour lui porter un cinglant coup. Alberta, rampant vers une retraite près d'une cabine d'essayage de déshabillés féminins, la supplia de ne pas faire ce geste d'une incroyable barbarie devant les yeux de son propre bambin effarouché qui pleurait hystériquement... Inexorablement, Gina Gallore s'approchait comme la méchante sorcière du magicien d'Oz, menaçante et grimaçante de haine...

— Vous ne toucherez jamais à MES enfants! Je vous tuerai!!!

De son côté, Ackerman, puisant dans ses dernières ressources, assénait maintenant les meilleurs coups à un Bly Wakyza semi-conscient... L'Amérindien était pratiquement vaincu quand le premier des policiers arriva avec un pistolet de style «*taser gun*» pour neutraliser le géant en furie. Ackerman sous la fureur des décharges électriques roula par terre, mais avec une volonté hors du commun, il commanda à son cerveau de bouger son bras et réussit à arracher les câbles fichés dans son corps. Il fit une roulade vers le jeune gardien de la paix et l'assomma d'un coup fracassant à la mâchoire. Il se pencha sur le policier et saisit son arme de service. Il se tourna, titubant et recherchant encore ses sens, vers un Bly Wakyza agonisant et lui prodigua au cou un mouvement sec de ses énormes et puissantes mains. C'était sa marque de commerce...

Alberta esquiva d'une galipette l'assaut frénétique de Gina Gallore qui trébucha dans les débris pour choir honteusement tête première.

Ackerman, reprenant rapidement son souffle, se dirigea vers son ultime objectif qui était d'occire Alberta. Faisant fi des directives d'Hartland qui l'avait pourtant prévenu en sous-entendu qu'on la désirait vivante. Cette biquette, frétillante de vie, voulait automatiquement dire qu'elles les informeraient de la plus grande bourde du Hollandais et de la survie de Mylène... Il lui agrippa le poignet avec sa puissante poigne de gorille. Alberta se débattait sans trop de conviction, elle se savait maintenant morte et osait fixer les yeux de son bourreau qui s'installait pour lui donner un coup de grâce...

La petite Karrie, poussée par la magnanimité innée des enfants, s'interposa. Le regard innocent et empli de larmes. Elle marmonna quelque chose dans le langage des tout-petits. Des expressions qu'Ackerman ne pouvait concrètement comprendre avec son ouïe, mais il avait saisi ses mots avec autre chose que ses oreilles... Quelque chose en lui qui le dégoûtait au plus haut point maintenant... Le langage du cœur!

Toujours échouée sur le sol, la diabolique Sicilienne lui ordonnait de la tuer rapidement. Elle apercevait un bataillon de constables qui investissait les lieux.

Alberta ressentant le desserrement de son emprise remercia, en elle-même, tous les saints du Paradis que la candide petite Karrie retienne plus de sa mère que de sa marâtre. Elle s'enfonça de tout son être dans cette ultime brèche que lui offrait la conscience du géant :

— Regardez Karrie... Comme elle est belle! J'ai vu une photo d'Elsbet, votre fille! Il est vrai que Mylène lui ressemblait beaucoup... Elle a la joie de vivre et respire encore aujourd'hui grâce à vos bontés... Observez Karrie! Contemplez ce beau petit ange...

La sorcière de Gina Gallore lui ordonnait toujours hystériquement de la trucider, intimant de toute sa haine d'en finir avec elle :

— Tue là!!! Elle veut enlever mes enfants!!!

Le géant, poussé par les invectives de sa maîtresse, brandit l'arme à feu du policier vers l'infortunée Alberta. Ce geste d'affolement créa un mouvement de panique. Une onde de choc qui mit les autorités sur le qui-vive. Cette altercation de dinosauriens se soldait maintenant en prise d'otage. Quoi qu'il advienne, ils étaient tous pris au piège.

Alberta faisait le vide en elle, tentant d'oublier le pauvre Willy qui avait succombé en la protégeant de son corps défendant. Elle articula lentement, les lèvres chevrotantes de peur :

— Ce beau geste que vous avez eu, il y a deux ans, Mylène vous en remercie chaque jour de sa vie... Il est encore possible pour vous de vous en sortir... Baisser cette arme... Rien n'est fini... Vous avez reconnu en Mylène votre défunte fille Elsbet... Voyez en Karrie un peu de votre petite-fille...

Ackerman tremblait de tous ses membres. Ce qu'elle avait dit le foudroya bien plus que ne pouvait le percevoir Alberta. Les policiers reçurent l'ordre, un ordre prioritaire et en haut lieu, de rester sur leurs positions. On avait identifié deux des femmes présentes, une comme étant l'épouse du sénateur Thorrenz et l'autre comme une dangereuse activiste recherchée pour de nombreux méfaits. On leur déléguerait un négociateur, Hartland, et leurs rôles étaient de défendre à tout prix ces deux personnes. Des tireurs d'élite se positionnaient discrètement et une toile se tissait inéluctablement autour du département de la mode féminine du magasin *Macy's*. Ils avaient, à cette heure, Ackerman dans leurs collimateurs. Reste que dans toutes les positions de mires possibles, une tentative de coup de feu entraînerait un trop grand risque de touche collatérale.

Gina Gallore injuriait maintenant le géant en le traitant de couard. Malgré ses cinglantes invectives, Ackerman semblait sourd à ses insultes. C'est Alberta qui avait réussi à capter son attention. Elle le savait et elle capitalisait avec panache à présent. Elle bougea doucement pour éloigner Karrie de l'angle de tir. Elle tendit les mains vers lui en signe de soumission, ne démontrant aucune menace. Elle articulait toujours avec douceur pour le calmer, comme l'on refrène un étalon forcené, un taureau enragé. Elle extravaguait des inepties qui effleuraient un discours *new age* verbeux et incolore :

— Tout n'est pas perdu... La mémoire d'Elsbet, comme les racines d'une plante, est bien vivante dans la tige qu'est devenue Mylène, et Karrie en est le fruit... Les pétales de la fleur qui en font toute sa beauté...

Ackerman cherchait quelque chose de ses yeux rougis par l'hémorragie de ses plaies du visage. Il faisait errer ses globes oculaires de gauche à droite, fixant son regard dans le vide comme le faisait le Grendel mourant dans la légende de Beowulf. Il regarda Alberta et lui fit un étrange sourire. Il l'admirait pour son courage et son innocence puis ses pupilles contemplèrent la petite Karrie. Il n'élevait pas sa grosse voix grave pour permettre à sa phrase d'avoir une touche de douceur :

— Ma mère était une putain d'Irlandaise très pieuse... Elle me berçait des soirs entiers en me chantant des berceuses sur les archanges des cieux... Mais où sont les anges? Sinon ici-bas... Vous avez risqué votre vie pour retrouver la fille de Mylène? Mais qui peut se targuer d'être un saint quand on a les mains souillées de tant de détachement, de meurtres et de crimes? J'ai l'âme noire de tant de sacrifices, de tant d'efforts pour ne pas voir ce qui était évident... J'ai été un enfant, moi aussi, et l'on m'a enlevé mon humanité... Cela me donnait-il le droit d'être le monstre que je suis devenu? Comment pourrais-je espérer à une absolution totale et entière? Si vous saviez Alberta, si vous saviez... Tant de pleurs et tant de souffrances... Mais je ne m'attends à aucune excuse... Parce que nous avons tous une conscience... Nous savons tous où vont les gens comme Elsbet et nous ressentons instinctivement où finiront les crapules de mon espèce... Le salaire de nos péchés, c'est la mort... Parce que nous avons désavoué Dieu et le Diable! Cela nous octroyait-il tous les droits de renier l'ordre naturel des choses? Dites de ma part à Mylène, qu'on ne pourra jamais refaire le passé et que l'horreur de mes perversités c'est de n'avoir rien fait contre ça... Hérode le honni, malgré sa couronne, demeura qu'un abominé aux yeux de la postérité... Je sais maintenant que le poids qui me pèse sur les épaules n'est pas de la fatigue... C'est parce que je suis maudit...

Alberta ne comprenait pas très bien son charabia, mais elle constatait qu'il était au bord du rouleau. Elle reconnaissait que son long parcours avait été jonché de beaucoup de violence et que la solitude à cet instant le rendait instable. Elle remarquait les instances policières qui se déployaient. Elle avait un doute que les employeurs du Chacal ne le laisseraient pas divaguer sur leurs opérations. Elle s'avança vers lui, mains tendues, avec une réelle sincérité, elle lui offrit un étrange marché :

— Il est temps pour vous, Dowsey, de penser à prendre votre retraite... Ils vous ont utilisé pour leurs basses besognes et ils vous forceront à porter le chapeau pour tout... Joignez-vous à moi pour cette croisade et nous ferons éclater la vérité... Vous serez protégé par la loi de la protection des témoins...

Ackerman perdit patience, il haussa le ton pour son ultime homélie :

— La vérité, Mademoiselle Prescott? La vérité??? Vous ne voulez pas la connaître, la vérité! Parce qu'elle ne fait pas partie de votre monde, la vérité!!! On meurt tous un jour et puis quoi?!! Peut-on pardonner l'impardonnable??? Elsbet! Ô Elsbet! Ma petite Elsbet... Tous des victimes, tous des martyrs!!!

Le Hollandais, le regard hors de lui, enfonça rapidement le canon du revolver de flic dans sa bouche et pressa la détente sans hésiter. Alberta cria de toute son âme, un cri désespéré de négation. La détonation fut brève et étouffée. On aurait pu imaginer à l'écoute de la forte déflagration à un corps projeté loin par l'impact. Il n'en fut rien... La scène se passa devant la vue d'Alberta comme au ralenti. En fait, la pétarade l'avait partiellement abasourdie. Elle regardait, horrifiée, le géant qui s'affala au sol, la carcasse molle comme de la guenille, comme un pantin qu'on laisserait choir. Il se retrouva appuyé entre un présentoir de sous-vêtement féminin et une cabine d'essayage. Alberta ne pouvait s'empêcher de contempler les yeux ternes et hagards du Hollandais, grands ouverts et fixant les cieux... Elle fut prise de panique quand elle remarqua un flot incessant de sang sortir par ses narines et un peu par la bouche. Ce n'est qu'à cet instant qu'elle distingua l'ouverture sur le dessus de la tête et des fragments de sa calotte crânienne qui pendaient, n'étant retenus que par des lambeaux de chair. La mâchoire d'Ackerman se décrispa, sottement Alberta crut qu'Ackerman allait dire quelconques secrets d'outre-tombe...

Le commerce grouillait de policiers. Des ambulanciers venaient porter assistance aux forces de l'ordre pour calmer et prendre en charge les personnes commotionnées par la situation. Alberta regardait, pantoise, des secouristes tenter de prodiguer les soins ultimes à Willy Bly Wakyza et avec encore moins de zèle pour Ackerman. Gina Gallore ne semblait pas trop émut de la scène et forçait la petite Karrie, complètement terrifiée, à fixer ses iris sur les corps morts en lui chuchotant un douceureux discours de renforcement positif sur le devoir d'être forte. Mais Gina Gallore ne quittait pas Alberta de ses yeux de malveillance d'aliénée, lui faisant savoir par ce regard froid et sadique que son tour arriverait très vite. Elle eut la certitude alors que Madame Thorrenz était une personne dangereuse et démente. Elle pensa en elle-même :

«Oui, petite Pamela, tu avais bien raison... Les sorcières existent bien!»

Alberta pleurait à chaudes larmes. Elle n'avait plus de volonté et elle se sentait maintenant, et peut-être pour la première fois de sa vie, honteuse et coupable. Son chagrin n'avait plus de fin. Ours Noir était mort par sa faute et elle comprenait, bien trop tard, le pourquoi de l'attente qu'imposait Allan... Elle n'avait pas de blessures physiques, et elle fit un léger signe de négation à un ambulancier qui s'informait de son état général. Elle regardait les secouristes qui plaçaient les corps sur les civières. Elle se glissa vers l'endroit où Willy s'était affaissé. Par terre, il y trouvait le cellulaire d'Ours Noir qui traînait dans des débris épars. Elle réussit à combattre sa panique et elle eut un réflexe de ramasser ce téléphone pour le dissimuler dans le creux de sa main. Elle pensait avoir le temps de s'en libérer avant que les autorités n'y décodent des informations. Devant le geste violent et absurde d'Ackerman, on ne portait pas beaucoup d'attention sur elle, hormis les yeux inquisiteurs de madame Thorrenz qui la fixait, restant immobile comme un serpent charmeur. Ne voulant pas vendre la mèche de la présence du téléphone, elle glissa le portable dans une des poches de son manteau pour s'en débarrasser dès que possible. Mais des ombres s'approchèrent d'elle avant qu'elle puisse s'en départir convenablement...

Des hommes, en complets noirs, intervinrent et se placèrent au-dessus des policiers du N.Y.P.D. qui leur demandèrent avec hargne leurs identifications. Il y avait toujours une rivalité entre les corps des forces publiques locales et des organismes fédéraux. Rien ne laissait présager que ce crime, doublé d'un suicide, relevait du FBI, mais comme une des personnes visées était la femme d'un important sénateur, l'enchevêtrement donnait des arguments pour le camp des supposés fédéraux. À la vue des badges et des papiers officiels, les inspecteurs de la police de New York ne purent qu'abdiquer. Alberta entendit des murmures des policiers locaux sur la rapidité suspecte dans le temps de réponse pour imposer leurs emprises. D'autant plus de leurs réactions expéditives à bouger rapidement les corps allait à l'encontre de la plus simple des techniques d'enquêtes des coroners...

Les hommes, en complets noirs, commandèrent un départ canon à la femme de Thorrenz sans aucunement prendre de déposition. Elle gardait un étrange silence en leur présence. Ils semblaient communiquer entre eux par une sorte de télépathie de sens, comme le feraient des fourmis qui se croiseraient au gré de leurs recherches pour faire comprendre une gamme d'émotions disparates. Gina Gallore se tourna vers Alberta et la pointa de son index, avec un soupçon d'intimidation et de dégoût.

Alberta, recouvrant ses esprits, tout au moins son instinct de survie, se leva et s'efforça de s'éloigner de la place, de quitter l'endroit, de fuir. Ses jambes étaient molles comme de la chique et sa cohésion physique n'était pas tout à fait au point...

Sans trop de difficulté, deux hommes interceptèrent Alberta en la saisissant énergiquement par les bras. Elle tenta de se débattre de la poigne de fer des agents sans succès. Elle continuait à se tortiller comme une anguille pour attirer l'attention des journalistes qui envahissait les lieux en criant vainement à l'aide.

Un individu s'approcha d'elle et l'appela par son prénom. Sa voix se voulait ferme, mais posée :

— Soyez raisonnable, Mademoiselle Alberta... Nous ne vous ferons aucun mal si vous nous suivez de votre plein gré...

Hartland demanda à ses hommes de relâcher l'étreinte, qui était inutile. Il gardait Alberta sous un contrôle de proximité, mais il interdit à ses subalternes d'employer la rudesse. Il avait développé une forme d'admiration pour elle. Un peu comme on respecte un ennemi qui aurait fièrement et honorablement combattu! N'était-elle pas venue à bout du Chacal d'Ackerman? Il l'étudiait sous tous ses angles. Elle savait ce que voulaient dire ses yeux importuns et elle ne feintait rien dans sa piteuse démarche pour le dérouter. Elle avait perdu une partie de sa force intérieure et n'avait plus l'envie de se battre...

Dès que le vent glacial lui fouetta la figure, elle reprit confiance en ces moyens. Elle regardait de gauche à droite comme si elle cherchait un associé invisible. Hartland tomba dans le piège de son baratin et ordonna à une section de ses hommes de quadriller le secteur à la recherche de fantômes... Un des gardiens de Hartland sonda son corps pour y déloger une arme quelconque qui y serait dissimulée. Un autre prit le sac à main d'Alberta et le fouilla méticuleusement. Il remit le cellulaire d'Alberta et ce qu'elle avait de faux papiers au chef suprême de la sécurité. Hartland, voyant les habiles montages des documents, eut un sourire en coin. Il glissa le tout dans sa poche intérieure de son veston. Ils omirent de pousser plus à fond la recherche pour son ample manteau quand Alberta tenta une ultime diversion. Elle protesta avec véhémence et la fouille fut bâclée comme elle l'avait prévu :

— Où m'amenez-vous??? Je veux voir mon avocat!!!
— Ce ne sera pas nécessaire Mademoiselle Prescott... Nous sommes au courant de toute l'affaire et ne désirons que rectifier quelques aspects de cette histoire avec vous... Vous serez libre avant peu... Restez calmes et tout ira bien!!!

Ils s'enfoncèrent dans la voiture sombre de Hartland. Il n'avait qu'un balourd comme chauffeur sur le siège avant. Elle se retrouvait seule avec lui sur la banquette arrière. Il demanda à son garde du corps de monter la cloison pour s'isoler avec elle. Il la regardait, médusé. Alberta, par son long sanglot, avait fait couler son maquillage qui lui permettait d'avoir une apparence plus charnue. Hartland lui tendit un mouchoir de tissu blanc et propre pour qu'elle assèche ses pleurs et qu'elle dégomme sa figure. Sans ce fard qui lui barbouillait le visage, Hartland réalisait pleinement qu'il faisait affaire avec une très jeune femme. Elle avait des traits si ingénus, une frimousse si collégiale qui n'arrivait pas à cerner les raisons de sa présence dans cette sordide histoire... Le seul lien réel qu'il avait trouvé était son adhésion à UC Berkeley à la même période de Latricia Brown et Mylène Gilmore. Pour cette Gilmore, le vieux Manlow affirmait l'avoir rencontré à l'époque de son idylle avec Martinstein... Mais le temps de réponse d'Alberta et son invasion avec brio de sa traque de San Francisco lui rappelaient amèrement qu'elle avait beaucoup plus de ressources qu'elle ne le laissait croire...

En fait, il brûlait de savoir des choses aussi niaises que son implication dans les rouages de l'Ordre et si son père était vraiment un membre d'une loge rivale. Comme il ne voulait pas fauter en lui donnant plus d'information qu'il en recueillerait. Il décida de l'amadouer avec le truc du gentil flic et la fit venir à lui en tournant autour du pot. Devant son refus de répondre et de tomber dans le panneau, Hartland changea d'astuce et imposa une forme de franchise en posant la vraie question :

— Pourquoi? Qu'est-ce qui vous a poussé à attirer les foudres d'Ackerman sur vous? Quel était votre but, à Mylène Gilmore, Latricia Brown et vous?

Alberta haussa les épaules par dépit, mais en fait, elle avait le goût de parler... Aurait-elle encore cette chance de pouvoir dialoguer avec un autre avant longtemps? Pourrait-elle s'en faire un allié? Elle devait lui expliquer ses motivations...

— Je n'avais qu'un rêve... Faire plaisir à mon père en finissant enfin un doctorat qui le rendrait fier... Lui, il ne pensait qu'à m'inscrire en gestion affaires pour reprendre les rênes de l'entreprise familiale... Tout! Tout sauf la chaire d'administration d'Ottawa où il espérait m'adhérer au début... J'avais aussi cette pulsion en moi, faire comme ma mère, choisir ma vie et la vivre intensément! J'avais déjà touché au droit, ici, à New York pour découvrir que le monde de la justice, ce n'était pas rose comme au cinéma... Je souhaitais aider les gens, pas défendre des souillures de criminels! J'ai fait un cours en littérature française à la Sorbone, je voulais me spécialiser comme journaliste internationale et couvrir le Paris mondain... Pour réaliser ce projet, j'améliorais mon français parlé et écrit en faisant une longue immersion à Montréal, puis à Paris. Je pensais aimer l'effervescence de la ville des lumières éternelles... Je me butais au chauvinisme local et franchement, je n'avais pas apprécié le traitement réservé aux étudiantes trop jolies... Ils ne voulaient pas reconnaître, ces sexistes, qu'une femme puisse être belle et intelligente à la fois...

Hartland l'étudiait, en silence, compilant toutes les informations dans sa tête, même la plus anodine. Comme il avait déjà épluché son dossier, sa vie officielle, il était en mesure de discerner entre les vrais faits et les possibles entourloupes qu'elle pourrait tenter d'imposer dans sa caboche. Jusque-là, tout concordait à son profil psychologique qui se fit des indications compilées. Alberta, après sa pause, reprit son récit sur une tonalité morne et monotone :

— À Paris, j'ai fait la connaissance d'une amie, une gentille femme qui faisait partie de Médecins sans frontière... L'exotisme, aider les plus défavorisés du monde, tout ça me fascinait au plus haut point... Je ne pensais pas aller en médecine pour soutenir les miens... Non, je voulais fuir... Sauver l'humanité avant mon voisin... Je n'ai jamais été très studieuse et mes notes ne me permettaient pas d'entrer à Harvard ou Yale, quoique mon paternel eût le liquide pour me payer grandement les frais de ses cours... Voilà que je me vis obligée d'accepter une université avec une faculté de réputation secondaire, qui recrutait beaucoup d'élèves pour une première année...

— UC Berkeley?

— Enfin... Ma vie ne se faisait qu'au gré de mes fantaisies et mon père ne me refusait aucun caprice... Je fis la rencontre d'une étudiante... Effectivement, c'était Mylène Gilmore… Elle reconnut en la personne du Docteur Martinstein un vil despote qui lui avait fait miroiter richesses et trésors en échange d'un simple bébé... Elle n'avait pas prévu qu'elle s'attacherait à cet enfant d'un lien plus fort que la mort...

— Continuez...

— Mylène n'était pas dupe, elle intercepta une conversation entre Martinstein et son mécène qui ordonnait son meurtre après l'accouchement... La naissance opérée dans des conditions exécrables et inacceptables! Ackermann reconnut en elle sa défunte fille et refusa de l'exécuter. Il la gracia en lui faisant promettre d'oublier son bébé et de faire la morte... Deux ans plus tard, elle se morfond encore de la perte de son enfant... Elle tente de noyer son regret en devenant une gynécologue et aider les femmes à accoucher en toute sécurité... Comme moi, elle a la chance d'entrer à Berkeley... Elle revient en Californie, faisant fi des menaces du géant... Après tout, deux années s'étaient passées...

— C'est là que vous faites connaissance?

— Oui, j'avais mon appartement sur le bord de mer et elle avait une chambre sur le campus... Latricia n'était que sa co-chambreuse de fortune... On se croisait, mais elle devait me trouver un tantinet hautaine et moi franchement, je la considérais comme assez «blonde de service!»

Alberta énumérait les faits en les sélectionnant un à un, elle les choisissait bien sûr pour ne pas trop divulguer d'informations. Jusque-là, tout allait bien, elle était déjà en train de trouver les échappatoires lorsqu'il la cuisinerait sur son amoureux. Elle continuait son récit sans savoir s'il intéressait encore son étrange geôlier :

— Nous nous rapprochâmes, elle et moi, après qu'elle ait reconnu dans le nouveau directeur de la Faculté de médecine, le Docteur Martinstein, le boucher qui lui avait volé son bébé...

— Elle vous conta son drame?

— Oui, elle me narra comment Martinstein orchestrait un réseau d'adoption illégal pour permettre à des parents riches de simuler de fausses grossesses et faire en sorte qu'on croit que les enfants étaient les leurs. On enjôlait de jeunes femmes idéalistes ou à la recherche du gain facile... Mylène me parla d'un montant de 50,000 $ pour chaque bébé... Je décidais de l'aider, poussée par un esprit de justice, à retrouver sa fille... En le confrontant dans son bureau, tout tourna au vinaigre... Latricia fut assassinée par erreur, je crois, par Ackerman... Il visait Mylène... Je ne comprends pas trop comment, il m'attendait chez moi pour me faire subir le même sort... Je pense que Martinstein avait commandité Ackerman pour nous tuer... Ackerman... En fait, je n'en sais trop rien... Probablement que si Mylène reconnue Martinstein, que celui-ci la discerna aussi...

— Que s'est-il passé à la clinique de Martinstein?

— Ah! J'ai personnifié une candidate pour son truc et j'ai tout enregistré... Je l'ai confronté et il voulait me molester avec un scalpel, son assistante avec une seringue... Je parvins à m'enfuir... Un chauffard percuta le Docteur qui courrait à ma suite...

— ... Et?

— C'est ça... Ensuite, j'ai réussi à mettre la main sur le dossier médical de Mylène et ainsi apprendre que les parents adoptifs étaient les Thorrenz...

— Revenons à l'automobiliste imprudent... C'était votre complice, Allan Sexton?

— Oh! Non! Oui... En fait, je ne le connaissais pas... C'était un illuminé qui cherchait noise à Martinstein... Comme nous n'étions pas sur la même longueur d'onde, nous avons mis un terme à notre association assez tôt... Il ne m'a aidée qu'à sortir de la Californie... Ensuite, il a pris la poudre d'escampette...

Alberta, encore sur l'effet de choc, savait bien que cet individu était probablement un homme de main de Manlow. Chaque chose dont elle pouvait discourir pouvait nuire Allan ou le trahir. Elle n'était pas au courant de ce qu'il connaissait au juste. À partir de cet instant, elle s'enligna sur des bobards qui retenaient plus du verbiage que du baratin. Alberta, à la pensée de son amoureux, reprit ses esprits et confiance en elle. Elle glissa sa main dans sa poche de manteau pour y sortir un mouchoir de papier blanc. Elle se souvint alors, en le flattant du bout des doigts, qu'elle avait le cellulaire de Willy. Elle devait trouver, à la manière du Petit Poucet, une façon de laisser sa trace... Avec une adresse et une subtilité hors du commun, elle inséra sa paume et eut la possibilité d'ouvrir le portable et de presser la touche recomposition. Elle espérait qu'Allan capte ses premiers mots et écoute attentivement, sans répondre... Elle continua, tout au long que le téléphone sonnait, à s'emporter, montant sa voix. Elle détourna la tête pour visualiser le maximum d'information :

— Je ne suis pas dupe! Vous n'êtes pas des policiers, vous êtes des brutes de Manlow... Où m'amenez-vous??? Je n'ai rien à voir avec la mort de l'Indien... C'est Ackerman qui l'attaqua... Je suis innocente, je veux mon avocat...

Hartland trouva étrange son brusque changement de personnalité, mais il ne faisait pas encore de liens logiques, continuant de l'étudié, il tenta de la calmer :

— N'ayez aucune crainte à propos de cette escapade... Nous arriverons bientôt... Vous avez mentionné le nom de Manlow, que connaissez-vous à son sujet?
— Nous étions au magasin Macy's et là je viens de voir le *Rockfeller Center*! Je veux savoir où nous nous dirigeons avant de répondre à votre interrogatoire illégal.
— Je vous l'ai dit, qu'une simple formalité...
— C'est le quartier des affaires... Merde, le *Brian Park*! Où allons-nous? Ma foi du Bon Dieu???

Hartland durcit le ton de façon cavalière, il lui employa l'avant-bras et lui imposa une forte compression de sa main. Alberta sentait son radius et son cubitus se broyer sous la redoutable impulsion. En fait, l'ex-détective du FBI ne lui appliquait qu'une technique policière de point de pression et les séquelles étaient presque nulles, ne travaillant qu'au niveau des nerfs. Il lui intima :

— Allez, avouez Alberta ou je vous casse le bras!
— OK, OK... Que voulez-vous savoir?
— Tout!!!
— Je ne connais rien d'autre... Sexton a parlé d'une cassette vidéo tournée ici la dernière fois... Il est resté très flou avec tout ça... Moi, la seule chose que je désirais... C'était de négocier avec les Thorrenz un arrangement convenable pour une garde conjointe de la petite... Un

compromis, une conciliation pour accommoder les deux parties... Je vous en supplie, j'ai mal!!!

Alberta n'eut pas à simuler beaucoup de sanglots qu'elle pleurait à chaude larme... Elle endurait le supplice par amour pour Allan. Elle réussissait assez à se concentrer pour poursuivre et tisser entre la fiction et la réalité. Hartland continuait de lui tordre le bras sans aucun remords ni aucune pitié, il dirigea sa question vers un autre sujet, tout aussi mystérieux :
— Et la volatilisation de votre père? Ça fait près de deux mois que les autorités canadiennes ont signalé sa disparition...
— Je ne pourrais vous le dire, je ne suis pas en bon terme avec lui... Il ne me paye que mes études par obligation sociale et familiale... Il est probablement avec une jeune femme en voyage «d'affaires!» Vous comprenez ce que je veux dire par «affaires!» Un moment d'agrément avec une gazelle qui a à peine mon âge!!!
— Et pour Manlow???
— Je sais jusque qu'il trouvait les parents adoptifs pour Martinstein... C'est lui qui mit en contact les Thorrenz avec le docteur... Ils ont adopté la fille de Mylène... Karrie est, en fait, Pamela!

Hartland exposa un large sourire d'étonnement! En fait, d'une grande surprise!

— Vous avez fait tout ce chemin pour un môme de 2, 3 ans???
— Étant abandonnée par ma mère, ça m'a touchée au cœur cette histoire-là!
— Et c'est TOUT???
— Qu'aurait-il d'autre??? Il n'y aurait pas eu d'ennui si Martinstein avait laissé le bébé à Mylène au lieu de faire à sa tête et de le remettre aux Thorrenz!

Hartland ricanait à belles dents d'hyène. Il semblait soulagé d'un poids énorme sur la conscience. Il relâcha sa pression et frictionna l'avant-bras de la jeune dame pour lui minimiser les effets permissifs de sa prise. Il la réconforta en lui disant que l'engourdissement ne serait que temporaire... Alberta prit un autre repère visuel et le claironna fortement :

— Ah! Je connais cet endroit, je l'ai vu sur une carte postale déjà... C'est le...

Hartland compressa promptement sa main à l'odeur goudronnée de tabac sur la frêle bouche d'Alberta. Il fut parcouru par un éclair de démon qui mit tout son système de traqueur en émoi. Il comprit trop tard la manœuvre d'Alberta et fouilla frénétiquement ses poches pour en retirer le cellulaire... Aucune indication ne l'informa sur la personne qui se trouvait à l'autre bout de cette communication. Il le colla à son oreille, épiant de son ouïe tous les bruits dont il pourrait mémoriser pour retracer l'emplacement de l'appel. Un son lointain d'ambulance, la circulation bruyante et une respiration accélérée, inquiète... Hartland compris que l'interlocuteur était dans une voiture non loin du Macy's — peut-être le suivait-il même? Il proféra une sorte de menace :

— Qui que vous soyez, je vous avertis qu'Alberta est entre nos mains... Rien de grave ne lui arrivera si vous gardez vos distances! C'est vous Sexton? Si c'est vous, on pourra faire un marché honnête et facile... Vous êtes en possession d'une pellicule vidéo compromettante... Un échange sera toujours possible... Si vous comprenez ce que je veux dire...

Hartland, d'un timbre calme commença une étrange négociation…

*
* *

Dès que le cellulaire de Willy fit retentir celui d'Allan, avec son message effroyable, il tressaillit d'exaspération et d'appréhension... Le soldat de métier avait pourtant ressenti comme un vague pressentiment ce matin-là. Mark bondit de sa couche. Il était encore incommodé par la fièvre, mais l'adrénaline lui donna assez d'énergie pour suivre Allan qui réveillait Ed en vitesse. Ils partirent avec tout ce qu'ils trouvèrent sous la main pour imposer le respect; les armes à feu, quelques pains de plastique C4 et les autres trouvailles de l'Indien. Ils s'enfoncèrent dans le gros camion diesel d'Ours Noir et descendirent vers New York à grande vitesse. La situation n'était pas fatale à ce moment, mais passablement critique! Allan, à bout de souffle, fit le topo de ce qu'il savait à cet instant même. Un capteur de fréquence policière leur renseigna, de façon fragmentaire, les événements tragiques du prestigieux Macy's et la fin horrible du guerrier Willy Bly Wakyza. Aucune information ne faisait mention d'Alberta. Ensuite, les ondes informèrent leurs troupes d'êtres très prudentes, car il y avait une prise d'otage de la femme du sénateur Thorrenz... Et vint la nouvelle de la mort du géant Ackerman...

Par chance, à cette heure, le trafic allait dans le sens contraire. Allan, Ed et Mark étaient pratiquement seuls sur cette direction. Les gens quittaient la Grande Pomme pour renouer avec l'air frais de la banlieue ou de la campagne et les fêtards n'avaient pas encore commencé leur migration. Ils ne furent nullement dérangés par la surveillance routière. Comme ils avaient longuement étudié les plans de New York, ils purent dévier les embouteillages monstres en empruntant les ruelles secondaires et les arrières boutiques. Il y avait un large périmètre de fait autour du magasin de l'interminable surface du Macy's. Il était impossible pour eux de s'introduire à l'intérieur ou même d'en faire le tour. Le cellulaire de Sexton retentit de nouveau. Il trouva cela étrange et comme il conduisait, il passa l'appareil à Ed... Tous les trois eurent un court soulagement en s'imaginant qu'elle avait réussi à se sauver et qu'elle les attendait dans un endroit sûr. Allan et Mark froncèrent les sourcils en remarquant le faciès du père d'Alberta blêmir à l'écoute de ce qui se tramait à l'autre bout de la communication... Il gardait le silence en écoutant minutieusement ce qu'on devait lui dire. Allan et Mark n'osèrent parler, mais ils s'entendaient au pire. Ed murmura certaines informations à Allan et Mark pour les directions. Quand Allan vit les yeux d'Ed s'humidifier, il eut un coup dans la poitrine, comme si son cœur voulait en sortir. Ed tremblait des lèvres... Il marmonnait pour lui-même : «Salauds, bande de salopards...» Puis son faciès changea, il durcit ses traits et se mit à s'exprimer de façon très distincte et claire :

— Non, espèce de tortionnaire de tourmenteur! Allez-vous faire foutre avec votre bande-vidéo à la con!!! Si vous touchez encore à un seul cheveu de ma fille, je vous tuerai!!!

Allan se gara promptement sur la chaussée, près d'une bouche de métro et exigea le téléphone. Sa colère aveugle dissipée, il ne restait qu'une ire intérieure qui lui brûlait les entrailles de profondes inquiétudes. Par désespoir, il tendit la ligne à Allan. Il parla sans détour :

— Oui, c'est bien moi! Qui que vous soyez, je vous en conjure, ne lui faites aucun mal... Elle n'a rien à voir dans cette histoire... C'est entre vous et moi que ça se passe...

Hartland échangea sommairement des «politesses d'usages» puis ajouta :

— Apportez avant 22 heures tous les enregistrements existants que vous avez sous le pont de Brooklyn... Venez tous les deux... Si vous souhaitez revoir la demoiselle... Elle est si jolie et innocente...

— On veut la fille aussi... La petite Karrie... Et non négociable! Et l'on ne vous importunera plus jamais...

— Toujours la fillette des Thorrenz... Vous êtes si persuadés que cette Mylène en est la mère???

— Nous en avons la certitude, mieux encore, la preuve...

— Et vous dites avoir été témoin de toute la cérémonie des pédants de la confrérie de Manlow?

N'ayant que le témoignage du défunt contact Garth Ashelby, Allan tricota avec fougue pour lui en mettre plein la vue :

— Oui, les prostitués, mâles et femelles, pour la plupart de moins de 21 ans... On y remarque; la table avec les drogues, les échanges corporels et intimes, le dévergondage de vos politiciens volages avec des jeunes... On en voit plusieurs sans masque...

— C'est tout??? Rien de très fâchant, mais c'est déjà beaucoup... Je suis chargé d'assurer la sécurité de ce groupe très sélect... En tant qu'expert consultant, ce genre de fuite pourrait nuire à ma réputation et me faire perdre ce lucratif contrat... Donnez-moi la promesse de me remettre tout ce qui a trait à ces vieux délurés et je vous jure de ma parole que nous en serons quittes... Pour ce qui est du «rejeton illégitime» de Mylène, tout ça est une monumentale erreur du Docteur Martinstein... Soyez assuré qu'il a agi sans nous prévenir et que tout rentrera dans l'ordre après l'échange… Vous comprendrez que pour Karrie et les Thorrenz, nous leur offrirons un plan de rechange... Disons-le avantageux... Après tout... Admettons donc que ce n'est qu'une enfant adoptée!!! Héhéhé! Venez sous le pont de Brooklyn et vous récupèrerez Alberta et la petite...

Allan eut le réflexe et le sang-froid d'écouter au-delà de la voix de son interlocuteur un léger son persistant… Qu'un vrombissement qui lui était devenu bien familier. Il avait sa petite idée où elle serait exactement maintenue captive… Hartland rigolait de méchanceté, probablement plus pour jouer sur le moral de ses opposants que pour sa satisfaction personnelle. Au fond de lui, il avait maintenant la certitude qu'il faisait affaire à des amateurs. Le champion de Manlow ferma le couvercle du cellulaire et fixa de ses ocelles de tyran la jeune Alberta. Avec un de ces regards malveillants de vampire. Elle l'admirait avec tant de joie, croyant chacun de ses mots échangés avec Sexton. Elle voulut le remercier, mais elle déchanta en sentant son étreinte agressive, se gardant une instinctive méfiance. Il lui persiffla bien malgré lui :

— Vous êtes une malicieuse mythomane, Alberta. Vous m'avez bien fait marcher... Mais vous êtes toute pardonnée... Vous aviez raison, tout compte fait... Vous ne savez pas grand-chose... J'ai quelqu'un qui brûle de vous rencontrer... Vous allez, j'en suis persuadé, le posséder entièrement par votre charme... Et votre innocence!

*
* *

488

Comme un orage brusque, la folie du commerce Macy's se résorba, balayée par les ultimes brises de l'indifférence. Le Soleil suivait sa course et ses rayons étaient absorbés dans la hauteur des bâtiments créant une grande masse d'ombre sur la 34e Avenue Ouest... Allan, Ed et Mark s'entretenaient des derniers développements. L'offre de cet étrange interlocuteur sonnait faux. Ed désirait se plier aux directives du kidnappeur — c'est ainsi qu'il le dénommait — et de tout faire pour sauver Alberta. Sexton et Copland trouvaient cette situation absurde. Mais il n'avait pas le droit à l'erreur. Pour avoir visité le site du pont de Brooklyn, il n'y avait pas d'endroits plus propices à des tireurs embusqués. D'un autre côté, il savait que son baratin du film l'avait toujours épargné des vendettas des sbires de Manlow et Thorrenz... Allan était conscient que son bluff s'achèverait à l'ombre d'un transbordeur le soir même... De toute façon, Alberta avait spécifiquement identifié de vive voix un itinéraire plausible menant à l'édifice boursier de l'*International Business Corporation*, du quartier des affaires de New York et Allan en reconnu même le sinistre vrombissement de ventilation au téléphone cellulaire. L'endroit présumé comme lieu d'opération des cinglés de Manlow. Allan restait fortement persuadé qu'on retiendrait Alberta captive entre ces murs. Il voulait forcer l'emplacement sans perdre de temps et laisser tomber la folie du pont suspendu. Mark, les nerfs à fleurs de peau, suivrait l'un ou l'autre, tant qu'on vengerait son ami Willy, en ce sens, la fièvre faisait sortir de forts tremblements de haine et d'impatiences. Il pouvait même devenir instable. Allan s'employa à lui trouver une tâche secondaire, lui promettant qu'il assouvirait leur vengeance en son heure. L'heure étant à secourir Alberta. Ed ne tenait plus en place tant «il se faisait du sang de cochon». Allan était déchiré entre l'idée de percer la forteresse de l'International Business Corporation en improvisant dans l'aléatoire, l'incertain et l'inconnu ou d'amasser des informations supplémentaires pour être plus efficace...

Peu après l'heure du souper, ils localisèrent le camion *Econoline* modifié en véhicule d'investigations. Mark prit place et se rangea à proximité du pont. Il s'installa avec l'imposant fusil d'assaut AK-74 avec consigne d'utiliser son lance-grenade qu'avec ses bombettes fumigènes pour optimiser une fuite possible. Allan lui remit une des armes de poings et en confia une autre à Ed qui se trouvait très maladroit ainsi armé. Sexton vérifia son pistolet de service et glissa un autre parabellum dans sa ceinture, caché dans le dos. Ils se séparèrent également les chargeurs garnis à bloc. Allan et Mark s'emplirent les poches de cartouches supplémentaires. Allan offrit à Mark une des deux paires de lunettes de visions nocturnes et tendit à Ed le deuxième engin. Ils s'installèrent à distance et Allan épiait constamment la région avec ses jumelles... Ils attendraient de percevoir les événements qui viendraient à eux, positifs ou négatifs...

L'Antre du vieux dragon

Alberta eut un frisson en entendant la porte blindée s'ouvrir en grinçant une résonance corrodée.La voiture s'engouffra dans l'étroit tunnel jusqu'à un stationnement connexe et similaire, mais plus imposant. Il renfermait quelques dizaines de limousines et autres véhicules de grand prestige. Elles étaient toutes plus belles les unes que les autres et elles sentaient le cirage frais. Il y avait des chauffeurs qui fraternisaient entre eux et d'autres qui astiquaient encore leurs bolides de luxes. Elle se remémorait l'enregistrement du jeune pédéraste et elle pouvait prévoir ce qu'elle voyait. Hartland sortit du véhicule avec rapidité. Son conducteur, au physique de lutteur, vint ouvrir avec une galanterie singée la portière arrière. Elle ressentait en ce lieu une austérité de salon mortuaire. Comme on se sent lorsque nous pénétrons dans un salon funéraire. Les gens présents murmuraient et semblaient très respectueux de l'endroit, sinon d'eux-mêmes. Elle vit une monumentale structure de granite — la «grotte» comme l'avait appelé le contact d'Allan. Il y avait un imposant et récent système de verrouillage électronique à reconnaissance biométrique. Un homme de faction reconnut Hartland et fit le nécessaire pour lui ouvrir la porte. Elle attendait maintenant ce son particulier. L'édifice tout entier râlait péniblement et cette cacophonie accentua lorsqu'ils pénétrèrent dans le monte-charge. Il était immense et d'impériale fabrication. On pouvait être plus de trente personnes à l'intérieur et ne pas se ressentir trop compressé comme des sardines. Alberta sentait son cœur se lever dans sa cage thoracique à la descente rapide de l'élévateur. Son guide et hôte de fortune lui indiqua la première porte massive d'une longue série, près d'une dizaine dans un court corridor. Au fond de ce passage, elle remarqua un titanesque porche de style donjon médiéval qui fonctionnait comme un pont-levis moderne à treuils vers le bas. Il était en position descendue et donnait une faille, un trou béant de six mètres entre l'antre et le couloir, de chaque côté de ce pont mobile. L'entrée, aux portails doubles, était en bois d'ébène plein et recelait des moulures de fers forgés qui avaient une étrange ressemblance avec l'œuvre d'art «*La porte des Enfers*» d'Auguste Rodin. Elle était également ornée de onze bas-reliefs qui représentaient la *Divine Comédie* de Dante. Alberta connaissait à la perfection cet ouvrage pour l'avoir visité à la gare d'Orsay lors de son dernier séjour à Paris. Au sommet de ces bas-reliefs, il y avait le groupe des *trois Ombres*. Au trumeau, au jarret de la sculpture, bien centré, un *Penseur* surplombait le vaste abîme laissé là par une plate-forme descendue. Sur le battant, qui s'avérait à droite, on pouvait reconnaître le personnage d'*Ugolin*, qui fut condamné à mourir de faim et consomma ultérieurement le corps de ses propres enfants pour survivre... Sur celui qui se trouvait à gauche, il y avait les malheureux *Paolo et Francesca* qui s'inséraient dans un affaissement tortueux de leurs êtres dans un baiser sans fin. Dans son œuvre, Dante l'initié étalait qu'il rencontra, dans le deuxième cercle de l'Enfer, parmi ceux qui avaient commis le péché de chair, ces deux amants damnés desquels sa plume fera proférer à ces ombres :

«L'amour nous a conduits à une mort unique...»

Dans l'ensemble de l'œuvre du portail, il y avait des émergences de laves bouillonnantes ressassées du métal noir et mât. Les enjolivures des protagonistes spectrales, qui semblaient tangibles, étaient moulées dans de la fonte amalgamée de plomb. Ils étaient constitués d'âmes en peine, troublées et torturées, qui se débattaient dans des vapeurs de scorie stylisée. Les postures convulsées des personnages traduisaient un inflexible désespoir, une intense douleur et une malédiction soutenue. Les configurations envahissaient la structure au point de venir parfois remplacer les éléments architecturaux. Les anneaux de marteaux et les ferrures étaient faits d'or pur massif et représentaient des formes épurées de mains démoniaques qui retenaient le tout.

En haut de cet imposant porche était gravée une gigantesque inscription en feuilles dorées sous fond de marbre blanc. Alberta connaissait bien ces vocables pour l'avoir vu et revu sur le dollar américain. Ces termes latins : «*ANNUIT COEPTIS*» qui signifie «notre entreprise a été couronnée de succès». Et en bas, sur le même dollar, les mots «*NOVUS ORDO SECLORUM*» qui annoncent «le nouvel ordre mondial» à l'américaine... Sous cette devise pompeuse était écrite une autre phrase, plus complexe. C'était aussi du latin, par chance, quelques cours de littérature classique permirent à Alberta de le traduire quelque peu boiteusement. Elle ne comprenait pas le sens de la légende qui se trouvait sous le titre principal. Elle se butait, entre autres déictiques, au terme de «*Virgo-inis*», elle ne pouvait définir si cela signifiait femme enfant, le signe de la vierge du zodiaque astrologique ou proprement dit une femelle virginale, dans le sens de chaste. Elle fit un assemblage d'expressions discordantes qui ne voulait pas dire grand-chose pour elle :

«*Je suis la fille* (ou) *femme enfant, qui donne* (ou) *offre vie, être celui*»

Elle étira naïvement le cou comme pour mieux en comprendre la signification. Son côté curieux et aventureux reprenait le dessus. Il y avait de taillé, dans deux séries de six colonnes en péristyles et sculptées dans le marbre, des centaines, des milliers de petits visages qui ressemblaient à des chérubins. Ils ornementaient ses piliers dans des rictus sans expression. Ces colonnades étaient des plus ouvragées.

Hartland fournit la chance à Alberta d'étudier le portail et les six appuis. Il avait glissé les poings dans ses poches pour se donner un air de détente, mais il ne pouvait pas cacher un léger malaise en ce lieu. En fait, c'était une forte odeur d'encens de cèdre qui le prenait radicalement à la gorge.

Un étrange sentiment de désespoir envahissait maintenant Alberta. On saisit son manteau, son sac à main et tous ses effets personnels qui pourraient servir d'outils ou d'armes, comme ses clés et ses crayons de maquillage. Elle fut même grossièrement fouillée avant qu'on lui présente une porte de fer, à clenche automatique, sans carreau et sans poignées du côté intérieur.

On l'installa dans une petite pièce rectangulaire en lui signifiant que ce serait temporaire. Cela ressemblait plus à une cellule de prison que d'une antichambre pour entendre une audience. Les murs étaient de briques d'une couleur se rapprochant à l'ocre. Il y avait une autre porte blindée, mais elle était verrouillée de l'extérieur et ne possédait pas, elle aussi, de barre panique ou de bec-de-cane fonctionnel. Un vrai piège pour celui qui s'enfoncerait dans cette pièce... Sur le sol, des salissures disséminées auxquelles elle préféra ne pas donner suite. Elle séjourna dans ce local moite pendant près d'une heure à attendre en vain qu'un événement se produise. Elle resta debout, n'osant nullement s'asseoir sur le parquet glutineux. Ses semelles de bottes collaient sur le plancher sirupeux. Une répercussion se faisait entendre de l'autre côté de la porte non explorée. C'était comme le roulement d'un tambour lent et sourd. Sous l'embrasure et ses entrebâillements, une fumée d'encens de cèdre fit son apparition. Sur le coup, elle eut peur d'un incendie. Mais elle s'aperçut en sondant les interstices de ses doigts qu'elle était quand même froide. En grinçant de façon désagréable, la porte s'ouvrit lentement sur un monde de ténèbres...

*
* *

Hartland s'assura que la porte de la cellule était bien verrouillée. Il n'aimait pas l'atmosphère de cet endroit et voulait y être le moins longtemps possible. En fait, c'était plus le lieu qui l'incommodait que l'odeur âcre du cèdre proprement dit. Il remonta seul dans le monte-charge avec l'esprit songeur. Il sortit à l'air pur pour griller une cigarette et se préparer mentalement à son exposé pour son mentor. Il fit un appel en priorité en spécifiant à la chaîne de transmission que son message était prioritaire. On l'informa d'attendre patiemment à l'édifice de *l'International Business Corporation*. Hartland regarda sa montre et marmonna des injures à peine audibles. Manlow ne devait pas se pointer alors avant plusieurs heures... Il continuait à prendre l'air en tirant des inhalations de fumée de sa cigarette. Il faisait un va-et-vient dans la cour intérieure du complexe I.B.C. en révisant la position de ses hommes et des guetteurs perchés. Il y avait, à certains moments, quelques piétons des édifices environnants qui passaient par là, cherchant un rapide raccourci. Parfois, plus souvent qu'on pourrait le croire, un véhicule bourré de jeunes qui se garait, à l'abri des regards, pour fumer un joint de marijuana. Deux clochards cherchaient fortune au gré des bennes à ordures. Ensuite un jeune couple qui se baladait à la recherche d'un coin tranquille pour forniquer un peu... Pour ces raisons, d'habitude, les consignes étaient latitudinaires, pour ne pas dire laxistes. On passait aux actes que très rarement pour ne pas éveiller de soupçons. Mais à certaines dates déterminantes, la sûreté de l'Ordre avait des mandats très clairs. De leurs agents, habillés en tenue de citadin, devaient intimider tous ceux qui se pointeraient dans le périmètre de l'*International Business Corporation*. De toute façon, les autorités de la ville avaient la consigne de placer des voitures de police à proximité et d'intervenir catégoriquement si un pépin se montrait... Hartland ne fit pas grand cas de trois de ses hommes qui passaient à tabac un pauvre héroïnomane avant de le chasser à grands coups dans le postérieur. Il tourna instinctivement la tête au contraire du vent glacial pour protéger de sa main la flamme de son briquet qui grillait le bout de sa cigarette.

Il fit volte-face quand il entendit le son très prononcé d'un pneu qui crispait sur l'asphalte glacé... Un convoi de sept véhicules aux vitres teintées et de différentes catégories s'engouffra dans la bouche difforme de *l'International Business Corporation building*.

Manlow arrivait d'avance et à l'improviste, comme pour déjouer une quelconque machination de coup d'État à sa «divine» personne. Il surgissait avec un bataillon d'hommes de main, de multiples notariés à nœud papillon, d'avoués de tout acabit tiré à 4 épingles et d'une multitude de gardes du corps. Ces hoplites des temps nouveaux portaient des complets sobres, mais on pouvait remarquer des vestes pare-balles sous leurs blazers sport à l'insigne de la firme *Carlyle Industries*. Ils semblaient tous le suivre, grimpés sur ses talons, pour offrir un écran de leurs vies à celui qu'ils considéraient comme LE Maître. Ils tenaient, de façon menaçante, des pistolets-mitrailleurs qui balançaient à tous azimuts. Un des avocats de Manlow invita Hartland à l'accompagner en silence à l'intérieur du stationnement fortifié de béton. Manlow renvoya sa meute de loups sanguinaires et sa cour de serviles bellâtres pour s'isoler dans sa limousine blindée avec l'ex-enquêteur.

Hartland fit son briefing d'une main de maître. Il surprit Manlow par les déclarations et les aveux recueillis d'Allan Sexton à propos de sa fameuse bande-vidéo. Manlow se sentit soudainement léger par la constatation simple qu'il ne possédait rien en fait, de bien incriminant. Il craignait tellement d'avoir été trahi de l'intérieur. La fuite semblait minime et de toute façon, Allan Sexton s'offrirait sur un plateau d'argent, avec le père d'Alberta en prime. Hartland lui suggéra de frapper vite et bien sous les structures du pont de Brooklyn. Il mandaterait deux équipes pour les intercepter. Il n'était pas encore 17 h et Hartland voulait se garder l'initiative pour en finir une fois pour toutes de ses emmerdeurs d'amateurs...

Le rusé Hartland avait beaucoup appris en voyant le doucereux inspecteur Shalow à l'œuvre pour cette sorte de manigances et d'intrigues. La façon pour Hartland de lécher le dessus de la main de son supérieur n'avait que deux buts très précis; s'abroger de cette réputation qu'il traînait avec lui d'être qu'un mercenaire de fortune et de se faire encore plus de fric en prouvant qu'il pouvait toujours bien tirer son épingle du jeu... Le vieux aimait qu'on le considère comme un prélat d'église. Russ Hartland était foncièrement un athée et ne voyait rien de très intelligent dans les pratiques et singeries de Manlow. Que des simulacres pour se satisfaire et se complaire. Pour l'ex-détective, la ruse primaire c'était de survivre en se créant de bons contacts et l'Ordre était le plus haut degré de la pyramide du pouvoir! Il calculait bien son coup pour se garantir de plus puissants appuis pour s'installer dans un siège qui deviendrait, pour eux, indispensable. Il ne broncha point quand Manlow effleura avec l'idée de faire des obsèques quasi «présidentielles» au défunt Ackerman. À entendre le patriarche, ils venaient de perdre un grand héros de la nation.

Le vieillard, toujours parfaitement en selle, demanda à Russ, dans un premier temps, de s'assurer de la présence des Thorrenz pour le bal de cette nuit tombante. Il avait des projets pour son fantoche démocrate et il ne désirait pas que ce polichinelle lui fasse faux-bond à un instant si important :

— Hartland! Le braillard de Thorrenz a tenté de me joindre à plusieurs reprises... Sa femme lui a piqué une sainte crise après l'incident du centre commercial et elle lui fait des misères pour ce soir... Trouvez un prétexte juteux pour l'attirer... Des membres du congrès espèrent l'entretenir d'un vote qui sera extrêmement capital sur le budget fédéral... Il se fait aller le clapet qui se prononcera contre pour plaire à ses petites tapettes de gauche... On veut remettre les pendules à l'heure dans son cas...

Ensuite Manlow s'informa avec hâte d'Alberta. Hartland donna généreusement ses impressions. Son constat était simple, rapide et expéditif; elle n'était pas très dangereuse, mais elle devra être liquidée comme les autres... Malgré lui, il ne pouvait toutefois s'empêcher de vanter sa beauté et encenser sa personnalité forte. Il concluait sur ces mots :

— Elle est sublime... Vous pourriez être fasciné par sa grandeur d'âme...

Manlow renchérit, sans émotion dans sa voix :

— Il y a parfois en ce monde des anges qu'il faut craindre plus que la mort...
— Monseigneur, franchement, elle n'est plus une grande menace... Tant que nous la tenons sous nos chaînes, elle n'est plus rien! Nous pourrions la tuer nette... Mais mon flair me dit qu'elle est encore une pure petite garce de riche...
— Vous affirmez qu'elle est immaculée de toute souillure??? En ces temps de débauche perverse, c'est pratiquement impossible!
— Non! Je supposais, Monseigneur... Il est sûr qu'elle serait pour vous un véritable trophée. L'heureuse et glorieuse joie d'accomplir l'acte de la chair ultime avec cette déesse incarnée! — Hartland réalisait, en voyant les yeux perçants de convoitise de son chef, qu'il venait de glisser sur une peau de banane... Il se hasardait à continuer pour rectifier la situation. Le pire pour lui étant que cette garce réussisse à le charmer et le manipuler par la suite pour se venger de tout en le manipulant comme le faisait sa fille adoptive. Il la sentait capable d'un tel geste. Il continua tout de go — malheureusement, elle doit mourir le plus tôt possible!!!

Manlow changea le cap de la conversation vers les devoirs à faire en priorité pour Hartland :

— Dans un premier temps, fais en sorte que les conjurés soient tous abattus... Pour ce qui est de cette petite chaste d'Alberta Prescott... Montrez-moi cette merveilleuse fille... Qui fera de moi le plus hardi des puissants!

Hartland, qui réalisait à sa pleine valeur la bourde, récitait une joyeuse, mais artificielle apologie :

— Elle sera parfaite pour tous vos plaisirs...

Il était partant pour la liquider, mais l'abattre sans la prévenir, pour qu'elle ne souffre pas d'un iota. Maintenant, il avait cette image mentale des doigts crochus de Manlow, mains cambrées par l'avarice, qui tripatouillaient, palpaient sans cesse cette pauvre Alberta. Maladroitement, il tenta un inutile verbiage :

— Monseigneur, ne serait-elle pas trop vieille en âge pour ce genre d'affection? Je veux dire pour subir un tel supplice? Elle a la maturité d'une femme et vous les aimez très jeunes...

— Quoi?!! Prenez garde à vos paroles Hartland... Elle m'appartient comme vous m'appartenez!!! J'en ferais ce que bon me semble! N'ayez crainte! J'ai goûté une fois à ce plaisir, il ne faudrait pas que cela devienne une habitude... Mais cette Alberta sera mienne!

— Monseigneur me pardonne, mais, il y a une flagrante différence entre un cas circonstanciel, accidentel et prémédité...

— Trêve de galéjades Hartland! Ce soir, j'attends des convives des plus influents de la côte Est... Je sais que vous n'estimez pas très bien les voluptés de nos rites... Je vous avouerais que ces ultras mondains n'ont pas la classe des gens de mon temps... Maintenant, ils sont toujours à courir les jupons et les jupettes de belles demoiselles... Quand on ne parle pas de ses jeunes hommes branchés des discothèques qui se vendent aux plus offrants! Ah! Hartland! Dites-moi où va le monde! Les réunions de l'Ordre ne sont devenues que des orgies pour des décadents qui se poudrent le nez avec n'importe quoi! Et je ne fais pas allusion au fond de teint!!!

— Qui plus est, Monseigneur, c'est cela qui les retient à vous... La luxure et le vice... Pour ne citer que ceux-là!!!

— Non Hartland... Ils y sont pour la gloire ancestrale!!! Il n'y a plus de sacré dans notre société Russ et c'est bien comme ça... Mon ancien maître à penser, le mentor et primat Rossovelto et ses alliés de la lignée du Drapeau-Rouge ont participé à établir un monde pour les puissants en faisant en sorte que la masse se considère elle-même comme du bétail... Ils avaient de grands rêves et m'ont transmis le savoir des anciens... Espérons la lumière providentielle pour éclairer nos pas vers la connaissance suprême... Nous approchons du but!

— Vous me pardonnerez mon manque de foi... Je ne prie que l'argent!

— Nous aussi nous avons notre trinité Hartland... Maîtrise, Emprise et Contrôle... L'argent n'est qu'une de ses ramifications... Un de ses préceptes... Une doctrine qui sert, sans plus... Vous ne pouvez avoir foi en l'argent!!!

— Vraiment? Et quelle est pour vous votre foi? Les petits anges du Paradis, les méchants démons des Enfers, les fées, les farfadets?

— Le vrai Dieu est «Pouvoir!» J'ai le pouvoir Hartland, je suis Dieu!!!

Devant la logique implacable de son maître, Hartland resta taciturne, sinon coi. Il baissa le front en signe de respect et demanda congé à son supérieur suprême. Russ Hartland, la tête pleine d'images tragiques, lui donna son assurance que les conjurés seraient tous exterminés avant l'aube...

*
* *

L'illumination

Alberta sentit une brise chaude, sulfureuse, venir lui caresser le visage, les cheveux. Elle fixait la porte ouverte et tenta de discerner une forme dans la noirceur du corridor. Elle attendait plus distinctement le son de tambourin qui émanait des ténèbres. Les martèlements rythmés des caisses se rapprochaient étrangement des battements lents d'un cœur humain. Pour ce qu'il en était de ses pulsations cardiaques, elles battaient au rythme de l'appréhension qu'elle ressentait... Un chant lugubre, fantomatique, dans une langue incompréhensible lui écorchait les tympans. Quelques voix féminines et une phonation plus grave, plus gutturale, qui accompagnaient un air de flûte simple, mais ridiculement atroce. Il y avait un effluve acerbe d'encens. L'odeur lui donnait un haut de cœur. La moutarde lui montait à la tête, une moutarde fortement vinaigrée, avariée...

Elle fit le tour de la pièce, médusée. Ce n'est qu'à cet instant qu'elle remarqua la présence d'une minuscule lentille d'obturateur de caméra miniature, qui était fichée dans un des angles du mur de sa prison. Tout ce temps, quelqu'un l'avait sauvagement épié. Elle devint folle de rage en réalisant qu'on la considérait de la sorte... Les sinistres psalmodies continuaient toujours et d'autres voix, plus eurythmiques, plus accordées et plus doucereuses prononçaient maintenant son prénom à l'unisson. Elle avait la chair de poule juste à imaginer la santé mentale de ceux qui se jouaient d'elle de cette façon... Elle décidait qu'elle devait en avoir le cœur net et pénétra, à tâtons, dans l'entre ténébreuse. Le sol était bosselé et inégal sur toute sa surface. Elle tendait ses bras à l'aveuglette dans l'espoir de localiser un repaire valable. Elle fut estomaquée de voir que le corridor s'élargissait plus largement que ses deux membres étirés au maximum. Elle arrêta sans équivoque sa progression. Les chants s'enrayèrent subitement, ne laissant qu'un vrombissement sourd de la machinerie climatique de l'endroit. Il faisait chaud comme si elle se trouvait dans une chambre de chaudière ou d'appareil de chauffage central. Elle se cabrait prudemment, tout comme si elle voulait surprendre ceux qui déclamaient des fredonnements non loin de là. Elle figea d'amertume et d'angoisse lorsqu'elle entendit son nom doucement murmuré par une voix d'homme. Une énonciation ondulante et chevronnée qui s'exprimait dans un anglo-saxon ancien, désuet et archaïque, mais très inspirant :

— Approche mon enfant... Approche...

Elle sursauta quand, dans son balayage incessant des mains, elle frôla une masse solide qui s'esquivait d'elle en faisant probablement un pas de côté. C'était une forme humide et chaude, qui semblait drapée dans un tissu épais, un genre de suaire. Des courants passaient à vive allure devant elle... Elle tressaillait d'effroi chaque fois qu'on l'effleurait. Comme des spectres qui auraient désiré entrer en contact avec elle en la caressant de la sorte... La voix caverneuse et vibrante, théâtrale même, acclamait de vive voix dans un anglais shakespearien :

— Francesca, tu t'es perdue dans la nuit des affres sans fin... Pourras-tu voir enfin les premiers rayons du Soleil écarlate? L'éclat du magnifique Paolo!

Elle se souvint péniblement des amants maudits, *Paolo et Francesca* de la gravure du portail. Il semblait faire allusion à la fresque de la grande porte infernale de Rodin qui s'inspirait directement de l'œuvre de Dante... La voix, ondulée, calamistrée comme celle d'un acteur shakespearien faisait un tantinet dramatique et passionné. Alberta commençait à croire qu'on l'introduisait petit à petit dans un scénario d'initiation du style fraternité universitaire ou jeu de rôles pour milliardaires. Elle ne savait pas trop que penser de cette situation grotesque. Elle était incapable de toucher à un de ces bouffons qui tournoyaient autour d'elle. Alberta ne pouvait parvenir à saisir ces ombres dans les ténèbres pour y vérifier la véracité, la réalité de leurs présences. Il faisait un noir d'encre et il était impossible pour quelqu'un de normal de se mouvoir dans une telle noirceur... Le cerveau d'Alberta fonctionnait au quart de tour! Elle eut la présence d'esprit de se souvenir des lunettes de visions nocturnes qu'avait apportées Willy. Elle pensait au fond d'elle-même :

— Ils se jouent de moi... Eux, ils me voient comme s'il faisait jour...

Une forte poussée vint dans son dos. Elle réussit à garder le ballant, mais une autre attaque, moins virulente celle-là, parvint la faire choir sur le sol bosselé. La voix poignante reprit sa litanie :

— Qui es-tu, Alberta Prescott? Que cherchais-tu en ce lieu mythique caché même aux Dieux? Dans le cœur même des choses!

Alberta resta couchée sur le plancher de béton. Comme un fauve aveugle, elle tentait de percer à jour la prochaine manœuvre, mais les assauts semblaient avoirs cessés dès qu'elle fut à genoux. Elle se gardait de répondre à cette baliverne de solennité exagérée. Elle se concentrait désespérément sur la moindre vibration. Malheureusement pour elle, les structures massives ne transportaient même pas les tressaillements de l'imposante machinerie qui chapeautait toute l'architecture dans laquelle elle se trouvait. L'acteur, toujours énigmatique dans ses énoncés, formula un autre lexème qui ne disait pas grand-chose à Alberta, à part la teneur qu'elle comprit comme étant autant de questions que des menaces :

— Le Sphinx dormait pourtant, qui le réveilla au bout de mil ans? Le passeur du Styx sera là pour celui qui ne croit pas à la destinée des Heanude... Qui ici n'a point la foi sinon l'infidèle?

En chœur des clameurs d'échos s'élevèrent de toutes parts, répondant dans une discordance presque souhaitée, en canon de chant comme le feraient des dévots sur les bancs d'une vile église :

— Qui, autrement que l'élu, peut avoir la clé des songes? Qui, à part l'initié, peut deviner le secret des anciens? Qui, à l'exclusion du séide, est à même de comprendre la volonté de celui qui Est? Qui, sinon l'affidé, saura porter le jugement sur chaque mort?

Alberta saisissait à peine les rouages de cette savante attaque psychologique. Mais elle perçait une obscure admonestation... Quoi que pût en penser Alberta, c'était elle qui campait le rôle de l'infidèle ici... Ils prononçaient en boucle, voix masculines et féminins confondus : — «Que jamais ne meure le jugement porté sur chaque homme...»
Alberta était terrassée par cette tragédie d'inspiration antique, moins par le poids et la signification des mots que par le ridicule de la scène. Maintenant, autour d'elle, des formes semblaient se mouvoir en une sinistre farandole. On criait des cris gutturaux et quasi animaliers. Une foire de cirque où les bêtes étaient changées pour des déments. Elle se décourageait en se répétant constamment, mentalement :

— Ils sont fous! Ils ne me laisseront jamais sortir vivante après que j'ai perçu à jour leurs troubles mentaux à jour!!!

Celui qu'Alberta considérait comme le maître de cérémonie se fit entendre d'une voix grave et sévère, tous les autres hurlements cessèrent promptement :

— Alberta Prescott fille d'Edward Prescott, es-tu la Fille?

Alberta pensa à certaines corrélations entre l'inscription latine de la porte et cette question... Elle désirait comprendre, poussée par un fort instinct de survie, la raison de toute cette mascarade. Elle culbuta la peur de son esprit et courageusement, elle reprit sur elle et décida d'embarquer dans cette bouffonnerie... Mais, en avait-elle le choix? Elle courba l'échine, prostrée comme une religieuse qui était affligée par une sévère discipline. Elle pouvait le pressentir, autour d'elle. Elle discernait une dizaine de respirations en réverbérations, comme si l'on récupérait son souffle à travers un verre de plastique plaqué sur la bouche. Elle releva le menton et s'installa en tailleur, comme une geisha soumise. Elle dévisageait droit devant elle, observant là où lui semblait venir la voix caverneuse. Se référant à une partie de la devise de la porte, elle entonna, cérémonieusement :

— Oui, je suis la Fille...

Des exclamations de surprise se firent ouïr de stupéfaction. C'étaient des interjections déconcertées, désarçonnées. L'élocution impassible et imperturbable se fit de nouveau entendre :

— Toi, Alberta, fille d'Edward Prescott, tu connais les rites sacrés de la Terre Originelle???

Alberta ne savait pas trop quoi répondre... Si elle exprimait tout simplement un «oui», elle ne comprenait pas dans quoi elle s'engageait, mais elle se donnait une chance de continuer la conversation et en apprendre un peu plus sur ses étranges hôtes. Dans le cas contraire, un «non» voulait parfaitement et légitimement prouver à ces grotesques amphitryons de scène qu'elle n'était qu'une intruse indésirable. Elle leur donnait pleinement raison dans leurs délires de secrets hermétiques et sacrés. Elle était à leurs mercis quoiqu'elle puisse répondre! Elle embarqua dans ce spectacle funeste en affirmant :

— Oui, je le sais!
— As-tu connu l'agrément de la sensualité, femme enfant?

Alberta fixait maintenant le sol, perplexe. Elle pouvait ressentir la présence de plusieurs personnes autour d'elle. Ils avaient des spasmes bestiaux qui se rapprochaient plus du grognement des hyènes que des soupirs humains toujours filtrés comme s'ils portaient des masques. Devant le silence du maître de cérémonie, elle se risquait à répondre à brûle pour point :

— Je dois comprendre par-là que vous faites allusion au plaisir d'être une mère?

502

— Non! Aux plaisirs d'êtres femmes? Êtes-vous encore chaste et virginal?

Comme une fille de bonne famille un peu pincée, elle s'offusqua de cette question des plus indiscrètes. Elle serra les poings de ressentiment et fronça les sourcils d'exaspération. Elle en avait marre de ce petit jeu malsain. Ce genre d'interrogation était pour elle aussi pertinent que les devinettes d'adolescents attardés que l'on faisait quand les préadolescentes commençaient à connaître les garçons. Elle ressentait des mouvements autour d'elle... Elle le pressentait! Elle devait se préparer à parer à toutes les éventualités. Ces charades avaient probablement une fonction bien simple de briser le moral de la personne isolée. C'est avec cette logique qu'Alberta se montait une défense psychologique. La déclamation caverneuse se fit moins impartiale et recherchée. La voix prononça, dans un anglais nord-américain courant, la même voix, mais avec une intonation plus antipathique et rauque :

— Alberta! Avez-vous déjà fait l'acte avec un homme???

Elle se rebiffa violemment à cette question des plus inconvenantes. Elle bondit vers l'arrière avec la ferme intention de rejoindre le corridor conduisant à sa petite cellule. Elle voyait dans le lointain, qui n'était pas si loin que ça, mais pour elle, c'était toute une épreuve de se rendre à cet endroit. Elle prit une grande enjambée et sauta dans le vide. Alberta se foula légèrement la cheville gauche en parvenant sur une des bosses du plancher. Elle eut à poser un pied malhabile fermement au sol pour se maintenir debout. Elle trottait du mieux qu'elle le pouvait vers le salvateur éclat. Un son retentit, comme si l'on frappait la porte et la fissure étincelante se dissipa avec la fugacité de l'éclair. Alberta criait de souffrance, mais une montée d'adrénaline lui monta au cerveau. On tentait de l'agripper de force. Elle sentait, sur ses avant-bras, des poignes moites et suintantes. Elle eut une forte douleur lorsqu'une main invisible lui serra la nuque... Elle ne pouvait rien percevoir de ses opposants, mais ils avaient l'air nombreux. Trois coups sourds, rythmés, retentissaient sur une estrade de bois. La résonance assourdie démontrait qu'il y tenait dans cet endroit une plate-forme surélevée. Ce bruit distinctif d'ouverture du théâtre semblait annoncer le premier acte de plateau d'une tragique comédie. Une lumière tamisée apparut. Alberta se débattait toujours comme une tigresse face à cette multitude de prises. Subitement, ses yeux se firent à cette nouvelle illumination. Dès qu'elle les aperçut, Alberta fut terrorisée d'une terreur profonde en voyant une demi-douzaine de petits êtres surnaturels, abominables et monstrueux qui s'accrochaient à elle. Les plus grandes de ses créatures ne faisaient pas 4 pieds. Son acuité visuelle se stabilisa et elle put percevoir bien mieux ses assaillants... C'étaient des nains légèrement difformes. Ils avaient la morphologie de certains pygmées du continent africain austral. Ils portaient des masques grotesques en peau d'animaux incrustés de dents de phacochère africain du Cap et d'incisives de mammifères prédateurs, d'hyènes et de panthère, encastrée dans un casque comprenant des lunettes de vision nocturne. Pour briser l'effet vaudevillesque de ses cagoules de poils et les fixer solidement en place, il y avait, tout embobelinés et disséminé autour des crânes empâtés, des bandes de tissus sombres et tout lacérés. Ils ressemblaient à un mélange difforme d'un homme des sables du film de la *Guerre des étoiles* et des gobelins sanguinaires de J.R.R. Tolkien.

Juste à leurs façons ignobles de ricaner et de glousser, Alberta eut un affreux haut de cœur. Elle avait beau se tortiller de tout son corps, ils prodiguaient une ferme pression pour la maintenir au sol. Sur le dos, elle était, d'ores et déjà, immobilisée, assujettie à la volonté de ses créatures démoniaques drapées de lambeaux noirs. Du coin de l'œil, elle aperçut quelques femmes, une dizaine tout au plus, qui étaient accroupies dans une position typiquement orientale de soumission. Elles étaient enrobées dans des étoffes noires, d'inspiration iranienne et elles se mirent à se lamenter dans une complainte monotone ou une prière éplorée et inconnue. Elles étaient installées dans les coins de la pièce exsangue, sur des coussins persans. En face de ses sinistres cantatrices se trouvaient de petits et malingres musiciens d'un certain âge, leurs traits cadavéreux étaient ciselés au burin tellement les rides étaient prononcées. Telles des momies antiques ils portaient tous de longs cheveux blancs et de multiples cicatrices aux visages. La lumière bleuâtre environnante donnait à leurs yeux sans iris des reflets malveillants et absents de prunelles. Alberta en conclut rapidement que ce devaient être des lentilles cornéennes compactes à membranes. La couleur crayeuse réfractant les rayons des néons bleus. En fait, ils semblaient être tous aveugles ou souffrants de cataractes majeures. Ils étaient accoutrés de burnous d'un rouge très foncés ou bruns — dût à l'illusion de l'étrange éclairage, elle ne pouvait en être sûre — et tenant des instruments de musique rappelant ceux de la Grèce Antique ou de l'Assyrie. Si elle avait eu un esprit un peu plus volage, elle aurait cru qu'ils fusent des sortes de morts-vivants animés par une puissance surnaturelle. Les murs ternes et ivoirins étaient déformés et moulés de façon chaotique. On aurait pu aisément présumer d'être à l'intérieur d'une immense statue. Il y avait, sur une estrade de poutres de chêne, un homme qui siégeait sur un trône de marbre. Il était de blanc vêtu et tenait comme sceptre une énorme canne magnifiquement sculptée dans du bois d'ébène avec un pommeau d'or. Alberta le reconnut, à coup sûr, comme étant l'énigmatique Manlow. Il était encore plus exécrable que sur les photos qu'elle avait vues de lui. Il la dévisageait comme un fauve fixait sa proie, avec envie et convoitise...

504

Derrière le trône de marbre se trouvait un escalier métallique, noir et en colimaçon, qui coupait net avec le gris mât des cloisons de cette grotte artificielle. L'emmarchement semblait monté vers un étage supérieur. Manlow leva sa main et pointa de son doigt tortueux la douceureuse Alberta. Les gnomes difformes se ruèrent sur elle et lui arrachèrent tous ses vêtements. Alberta, prise d'une profonde panique, criait de tous ses poumons un souffrant cri qui retentissait en écho dans ce lieu maudit. Elle se voyait déjà l'esclave sexuelle de ses lilliputiens déments. Elle pleurait et suppliait constamment qu'on ne la viole pas! Toute sa fougue ne lui permit pas de se délivrer de l'immobilisation de tous ses membres. Manlow toujours silencieux pointa une des typesses qui avaient cessé leurs chants de mort. La matrone, ténébreusement recouverte de tissus foncés, se leva respectueusement et se dirigea vers la malheureuse Alberta. Elle procéda froidement sur la jeune dame, comme le ferait une sage-femme blasée et aigre, à une exploration sommaire de ses parties intimes. Alberta fut traumatisée jusqu'au fond de son âme. Elle se souleva et fixa son maître suprême en faisant un léger signe de tête... Ce faisant, elle affirmait à Manlow qu'elle était encore pucelle.

Manlow ordonna à ses petits hominidés, de son index torturé par les années, de relâcher la prise. De toute façon, Alberta, en sanglot, n'avait plus la moindre parcelle d'énergie pour répliquer de quelques façons que ce soit à cet ultime affront. L'injure et la honte qu'elle ressentit lui donnèrent par contre la vitalité de se couvrir de ses bras bleutés d'ecchymoses son sexe et ses seins. Puis, d'un geste brusque, elle empoigna un de ces vêtements pour s'en faire un écran. Elle n'avait pas fini de verser des larmes. À cet instant-là, elle souhaitait mourir...

Manlow n'avait pas encore dit un mot. Était-ce bien lui qui articulait cette belle voix charismatique et qui proclamait les charades dans l'obscurité? Il se leva et fit un pas par en avant qui se voulait majestueux et impérial. Pompeusement, il fit une pause dramatique, mégalomane même, et plaça ses mains sur ses hanches en posant comme un paon des ténèbres. Le blanc de sa tenue contrastait avec les défroques, haillons et autres lambeaux qui accoutraient lamentablement ses adeptes. Dans son sanctuaire tordu, Manlow avait une attitude encore plus désinvolte et cynique. Des poses plastiques comme les aimaient feu Benito Mussolini, des allures «bienveillantes» du tyran Staline, des manières de dictateur de la Rome antique, la démarche triomphante d'un Napoléon à la fin de la campagne d'Austerlitz, le regard farouche d'un Attila indompté et la vigilance de Gengis Khan imposant sa loi... Le Führer d'Amérique circulait actuellement sur le sol de béton. Il avait descendu le marchepied de son trône avec une lenteur contrôlée qui lui octroyait des airs de mimodrame cruel, une physionomie d'automate béotien. Il tournoyait autour d'Alberta en la fixant de ses verres fumés de flamme. Sa démarche lente rendait Alberta hystérique. Elle n'en pouvait plus de le sentir, ce corbeau au plumage de colombe, virevolter ainsi tout près de sa charpente accablée et maintenant souillée :

— Que me voulez-vous à la fin! Laissez-moi partir!!!

Manlow n'avait de cesse de pivoter aux abords de sa personne. Voilà que ses petits subordonnés, les gnomes aux yeux en lentille, commencent aussi à tournicoter comme des saltimbanques démoniaques... Leurs ricanements, projetés dans leurs grossiers casques d'apparats, résonnaient des échos malsains qui n'avaient pas grand-chose avec le genre humain...

Le seigneur de l'endroit claqua prestement des paumes à deux servantes, serviles de leurs états. Elles apportèrent une longue tunique blanche d'un textile très fin de soie. Manlow s'accroupit paternellement vers Alberta et offrit ce vêtement pour qu'elle puisse se couvrir. Alberta s'en servit en premier lieu comme d'une serviette de bain, cachant l'essentiel de sa nudité. Elle rampa dans le seul coin où il ne s'y tenait personne. Les nains méphistophéliques eurent le réflexe de la retenir, mais les mains de Manlow les maintinrent comme s'ils étaient des chiens d'arrêt bien entraînés. Il sortit de la poche de son veston des friandises sucrées et en offrit à ses créatures. Ils trépignèrent de joie et ils retirèrent gants et masques pour les dévorer avec impatience et brusquerie. Elle blêmit à la vue de ses malheureux et insignifiants scrofuleux qui engloutissaient avec gloutonnerie et précipitation de minuscules cubes de chocolat. C'était bien de petits pygmées, mais tous leurs corps étaient torsadés par d'interminables tortures. Leurs peaux étaient recouvertes de plaies nécrosées. Ils portaient tous des stigmates d'horribles souffrances. Ils n'avaient plus rien d'humain, mais pour les yeux de la douce Alberta, elle remarquait tout de même en eux une part d'humanité. Elle devina qu'ils n'avaient pas la moindre conscience de ce qu'ils faisaient, conditionné à servir le maître de chair et de sang... Maintenant, elle ne pouvait plus les détester... Manlow était le vrai monstre! Voyant comment Alberta prenait en pitié ses mignons, Manlow ordonna bêtement à ses petits chérubins infernaux de se retirer :

— Allez! Allez-vous-en! Foutez le camp!!!

Alberta Prescott reconnut la voix qui lui chuchotait des insanités dans les ténèbres. Mais cette fois-ci elle perçut autre chose dans son ton de phonation... Quelque chose qui se situait entre la peur et la crainte... Elle comprit quelle était totalement sous son contrôle et qui avait sa vie entre ses mains... Mais elle se raffermit en elle... Dans les replis de sa conscience, elle idéalisa la situation de façon forte étrange... Elle savait qu'elle mourait avant l'aube, c'était une certitude. Sa mort était donc imminente. Elle se réconforta étrangement avec une autre conviction. Elle raisonna en elle-même :

— Il pourra bien me violer, me battre, me torturer, me tuer! Mais jamais je ne serai à lui... Il aura eu mon corps, jamais il n'aura mon âme!!!

Manlow congédia aussi ses servantes, drapées de noire. Il restait seul avec Alberta et même si au début, il croyait l'avoir complètement cassée. Il dut se rendre à l'évidence qu'à la façon dont elle le fixait... Elle n'avait plus de crainte pour lui. Avec un mouvement presque cocasse de courtoisie superflu, Manlow se tourna pour permettre à Alberta d'enfiler confortablement la tunique de soie blanche. Elle avait de la colère dans ses yeux, mais étrangement, elle fut sensible au geste, même s'il était maladroit, inconvenant et fortement inopportun. Il se retourna vers elle et prit un soin particulier pour articuler comme les grands comédiens de Broadway du siècle passé :

— Ma très chère enfant, veuillez pardonner à mes subalternes leurs méthodes rustres et dévergondées, il leur arrive parfois de se montrer intransigeants et intraitables quand il s'agit de défendre mes intérêts... Ce ne sont que des questions «d'affaires!», vous me comprenez?

— D'affaires??? Vous parlez de tous ses crimes odieux comme des «affaires»... Vos jouets vivants n'ont rien à voir dans cette histoire Manlow... Le monstre, c'est vous!!!

— Trêves de leçon de morale, jeune jouvencelle... J'ai pour vous un projet qui vous comblera de bonheur... Vous aimez les enfants au point de risquer votre vie pour réunir une putain de droguée à son môme?

— Vous vouliez faire le bien, Monsieur Manlow, mais en arrachant à une mère sa fille pour la donner à une autre famille, même fortunée, c'est très mal...

— Oh! Oui, je comprends tout maintenant... Pardonnez-moi, je réalise tout le mal qu'a pu causer ce malheureux événement... Pourriez-vous m'amnistier un jour d'avoir brisé un lien aussi puissant qu'une droguée qui vend son corps pour de la dope et un nourrisson qui ne fait que dans sa couche, qui braille et qui pleure? Oh Dieu, pourras-tu m'absoudre un jour?

Alberta réfléchit quelques secondes à ce semblant de repentir. Si cet homme avait eu des yeux humains, il aurait eu l'air d'un gentil grand-père, mais son regard de concupiscence, de vautour, lui donnait des traits de griffon, une figure de satrape autoproclamé. Elle comprenait qu'il se jouait d'elle...

Manlow gonfla le torse et dictait son texte préfabriqué, comme pour racheter sa conscience :

— J'avoue que Martinstein a paniqué quelque peu avec le cas de votre amie Mylène... Mais n'ai-je pas fait du bien dans le monde en permettant à de bons parents, riches et fortunés, de voir leurs enfants grandir en santé? Votre comparse, la petite Mylène, aurait-elle été une bonne mère avec une seringue de morphine dans un bras et son larbin dans l'autre???

— Avant l'insémination, elle avait arrêté... Martinstein l'avait encouragée en ce sens!

— Ah! Ce cher Martinstein... Comme il était prévoyant pour les patientes qu'il baisât!

— Votre arrogance, monsieur, recèle une inquiétude bien profonde...

— Oh! Oui, à mon âge, la mort nous guette tous... Jeune et moins jeunes!

— Qu'allez-vous faire de moi?

— N'ayez crainte, aucune peur, bel ange... Nos destinées sont toutes écrites d'avance dans le grand livre de la vie... Mes familiers ne vous importuneront plus... Vous êtes conviée à assister, à mes côtés, à notre grandiose bal annuel... Vous serez libérée ensuite... Si vous faites tout ce que je vous dicte, tout se passera bien...

Les derniers mots de Manlow n'avaient plus cette saveur ironique qu'il avait eue juste avant lorsqu'il parlait de Mylène, Pamela et Pol Martinstein. Elle s'accrocha à cette simple occurrence comme une araignée s'agrippe à son fil...

On l'emmena dans une chambrette très spacieuse et on lui apporta victuailles et vins recherchés. À part le fait qu'elle était encore captive, on la dorlota aux petits oignons en répondant à ses moindres désirs... Mais elle n'en avait qu'un, qu'elle ne gardait que pour elle...

— Sortir d'ici et retrouver Allan, Mark et Papa!

*
* *

Hartland était heureux de quitter l'atmosphère viciée du «temple» de Manlow pour se diriger vers la résidence des Thorrenz. La journée avait été catastrophique pour cette puissante famille. Tout commença pour eux par l'attentat manqué sur la personne de Mylène Gilmore et la vague souvenance que cette garce, qui avait fréquentée Martinstein un certain temps, avait procurée un bébé à la maison Thorrenz... Ils avaient même fait le pari, risqué, que la belle Alberta retentisse là pour tout simplement le récupérer ou faire chanter la cellule familiale du redoutable sénateur... Ils avaient en outre configuré, à partir des délires du vieux Manlow, des conspirations titanesques et intestines qui auraient pu conduire à des purges internes sans précédent...

Des centaines d'enfants déambulaient dans les rues du quartier, costumés de myriades de déguisements plus colorés les uns que les autres. Les autorités avaient décidé, cette année-là, de combattre l'image morbide de la fête de l'Halloween en organisant un terme central axé sur un immense carnaval du genre «Mardi gras». On avait même invité les parents à se travestir en Polichinelle et cie.

— Certains morveux ne font pas la différence entre le pédé d'Arlequin et les harlequins mort-né difforme et monstrueux que j'ai vue sur le Web... Ce qui serait une rareté médicale... Regardez celui-là! Un vrai petit monstre de l'espace!!!

Hartland souriait par politesse les hâbleries et satires de son chauffeur sur les enfants du voisinage. Il savait trop bien ce que représentait cette fête et les raisons exactes de tous ses accoutrements masqués à saveur de la Renaissance...

— Héhé! Patron! Regardez ces mômes! De futurs membres détraqués de l'Ordre!!!
— Je vous ai déjà dit d'être circonspect dans la voiture Robertson...

Russ Hartland et Robertson débarquèrent du véhicule aussi discret que blindé, après l'avoir garée juste devant la résidence des Thorrenz qui était étrangement calme... Hartland, méfiant, confia à son balaise de garde du corps :

— Ce que nous retiendrons dans les annales de l'Ordre, c'est qu'on avait tellement été absorbé par la lubie de vous savez qui? On a mis ça trop gros, même pour notre super toile!
— On n'avait jamais vu ça auparavant... Je parie qu'un con d'Hollywood va porter ça à l'écran de cinéma un jour! Héhé! Imaginez le méga succès : Manlow et son Titanic II!
— Bof! Faudra bien que cette stupide histoire meure dans le tombeau de l'indifférence! Mais je te l'affirme! Jamais vu quelque chose de cette ampleur pour une simple méprise!

— Peut-être une fois, après l'attentat meurtrier du sénile au motel *Colonel Inn*, merde qu'on l'a traqué ce maudit singe du père illuminé de Merzgin avant de le cramer! Le feu par le feu!!!

— Et dire que Manlow suit de près ce vieux dément vers sa tombe... Il n'en a plus pour longtemps... On parle déjà du sénateur Viktor Denahue comme de son futur successeur...

— Bah! Patron, vous m'aviez affirmé la même chose sur la fin proche de Manlow il y a deux ans... Il est comme un rat, je veux dire un chat, il a 7 vies! Et pour la succession, eh bien! Un de mes potes a jadis travaillé à la surveillance rapprochée de Denahue et il m'a assuré qu'il était aussi timbré, sinon plus, que le vieux hibou de Manlow et encore plus filou! Le séculaire crotale se nimbait de tant de mystères qu'il se demandait franchement ce qu'il faisait là! Il aime diriger dans l'ombre, paraît-il! Et je ne parle pas des radios qui se dérèglent en sa présence!

— Alors, je ne serais pas surpris que les 33 membres du *Coven* désignent un fantoche, un peu innocent et malléable homme de paille, comme le vrai gouverneur de la Californie...

— Tu veux dire ce *cow-boy* évangélique de Rutherford???

— Non! Lui, il n'est même pas dans le circuit des grands... Je te parle du réel gouverneur... Celui qui devait être élu... Bill Gateway! L'autre n'était qu'une erreur de parcours...

— On bavarde sur la côte Pacifique qu'il serait porté disparu... Avec toute sa famille...

— Tu sais bien qu'une des factions 22A ou bien une cellule MK-Ultra a dû régler son cas à présent... On ne me dit rien ici!!!

— Ouais! Héhé! Bang! Qu'est-ce qu'on vient foutre ici justement? L'action n'aura pas lieu au pont ce soir?

— Gardons-nous un petit retrait de sûreté au cas où on aurait des surprises. On a eu de la misère à identifier le Peau-Rouge du Macy's... Un de mes contacts de la GRC de l'Alberta, pas la fille, la province, m'a informé que l'autochtone qui s'était battu avec Ackerman était fiché chez nous, comme volontaire des ex-marines Canadiens qui ont combattu illégalement au Viêtnam comme des aventuriers ou soudards après l'époque Nixon... Je commence à trouver que ça fait beaucoup de bras pour une seule tête… Il se peut qu'Edward Prescott ait enrôlé des mercenaires!

— Et vous pensez qu'ils attaqueront ici pour récupérer une fillette de deux ans! C'est dingue! Vous ne trouvez pas, patron?!!

— Manlow a fait converger toutes les ressources disponibles pour la surveillance de son *party* de déliquescents pervers! Le président en personne y sera et toute la hiérarchie, sauf quelques bonzes, assistera à leur cérémonie de dingues!

— Mince! C'est vrai que les Thorrenz pourraient devenir des proies faciles!

Le balourd ouvrait la marche, suivie par Hartland, qui restait sur ces gardes. C'est Robertson qui s'annonça au garde de faction à la guérite principale. C'était une jeune recrue sans expérience qui exécutait ses premières fonctions en terminant un devoir d'université. Il n'avait évidemment pas la carrure des vétérans habituels et semblait légèrement intimidé par le costaud au crâne rasé et à la barbichette de motard qui le dévisageait sans cesse.

Robertson, arrogant comme un mufle, lui persifla :

— Hey! Le bleu! Ne fais pas ta tête de contractuel, épais! Laisse-nous passer!
— C'est qu'on m'a donné des directives formelles... Je dois demander à mon supérieur immédiat...

Il ne reconnaissait même pas le décisionnaire lui faisant face et les fit attendre pour voir si tout était en règle. Le menu gardien prit le téléphone et appela à un numéro... Le cellulaire d'Hartland retentit et il ironisa avec le jeune homme qui fut estomaqué par sa bourde. Le colosse Robertson s'esclaffa effrontément en se moquant de lui ouvertement et insolemment :

— Vous vous êtes bien payé sa tête de tronche, hein patron?!!
— Restez courtois, je savais que la guérite serait tenue par des auxiliaires de l'extérieur... Je me suis assuré de faire automatiquement suivre tous les appels à mon portable... Ils ne font pas parti de la maison, alors la ferme Robertson et ne créer pas d'esclandre!

Ils croisèrent un autre garde dans la cour intérieure conduisant à la galerie principale du portique. Celui-ci patrouillait avec un pistolet-mitrailleur et semblait plus aguerri que le premier. Il reçut un message radio du gardien de la guérite et il les escorta jusqu'au porche.

Ils furent froidement accueillis par William Thorrenz lui-même, revenu expressément de Washington D.C. après la nouvelle tragique du magasin Macy's. Il sermonna avec rage Hartland sur la supposée étanchéité du réseau d'adoption de Manlow :

— On nous avait garanti une imperméabilité à toute épreuve... Rien ne devait remonter vers nous!!! On nous a bernés! Ma femme est sur le bord de l'hystérie et ma propre fille de deux ans me demande si je suis son vrai papa!!! Au prix que nous impose Manlow! Il devait nous assurer la pérennité!!! La paix de l'esprit, mon œil! Ma précieuse épouse veut encore divorcer! Ça ne se passera pas comme ça!!!

Hartland aurait eu plus de considération pour son interlocuteur s'il avait été blanc comme neige, mais il avait été maintes fois dans de beaux draps et c'était justement Manlow et ses services qui faisaient les lessives! Reste qu'il était un membre influent de la gauche démocrate et un rouage important pour les visées de l'Ordre. Il modéra son envie de donner une réponse acerbe et tempéra ses remarques à l'essentiel. Il se contenta que de faire des hochements approbateurs de la tête. Il demanda si Madame et les enfants étaient à la maison. William Thorrenz répondit par l'affirmative.

— Monsieur Manlow m'a expressément mandaté de veiller sur vous et de vous escorter jusqu'à la soirée de ce soir... Vous serez en mesure de venir?

— Mes mousses m'en tiennent rigueur énormément, vous savez, à moi et à ma femme de les priver de leurs fêtes favorites de l'Halloween! Ils veulent bouder le bal par protestation! Nous ne pourrons pas y aller, j'ai bien peur! Mes enfants ne désirent pas y être...

— Monsieur Thorrenz, ils n'ont que 7, 4 et 2 ans... Ne croyez-vous pas être légèrement trop permissif? Qui plus est, Manlow aspirait à vous présenter à de gros légumes. Enfin, je pensais que vous souhaitiez briguer la prochaine investiture à la vice-présidence? Il y aura de grosses pointures, il serait dommage de louper une telle chance...

William Thorrenz fut soudain très pensif. Il se marmonna les quelques mots qui l'avaient touché dans la phrase du chef des opérations et de sécurité :

— Vous... Vous avez dit; «l'investiture à la vice-présidence»?

Hartland fit une pompeuse révérence pour mettre tout son poids dans son affirmation qui n'était, en fait, qu'un habile subterfuge, un petit mensonge véniel.

Restée discrète et secrète dans l'embrasure de l'accès au grand salon, Gina Gallore se fit alors voir à Hartland et tint à peu près ce langage :

— Vous dites bien «l'investiture à la vice-présidence»? Mais quelles garanties aurons-nous d'arrivée les premiers?

Hartland devint plus évasif, dans sa façon de bouger, de parler, de penser même. L'épouse de Thorrenz était une vipère ambitieuse et beaucoup plus rusée que son crétin de mari. Il se contenta de formuler :

— Ce n'est pas à moi qu'il faut demander ça... Ce sera à vous de bien négocier et de faire bonne présence... Une absence remarquée reste une absence... Il se joue gros ce soir...

Il apparaissait clairement que cette femme menait d'une main de maître ce couple en perdition. Sans quémander l'avis de son conjoint, elle trancha nette :

— Dites à Manlow que nous y serons... Vous accompagnez mon mari, Hartland, et avec votre gorille, Robertson, nous ferons plaisir à nos gosses en courant la fête d'Halloween comme il était convenu... Nous avons amplement le temps et nous avions également prévu de faire le trajet avec Madame Goldsmith et ses enfants...

Hartland remarqua que Robertson, fixant le regard tourné vers les cieux, exprima d'un profond soupir son désaccord le plus total. Hartland tenta de faire entendre raison à Madame Thorrenz, celle-ci injuria de vive-voix :

— Écoutez! Nous avons assez payé pour qu'un vœu pieux se réalise... Manlow nous avait convaincus du bien-fondé de son entreprise. Il nous avait pourtant donné sa parole que jamais rien ne transparaîtrait à propos de ma fille... C'est simple, nous passerons l'éponge si mon mari devient le vice-président pour les prochaines élections...

Hartland marchait sur des œufs. Il était au fait que Manlow serait occupé dans ses préparatifs grandioses et qui sait? Forniquait-il déjà avec la jeune et jolie Alberta? Il mit son chauffeur à la disposition de Madame Thorrenz, Madame Goldsmith et des enfants chahutant. Il réussit à rester avec les sénateurs démocrates Goldsmith et Thorrenz. Ils devaient se rendre directement à l'édifice de *l'International Business corporation*... Hartland commençait à regretter son manque d'ardeur!

*
* *

Il n'était pas sept heures du soir qu'Allan aperçut une activité fort étrange. Deux camionnettes se garèrent à l'ombre d'un immense pilier de béton et huit hommes, étrangement habillés de noir, se positionnaient sur les docks environnants, couvrant de très grands angles de tir, armés de puissantes carabines de précisions. Il ne faisait plus aucun doute qu'on s'était joué d'eux... Il leur restait près de 3 heures avant qu'on s'aperçoive qu'ils ne se présenteraient jamais au lieu d'embuscade... Que trois petites heures pour percer les défenses de la forteresse de Manlow...

Allan demeura dans le camion d'Ours Noir avec Ed pour lui raplomber le moral. Celui-ci se laissait aller à une terrible dépression, remontant aussi loin qu'à la mort de sa femme et se donnant tous les torts d'avoir été un très mauvais père. Allan envoya Mark en patrouille, question de repérer les environs de l'édifice de l'I.B.C. et d'y noter toutes activités qui seraient suspectes.

Mark ne patrouilla dans les abords de *l'International Business Corporation Building* que pour le temps d'une chanson. Il fut estomaqué d'apercevoir un cortège présidentiel arriver au même instant. Ce qu'il avait eu le temps de remarquer le laissa perplexe et médusé à la fois... Des gens sortaient, des limousines, costumées comme des comtes et des duchesses d'une autre époque... Quoi de plus normal pour un 31 octobre? Mais il jonglait déjà avec l'idée de s'y glisser en douce avec un tel costume... Il n'avait jamais aperçu autant de communications cryptées avec de nouveaux codes... Il n'avait pas nécessairement prévu qu'ils pouvaient changer périodiquement les codages secrets. Il voyait une voiture de police à tous les cent mètres et il sentait bien qu'on faisait des vérifications systématiques de tous les véhicules qui y circulaient... Passer plus que deux fois pour lui revenait à dire qu'il avait une attitude suspecte. Avec ce qui avait dans sa camionnette, cela équivalait à avouer ouvertement qui se préparait à venger Willy Bly Wakyza. Perdant ainsi toute chance de libérer Alberta si elle y était...

Dès qu'il sortit de la zone critique, Mark remarqua la quasi-désolation en matière de forces constabulaires. Des fêtards déguisés en guignols multicolores monopolisaient tout *Time Square* et la circulation y devenait presque impossible. De longues chaînes humaines se créaient aux sons des saltimbanques et artistes de rues qui y déchaînaient tous leurs savoir-faire pour amuser les gens. Des autorisations spéciales furent émises pour plusieurs bars et débits de boissons et l'on installa sur les trottoirs d'énormes boîtes de sons où l'on y faisait jouer des mesures technos endiablées ou des rythmes du monde allant de la danse latine jusqu'au hip-hop de gangsters. Mark rejoint Allan par son cellulaire :

— Hey! Al! C'est fou ce qu'il y a d'ambiance à Manhattan! Et devine quoi? Le centre névralgique de tout ce boucan est le bâtiment que tu sais trop!

— Sérieux?

— Oui, et il y a plus de *cops* et de flics à cet endroit que tous les pédés de l'armée rouge réunie! Un petit conseil, changez de véhicule... Ils ont peut-être déjà identifié le nounours mal léché!

— OK, rejoins-nous et l'on pourra voir nos possibilités.

Ed expliqua le système ingénieux des fausses plaques de Willy à Allan. En temps normal, il n'y avait pas de problème à utiliser de tels subterfuges, mais dans un contexte où toutes les immatriculations étaient méticuleusement observées, le truc serait vite repéré par l'œil averti d'un agent de police vigilant.

Vers les vingt heures trente minutes, Allan, Mark et Ed firent le point sur la situation. Les policiers en grand nombre démontraient qu'il s'y déroulait soit un événement important, soit qu'ils étaient là pour les épingler, les cueillir comme un fruit mûr dès qu'ils tenteraient d'extraire Alberta de ce lieu... Pour Allan, il était persuadé que le bal costumé de cette soirée était une réplique exacte de ce qu'il avait déjà entendu de son défunt contact. Il donnait la journée du solstice d'été, soit le 21 juin, mais il se pouvait toujours qu'ils commémorent plusieurs dates, plusieurs manifestations et ainsi, ils festoieraient aussi le soir même d'Halloween.

Ils décidèrent de louvoyer du côté de l'imposant édifice Thorrenz à *Staten Island* comme il était à moins de 20 minutes du centre de l'Île de Manhattan et de *l'International Business Corporation Building*. Ils auraient encore le temps de trouver une façon sécuritaire de pénétrer le complexe et revenir sur le site de l'I.B.C.

Allan espérait que la famille Thorrenz serait déménagée dans un autre endroit après la mésaventure d'Alberta et Willy au commerce Macy's. Allan misait sur une pure composante de hasards et du facteur chance. Mais aussi sur la logique que personne ne serait assez cinglé pour investir cette cabane de millionnaire le même jour qu'une tentative ratée de rapt d'enfant. Autrement dit, c'était peut-être le dernier coin où l'on penserait qu'un Allan Sexton voudrait aller et y être vu! Mais pour ses opposants, c'était l'ultime endroit où l'on n'aurait jamais cru qu'il se dirigerait...

Ils s'installèrent sur l'esplanade du parc qui surplombait la synagogue et la résidence Thorrenz. La maison semblait déserte et aucun éclairage ne marchait, à part des veilleuses dans le hall d'entrée. Allan espérait y dérober une carte de sécurité ou une passe d'accès pour le bâtiment. Peut-être, avoir une accessibilité à un ordinateur de réseau et y trouver quelque chose de primordial, ou tout simplement utile... Ed souffrait terriblement de son ulcère d'estomac et ne cessait de prier tous les saints qu'on lui ramène sa fille. Ils avaient tous pris place dans la camionnette *Econoline* et passèrent devant la herse du portail. Il y avait bel et bien un gardien qui était vraisemblablement en communication avec une centrale. Étrangement, il semblait n'y avoir qu'un minimum de patrouilles armées contrairement à ce qu'ils avaient souvent observé. Tout se résumait à un visuel à la grille d'entrée. Il en avait probablement un autre appariteur de vigile à l'intérieur. Si la résidence était déserte comme le pensait Allan, le système de sécurité était potentiellement sous tension. Un homme sorti de la demeure principale par la grande porte. Il tenait, coudé à son épaule, des housses accrochées à des cintres. Il contournait d'un pas ferme la maison et se dirigea vers la limousine qui était, pour une rare fois, à l'extérieur du garage.

Parfois le hasard et le destin s'entrechoquent... Qui sommes-nous pour ne point y voir une volonté suprême?

*
* *

Thorrenz embrassa ses enfants machinalement. Karrie ne semblait pas trop traumatisée de cette dure expérience dût son très jeune âge. Elle était heureuse de voir son papa et tentait, par tous les moyens, d'attirer son attention pour qu'il lui fasse un manège biologique ou un tourniquet magique.

Il avait déjà la tête ailleurs et ne s'occupait même plus de ses gamins. Il commençait à trouver la fonction de sénateur de plus en plus rigoureuse. Gina remarqua cet air hagard, qui voulait tout dire pour elle. Pour cette femme de carrière, il était évident qu'il allait flancher, cette «couille molle»!

Son épouse s'approcha de lui. Il tourna la boîte crânienne pour faire en sorte de ne pas prendre acte de ses signes pour qu'il la regarde. Elle vint le confronter en le fixant dans le blanc de ses yeux :

— Tu réalises l'opportunité qui se concrétise enfin mon chéri!
— Tout ça est le fruit de tes prières Gina, pas des miennes...
— Oui, j'en ai fait le vœu ultime! Pour le bien de toi et de moi! Ça marche!
— Ne trouves-tu pas horrible d'avoir fait tout ça au nom de la célébrité?!! Au début, nous le faisions que pour l'avancement de ma carrière, maintenant, tu me vois plus fort que je le suis vraiment! Il y a un prix au pouvoir, tu sais?
— Ferme là, espèce de galant entiché par tout ce qui bouge! J'ai reconnu en toi le plus grand orateur qu'aura eu ce siècle... Tu étais là, dans une université de bas niveau... Tu vendais des chaussures les fins de semaine pour boucler ton budget! Mon père t'a fait entrer à Harvard et t'a initié à tous ces gens de puissance... Pourquoi penses-tu?
— J'étais un élève brillant et il voulait aider un jeune?

516

— Tu me nargues! Tous tes écarts de conduite! Tous ces scandales où je devais sourire comme une dinde pour te couvrir, la galipote interminable du séducteur compulsif, tes escapades nocturnes, tes déviances pour les très jeunes hommes... Tout ce que j'ai enduré pour une seule chose... Tu feras de moi la première femme des États-Unis d'Amérique!

— On s'était dit que cette mascarade ne servirait que pour m'installer au Sénat... Maintenant, tu parles de faire de moi le colistier à la Maison-Blanche... On avait pourtant partagé notre avis à ce sujet... Je pensais tout simuler ça pour faire plaisir à Manlow... Là, je sens que tu y crois vraiment toi! Que tu crois à ses boniments!

— Oh oui William... Au début, c'est en toi que je croyais... Cette idée d'adoption... C'était ta suggestion... J'ai vu des choses et j'ai eu de bonnes influences depuis... Toutes ces excellentes choses ne viennent pas de toi, minable, elles émanent de ce que disait Manlow... Il avait raison!!! Avec la nouvelle de ce soir, j'en ai la certitude maintenant... Oui, notre destin fera en sorte que tu deviendras le Président des États-Unis! Ce fut mon vœu le plus cher... Ne flanche pas à présent... Tel quel, tout se produit comme des pièces d'un puzzle qui s'assemblent une à une...

— Et si ça ne se réalisait pas au fond? Si je ne devenais pas président?!! Sais-tu combien de gens désirent y parvenir? Font aveuglément ce genre de souhait?

William Thorrenz avait ce don de toujours placer un mot de trop. Il prévoyait déjà un règne très court si ces influences l'aidaient comme on lui avait affirmé... Une mandature qui ne durerait que 40 jours... Il avait peur d'être à ce poste depuis sa plus tendre enfance quand il avait vu, lors d'un reportage à la télévision, le meurtre de John F. Kennedy... Ces images fortes lui avaient imprégné dans la tête et meublaient ses songeries et ses cauchemars.

Gina Gallore Giancara, fille cadette du puissant parrain Emilio Giancara, avait maintenant, grâce à son illustre gendre, de solides appuis qui siégeaient au Sénat. Une autre de ses jouvencelles, Gabriela, avait épousé un juge de la Cour suprême et donnait à son père des tuyaux fort ingénieux. Il n'y avait jamais eu d'amour dans ces mariages arrangés comme dans ces alliances moyenâgeuses qui scellaient plus souvent un traité par des épousailles accommodantes que par réelle diplomatie. Et voilà que le parrain Giancara pourrait se retrouver à être le gendre du Président des États-Unis...

Antonina, Lorenzo et même Karrie avaient des costumes de prince et de princesses. Ils s'amusaient à jouer à la fée imaginaire qui exauçait 3 vœux. Ils sautaient sur le canapé du salon en faisant un vacarme d'enfer.

Soudainement, Lorenzo prit violemment sa lilliputienne sœur et la fit débouler du sofa sans crier gare... La nourrice le gronda sévèrement, mais Lorenzo la dévisagea avec un air hautain et prétentieux... Il disait, pour se défendre des remontrances de sa gardienne :

— Je suis un prince... On jouait à la Fée et je voulais recevoir mes trois souhaits. Antonina ne voulait pas me les donner!

La petite Karrie, dans son jargon coloré de môme qui pleure, reprit en chœur, comme pour drainer encore plus les réprimandes sur son frère :

— Il m'a poussé en bas parce qu'il est méchant!!!

Le tintamarre attira la mère qui laissa son mari, seul, à divaguer à ses jongleries intellectuelles. Le majordome de la maison informa Madame que la limousine des Goldsmith était arrivée. Elle clappa deux coups pour signaler, à ses enfants, qu'ils allaient bientôt partir :

— Allez mes amours... Mettez vos manteaux... Nous allons courir les bonbons!!!

Helmut Goldsmith, vêtu d'un impeccable toxedo, entra dans le vestibule. Il tenait un cintre recouvert d'une longue housse protectrice. Il salua chaudement madame Thorrenz et tout son petit cortège, la gouvernante et les jeunes. Il fit un gentil clin d'œil à Karrie en affichant un large fou rire. Dès qu'il fit le *shaker* à William, il ressentit la moiteur et le tremblement, à peine perceptible, de sa main suintante de sueurs froides. Le vieux sénateur du Vermont voyait bien le malaise. Il continuait pourtant à arborer son sourire de politicien et à distribuer de chaleureuses poignées de dextre à toutes les personnes présentes, même les domestiques. Mme Thorrenz donna congé à son personnel et elle quitta la maison avec le reste de la famille. Hartland fit de grands gestes pour que son garde du corps Robertson les suive à une semelle près. Madame Thorrenz se tourna vers son mari en lui rappelant, comme un enfant :

— N'oublie pas ton carton d'invitation pour le bal... Ne me fais pas encore honte et viens me rejoindre immédiatement après ton arrivée... Et ne fais pas comme la dernière fois, te fondre, déjà costumé et t'égarer, dans la foule pour m'ignorer toute la soirée!!!

— Heum... Oui chérie!

Thorrenz bavait comme un attardé, il perdait la face devant son vieil ami, les hommes de Manlow, ses enfants et son personnel. Il fit un hochement flou de la tête et garda le silence jusqu'à ce qu'elle prenne la porte.

La famille Thorrenz partit, William resta seul avec le sénateur Helmut Goldsmith. Le père conscrit, d'âge déjà assez mûr, avait récemment épousé une gonzesse de 35 ans plus jeune. À vrai dire, à la mort de sa première épouse, Helmut avait ressenti le démon du midi. Sa défunte conjointe avait une constitution assez frêle et sa nouvelle compagne était en fait la garde-malade de sa femme dans les derniers mois de sa vie. Des sales langues d'éjectaient des ragots et du sarcasme sur la progression rapide de la maladie de feu sa tendre moitié et la rapidité à laquelle il s'était remarié avec la *nurse* de sa petite mère avait fait jaser...

William invita son vieil ami à siroter un *xérès* délicieux. Ils s'installèrent dans le vestibule sur deux belles causeuses de style victorien et troquèrent des paroles sur tout et sur rien. Hartland ne cessait de reluquer sa montre, lorgnant les trotteuses qui avançaient dans le temps. Les deux sénateurs s'échangèrent des anecdotes comiques sur leur passé commun.

Sans crier gare, William demanda à Hartland de prendre leurs costumes — celui de William était aussi dans une épaisse housse de tissu plastifié, — et de les attendre à la limousine. Hartland s'exécuta avec un certain dégoût, après tout, il n'était pas leur domestique, mais le chargé de sécurité de leur club d'intimes. William Thorrenz regarda par sa fenêtre l'ex-détective qui s'éloignait par l'extérieur pour aller vers le garage.

— Ah Helmut! Ma femme me casse les couilles et l'on s'apprête à m'offrir le poste ultime! J'ai les nerfs en boule! Il me faudrait un petit remontant... Plus que ce doucereux xérès...

— Vous avez une idée derrière la tête?

— Lors de la dernière cérémonie de notre clan, elle m'a fait une crise de jalousie énorme... Pourtant, elle connaît les règles! Elle dit toujours qu'elle ne m'aime pas, que je ne suis qu'un objet sous son contrôle...

— C'est justement ça le problème William, elle te considère comme sa chose... Elle perd de sa confiance parce qu'elle te voit t'émanciper avec une autre... Enfin un autre!

— Elle me boude au plan sexuel... J'ai des besoins, Helmut!

— La pureté d'un rêve mène à une délivrance, l'anxiété d'un cauchemar mène aux remords...

— Que veux-tu dire Helmut?

— Elle a changé, ta femme... Elle embrasse maintenant la foi avec ferveur... Aujourd'hui elle a vu deux personnes s'entretuer et elle n'a pas bronché... Elle a impressionné en haut lieu... Elle est prête à tout pour avancer dans la vie... Mais elle vient d'une vieille famille sicilienne avec de profonds principes fortement ancrés... Cette nuit, je m'organiserai pour qu'elle ne manque de rien et qui sait? Lui présenter un vrai étalon... Nous l'isolerons et elle s'abandonnera... On va lui briser ses relents de l'ancienne ère! Elle n'aura plus ses réticences qui empoisonnent votre couple!

— Oui, claustrez-la... Je ne veux pas me faire sermonner encore à cette soirée, c'est rendu un cauchemar d'aller à ces rencontres!

Helmut regarda sa montre et fronça les sourcils.

— Allons-y, ce soir, nous allons nous farcir une belle brochette!

*
* *

Allan Sexton fixait de ses jumelles le duo qui se dirigeait vers la limousine. De belles pointures, c'était les sénateurs Thorrenz et Goldsmith. Il y avait le premier gaillard qui jasait avec le chauffeur des Thorrenz. Celui-ci grillait nerveusement une cigarette et contemplait toujours sa montre. À quelques mètres de la voiture, William fit volte-face et dévala d'une traite jusqu'à sa maison. Il revenait sur ses pas, probablement qu'il avait oublié quelque chose dans sa demeure. Il ressortit en brandissant une enveloppe de fin papier, un peu plus longue que celle de taille moyenne. Il s'enfonça dans l'habitacle arrière et le chauffeur referma la porte. Le fumeur inquiet faisait de grands balayages de la tête. Il semblait rusé et sondait les boisés environnants. Il aperçut la présence de la camionnette sur l'esplanade. Allan, avec son esprit vif, baissa les jumelles justes à temps pour camoufler de possibles reflets des lentilles. Le garde rapproché n'avait pas remarqué de mouvements suspects, mais il soupçonnait quand même ce véhicule parce qu'il l'avait longuement scruté. Il semblait prendre un cellulaire dans sa poche intérieure de son ample veste.

Mark pressentait un bien étrange sentiment sur cet homme. Il n'était plus partant pour visiter la demeure. Il contamina Ed, qui n'était déjà pas très courageux de nature, de saborder cette activité :

— Je n'étais pas chaud à cette idée, mais s'il nous a remarqués, il pourrait nous envoyer un comité de réception avant qu'on n'ait fait trois pas sur le terrain!

Mark enfonça son poing dans le creux de sa main. Il avait trouvé la façon de venger son ami et son intention fit encore plus sursauter Ed :

520

— Sapristi! Pour se rendre sur l'île de Manhattan, ils doivent absolument passer par un espace réduit, juste avant d'emprunter le tunnel de *Brooklyn-Battery*... Un cul-de-sac... Et désertique... Ce n'est pas très loin d'ici... C'est l'endroit idéal pour le prendre par-derrière et le pousser dans un pilier de béton! Avec leurs costumes de clowns, on pourra entrer sans être dérangé!

Allan se montra légèrement sceptique, comme pour peser le pour et le contre :

— Et si ce n'était pas des fringues de bal dans ces housses?
— Bah! Allan! Sérieusement, qu'est-ce qu'on perd d'essayer? T'aurais dû voir les bouffons! Ils sont tous costumés de la tête aux pieds!!! Sûre que la tapette de Thorrenz et l'autre petit vieux sont du genre à se harnacher de cette façon! Ils ont parfaitement le style pour ça! On fonce et l'affaire est dans le sac!!! Avons-nous vraiment le choix? Faut faire vite!

Ed désapprouvait toute forme de violence. Il voyait la scène, en imagination, d'une limousine complètement emboutie, une mare de sang et des morceaux de cadavres étalés en monceaux...

Allan démarra en trombe la camionnette. Mark, encore fiévreux des relents de sa grippe, lui pointait tous les raccourcis pour arriver bien avant le véhicule à ce petit réduit qui conduisait au tunnel. Il lui expliquait que c'était le seul endroit désaffecté du coin et qu'il n'y avait que quelques docks. C'était près de l'embarcadère du transbordeur pour l'île de Manhattan. Ed qui prenait place à l'arrière de la camionnette tentait de dissuader Mark et Allan de faire ce plan stupide et violent. Allan prit la peine de le rassurer :

— Écoutez Ed, les limousines présidentielles sont complètement blindées. L'impact ne fera que les culbuter quelque peu. Le temps qu'on les neutralise et qu'on dérobe leurs costumes...

Allan fixait toujours la route, les bras nerveusement tendus sur le volant. Il jetait de furtifs coups d'œil dans son rétroviseur pour capter les réactions d'Ed. La camionnette dévalait la déclivité de l'île de *Staten Island* en côtoyant dangereusement les remblais de bétons qui longeaient les parapets du littoral. Mark reprit le flambeau en continuant le plan improvisé :

— J'ai vu l'accoutrement d'Halloween de ses bouffons, ils portent des masques de mascarade et des manteaux de vampires! Deux de nous autres pourront y entrer ainsi déguisés! Hey! Allan, je veux le volant pour l'impact!

— Tu es sûr?!!

— On ne m'appelle pas «*Demolition Man*» pour rien!!!

Ils arrivèrent, face à la bretelle d'accès, avec moins de 30 secondes pour sortir du camion. Le véhicule était caché par un muret et par une clôture de bois tapissé de milliers d'affiches à moitié arrachées. Mark sauta sur le siège du chauffeur, enfila la ceinture de sécurité et monta le moteur à 10 000 tours/minute tout en tenant le frein à fond. La fureur au cœur, il fit crisser les pneus sur le goudron de l'asphalte. Les lumières éteintes, il attendait le bon moment. Le tuyau d'échappement crachait une chaude boucane pâle qui avait l'odeur de gaz. Ed et Allan qui s'étaient réfugiés sur un comblement qui faisait face à l'action se préparaient à donner le signal. Ils virent au loin les phares de la limousine qui contournait le remblayage qui longeait la berge. Mark avait le front perlé par la tension et par la fièvre.

Brusquement, avec la fureur de l'éclair, il alluma ses hautes lumières et enfonça sur le flanc de la voiture qui prit le choc sans broncher. L'impact fut violent, mais le véhicule tint le coup. La collision fit un vacarme du tonnerre. La camionnette repoussa la limousine jusqu'au muret, bloquant les portières du côté droit. Pourtant, ce fut le petit camion qui encaissa le plus de dommage. Mark ressentit une forte douleur au niveau de son cou musclé, mais il était toujours conscient et d'attaque. Il détacha sa ceinture rapidement et sortit de son véhicule avec son arme de poing à la main. Allan bondissait de sa position bien avant que la carrosserie de la limousine soit complètement immobilisée. Heureusement que la portière arrière ne fut pas verrouillée, à moins que la collision l'eût détraquée ou endommagée. Allan Sexton pointa son pistolet vers Thorrenz et Goldsmith qui semblait inconscient. Mark, encore un peu étourdi par le choc, vint vers le devant de la voiture pour menacer les gens à l'avant. L'impact avait fait exploser les sacs gonflables anticollisions. Ed restait derrière, attendant le signal pour prodiguer de possibles premiers soins.

Mark, qui braquait pourtant son *browning* vers le chauffeur, dut ouvrir le tir sur lui. L'homme, qui faisait aussi office de garde du corps, semblait avoir empoigné son arme de service, tentait un hardi duel avec son opposant. Des coups de feu retentirent en puissantes rafales. Mark esquiva l'averse de balles en sautant opiniâtrement à l'abri du capot de la limousine. Sans le moindrement broncher, le patibulaire gorille rechargea rapidement son engin de mort pour trouver une position défensive entre les deux portières déployées. Allan de son côté avait glissé sur la valise de la voiture pour se mettre lui aussi à couvert. Le chauffeur avait un avantage certain avec son puissant pistolet-mitrailleur *Uzi* qui faisait cracher dans toutes les directions. L'homme à la cigarette voulait prendre cette seconde pour appeler du renfort et occuper un emplacement moins précaire. Mark vit qu'il avait son téléphone à la main. Il roula au sol et plaça une balle à la jambe gauche et l'autre, visant l'épaule logea, malencontreusement, un projectile à la carotide. Un puissant jet de sang sorti, dans une gerbe de liquide visqueux et pourpre, de la gorge d'Hartland. Le chauffeur, injuriant le mauvais sort, prit l'initiative et pointa son pistolet-mitrailleur vers Mark. N'écoutant que son courage Ed, fonça vers lui, émergeant de sa cachette en hurlant. Il appuyait, du mieux qu'il le pouvait, sur la gâchette de son flingue. Une des détonations entra en contact avec le flanc du conducteur sans lui faire de douleur, comme s'il était un robot. Mark le toucha aussi au torse, mais il restait debout et se préparait à balayer de son pistolet-mitrailleur Mark et Ed.

Le chauffeur pointait maintenant son arme, mais n'envoya jamais son ultime rafale. Allan lui tira un plomb derrière le crâne et la déflagration lui fit éclater la calotte crânienne. Il se renversa sur le côté. Ed fut fortement terrorisé de voir la cervelle du conducteur s'affaisser sur le pavé. Il ferma ses paupières d'effroi, il savait bien que c'était une question de vie ou de mort, mais il reconnaissait également qu'il avait franchi la mince ligne entre l'acceptable et l'inacceptable. Entre le bien et le mal...

Mark fouilla le garde et trouva deux autres chargeurs. Il avait aussi une svelte veste pare-balle en kevlar, étrangement très résistant, sous sa chemise. Mark arracha le vêtement pour la récupérer. Ed mit sa main sur les yeux pour ne pas assister à cette scène de pillage. Il se sentait maintenant comme un affreux paria. Il réalisait enfin que la seule chose qui différenciait ces mercenaires des dissemblables brutes, c'était la bonté de son enfant... Alberta, sa petite fille chérie rendait les gens meilleurs... Allan aperçut le désarroi de Monsieur Prescott, son beau-père. Il le traîna à l'abri de leurs manigances. Puis Allan fouilla la dépouille de Hartland et fut sidéré de trouver dans une de ses poches les effets personnels d'Alberta. Il craignait le pire à présent pour elle. Pourtant, en silence, il glissa les objets dans son manteau et regarda l'identité du garde du corps en farfouillant rapidement son portefeuille :

— Hum – pensa-t-il — Russ Hartland, consultant privé de sécurité, port d'arme, autrement dit; permis de tuer émis par la CIA, chef de la sûreté de la *Carlyle Industries*... C'est vraiment une grosse pointure qu'a éliminée Mark... Dommage...Il doit être une des têtes qui savait exactement où se trouve Albie!

Avec promptitude, Mark et Allan jetèrent du haut de l'escarpement les deux cadavres à la flotte, avec des pierres dans les poches pour les submerger sous le niveau de la surface et de la flottaison, mais pas assez chargés pour qu'ils s'engloutissent au fond, mais d'être porté par les courants vers l'océan. Ils se débarrassèrent également du véhicule du *Rooster* qui coula à pic dans les eaux sombres et creuses de l'*Hudson river* se jetant dans la *Lower Bay*. Dans la région près des embarcadères des traversiers, le cours y créait de forts remous où s'y agglutinaient les résidus liquides les plus brouillés et vaseux du coin. L'*Econoline*, les vitres grandes ouvertes, y sombra prestement comme le Titanic s'abîma dans l'océan glacé, une nuit d'avril glaciale. Ils attachèrent, avec les menottes trouvées sur les deux gardes du corps, les deux sénateurs, toujours inconscients et étourdis par tant de brutalité foudroyante. Mark enfonça dans leurs gosiers des bouts de guenilles graisseuses et enroba leurs têtes, au niveau de la bouche, par plusieurs tours de chatterton adhésif, pour la construction avec l'intention de les rendre au silence. Il en collait aussi sur les yeux. Les clés étaient encore sur le contact. Ils déposèrent les deux hommes dans la valise de la limousine et chargèrent les costumes sur le siège arrière.

Dans l'enveloppe de fin papier de riz, il y avait les cartons d'invitations pour la soirée spéciale. Goldsmith avait la sienne sur lui. Le billet n'était pas imprimé, mais enluminé de feuille d'or... Chaque fairepart devait coûter une petite fortune à faire artisanalement. D'étranges bas-reliefs montraient un bestiaire animalier allant du taureau jusqu'au serpent. Cela ressemblait à un thème astrologique, mais avec des variances de style moyen-oriental. Allan n'avait pas le temps de l'étudier, mais fut quand même interpellé par le sujet baroque :

«Vous êtes conviés, Initié William Thorrenz,
À vous prosterner devant celui qui EST dans la suie
À cette grande Nuit de la Walpurgis.
Il vous sera possible de faire vœux sans souffrir.
 Celui qui est intercédé, celui qui sait offrir... Comme celui qui veille sur le Styx,
Au grand monolithe veille le Grand Strix. Viens, et IL accomplira ton souhait...
Si tu sais lire en ton cœur le désir de celui qui EST
Tu présenteras au «Buisson-Ardant»
Celui qu'il attend de toi...»

Il replaça le carton dans l'enveloppe. Celui de Goldsmith était le même, exceptez le nom du détendeur...

Mark enfila la veste grise du chauffeur et sa casquette de conducteur. Ed était en état de choc. Sexton alla le chercher en essayant de le réconforter du mieux qu'il le pouvait. Il l'installa dans la limousine à peine écorchée et ils s'enfuirent. Au loin, des sirènes de police se faisaient entendre. Si ce n'avait été de l'immense kermesse d'Halloween, les policiers seraient intervenus bien avant. Ed pouvait reprocher bien des choses à Mark et Allan, mais il maîtrisait rationnellement le fait qu'ils avaient agi selon leurs consciences. Il s'en voulait surtout à lui... Il se morfondait de remords... Dans l'action, il avait, lui aussi tiré des projectiles. Allan était tenté de le réconforter en lui faisant le propos du genre : — «Vous avez fait ce qu'il fallait, vous avez fait votre devoir» —, mais il savait trop que ces balivernes seraient vaines. Allan commençait à bien le connaître. Il se contenta de prononcer cette phrase :

— Ed, Ed, nous avons les costumes, Mark et moi allons la chercher. Vous attendrez à une cache sûre. C'est trop dur pour vous, nous comprenons...

— Non, non, Allan... C'est ma fille qui nous a tous mis dans ce pétrin... C'est à moi de régler ça... J'y tiens!

— Ce sera dangereux... Ils sont prompts à tirer sans sommation! Vous en êtes certain?

— Oh oui, il le faut... Pour elle... Il le faut!

À la faveur de la nuit, Mark conduisit la limousine à un centre de nettoyage automatique. Les balais mécaniques firent des merveilles pour effacer la plupart des traces de la collision et de souillures de sang. Les portières étaient légèrement bossées, mais avec un peu de chance, ils pourraient s'approcher assez prêt et montrer que le bon côté du véhicule en se stationnant dans un recoin. Garder les deux sénateurs dans la valise était hardi. Mais si on les libérait trop tôt, ils donneraient l'alerte et mettraient en danger toute opération possible. Allan Sexton avait fait disparaître le camion de Mark en l'envoyant par le fond à la jonction de l'*East River* et de l'*Hudson River* dans un coin noir et désolé. Pour l'heure, ils n'étaient pas inquiets, mais tôt ou tard le nom de Mark Copland referait surface si l'on reliait son véhicule à deux morts hautement suspectes! En réalité, le filou Copland n'avait pas mis les enregistrements légaux de sa propre personne, mais à celui d'un cadavre quelconque qui croupissait dans un cimetière depuis de longues années. Il n'était pas tracassé que l'on découvre les deux dépouilles mortelles plus loin en aval, à des kilomètres de là. Le véhicule sombrerait à pic et ne serait retrouvé que lorsqu'on déciderait de draguer les fonds de la rivière et à cet endroit précisément... Tout semblait se jouer cette nuit et l'aurore et ses conséquences n'avaient plus d'importance.

La limousine était assez spacieuse pour permettre à Ed et Allan d'enfiler les costumes. Ils se lancèrent des regards de stupéfaction. C'était gênant juste à les voir... Ce n'était pas tout à fait des habillements d'inspirations de la renaissance, même pas de la période dite de rococo. C'était un amalgame baroque, saccadé et désordonné d'époques historiques. Ed, plus petit, avait pris celui du sénateur Goldsmith et Allan celui de Thorrenz. M. Prescott avait une toge de velours bleu royal qui se portait sous un genre de houppelande à capuchon d'un rouge écarlate. Des grelots enjolivaient le manteau. Avec ce costume, il y avait un masque doré d'un vieillard difforme, sculpté dans un bois massif et probablement recouvert de feuilles d'or. Les traits du vieux birbe étaient caricaturalement étirés pour lui donner des airs de souffrances atroces. Le harnachement de Thorrenz était encore plus insolite, surprenant. Un paletot à capuche brun foncé, avec des attaches de velcro sur toute sa longueur, en arrière et sur le devant. Comme si le modèle avait été inspiré d'une jaquette de patient d'hôpital. Seule la duègne, un genre de chaperon en fourrure de bouc, dictait le sens de cet accoutrement. Allan se sentait gêné de devoir porter ce vêtement. La pèlerine d'un brun cuivré, qui allait par-dessus le manteau, était plus déplacée qu'inusitée... En surpiqûre d'or, des phallus en érection ornementaient toute sa surface. Un bijou sur un énorme collier en argent solide avait comme parure une verge stylisée qui avait évasivement la forme et la dimension d'un tube à cigare. Ils se passèrent de commentaires face à la nature de cet objet... Il y avait, aussi, un étrange soutien-gorge aux faux seins rembourrés, également en toison de bélier, devait probablement se porter sur cet accoutrement. Comme déguisement, Allan ne fut pas surpris du choix de Thorrenz. Un masque avec un visage de femme, en or massif. Elle avait les traits vaguement égyptiens, avec un mascara peint qui rappelait étrangement les maquillages pharaoniques des dynasties antiques. Ils étudièrent leurs affublements pour être le plus exactement fidèles à l'idée d'origine. Mark resterait, si c'en était possible, dans la limousine, avec l'armement dit lourd. Allan dissimula sur lui une arme de poing et un système discret de communication. Le seul lien avec l'extérieur, c'était Copland...

Des invitations pour l'Enfer

On cogna avec révérence sur le cadrage métallique du douillet cachot d'Alberta pour avertir qu'on ouvrirait la porte. Elle fut interloquée en voyant deux formes humaines, tapies dans les ombres ténébreuses, qui se prosternaient devant elle. Sans dire mot, ils lui firent comprendre qu'elle devait les suivre. C'était deux hommes qui endossaient des bures de moines noires avec de profonds capuchons. Leurs mains étaient enfouies dans leurs manches et sous le scapulaire de leur capuche. Ils portaient, comme par-dessus, des capes rouge écarlate avec des rebords tapissés d'idiomes et de caractères ésotériques en broderie de fil d'or. Leurs démarches étaient lentes, augustes et solennelles.

Sa cellule était encastrée dans du béton. Pour cette raison, elle n'attendait aucun bruit. Dès qu'elle se glissa dans le long couloir, elle discerna une musique mielleuse dans le lointain. C'était l'écho d'une valse autrichienne, pièce musicale du genre de Johann Strauss. Plus elle s'approchait, plus elle entendait une multitude de voix qui parlaient en même temps. Le corridor était plongé dans les ténèbres, mais au bout du passage, elle voyait poindre à l'horizon une vive lumière. Ses yeux durent se familiariser à l'incandescente clarté. Elle fut ébahie par le faste de la grande chambre principale. Elle émergea sur une vertigineuse mezzanine de balcon raccordée à des colonnes recréant des ziggourats à étage, avec des jardins suspendus, qui faisaient le tour de toute la salle de bal. La première chose qu'elle constata, c'était un énorme chandelier de cristal fin. Il surplombait ce palace, centré en plein milieu. Il était majestueusement accroché à un vaste plafond peint d'un bleu très foncé. On y remarquait de nombreuses peintures rupestres et pariétales, qui représentaient des symboles astrologiques anciens et des cocardes zodiacales antiques. Cette titanesque carte du ciel étoilé semblait montrer des astres sidéraux d'une autre ère, d'une autre époque...

Alberta fut ébahie par la grandeur colossale du complexe. La place couvrait facilement plus que la moitié du terrain d'un stade de football. Ce palais mesurait 250 mètres de long, par 200 mètres de large et sa hauteur était d'environ 60 mètres. Il y avait une inspiration différente et libre de l'architecture pakistanaise du *Temple d'Or* ou des temples babyloniens d'Irak. Mais cette salle de bal ne ressemblait à aucune construction connue et s'avérait être une création hybride de plusieurs hauts lieux de plusieurs civilisations. Certains détails plus modernes, comme de longues tapisseries superposées de velours rouges et de soies immaculées, lui évoquaient aussi l'amphithéâtre d'opéra *La Fenice* de Venise.

De sa position, elle pouvait voir la porte unique d'influence de Rodin. Elle était grande ouverte. Des centaines de gens, costumés de couleurs vives et colorées, entraient par ce portail de façon recherchée et maniérée. Les plus sobres avaient des costumes d'inspiration aristocrates du 17e siècle. Les femmes revêtaient de grandes robes à crinoline et des perruques teintées de cheveux blancs, crêpés et frisés très hauts. Elles utilisaient frénétiquement des éventails et elles avaient toutes de magnifiques tourets de nez de carnaval et des loups à plumes d'oies et de paons.

Les hommes enfilaient des vestes de dolmans militaires avec exagérément de soutaches, parures et médailles. D'autres endossaient fièrement des tuniques et soutanes médiévales aux couleurs cardinales ou des gabardines de cuir avec des franges et des ganses. Leurs masques aux formes et coloris variés donnaient parfois dans l'animalier et le burlesque, tantôt dans la tragédie grecque...

Certains individus, avec un air exotique ou une allure d'extraterrestre, étaient plus déterminés et actifs, ils gambadaient en émettant des sons marrants ou des cris époumonés... Ils portaient comme ouvrage des inspirations plus excentriques qu'artistiques. Créations qui auraient fait rougir d'envie Liberace lui-même... Ils rappelèrent à Alberta les fous du roi des contes et légendes médiévales.

Il y avait aussi une multitude d'enfants, tout décorés et costumés de façon princière, avec capes et minuscules diadèmes. Elle se surprit à scruter, en vain, pour repérer la petite Karrie. Les jeunes personnes couraient dans tous les sens, jouant à la cachette ou à la touche.

Les dames s'agglutinaient dans un coin et ce comparant silencieusement les unes, les autres. Elles balayaient l'air frénétiquement de leurs luxueux éventails en attendant un événement qui ne semblait pas arriver. Les messieurs paraissaient plus fraternels, plus énergiques et le brouhaha qu'avait entendu Alberta venait plutôt d'eux.

Elle restait immobile et emmagasinait une foule de détail... Elle reconnaissait l'endroit d'écrit par le défunt contact d'Allan. Dans l'altitude où elle se trouvait juché, elle pouvait admirer un spectaculaire atrium octogonal d'où s'élançait un puissant écueil. Une falaise, monumentale et artificielle, qui coïncidait à s'y méprendre à un hibou de minéral perché. Il faisait près de 40 mètres de hauteur pour 18 mètres de largeur. Vers l'arrière de la bête de roc, il y avait un large escalier de pierre qui se rendait à un autel suspendu.

Elle voulait porter une attention spéciale aux magnifiques tables emplies de riches victuailles et de culminantes fontaines de champagnes, mais l'un de ses deux mystérieux hôtes lui indiqua de la main qu'elle devait les suivre.

Elle longea le haut balcon jusqu'à un porche ouvert. Ils la firent entrer dans une salle elliptique réduite. Dans ce local ovale, on y trouvait également une gigantesque crèche d'inspiration chrétienne laissée dans la pénombre. Le berceau du petit messie était vide... Elle recula d'un bond lorsqu'elle vit que l'âne et le bœuf avaient été remplacés par deux léopards, bien vivants, à la façon dont ils montrèrent leurs canines à une Alberta incrédule. Une grande femme, de formes très athlétiques, avançait dans la pièce et se positionna sans crainte entre les deux fauves. Elle exhibait des habillements de couleurs ébène, très *sexy*, de plastique et de cuir très moulant. Ses bottes de vinyles, aux talons, exagérément hauts, lui donnaient des allures de poupée fatale. Elle avait des apparences et des traits fortement madrilènes et la peau très basanée. Elle avait de longs cheveux noirs et lustrés, lissés et retenus simplement en queue chevaline. Elle n'arborait pas de masque et ne cachait pas son visage, mais elle déployait un épais maquillage de style dominatrice gothique. Ses sourcils, complètement redessinés au crayon fard, donnaient des expressions de sévérité extrême. Elle portait à sa taille un genre de flagelle, interminable et en s'achevant par de petits clous. La créature poudrée la regardait avec un dégoût certain. Alberta baissa instinctivement la tête et fixa le sol. La marâtre creusa ses joues dans un sourire mesquin et cruel. Avec un accent légèrement maghrébin, elle persifla :

— C'est toi, Alberta Prescott? Tu es maintenant à la merci démon maître! Je dois t'amener au réfectoire pour te préparer...

La mystérieuse fille tenait ses deux bêtes en laisse comme s'ils étaient que des caniches. Lorsqu'elle marchait, elle exagérait les mouvements de son bassin pour optimiser les courbes sensuelles de son corps. Elle empruntait la fameuse démarche de la défunte diva Marilyn Monroe. La parade avec ses fauves lui concédait des allures magnifiques et épicuriennes de femme fatale, plus précisément celui d'une veuve noire. Alberta, ne désirant nullement la contrarier, la suivait jusqu'à ce qu'elle pensait être un simple mess de repos.

Elle pénétra dans une splendide salle de prière d'inspiration fortement persique éclairée par des torches de poix et des braseros de braise. Cette pièce, par sa majestueuse construction de marbre, de cuivre et aux parties supérieures recouvertes de plaques et de feuilles d'or, donnait à l'endroit un faste sans égal. Des statues antiques de sphinges, des lions ailés à tronche vaguement humaine, semblaient protéger une gravure d'un grand homme, à tête de taureau qui était assis sur un trône de pierre : — «Des centaures et des chimères?», — pensa Alberta. Sur des pans de mur complets, il y tenait des inscriptions cunéiformes complexes. Çà et là, des fanions de fraternités universitaires brisaient le thème général d'Assyrie mythique. Alberta n'eut le temps que de voir ces détails lorsque son regard fut magnétisé par une assise royale où siégeait triomphalement Fulher Abraham Manlow. Une épitaphe gravée en dialecte sikh : «*Akal Takht*» (Le Trône de l'Immortel) était ciselé au-dessus de sa tête. Alberta connaissait cette maxime, car elle rêvait de visiter le Temple d'Or du Pendjab en Inde. Elle était fière de sa propre déduction.

Il ne manquait à Manlow qu'un manteau d'hermine et une couronne pour qu'il ait acquis l'air d'un roi mérovingien. Les deux nervis, vêtus des toges cléricales, prononcèrent à l'unisson une mélopée incompréhensible, une déclamation morbide. On aurait pu croire à un dialecte mêlant du farsi perse, du grec ancien et une vieille variante linguistique scandinave... Cet énoncé ressemblait pour Alberta à une formule de fraternité universitaire qui aimait mettre du piquant dans leurs pseudo formulations magico-comique, il semblait que cette phrase n'avait aucun sens au niveau dialectique, — mais la jeune captive n'avait que de faibles bases en cette matière. — Manlow parla à la dame revêche dans un langage inconnu d'Alberta. Il sourit et il la présenta à la demoiselle :

— Mademoiselle Prescott, je vous présente Shirin Irsa...

Alberta n'était pas trop sûre d'elle, mais ce nom n'était pas espagnol, arabe ou kabyle. Elle avait connu une étudiante iranienne qui avait le prénom de Shirin. Elle était probablement persane de sang comme les baudruches soumises et les musiciens mortifiés de la sombre grotte. Manlow continua sur sa lancée :

— Shirin Irsa est ma fille adoptive... Lors d'un voyage initiatique en Perse, j'ai fait la connaissance d'un soufi, mystique islamique basé sur l'enseignement des grands maîtres spirituels. Je recherchais de nouveaux savoirs et ce sage homme me restitua sa petite fille, l'enfant de son enfant pour célébrer une occasion particulière. Tu t'en souviens Shirin, tu n'avais que sept ans à l'époque... Je l'ai, pour ainsi dire, adopté spirituellement... et je lui lèguerai tout à mon ultime départ... Elle se joindra à nous pour la cérémonie. Vous aurez un très bon billet et vous serez aux premières loges... J'aimerais faire de vous deux de grandes amies, des... sœurs... C'est

530

avec plaisir que je serai votre hôte et votre guide, chère enfant! Je vous considère maintenant comme ma propre fille... *Alea jacta est...*

Manlow avait une façon vile de ricaner, comme un vampire d'opérette qui contrôlait mal ses vocalises et qui terminait sa raillerie comme le ferait une hyène. Alberta cherchait l'allocution latine reliée à : «*Alea jacta est*»... Elle grimaça d'incompréhension en réfléchissant en sourdine :

— C'est une formule de Suétone? Ou était-ce Jules César?... Je pense que ça rime à quelque chose comme «le sort en est jeté!» Que veut-il dire par ça? Leur sort de magie est lancé sur moi, sur l'endroit? Ma propre destinée??? Merde! Je dois trouver un moyen de fuir!!!

Alberta était toujours perdue dans ses pensées quand Manlow se souleva de son trône... Derrière son banc de pierre, une trappe dissimulée dans le mur s'ouvrit rapidement. Alberta commençait à peine à maîtriser ses sens qu'elle retournait dans son cauchemar éveillé... Les petits gnomes aux masques grossiers et sauvages bondirent sur elle avec célérité et l'empoignèrent. Cette fois, elle était debout et en complète clarté. Elle avait la ferme intention de se défendre, vendre chèrement sa peau.

Elle utilisa les trucs d'autodéfense qu'Allan lui avait appris. Elle fut assez préparée mentalement pour s'en servir à présent. De son os de la paume de sa main, elle frappa le premier en pleine trique et il revola sur le sol étourdi. Avec superstition et crédulité, les autres lilliputiens cannibales furent terrorisés par l'élan de courroux d'Alberta. Shirin Irsa fit claquer avec hargne son fouet et les créatures se ressaisirent. Alberta fut maîtrisée, sans avoir farouchement défendu sa personne. Cognant les uns, impressionnant les autres. Elle avait compris la raison des meurtrissures de ces petits pygmées. Elle les avait dressées à grands coups de fouaille et de cravache! Alberta, la peur à son paroxysme et totalement épuisée, tomba inconsciente... Ne serait-ce que pour ne pas ressentir ce que l'on s'apprêtait à lui faire subir?

*
* *

La limousine conduite par Mark longeait la *Fifth Avenue*. Elle avançait à pas de tortue dans une file sans fin entrecoupée de festivaliers qui bloquaient impunément le trafic sans aucune règle de civisme ou de sécurité. Il était maintenant 21 h 21 et Allan commençait à craindre le retour bredouille des assassins du pont avec la nouvelle qu'ils leur avaient causé un lapin... Dans les rues, des fêtards éméchés étaient aux prises avec les forces de l'ordre. Un motard de la police des autoroutes se colla à leur arrière-train. Il semblait faire une vérification de plaque minéralogique par sa radio. Soudain, le motocycliste de la sûreté publique fit signe à Mark de se garer sur le côté de la chaussée... Ed était horrifié à voir le «Rooster» et Allan tirer discrètement sur la culasse de leur arme...

— Vous n'allez pas abattre un policier tout de même? Nous sommes embouteillés dans une foule dense!

Mark se retourna vers Ed et lui chuchota rapidement :

— Monsieur Prescott, on fera bien pire pour extraire Alberta de là! À mon signal, accroupissez-vous sous la banquette...

Allan prit avec fermeté la situation :

— Restez calmes... Attendez mon ordre avant de bouger!

Mark baissa de quelques pouces sa fenêtre électrique. Il faisait un large sourire, outrancier, qui révélait largement sa dentition de bourlingueur. Le flic demeura flegmatique, mais courtois :

— Nous avons des directives pour les gens comme vous, M. Goldsmith... Veuillez me suivre...

Contre toute attente, le policier en moto fit hurler ses gyrophares et ouvrit promptement la voie à la limousine. En moins de cinq minutes, ils étaient à l'ombre de l'*International Business corporation*. Mark pivota le volant et tourna le coin vers l'arrière de l'édifice. Le secteur était assez sombre. La porte blindée était grande ouverte. Par cette ouverture on y percevait une lueur rougeoyante et une fumée vers le fond qui donnait l'impression d'être l'antre d'un puissant dragon. Il y avait déjà plusieurs véhicules luxueux en attente. Une douzaine de personnes de la sécurité, habillées de smoking noir. Un des hommes ne pouvait s'empêcher de remarquer les marques et les bosses sur les portières côté du conducteur. Mark, devenant un peu trop confiant dans son rôle de chauffeur, baissa à nouveau sa vitre et fraternisa avec le cerbère :

— Merdeux de chauffard de fêtard alcoolique! J'aurais dû le buter!

Le garde pencha la tête et tenta de voir à l'intérieur, il dit, non sans trop d'assurance et avec un timbre de suspicion :

— Ça va?

— Oui, oui, le policier est arrivé juste à temps... Tu m'excuseras, mais je suis pressé, Messieurs Goldsmith et Thorrenz s'impatientent de tous ces contres-temps!

Mark ferma sa vitre et se mit à la queue des autres véhicules de luxe. Ed fouilla dans un des compartiments de la glacière et sortit une courte bouteille de scotch salutaire d'un minuscule et provisoire bar de limousine. Il en tira une bonne gorgée et replaça sur son visage son masque loufoque. Il tendit le petit flacon à Allan qui le refusa, il la passa discrètement le reste à Mark. Il gloussa un «aahh!» de satisfaction et se contenta d'une satisfaisante lampée à la discrétion des vitres teintées de la grande voiture.

Un placier en chic complet, armé d'un pistolet-mitrailleur, leur fit signe de se garer dans une des places disponibles. Allan reprit confiance en voyant le stationnement plein de fourgonnettes d'apparats et de bagnoles magnifiques. Il y avait à cet instant une cinquantaine de personnes qui arrivaient de leurs véhicules, cartons en main et tout costumés. Ed et Allan sortirent calmement de la voiture et marchèrent à une cadence lente, à la même vitesse que les autres convives, ajustant leurs pas aux leurs. La sécurité vérifiait minutieusement chaque carte d'invitation. Un préposé, installé à une grande table drapée de blanc, criblait un lecteur à balayage infrarouge sur le dessus du faire-part. Au passage de la lumière, des hiéroglyphes, invisibles à l'œil nu, apparut. Un garde différent contrôlait consciencieusement les données dans un ordinateur portatif.

Dans la longue file d'attente, juste devant Allan et Ed, deux hommes se faisaient des confidences pour passer le temps. Ed crut reconnaître, au travers d'un masque tribal de style africain d'un de ceux-ci, le célèbre chanteur de *spleen blues,* Neuville Willoughby. C'était le meilleur goualeur *rythm and blues* de sa jeunesse. Il ne fut guère réconforté de bien le constater lorsque l'auteur-interprète retira le haut de son imposant costume, le visage légèrement ridé et avec du gris aux tempes pour éponger son visage suintant avec un magnifique mouchoir de soie. Ce jour-là, il faisait bien dans les 60 ans sonnants...

Il semblait, par son discours, enthousiasme par le début de la soirée. Il entonna, dans un accent légèrement créole de la Louisiane :

— C'est une brillante idée à nos cerveaux de l'administration d'avoir donné aux quartiers des aires de carnaval comme nous allons le vivre ce soir... Cette réception deviendra plus importante que la fête de ceux du Poisson! N'est-ce pas Henry?

L'autre, plus penaud et malingre, haussa les épaules en signe d'acquiescement, mais son discours se voulait moins chaleureux et coloré :

— Les infidèles à la foi des anciens n'avaient pas besoin de s'éclater de la sorte cette nuit... Nos penseurs n'ont pas pensé aux malheureux des leurs qui n'ont pas d'hélicoptère! J'ai été retenu dans un fort embouteillage!

— Bah... Mon cher, les femmes seront chaudes ce soir et, de toute façon, tous ces cons de la masse nous ressemblent maintenant beaucoup plus que vous pouvez le croire!

— Ils ne sont que du bétail aux yeux des seigneurs et des maîtres...

— Justement, ce sont eux-mêmes qui s'imaginent comme des singes parlants... Ils réfutent leurs essences divines et se trouvent intelligents de se considérer comme des animaux!

— Ce soir, j'ai une requête à faire à celui qui est...

— Ah! Oui! Laquelle? Faire un autre succès *soul*?

Le basané à la voix d'or se cabra comme pour imposer son idée. Il claironna :

— Serait-ce un crime d'utiliser une telle ressource pour ce noble dessein?

— Mon cher Neuville, ça devient un crime quand on possède une vocalise comme la vôtre!

— Mais aucun impresario, aucun promoteur, aucun agent d'artiste ne réussiraient là où IL peut accomplir! J'ai eu mes heures de gloire, maintenant, je n'attire plus qu'à mes concerts que des croûtons séniles qui tendent l'oreille en fredonnant, par cœur, les mêmes succès depuis maintenant 30 ans... Autant dire que mes ventes ont chuté... Ce serait l'ultime bonheur d'encore connaître un triomphe avant ma retraite...

Ed, à l'écoute de ces commentaires acerbes sur les vieux amateurs, se sentit directement visé. Il fixa vertement l'ex-chanteur de charme comme pour lui faire savoir que c'était lui le pingre qui écoutait ses mêmes chants depuis 30 ans... Neuville Willoughby pressentit ce regard de haine et de défiance au-delà du faciès torturé d'or et il commença à loucher des yeux nerveusement et affichant un sourire béat, comme le ferait une marionnette de ventriloque après un bon calembour ou un désopilant badinage de casse-pieds. Le crooner à la voix d'or remit rapidement son masque. Intimidé par la manière qu'il se faisait mirer. Il sautillait fébrilement comme le ferait un petit bronzé d'une plantation de coton du sud des États-Unis au 19e siècle devant un esclavagiste draconien et impitoyable.

Les deux interlocuteurs devant Ed montrèrent mollement leurs cartons. Un des hommes de la sécurité leur exposa une formulation étrange, comme une énigme :

— Dans les branchages, les vents soufflent, qu'arrive-t-il alors?

— Les tisons montent et les ramures deviennent des braises... Tel est la volonté de celui qui Est...

On laissa passer le petit sec qui se prénommait Henry. Voilà qu'on posait une autre interrogation au chanteur de *blues* en l'appelant communément par son nom. Nerveusement Ed tendit l'oreille pour intercepter une possible solution. Allan le précéda pour prendre les premiers coups si toute l'opération virait au vinaigre. Ils écoutèrent attentivement l'énigme pour en extraire une quelconque logique. Neuville prêtait à peine l'ouïe à la devinette, il avait l'air de la connaître et savoir aussi la réponse. Il sembla contracter son pavillon que par pure politesse :

— Bonsoir, Monsieur Willoughby... Les fournils sont gorgés de cendre et ces cendres sont noires et adipeuses, que cela démontre-t-il?

Willoughby déchiffra, par cœur, la clé et répondit docilement :

— Quand les fourneaux ont tant fonctionné, c'est que ce fut une bonne journée de labeur...

On le laissa pénétrer dans le complexe sans aucune différente question. Mais Allan comprit son erreur que trop tard... On faisait déambuler les convives à travers un détecteur de métaux et l'on effectuait une fouille sommaire pour y déceler toutes armes ou tous autres objets, comme micros, appareils photographiques, enregistreuses audio, cellulaire, caméras, etc. Il se souvint du témoignage narré par son défunt contact...

Derrière la table des gardes se trouvait un vaste corridor. Il y avait beaucoup de gens, mais si Allan forçait le passage pour se fondre dans la masse un tant soit peu, il n'aurait pas fait 3 mètres qu'on l'aurait froidement abattu. Ed ajustait nerveusement son masque. À cause des épaisseurs de son costume, on ne pouvait distinguer qu'il était fiévreux, mais il n'en avait pas moins la chair de poule. On salua Allan en croyant bien sûr à avoir affaire à Thorrenz. Dès que l'appareil télémétrique fit un balayage de la carte du père conscrit, le garde l'interloqua :

— Monsieur le sénateur, où est Monsieur Hartland? Il ne répond pas à son téléphone... Et nous sommes terriblement débordés!

Allan avait une solide idée de ce que le portier avançait, l'heure était critique et il tenta le tout pour le tout... Cherchant à imiter le plus possible l'intonation légèrement mièvre et dévirilisée de William Thorrenz, il misait toutes ses chances sur un baratin au travers d'un masque :

— Ne m'en parlez pas, il est arrivé par un hélicoptère... Il nous a laissés en plan pour une soi-disant urgence... Nous avons un message important à transmettre à Monsieur Manlow... Hartland vous expliquera à son retour! Venez Goldsmith!

Sans broncher, Allan et Ed accélérèrent le pas. Pendant une seconde, le garde resta confus et perplexe. Les personnes derrière eux brandissaient leurs faireparts et la farandole des questions reprenait sans que le cerbère pût réfléchir convenablement à cet événement. Il aurait voulu suivre les deux politiciens, mais l'heure avançait et il y avait une affluence de carnavaleux à la guérite improvisée... L'entrée clandestine des deux sénateurs ne devint qu'un simple, et anodin, fait divers...

Ed et Allan passèrent les grandes portes sacramentaires et se retrouvèrent dans un immense hall. Des jeunes foncèrent vers eux dans une ruée sauvage. Avec une certaine confusion, plusieurs dizaines de personnes se tenaient debout, pour ne pas dire une centaine. Ils jacassaient entre eux et s'esclaffaient sur des plaisanteries mondaines. Des pique-assiettes longeaient les tables d'amuse-gueules et s'empiffraient de caviar, se goinfraient de fins fromages et buvait le champagne comme si cela avait été une boisson gazeuse au gingembre. D'autres, plus sinistres, s'attroupaient en petites troupes et semblaient manigancés en cachette. Quand une personne, en dehors des secrets, s'approchait d'un peu trop près, on pouvait apercevoir le groupe des comploteurs et des conspirateurs se morceler et s'éloigner pour se refondre à un autre endroit comme un banc de sardines...

Des personnages anonymes, à peine habillés de toge de soie transparente, arrivèrent en hordes éparses. Surtout d'ardentes femmes et de juvéniles hommes qui invitaient des convives à danser avec eux sur le son d'une valse qui ne finissait plus. Tels des dieux Helléniques et des déesses grecques, ils animaient voluptueusement les gens présents en usant d'un charme tout pimpant d'élégance. Malgré la préparation mentale qu'avait Allan, il fut estomaqué, extrêmement choqué, même, de remarquer des personnes adoptées des manières plus libertines, dévergondées, et ce, devant des enfants interloqués qui cessaient de jouer pour regarder candidement ces adultes se courtiser de façon libidineuse. Une convive repoussa son très jeune garçon, effrayé de cet univers déluré, pour embrasser goulument une dame de joie. Une autre femme, octogénaire et obèse à voir ses formes, se laissait couvrir de langoureuses caresses par deux impubères de race noire à peine adultes. D'autres, non moins débauchés, pratiquaient dans des zones plus ombrageuses des cajoleries encore plus explicites en face de tout le monde. Des gens distribuaient des pilules bleutées qu'on mélangeait avec de l'alcool et d'autres médicamentions. C'est explicitement que quelques prostituées commençaient à se dénuder complètement. Elles dansaient comme des vestales romaines aux yeux de tous, mais elles n'avaient rien de virginal et chaste... L'atmosphère devenait de plus en plus sybaritique...

Allan avait peine à croire qui se trouvait au cœur de l'antre de Manlow. Sexton eut une pensée pour son défunt contact. Sa description était encore plus fidèle que ce qu'il crut s'en imaginer. Il était en plein centre de ce repaire et il n'avait pas de caméra pour prouver ses dires. Jamais pareille chance ne se reproduirait. Tout ce que lui avait décrit son informateur était exact... Et également bien pire!

Ed tourna sur lui-même pour assimiler ce décor grandiose et en fut presque étourdi... Allan trouvait Ed très expressif de la façon dont il tirait frénétiquement sur la manche de son déguisement. Il se retourna pour avoir une légère commotion...

C'était une femme qui portait un vêtement excentré de Marie-Antoinette. Sexton la reconnut comme étant Mme Thorrenz, plus par son caractère antipathique que par sa morphologie ou son costume au décolleté révélateur. Croyant parler à son mari, elle ne fut vraiment pas tendre à son égard :

— Espèce d'aguicheur de pétasses! Je t'avais pourtant bien averti de ne pas m'ignorer! Tu m'as fait perdre la face devant les autres épouses! Si tu penses à t'amuser avec un autre ce soir, tu n'es pas au bout de tes peines!!! Allez, viens!!!

Allan tenta de s'éloigner en douceur, mais elle le retint par le bras en le menaçant vertement :

— Si tu ne reviens pas immédiatement à mes côtés, je vais briser ta carrière! Mon père va te trucider!!!

Allan répondit à cette femme qui n'était pas habituée aux rebuffades de son conjoint. En imitant la voix de Thorrenz du mieux qu'il le pouvait. Il marmonna légèrement plus fort que le son ambiant :

— Non, chérie... J'ai à faire... Je te vois plus tard...

L'écho du masque camoufla les écarts de déclamation et de toute façon, elle était tellement hors d'elle qu'elle n'aurait pas fait de différence à cet instant entre son mari et un gigot chez le boucher. Elle hurla à pleins poumons :

— Tu es sourd, demi-portion!!! Je t'ordonne de me suivre! La femme du président est là et tu nous fais passer pour des corniauds! Espèce de gigolo!!!

Allan n'avait guère le choix de briser la glace pour s'en débarrasser. Il décocha froidement :

— Pétasse toi-même! Depuis le temps que j'en rêve! Lundi matin, tu recevras une lettre de mon avocat... Je divorce! D'ici là, va te faire foutre à t'en cuire un œuf!!!
— Tu ne me verras plus et tu ne verras plus tes enfants!
— Et alors... Fou le camp, j'ai un jeune homme à séduire!

Allan poussa quelque peu les injures sans aucunement en ressentir de plaisir. Il haïssait William Thorrenz, mais c'est sans le sourire aux lèvres qui vomissait ces insultes. Elle devait lui lâcher la grappe. Le laisser-aller à sa guise sinon elle le démasquerait trop rapidement!

Ed recula et se perdit dans la foule. On le saluait comme étant le vieux sénateur Goldsmith et il ne faisait que de timides et brefs signes de la tête comme réponse. Parfois dans la masse, des gens, attriqués en moine avec des couleurs contrastantes autant criardes que sobres, déambulaient pour démontrer une certaine forme de sûreté. Ces bures ressemblaient à une sorte d'uniforme cohérent et tout semblable. Allan réussissant à abasourdir Gina Gallore eut juste le temps de s'éloigner de la tourmente. Celle-ci semblait remplie d'amertume et se préparait à prendre une revanche quelconque. Elle hurlait toujours de manière hystérique en ne retenant ses pleurs que par une rage émancipatrice...

Deux hommes en robes noires et capes rouges s'approchèrent de Mme Thorrenz et lui intimèrent de se calmer sans écouter ses colériques jérémiades... En fait, Ed et Allan qui le rejoignait dans la foule s'accordèrent à dire, à la façon qu'on saluait et respectait les moines, qu'ils fussent des genres de cléricaux ou des sectaires en autorité reliés à ce lieu.

Au gré de leurs errances, ils recherchaient des pistes pour retrouver Alberta. Ed jeta un coup d'œil à la structure de roc qui symbolisait une chouette et il fut presque suffoqué de voir sa fille en si mauvaise posture... Il avait repéré Alberta, qui était lamentablement perchée sur un haut balcon, une plateforme qui se trouvait entre les deux «cornes» dressées qui ressemblait autant à des oreilles de chat que des plumes de rapace nocturne.... Elle était enchaînée à ces poteaux en houppes de pierre et apparaissait immobile ou pire encore, morte... Elle était encadrée par deux de ses hommes vêtus à la façon des acolytes, aux capes rouges et toges noires distinctives... Il ne semblait avoir aucun accès pour s'y rendre... Les lumières se tamisèrent et une fumée étrange accompagnait un fredonnement venant de nulle part... Plus un son qu'un chant! Cette nouvelle situation altéra le comportement des gens présents, les enfants comme les grands... Ils se mouvaient sur place comme des pantins, gesticulant machinalement en fixant le grand hibou de béton. Un subtil coup d'épaule d'Allan pour redynamiser un Ed abasourdi et ils se mirent, eux aussi, à bouger de façon semblable, tout en tentant de trouver un issu secondaire pour accéder au sommet de la montagnette de minéraux. C'est là qu'ils virent une vingtaine de personnes investir la scène de l'atrium juxtaposé au grand-duc minéralisé. Ils portaient des vêtements du même genre que les acolytes, mais en plus rehaussés et plus fastueusement parés de pierres précieuses et de joyaux. Les vingt hommes se courbèrent vers le hibou de béton, se tournèrent vers la foule et commencèrent à chantonner une oraison affligée. La lumière vive s'effaça pour dévoiler une lueur rougeâtre et luciférienne. Sexton reconnut Manlow qui gravissait des marches de mortier pour disparaître dans le cœur de la bête... Ed et Allan suivirent deux acolytes gardiens qui rabattaient leurs capuchons pour se donner des airs plus mystiques. Leurs démarches lentes et inspirées imposaient une sorte de respect qui effleurait la crainte, qui côtoyait la peur. Les deux sbires frôlaient les gens, mais personne ne semblait vouloir les toucher parmi les adeptes de cette folie. Ils apparaissaient qu'ils se dirigeaient vers le hideux hibou de pierre. Sexton empoigna la manche d'Ed pour qui le suive prestement. Il ne devait pas les perdre de vue. Ils trouvèrent une cache entre une massive table de victuaille laissée à l'abandon et un large rideau de velours rouge. À l'abri de cette retraite improvisée, ils reluquèrent de loin les deux acolytes pour repérer s'ils leur dévoileraient ainsi indirectement l'accès... Ed chuchota dans le dos d'Allan :

— Allan, que faisons-nous? Nous naviguons en plein délire de cauchemar! Qui sont tous ses dingues???
— Ce n'est pas le temps de tergiverser sur ce sujet M. Prescott... Vous voyez ces deux faux moines? Je suis persuadé qu'ils vont nous paver la voie jusqu'à Alberta... Me soutiendrez-vous jusqu'au bout?
— Pour sûr! Que fait-on?
— Suivez-moi et soyez prêt à vous battre promptement! Nous devons l'extirper de cette menace au plus vite!
— Vos deux gus semblent se diriger vers un porche sous la grosse idole!
— Venez, fonçons discrètement à leur suite!

L'immémorial rituel

La tête d'Alberta tournait encore, elle avait peine à ouvrir les yeux et elle avait un goût rêche à la gorge. Elle réussit néanmoins à vite reprendre ses esprits. Elle remarqua sa position, en localisant certains détails. Elle contemplait la vaste salle de bal et comprit qu'elle se tenait sur une corniche en saillie qui surplombait l'atrium et la montagne de rocs en forme de hibou. Elle se trouvait directement sur le crâne de l'imposante statue. Elle pivota la tête et s'aperçut qu'il y avait derrière elle une ouverture. Elle considérait de haut cette scène qui semblait surréaliste. La luminosité du chandelier de cristal s'éteignit et une lumière rougeoyante, diffuse et insondable envahit la grande chambre de danse. Les cohortes de convives qui se mouvaient dans cette lueur rubiconde créaient des ombrages inquiétants et sinistres. Par des trappes sur le gradin retenant l'immense statue, sortait une nuée vaporeuse qui longeait le sol humide du plancher. Les invités se dandinaient maintenant d'une manière surréelle, avec une cadence très lente... Ils marmonnaient répétitivement à l'unisson une phrase qui n'était pas de l'anglais. L'écho transportait cette formule jusqu'à Alberta et elle comprit que c'était la même phrase qu'elle avait entendue dans la salle du trône de Manlow par ses auxiliaires.

Ce murmure, cette litanie articulée de façon monotone et répétitive, semblait être une prière sans fin. Les acclamations montaient jusqu'à elle comme le marmonnement, le bredouillage dont les gens mâchonnent à la répartie d'un prêtre catholique qui officie la messe un dimanche d'automne. Le bruissement devenait plus persistant quand des haut-parleurs dissimulés un peu partout dans la grande salle crachotaient en ambiance des chants lugubres.

Manlow se présenta sur le parvis où se trouvait Alberta. Des tumultes d'extases et d'admirations s'élevèrent des participants. Il n'avait pas de costume spécifique, comme le reste de sa clique, mais il portait sur lui un minuscule micro, spécialisé pour la télévision, légèrement caché. Alberta remarqua qu'il prenait une pause pour reprendre son souffle de cette ascension. Il se tenait majestueusement, soulevant à peine les bras devant ses gratifications et autres clameurs admiratives. Venant de coupoles suspendues, des faisceaux lumineux, de spectres bleutés, se superposèrent pour converger sur le patriarche et se modifièrent en des teintes rougeoyantes et empourprées, illuminant ainsi le maître de cérémonie d'une aura de malveillance. Comme un Moïse du grand cinéma, Manlow leva ses paumes ouvertes vers les cieux étoilés de son décor démentiel. Il pointait aléatoirement des constellations peintes et des astres aux formes de créatures fantasmagoriques. Au moment où il arrêta son mouvement et présentait l'intérieur de ses mains à ses adeptes, le silence se fit. Personne n'osa prononcer un mot, ni même un traditionnel toussotement nerveux... Il se tenait là, à quelques pas d'Alberta. Le thème musical, rébarbatif et longitudinal, passa de soporifique à plus expressif. Un crescendo wagnérien créait un renforcement théâtral. Manlow, avec une voix de ténor, écrasa tout le monde de sa diction charismatique et pénétrante :

— Bien avant que les enfants de *M'ser* ne retrouvent la Sphinge de pierres de nos ancêtres veillait sur nous le puissant Démiurge Nergal... Et les Sumériens de faire de Nergal le Maître des enfers d'Arallû. De la cité qui s'appelait Kutha-Alnaïr...

La foule réitéra à l'unisson la psalmodie plus tôt prononcée pour répondre à leur meneur comme le feraient les adeptes d'une secte. Manlow reprit son vibrant monologue, en suivant les inflexions de la mélodie :

— La vieille lignée des Heanude régnait sur le royaume solaire de Sumer durant 1000 ans... À cette époque-là, Mars était *Zal-bat-a-nu* et l'on priait son seigneur, Nergal... Guerre était rouge et Nergal était son sang... Vinrent les affres des âges où notre Maître, le Serpent des Origines, fut combattu par les Anges de la Terre... Ils furent bannis par les fils des Cieux et disparurent des Temples de Nergal. Les Sumériens proscrits se fondirent dans les Mésopotamiens naissants. Le Dragon s'endormit jusqu'à ce que les étoiles redeviennent favorables... Avant le long sommeil, il dit à son plus grand adepte, le dévot Heanude : «*Va de par le monde et camoufle-toi sous la pierre, comme le firent mes enfants rampants. Cache à l'humanité que tu es l'ami de l'Hydre. Prends comme symbole la chouette qui ingurgite la couleuvre... Ce rapace nourrira son engeance par la chair du python et la dynastie du serpent persistera dans le cœur des oiseaux de Minerve, jusqu'à mon retour glorieux. De là réside la puissance de Nergal qui dort dans le ventre de la chouette.*» Tel est le message que Nergal fit au prince Heanude...

Les spectateurs entonnèrent une rengaine qui se rapprochait du sifflement «serpentaire» d'un reptile rampant. Puis la foule ululaient ensuite comme le feraient une armée d'effraies et de chats-huants. Manlow, pareil à un dictateur omnipotent, s'abreuvait de ses cris serviles et obséquieux...

Comme si un musicien invisible ajustait sa mélodie au délire de Manlow, l'aubade monta d'un cran en rinforzando et Manlow reparti sur son discours endiablé, haranguant la multitude de ses mouvements de bras plus exaltés comme le ferait un chef d'orchestre :

— Partout où nos ancêtres prenaient racine, les maisons de nos Aïeux furent renversées par les adeptes du Dieu Unique... Nous étions tantôt Ammonites et les Israélites nous ont pourfendus lors de la conquête de Canaan, tantôt nous étions de sang Moab et les Romains rasèrent nos cités de Tyr et de Carthage parce que nous saluions le roi Melek! Mais toujours survivait le puissant culte de Nergal, car à jamais il subsistait à l'ombre de la chouette...

Des exécutants qui avaient pris place près de l'atrium commençaient à jouer avec d'étranges flûtes et à tambouriner sur des tambours en peau de chèvre un air d'un autre temps. Ils battaient très bruyamment alors que tout le monde poussait des acclamations frénétiques à Nergal, Heanude et Manlow...

Celui-ci admonestait la foule d'adeptes et la cérémonie d'adoration prenait maintenant des allures d'orgies sacramentelles. Ce n'étaient que des ébats pornographiques sous couvert d'une quelconque vénération. L'immoralité sexuelle était au rendez-vous et Alberta ferma les yeux de dégoût quand elle s'aperçut que des enfants étaient indirectement mêlés à ses délassements impurs et malsains.

Les gens roulaient frénétiquement sur le parquet de macadam. L'assemblée se dévêtit complètement. Plusieurs ne gardaient que leurs masques. D'autres se contentaient de rester debout et de s'enlacer. Manlow regardait de haut cette foule décadente. Il se tourna vers Alberta avec un démoniaque sourire sur le visage. Il l'admirait avec exaltation. Il s'approcha d'elle de manière à lui chuchoter à l'oreille :

— C'est une religion très attrayante que la nôtre... Surtout pour les gens amoureux de l'argent, de plaisir érotique et du pouvoir... Vous allez dans un banquet pour du sexe et de la nourriture, vous dansez nus comme des vers et vous faites une orgie, pas de discrimination... Voyez-vous cet obèse séculaire et chauve? Il est très choyé par trois belles dames qui n'ont pas encore votre âge... et ils appellent cette fornication une religion...

L'haleine de vieux cigares de Manlow la répugnait moins que sa méphitique personne. Elle le fixait avec arrogance. Manlow n'était pas habitué à ce genre de traitement et pour cette raison, il gardait une once d'admiration pour cette farouche demoiselle. Alberta, elle n'en ressentait que du dégoût! Elle détourna son regard du sien pour le plonger dans cette foule éparse qui tanguait monstrueusement dans le brouillard encore baigné dans cette lumière rouge... Elle vit un vieillard qui tripotait une fille, très jeune, trop jeune! Peut-être était-ce la sœur de Karrie? Elle se mit à pleurer d'effroi, sanglotant pour que ce cauchemar finisse enfin... Manlow ne semblait pas intéressé par les déviants qui se dévergondaient sans mesure. Il en avait que pour la belle Alberta... Sous son regard incessant, Alberta ferma les yeux et priait pour un miracle.

L'imposante statue de chouette branla sous sa base. Alberta crut à un tremblement de terre, mais Manlow ne paraissait nullement inquiété ou alarmé. Une résonance sourde se faisait entendre au pied du hibou de pierres.

Manlow laissa les fêtards s'enivrer, se droguer et se pervertir sur une bonne durée de temps. Dans un terrible fracas, tous les sons inimaginables s'enrayèrent. Les danseurs à *gogo-boy*, les bayadères stripteaseuses, les effeuilleuses débauchées et autres prostituées reçurent leurs congés. Il y en avait pour tous les goûts et de toutes races. La pièce majeure devint étrangement silencieuse et sombre. Seul un îlot de lueurs rouges baignait encore les lieux... Ça semblait venir de la base du colosse de pierres.

Les gens se tenaient debout, au fondement de la statue, près de son assise. Au loin, Alberta surprit un pleur, un vagissement d'enfant. De ses geignements terrifiés qu'avaient les bébés quand ils étaient séparés de leurs mères. Automatiquement, Alberta pensa à la mignonne Karrie et elle tenta de se libérer. Elle se débattait et se tortillait fiévreusement sans réussir à faire rompre ses solides liens. Elle ne pouvait s'empêcher de crier, comme pour rassurer celle qui pleurnichait qu'elle la défendrait de sa vie :

— Pamela... Kerrie! N'est pas peur!!! Je vais te protéger!!!

Manlow s'approchait d'elle et la fixa avec stupéfaction. Il haussa un de ses sourcils, déformant son visage dans une expression d'ébahissement. Il se retourna vers le rassemblement silencieux et prononçait, posément, lentement, ce qu'Alberta supposa être qu'une autre prière vide et sans raisonnement :

— Et Heanude devint vieux, mais jamais ne s'asséchait le culte de Nergal... Depuis l'exode de l'antique royaume sumérien, il changea de forme et de nom, mais jamais ne se tarissait sa soif... Toi, qui prends, sauras-tu donner?

Il s'adressait à la foule impassible et elle rentamait en chœur :

— Que jamais ne meure la maison des Heanude...

Manlow reprenait de plus belle :

— Celui qui est mille dénominations, mille appellations, mille désignations, mille qualifications, mille visages, mais qui reste le Grand Nergal... Celui qui dans les ténèbres écoute vos prières les plus profondes... Que demanderez-vous au faiseur de destins?

Le groupe d'adeptes poursuivait avec une conviction morbide :

— Ce que ma conscience me refuse, celui qui Est me l'offrira...

Manlow fit un geste qui pourrait s'apparenter à une forme de bénédiction. Un homme, se tenant à la base de la statue, fit une génuflexion vers Manlow et se dévoila comme étant juge de paix et représentant officiel de l'État de New York. On aménagea pour lui une table et un siège et il s'installa confortablement comme le ferait un magistrat.

Manlow salua quelqu'un dans la foule et un jeune couple s'avança. Puis, à tour de rôle, des gens se présentaient devant celui qui affirmait avoir autorité légale et semblaient remplir des documents.

Alberta arrêta ses tourniquets athlétiques pour porter une attention particulière aux pleurs d'enfants... Elle en percevait maintenant plus qu'un. Elle s'étira le cou et distingua un étrange cortège. Une vingtaine d'hommes apportaient de minuscules colis de tissus blancs enserrés, enlacés de cordelettes dorées. Elle ne réalisait pas pourquoi ces petits paquets gesticulaient de la sorte, comme un ver à soie dans son cocon. Soudain elle lâcha un cri d'horreur et elle tenta d'interpeller violemment les servants de Manlow. Mais personne ne répondit au hurlement d'Alberta ni à sa détresse sauf une femme... Gina Gallore qui sortit promptement de la foule en traînant ses enfants par les bras... Elle cherchait encore son cabochon de mari... Elle aperçut, à la droite de Manlow, Alberta Prescott. Elle vociféra d'horribles menaces et décida de rendre des comptes à celle qui avait osé mystifier des insanités et des diffamations à propos de sa progéniture... Les personnes, absorbées dans leurs délires égoïstes, ne remarquèrent point la dame et ses trois rejetons qui prenaient la direction de la section interdite aux adeptes des cercles mineurs...

Alberta regarda Manlow avec panique... Son angoisse était à son paroxysme. Les gens encapuchonnés remirent un des paquets au premier couple. Elle étira tous ses membres pour avoir une meilleure vue du vide devant elle... Ses yeux s'écarquillèrent d'effroi! Le jeune ménage s'installa face à un néant béant qui s'était affaissé sous le sol. — la mystérieuse secousse expliquait l'apparition de cette cavité! C'est à cet endroit dont émanait l'étrange flamboiement de braise vive.

Manlow professait, comme en transe, une prière qui prit tout son sens de vérité pour Alberta, elle l'écoutait débiter ses Angélus démentiels :

— La noirceur de la nuit est le temps privilégié pour les sacrifices sacrés... Celui qui Est admire la lueur des flammes allumées pour sa gloire! Notre Dieu prête attention à vos demandes les plus extravagantes, vos désirs les plus déraisonnables... Si vous lui offrez ce que vous avez de plus précieux en ce monde... Il peuplera de vos enfants innocents la vallée maudite de la Géhenne... Donnez à Nergal la juste rançon de vos attentes... Ainsi soit la volonté de celui qui Est et qui répond à toutes vos aspirations, même les plus secrètes...

Alberta sombra dans une profonde crise d'hystérie. Le duo laissa tomber le petit paquet grouillant dans le trou aux braises ardentes, qui n'était moins que rien qu'un brasero géant, qu'un hypocauste sacrificiel à la grandeur d'une démence satanique. Les gens se mirent à entonner un chant bruyant, accompagnant les musiciens baroques qui faisaient tout un tintamarre pour étouffer les cris de souffrances infantiles. Un différent couple, donc la mère tenait déjà tendrement un poupon, prit un autre ballot et le jeta aux chauds brandons incandescents en émettant silencieusement un vœu. Des tisons virevoltaient dans tous les sens... Les femmes de la foule reprenaient en chœur et avec une frénésie toute païenne :

«*Je suis la Fille, celle qui donne la vie, en hommage mon nouveau-né à celui qui Est... Offrande à celui qui pourra me combler!!!*»

Alberta en pleine tourmente cauchemardesque regardait sans pouvoir agir ce génocide à la folie des hommes! Elle comprenait maintenant le sens profond des inscriptions de la porte des enfers... Manlow avait créé son propre empire des ténèbres, sa Géhenne, son schéol... C'était un dément, un démon de la pire espèce... Tous ces aliénés, ces hallucinés... Ils n'avaient plus rien d'humain en eux!!! On apportait d'autres colis et l'on proférait d'autres meurtres sacrilèges et profanes à tour de rôle... Et elle pensa à Mylène et Pamela. Elle sanglotait toutes les larmes de son corps, tous les flots de son être... Elle se lamentait de toute son âme :

— Mon Dieu... Pauvre Mylène... Malheureuse Pamela... Maudits déments de Thorrenz, qu'avez-vous fait???

Manlow se tourna vers elle. Il ne ressentait aucun remords de toutes ces atrocités causées en son nom... Au vocable de Nergal... Alberta le fixait maintenant au travers d'une onde confuse qui embrouillait ses yeux :

— Qu'avez-vous fait, Manlow?

Inspiré, Manlow lui répondit, sans se rendre compte que son micro diffusait partiellement sa conversation avec Alberta :

— Je n'ai fait que transmettre le flambeau plus haut que me l'avait remis mon maître...
— Mais pour l'amour de Dieu! Qu'avez-vous fait à Pamela? À tous ces petits bébés???
— Mon cher chérubin, séchez vos pleurs! Pour nous, l'innocence est très importante pour l'accession de nos vœux... Et le plus puissant médium pour obtenir SES faveurs, c'est le sang d'une femme enfant!!! Vous avez en vous, Mlle Prescott, une prodigieuse puissance... Votre virginale virginité à votre âge est un don du ciel, ma fille! Je veux repousser les affres de la mort, Alberta... Dans le doux nectar d'une vierge!!! Ainsi, comme les sorciers immémoriaux je vivrai durant des siècles!!!

Alberta tentait de reculer au maximum de ce que lui permettaient ses liens... Inexorablement, Manlow s'approchait d'elle... Il sortit fébrilement de sa veste blanche un poignard richement stylisé et acéré et se rapprochait d'elle avec les yeux d'un dément possédé.

Une objection vint de derrière le vieux Manlow. C'était Gina Gallore qui se montrait hors de la trappe. Elle était suivie par ses trois enfants, affolés et perdus. Madame Thorrenz semblait fortement désorientée. Son mascara dégoulinant lui accentuait les traits hagards. Elle s'approcha de lui et lui demandait son couteau pour occire elle-même Alberta Prescott. Manlow la repoussa et Gina Gallore se retrouva sur le derrière... Elle commença par invectiver Manlow que «son» dieu l'avait abandonnée. Dans une tirade de courroux incompréhensibles, elle débitait, pêle-mêle, des énormités sur son possible divorce, les ratés de sa vie familiale, émotive et sexuelle. Le temps jouait pour Alberta... Que quelques secondes où elle voyait son existence défiler devant ses yeux... Elle se souvint de son cours d'histoire de l'art et des planches artistiques des anciens adorateurs du grand Moloch... Le prix a payé pour s'octroyer les grâces de ce démon... Étrangement, elle ne pouvait plus se concentrer à autre chose que cette étude sur l'Antiquité. Comme si ce fait recelait une sorte de clé énigmatique... Elle semblait maintenant réaliser pleinement l'horreur qui se passait en ce lieu... Et depuis quand? Quelque chose clochait... Elle ne le regardait plus avec du dégoût, du mépris, mais avec une forme incompréhensible de pitié... Une indulgence qui n'avait rien à voir avec l'apitoiement... Elle avait percé à jour le puissant Manlow! Elle le héla d'une façon cavalière. Sa voix, amplifiée par le micro de Manlow, retentit dans l'ensemble de la grande salle de bal :

— Hé! Vous, vieillard... Je vous plains... Je compatis avec vous, avec votre vieille âme noire et immortelle...

Manlow se retourna vers elle et la pointait maintenant de sa lame... Alberta continuait, simultanément au fer acéré qui s'approchait de son torse, de sa gorge. Elle hurlait à tout rompre et le martelait d'une étrange réalité. Un silence se fit. Toute l'assemblée écoutait, interloquée, la vindicte d'Alberta à l'égard de Manlow :

— Manlow... Vous le savez... Vous l'avez vous-même énoncé! La pureté de l'être se retrouve dans son esprit... Vous me concédez une particularité spéciale du fait que vous me considériez comme pure... Vous avez l'âme noire comme le charbon! Manlow, la mort vous guette... Et tous les sacrifices, tous les massacres n'y pourront rien! Vous êtes d'ores et déjà convoqué à passer devant le tribunal de Dieu et sa balance de justice!!!

Les paroles d'Alberta tourmentaient Manlow comme si on le pilonnait de mille bâtons! Son souffle devenait entrecoupé, intermittent... Dans son énervement, il ne réalisa nullement la tactique de la jeune dame qui improvisait des psaumes apocalyptiques et des phraséologies pompeuses, théâtrales et tragiques sans fondement, probablement inspirés de romans sur les Rois Maudits d'une lignée de France par Maurice Druon. Pourtant, le suranné vieillard fut fortement troublé de cette suite de boniments!

Il laissa tomber le poignard et semblait chercher quelque chose dans le revers de sa veste. Alberta, comprenant qu'en cette heure elle prononcerait ses derniers mots, hurlait toujours et avec ferveur sa furie du moment :

— Manlow... Vous tous!!! Écoutez ma missive... Bien que je meure aujourd'hui, soyez assuré que mon message sera le même! Du fond de ma tombe, je vous le dirai encore : «Prenez garde à vous... Vous avez trompé votre divinité et elle ne saurait vous le pardonner!» Mon Dieu est de Miséricorde, mais le vôtre; il n'est que de colère et de vengeances!!!

Alberta, comme si elle était en transe, débitait ses dures sentences... Les adeptes de Nergal se questionnèrent profondément et intérieurement sur ses paroles. Tous pourtant continuaient de l'écouter sans réagir, comme pétrifiés par une peur nouvelle, surnaturelle et insondable...

Alberta enfonçait les clous un à un. Elle parla très fort pour que sa clameur se porte dans les replis les plus lointains du temple :

— Comment pouviez-vous seulement croire que Moloch resterait de glace devant votre duperie! Le Grand Dévoreur vous demandait un sacrifice digne de sa gloire et vous... Par subterfuge... Vous pensiez le berner avec un simulacre d'adoption légale avec une autorité civile... Merde!!! Au moins, le prix à payer pour une mère ammonites était de souffrir pour recevoir les bienfaits de Moloch... De celui qui Est!!! Vous avez fait des abattages rituels, soit, mais nullement avec votre chair... Tromperies de la modernité... Mystifications de capitalistes qui espéraient détourner les lois des hommes et celle de Dieu! Mensonge à vous-mêmes! Vous preniez des cascadeurs, pires, des doublures pour interpréter le rôle de vos enfants! Artifices et supercheries ne marchent que pour les mortels... Mais on ne peut berner un Dieu!!! Mais comment avez-vous pu vous imaginer, dans vos existences matérialistes et futiles? Que vous pouviez vous jouer d'une divinité!!!

Les plus influençables chez les adeptes de Manlow commençaient à paniquer. D'autres pointèrent vers le vieux maître en s'exclamant :

— Regardez, Manlow se meurt!!!

Fulher Abraham Manlow se serrait désespérément la poitrine. Son cœur battait la chamade et il souffrait énormément. Le mauvais sort ou une réelle justice fit en sorte qu'il laissa tomber son flacon de médicament contenant ses petites pilules blanches pour régulariser son rythme cardiaque. Le pot, de taille modeste, roula de ses mains et chuta dans le vide... Directement dans les brasiers ardents ou des milliers de minuscules corps y gisaient sous forme de cendre... Les yeux de Manlow s'écarquillèrent de crainte. Il se savait maintenant condamné à mourir d'un instant à l'autre... Sa plus grande inquiétude qui n'était qu'un pressentiment se montra à sa conscience... Un vide sidéral, froid, sinistre, ténébreux et immortel apparaissait à sa vue changeante et vacillante. Il grelottait d'appréhension, tremblait de frayeur.. La peau blême et les traits squelettiques, un genou par terre, il leva la main vers Alberta... Le dernier souffle de son corps l'abandonnait... Il vit le fantôme de son prédicateur de père et l'enfer qu'il décrivait si bien...

Fulher Abraham Manlow rendait l'âme...

Gina Gallore regardait la dépouille de Manlow qui s'était partiellement affaissée sur le dos. Les yeux du vieux dément étaient encore grands ouverts. Il fixait l'horizon et nul ne pouvait savoir l'ultime chose que l'octogénaire vit à la seconde finale... Les enfants des Thorrenz pleuraient toujours... Fatalement troublée, Gina Gallore se pencha pour ramasser le poignard de Manlow. Alberta, luttant pour sa vie, réussit à frapper du talon la main de l'esseulée de mère et le surin acéré fit une vertigineuse chute jusqu'au sol. Mme Thorrenz s'effondra dans des sanglots de dingue. Alberta regardait la magnifique draperie qui commençait maintenant à flamber. Une lourde sirène d'incendie se fit entendre et une averse tiède, qui n'avait rien de providentiel, pleuvait sur les gens d'une eau à l'odeur de rouille... Elle vit un des sorciers approchés d'elle et lui défaire ses liens... Puis, sans aucun avertissement, une déflagration terrifiante déchira l'apparent silence. Une brèche s'ouvrit et une bonne portion d'un mur se désagrégea. L'explosion fracassa la paroi en forçant des gerbes de gravats, de moellons et de poussières. Quand on pensa que le tout se calmerait, une autre détonation suivit la première plus en sourdine, venant du stationnement. Cela semblait à une sorte d'acte terroriste sans cible, à l'aveuglette. Pourtant la colonne mirée par cet acte s'affaiblit, faisant secouer l'édifice au grand complet.

L'agitation prenait fortement dans une masse de personnes qui ne comprenaient pas trop ce qui se passait ou qui saisissaient trop bien que l'heure de la justice divine avait sonné? Un vent de panique souffla chez les sectaires les moins fanatiques un fort instinct de survie du chacun-pour-soi... On se poussait, se piétinait dans une farandole de démence.

Karrie restait debout sur le pourtour et regardait les gens courir, comme des fourmis affolées, vers l'immense porte noire des enfers... Son innocence étant trop grande. Toute enfant qu'elle était, elle ne réalisait pas les risques bien réels de glisser vers un abime de mort...

La fureur de la Pucelle, le courroux des Preux

Dès qu'Allan et Ed le purent, ils suivirent les acolytes. Il était moins une seconde, car les fanatiques commençaient à retirer leurs fringues avec frénésie et à se dénuder dans le dessein évident de faire une immense orgie. Les deux sectaires prirent heureusement un corridor qui conduisait à une antichambre. Un des adeptes se retourna. Sans hésitation Allan lui décocha un coup de crosse de son pistolet. Ed empoigna le sien dans une prise de lutte stérile quand son comparse répéta l'exploit qu'il avait fait subir à l'autre! Ils traînèrent les corps inertes et les cachèrent dans le vestibule qui ressemblait étrangement à un narthex. C'était en fait une salle de déshabillage et il y avait, sur des cintres suspendus, plusieurs toges similaires à ceux des acolytes. Ed changeait de costumes pendant que Sexton tentait de rejoindre Mark :

— Comment ça se passe dans le stationnement?
— Je n'ai pas osé sortir de la bagnole... La tension est forte... Plus tôt, on a fait arriver un bataillon de déesses à gros nichons... Pas si pire que ça la fête! Vous avez les beaux rôles!!!
— Tu apprécierais peut-être moins si tu savais tout ce qu'on y fait... Tu dois plaire aux deux camps si tu vois ce que je veux dire... Sans farce, c'est une débauche démentielle et il y a des enfants à l'intérieur...
— Mince, c'est des dingues?!!
— Écoute-moi bien Mark... On a localisé Alberta... Elle semble inconsciente, mais son père a remarqué qu'elle reprend connaissance... On va tenter de la sortir de là... Tu peux faire quelque chose pour nous permettre de fuir avec elle?
— Tu penses comme moi?
— C'est risqué Mark!
— Laisse faire le *Demolition Man*! Donnez-moi 10 à 15 minutes, le temps que je me faufile, place le plastique et reviens à la limousine!!!
— Sois prudent!
— Eh! Sais-tu à qui tu causes? 20 Minutes maximums et «boum!!!»

Dans le coin de l'antichambre, Ed trouva un immense et spacieux panier à linge sur roulette. Assez grand pour y glisser les deux corps flasques des hommes neutralisés. Allan l'aida et ils les rangèrent tous les deux, en petits bonshommes. Ed recouvra le tout par quelques soutanes. Allan partit en éclaireur et saisit avec joie que les acolytes à capes pourpres gardaient leurs costumes d'apparat. Il retourna vers Ed et lui remit un briquet.

550

— Je vais monter chercher Alberta... Ed, je vous demande de faire une légère diversion... Avez-vous remarqué près des fontaines de coins? Il y a de grandes draperies de velours et de soie! Faufilez-vous et mettez-y le feu.

Ils furent surpris de voir arriver quatre autres servants et deux gardes en armes... Une voix rauque de brute interpella les deux hommes :

— Vous êtes là! Qu'est-ce que vous foutez??? On a besoin de vous pour transporter les cocons!

Perplexe Allan et Ed les suivirent. Ils émergèrent dans une salle de marbre avec un seul monte-charge avec la vignette de creusée dans le gypse : «1922». Les tuiles du sol rappelaient à Ed les carrelages d'un vieux salon mortuaire de son enfance. L'éclairage du lieu venait d'un fluorescent unique qui cillait par clignements saccadés. Un des gardes se dirigea vers un panneau de contrôle mural qui semblait dater d'un autre siècle. Sur sa surface, il y avait une antique estampe peinte qui disait : «*Gas chamber control*». Il ouvrit la cloison de métal et ils purent voir un mécanisme presque centenaire et une dissemblable sous-inscription sur une plaquette de plomb tout autant d'une ère depuis peu terminée : «*Crematorium*». Il fit tourner une grande roue de dispositif. Il tira sur une manette et actionna une différente manivelle. L'étage sur lequel ils se trouvaient tressaillit dans de courts soubresauts spontanés. Ed et Allan ignoraient ce qu'il avait fait, mais, sur le panneau, le mot de commande semblait faire référence à l'entrée de gaz naturel et d'une sorte de bruleur au propane.

Des nurses sortaient du monte-charge en apportant des tables roulantes d'aluminiums avec une dizaine de petits paquets enrobés dans les linceuls de soie pour chacune d'elles. Ces ballots gesticulaient comme s'ils avaient renfermé des chiots à noyer. Par inadvertance, Ed écarta le tissu soyeux attaché par des cordelières dorées et réalisa qu'il contenait un petit nouveau-né bien portant, bien gras et bien vivant. Allan cherchait à lui faire un signe discret de ne rien tenter sur l'impulsion du moment... Des cris venaient de la grande salle... Des chants et des litanies malsaines...

Ils conduisirent ce cortège de poupons sans trop savoir ce qu'ils allaient en faire... L'heure était grave... Manlow haranguait la foule et semblait menacer une Alberta devenue hystérique. Allan remarqua un escalier à flanc de montagne de la statue.

Entre deux livraisons de nourrissons, ils se séparèrent quand ils se ramenèrent de nouveau dans la vaste chambre de bal. L'orgie avait cessé et les gens s'étaient massés devant l'Autel rituel de l'atrium, qui était franchement démentiel. Au pied du hibou de pierre, il y avait un énorme cratère de forme rectangulaire. Allan pointa une des tentures de soierie et de velours à l'intention d'Ed et il se dirigea vers l'escalier. Il devait longer la profonde faille pour se rendre aux extrémités où se trouvaient les rideaux. Il voyait des gens y jeter prestement, sans réellement le larguer, un poupon enveloppé dans un suaire de soie satinée. Malgré tout le vacarme que pouvaient faire les apprentis orchestrateurs de flûtes ou de tambourin, rien ne pouvait enterrer le criaillement perçant d'un nouveau-né qui brûlait vif. Les exhortations hallucinées de la secte ne parvenaient pas à étouffer les cris de souffrances des petits rejetons. Ed se préparait à s'en prendre à eux dans le fol espoir de sauver un bébé... Cette fois-ci, une femme l'avait retiré de son cocon improvisé et maintenait un môme aux téguments ombrés, par une cheville, la tête dans le vide. Elle bramait à un dieu invisible, comme on mugit à une imposture :

— Nergal, je t'offre le fruit de ma chair pour recouvrer santé et vitalité!

Ed fut terrorisé dans l'épigastre de sa carcasse. Son intestin se noua d'une incompréhensible douleur... Cette païenne de femelle qui tenait ce chétif et frêle enfant était la première dame des États-Unis... La femme du Président en personne! Elle n'eut aucune pitié pour le larguer sur les braises flamboyantes. Ed tituba d'une frayeur aveugle... Il ne pouvait plus respirer... Cette odeur de viande brûlée lui monta à la tête, lui causant un horrible haut-le-cœur. Il ne pouvait se retenir de vomir dans un coin... Malgré toutes ses pitreries déclenchées par son humanité, il n'attira pas sur lui l'attention. Il n'avait que cette pensée :

— Pourquoi diable? Ce ne sont que des enfants...

Allan gravissait les marches 4 par 4 et se retrouva très vite à l'arrière-scène de l'atrium. Il remarqua la présence de six individus qui se tenaient près d'une autre série de marchepieds qui longeait le strix de pierres. Ils étaient tous de noir vêtu, à la façon de ses moines de la procession de la *Sanch* de la ville de Perpignan. Ce qui frappait Allan de cet étrange cortège, c'était l'habillement de ces pénitents qui entraînaient obligatoirement à penser aux costumes du *Ku Klux Klan*. Mais était-ce un hasard si ces membres de cette secte génocidaire d'enfants avaient choisi ce sinistre uniforme de bourreau pénitent pour accomplir leurs basses œuvres?

Ces hommes postés à l'arrière du grand hibou portaient d'amples capuches de forme conique, communément appelée la *caparutxe* par les Catalans, dans lesquelles on perçait deux trous en guise d'yeux. Leurs longues robes étaient serrées à la taille par une cordelière. Ils se tenaient là et bloquaient le passage seulement par leurs présences. Un d'eux aperçut l'irruption d'Allan et lui fit un signe interrogateur. Sexton prit une démarche plus lente et droite et tenta de passer en douce. Son arrivée subite éveilla des soupçons et le sectaire qui l'avait remarqué le fixait maintenant avec un regard examinateur. Il s'approcha d'Allan et commença à le suivre avec une plus grande curiosité. Allan sentait déjà la soupe bouillir sous ses pieds lorsque tous entendirent les doléances d'Alberta... Protestations qui devinrent très vite de vives récriminations! Les six membres du *coven* surpris par les cris vengeurs de la pucelle quittèrent leurs positions pour détenir un meilleur angle de vue. Ils restèrent éberlués par l'ampleur du fracas et ses sévères réprimandes... Manlow semblait terrassé... Il n'avait qu'à lui trancher la gorge et pourtant, il n'en fit rien... Du haut du temple de Nergal, elle haranguait la foule sur les atrocités commises et sur la supposée duperie à celui qui Est...

Les illuminés ne disposaient guère de temps pour réagir qu'Allan avait déjà escaladé l'escalier menant au cœur du fanum. Il pénétra dans une pièce unique qui donnait sur une balustrade qui longeait la paroi jusqu'à une issue à son sommet. Mais entre la rampe et le toit, résidait une ultime barrière. Une dominatrice vêtue en sadomasochiste qui était plantée là, sur ses talons hauts. Il y avait deux splendides léopards qui étaient couchés à ses pieds, retenus par des laisses de cuir et des mailles de métal. Étaient-ils dangereux, ces animaux de compagnie? Allan semblait se méfier plus d'eux que d'elle... Il se cabra pour ajuster sa démarche à celle des hommes de toge et marchait avec une certaine assurance...

Shirin Irsa dévisageait avec affabilité cet acolyte qui arrivait aux pas de course. Peu avant, elle avait cédé de mauvaise foi le passage à la conjointe de Thorrenz qui était hystérique. Elle traînait ses enfants de façon autoritaire et despotique. Elle sut être convaincante quand elle affirmait être là à la demande de Manlow. Les cris inhabituels provenant de la couverture lui prouvaient peut-être le contraire. Shirin Irsa pensait que ce compagnon de Nergal venait escorter ou reconduire la femme du sénateur à un autre endroit et le laissa passer... La prophétesse, et fille adoptive de Manlow, n'avait rien prévu des événements qui se préparaient. Dès qu'elle entrevit la jalousie dans les yeux de Gina Gallore, elle crut bon de ne pas s'interposer! Avait-elle bien fait?

Allan arriva sur la toiture et pouvait voir les flammes d'Ed être rapidement maîtrisées. La commotion n'avait pas causé l'émoi escompté, mais le discours d'Alberta et, encore plus, la mort de Manlow en avait terrorisé plusieurs au-delà de ses attentes... Allan scruta la scène avec stupéfaction; Alberta qui luttait sans répit pour se dégager de ces chaînes,

Mme Thorrenz qui, prostrée et immobile, s'agrippant à ses deux enfants les plus âgés comme si elle était prise de vertige, Karrie qui se tenait dangereusement à quelques pouces du rebord glissant par la pluie des gicleurs et Manlow, recroquevillés, qui avaient relâché honteusement tous ses muscles, mais gardait toujours une étrange raideur cadavérique. On pouvait lire, dans ses vieilles rides, une frayeur sans nom, un effroi sans visage, une peur fatale à la vue de sa dernière seconde...

Avec adresse et hâte, Allan libéra Alberta. Elle tenta de se déprendre quand il la retint pour qu'elle ne fléchisse pas par la fatigue et l'émotion. Il lui murmura doucement en la serrant dans ses bras :

— Chérie, c'est moi... Il faut sortir d'ici... De cet infernal puits de mort!

La déflagration prévue fendilla le mur par la force de l'explosion. Du haut de la statue-temple, on sentit encore plus la secousse et l'immense chandelier de cristal dégringola au sol dans un fracas, de cristallites et de verroteries, sans fin... Les sectaires couraient dans tous les sens dans une effroyable panique sans nom...

La première idée d'Alberta demeurait d'empoigner la petite Karrie pour qu'elle ne chute pas dans le vide. Effrayée, la petite bondit dans ses bras pour retrouver un peu de consolation, de réconfort et de sécurité. Elle se souda à Alberta, fusionnant bien au-delà des corps...

Gina Gallore implorait à celui qui Est de venir à son aide. Elle se dressa d'animosité et pointa Alberta d'un index accusateur. Elle s'érigea entre eux et la sortie. La voix emplie de haine, elle vociféra :

— Oh! Mais je vois claire dans votre jeu ma chère... Vous voulez partir avec ma petite fille, me l'enlever!!!

Alberta sentait les gémissements infinis de Karrie sur son épaule. De la façon affectueuse dont elle la serrait, il n'était plus question maintenant de la laisser à des cinglés de la sorte... Elle amorça une marche sous les énervements d'Allan pour sortir au plus vite. Mme Thorrenz devint folle de rage, elle hurlait de folie :

— Ô Nergal, le Grand Baalbek, Moloch des anciens. Dieu protecteur de la Maison des Heanude, venge-moi...

Rien ne se passa et Alberta fit signe aux deux autres enfants de la suivre... Ce qu'ils s'apprêtaient à faire...

Mme Thorrenz fut estomaquée, dans son délire, d'entrapercevoir dans un coin sombre du plafond du temple, une forme humanoïde avec de grandes ailes qui se mouvait sourdement dans une discrétion frôlant la démarche d'un espion dans l'ombre. Cette chose au faciès de chauve-souris vampire la fixait dans un rictus démoniaque. Elle semblait la seule à percevoir cette hallucination. Gina Gallore les yeux injectés d'un puissant cocktail d'alcool, de médicaments et de haine, pouffa d'un rire sinistre. Elle supplia ce démon ailé de la venger, mais cette illusion se fondit silencieusement dans les ténèbres. Elle proclama tout en folie, en voyant la surdité de son faux dieu, de cette factice idole, une ultime boutade :

— Très bien Nergal! Ton silence veut tout dire! Cette pute avait donc bien raison!!! Pardonne-nous de nos impostures... Nous sommes impies de te servir! Montre-moi ce que tu attends de moi et je le ferai! C'est ça que tu me demandes, Moloch... Le rachat??? Par mon âme damnée, tu l'auras!!!

Comme une démente possédée par une démence abjecte et obscure, elle fonça sur sa descendance, Lorenzo et Antonina et les poussa rapidement un à un dans le vide, vers le four de braises encore ardentes par l'action des brûleurs au propane. Les enfants, étant pris par surprise, tombèrent dans une panique désespérée. Alberta cria de désespoir et Allan revint sur ses pas pour séparer la Sicilienne furieuse qui voulait projeter Alberta et sa propre fille à la suite des deux autres rejetons. Sexton déploya toute sa force pour briser l'emprise de Gina Gallore. Dans l'énervement, elle perdit pied et glissa — le sol étant devenu extrêmement glissant par l'action des arroseurs — pour chuter dans un cri inavouable et sans fin. Elle se fracassa la colonne vertébrale sur une arête coupante et acérée. Elle finit sa chute sur l'atrium. Son corps, révulsé, était démantibulé par l'impact de la dégringolade. Elle respirait encore, mais d'un souffle d'agonie. Ses yeux hagards étaient ceux d'un veau à l'abattoir...

Allan, Alberta et la fillette sortirent par la seule issue possible du temple. Ils furent contraints de se mouvoir, à leurs grands regrets, vers à la dépouille mourante de Gina Gallore qui obstruait partiellement la sortie. La jeune héroïne, par pure bonté et civisme, voulait lui porter une assistance quelconque, mais Allan Sexton l'intima de le suivre sans aucune question. Il ramassa un masque et une cape qui traînait par terre et il en couvrit Alberta et Karrie... Comment espérait-il retrouver Ed dans tout ce brouhaha chaotique? Il repéra près d'une douzaine de ses sectaires en toges d'apparats dans la foule et aucun ne semblait agir comme Ed le ferait...

Soudain, l'un d'eux fit signe dans leurs directions. Ils convergèrent tous vers la grande porte... Ils étaient tous à bout de force. La sortie était à si peu de distance, mais si loin à la fois... Une violente mitraille de fusils se faisait entendre. Avaient-ils eu Mark?

*

* *

Le complexe avait-il reçu une sévère attaque par une faction interne? L'annonce de la mort de Manlow jeta un vent de panique à l'*International Business Corporation*. Les pires cauchemars de Manlow s'étaient avérés justes. La présence présidentielle avait, elle aussi, emporté son lot de problèmes. Les dégâts avaient été sommaires, mais plongeaient l'Ordre des illuminés du Serpent Originel dans une conjecture qu'ils n'avaient jamais connue... Pour l'heure, l'hydre avait été décapitée de façon subite et nette... On parlait encore de cette étrange fille de suspendu aux piloris du temple, mais d'autres penchaient pour des thèses d'empoisonnements ou de tireurs embusqués. La cohue suivant la déflagration avait pris tout le monde au dépourvu. Des contingents de pompiers rappliquaient, car plusieurs dizaines de fêtards et de bons citoyens qui se trouvaient en plein air appelaient les lignes d'urgence via des centaines de cellulaires pour signaler une quelconque explosion.

La sécurité de l'Ordre avait été remise entre les mains d'Hartland et on le suspecta dès les premiers instants. Où était-il et que manigançait-il? Le problème le plus culminant venait de la grande salle de bal. On retenait les policiers et les sapeurs-pompiers à l'extérieur, mais le chaos gagnait tous les échelons de la hiérarchie. Devait-on faire disparaître le complexe quasi centenaire? Les membres sur place du couvent des 33 eurent d'étranges fantasmes, de surprenantes lubies, comme l'absence imprévue du numéro 2 de l'organisation, Viktor Denahue... Cette conjecture alarma les gens présents... On jasait déjà dans les coulisses à la succession de Manlow. En fait, plusieurs affirmaient toujours que Manlow avait reçu le privilège de son prédécesseur au détriment de Denahue... Toujours est-il qu'aucune décision ne s'était réellement prise dans les premières minutes de la déflagration du stationnement et les adeptes se faufilaient entre les filets des guetteurs... Sommation? Tir d'intimidation? Personne ne semblait vouloir s'engager dans ce processus décisionnel...

En temps normal, un périmètre de sécurité interne aurait été placé dès les premières secondes pour intercepter tous les suspects et absorber les fuites possibles. L'éminente crainte des personnalités présentes était d'être mêlée dans un monumental scandale amalgamant meurtres rituels et infanticides...

Allan prit les devants et longea le grand corridor jusqu'au stationnement. Là où se tenait une bande de sectaires se couvrant du

556

mieux qu'ils le pouvaient avec des morceaux de costumes entremêlés et épars. La sécurité de l'Ordre tenait en joue les personnes secondaires ou subalternes pendant que ceux du président organisaient sa fuite et celle des hauts placées par les hélicoptères de l'aérogare du toit. Allan remarqua un corps sur le sol, baignant dans une mare de sang. Heureusement, ce n'était pas Mark. Probablement quelqu'un qui avait tenté une percée... Les gardes, du bout de leurs fusils-mitrailleurs, intimaient les individus à revenir sur leurs pas. Ils filtraient les sommités et autres personnalités importantes et perdaient un temps fou à vouloir les identifier un à un! Des chuchotements des convives près de Sexton semblaient effrayer par la pige... On favorisait les amis de Denahue pour repousser les particuliers plus intimes du clan Manlow...

Allan étudiait les indélicates manœuvres du service de sécurité. Il redoutait le pire... Qu'arriverait-il quand les agents auraient épuré les gens utiles du menu gratin, considéré moins vital pour cet ordre de tarés? Il présumait sobrement une tuerie à la Jim Jones du Temple du Peuple ou d'autres hallucinés du genre!

Pendant ce temps, resté à l'arrière, Ed serra sa fille et la petite Karrie dans ses bras. Il commençait à perdre espoir. Il remarqua près de lui le chanteur de *blues* de son enfance qui était totalement terrorisé.

— Moi qui voulais connaître la gloire encore une fois!!!

Ed lui postillonna de dégoût :

— Espèce de maniaque! Je n'écouterai plus jamais ta musique de mort!!!

Le *bluesman*, knockouté par cette attaque verbale, se cacha le visage en croyant se faire rosser. Ed leva le nez de nausée et d'aversion. Il se retint de ne pas lui cracher à la figure! Il prit la petite Kerrie dans ses mains pour la protéger...

Allan revint sur ses pas et retrouva les autres qui s'étaient arc-que-boutés avec dissemblables adeptes anonymes dans le corridor, près des garages. Il saisit son cellulaire pour joindre Mark, celui-ci lui fit un topo assez sombre :

— Je ne pourrai pas te parler longuement, après avoir placé le C4, je me suis planqué dans la limousine durant la panique initiale... Ma cache ne sera pas toujours sécuritaire... Je me suis débarrassé du détonateur... Des vigiles ont retrouvé l'amorce... Ils ont bouclé le stationnement... Je ne pourrais pas vous prendre... Il faudrait une diversion majeure...

— Fais rouler le moteur... Je m'en charge!

— Non! Ils tirent sur tout ce qui bouge... J'ai plus de chance de mon côté et j'ai le fusil d'assaut... Je vais lancer toutes les grenades fumigènes et ce qu'on a de fragmentation... Préparez-vous à courir vers la sortie... Il y a une foule de badauds, à l'extérieur... Vous fondrez dans la masse... Dans 10, 9, 8...

Mark raccrocha le cellulaire. Cela revenait à dire qu'il avait adopté arbitrairement sa décision et que rien ne le changerait d'avis.

Mark vérifia la chambre de son arme et s'assura qu'il était bien chargé. Il accéléra la limousine blindée de Goldsmith en pressant sur l'accélérateur écrasant la pédale de toutes ses forces. Il ne parvint pas à prendre sa pleine vitesse, mais il frappait les autres voitures de luxe, les tassant par la force d'impact. Il réussit à compacter assez de carrosseries pour improviser un corridor d'espace. La synergie de toutes les autos ajoutées imposa un contrepoids qui immobilisa le véhicule de Mark. Tout au long de ce rang de bagnoles endommagées, des gardes ouvrirent un feu nourri sans compter les cartouches qu'ils tiraient dans tous les sens. Les limousines, malgré leurs carapaces blindées, reçurent de graves dommages. Goldsmith et Thorrenz n'eurent aucune chance de survie quand une terrible rafale meurtrière fit sauter le capot et la portière de la valise dans un crépitement de ferraille et de sang...

Mark, rampant à l'abri des voitures prises pour cible, réussit à se faufiler à une position plus ou moins stratégique et se servit allègrement du lance-grenade de son fusil d'assaut AK-74 en mirant des endroits névralgiques. Les détonations réalisèrent ce dont on attendait d'elles. Les membres de la sécurité qui croyaient encore à une attaque de plastique C4 bondirent fiévreusement au sol.

Frénétiquement Mark poivrait le stationnement du *bunker* de toutes les grenades fumigènes qu'il avait pour créer un épais nuage de fumée. Ensuite, il vida le chargeur de l'*Uzi* en visant les néons fluorescents au plafond. Plongeant le garage dans un assombrissement nébuleux...

Allan Sexton, tenant jusqu'alors fermement sa position, avait saisi Alberta par la main et fonça à toute vitesse vers la sortie. Ed retenait la petite Kerrie dans ses bras. La jeune fille s'était profondément endormie dans un sommeil plus protecteur que réparateur. Ils s'enfoncèrent dans le dense brouillard en visualisant approximativement l'issue. Ils ne furent pas les seuls à tenter leurs chances... Des rafales aveugles fauchaient des gens arbitrairement... La diversion de Mark Copland avait été trop efficace, même pour ses alliés qui rôdaient dans la tourmente. Il réussit à ramper jusqu'à l'embouchure de la porte centrale. Au fond de lui, il s'entretenait toujours avec l'esprit d'Ours Noir et lui demandait sa protection d'ange gardien. Ce geste lui insufflait un immense courage et un puissant instinct de vengeance! Il entendit un garde, dans la panique de la fumée, qui crachait des ordres ayant trait au «code rouge 1A». Il pouvait l'entrevoir au travers de l'épaisse buée.

Mark parvint à se positionner derrière la sentinelle. Il courut le risque d'une incroyable chance et bondit sur lui. Il déploya toute sa force de ses bras trapus, de ses trapèzes musclés. Il broya le cou de son adversaire avant qu'il puisse donner l'alerte ni avertir ses complices. Marc lui déroba son système de communication interne et créa toute une pagaille en articulant des ordres disparates et contradictoires. On aurait même cru qu'il y prit un certain plaisir...

Allan réussit à guider Alberta et Ed à la sortie... Ils firent une jonction désespérée et se retrouvèrent dans la cour arrière de *l'International Business Corporation*. Une cinquantaine de personnes sortirent en même temps qu'eux... Ils furent soulagés de voir Mark qui vint les rejoindre avec un large et arrogant sourire de vainqueur.

— Tout le monde va bien? J'en ai foutu tout un boucan à ces débiles! — il chuchota solennellement — pour toi, mon frère apache! Vengeance est faite!

Dès qu'Ed remarqua des policiers et des pompiers, il semblait hâbler de la situation à l'intérieur en parlant de : «fosse pleine de cadavres de bébés et qu'ils en avaient encore de vivant!» Mark et Allan le traînèrent de force prétextant ironiquement qu'il avait trop bu... Ils avaient toujours des costumes et l'on prit la version «fêtard éméché» comme très probable. On leur intima l'ordre de circuler sans trop réfléchir!

En ayant déjà plein les bras du chaos environnant, les pouvoirs en place haussèrent les épaules et campèrent lâchement sur leurs positions en attendant des directives précises. De toute façon, il y avait encore des coups de feu sporadiques et la section tactique devait se déployer en hâte. Le groupe s'éloignait le plus vite possible de l'endroit. Une sonnerie stridente se faisait entendre au cœur du bâtiment. Ils allaient à contre-courant de la plèbe qui était attirée par les sirènes des autorités. Par chance, ils se retrouvèrent sur la *Fifth Avenue* en direction du *Madison Square Garden* sans avoir croisé de sbires de la secte. La soirée était assez avancée et c'était la sortie des bars. Les rues étaient bondées de citadins festifs, de «bambocheurs nocturnes» et de vacanciers venus observer les festivités pour le *week-end* de l'*Halloween* à *Central New York*. Ils leurs furent faciles de se débarrasser par la suite des costumes superflus et de se dissimuler dans la foule. Mark se fit narrer, dans les grandes lignes, le sort réservé aux nouveaux nés. Il en était abasourdi autant que sa petite cervelle pouvait comprendre ces faits surréalistes!

Allan Sexton restait pourtant sur ses gardes... Il pressentait qu'ils étaient suivis... Qu'une ombre furtive, qu'un fantôme... Il vit la dominatrice de cuir dans une vitrine commerciale. Elle était drapée dans un long manteau de feutre noir et elle tenait une arme à feu à la main. Elle avait réussi pleinement sa ruse en se servant de son reflet dans une glace pour faire croire qu'elle était à cette position. Allan était complètement mystifié. Avec une rapidité calculée, Shirin Irsa sortit de la foule, se positionna derrière Alberta et tira à bout portant. Par un pur réflexe, Mark se mit en écran et reçu la mortelle cartouche en plein dans le cœur. Il s'affaissa en râlant douloureusement. Sexton agrippa l'avant-bras de la fille adoptive de Manlow et lui tordit le membre pour briser son emprise sur l'arme... Elle n'en resta pas là et elle saisit la flagelle qu'elle avait d'enroulée à la taille. Elle le fit siffler, dans l'espace et le temps, et il claqua à la face d'Allan. Une coupure légère apparut sous son orbite et sur toute la joue. Un second tour de poignet fut porté de façon magistrale par la sorcière et le fouet, qui fendait l'air, se torsada autour de la gorge d'Allan en l'étranglant, le garrottant inexorablement. Alberta ramassa le pistolet – de type Luger P08 — doté d'un silencieux de l'ensorceleuse et elle le pointa à sa nuque. Alberta Prescott faisait bien comprendre à Shirin Irsa que si elle ne lâchait pas son emprise sur Allan, elle le vengerait sans broncher. La prophétesse de Manlow laissa tomber son martinet de cuir et leva ses mains en signe de reddition, de capitulation. En fait, elle se préparait à frapper Alberta quand Ed intervint lui aussi avec son arme :

— Démissionne ma belle ou je te fais le coup du *disco infernal*!

Shirin Irsa regarda du coin de l'œil ce deuxième joueur et remarqua qu'il avait la petite Thorrenz dans son bras gauche. Elle pouvait agir sur un, mais le suivant la truciderait sur-le-champ... Elle leva complètement les mains, démontrant qu'elle abdiquait complètement cette fois-ci.

Les flâneurs, promeneurs, observateurs et autres témoins firent un vide autour d'eux. Les gens, oisifs, étaient scandalisés d'apercevoir un homme couché par terre, un autre qui avait la figure sanguinolente et une adorable fille mettre en joue une belle dame. Ils voulaient éviter les complications et les tracas en s'éloignant tout simplement de cet endroit au plus vite. Allan reprit rapidement ses esprits et agrippa Shirin Irsa pour la traîner dans une ruelle avec Alberta... Ed tenta de donner les soins ultimes à Mark. Il dégagea la chemise de son ami en envisageant une étoffe et un torse maculé de sang... Il n'avait aucune tache de coagulant. Ed cogna de ses phalanges sur le poitrail du *Rooster* pour faire résonner un bruit sourd. Mark commençait à bouger et ouvrit lentement ses yeux. Il sourit béatement en voyant les traits tiré et inquiet de M. Prescott. Il dérida l'atmosphère avec une boutade sympathique :

— Hey! C'est du solide ça!!! Et dire que vous ne vouliez pas que je pille les morts comme les corsaires!!!

Rassuré, Ed lança tout soulager :

— Ô oui, fiston! Tu pourras détrousser les macchabées comme un vandale maintenant, tant que ne me fera plus ce genre de frousse!!!

Allan trimballa Shirin Irsa à l'ombre d'une venelle. La ruelle était étrangement sombre et froide. Ed et Mark virent les rejoindre et ils campèrent à l'abri des regards indiscrets. Mark montra la veste pare-balle du chauffeur qu'il avait dépouillé. Allan desserra la mâchoire et soupira de satisfaction. Ils la menacèrent, comme le feraient des inquisiteurs tourmentant une sorcière qui se jouait de son existence. Allan prit la parole au nom de sa faction :

— Vous allez bien m'écouter! Combien avez-vous tué d'enfants?!! Il arrivera un jour où nous vous démasquerons! Pour l'instant, nous finirons le travail pour lequel nous nous sommes investis... Il me tente de vous mettre un pruneau dans la tronche, mais ça serait de s'abaisser à votre niveau... Ce qui s'est produit ce soir pourrait se reproduire n'importe quand... Vous allez encore nous retrouver sur votre route!

Alberta saisit pleinement sa chance en assurant la relève. Pour une rare fois, elle ressentait de la colère en elle. Elle l'observait, cette ténébreuse tigresse, qui souriait en coin, les narguant de sa vie, voyant en leurs mansuétudes un quelconque acte de faiblesse.

Elle prit la peine de lui parler, mais à cette seconde, elle n'avait qu'une envie, être le bourreau de Dieu. Elle qui avait répugné toute sa vie la brutalité, elle qui avait proscrit toute forme de violence... Elle qui avait honni l'inhumanité, abhorré la barbarie, sous toutes ses formes. Elle excluait la vengeance et bannissait la vindicte. Mais à cet instant, elle voulait être l'exécutrice de Dieu... Son assassin... Elle fixait la sorcière de ses yeux emplis d'amertume et de frustration. Elle lâcha avec un trémolo de haine dans sa gorge :

— Ô! Adeptes du Serpent Originel... La leçon a porté, croyez-moi! Nous savons maintenant ce pour quoi vous ensemencez de pauvres innocentes en leur faisant des illusions! Que vous alliez donner à des mômes des vies de richesses... Vos mensonges enfantaient d'autres impostures... Votre culte de malade imposait de sacrifier un nouveau-né et vous aviez trouvé ce subterfuge pour faciliter vos crimes... Son propre enfant était trop demandant??? Comment avez-vous pu vous abaisser à un tel niveau de bassesse??? Comment des gens civilisés du 21e siècle pourraient encore croire en un démon de l'Antiquité??? Je vais vous tuer pour ça!

C'est avec une certaine opiniâtreté que Shirin Irsa contraria le regard d'Alberta. Elle semblait résolue à mourir, mais avant, elle se fit un point d'honneur de répliquer mot pour mot à Alberta dans son accent perse particulier qui donnait aux paroles la dureté de l'acier :

— Vous l'avez probablement remarqué, ressenti, il Est bien là... Il respire, et vous ne percevez pas son souffle, son cœur bat, mais vous n'êtes même pas en mesure de le discerner, de le concevoir... Il vit en chacun de nous! Quand vous lisez les journaux, quand vous regardez la télévision! Les films d'horreur, les jeux vidéos, maintenant dépeignent les forces du mal comme étant les valeureux et les intrépides; on glorifie les stryges et les goules, nous faisons du Nosferatu un être romanesque et les démons des victimes de Dieu! Hahaha! Vous pouvez entrevoir ses tentacules qui vous enserrent à la gorge, vous claustrent d'effroi... Mais vous ne voulez pas voir! Moloch révèle à nouveau son culte abject! Il renaît de ses cendres... Parce qu'il n'a jamais été oublié, il Est immortel... Vous croyez que le matérialisme et le darwinisme nous conduiront à une ère de lumière? Encore plus à notre époque, Moloch règne en Roi et Maître! On ne pourra jamais affirmer que chaque femme ou homme qui choisit de supprimer son enfant par l'avortement ou que chaque adulte qui abuse un jeune recherche manifestement la faveur de ma divinité!!! Mais il n'en demeure pas moins que les péchés commis contre ces innocents constituent des crimes envers le dieu unique et que c'est dans ce fait que réside la puissance du mien!!!

Ed la dévisagea en prononçant de stupéfaction :

— Vous êtes dérangée! Sapristi! Vous êtes triplement dérangée même!!!

Sans broncher, l'héritière de l'antique affliction apparentée du vieux Manlow continuait sa déclamation à la glorification du Mal éternel, pourquoi entonnait-elle cette morbide énoncée? Elle savait, ressentait qu'ils seraient incapables de l'occire vulgairement, mais dans le doute elle voulait laisser à ceux qui allaient rester cette ultime épitaphe :

— Chaque foyer, chaque famille sont maintenant tributaires d'une entité qui se cache derrière votre culture, sous votre façon de vivre... Une intelligence propre qui convainc de grandes personnes civilisées d'immoler la vie de leurs enfants sur un autel du confort, le tertre de l'égoïsme et sur le piédestal du plaisir personnel. La vénération de la nature est de retour... L'adoration de la nécromancie et l'adulation aux astrologues redeviennent des convictions au même titre que cette foi au Nazaréen qui balaya pour 2 millénaires mon maître de la surface du monde... Mais il était là, tapi dans les cendres de son culte...

Ed braquait ses yeux sur elle avec encore plus dégoût, il ne pouvait que répéter :

— Vous êtes vraiment une sacrée maudite folle!!!

Alberta gardait un étrange silence, tout ce que cette sorcière de Moloch affirmait, elle le savait déjà, au fond d'elle, maintes fois elle avait eu cette sensation, cette réflexion au fondement de son être... C'est avec fierté que Shirin Irsa les dévisageait, chacune de ses paroles était comme des couteaux qui l'acéraient leurs consciences. Elle continua :

— Vous êtes rongé par une culpabilité impalpable, insondable... Vous reconnaissez n'être que des animaux sans âmes... Vous prônez des valeurs qui sont chrétiennes et vous rejetez le Christ... Vous faites le mal, mieux que nous pourrions le faire! Vous dénoncez la peine de mort pour un criminel et vous favorisez l'euthanasie... Vous donnez à vos vieillards le traitement qui serait réservé aux bêtes tout en affirmant que vous traitez bien vos chiens en leur octroyant des soins princiers chez un coûteux vétérinaire... Combien de moralistes bien-pensants emplissent la Géhenne à leur insu? Beaucoup de ces mêmes personnes apparemment intelligentes et très lettrées, des «go-gauches caviar», qui bagarrent pour la survivance de l'ours polaire ou de blanchons arctiques seront les premiers à marcher pour une procession «pro-mort»! L'être humain n'est plus qu'un animal qui combat pour sa survie... Qui les a donc aveuglés jusqu'à cette choquante inconsistance de leur pensée? Sinon mon Maître qui chuchote dans les ténèbres... Vous glorifiez vos scientifiques qui prônent que nous ne sommes que le simple produit de l'évolution... Vous rejetez votre créateur pour adhérer aux sophismes comme l'homme qui descend d'un singe! Ah ah! À quoi bon alors de vous accrocher à des vertus qui ne sont que des idioties? J'en appelle à la loi naturelle des bêtes et des fauves! La règle du plus fort et l'instinct de survie... C'est ça la science de l'athée!

De Darwin à Nietzsche! De Marx à Staline!!! De Heanude à Satan!!! Hahaha!!!

Elle riait d'un esclaffement démoniaque. Un rictus malveillant qui tranchait net avec la noirceur et les ténèbres. De ses dents blanches sur sa peau foncée... Ces yeux de lionne miroitaient dans l'obscurité. Elle avait tout du vampire de la nuit qui s'abreuve de l'innocence. En l'espace de quelques minutes, les rues se vidèrent de ces noceurs turbulents et devinrent aussi silencieuses qu'un tombeau. Shirin Irsa s'attendait d'un instant à l'autre de recevoir l'ultime châtiment de l'assassin de Dieu... Elle s'était fait lamentablement prendre par l'ennemi et la seule condamnation possible pour elle selon sa propre vision du monde... C'était la mort... Alberta la tenait toujours en joue, ce n'était pas l'envie de la trucider qui lui manquait, mais elle abaissa son arme. Allan relâcha instinctivement son étreinte sur la sorcière. Il avait appris une leçon primordiale en côtoyant celle qu'il aimait... La légitime défense était une chose, mais le meurtre une autre... Ultimement, se défendre et protéger les siens pouvait être acceptable dans la mesure où nous ne répondions qu'à l'agression en déployant la force nécessaire, sans plus. Dans la vision du monde idyllique et enfantine d'Alberta, tout commençait par soi-même et nous étions tous responsables de l'univers qui nous entourait... Franchir cette mince ligne du mal revenait à le justifier... Il ne devait pas y avoir de zone grise... La sorcière iranienne méritait bien pis que la mort pour toutes les atrocités qu'elle avait commise au nom de quoi? Au nom de qui? Il y apparaissait une législation que les hommes s'étaient appropriée et il y avait aussi la Justice, cette probité divine dont on ne pouvait se soustraire même si nous l'avions collectivement oublié. Alberta fit un pas de côté et ouvrit le passage pour Shirin Irsa. Elle lui dit, d'une voix très douce, mais autant plus troublante :

— Va... Va-t'en... je ne sais probablement pas comment implorer Dieu et je ne suis pas certaine qu'il existe vraiment, mais je prierais pour toi... Peut-être un jour demanderas-tu pardon pour tout le mal que tu fis? Au fond, le salut part par toi-même et personne ne pourra t'aider... Une chose est sûre... Le pouvoir ne venait pas d'une divinité et encore moins d'un sacrifice, aussi horrible soit-il... Il n'y avait pas de miracles ni de prodiges... C'étaient des fous comme Manlow qui fabriquaient l'obtention des vœux... Mais ils n'étaient pas assez brillants pour se donner le crédit de leurs puissances... Va-t'en... j'imagine que même le monstre que fut Manlow mérite le recueillement de sa fille… Tu apprendras, en vieillissant, à craindre la mort... Toutes tes illusions, tous tes mensonges reviendront te hanter alors... Jeune, on se croit immortel… Arrivent le crépuscule et son lot de peur… Pour le temps qu'il te reste, je te plains... Je vois déjà les mêmes tourments dans tes yeux que ceux qui accablaient ton père. Mais aucun pardon ne peut être refusé s'il vient d'un repentir sincère...

Shirin Irsa prit quelque seconde pour réaliser qu'Alberta était franche en lui laissant le champ libre. Elle reculait, face à ses opposants, comme un fauve blessé. Elle tourna les talons et voulut s'enfuir à toutes jambes, comme pour éviter de potentielles volées de balles tirées dans son dos, mais une force étrange la retint l'espace de quelques secondes... Elle ne put s'empêcher de se retourner pour lancer un léger coup d'œil vers cette étonnante fille... Une aura lumineuse semblait entourer cette jeune femme comme si elle était un ange, une sainte... En fait, la lueur du réverbère se reflétait sur une gouttelette qui perlait l'iris de la Perse. Shirin Irsa s'enfuit rapidement des lieux. Les larmes de chagrin ne pouvaient plus quitter ses yeux sombres... Pour la première fois de sa vie, elle faisait face au remords et à la honte...

Alberta la regarda partir d'un pas allongé et peu assuré. Les autres fixèrent du regard à perte de vue, admirant avec candeur les premiers flamboiements rougeoyants qui longeaient les hauts édifices du centre-ville de New York. Au loin des sirènes de sapeur-pompier brisaient la quiétude nocturne pour combattre une horreur qui n'avait rien de surnaturel... Ils disparurent en s'enfuyant le plus tôt possible vers la fermette de Mark!

La nouvelle Sodome

À la fin de la nuit, *L'International Business Corporation Building* brûla comme un fétu de paille. Une série de déflagrations et d'explosions, des implosions en fait, projetèrent sur Manhattan une nuée de poussière, de cendres et de détritus carbonisés. La ville n'avait pas vu une telle catastrophe depuis le fameux 11 septembre 2001 lors de l'effondrement des deux tours du WTC. Les vents d'automne distribuaient allègrement les escarbilles incandescentes sur toute la cité et l'on craint, pour un temps, que d'autres incendies se propagent dans les quartiers environnants. La fumée était dense et étouffante. Les similitudes avec la tragédie du *World Trade Center* étaient nombreuses. Les avenues étaient lourdement recouvertes d'une suie grise qui collait aux véhicules et sur les lieux en général, laissant un résidu insalubre et boueux quand une petite bruine glacée vint au matin des Féralies, le jour des Morts de la Toussaint...

Les autorités sous la férule des zélotes de l'ombre noire tentèrent de calmer les racontars qui envahissaient trop rapidement l'Internet. Tantôt on parlait d'un incendie criminel, tantôt d'un sinistre accidentel... On accusa des extrémistes religieux islamiques... Puis d'étranges rumeurs sur une sorte de temple satanique qui œuvrait en toute impunité dans les entrailles de l'I.B.C. On faisait moult promesses de commission d'enquête via les médias électroniques et de papiers. En fait, le temps effaça cette histoire comme le vent balaya la poussière qui recouvrait New York...

Les plus futés firent d'astucieux liens avec l'autre catastrophe de San Francisco. Dans le quartier des affaires. Heureusement que la panique des citadins de New York causé par l'émergence d'une sirène sourde permit à une foule de personnes de quitter le périmètre rapidement. Ayant été effrayée par l'horreur subite de la Wall Street de L'Ouest. Le haut taux de martyrs à la métropole californienne était surtout provoqué par l'incrédulité et la curiosité des gens à être enivré par l'éventuelle fatalité d'autrui. Des attraits pour le morbide, l'appétence pour l'affliction de son prochain qui attire les badauds comme la merde allèche les mouches... Malgré tout, le nombre de mortalités fut assez élevé. Trop élevé... Encore de ces décombres fumants et chauds les autorités déblayaient des centaines de victimes. Il restait énormément de disparus et la liste s'allongeait au fur et à mesure que les différents recensements compilaient leurs données.

La déflagration fut inouïe à un point tel que le colosse de pierre ne fut jamais recouvré. Encore moins le charnier de gravois. On n'y voyait plus qu'un gigantesque cratère au cœur du monde des affaires. La chaleur y fut si intense qu'elle endommagea les édifices aux alentours. Dans un rayon de plus d'un kilomètre, tout fut recouvert d'une couche de suie noirâtre. Une escarbille infecte qui ressemblait étrangement aux cendres de défunts...

Les poussières amoncelées des petits enfants, martyrs immémoriaux de l'infâme Moloch, virevoltèrent dans les cieux et recouvrèrent de leur malédiction la cité neuve des matérialistes...

Autant d'âmes qui n'auront jamais d'épitaphes ni de pierres tombales pour honorer leurs si brèves existences...

À l'unisson des cœurs

Comme le rouge aimait l'automne, le blanc collait à l'Hiver... Allan décida de laisser passer le temps de calmer les affaires ayant trait à l'horreur de Moloch. Karrie ne semblait pas trop perturbée par ses mésaventures familiales. Physiquement, elle était très grande et épanouie pour son âge. Mis à part des cauchemars nocturnes et des automatismes de sursauts craintifs face au bruit ou à la solitude. Il était certain qu'au début, elle se plongerait dans un mutisme alarmant, mais le plus surprenant, c'est Mark qui réussit le premier à gagner réellement sa confiance, en s'aidant de sa vaillante chienne Daisy et des autres mâtins. Mark jouait toujours par terre avec elle et ils s'attachèrent rapidement, créant de solides liens. Allan n'était pas trop d'avis de laisser la petite se lier à Mark de la sorte, mais son ami était tellement protecteur et affectueux à l'égard de Kerrie. Qui plus est, tout le monde l'avait adopté, même Allan restait impuissant devant les charmes et les yeux de la petite princesse. Elle avait parfois des questions embarrassantes sur sa famille, son frère et sa sœur, mais elle terminait souvent son questionnement avec une affirmation tout enfantine :

— Ah oui, c'est vrai, la sorcière est partie avec eux!!!

Il avait neigé tôt cette année-là et les pentes étaient blanches de neige. Kerrie adorait aller glisser avec Mark et les chiens des après-midi complets...

Un certain soir, après avoir bordé Karrie, Alberta expliquait clairement qu'on ne devrait jamais parler de la petite Pamela et de son horrible sort comme sosie de Kerrie :

— Je n'ose même pas imaginer comment Mylène se sentirait face à cette situation de chérir et aimer l'enfant de ceux qui auraient tué son propre bébé... Elle ne devra jamais se douter par quelles horreurs nous avons passées pour retrouver sa supposée fille... N'oublions jamais que Kerrie n'est coupable de rien, à sa façon, elle fut victime aussi...

Ed était plutôt de l'avis de dire la vérité à Mylène et de lui donner le choix... Sans hésiter une seconde, Mark s'offrit pour l'adopter de quelques manières que ce fût si Mylène la rejetait. Alberta mit sur sa bouche deux doigts et lui chuchota :

— Elle aura besoin d'un père comme toi Mark... Mais c'est de l'amour d'une mère qu'elle aura le plus besoin tout au long de son enfance, de sa vie durant...

Elle jeta un coup d'œil furtif vers son paternel et continua :

— Tu seras le meilleur des papas, mais elle aura toujours besoin de sa mère... Tu ne pourras pas piger entièrement cette sorte de lien... Ce sont des affaires de filles... Mais garde espoir Mark... Fais confiance au jugement de Mylène...

Il rougit timidement et émit un petit rire nerveux... Il n'avait jamais oublié la beauté de ce joli brin de fille de prairies. Alberta fit comprendre à son père que les méchants déments avaient fait un truc terrible et brisé quelque chose... Mylène et Karrie mériteraient le juste bonheur sans avoir à vivre avec un spectre, une ombre malveillante du passé au-dessus de leurs épaules...

Allan et Ed passèrent la frontière américano-canadienne en douce pour retrouver Mylène. Ils partiraient pour près d'une semaine. Ils réussirent à la localiser dans une petite bourgade près du Manitoba. Elle avait changé de place régulièrement et désespérait d'avoir un signe, positif comme négatif... Elle fondit de larmes quand elle vit les photos récentes qu'Ed avait apportées dans la mémoire de son téléphone intelligent. De simples images de la petite dans les bras d'un Mark fier comme un coq. Ed tenait absolument à le dire lui-même. Il lui annonça la bonne nouvelle et elle se catapulta sur lui poussée par une joie extrême. Pamela était avec Alberta et elle était en parfaite santé... Les parents, illégitimes et anonymes, «renonçaient à sa garde» si Mylène leur promettait de ne jamais les rechercher ou de les amener en justice pour les erreurs passées. Mylène, naïvement, absorba toutes ses sornettes comme les tout-petits s'imprégnaient des contes du père Noël et autres mythes enfantins... Ed fut énormément surpris qu'il fût capable de mentir ainsi après de telles épreuves endurées. Depuis l'épisode du temple de New York, il ne pouvait plus trouver un sommeil réparateur. Ces rêves n'étaient plus qu'horribles cauchemars...

Bien sûr, maintenant elle s'appelait Karrie, mais c'était bien sa petite Pamela chérie qui revenait au bercail, à la maison!

Durant ce temps, Alberta tenta de préparer la jolie Karrie à la possibilité d'être obligé de partir avec sa nouvelle maman. Alberta se croisait les doigts quand la voiture d'occasion, achetée pour ce voyage, réintégra le lieu de rendez-vous...

Karrie fut intimidée par cette personne étrangère qui pénétrait dans sa vie, très, trop rapidement à son goût d'enfant. Mylène avait choisi des vêtements un peu trop chic pour cette inédite adjonction, ce qui rendait la scène légèrement comique. Elle était radieuse et souriante comme elle ne l'avait jamais été. Ses yeux s'emplirent de larme, elle ne pouvait contenir son émotion. Elle ouvrit grandes ses mains et tenta d'embrasser sa fille. Instinctivement, la petite Karrie alla chercher la protection de Mark, bondissant dans ses bras et se cloîtrant le visage dans l'épaule musclée du *«Rooster»*... Ce geste de rejet foudroya Mylène, qui tremblait d'émoi. Elle avait eu beau, tous les jours, de se ressasser tous les scénarios possibles, ils finissaient tous invariablement, avec cette importante accolade de «mère/fille». Voilà que cette reine de beauté en bas âge ne reconnaissait pas sa mère, pire, elle la reniait. Mylène crut mourir de chagrin!

Alberta s'approcha d'elle et lui chuchota quelques mots à l'oreille. Mylène se mit à jouer avec la chienne de Mark... Il suffit de quelques secondes pour que Karrie gesticule comme un ver dans les bras de Copland pour aller rejoindre Mylène et Daisy... La nouvelle maman croisa le regard de Mark qu'un bref instant... Elle ne l'avait même pas remarqué sur la photo, elle n'avait d'yeux que pour sa fille. Timidement, ils se lançaient de furtives œillades du coin de l'œil. La poitrine de Mylène et l'estomac de Mark ne pouvaient point se tromper... Palpitements et papillons ne laissèrent plus de place au doute!

Une nouvelle vie attendait ces tourtereaux... La chimie fut instantanée et l'on n'eut besoin d'aucun artifice, d'aucune manigance pour orchestrer ce qui se devait d'être naturel et élémentaire...

Il était maintenant le temps de partir. Ed avait un plan aussi simple que crier le mot «ciseau». Il s'organisa pour joindre un de ses avoués les plus fidèles. Après quelques explications floues sur les raisons de sa disparition et de son départ, il fit transférer, à distance, ses fonds sur un compte à numéro dans un paradis fiscal, dans les îles Caïman. Il liquida la *Prescott Industries* en vendant à perte et élabora une mise en scène pour simuler une répartition testamentaire... Cela n'avait plus aucun sens pour lui. Seuls sa fille et son bonheur lui importaient. La liquidité ainsi recueillie lui permettrait de vivre heureux jusqu'à la fin de ses jours... Il octroya à Mark et Mylène une forte somme liquide pour leur accorder une ultime chance pour bien recommencer leurs vies avec la petite Karrie. Par orgueil, Mark refusa à peu près en ces termes :

— Allons M. Prescott, je ne peux pas accepter cet argent! Je ne veux pas avoir à survivre avec la honte et l'impression d'être un mendiant toute mon existence! Je ne peux pas subsister avec l'idée d'être un débiteur pour vous!

— Sérieusement Mark... Vous avez les nerfs d'un mercenaire aguerri... D'un vaillant coq! Voyez ça comme votre solde de soldat! Ne négligez pas le fait que vous avez happé au passage une balle pour ma fille et risquez combien de pruneaux pour nous à New York? Prenez votre salaire!

— Mais vous savez que ce n'était pas le cas... Je n'ai pas fait ça pour du cash! Mais pour mes amis et surtout pour Willy! Et aussi faire chier les grosses légumes du gouvernement! Non, oubliez ça... Je me débrouillerai à faire vivre ma nouvelle famille honorablement! On ne dira pas que Mark Copland est un profiteur!

— Mark... Vois ça comme un cadeau de noce pour Mylène et pour toi... Tu sais, Mark... S'y j'avais eu un garçon, j'aurais désiré qu'il soit identique à toi...

— J'aurais pensé que vous auriez voulu plutôt un bon gars comme Allan?

— Ah ah! Mon cher! Lui, c'est le gendre que j'aurais rêvassé dans mes pires cauchemars! Mais depuis peu, mes mauvais rêves peuplant mes sommeils me paraissent plus cléments que ce songe éveillé vécu en cette maudite nuit d'Halloween... Les visions horrifiantes s'estompent au matin... Celui-là, je ne pourrai jamais me convaincre que c'était qu'une chimère, un phantasme... Non, Mark... Tu aurais donné ta vie pour ma fille... C'est ta juste partie de l'héritage, fiston... Prends-le de ma part et de Willy... Je n'aurais jamais de tout le reste de ma vie pour te démontrer ma gratitude!

Mark, l'orphelin au cœur de pierre, eut de la difficulté à contenir ses larmes. Son estime de lui était si basse avant l'arrivée d'Allan et Alberta qu'il avait, secrètement, pensé à plusieurs moments au suicide. La providence maintenant lui souriait comme jamais, il avait trouvé l'amour de sa vie et une famille à choyer... Et qu'en retour, elles sauront pleinement le combler. En fait, pour la première fois de son existence, on démontrait beaucoup d'affection à son égard et il se sentait vraiment important. Devant l'insistance d'Ed, il accepta humblement. Mais il ne put s'empêcher de tourner ce digne moment en farce :

— Je prendrai grand soin à gaspiller votre avoir si chèrement gagné par vous mon cher M. Prescott... Un Copland doit gâter sa petite femme! Imaginez combien ça sera avec deux princesses à combler!!!

— Si tu le flaubes et dilapides tout ça en six mois... Faudra me donner une adresse pour un prochain payement! Qui sait, aurais-je besoin à nouveau de gaillard comme toi pour laver les bourdes de mon aventurière de fille?

— N'ayez crainte, M. Prescott... Je cause et jacasse beaucoup, mais je laisserai parler mes actions plutôt que mes paroles de roublard bourlingueur!

— Je le ressens, Mark, tu joues aux insensibles, mais au fond t'as le cœur plus gros que celui d'un bœuf!

Mark regarda discrètement une des photos qu'il fit à la blague avec le guerrier Wakyza. Ils avaient si nobles allures. Il médita le temps d'une phrase. Pour lui, c'était comme une prière.

— Vieille branche d'apache! Je sais moi que tu y étais à ce damné temple... Tu fus mon bouclier de la foi, mon rempart... Je te dois une fière chandelle! Prie pour moi, pour nous... Pour Mylène et notre fille...

Ed n'oublia pas la veuve de l'indien. Elle fut grandement chagrinée par la mort de Willy. Il aurait aimé lui remettre l'argent en main propre, mais ce fut trop risqué de se faire intercepter à cet instant. Même si les dollars ne parviennent pas à effacer la souffrance, Ed espéra sincèrement qu'elle pourrait refaire sa vie.

Allan, par de savants contacts qu'il se fit au gré de ses recherches, réussit à forger de nouvelles identités pour lui et les autres... Comme les derniers flocons de neige recouvraient les pistes déjà enneigées, le temps et l'anonymat tapissèrent sur le groupe d'Allan Sexton et d'Alberta Prescott un sédiment de désaffection, une alluvion d'indifférence... Ils croyaient maintenant être sous une couche de désintéressements des plus totaux...

Mark et Mylène devinrent éperdument amoureux l'un de l'autre. Comme deux briques abandonnées et esseulées, Karrie se transforma en un puissant ciment. Le trio décida de se faire oublier en vivant en nomades ambulants. Mark dégota d'un lointain cousin pour une bouchée de pain une discrète caravane quelque peu usée, mais offrant toutes les commodités et facilités pour égayer une vie de bourlingueurs.

Mark n'enterra jamais symboliquement son comparse Willy. Les photos qu'il prit à la blague avec lui devinrent des sortes icônes. Quand Karrie demandait qui était le gros monsieur comique, le *Rooster* lui disait tout de go :

— Lui, c'est ton tonton Willy, ton parrain! Il est en haut avec les anges et veille sur nous! Il aurait bien aimé te serrer fort fort dans ses bras comme un gros nounours!!!

La petite fille de se mettre à rire de belles dents, ne comprenant à peine toutes ses allusions à l'au-delà et le Paradis!

Ed, Alberta et Allan désiraient se réfugier sur l'île de la Barbade grâce à leurs multiples personnages inventés. Pour assurer la sûreté des nouveaux parents de Karrie, ils se résignèrent à des séparations déchirantes... Jamais plus ils ne se reverraient pour fraterniser sur leurs exploits... Ils ne devaient jamais négliger qu'ils s'étaient laissés aller aux pires bassesses pour réaliser le bonheur d'une femme qui avait perdu sa fillette...

Les adieux furent affligeants, mais il le fallait... Cette fraction avait plus d'opportunité de s'en tirer à bon compte et se faire oublier en se scindant en deux groupes. La vérité était cinglante. Allan, Ed et Alberta regardèrent la caravane s'éloigner en ce début d'un printemps. Leurs cœurs battaient fortement. Une vague appréhension se lisait sur leurs traits fatigués. Ainsi, éloignant les moins impliqués, ils estimèrent leurs chances meilleures pour eux de s'en sortir. De leur côté de la clôture, ce n'était guère plus rose. Fichés, identifiés, ils auraient à jamais une large épée de Damoclès sur leurs têtes. Qu'à cela ne tienne. Ils investirent toutes leurs ressources pour quitter le sol américain pour un coin perdu sans se faire stupidement épingler par les autorités.

On ne mettait plus autant d'énergie à les traquer, mais une paranoïa persistante les paralysait continuellement. C'est clandestinement de la Floride qu'ils s'envolèrent vers la Barbade par un petit avion piloté par Allan.

Peu de temps après s'être installés sur leurs petits lopins paradisiaques, Ed et Allan démarrèrent une affaire de pêche à l'espadon sous une fausse raison sociale. Ed accepta volontiers de donner la main de sa fille à ce mercenaire d'Allan Sexton... Le jeune couple se préparait à faire de ce jour unique, sans aucune réception faste et sans aucun invité, le plus beau jour de leurs vies...

La rencontre d'un prêtre énigmatique leur rappela amèrement qu'on ne choisissait pas le lieu et le moment pour combattre le Mal... Souvent, c'est la promiscuité du Malin qui nous trouve, nous débusque... L'on ne pouvait fuir longtemps, indéfiniment, immuablement à son destin...

*
* *

Hermann Kiel, après la mort de Manlow se tint au carreau et laissa retomber la poussière. Le vice-président de la *Carlyle Industries* étant le bras droit du défunt bonze craignait grandement de faire les frais de sa trop grande proximité. Quelqu'un faisant partie des spectateurs affirmerait qu'il serait à coup sûr ce genre de faucon républicain qui chapeautait allègrement tous les lobbies d'armes à feu en Amérique du Nord. On le disait très bien tuyauté à la Maison-Blanche en contrôlant un bon segment des militaires responsable des budgets de la défense du Pentagone. En fait, toute sa gloire ne se reposait que sur l'ombrage de l'omnipotent Manlow qui s'assurait toujours qu'on laisse manœuvrer son dauphin. Reste que grâce à ses multiples contacts, Hermann Kiel excellait à provoquer des conflits pour liquider ensuite de l'armement de pointes à des coûts astronomiques à des tiers parties qui en avaient grandement besoin. Ses dernières frasques étant, entre autres, l'Inde contre le Pakistan pour le contrôle du Cachemire, les escarmouches de la Corée du Nord et de l'Iran.

Donc, peu après la chute du dictateur des ombres, Hermann Kiel reçut un avis de convocation des plus surprenantes écrite de la main même du sénateur Denahue. Cet homme d'affaires terne et austère en apparence se fit s'offrir carte blanche pour reprendre la direction de la *Carlyle Industrie* et bien plus. Ce fut le banquier de l'ordre, Edgar de Roche-Feuille, qui le rencontra à huit clos pour régler les questions de nature testamentaires et judiciaires. Le mandat de Kiel était clair. Mener la barque à bon port au terme duquel il se ferait proposer le prestigieux poste de grand bonze pour remplacer le vieux Manlow. Très rapidement, il conclut qu'on lui laissait une sorte de fonction de suivant, d'homme de paille, car concrètement, il n'en résulterait pas de réels pouvoirs décisionnels pour lui... Seulement un beau panier de crabes et de problèmes. Il savait pertinemment qu'un refus de sa part équivalait à une sanction qu'il n'osa même pas envisagé.

Kiel fut reçu sobrement par de Roche-Feuille. Il devint évident que le milliardaire issu d'une très vieille famille de banquier n'était qu'un exécutant. Ce fut sans surprise que l'industriel réalisa qu'on lui offrait qu'un rôle de figurant. S'ayant toujours tenu loin des pitreries et fadaises de son mentor, il ne comprit qu'aujourd'hui, qu'on lui demandait de reprendre le contrôle clandestin du «Buisson-Ardant» et de conserver les rênes d'une organisation cabalistique, initiatique et mystique farouchement blessée par des relents de scandales en Californie et par une décapitation spectaculaire à New York...

Il n'était pas chaud à l'idée, mais de Roche-Feuille se montra étrangement très persuasif lorsque vint le temps de tergiverser sur les visées de cet ordre occulte; poursuivre la continuation des cérémonies et maintenir une forte cohésion au sein des différentes cliques pour en faire rejaillir une puissante coterie des ténèbres.

Les festivités de la Yuletide seraient remises au prochain solstice par respect à feu Manlow. Mais les suivantes, surtout celle du 21 juin à minuit, seraient inégalées. De Roche-Feuille prescrivit, exigea même que tous les adeptes soient présents à la base de plein air familiale du *Davidson camping club*, qui n'était en fait que le repaire sectaire des «Buissons-Ardants» maquillé en terrain de campement pour toute la famille. Lieu se trouvant en califourchon entre la frontière sud de l'Oregon et le nord de la Californie.

Depuis près d'un siècle, des gens aussi fortunés qu'excentriques y avaient fait couler dans un ciment bétonné un immense hibou de pierre sensiblement identique à celui qui siégeait le royaume souterrain de New York... Une fois l'an, un gratin ultramondain s'y agglutinait dans l'expectative d'y recevoir quelconque avancement... D'aucuns de ces opportunistes ne pouvaient imaginer ce qui s'y tramait vraiment quand les feux s'élevaient durant cette nuit païenne de pleine lune nommée en alternance *Beltan* et *Lugnasad*. Le jour le plus long qui annonçait une courte soirée bacchanale de réveillon où jeux de lumière artificielle, festivités carnavalesques, envolées musicales et des pyrotechniques surhumaines venait seconder un mystérieux narrateur qui conjecturait, prophétisait de bien sombres augures... Mais à partir de quelles sources, de quelles provenances, de quelles origines?

Voilà que Kiel devait assurer la survivance d'un spectacle aux relents de surnaturels duquel il n'avait été qu'un témoin dubitatif et silencieux... Il ne ferait que recréer indûment les lubies absurdes d'un dément d'outre-tombe... Encore là, une ombre volage et sanguinaire faisait ses basses œuvres sous le couvert d'un secret...

La seconde cène

La température était agréable à Long Beach en ce doux jour de Noël. Un scénario qui ne cessait de se répéter depuis la nuit des temps se produisait encore cette année-là, le même jour que la naissance du Christ… Le chic *Blue Velvet Night Club* de la Marina de *Seal Beach* regorgeait de gens venus fêter la nativité en se saoulant et se droguant à fond. La musique était plus forte qu'à l'habitude et les hôtesses plus chaudes… Qui pouvait savoir, de tous ses fêtards abrutis par l'alcool et les substances illicites, que se tramait dans les soubassements de l'édifice un terrible génocide?

La dernière nuit de la Walpurgis avait été désastreuse pour plusieurs des affiliés de Manlow. Les plus fidèles furent exécutés et ceux qui changèrent de camp trop vite furent aussi occis promptement. On les considéra alors comme trop mous et sans trop de conviction. Le coup, même indirect, posé par Alberta fit en sorte que l'ordre devint encore plus occulte, plus sardonique et plus fermé. Plusieurs de ses sectaires démoniaques s'égaraient dans leur foi, tellement que le «but ultime» semblait être à portée de main avant ce *crash*… Tout serait donc à refaire? Le mal qui était inoculé dans la société n'en avait pas pour autant perdu de sa force…

Le sénateur de l'État de Californie, Viktor Denahue n'avait nullement bronché ou cligné d'un cil quand on lui apprit le décès de Manlow et l'effondrement du temple de New York par téléphone. On implora à Denahue de prendre la direction de l'Ordre… Il convoqua une séance extraordinaire pour s'assurer du plein contrôle de l'organisation. Sa faction se targuait d'être très ancienne et plus près de la vérité que les cercles pédants d'universitaires d'où émanaient les élites et ses nouveaux membres plus assoiffés de pouvoir que de savoirs…

— Le problème avec ces gens — articula-t-il machinalement, — c'est qu'ils n'ont qu'une foi très limitée… Celle de l'argent… Ce manque de conviction m'attriste à chaque fois parce qu'elle conduit à des échecs comme Manhattan et San Francisco… Il y a d'autres façons de servir le Maître!

Viktor Denahue reconnaissait le travail acharné de Manlow pour diriger la basse populace vers le paganisme originel, mais il n'aimait pas la manière dont il s'y était pris. Trop d'artistes, de domestiques vides et insipides et de personnalités mondaines avaient brigué pour les mauvaises raisons leurs affiliations à son mouvement... Certes, ils étaient immensément riches, mais de quelles richesses?

Pour obtenir le pouvoir absolu qui lui était résolu, il décida d'abaisser les cartes de son jeu à cet anniversaire de la nativité, si importante pour les gens comme lui. Date qu'ils appellent «jour de la Yuletide». Il rassembla les membres restants du puissant *coven* des 33 recomposés par lui dans le repaire discret d'Anton Sharel Merzgin et de son épouse Sheraz. Sous la boîte de nuit, il y avait une grande voûte pharaonique d'albâtre avec des cartouches, de style copte antique, de gravées. Un autel de grès auquel étaient taillées des rigoles de façon à recevoir le fruit du sacrifice à la base de la pierre. La plateforme était fort ancienne et semblait avoir été polie par les sablons d'une mer de sable. De chaque côté du reposoir à abattage, une sculpture du panthéon égyptien pharaonien. Celle d'Anubis, le fils d'Osiris, dieu de l'embaumement, représenté avec une tête de chacal et d'une statue de Seth, dieu du désert, du mal et des ténèbres dans sa forme primitive, un cou coiffé d'un faciès de molosse aux oreilles coupées. Les gens conviés à cette rencontre au sommet revêtaient tous des bures monastiques noires, serrées à la taille par une cordelette foncée, sans apparat ni décoration, sauf Merzgin et sa femme qui portaient des vêtements et maquillages inspirés de l'antique terre de M'ser. On aurait dit deux pharaons bedonnants. Pour les membres du *Coven 33,* le Cercle des 33. C'étaient des costumes plus sobres que ceux qui étaient fortement souhaités par feu Manlow et sa clique de délurés...

Ils assistèrent, sans sourciller, au meurtre sordide de bébé à la peau cuivrée, cadeau ultime de Manlow avant sa mort, par la main armée d'un kriss acéré par Merzgin. Seule pleurait à chaude larme l'épouse pelote du sultan pendant qu'elle ramassait le sang qui s'écoulait des rigoles dans une coupe d'or sertit de pierres précieuses. Elle s'était quelque peu attachée à l'enfant pendant la courte période où ils le cachèrent en attendant que les astres soient propices aux gestes rituels. Tous goûtèrent au nectar issu de ce sacrifice, certains adeptes comme des goules assoiffées, d'autres comme de fins sommeliers. Viktor Denahue fut le dernier à siroter à la lie le sang de la petite victime, fondant rapidement tel que le ferait un vampire sur sa proie... Il fixait froidement les gens ressemblés pour fêter la nouvelle année païenne et saluer le dernier seigneur. Merzgin pressentait qu'on lui confirait un plus grand rôle... Il perdit ses illusions comme déchantaient toutes les figures présentes qui croyaient que la mort abrupte de Manlow apporterait un vent de fraîcheur et de changement et plus agréable que fut sa courte ère... Ils se trompèrent tous, car Denahue allait les laisser pantois. Sa voix caverneuse et sinistre recelait une étrange injonction. Une ordonnance qui avait la forme d'une puissante suggestion :

— À bas les masques, comme me le dit un jour un vieil ennemi, c'est la fin de la mascarade! Nous avons pris bien des détours et avons connu bien des embûches, des traquenards et des échecs... Combien d'entre vous avez cherché dans de pâles artifices le secret antique de la Maison Sacrée? Que la cérémonie de cette nuit devienne la nouvelle Eucharistie de nos suivants qui remplacera l'ancienne... Le sang, la chair, la vie éternelle... Il n'y a pas un d'entre vous qu'il soit réellement lié par sa lignée dynastique au temple du Serpent Originel et pourtant vous avez l'audace de vous en dire les descendants, les tributaires et les héritiers! Moi je le suis!!! Car mon nom, Denahue, est en fait Heanude! Et c'est par succession légale que maintenant je demande mon dû! Depuis la nuit des temps, mon lignage vit dans l'ombre! Il est dorénavant l'heure de renverser le Nazaréen et redonner de plein droit à mon Père spirituel le monde qui était le sien!!!

Tels des pantins désarticulés, ils entonnèrent en chœur l'anagramme Denahue /Heanude...

*
* *

Épilogue

L'Hydre de Lerne était une sorte de dragon mythologique qui ne pouvait pas mourir si l'on ne la frappait pas à son unique point faible. Cette créature était décrite comme étant un serpent d'onde à corps de dogue possédant plusieurs longs cous se terminant par des crânes menaçants, dont une seule était immortelle. Un mal qui se renouvelait à l'infini malgré les efforts faits pour l'éradiquer. Ses têtes se régénéraient doublement lorsqu'on en tranchait une. L'haleine que soufflaient les multiples gueules exhalait un terrible poison mortel. Il était même radicalement fatal durant le sommeil de l'animal. Ce qui faisait de cet être surnaturel, un défi funeste même pour des héros comme Hercule. Pour les Romains de l'Antiquité, l'Héraclès des Hellènes olympien...

La chose fut engendrée par Typhon et Échidna, puis élevée par Héra sous un platane à proximité de la source Amymoné et du lac de Lerne, en Argolide. Pour le commun des mortels, l'hydre de Lerne n'était qu'une légende décrivant une bête affreuse qui fut vaincue par le courage et la fougue des hommes. D'autres imageries, plus colorées, parlaient du monstre à plusieurs gueules, dont on devait trucider, après l'avoir forcé à venir combattre dans un boisé de chardons où la bestiole s'entortillait mortellement la multitude d'encolures serpentaires dans des ramures aux épines dangereuses. Ce qui obligea de la Fontaine à écrire qu'il valût mieux un basilic avec une unique caboche et de multiples queues que le contraire...

Faisant comprendre à ses contemporains qu'un meneur à la tête d'une armée était préférable à une légion de seigneurs au commandement d'un seul homme... L'Ordre du «Buisson-Ardant» qui se voulait occulte et caché avait survécu des millénaires à l'ombre du christianisme en s'inspirant du concept de l'hydre de Lerne. Il n'y avait pas de chef à priori et la machine poussait dans de multiples directions, factions, cellules, etc. Si une tête tombait, une autre prenait sa place aussitôt et ainsi la chaîne floue se perpétuait dans le temps. Mais cette façon disparate d'agir conduisait très souvent à des schismes et des luttes de pouvoirs intestines. Lorsque Manlow n'était encore qu'un enfant, les destinées de «l'Ordre hermétique du Buisson-Ardant» étaient entrées de plein fouet dans le 20e siècle. Adolescent, il était contemplatif quand on l'initiait de hauts faits de ces illuminés, la Révolution française, la Grande Guerre de 1914-1918 qui avaient affaibli irrémédiablement les régimes monarchiques et changé la face de notre planète à jamais. La richesse énorme qu'ils amassèrent avec des alliés et complices qui imposèrent le bolchevisme. Comment s'en étaient-ils pris pour pousser l'humanité à l'horreur de 1939-1945 et le partage des continents qui s'en suivit? On bourra le crâne du jeune Fulher Manlow qui faisait partie d'une élite qui se devait de régner sur l'univers... Mais sur quel univers? Un monde nouveau où l'on aurait exterminé jusqu'à la plus petite graine du christianisme, qui prônait la justice morale et l'égalitarisme entre tous les hommes de la Terre, car chaque individu était unique, mais incomplet... Ils voulaient imposer que nous fussions tous identiques, mais complètement autonomes à cause de cette individualité qui nous distinguait des autres... Des marées d'égoïstes qui reflétaient que leur propre ego. Autrement dit : Ils désunissaient pour mieux régner sur tout! Ils suçaient, pompaient, aspiraient nos épargnes, nos avoirs et nos biens en nous détournant de ce qui devait être essentiel pour nous faire rêver de futilités... Tel était le pouvoir de cette hydre.

Ces tyrans puisaient d'énormes richesses des conflits et des guerres... Ils parvinrent à infiltrer les temples, cultes et religions, mais ils n'arrivèrent jamais à détruire complètement l'Église et les démocraties comme telles... Ils façonnaient l'opinion publique comme un potier le fait de sa glaise. Tout avait un but, et ce but n'avait qu'un sens... Ils avaient ainsi réussi à pénétrer la majorité des gouvernements depuis leurs vertigineuses ascensions. Ils pouvaient diriger, ils pouvaient mener, ils pouvaient infliger, mais ils n'achevèrent jamais à leurs plans de modifier les gens à devenir ce qu'ils voulaient vraiment qu'ils soient. Des esclaves serviles! À cause de 2000 ans d'histoire qui avait imposé des valeurs diamétralement opposées aux leurs... il y avait toujours des personnes de bien pour contrebalancer l'équilibre des choses et contrecarré, même de façon inconsciente, les programmes et projets de ses démoniaques dévots...

L'ultime fin, l'ultime but de ce conflit occulte et satanique étant un musellement global et entier, non pas un muselage de nos vies, mais pour le contrôle absolu de nos âmes...

Fin

Personnages principaux

Abraham Fuller Manlow : Le «Führer d'Amérique». Puissant industriel américain qui semble tenir un rôle clé dans cette histoire. Il est à la tête d'un imposant réseau d'adoption illégal. Il contrôle également d'une main de fer une organisation secrète qui désire dominer autant les médias, les autorités et les hommes de loi... Il est un féru d'histoires anciennes et crois impunément que l'humanité n'est que du bétail. Il intrigue, manigance, manœuvre, complote et conspire encore et toujours pour plus de pouvoir...

Alberta Prescott : Héroïne pour les gens de bien, harassante pour les ceux du mal. Alberta juge bien les gens... Elle a un très bon cœur et une empathie très puissante. Elle ne se refuse aucune tache pour aider son prochain, telle une missionnaire qui parcoure la planète pour sauver des âmes, Alberta elle sauve des vies. Elle n'arrivait pas à trouver sa réelle voie de sa vie avant cette aventure... Elle se familiarisa avec le droit à New York, le journalisme à Paris et la médecine à San Francisco. Une rencontre fortuite avec une jeune mère délestée contre son gré de sa petite-fille l'a conduit à jeter un regard sévère sur le monde, notre Monde! Son caractère se forgea très jeune lorsque sa mère, Correlia Prescott-Strongwell, journaliste, globe-trotter, disparut étrangement lors de l'une de ses enquêtes-choc! C'est un des modèles d'Alberta, même si elle était toute petite et qu'elle n'a que des souvenirs vagues et quelques photos d'elles... Le récit d'une mère qui recherche sa fille la propulsera dans un univers insoupçonné...

Allan Sexton : Celui qui nous fait encore croire aux chevaliers de nos contes et légendes. Ce Lancelot moderne se refusa de servir pour des guerres sans quête, sinon le pétrole et quoi encore? Il servit en Afghanistan et en Irak comme *marines* de la *navy seals*. Les horreurs de la guerre, la disparition de sa femme et de ses deux filles l'ont plongé à chercher dans des légendes modernes, les conspirations, les complots un sens à sa vie... Cette recherche de vérité et de justice envoya immédiatement Allan au-devant du danger et, au mépris de sa vie, sauver des griffes de la nuit la douce Alberta...

Anton Sharel Merzgin : Le fils héritier du puissant sorcier Urziel Sharel Merzgin. Son père fut tué, immolé vivant par des hommes armés de lance-flamme. Lors de la guerre occulte qui frappa ceux du Serpent et ceux de la chouette. Anton n'a pas le charisme et le fiel de son père. À la mort de celui-ci, le cercle hermétique des Serpents d'Orient de la côte Ouest perdit beaucoup d'influences et de puissance. Anton accepta trop rapidement toutes les conditions de la reddition pour acheter la paix et se sauver d'un sort similaire que son père. Il est mal conseillé par son épouse, Sheraz, qui est trop émotive.

Apollonius «Pol» Martinstein : Docteur imbu de lui-même et de sa personne, narcissique et opportuniste. Il pourrait être drôle qu'un médecin souffre d'hématophobie, de la peur du sang. Une erreur médicale mortelle au début de sa carrière le vouait à un enfer sur Terre. Mais un homme de l'ombre, un des puissants, Fuller A. Manlow. Mais cet acte salvateur n'était pas sans prix... Martinstein devint un auxiliaire précieux pour Manlow. Il est à la tête d'un programme particulier de pouponnières de sélection pour gens riches. Il recrute de jeunes femmes aux profils recherchés selon des demandes spécifiques des parents (yeux, cheveux, peaux, traits gracieux, etc.) pour porter un enfant. Comme les parents adoptifs veulent que l'on présume qu'ils sont les géniteurs légitimes, les exigences sont multiples et diverses.

Axorthy Axelworth Cunningham : District attorney de San Francisco et agent d'une cellule de l'ordre de Manlow qui se spécialise à court-circuiter des enquêtes ou faire disparaître des preuves. Tout ce qui pourrait déranger les «amis» de proximité de la grande fraternité. Il est ouvertement en guerre avec le gouverneur Rutherford et lui réfute la légitimité de sa gouverne.

Béla Sebestyén Nàndor : Un génie de la génétique et sommité mondiale en matière de clonage humain. Il nourrit l'ambition d'être le premier scientifique à cloner des êtres humains. Il est un rival de Martinstein au sein de l'ordre. Ses méthodes, controversées et discutées, ne sont appliquées que pour le seul orgueil de jouer à Dieu. Il ne rêve pas que de cloner des hommes, il veut en faire des surhommes. Son pays natal, la Hongrie, a étouffé une scabreuse affaire à son sujet... Sur des recherches si choquantes, qu'il y fut banni à vie par les autorités locales... Nàndor, pour poursuivre ses recherches, ne reculerait devant rien...

Bill Gateway : Pseudo-démocrate terne et loufoque qui ne se fie qu'aux diseuses de bonnes aventures et astrologues pour prendre quelques décisions que ce fut. Il fut le représentant démocrate à l'investiture de son parti pour briguer le poste de gouverneur de la Californie. Il vient d'une très vieille famille et ses contacts lui sont tous conquis par la renommée et la respectabilité de son grand-père. En fait, politiquement, il n'est pas chétif ni athlétique, mais un amalgame des deux qui lui octroient certaines carences, surtout au niveau oratoire. Il a plus l'âme d'un politicologue intellectuel qu'un habile tribun.

Correlia Prescott-Strongwell : Mère biologique d'Alberta. Elle était célèbre comme journaliste et reporter-choc dans le cadre d'une émission à caractère géopolitique. Elle disparut mystérieusement avec son équipe dans la jungle amazonienne à la frontière colombienne et de l'Équateur. Les autorités locales, peu loquaces, ont affirmé qu'ils s'étaient perdus lors d'un vol en petit avion pour repérer et interviewer des révolutionnaires. En fait, elle tournait un soi-disant documentaire sur l'influence malsaine de narcotrafiquants.

Dowsey Jackson Ackerman, aka le Hollandais, aka le Chacal : Géant chauve et glabre de près de deux mètres qui a des allures de gangster-goule, raciste et méchant. Il est un tueur aux petits pieds de Manlow. Il est un homme de main cruel qui ne reculera pas devant rien pour atteindre sa cible. Il donne des apparences d'être docile et servile, mais il est plus intelligent qui ne le laisse le voir. Il campe le rôle de la brute épaisse et manigance en secret. Il méprise Manlow, mais celui-ci l'aime comme un enfant aime son jouet favori. Ackerman devint un monstre par une suite d'une malheureuse enfance... Il ne tue pas par plaisir en contrepartie, il n'a aucun regret ou remord à apporter la mort.

Dustin Brennan : Un des collaborateurs intimes de Russ Hartland. Un bras droit qui a toutes les apparences du bras gauche de Juda. Brennan donne les semblants d'un homme zélé et fidèle... Mais fidèle à qui et dévoué à quel Diable?!!

Edgar de Roche-Feuille : Banquier immensément riche. Grand banquier et argentier de l'Ordre de Manlow. Sa famille a le titre de noblesse d'une principauté européenne. Il fait fructifier en milliard de profits le trésor de sa banque privée qui œuvre à phagocyter et vampiriser à la lie les petits épargnants et les petites banques à la grandeur de la Terre. Grand Trésorier qui fait croître considérablement les gains de ses amis, comme Manlow, Denahue et cie. La seule famille des Roche-Feuille engrange des profits de l'ordre de 4 milliards par jour en intérêts de toutes sortes.

Edward « Ed » Prescott : Ed est le père biologique d'Alberta et veuf inconsolable de feu Correlia Prescott-Strongwell. Il perdit sa femme, lorsqu'elle était reportrice aventurière dans des pays équatoriens latino-américains et africains. Il est un homme bon, qui a réussi dans le pétrole et l'extraction de minerais à la sueur de son front. La disparition de sa femme le rendit amorphe et père poule pour sa fille. Il a une réputation de dur en affaire, mais il est doux comme un agneau dans l'éducation de sa fille. Il est laxiste et déliquescent à l'extrême face à ses caprices de jeune fille. Elle lui procure d'horribles brûlements d'estomac dans ses choix qui la rapprochent plus de sa mère que lui...

Garth Ashelby : Jeune mannequin de mode qui gravitait dans le monde artistique de New York et qui rêvait de devenir célèbre. Sa façon chic de vivre lui imposait un style de vie de plus en plus onéreux. Une forte dépendance à la cocaïne l'a petit à petit emmenée au bord d'un gouffre de décadentes délectations. C'était un homosexuel qui n'avait que pour lui qu'une grande beauté et la jeunesse. De fil en aiguille, il chuta dans l'enfer de la prostitution et devint le favori de nombreux hommes riches. Il se serait probablement tué après une peine d'amour. Quelques jours avant sa mort, il aurait fait des aveux à Allan Sexton sur une cérémonie assez particulière à New York où il y reconnaîtrait certains individus de la politique.

Gina Gallore Giancara-Thorrenz : Femme du sénateur William Thorrenz. Femme de tête et fille d'un puissant parrain de la pègre. Elle nourrit des ambitions sans fin pour son mari.

Helmut Goldsmith : Sénateur du Vermont. Très démocrate et libéral dans ses opinions et ses options. Un vieil homme plein d'expérience et de sagesse à ce qui a trait de défendre les libertés absolues. Surtout les droits des minorités, quelles qu'elles fussent, même pour l'euthanasie et suicide assisté. Défenseur des gens de couleurs, des homosexuels, handicapés, transgenres, androgynes, pseudo-hermaphrodites, transsexuels, etc. Il y fut de tous les combats depuis 1977. Ami intime de William Thorrenz.

Hermann Kiel : Vice-président de la *Carlyle Industries* et bras droit de Fulher Manlow. Un faucon républicain qui chapeaute tous les lobbies d'armes à feu en Amérique du Nord. Il est très bien tuyauté à la Maison-Blanche et contrôle une bonne partie des militaires du Pentagone. Il excelle à vendre des conflits pour vendre ensuite de l'armement de pointes à des coûts astronomiques.

James Rutherford : Gouverneur de la Californie depuis peu. Son charisme et sa prestance l'ont propulsé dans l'influente chaise de Gouverneur. Homme très croyant, peu habilité à faire de la politicaillerie. Il espère relever les affaires de l'État qui sont très mal en point. Il devine que l'appareil gouvernemental n'est pas tout à fait heureux de travailler pour le bien du contribuable, tout au contraire que ce à quoi il s'attendait en briguant le poste tant convoité!

Jeeves Jarvis : Majordome et domestique de Manlow, un *gentleman* victorien d'Angleterre qui veille aux soins de son terrible maître. Il lui est dévoué et connaît tous des combines de son patron. Son flegme cache une personnalité insensible et cruelle. Malgré les remontrances acerbes que lui lance Manlow, il lui sera éternellement fidèle.

Jerome Gaylore : Commissaire divisionnaire en chef de la police de l'État de Californie. Il a sur sa juridiction toutes les routes fédérales et de l'État de Californie. Il chapeaute tous les corps de police et de shérif régionaux. Il est censé être au service et sous les ordres du gouverneur Rutherford, en fait, il n'écoute que les directives émanant de l'Ordre de Manlow.

Juan Gutierrez : Travesti qui jouit d'un certain talent pour appliquer des techniques douteuses de contrôle mental grâce à des drogues et de fortes suggestions psychiques. Des organismes occultes discrets ou clandestins passent par lui pour reprogrammer certains sujets dans des desseins bien particuliers.

Karrie Thorrenz : Jeune fille de 2 ans du sénateur Thorrenz et son épouse. Elle a pour frère et sœur Lorenzo, 4 ans et Antonina, 7 ans.

Leonid Kasatenko : Mercenaire de la légion de Yuri Sakarov. Un sous-produit du régime communiste chutant vers sa fin qui laissa des milliers de militaires de carrière sur la paille. Il avait deux choix, suivre son officier supérieur en Amérique pour faire du fric ou se joindre à la mafia Russe pour faire du fric... Il décida que la vie de mercenaire en Amérique du Nord apportait des compensations monétaires intéressantes et beaucoup moins de risque.

Leroy Duncan : Responsable de la sécurité de la famille Thorrenz. Duncan est un ancien chef de gang qui a réussi, grâce à la violence de ses gestes, à se faire recruter par une agence de sécurité privée qui recherche des hommes qui n'ont pas froid aux yeux. Duncan est passé de petit truand à garde du corps respectable. Ce nouveau but dans sa vie semble le rapprocher d'une vie de respectabilité. Il est aimé par son obligé, William Thorrenz, mais détesté par la femme du sénateur qui a horreur de se voir tout le temps suivre par ce gorille à la peau d'ébène.

Mark «Rooster» Copland : Ex-marine et contact d'Allan Sexton. On le considérait dans l'armée comme un sociopathe et il y fut radié. C'est le genre de roublard à combines, qui n'est pas toujours droit et honnête.

Margaretha Newman : Célèbre gynécologue et obstétricienne de Los Angeles, contact et amie du docteur Martinstein. Elle est une des plus grandes défenderesses de l'avortement libre pour les États-Unis et le monde entier. Elle rêve d'offrir à toutes les femmes le droit à un avortement libre de tout danger, de toutes séquelles physiques.

Mario Santoro : Tenancier d'un bistrot Internet 24 heures à Sharp Park, près de l'appartement d'Alberta. Mario est une bonne connaissance d'Alberta qui est une très bonne cliente de son établissement.

Mylène Gilmore : Victime bien malgré elle des pièges du monde moderne. Une rêveuse qui se désillusionna de ses rêves d'enfance dans ce monde bien réel et cruel. Et qu'elle fit l'erreur de retrouver ses illusions dans l'enfer de la drogue. Un mystérieux médecin lui offre amour, protection et sécurité... Puis vint une offre alléchante qu'aucune femme ne devrait échapper... 9 mois de privation pour 50 000 $. Le prix? Lui remettre l'enfant qu'elle aura porté... Un être humain peut-il être de la marchandise? Et voilà qu'elle se découvre une fibre maternelle plus forte qu'elle le croyait, plus forte que les dollars... Le mystérieux docteur fera chèrement respecter son contrat... Son pacte!

Phil Pearson : Mentor et ami d'Ed Prescott. Il l'a aidé à démarrer son industrie et lui a fourni de solides assises. Phil est malheureusement malade d'un cancer. Il est très vieux et sage... Il considère Ed un peu comme son fils.

Russ Hartland : Responsable de la sécurité de l'Ordre de Manlow pour la côte Ouest. Ancien flic corrompu du FBI qui a su monter un solide réseau de contacts dans diverses sphères d'influence. Il est fidèle qu'à l'argent. Il est conscient des mauvaises actions de ses employeurs, mais s'en lave les mains... Il œuvre à l'élaboration d'une élite pour le seconder sur le terrain. Il est réactionnaire à tous les éléments en places qu'il ne peut contrôler d'une main de maître. Il manigance pour tasser les «vieux de la vieille» pour mettre ses hommes à lui...

Shirin Irsa : Supposée fille adoptive de Manlow, maîtresse, amante? Personne ne connaît réellement le lien ou le rôle qui les unit. Manlow arriva avec elle lors d'un voyage en Iran. Elle avait alors à l'époque 7 ans. Elle œuvre, à titre de bénévole et désintéressé, pour son seul plaisir à l'animalerie du *Bronx Zoo* qui est de renommée mondiale, situé dans le *Bronx Park*. Elle travaille dans cette ménagerie pour s'occuper des fauves. Elle a une facilité avec ces bêtes qui font pâlir d'envie les vétérinaires du zoo.

Stanford Halloway : L'alter ego d'Hartland, mais pour la côte Est. En fait, l'Ordre joue sur le bicéphalisme pour s'assurer qu'il n'y a pas de consensus nuisible à long terme. Étrangement, Halloway semble plus chaud à servir Denahue qui se trouve sur la côte ouest comme Hartland est plus enclin à servir Manlow de l'autre côté du continent. Ce système de forces de tension croisé empêcherait la formation de groupuscule loyal à une seule faction. En vérité, ça ne fait que créer une rivalité au sein du même corps...

Steven Andrysiak : Commissaire de police de Sacramento et ami du gouverneur James Rutherford.

Suzanna Sheridan Rutherford : Femme et épouse du gouverneur Rutherford. Elle lui est fidèle, attentionnée et prévenante jusqu'à ce que la mort les sépare. Elle est très énergique et sait utiliser son charme pour épauler sa famille. Ses enfants; Dean, 19 ans, Cathy, 18, Sidonie, Brian et Cindy.

Troy Russell : Conseiller de la sécurité pour la *Prescott Industries*. Ex-agent de la GRC à la retraite. Dévoué et féal à Ed Prescott. Il semble empoté, mais il reste très vaillant.

Viktor Denahue : Le sénateur de la Californie. Puissant bonze de la côte Ouest qui semble dormir au faite de sa gloire. On le considère comme le numéro deux de Manlow, mais ils s'ignorent comme deux loups qui s'abreuvent au même torrent. Le temps de se battre pour une vieille carcasse n'est pas encore venu. Viktor Denahue concentre son expansion commerciale vers la vieille Europe et le Moyen-Orient, où la reconstruction après la dévastation des guerres offre de multiples possibilités d'affaires. En fait, Viktor ne semble intéressé que par une chose, la collection d'art ancien et d'antiquité. Il a étrangement beaucoup d'influence pour la politique étrangère et l'on fait souvent affaire à lui pour régler des litiges internationaux sans résultantes pacifiques possibles, comme la crise nucléaire en Corée du Nord ou en Iran. Étant Sénateur de la Californie, il ne s'y présente qu'à des occasions brèves et sporadiques.

William Thorrenz : Sénateur de l'État de New York. Il fut identifié par un jeune pédéraste, Garth Ashelby lors d'une cérémonie délurée et décadente. Il est dans le collimateur d'Allan Sexton dans son enquête pour faire tomber son mentor, Abraham Manlow. Thorrenz est gauche et immoral, mais son talent de tribun le rend indispensable pour ses prescripteurs qui le manipulent dans l'ombre comme une marionnette. Il est aussi manipulé par sa femme qui le contrôle comme un guignol. Thorrenz est ce que l'on appelle un «pantin du diable», il a tellement de squelettes dans son placard qu'il devient enfantin de le faire obéir au doigt et à l'œil.

Willy « Bly » Wakyza, dit Ours Noir : Guide de chasse et de pêche et connaissance d'Ed Prescott. Lorsque M. Prescott organise une expédition de pêche ou de chasse avec des clients, il s'organise toujours pour engager Ours Noir. Ils reviennent presque toujours bredouilles, mais sa clientèle garde de très bons souvenirs de nature et beuveries d'alcool... «Ils font la fête et de toute façon, l'homme blanc déteste utiliser des armes à feu sur des animaux du Bon Dieu!» C'est l'excuse que Bly trouve pour expliquer sa piètre moyenne aux acquéreurs amusés de ces *week-ends* arrosés... En fait, ils se retrouvent isolés de tout pour parler de leurs vies, faire le vide... En ce sens, il est le confident de bien des gens et un «*ressourceur*» d'énergie très efficace.

Yuri Sakarov : Mercenaire russe au service de Russ Hartland. Ancien Spetsnaz qui se fit une solide réputation en Afghanistan et en Tchétchénie. Il fut enrôlé dans l'organisation de Manlow par l'entremise des mercenaires internationales. Il est robuste et tellement musclé qu'il semble être extrêmement trapu. C'est un tueur qui excelle en situation de guerre. Il garde de terribles souvenirs des guerres civiles qui ont ravagé son pays.

Zirkel Orrespo : Astrologue obscur qui se fit connaître en faisant des tours d'illusionnismes de nature mentaliste. Il débuta dans le milieu du spectacle dans des foires ambulantes avec sa grand-mère bohémienne. Certains y reconnaissent un certain pouvoir de divination astrologique de style gitan, mais la plupart ne voient en lui qu'un autre habile manipulateur à jouer sur les significations en donnant souvent de doubles sens à interprétations multiples. Le sénateur Gateway et sa femme ne jurent que par lui.

Table des matières

www.ingramcontent.com/pod-product-compliance
Lightning Source LLC
Chambersburg PA
CBHW070343030726
47504CB00001B/56